KB114374

비원이야기

비원이야기 1

| 지은이_강버들 | 초판 1쇄 찍은 날_2016년 11월 3일 | 초판 1쇄 펴낸 날_2016년 11월 14일
| 발행처_도서출판 청어람 | 펴낸이_서경석 | 편집책임_조윤희 | 편집_이은주, 최고은
| 디자인_박보라 | 경기도 부천시 원미구 부일로 483번길 40 서경B/D 3F (우) 420-822
| 등록_1999년 5월 31일(제387-1999-000006호) | 전화_032-656-4452
| 팩스_032-656-4453 | http://www.chungeoram.com | chungeorambook@daum.net
| 어람번호_제8-0074호
| 파본은 구입하신 서점에서 교환하여 드립니다. 저자와 협의하여 인지를 붙이지 않습니다.
책값은 뒤에 있습니다.

ISBN 979-11-04-91017-3 04810
ISBN 979-11-04-91016-6 (SET)

1
비원이야기
강버들 장편소설
도서출판 청어람

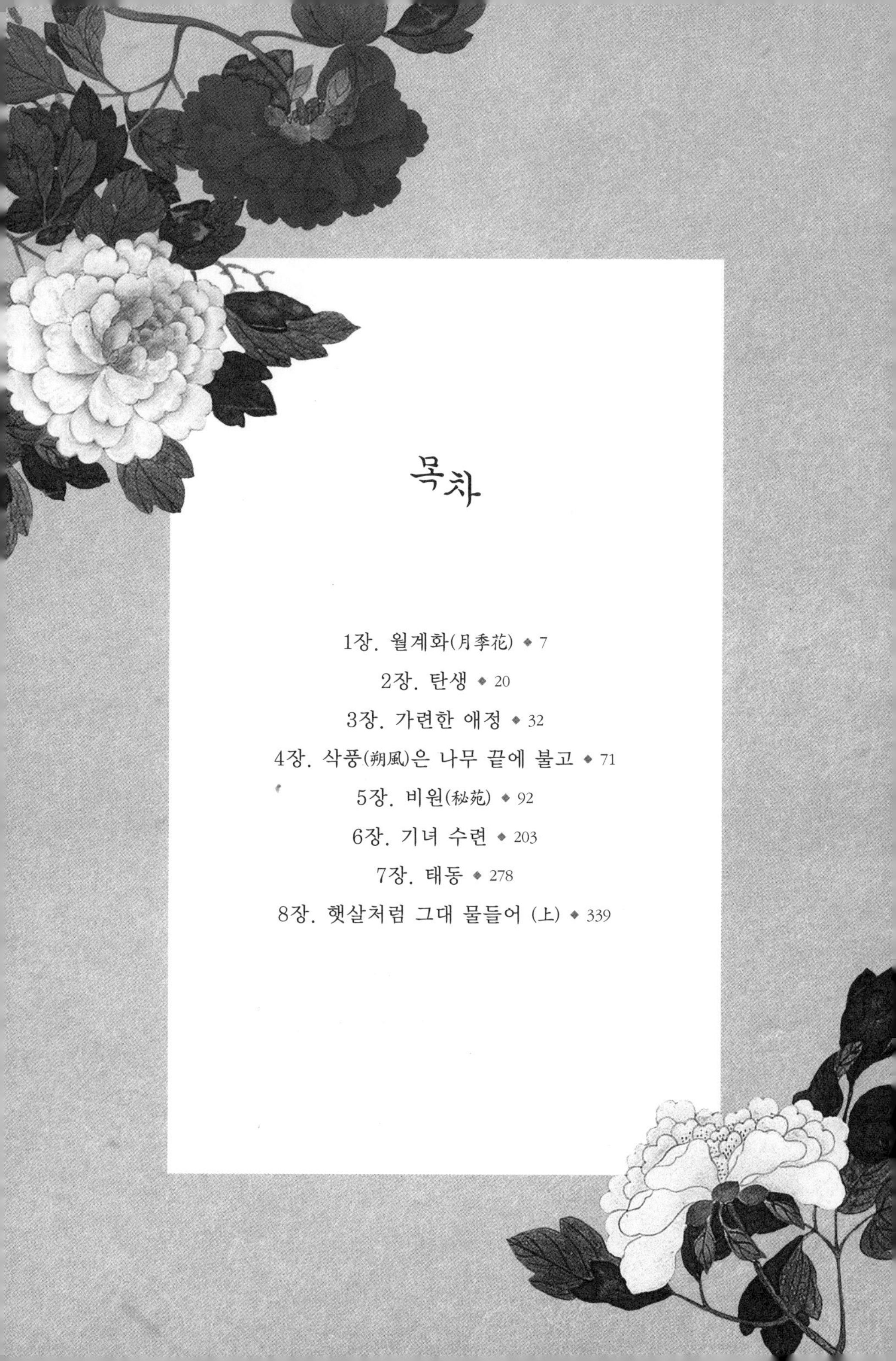

목차

1장
월계화(月季花)

한 발 한 발, 내딛는 발걸음마다 납덩이를 달아 묶은 듯 무거웠다.

아마 원치 않는 인연을 강요받았던 수많은 이들의 마음이 이러하지 않았을까. 비록 자신이 혼인하는 것은 아니었지만, 제 아비가 다른 여인과 혼인하는 모습을 지켜보아야 하는 마음이 어찌 가벼울 수 있겠는가. 아직도 그는 아비의 품에서 잠자듯 숨을 거둔 어미의 마지막 모습이 눈에 선했다.

입안이 썼다. 먼발치서 언뜻 본 아비의 얼굴은 너무나도 따스했다. 언제고 기억이 나지 않을 만큼 오래전 그에게도 보여주었던 그 얼굴. 그러나 아비는 더는 그에게 따뜻함을 보여주지 않았다.

"전하, 중전마마. 세자저하 입시옵니다."

"들라 하라."

여전히 서릿발 같은 목소리가 귓가에 들려오자, 대전의 웅장한 문이 열렸다.

끼익-

"저하, 드시지요."

공손히 고개를 숙이는 내관에게 힘없이 웃음 지은 그는, 내디딜 때마다 수렁으로 빠지는 것만 같은 발을 애써 떼어 들어갔다.

"……소자, 아바마마와 중전마마께 첫 문안 여쭈옵니다."

그가 인사말을 건네고 큰절을 올렸다. 언제나 아비에게 냉대받던 그지만, 오늘은 아비 곁의 낯선 여인 덕에 조금이나마 아비의 면을 뵈올 수 있게 된 것이었다.

"앉아라."

그가 단정히 옷자락을 매만지고, 내관이 내어준 방석에 정좌하자마자 아비의 꾸중이 날아왔다.

"이제야 문안을 온 게냐? 해가 중천인지 오래거늘!"

"송구하옵니다. 소자는 아바마마께서 국혼 후 피로하실까 그것이 저어되어……."

"변명은 그만두어라! 이 국혼을 탐탁지 않아 하는 네 불효함이야말로 익히 아는 바이니."

"아바마마, 아니옵니다! 그것이 아니오라……."

다급한 마음에, 세자 혼(琿)은 방바닥에 머물러 있던 시선을 떼어 아비를 바라보았다. 실로 오랜만에 뵈온 용안은 어느덧 저물어가는 노옹(老翁)의 그것이었다. 그러나 세월을 먹을수록 너그러워지고 자애로워지는 남들과는 달리, 아비의 이마에는 짜증이 한가득 아로새겨져 있었다.

반면, 세월에 시든 아비 옆에는 어울리지 않는 홍안(紅顔)의 앳된 여인이 앉아 있었다. 언뜻 보면 조부와 손녀딸로 착각할 법도 하였다. 그다지 절색은 아니었으나, 월계화(月季花)를 닮은 발그레한 피부에 반달처럼 휘어지는 눈매가 퍽 사랑스러웠다. 더구나 혼을 마뜩잖아 하는 아비를 만류하듯 늙고 주름진 어수(御手)를 두 손으로 감싸 잡기까지 하는 것이었다.

"전하, 이만 용서해 주시옵소서. 세자가 자식 된 도리로 어버이를 생각하여 그리하였다 하지 않습니까."

혼의 미간 사이가 자그맣게 비명을 질렀다. 자신보다 한참 어리다고는 들었지만, 저리도 연소할 줄이야! 하가(下嫁) 전까지 저에게 매달려 색실 장난감을 만들어달라 조르곤 하던 이복 누이 정혜와 동년배라고 들었는데, 어째 서너 살은 더 어려 보였다.

치렁치렁 땋아 두른 가체에 내려앉은 화려한 나비 모양 선봉잠, 세 마리 금빛 봉황이 자리 잡은 화려한 연두 당의에 붉은 치마. 오늘부로 혼의 새어머니이자 조선의 국모가 된 그녀는 중전이라기보다 차라리 공주나 옹주 같았다.

"쯧……."

자신을 달래듯 손을 맞잡은 어린 아내의 만류에 아비는 혀를 차며 혼을 쏘아보던 시선을 거두었다. 스물일곱 해를 함께한 아들에게는 엄동설한 칼바람 같은 아비이건만, 고작 하루 함께한 월계화에게는 사근사근 품어 드는 봄바람 같았다. 늦바람에 얻은 어린 중전을 어찌나 귀애하는지, 혼은 자신이 알던 아비가 아닌 것 같아 어색했다. 그는 부러움, 어색함, 섭섭함이 복잡하게 뒤섞인 눈빛으로 멍하니 우두망찰했다.

혼의 눈빛을 알아차린 어린 중전의 눈매가 곱게 반달로 휘었다. 저보다 아홉 살이나 어린 어미는 승자의 기쁨에 한껏 도취되어 있었다. 어린 중전의 요요한 미소에 혼은 번뜩 정신을 차렸다. 매무새를 바로하고 시선을 바닥으로 떨어뜨렸다. 네 아무리 아바마마의 총애를 받는다 하여도 나는 국본(國本)이다. 주상전하의 뒤를 이을 당당한 세자니라. 불안한 듯 두근대는 심장을 지그시 누르며, 그는 어린 중전의 존재감을 지우려 애썼다.

"전하, 세자가 피곤한가 봅니다. 기왕지사 좀 더 일찍 왔으면 주수라라도 함께 들었을 것을. 안타깝지만 이만 물러가라 하소서."

어린 중전은 살풋 웃는 낯을 하고서는 아비의 앞에서 교묘하게 혼을 꾸짖었다. 언제 자신을 보았다고, 아홉 살이나 많은 아들에게 자연스레 하대하는 양이 사뭇 당당했다. 비록 어린 연식이나 이제는 네 어미이거늘, 어찌 정성을 다하지 않느냐 돌려 책망하는 것이리라.

"이만 가거라!"

"……차후 저녁 문후 들르겠사옵니다."

"올 것 없다! 네 불충불효한 낯빛이라면 더 보고 싶지도 않으니."

매양 듣는 아비의 역정에 이골이 날 만도 하건만, 가시 돋친 어성(御聲)은 잘 벼려진 검처럼 심장을 찔러댔다. 가까스로 아문 자상(刺傷)이 또다시 터져 검붉은 원망을 울컥 토해내는 듯하였다.

말없이 일어나 예를 갖춘 후 혼은 뒷걸음질 쳐 방을 나왔다. 신발짝을 아무렇게나 꿰어 신고 섬돌 아래로 내려오기가 무섭게 처소로 발걸음을 재촉했다.

어째서, 어째서! 그리도 자상하게 웃어주시던 아바마마께서, 그리도 상냥하시던 아바마마께서!

혼이 아비 대신 왜인들의 무자비함에서 백성을 구하고, 절망의 구렁텅이에서 나라를 건져 올렸을 때, 가장 먼저 든 바람은 아비의 칭찬이었다. 언젠가 어렸을 적, 세상에서 제일 귀한 음식이 무엇이냐 하문하셨을 때 소금이라 대답하니 참으로 총명하다며 어루만져 주던 따스한 칭찬을 기대했다.

하나 그러기엔 아비의 마음은 여유가 없었다. 제 아들 하나 품지 못할 만큼, 조급하고 옹졸했으며 무능했다. 따스하고 부드러웠던 어미를 잃고, 점점 차가워지던 아비는 이제 혼을 전혀 반기지 않았다. 아니, 이제는 아들이 아니라 마치 왕위를 빼앗은 원수 대하는 양 하는 것이었다.

'전쟁의 화마가 아바마마의 다정까지 앗아버린 것일까. 좀 더 내가 노력하면 돌아오실까. 안아주시고 어루만져 주시던 아바마마로 돌아오실까.'

대전을 나오자마자, 왈칵 쏟아질 듯 고이는 눈물 탓에 처소로 곧바로 돌아가지 못한 혼은 아무 곳으로나 발걸음을 옮겼다.

몇 시진째 어지러이 정처 없이 떠돌던 혼의 발걸음은, 마침내 조용한 한 전각 앞에 가 섰다. 처리해야 할 업무가 산더미였으나 아무래도 상관없었다. 아비의 뒤를 이을 세자라 한들, 아비의 마음 없이 왕위를 얻어 무엇하겠는가. 처음부터 왕위를 원한 것도 아니었다. 세자보다는 아비에게 자랑스러운 아들이 되고픈 마음이 더 컸다. 차라리 아비의 마음을 얻고, 이까짓 저위(儲位) 따위 누구에게나 넘겨주고 싶었다. 마음이 복잡했다.

이미 마음속으론 수천수만 번 눈물 흘린 상처를, 고통 어린 비명을 지르는 상처를, 가까스로 가만가만 끌어안아 덮으려던 혼에게, 순간 지금은 절대로 듣고 싶지 않은 여인의 목소리가 들려왔다.

"어머, 세자가 아닙니까?"

월계화였다.

그녀는 사뿐사뿐 걸어, 붉은 치맛자락을 사락거리며 조금 떨어진 곁에 와 섰다. 순식간에 싸늘하게 굳은 혼은 애써 효자의 낯을 하려 들지 않았다. 어리디어린 주제에, 국모가 되었노라 으스대는 양이 결코 마음에 들지 않은 탓이다. 아까 아비의 앞에서 얄궂게 군 꼴도 마음에 들지 않았다.

"아직 궁궐이 낯설어, 조금이라도 더 익혀보려고 나왔습니다. 산책 겸해서요. 어찌나 익힐 게 많던지, 내 이렇게 숨을 트이지 않으면 답답해서 견딜 수가 없지 뭡니까. 한데 세자는 어찌하여 이곳에 있습니까?"

아무렇지 않다는 듯 조잘조잘 말을 건네는 양이 당당하다 해야 할지, 간사하다 해야 할지. 어이가 없어 잠시 말문이 막힌 혼은, 이내 눈에 비웃음을 담고 입을 열었다.

"아실 것 없습니다. 가던 길 가시지요."

씹어뱉듯이 대답하고는 혼은 재빨리 몸을 돌려 월계화에게서 멀어졌다. 그녀가 마음에 들지 않기도 했지만, 아비의 다정을 갈망하는 자신의 치부를 들킬까 염려한 탓이었다. 혼은 한편으론 자신보다 아홉 살이나 어린 여인에게 이러하는 것이 우습기도 하였다. 아비의 사랑을 놓고 옹졸하게 투기나 하는 아이가 된 느낌이었다.

"세자, 멈추어보세요!"

또 무어라 속을 뒤집어 놓을지, 왜인지는 모르나 그 의도는 뻔히 짐작하고도 남는다 생각한 혼은 미동도 하지 않고 발걸음을 재촉했다.

"세자!"

'참 어지간히도 귀찮게 하는군. 앞으로 이곳엔 눈길도 아니 주어야겠어.'

그때였다.

"날 무시하지 마!"

혼이 그녀에게서 벗어나려 몇 발짝 뗀 순간 갑자기 앙칼진 계집아이의 고함이 터져 나왔다. 혼은 깜짝 놀라 뒤를 돌아보았다. 조금 전까지만 해도 당당하게 자신에게 하대를 하던 월계화, 중전은 온데간데없었다. 오직 감정을 참지 못하는 계집아이가 있을 뿐이었다.

"너도 날 비웃는 것이냐? 권세를 탐하고 왕위를 탐해, 재취(再娶)로 들여보낸 계집이라 비웃느냔 말이야!"

기품으로 차리던 낯빛은 치맛빛을 닮아 붉어졌고, 당의 속에 숨겼던 양손은 어느새 빠져나와 간헐적으로 떨리고 있었다. 하나 우습기도 하지. 첫 대면부터 시종일관 비웃고 무시한 것은 오히려 그녀였을진대, 어찌 내게 자신을 비웃느냐 소리친단 말인가!

혼은 어이가 없어 발걸음을 멈추고 헛웃음을 터뜨렸다. 그리고 곧 몸을 돌려 그녀에게로 되돌아갔다.

"어찌 중전께선 나를 책망하십니까. 그는 애초부터 중전께서 자초하신 일이 아닙니까? 하면 내가 어마마마라 칭하며 받들어 모시기를 바랐습니까?"

예를 차리고 싶지도, 잘 보이고 싶지도 않았다. 어미로 여겨지지도 않았다. 눈앞의 월계화는 어미가 아니라 여우였다! 아비의 정을 빼앗고, 부자를 가로막는 여우!

결국 혼은 붉은 치마에 물든 그녀의 낯빛처럼 흥분하여, 자신도 모르게 감정을 실어 외치고 말았다.

"나는 네 어미다! 이젠 내가 국모요, 네 계모야! 한데 어찌 이리도 오만방자한 것이냐! 가세(家勢)가 한미하면 이리 어미를 능멸하는 것이 궁궐의 법도란 말이냐!"

하나 어느새 그녀는 물까지 어린 낯을 하고서 자신에게 소리치는 것이었다. 혼은 잠시 당황스러웠다. 제가 언제 그녀의 가세가 한미하다 무시했다는 말인가? 그러나 이내 화가 치밀어 올랐다. 이제는 없는 말까지 지어내 내 항복을 받으시겠다?

"함부로 입에 담지 마시오! 그대는 내 모후가 아니오. 그러니 보는 눈이 있는 곳을 제외하고는 내게서 공대(恭待)조차 바랄 수 없을 것이오."

혼은 흥분과 진심이 반씩 섞인 말을 내뱉고는 코웃음을 치며 충격으로 시든 그녀를 재빨리 지나쳐 처소로 돌아갔다. 혼에게 궐은 얼어붙은 엄동설한 같았으나, 상처받고 지친 마음을 뉘일 방 한 칸이 오늘만큼은 너무나 절실했다. 고된 하루가 아닐 수 없었다.

혼이 떠난 발자국만 남은 전각 앞. 치맛빛이 낯을 넘어 하늘까지 물들일 때까지 중전은 우두커니 서 있었다.

수치심과 자괴감이 엄습했다.

그녀의 친정은 무거운 가문의 이름에 비해 가세가 그리 넉넉지 못했다. 아버지 김제남은 유약하여 대인군자가 못 되었다. 하여 내로라하는 집안에 그녀의 혼사를 청했을 때, 명문가의 자손임에도 불구하고 일언지하에 혼사를 거절당하기도 하였다.

그로부터 몇 해가 지날 무렵에야 그녀는 부친이 혼담을 연이어 거절당했다는 사실을 알았다. 수치스러웠다. 열일곱 살이 넘도록 시집을 보내지 못해 미안하다며 늦은 밤 자신에게 눈물짓던 아비가 가여웠다. 그래서 임금의 계비로 간택되었다는 사실을 알고 뛸 듯이 기뻤다.

왕성(王性)과 상극이라 간택되지 못하리라 생각했지만 기적적으로 간택되었다. 국혼 날 비가 억수같이 내렸지만 왕의 성은으로 정전(正殿)에서 만조백관의 하례(賀禮)를 받으며 불길함을 털어냈다.

나는 당당한 국모이니라. 가문 또한 이제 왕비의 친정이니, 가족 모두가 떳떳이 어깨를 펴고 다니며 칭송받으리라.

그러나 후궁뿐만 아니라 궁녀들마저 그녀를 무시했다. 상궁나인들은 수군거렸고, 연배 있는 후궁들 더러는 노골적으로 불만스런 낯빛을 띠며 쳐다보기까지 했다. 듣지 않아도 알 것 같았다. 손녀 같은 비라며 비웃는 것이겠지.

아무래도 좋았다. 그는 가지지 못한 자들의 시기 어린 투기일 뿐이니. 스스로를 그렇게 달랬다. 그러나 세자가 자신을 인정하지 않는 것은 견딜 수 없었다.

새 국모, 어린 왕비의 지위를 당당히 반증해 줄 장성한 세자였다. 한데 첫 문안에 늦었을 뿐만 아니라, 어미로서 가볍게 질책하였다 하여 노골적으로 능멸하다니! 이는 분명 보잘것없는 가세를 보고 나와 내 집안을 무시하는 처사이리라!

어느새 어둑해지는 하늘을 이고, 중전은 절대 잊지 않으리라 다짐하며 이를 악물었다.

"주상전하 듭시오!"

중궁전의 문이 열리고, 날카로운 눈빛을 한 왕이 발걸음을 내디뎌 용안을 보였다. 궁녀들이 보아둔 자리에 얌전하게 앉아 있던 그녀는 재빨리 치맛자락을 모아 쥐고 일어나 지아비를 맞이했다.

"전하."

"오, 중전. 과인이 일이 있어 좀 늦었소."

"노곤하시겠사옵니다. 어서 좌정하시옵소서."

상궁들의 수군거림을 듣자 하니, 지아비는 오늘도 세자와 관련하여 조정 대신들과 언성을 높였다는 것 같았다. 아니나 다를까 조금이나마 빈틈을 보이지 않던 지아비의 눈빛에는 완연히 지친 기색이 엿보였다.

안쓰러웠다. 비록 어릴 때부터 꿈꾸던 귀공자도, 수려한 사내도 아니지만 그녀에게만큼은 나름대로 노력하는 지아비였다. 한낱 계비의 국혼에, 정전에서 하례까지 허용해 준 지아비가 아니었던가. 어리고 한미한 그녀의 위신을 지켜준 것만 해도, 조부뻘 지아비에게 시집가게 되었다는 어머니의 한숨 섞인 걱정 따윈 단번에 잊고 말았다. 그리고 다짐했다. 외로운 늙은 왕에게 지어미로서, 국모로서 자신의 최선을 다하겠다고. 힘들고 어려운 정사에 지친 궁궐에서 따뜻한 안식처가 되어주겠다고.

지아비의 고단한 육체에서 무거운 용포를 벗겨내며, 동시에 그녀는 아까 낮에 세자가 주었던 능멸을 생각하였다. 그녀가 허울뿐인 왕비 대신 당당한 왕의 지어미가 되면, 제아무리 세자라 한들 그녀를 더 이상 무시하지는 못할 것이다. 오히려 아홉 살이나 어린 어미에게 깍듯이 존경을 표해야 할 것이었다. 더불어 잠깐 보았던, 오만하기가 세자 못지않았던 세자빈 또한 자신을 왕실의 웃어른으로 모시게 되겠지.

자신도 모르게 입술을 앙다물며, 어린 중전은 복잡한 머릿속과는 달리 부지런히 왕의 자리옷을 손수 준비했다. 작은 일이라도 자신이 손수 챙겨 지아비에 대한 성의를 보이고 싶었다.

"어찌 오늘은 중전도 피로한 듯싶소. 무슨 일이라도 있었소?"

의복을 정제하고 자리에 앉자마자 왕이 말을 건네왔다.

"아…… 아닙니다, 전하. 신첩……."

"하긴, 국혼을 치른 지 얼마 되지 않았으니 그 긴장감이 적잖을 것이오. 그러나 모쪼록 적응하도록 하시오. 중전은 이제 국모가 아니오."

속내를 들켰을까, 다급히 말을 이어 붙이려는 그녀의 말을 끝까지 기다리지도 않고 왕은 제 할 말을 했다. 머쓱했으나 그녀는 국모라는 단어가 주는 뿌듯함에 재빨리 현숙한 미소를 지으며 고개를 끄덕였다.

이윽고 섬세한 금빛 나비대의 불빛이 사그라지자 왕과 중전은 넉넉한 이부자리에 함께 들었다. 초야도 아니건만, 그녀는 자신도 모르게 바짝 긴장이 되었다. 아니, 그때는 어렵고 어려운 분위기에 눌려, 벌벌 떨던 그녀 때문에 왕이 제대로 된 합궁을 하지 않았으니 어쩌면 금야(今夜)가 진정한 초야가 될지도 몰랐다.

어둑한 방 안에서, 힐끗 곁눈질로 지아비를 훔쳐본 그녀는 긴장감에 어깨를 딱딱히 굳힌 채로 괜히 베갯머리만 정리했다. 이미 먼저 누운 지아비 곁에 눕기가 어쩐지 망설여졌던 탓이다.

'아이 때부터 그려왔던 낭군의 모습과는 사뭇 다른 탓도 있을 테지.'

역시 밤의 적막함은 낮의 결심을 미혹하는 마력이 있는 모양이었다. 왕비임에 족하다 다짐했던 것과는 모순된 마음이 자꾸만 고개를 치켜들자, 그녀는 피식 새어 나오는 웃음을 머금으며 이부자리에 누웠다.

아니, 그녀가 이부자리에 누우려 잠깐 몸을 왕에게 밀착시키는 찰나 눈을 감고 누워 있던 왕이 그녀의 한쪽 팔을 잡아당겼다.

몸의 균형을 잃고 어머나, 작은 비명이 앵두 같은 입술을 비집고 나오려는 찰나, 그녀의 작고 싱그러운 몸은 왕에게 쏟아졌다.

"저…… 전하?"

엉겁결에 왕의 옥체에 한껏 안긴 모양새로, 그녀는 당황하여 지아비를 불렀다. 작고 여린 몸을 움켜 안은 왕은, 여전히 눈을 감은 채로 나직이 속삭였다.

"내 연소한 그대를 이토록 막중한 자리에 앉도록 해 미안하오."

"어…… 어찌 그러시옵……."

"그러나 이미 국모가 된 이상, 그 소임을 다해주었으면 좋겠소."

"저…… 전하."

"과인이 그대에게 원하는 것은, 원자요."

원자(元子)!

지아비에게는 이미 장성한 아들들이 수도 없이 많았으나, 그중 왕비의 아들인 원자는 단 한 이도 없었다. 그렇기에 후궁의 차남인 세자가 후계자 자리를 차지할 수 있었던 것이다. 그러나 지아비는 세자를 탐탁지 않아 했고 그 사이도 좋지 않았다. 설상가상으로 명나라에서도 세자를 인정하고 있지 않았다. 이러한 상황에서, 지아비는 지금 자신에게 원자를 바란다 속삭이고 있는 것이었다.

'어…… 어찌…… 전하께선 이미 세자가 있지 않으신가? 그런데 내게서 원자를 얻고자 하심은…….'

비록 낮의 일을 겪어 세자가 결코 곱게 보이지만은 않았지만, 이미 장성한 세자가 있는데도 구태여 원자를 원한다는 왕의 급작스러운 말이 쉽사리 이해가 가지 않는 그녀였다.

혼란스러운 그녀의 머릿속과는 상관없이, 왕은 손을 뻗어 그녀의 저고리를 풀어내고 있었다. 몸에 와 닿는 사내의 손길에 퍼뜩 정신이 든 그녀는 자신도 모르게 어수(御手)에서 앞섶을 슬쩍 빼내었다. 익히 짐작한 금야였지만, 두려운 것은 막을 방도가 없었다. 둔부를 반대편으로 빼내어 상체까지 도망치려던 찰나, 억센 사내의 손길이 그녀의 허리를 도망치지 못하게 단단히 붙들어 끌어당겼다.

여직 눈을 감고 있던 왕은 천천히 눈을 뜨며, 그녀의 허리를 끌어다 자신에게 밀착시키고는 담담히 귓가에 속삭였다.

"그대의 몸에서 난 원자는 세자가 될 것이오."

세자!

담담한 지아비의 목소리가 귓가에 쟁쟁히 울려 퍼졌다. 세자라는 단어는 너무도 달콤했다. 왕의 후계자! 잘난 것 없는 내게서 왕께선 세자를 보겠다 하셨다!

온갖 수모를 당하는 아버지, 한낱 궁인들에게까지 무시당하는 자신의 모습이 수없이 스쳐 지나갔다. 낮에 보았던 세자의 비웃음까지 떠올랐다.

한껏 긴장했던 육체가, 밤의 마력을 담은 한 단어에 부드럽게 풀어지기 시작했다. 와 닿는 손길과 입술을 느끼며 그녀는 부푼 기대를 안고 눈을 감았다.

어느 날, 조선의 밤은 그렇게 저물어갔다.

2장
탄생

일 년 후.

"아아아악!"

아직 깜깜한 하늘을 인 새벽녘, 갑작스러운 비명에 중궁전이 발칵 뒤집혔다. 해산일이 멀지 않았던 중전이 진통을 시작한 것이다. 고요하던 중궁전은 환히 불을 밝혔고, 허겁지겁 걸음을 옮기는 어의와 의녀들, 종종걸음으로 더운 물과 흰 천 등을 들여가는 나인들로 부산했다.

"흐흑…… 아……."

생전 처음 겪는 아픔에, 중전은 고통보다도 혼미함이 더했다. 첫 회임인 터라, 잠결에 미약하게 느껴졌던 진통을 무시하였더니 몇 시진째 진통이 이어져 이제 곧 해산하게 된 것이었다.

"마마, 조금만 더 힘을 내시옵소서. 이제 다 되었습니다!"

사가에서 급히 소식을 듣고 입궐한 중전의 어미 노 씨가 땀범벅인 중전을 독려했다.

"마마, 잘하셨사옵니다. 이제 마지막으로 한 번만 힘을 주시……."

"아아아아악!"

잠시 잠잠해졌나 싶던 고통이, 순간 복부를 강타하듯이 날카롭게 찾아왔다. 잠시 숨을 고르던 중전은 벼락을 맞은 듯한 고통에 허리를 급격히 꺾으며 비명을 내질렀다.

"으아아앙!"

갓난아이의 낯선 울음소리가 들림과 동시에 아기를 받은 의녀의 낯에 화색이 돌았다.

"마마! 아기씨께서 나오셨습니다!"

"하……."

의녀가 자그마한 아기를 보에 싸 안겨주자, 중전은 믿을 수 없다는 듯 품에 안긴 아기를 바라보았다.

"이 아이가 정녕……."

마침내…… 마침내! 결국 내 아이가 탄생했구나.

자지러지게 울음을 터뜨리던 아이는, 중전이 손을 내밀어 뺨을 쓰다듬자 서서히 울음을 그치고 말똥말똥 그녀를 바라보았다. 그 모습에 노 씨와 의녀들은 참으로 온순하신 아기씨이시다, 웃음 지었다.

"마마, 아기씨께서는 마마보다 훨씬 온순하신 듯합니다. 마마께서 태어나셨을 적엔 제가 달래느라 얼마나 애를 먹었는지 아십니까."

지친 딸이 아이를 쓰다듬는 모습을 흐뭇하게 지켜보던 노 씨가 축하하려 말을 꺼내었다. 그러자 중전은 온몸이 방바닥으로 꺼져 들어가는 듯한 피로감 속에서도, 만족감에 미소하며 말했다.

"어머님, 이 아이는 앞으로 국본이 될 몸이거늘 어찌 온순한 것이 좋다고만 하겠습니까. 앞으로 더 강인한 면모를 갖추어야 할 것입니다."

말은 엄격하게 하였으나, 세자가 될 아이라 어여뻐 보이는 것만은 숨길 수 없었는지 중전의 눈에는 피로함과 함께 뿌듯함, 사랑스러움이 담뿍 담겨 있었다.

그런데 어쩐지 노 씨와 의녀들의 낯에는 당혹감이 어리기 시작했다. 의녀들은 서로 눈치를 보기 시작했고, 노 씨는 국본이라는 단어를 듣자 눈에 띄게 당황하였다.

"저…… 마마. 어찌 국본을 입에 담으십니까."

"그거야, 정궁 소생의 왕자가 태어났으니 당연히 전하께서……."

노 씨는 눈앞이 아찔했다. 이 아이가 어쩌자고…….

"마마, 왕자 아기씨가 아니라…… 공주 아기씨이옵니다."

"……예?"

회임 후 첫 진맥을 받았을 때부터 지아비와 자신은 당연히 왕자일 거라고 확신했다. 입맛하며 나온 배의 모양까지 틀림없는 아들이라 하지 않았던가!

"그, 그럴 리가 없습니다! 어머님, 어의도 분명 왕자일 거라고……."

충격에 빠진 딸을 보며, 안타까운 표정을 한 노 씨는 의녀에게 아이를 데려가 씻기라 눈짓했다. 충격에 빠진 중전을 곁눈질하며, 의녀 둘은 아이를 안아 올려 따뜻한 물이 담긴 대야로 조심스레 데려갔다. 이윽고 보가 벗겨지고 아이의 작고 연약한 몸이 드러났다.

"아……."

자신을 보자 울음을 멈춘 영민한 아이였다. 자신을 닮아 선홍빛 상아색 피부를 가진 아이였다. 무엇보다 부드럽게 새겨진 눈매가 아비를 빼닮은 아이였다. 누구나 왕의 용안을 본 자라면, 이 아이가 왕의 자식임을 부정할 수 없을 것이다. 그만큼 눈매가 왕과 꼭 닮은 아이였다.

그러나…… 불행하게도 아이는 음양(陰陽)의 분별까지 아비를 닮지는 못했다.

'공주라고?'

온몸에 피로함이 아로새겨져 있던 중전은 뜻밖의 충격에 멍해져, 간신히 붙들고 있던 정신을 까무룩 놓아버렸다.

"아이고, 마마!"

"주…… 중전마마!"

눈을 떴다. 온몸이 물에 젖은 솜뭉치처럼 축 늘어지는 느낌이었다. 중전은 힘없이 눈을 깜빡거리면서도, 평소와는 다른 이질감에 천천히 방 구석구석을 탐색하듯 뜯어보았다. 자신이 누워 있는 정갈한 이불, 정리된 경대와 서책, 가지런한 보료까지. 평소와 다를 것도 없건만 왜 이리도 생경한 느낌이 드는지 모를 일이었다.

중전은 무심코 이불자락을 젖히고 몸을 일으키다, 제 옆에 자리한 자그만 이불 뭉치를 발견했다. ……이것 때문이었나 보다.

아니, 그것은 이불 뭉치가 아니라 자그만 갓난아이였다. 아이는 피곤한지 색색 숨을 내쉬며 잠들어 있었다.

'아.'

그제야 문득 배를 더듬어보니, 수 개월간 불룩했던 모양새가 꽤 납작해지고 한결 가벼웠다.

'이 아이가……. 내 아이. 공주라고.'

중전은 손을 뻗어 아이를 품에 안았다. 설핏 잠이 들었던 아이는 안아 드는 손길에 눈을 반짝 떴다. 중전은 왕자가 아닌 공주라는 사실에, 실망과 기쁨이 뒤섞인 오묘한 표정이었지만 아이는 아랑곳하지 않는 듯 방긋 웃음 지었다. 일순 아이의 웃음에 중전은 화들짝 놀랐다.

어째서 왕자가 아닌 공주냐는 원망 어린 물음을 꿈속에서 수십 번 외쳤던 듯싶다. 하나 그런 어미의 원망은 신경 쓰지 않는다는 듯한 천진한 웃음을 보자, 중전은 자기도 모르게 마음의 앙금이 사르르 풀려 아이를 좀 더 품안에 꼭 당겨 안았다.

"아가."

중전은 가만히 아기를 불러보았다. 아직 이름이 없어 무어라고 불러야 할지 감이 잡히지 않은 탓이었다. 그러나 그 흔한 단어 속에는 어미만이 담을 수 있는 애정이 슬쩍 묻어나 있었다. 어미의 목소리를 들은 아기는, 스르르 눈이 감기며 잠이 어린 눈매를 하고서는 자그맣게 웃음 지었다.

자신에게 몸을 맡기고, 너무나도 편안한 표정으로 잠에 든 아기를 보며 중전은 가슴이 벅차올랐다. 의지할 곳 없이 외톨이인 궁에서, 심지어 지아비인 왕조차 외로움을 막아주지는 못했던 궁에서, 오직 자신이 전부이고 자신에게 의지하는 자가 생겼다는 사실이 가슴을 설레게 했다. 중전이 다시 한 번 자세히 살펴보려 아기를 고쳐 안는 참이었다.

드르륵-

"일어나시었소?"

"저…… 전하."

성큼성큼 들어온 왕은 몸은 괜찮으냐 물으며 자리에 앉았다. 아이를 안은 채로, 엉거주춤 일어났던 중전은 강한 죄책감을 느끼며 도로 이불 위에 앉았다.

"전하, 신첩이 미거하여…… 왕자를 생산치 못하고……."

도저히 시선을 맞추지 못하고 중전이 아이를 감싼 보를 만지작거리며 입을 열었다.

"어찌하겠소, 하늘의 뜻이 그런 것을. 그러나 국혼 후 이리 빨리 아이를 생산했으니, 원자도 하루빨리 생길 것이오."

"예……. 송구하옵니다."

빈말로라도, 왕자나 공주나 모두 나의 자식일진대 어찌 그러느냐 위로해 주길 바랐다. 하나 자신 또한 용종(龍種)이 아들일 것을 추호도 의심치 않았기에 중전은 애꿎은 입술만 깨물 뿐이었다.

그러다 퍼뜩 생각난 듯, 중전은 품에 안긴 아이를 왕에게 내밀었다.

"공주가 전하를 쏙 빼닮았사옵니다. 보시옵소서."

"흠…… 그래. 이 아이가 과인의 하나뿐인 적녀로고."

특별한 기대는 하지 않는 듯한 왕이었지만, 처음 얻은 정궁 소생이니 호기심이 동한다는 듯 아이를 받아 안았다.

"호…… 정말 나를 닮긴 했구려. 특히 이 눈매가."

그러나 이내 왕은 아이를 중전에게 돌려주고는 자리에서 일어났다.

"그럼, 과인은 처리할 일이 있어 이만 가보도록 하겠소. 모쪼록 몸조리 잘하시오."

"전하! 벌써 가시옵니까?"

"내 처리할 일이 있다고 하지 않았소."

단호한 목소리, 심지어 실망감마저도 느껴지지 않는 무관심한 목소리였다. 아무리 원자만을 갈망했다 한들, 첫 적녀이고 용안을 쏙 빼닮은 공주인데 어찌 저러실 수 있다는 말인가.

"이, 이름이라도 지어주시옵소서. 아직 공주의 이름도 없나이다."

한껏 당황한 중전은 아이의 이름을 핑계 삼아 왕의 발길을 잡아두려 애썼다. 그리고 본능적으로 깨달았다. 왕자를 낳지 못하면, 원자를 생산하지 못한다면 중전이란 허울 좋은 이름치레에 불과하다는 것을.

"이름이라…… 중전께서 알아서 짓도록 하시오. 어차피 후에 봉호를 내릴 테니."

자리에 앉은 지 얼마나 되었다고, 당장에라도 중궁전을 떠날 듯한 왕의 모습에 중전은 당황하여 외쳤다.

"……연리(連理)! 연리가 어떻사옵니까?"

"연리……. 혹 연리지(連理枝)를 이름이오?"

의외라는 듯, 왕이 방문을 향하는 발길을 돌려 공주를 안아 든 중전을 응시했다.

"예, 전하. 연리지는 지극한 효성을 상징하는 나무라 하지 않습니까. 공주도 효를 다하는 딸이 되란 뜻에서……."

미리 생각이라도 해둔 듯, 열심히 고사까지 들어가며 설명하는 중전을 바라보던 왕은 피식 웃으며 말했다.

"그는 부부간의 돈독한 연정으로 더 잘 알려진 나무일 터인데?"

속마음을 간파당한 듯 중전은 대번에 얼굴이 달아올랐다. 공주를 낳은 것이 원자 생산에 있어 왕과의 사이를 더 돈독하게 만들어주기를 희망했기에 공주의 이름을 그렇게 짓고 싶었다. 아니, 사실은 원자를 생산하지 못해도 왕이 여전히 자신을 아껴줄 것이라는 확신이 필요했다. 왕께서 나를 귀히 대하는 것이, 원자 생산을 위해서가 아니라 진정으로 아껴서라고 믿고 싶었다.

중전이 얼굴을 붉힌 채로 아무 말도 못 하자 방 안에는 잠시 어색한 침묵이 흘렀다.

"그리하시오."

침묵이 어색하게 깔리던 중 왕의 허락이 떨어지자, 중전은 붉게 상기된 얼굴에 흥분이 담긴 눈동자를 하고 용안을 바라보았다.

"전하……."

왕이 중전의 속뜻을 모를 리 없었다. 그런데도 왕은 공주의 이름을 허락하여 준 것이었다. 평소처럼 무표정한 얼굴을 한 왕은 다시 중전

곁으로 성큼성큼 다가와 몸을 숙였다. 그리고는 품에 안긴 공주의 뺨을 살짝 쓸어보고는 중전에게 눈을 맞추며 입을 열었다.

"하나, 그만큼 중전께선 더 노력해야 할 것이오. 내 말하지 않았소? 내가 그대에게 원하는 것은 원자라고."

공주의 이름을 허락한 것은 왕이 중전을 아껴서도, 연리지처럼 연모하고 싶어서도 아니었다. 오로지 원자를 위해서였다.

바람처럼 잠시 머문 왕이 중궁전을 나가는 소리가 들렸다. 중전은 비로소 자신이 차가운 현실에 내던져졌음을 깨달았다.

원자. 원자가 없으면 너는 아무것도 아니다.

속삭이는 왕의 목소리가 들리는 듯했다. 중전은 오소소 몰려오는 슬픔에 몸을 떨었다. 오로지 중전의 품에 안긴 공주만이, 세상일과는 상관없다는 듯 평온한 얼굴을 하고 있을 뿐이었다.

쨍—

달빛을 닮았다 하여, 월옥(月玉)이라 불리던 연적이 세차게 부서져 빛가루를 내었다. 평생을 귀한 보물이라 떠받들어지기만 했던 이 가련한 물건은 제 처지가 이리될 줄은 꿈에도 몰랐을 것이다.

상선은 속으로 혀를 찼다. 그리 귀히 여기던 것을, 이리도 집어 던져 무용지물을 만드시다니. 이제 또 어디서 저만한 연적을 구한담.

부복하여 엎드린 혼의 손에 빛가루가 묻었다. 혼에게 그것은 보물의 자취가 아닌 가슴 시린 눈물 자국이었다. 도무지 견디기가 어려웠다. 대체 내가 무엇이 부족하여! 차마 입술을 벗어나지 못하는 원망이, 도리어 그의 심장을 파고들어 난자했다.

"세자? 네 정녕 스스로를 세자라 생각하는 것이냐?"

"……."

"넌 그저 전란을 막기 위해 세워둔 허수아비일 뿐이다. 국본이라니, 가당치도 않은 이름이지. 차후로 세자랍시고 매일 하는 문후도 그만 두어라."

"아바마마!"

아비가 매번 자신을 불효하다 꾸짖었어도, 부족하다 비난했어도, 부왕의 뒤를 이을 국본이니 참아야 한다 되뇌며 견뎠다. 그러나 아비는 이제 자신의 명분이자 최소한의 위안마저 거두겠노라 하였다.

"나가거라! 꼴도 보기 싫다!"

무어라 항변할 말도 찾지 못해, 그저 월옥이 묻은 손을 덜덜 떨고만 있자 상선이 그에게 눈짓을 주었다. 지금은 심기가 불편하시니, 나중에 다시 오시지요.

상선의 눈에 서린 감정 또한 동정심이나 안타까움과는 거리가 멀었다. 이미 한두 번 겪은 일이 아닌, 그러한 익숙함은 세자의 위엄을 서서히 흠집 내는 낙숫물과 같은 것이었다. 아무리 강한 바위도 매일 떨어지는 물방울을 받고 있노라면 언젠가는 구멍이 뚫리게 마련이다. 이처럼 아비의 냉대가 심해질수록, 상선은 물론이고 대소 신료들마저 혼을 쉬이 여겼다. 그리고 혼은 이미 그것을 몸소 느끼고 있었다.

어전(御殿) 댓돌에 내려서던 혼이 휘청거렸다. 힘없이 내려서는 발걸음에, 지난밤 내린 빗물에 젖은 녹사화가 미끄러질 뻔하였던 것이다. 시립(侍立)해 있던 동궁전의 상궁나인들이 놀라 부축하려 하자, 혼은 손을 들어 그를 막았다.

괴로웠다. 죽을 만큼 괴로웠다. 아비의 비난에도 아무것도 답하지 못하는 자신이 싫었다.

어느덧 장성해 대장부가 된 세자는 그 인품이나 능력으로 보아 부족한 점이 없었다. 아니, 오히려 전란을 잠재운 공로를 생각한다면 칭송받아 마땅한 인재였다. 그러나 왕은 세자를 인정하지 않았고, 계속된 냉대에 세자의 입지는 날로 흔들리고 있었다.

아비에게 거부당하고도, 항의 한 번 하지 못하는 자신에게 환멸을 느끼던 혼이 동궁 처소로 돌아왔을 때였다.

"오라버니!"

맑은 목소리가 귓가에 울리자 혼은 반사적으로 떨어뜨렸던 고개를 들었다. 그러자 순식간에 색동 당의를 차려입은 어린아이가 달려와 혼의 다리를 감싸 안으며 매달렸다.

"연리로구나."

올해로 여섯 살이 된, 자신의 여동생이었다. 국혼을 올리자마자 회임했던 중전이 낳은 첫 아이였다. 다들 대군일 것이라 짐작했던. 하나 다행히도 여아였고, 덕분에 단숨에라도 내쳐질 뻔했던 자신은 간신히 자리를 지킬 수 있었다. 혼은 미소 지으며 자신에게 꼭 매달린 여동생을 품에 안아 들었다.

"아침부터 여긴 어인 일이냐?"

"오라버니가 보고 싶어서요!"

새 중전의 소생, 연리는 정명(貞明)이라는 봉호를 받은 공주였다. 대군을 기대하던 아비였으나, 늘그막에 얻은 적녀라 그런지 제법 총애하는 눈치였다. 마지못해 문안을 간 중궁전에서는 아비가 손수 이름자를 지은 공주라고 혼에게 으스대기까지 했다.

때문에 혼은 새 여동생이 그다지 반갑지 않았다. 그러나 정명공주는 나날이 궁궐의 귀여움을 독차지했고, 역대 어느 공주보다도 훨씬 총명하다며 칭찬이 자자했다. 그러다 혼은 작년에 우연히 들른 후원에서 공주와 처음으로 마주치게 되었다. 공주를 모시고 나온 상궁이 세자저하시라 귀띔하자, 공주는 깜찍하게 자신을 소개했다.

"연리라고 하옵니다, 세자 오라버니!"

첫 만남에서 자신을 봉호가 아닌 이름으로 소개했을 뿐만 아니라 세자저하가 아닌 오라버니라고 부른 아이였다. 당황한 혼에게, 연리는 조잘조잘 말을 걸었다.

"오라버니, 이 꽃을 아십니까? 소녀가 제일 좋아하는 꽃입니다. 오라버니께선 어떤 꽃을 제일 좋아하십니까?"

아무 말 못 하고 연리를 바라보기만 하는 혼이었으나, 연리는 아랑곳하지 않고 말을 걸었다. 그러다 처음 뵌 오라버니이니 선물을 하겠다며 자신이 좋아하는 꽃 수 송이를 꺾어 건네기까지 하였다. 얼떨결에 꽃을 받아 든 혼을 보고 연리는 까르륵 웃음을 터뜨렸다.

어떠한 그늘도 없는, 실로 오랜만에 만나는 밝은 웃음이었다.

연리는 아비를 쏙 빼닮은 눈매를 가지고 있었다. 어미인 중전은 동그랗고 평범한 눈매였는데, 그 여식인 연리는 아비인 왕을 닮아 우아한 눈매를 지니고 있었다. 궁인들은 역시 정궁 소생이라 왕의 고귀함을 빼닮은 것이라고 말하고들 했다. 차이점이라면, 신경질적이게 치켜올라간 왕과는 달리 연리의 눈매는 날렵하지만 부드럽다는 것이었다.

자신을 보는 아비의 눈에서는 다정이 사라진 지 오래였다. 그러나 이날, 혼은 연리에게서 따스한 아비의 눈을 본 듯한 착각이 들었다.

자신에게 아무런 그늘 없이 밝게 웃는 연리의 고운 눈매는 혼이 수없이 그리워했던 아비의 그것이었다.

그 후 혼은 전보다 자주 후원으로 행차했다. 연리가 항시 후원에 오는 것은 아니었으나, 날씨가 좋은 날에는 거의 항상 나들이를 나왔기 때문이었다. 혼과 연리는 함께 후원을 거닐기도 하고, 담소를 나누기도 했다.

모두에게 귀여움을 듬뿍 받고 자란 연리는 천성이 명랑하고 밝은 공주였고, 그런 연리와 함께할 때면 혼은 아비에게서 받은 상처가 치유되는 느낌을 받았다. 마음 둘 곳 없었던 궁에서 그는 연리를 통해 위로와 생기를 얻었다. 순수하고 맑은 연리와 대화를 할 때면, 잠시나마 복잡한 정쟁(政爭)에서 멀어지는 듯해 숨통이 트였다.

연리는 자신을 총애하기는 하나, 항상 눈치를 보게 되는 서늘하고 날카로운 성정의 아비와는 다른 혼의 다정함이 좋았다. 오라비는 언제나 제 말을 조용히 들어주었고 따스한 웃음을 지으며 바라봐 주었다. 직접 서책을 구해 와 이를 자상하게 하나하나 가르쳐 주기도 하였다. 손수 붓을 잡고 붓글씨 연습을 도와주기도 했다. 연리는 혼에게서 언제나 자신을 귀애하여 주는 부정을 느꼈다.

둘의 관계가 가까워질수록 연리는 마침내 동궁전에까지 발걸음 하게 되었다. 동궁전 상궁나인들은 처음엔 연리를 경계하였으나, 연리가 찾아온 날이면 눈에 띄게 밝아지는 혼을 보고는 점차 마음을 열었다. 이처럼 혼과 연리는 자신들도 모르는 사이 서로에게 소중한 존재가 되어가고 있었다.

3장
가련한 애정

"그래, 요즘은 무엇을 배우고 있느냐?"

엊그제 간식으로 먹은 다과가 참 맛이 있었다는 둥, 잔소리만 하는 김 상궁을 놀려주려 장난을 쳤다가 들켜 되레 혼이 났다는 둥 재잘대던 연리에게 혼이 다정스레 물었다.

"음, 요즘에는 소학을 배우고 있사옵니다."

"벌써 그것을 익히느냐? 어렵지는 않느냐?"

"네, 오라버니. 배울수록 흥미로워요. 특히 이 부분이 마음에 드옵니다."

연리는 불쑥 책상 한쪽에 놓여 있던 문방사우를 끌어왔다. 그리고 의아해하는 혼에게 방긋 웃어 보이고는 작은 손으로 붓을 쥐고서 정성스레 한 자 한 자 써 내려갔다.

父母愛之 喜而勿忘

父母責之 反省勿怨
兄弟怡怡 行則雁行
寢則連衾 食則同牀

“부모애지거든 희이물망하며, 부모책지거든 반성물원하라. 형제이이하여 행즉안행하고, 침즉연금하고 식즉동상하라.”

어린아이답지 않은 또렷함과 단단함이 느껴지는 필체다. 고작 여섯 해를 살아낸 여아치고는 괄목할 만한 솜씨였다. 열심히 써낸 글자를 읽는 목소리도 참으로 낭랑하여, 혼은 순간 어릴 적에 수학하였던 종학에 온 듯한 기분이 들어 즐거워졌다.

“필체가 아주 수려하구나. 그럼 이 문장의 의미도 해석해 낼 수 있겠느냐?”

“예. 부모님께서 사랑해 주시거든 기뻐하며 잊지 말아야 하며, 부모님께서 꾸짖으시거든 반성하고 원망하지 말라. 또한 형제는 서로 화합하여서 길을 갈 때 기러기 떼처럼 나란히 가고, 잠잘 때에는 이불을 나란히 덮고 밥 먹을 때에는 밥상을 함께하라는 뜻입니다.”

“하하하, 제법이로구나!”

깜찍한 입술을 움직여 막힘없이 학문을 읊는 것을 보니, 후학을 양성하는 스승의 마음을 알 것도 같았다. 자신도 모르게 웃음이 나와 혼은 큰 소리를 내며 함박웃음을 지었다.

“하온데 오라버니, 소녀 궁금한 점이 있사옵니다.”

기탄없는 웃음소리를 따라서 배시시 웃음을 짓고 있던 연리가 문득 호기심 가득한 눈을 하고는 말을 걸었다.

“응? 그래, 그것이 무엇이더냐?”

“소학에선 형제가 화목하면 부모님께서 기뻐하신다고 하지 않는지요? 하면 형제이이 행즉안행, 형제간의 우애는 분명 효도일진대 어찌하여 아바마마와 어마마마께선 오라버니와 소녀를 만나지 말라 하시는 것인지 모르겠습니다."

순수한 눈빛이 어찌하여 서책의 가르침과 현실 사이에 모순이 있는 것이냐 묻고 있다. 기껏해야 어린아이들이 배우는 쉽디쉬운 소학일 뿐이거늘, 그는 아직도 소학을 떼지 못한 철부지가 된 기분이었다. 아니, 어쩌면 그것은 사실일지도 몰랐다.

그래, 왜일까? 자신과 아비는 쉽디쉬운 기본서일 뿐인 소학의 가르침조차 따르지 못하고 있었다. 심해에 잠기듯 마음이 무거웠다. 부모책지 반성물원. 부모님께서 꾸짖으시거든 반성하고 원망하지 말라.

반성하고 원망하지 말라고? 무엇을 반성하고 무엇을 원망하지 말라는 것인가. 애써 밀어둔 대전에서의 일이 또다시 수면 위로 떠오르는 듯했다.

"소녀는 오라버니와 이렇게 오래오래 다복하였으면 좋겠습니다."

웃음이 담겼던 낯에 눅진한 침울이 번져 오자 연리는 재빨리 애정을 담은 말을 건넸다. 자신의 듬직한 오라비는 든든하고 자상하였으나, 종종 이렇게 한없이 어두운 이가 되고는 했다. 비록 함께한 시간이 오래되지는 않았으나 연리는 그의 성품을 누구보다도 잘 이해했으며, 그를 다독이는 방법을 알았다. 자신이 밝으면 밝을수록 오라비는 위안을 얻었다. 역시, 침울했던 오라비의 낯은 자신의 말에 미미하게나마 웃음을 품었다.

"오라비도 그러하다. 앞으로도 동궁전에 자주 놀러 오너라. 오라비는 하루라도 널 만나지 못하면 네 소식이 궁금하여 견딜 수가 없구나."

연리는 기쁨을 담뿍 담아 웃어 보였다. 참으로 다정한 오라비였다.

"위엄 있게 처신하여라. 너는 공주이니라."

부왕과 모후처럼 절제된 애정이 아니라, 넘치도록 자신을 아껴주는 그 애정이 너무나 좋았다. 자신의 애정을 내침 없이 품어주는 따스함이 좋았다.

그래서였다. 이전까지는 한 번도 해보지 못했던 말을 꺼내본 것은.

"오라버니, 그러면 다음번에는 의와 함께 와도 되어요? 의도 오라버니를 만나면 참으로 좋아할 것이옵니다."

이의(李㼁). 연리의 세 살 아래 남동생이었다. 의는 부왕과 모후가 가장 아끼는 자식이며, 매일 많은 시간을 함께하는 아이였다.

부왕은 분명 자신도 귀애했다. 그러나 그 애정은 오라비처럼 포용적이지 않았다. 모든 것을 품으며 보듬어주는 오라비의 애정보다 훨씬 까다로웠으며, 이연리보다는 공주 정명에게 주는 사랑이라고 느껴졌다.

연치 어린 연리였지만 본능적으로 느낄 수 있었다. 부왕은 항상 연리에게 공주로서의 위엄과 품격을 바랐고, 모후는 그런 부왕을 따라 항상 연리를 타일렀다. 총명하다는 칭찬이 자자할수록 부왕은 만족보다는 정진(精進)을 원했고, 모후는 그런 부왕보다는 덜하였으나 항상 부왕의 말씀을 어기는 법이 없었다. 하여 어린 공주에 불과한 연리는 갑갑증마저 일었다.

부왕과 모후는 어린 의에게도 분명 그리하실 것이다, 생각한 연리는 의와 함께 오라비와 즐거운 시간을 보내고 싶었다. 자신에게 아낌없는 사랑을 부어준 오라비라면 의에게도 응당 그러히 사랑해 줄 것이었다.

여태까지 단 한 번도, 연리가 자신의 앞에서 언급하지 않았던 금기어가 떨어져 내렸다. 의라니……. 설마 영창(永昌)을 이르는 것인가? 혼은 애써 외면해 왔던, 연리와 의의 연결 고리가 점화되는 것을 느꼈다.

"의라면…… 영창을 말하는 것이냐?"

"예, 오라버니! 요즈음 의가 기운이 없어 보여서요. 다과를 준비해 의와 함께 동궁전에서……."

들뜬 어조로 열심히 계획을 이야기하던 연리는 딱딱하게 굳어버린 혼의 낯을 보고 놀라 말을 멈추었다.

"오라버니……? 어디가 편찮으십니까? 낯빛이 좋지 않으시옵니다."

익히 들어 알고 있었다. 어찌 모를 수 있을까. 아비가 늘그막에 얻은, 그리도 귀애받는다는 적자 영창. 아비는 공공연히 그 아이를 후계자라 칭하곤 했다. 장성한 자신이 엄연히 국본의 자리에 앉아 있음에도 불구하고.

하니 그를 어찌 농으로 치부할 수 있겠는가. 강보에서 갓 나온 어린 아이지만 거부감이 들 수밖에 없었다. 혼은 아직 머리에 피도 마르지 않은 이복동생을 경계하여야 하는 신세가 몹시도 씁쓸하였다.

"아니…… 되겠습니까?"

총명한 아이답게 연리는 곧바로 혼의 눈치를 살폈다. 그런 연리의 조심스러움을 눈치챈 혼이 힘없이 웃으며 입을 열었다.

"연리야, 오라비는……."

"세자저하, 박 내관이옵니다."

혼이 난처해하며 기대에 가득 찬 연리에게 조심스러운 거절의 뜻을 내비치려는 순간, 동궁전 내관의 목소리가 들렸다.

"들게."

혼의 허락에 방 안으로 들어온 내관이 어느새 오시(午時)임을 알렸다.

"저하, 낮것상을 들일 시간입니다. 또한 금일에는 예정된 일정이 많은지라……."

"아, 시간이 벌써 그리되었는가?"

연리와의 담소가 생각보다 시간을 많이 소비하였나 보다. 평소엔 쉬이 서두르지 않던 박 내관이 난감해하는 것을 보면. 연리와 있을 때면 시간이 유난히 빨리도 흐르는 듯했다. 하필 요즈음 정무가 늘어 시간을 내어 만나기가 수월치 않았는데, 오늘도 벌써 이리 헤어져야 한다니 혼은 아쉬운 마음만 가득했다.

"하오면 소녀는 이만 물러가겠사옵니다, 오라버니. 오늘은 어마마마께서 낮것상을 함께하자 하셔서요."

헤어짐이 너무도 아쉬워, 매번 자신에게 차마 축객령을 내리지 못하는 오라비에게 연리는 얼른 스스로 물러갈 의사를 밝혔다. 사려 깊은 연리가 대견하여 혼은 부드러운 미소를 지으며 고개를 끄덕였다. 그에 밝은 미소로 화답한 연리는 꾸벅 인사를 하고는 방을 나왔다.

"공주자가, 어찌 그러시는지요?"

"……."

동궁전에서 나온 연리는 평소와는 달리 오묘한 표정을 짓고 있었다. 기쁜 것도 슬픈 것도 아닌. 상궁의 물음에도 불구하고 공주는 입을 꾹 다문 채 중궁전으로 발걸음을 옮길 뿐이었다. 세자저하께 혹여 꾸지람이라도 들으신 겐가? 어린 공주의 가라앉은 분위기가 얼마나 무겁던지, 따르는 나인들은 서로 힐끔대며 상전의 눈치만 볼 뿐이었다.

타박타박-

중궁전으로 가는 길, 자신의 어두운 낯빛을 살피는 궁인들의 걱정스러운 낌새도 알아차리지 못하고 연리는 고운 아미(蛾眉)를 찡그리며 걸음을 옮겼다.

'참 이상하단 말이지. 분명 오라버니는 내 청을 거절하려고 하셨어. 어찌 의를 꺼리셨을까? 다정하신 분인데…….'

뭔가 마음이 상하신 일이라도 있었나? 아냐, 아바마마께 문후를 드리고 바로 동궁전으로 오셨으니 특별한 일도 없었을 터인데…….

생각해 보면, 오라버니는 오늘도 자신이 하는 말 하나하나를 고개까지 끄덕이며 호응해 주었다. 평소와 다를 것이 하나도 없는 평범한 담소였다. 다르다 할 일을 굳이 꼽자면, 며칠 전 배운 부모 형제간의 도리를 써 보여드린 것밖에…….

'아! 혹 돌아가신 공빈마마가 생각나 슬퍼지신 건가?'

아직 태어나기도 훨씬 전의 일이라 뵙지는 못했지만 언젠가 들은 적이 있었다. 오라버니의 생모인 공빈(恭嬪)마마는 오라버니를 낳고 얼마 되지 않아 세상을 뜨셨다고 했다. 그러니 모자간의 정이 더욱 애틋할 것인데…….

에잇, 바보! 왜 하필 그것을 써서는! 연리는 괜히 자신이 오라비의 마음을 섭섭하게 한 것은 아닌지 후회하며 스스로에게 꿀밤을 먹였다.

"히잉…… 어쩌면 좋담?"

눈치 없는 자신을 원망하며 어찌하면 오라버니의 마음을 풀어줄 수 있을까 골똘히 고민하던 연리는 가던 길을 멈췄다가, 제자리를 빙빙 몇 바퀴 돌고, 앞으로 갔다 뒤로 갔다, 자신도 모르게 부산스러운 발걸음을 놀렸다.

"저어, 공주자가? 이러시다 시간이 지체되겠사옵니다. 중전마마께서 기다리실 것인데……."

연리는 힘없는 오라비의 낯이 자꾸만 머릿속에 맴돌아 한참을 스스로를 타박했다. 뒤따르는 상궁나인들이 곤란해하며 재촉해도 그는 귀에 들리지도 않았다. 소중한 오라버니의 어두운 낯에 어떻게 환한 웃음을 되찾아줄 수 있을지, 그것만이 연리의 관심사였다.

그렇게 꽤 많은 시간을 지체한 후에야 연리는 중궁전 근처에 당도했다. 아무리 생각해 보아도 도무지 뾰족한 방도를 찾지 못해 풀이 죽어 있던 연리는 중궁전으로 통하는 문을 들어서며 생각했다. 아무래도 다음번에는 다른 구절을 써드려야겠어. 이번엔 특별히 오라비와 누이 간의 우애를 말한 구절을 찾아서 선물로 드려야지. 그럼 오라버니께서 좋아하시겠지?

그런데 그 순간, 공교롭게도 낮것상을 든 궁인들 여럿이 먼저 중궁전 방 안으로 들어가려는 것이 보였다. 악, 이를 어째!

"이를 어찌하옵니까! 이러다 중전마마께서 어딜 다녀왔느냐 묻기라도 하시면 경을 칠 것인데! 그러게 소인이 서두르시라……."

깜짝 놀라 치맛자락을 붙들고 후닥닥 뛰는 연리를 따라, 안절부절못하며 따라 뛰던 김 상궁이 초조한 목소리로 면박을 주었다. 자네가 언제? 하며 입술을 삐죽이는 어린 공주에게 상궁은 어처구니가 없어 입을 딱 벌리고야 말았다. 아이고, 못 들은 척하시기는? 소인은 분명 말씀드렸습니다! 그제야 자신 뒤에서 무어라 계속 말을 건네던 상궁의 목소리가 어렴풋이 기억나는 것도 같아, 연리는 상궁을 흘겨보려던 눈초리를 거두었다.

"어쩔 수 없네. 내 어마마마께 재주껏 둘러댈 터이니 자네들은 혹 어마마마께서 하문하시거든 눈치껏 입을 맞추게!"

얼른 고개를 끄덕이는 상궁나인들을 뒤로하고, 연리는 궁녀가 열어주는 방문 안쪽으로 발걸음을 옮겼다. 방 안에는 벌써 낮것상 두 개가 놓여 있었고, 중전은 그중 큰 상을 앞에 두고 앉아 있었다.

"정명아, 어찌 늦었느냐? 음식이 식지 않니."

부드럽지만 질책이 담겨 있는 목소리에 연리는 마른침을 꿀꺽 삼켰다.

"아, 그것이…… 서, 서책을 읽다 보니 시간 가는 줄 모르고……. 지체했습니다, 어마마마. 송구하옵니다."

"그랬느냐? 괜찮으니 어서 이리 앉아라."

휴우, 다행이다. 둘러댄 거짓말을 대수롭지 않게 믿는 음성에 안심한 연리는 몰래 가슴을 쓸어내리며 맞은편의 상 앞에 가 앉았다.

"안 그래도 네가 요즘 너무 서책에만 빠져 식사를 제대로 챙기지 않는 것 같더구나. 해서 오늘은 원기도 보할 겸 삼합미음을 준비하라 했다."

따스한 모후의 말처럼, 앞에 놓인 상에는 대추, 황률, 인삼을 넣고 고아 만든 삼합미음(三合米飮)이 놓여 있었다. 반지르르 윤기가 나는 찹쌀에 오동통한 황률이 먹음직해 보여 연리는 침을 꼴깍 삼켰다. 아니나 다를까, 서책을 읽느라 어제도 식사를 하는 둥 마는 둥 했고 아침엔 오라비를 보러 아침부터 동궁전으로 달려갔기 때문에 속이 허했다.

"감사하옵니다, 어마마마!"

해사한 웃음을 지어 보이는 연리에게 싱긋 웃어 보인 중전이 어서 너도 들라는 눈짓을 하며 숟가락을 들었다. 곧 모녀는 사이좋게 따뜻한 삼합미음을 음미했다.

"어떠하니? 내 이번에 특별히 좋은 인삼이 들어와 그것으로 만들라 한 것인데."

"참으로 맛이 좋아요, 어마마마. 이걸 드니 따뜻한 기운이 몸을 감싸는 것 같사옵니다."

오랜만에 함께하는 모후와의 시간과, 애정이 담긴 삼합미음에 어느새 마음이 놓인 연리는 애교 섞인 말투를 하며 방긋방긋 웃어 보였다.

날이 추워 그런지, 기력이 약해 보이던 어린 딸이 기운을 차린 것 같아 보이자 내심 걱정하던 중전은 한결 마음이 놓여 빙그레 웃음 지었다.

"그래, 맛이 있다니 다행이구나. 하면 이것을 영창에게도 좀 보내주어야겠다. 영창도 요즈음 기력이 많이 쇠한 듯하니."

미음을 입에 넣는 연리를 흐뭇하게 보던 중전은 상궁을 불러 의에게도 삼합미음을 가져다주어라 일렀다. 아직 어린아이이니만큼 중전은 각별히 신경을 써 재료를 가감하고 조절할 것을 당부했다.

문득 연리는 숟가락을 들고 미음을 뜨다 아까 동궁전에서의 어두운 오라비의 낯이 떠올랐다. 아, 바로 이거야!

"어마마마, 세자저하께도 삼합미음을 올리면 어떨까요? 요즈음 날이 추워 그런지 저하께서도 기력이 쇠하신 듯합니다. 세자저하께서도 이 미음을 드시면 힘이 나실 것이옵니다."

오라버니도 이 따스한 미음을 들면 금세 기분이 좋아지실 거야. 드디어 방도를 찾았다! 연리는 제가 찾아낸 방도가 만족스러워 한가득 기쁨을 담아 웃었다. 그러나…….

땡그랑-

"설마 너 또 동궁과 만났느냐?"

조금 전까지 사용되던 중전의 숟가락은 갑작스러운 충격을 이기지 못하고 나지막한 소음과 함께 구석 한쪽으로 내던져졌다. 날카로운 모후의 음성에 당황한 연리가 숟가락이 던져진 구석을 보았던 시선을 들어 중전을 바라보자, 아까까지만 해도 봄볕같이 따스하게 웃던 얼굴에 어느새 얼어붙은 칼바람의 형상이 위태롭게 서려 있었다.

"아, 아니옵니다, 어마마마! 소녀는 단지 좋은 음식을 의와 세자저하 모두와 나누려고……."

"이 어미가 동궁과 마주치지 말라 그리 주의를 주었거늘! 일전에 경을 치른 후로 또 만났더냐? 설마 그래서 오늘 늦은 것이냐?"

"어마마마! 아니옵니다!"

왜인지 모르겠지만 어마마마는 세자 오라버니를 매우 싫어하신다. 작년 후원에서 오라버니를 처음 만나 함께 이야기를 나누었던 것을 말씀드렸더니, 낯빛이 붉어지실 정도로 경을 치셨다. 그리고 다시는 만나서도 아니 되며, 대화를 해서도 안 된다고 단단히 이르셨다. 그리고 심지어는 한동안 처소와 중궁전 외에는 출입을 금하시기도 하셨다. 그래서 이후로 몰래 오라버니를 만났고, 그 일은 함구해 왔던 것인데……. 오늘 동궁전에 간 사실을 들키면 모르긴 몰라도 또다시 한바탕 경을 치를 것이다. 무슨 일이 있어도 숨겨야 한다!

"김 상궁은 들라!"

적잖이 화가 난 중전의 음성이 대번에 바깥까지 튀어나갔다. 밖에서 시립하고 있던 공주의 상궁나인들은 평화로운 문내(門內)의 기척에 가슴을 쓸어내리다가, 돌연 중전의 노성이 튀어나오자 화들짝 놀랐다.

아이고, 이를 어째! 조금 전까지 연리에게 안절부절못하며 초조해하던 김 상궁은 올 것이 왔구나, 하는 말을 읊조리며 황급히 종종걸음쳐 들어갔다.

"소, 소인을 찾아계시옵니까, 중전마마."

방 안의 분위기는 역시 심각했다. 보료에 앉은 중전의 눈빛은 금방이라도 자신에게 물고를 내겠다 외치는 듯 험했다. 중전의 맞은편에 앉아 종종걸음으로 들어오는 자신을 돌아보는 연리의 낯빛은 한껏 당황한 기색이 역력했다. 떨리는 손을 초록빛 당의 자락 밑으로 감춰 잡은 김 상궁은 애써 태연한 빛을 가장하며 앞으로 나아가 중전에게 고개를 숙였다.

"오늘 아침 공주가 무엇을 하고 있었느냐? 무엇 때문에 중궁전에 늦게 당도한 게야?"

"예, 예?"

미처 말을 맞추기도 전에 중전의 서슬 퍼런 일갈이 터져 나오자, 김 상궁은 어찌할 바를 모르며 숙인 고개 너머로 열심히 연리의 도움만 구했다. 자가, 어찌 제게 이런 시련을 주십니까!

"어찌 대답을 못 하는 게야? 무엇을 했냐니까! 정녕 동궁전엘 갔느냐!"

금방이라도 당의 바깥으로 튀어나갈 것 같은 두근거림을 눌러 잡고, 연리는 침을 꼴깍 삼켰다. 침착하자, 침착! 치맛자락을 꾹 말아쥔 연리는, 등 뒤의 중전에게 보이지 않게 조심스레 입 모양을 벙긋거렸다.

서-책, 서-책!

재빨리 소리 나지 않게 서책을 읊조린 연리는 김 상궁을 연신 힐끗거렸다. 제발!

"고, 공주께선 아침 내내 서책을 읽으셨사옵니다. 예, 서책을 보시느라 시간이 흐르는 것도 모르시어…… 소인을 죽여주시옵소서, 모두 소인의 불찰이옵니다!"

잔뜩 겁을 집어먹은 김 상궁이 납작 엎드려 바들바들 떨었다. 평소에는 그럭저럭 너그러운 중전이었으나, 세자에 관해서만큼은 지나치게 흥분한다는 사실은 궁인이라면 쉬쉬하며 누구나 다 아는 것이었다. 그렇기에 나인들 사이에선 중전이 세자를 폐하고 어린 대군을 세자로 옹립하려 한다는 소문마저 돌고 있는 터였다. 그런데 중전이 공주와 세자가 무시로 만난다는 사실을 알게 된다면? 틀림없이 물고를 내실 것이다!

"정녕 그것이 사실이렷다?"

의심이 가시지 않은 어조였으나, 물고를 내란 고함이 쏟아지지 않은 것을 보아 공주께서 둘러댄 말과 자신의 말이 아귀가 맞는 듯했다.

"예, 예– 여부가 있겠사옵니까! 틀림없는 진실이옵니다!"

김 상궁이 후들거리는 목소리로 결백을 주장하자, 중전은 알았다는 말과 함께 축객령을 내렸다. 휴우– 십 년 감수했네. 방문이 닫히자마자 김 상궁은 쏜살같이 마당으로 내려가 궁녀들에게 조심스레 입단속을 시켰다.

공주자가께선 서책을 보신 것이야. 경을 치고 싶지 않으면 너희들도 명심해라! 예, 마마님.

"어마마마…… 어찌 그러시옵니까."

연리는 복잡한 표정을 짓는 모후의 모습을 이해하기가 힘들었다. 어찌 동기간인 오라버니와 자신이 만나면 아니 된단 말인가. 아까 동궁전에서 써보았던 소학의 가르침에 대한 궁금증이 다시 고개를 들었다. 효도의 근본인 동기간의 우애가 어째서 백성의 모범이 되어야 할 왕실에선 금기일까.

"정명아."

"예, 어마마마."

"내…… 너를 꾸짖으려 이러는 것이 아니다. 동궁을 가까이해서는 안 돼. 그자는 선한 인사가 아니니라. 하니 동궁을 믿어서도, 마음을 주어서도 아니 된다."

한숨을 내쉬며 하시는 모후의 말씀은 도무지 당황스러울 뿐이었다. 다정하신 오라버니가 어째서? 짧은 시간이나 그동안 보아온 오라비의 모습은 한없이 착한 선인이었지, 따스하신 성품의 모후가 경을 치시며 만류하실 정도의 무도하고 패륜적인 악인은 절대 아니었다.

연리는 어찌 그러한지 따져 묻고 싶었으나, 아까와는 달리 경직되어

버린 분위기 속에서 선뜻 세자 오라비를 입에 올리기가 어려웠다. 결국 모후의 눈치를 보며 요즈음 읽은 서책의 내용과 남동생 의, 편찮으신 부왕의 환후에 대한 이야기만 나누는 사이 미음 그릇은 바닥을 보이고 말았다.

❖

"누님, 지금 어디를 가시는 거예요?"

연노랑 저고리에 다홍치마, 금박물린 댕기의 여자아이가 조그만 사내아이를 대동하고는 숨바꼭질이라도 하는 양 주위를 경계하며 조심조심 걸음을 옮겼다. 어린아이였으나 누가 보아도 감탄할 만큼 미려(美麗)한 인물이었다. 발걸음은 조심스러웠으나 눈에는 장난기가 가득 어리었고, 입매는 보기 좋은 호선을 그리며 이따금 콧노래마저 흥얼거려 들떠 있는 듯했다. 그런 여자아이의 동생으로 보이는 어린 사내아이는 의아하다는 표정을 지으며 누이의 치맛자락을 꼭 붙들고 졸졸 따라다니고 있었다.

"쉿, 조용히 따라오기만 해."

그리고 그들 뒤로 보이는 상궁은 투호살이 담긴, 귀가 달린 긴 단지와 목제 주령구를 든 채로 끙끙대며 따라오고 있었다.

"아이고, 자가! 어찌 이러시옵니까! 정녕 소인이 물고를 당해야 속이 시원하시겠사옵니까?"

행여나 들킬세라 정신없이 주위를 살피던 김 상궁이 볼멘소리로 연리를 향해 낮게 소리쳤다.

"게다가 대군 아기씨까지 모시고 오시다니요!"

아이참, 내가 아니라 자네 때문에 들키게 생겼어! 눈을 흘긴 연리는 치맛자락을 붙들고 말똥말똥 자신을 바라보는 의에게 속삭였다.

"의야, 너 형님을 만나고 싶지 않니?"

"형님이요?"

난생처음 듣는 형님이라는 소리에 의는 눈을 반짝였다.

"만나고 싶어요! 형님!"

들뜬 의의 대답에 연리는 그럴 줄 알았다는 듯 방긋 웃었다.

"그래, 지금 그래서 세자 형님을 뵈러 가는 거야. 우리 가서 형님과 재밌게 놀자?"

"네, 누님! 의는 세자 형님이 보고 싶어요!"

부왕과 모후는 어쩐 이유에선지, 의에게 세자 오라비의 존재를 알려주지 않았다. 그래서 의는 세 살이 넘은 지금까지도 큰 형님이자 이 나라의 세자인 오라비의 존재를 모르고 있었다. 의는 부왕의 애정을 독차지하는 아이였다. 그러나 천성이 천진하고 순진하여, 군주로서의 덕목을 강요하는 부왕에게 자주 꾸지람을 듣곤 했다. 그런 의는 부왕의 눈치를 자주 보았으며 항상 곁에서 자신을 보듬어주는 세 살 위의 누이 연리를 곧잘 따랐다.

의는 아직 어린데, 항상 공부만 해야 하니 답답할 거야. 게다가 형제지간에 아직 얼굴조차 보지 못했다는 게 말이 돼? 의도 오라버니를 보고 싶어 하고, 오라버니도 의를 보시면 다정하게 대해주실 거야. 그러니까 오늘은 의랑 같이 가서 재밌게 놀아야지!

요즈음 쉽사리 어두운 낯빛을 하는 오라비와, 엄격한 부왕에게 주눅 들어 있는 의의 얼굴에 웃음꽃이 필 생각을 하니 저절로 신이 나는 연리였다.

김 상궁! 얼른 와! 아이고, 갑니다 가요!

"오라버니!"

요즈음 아직 풀리지 않은 날씨 탓에 주로 동궁전에서 담소를 나누며 시간을 보내던 혼과 연리였으나, 방 안에만 있는 것이 싫증도 나던 참이라 둘은 오랜만에 후원에서 만나기로 하였다. 얼마 전 피치 못하게 부탁을 거절한 후, 괜스레 미안한 마음이 들어 신경이 쓰이던 혼은 연리의 방문을 손꼽아 기다렸다. 하여 먼저 도착해 기다리고 섰던 혼은 맑은 음성의 부름에 반색하며 소리의 출처로 고개를 돌렸다.

역시 오랜만에 바깥에 행차한 것이 신이 나는지, 연리는 표정뿐만 아니라 걸음걸이까지 상쾌하기 그지없었다. 자신에게 손을 붕붕 흔들며 잰걸음으로 다가오는 연리는 뒤따라오는 이의 손을 가리켜 보였다. 연리의 손끝을 따라 바라본 상궁의 두 손에는 투호에 쓰이는 단지가 들려 있었다. 오호라, 오늘은 투호를 할 모양이로구나. 혹여나 자신의 거절에 마음 상하지 않았을까 걱정하던 그는 연리의 그늘 없이 명랑한 모습에 마음이 놓여 웃는 낯으로 맞이하여 주었다.

그런데 곧 자신 앞에 선 연리를 맞이하려는 순간, 혼은 여느 때와는 다른 이질감을 느꼈다. 곧장 보아오던 연리와 그녀를 따르는 상궁 하나, 그리고 거기에서 끝나야 할 인기척이 익숙지 않게 늘어나 있었다.

"오라버니, 오늘은 의도 함께 왔어요! 의와는 처음 보시지요?"

연리가 말을 건네기 무섭게, 등 뒤에서 다홍빛 치맛자락을 꼭 붙든 조그만 사내아이가 쏘옥 고개를 내밀었다. 혼은 순진한 아이의 눈망울을 보기가 무섭게 얼어붙었다. 중전의 아들. 아비의 적자. 연리의 동복아우. 그리고……. 자신의 정적(政敵). 아무런 마음의 준비도 없이 정적을 맞이한 혼은 적의를 갖기보다는 당황할 수밖에 없었다.

난생처음 형님을 만난 의는 그가 누님을 반기던 것과는 달리 딱딱한 시선으로 자신을 주시하자, 왠지 꾸지람하던 부왕의 얼굴이 떠올라 비척비척 연리의 뒤로 몸을 숨겼다.

형님께서도 제가 마음에 안 드시나 봐요. 어린 연치답지 않게 잔뜩 주눅 든 의의 목소리에 연리는 고개를 흔들었다.

"아냐, 오라버니가 널 왜 싫어하셔? 얼른 이리 나오렴."

쭈뼛대는 의를 등 뒤에서 끌어내 앞에 세운 연리는 활짝 웃으며 말했다.

"오라버니, 의는 오라버니를 한 번도 뵌 적이 없어 이참에 인사라도 시키려고 데려왔습니다. 함께 놀아도 되겠지요?"

정적을 만난 당황함으로 굳어버린 혼의 태도를, 예상치 못하게 아우를 만난 어색함이라고 오해한 연리는 애교 있게 혼에게 말을 걸었다. 그런 순진무구한 면전에 대고 당장 네 동생을 데리고 가라 축객령을 내릴 수도 없어, 혼은 얼떨결에 하는 수 없이 어린 정적과 함께 투호살을 쥘 수밖에 없었다.

아직 겨울의 서느런 바람이 채 가시지 않은 뒤뜰에서 세 남매의 투호판이 벌어졌다. 투호 단지가 멀찍이 자리를 잡았고 혼은 붉은색, 연리는 푸른색, 의는 검은색으로 물들인 투호살을 쥐고 섰다. 그런데 대뜸 옆에 선 김 상궁이 목제 주령구를 건네어, 혼은 의아한 눈으로 받아 들었다.

"응?"

여섯 면으로 이루어진 주령구에는 연리의 서체로 작은 글씨가 쓰여 있었다. 여섯 면을 차례로 살펴보던 혼은 흥미롭다는 표정을 지었다.

自唱自投 자창자투 - 스스로 노래 부르고 던지기

弄面孔過 농면공과 - 얼굴 간지러움을 태워도 참기

任意請歌 임의청가 - 마음대로 노래 청하기

空詠詩過 공영시과 - 시 한 수 읊기

有犯空過 유범공과 - 달려드는 사람이 있어도 가만히 참기

季布一諾 계포일낙 - 무슨 청이든지 반드시 들어주기

"연리야, 이건 네가 만든 것이냐?"

"예, 그냥 하면 심심하잖아요. 살 던지기에 실패하면 주령구를 굴려 나온 벌칙 중 하나를 하는 거예요!"

자신과 후원에서 투호를 할 생각에 조그만 머리로 고민을 거듭해 벌칙을 정성껏 써넣었을 연리를 생각하니 웃음이 났다. 연치보다 총명하기는 하나, 역시 아이는 아이인 모양이다.

"꽤 재미있어 보이는구나. 좋다, 하면 이 오라비가 먼저 하마."

"와아!"

혼이 시원스레 승낙하며 주령구를 쥐고 다른 손으로는 투호살을 들어 올리자, 혹시나 쓸모없는 짓을 했다며 화라도 내면 어쩌나 눈치를 보며 연리의 뒤에 숨어 있던 의는 팔짝팔짝 뛰며 기뻐했다. 살을 던지려던 혼은 그런 예상치 못한 의의 반응에 일순 당황하여 멈칫하고 말았다. 혼의 당황한 눈과 의의 기쁨이 넘치는 눈이 한데 마주쳤고, 의는 기쁜 나머지 자신도 모르게 한 행동에 놀라 다시 후닥닥 연리의 뒤로 숨어버리고 말았다.

한창 흥이 달아올라 의와 함께 환호성을 지르던 연리는 투덜거렸다. 아이, 참. 얘는 왜 계속 숨는담. 어째 오늘따라 더 수줍음을 타는 것 같지? 연리는 의의 손을 휙 잡아당겨 끌어내 옆에 세우고는 혼을 재촉했다.

"오라버니, 어서요! 어서 던져 보세요!"

잔뜩 기대에 찬 눈빛들에 혼은 왠지 모르게 웃음이 났다. 어린 동

생과 또한 어린 정적은 뭔가 대단한 일이라도 벌어진 양 잔뜩 집중하며 자신의 손끝만 주시하고 있었다. 먼저 홍룡포를 슬쩍 넘기고, 한 발을 살짝 앞으로 빼 균형을 잡은 혼은 한쪽 눈을 감고 두어 번 방향을 가늠한 후 가볍게 살을 던졌다.

휙- 땡그랑!

"우와아아!"

"꺅! 성공입니다!"

혼의 홍살(紅蘿)은 유려하게 날아가 단지의 중심에 꽂혔다. 단 한 번에 보기 좋게 성공시킨 혼의 솜씨에, 연리와 의는 환호성을 지르며 쉴 새 없이 감탄을 쏟아냈다.

누군가가 이렇듯 자신에게 순수한 호의를 보인 적이 있었던가. 이제는 기억조차 희미한 왕자 시절을 제외하고는 왜란이다 세자 책봉이다 골치 아픈 일들만 가득해 전무하다시피 했었다. 비록 그 누군가가 이복동생과 정적이기는 했지만, 그 순수함의 온기에 혼의 입가에도 웃음기가 번졌다.

첫 살에 이어 두 번째도 관중시킨 혼에 이어, 청살(青蘿)을 던진 연리는 연거푸 관중에 실패하여 주령구의 자창자투와 공영시과 벌칙을 수행해야 했다. 의는 홀로 노래를 부르고 시를 읊는 우스꽝스러운 누이의 모습에 웃음을 참지 못하고 깔깔대며 웃었다. 그 때문에 약이 오른 연리의 눈 흘김을 받았으나, 신이 난 의는 누이의 눈길은 아랑곳하지도 않고 힘껏 흑살(黑蘿)을 던졌다. 성공! 기쁨에 방방 뛰더니, 별안간 어깨를 쫙 펴고 의기양양한 품을 하는 투가 퍽 귀엽다.

"누님, 제가 이겼지요?"

"얘는? 아직 한 번 남았잖아! 아직 아냐!"

투호를 두고 아웅다웅하는 남매를 보고 있자니 혼은 그들을 따라 동심으로 돌아간 기분이 들었다. 나도…… 한때는 왕자 시절 꽤 골치 아픈 장난을 쳤더랬지. 근심 걱정 없이 또래 왕자들과 어울려 놀던 추억이 떠올라 잠시나마 꽉 막혀 뿌옇던 머릿속 안개가 개는 것 같았다. 틈을 주지 않고 울리는 맑은 어린아이의 웃음소리도 듣기 좋았다.

오라버니! 유범공과입니다! 드디어 의의 흑살이 단지를 벗어났다. 던져진 주령구는 유범공과 네 자를 선명히 내보이고 있었다. 연리는 틈을 잡았다는 듯이 의에게 달려들어 간지럼을 태웠다. 누, 누님! 그만요! 그만! 까르륵 웃는 연리의 격렬한 간지럼에 숨이 넘어갈 듯 킥킥거리며 몸부림치던 의는 무자비한 손길에서 벗어나기 위해 훈이 있는 곳으로 냅다 달음박질쳤다. 훈의 등 뒤에 숨을 속셈으로 다다다 뛰어오는 의를 연리도 질 수 없다는 듯이 쫓았고, 결국 삽시간에 제 곁으로 달려드는 그들을 난처하게 바라보던 훈은 그들과 한데 얽혀 넘어지고 말았다.

으헉, 혀, 형님, 누님 좀 말려주세요! 넘어진 와중에도 놀림당한 앙갚음을 하겠단 의지의 연리가 의를 간질이려 들자, 의는 웃음을 참지 못해 헉헉거리면서 훈에게 도움을 청했다. 오라버니! 의 좀 잡아주세요! 이에 질세라 훈에게 도움을 청하는 연리였다. 훈은 그들 틈에 끼어 오랜만에 생기를 느꼈다. 매일 반복되는 업무와 죽은 듯 무능한 인사인 듯 자책했던 우울한 마음에 서서히 활력이 샘솟고 있었다.

“하하하!”

까르륵거리는 연리와 킥킥대는 의, 그리고 실로 오랜만에 파안대소하는 훈의 경쾌한 웃음소리가 청량감 어린 겨울 하늘에 높이 메아리쳤다. 생전 처음 뵙는 낯선 형님과 정적이란 이름의 어린 이복동생. 그들 사이의 보이지 않는 벽은 어느 겨울날을 기점으로 하여 시나브로 녹아내리고 있었다.

"앗!"

혼의 홍살이 단지를 넘어갔다. 연리와 의는 그를 보고 좋아하며 얼른 주령구를 가져다 안겼다.

"형님, 어서 던져보세요!"

"오라버니, 관중시키지 못하셨으니 벌칙을 하셔야 합니다?"

누가 남매 아니랄까 봐? 똑같이 눈 빛내는 것 좀 보아라. 픽 웃음을 터뜨린 혼은 호쾌하게 고개를 끄덕이고는 주령구를 힘껏 던졌다.

季布一諾 계포일낙 - 무슨 청이든지 반드시 들어주기

"어? 계포일낙이 아닙니까! 오라버니, 제 청을 들어주시어요!"

"누님! 그런 게 어딨어요? 형님, 제 청을 들어주실 것이지요?"

정작 벌칙 당사자는 가만히 있는데, 연리와 의는 저희들끼리 투닥거리며 제 청을 들어달라 졸랐다. 어허, 다투지들 말거라! 아웅다웅하는 모습이 귀여워 웃으며 달래던 혼이었으나 연리와 의는 누구 하나 물러서질 않았고, 결국 혼이 둘 다 청을 하나씩 들어주겠다는 약속을 한 후에야 다툼은 가까스로 멎었다.

"허 참. 누가 남매 아니랄까 봐 둘 다 이리 오라비를 곤란하게 만드느냐."

짐짓 꾸지람하는 어투였으나, 환히 웃는 낯이라 전혀 훈계의 태가 나질 않는 혼이었다. 어린 남동생과 채신없이 다툼을 한 것이 민망해진 연리는 생글생글 웃으며 의를 끌어안아 주었고, 의 또한 누이의 품에 안겨 헤헤거렸다. 방금 전까지만 해도 투닥거리던 남매가 우애 있게 서로를 보듬는 것을 혼은 마치 자신이 키워낸 철부지 자식이 부쩍 자란 것 같은 느낌이 들어 왠지 모를 뿌듯함이 느껴졌다.

"하오면 오라버니, 반드시 저와 의의 청을 들어주시는 겁니다?"

기대감에 반짝이는 연리와 의의 눈을 본 혼은 빙그레 웃으며 연리와 의를 토닥여 주었다.

"오냐, 그리하마."

혼에게서 긍정의 말이 떨어지자 두 남매는 마주 보며 환히 웃었다. 연리는 오라비가 평소의 자상한 모습으로 돌아왔다는 안도감과 오늘 하루를 함께한 기쁨이요, 의는 난생처음 다정하게 대하여주는 버팀목을 얻어 든든해진 까닭이었다. 서로를 바라보며 훤하게 웃는 세 남매의 곁에는 매서운 북풍한설도 비껴가는 듯했다.

이후 연리는 혼과 만날 때 종종 의를 동행했다. 이전까지는 의에게 적대감만 가졌던 혼이었으나, 아직 정사(政事)가 무엇인지도 무지한 의는 그저 순진한 어린아이일 뿐이었다. 혼에게 연리와 의는 아직 어린아이일 뿐이었으며, 이복동생이라는 현실만 제하고 보면 제 소생과도 같았다. 그리 생각하는 것이 편했고, 좋았다. 혼은 잠시나마 복잡한 세인(世人)들의 상황은 제쳐 두고 이 아이들과 더불어 웃고 즐기기로 했다. 참으로 적막한 이 궁에서, 이들의 웃음소리마저 사라진다면 어떻게 살아가야 할지 두려웠기 때문이었다.

그날도 연리와 의는 몰래 동궁전으로 찾아가 혼과 유유자적하게 승경도 놀이(陞卿圖, 큰 종이에 벼슬의 이름을 등급별로 도표로 만들고 주사위나 알을 굴려 최종점에 먼저 도착하는 사람이 승리하는 놀이)를 즐기고 있었다.

"의야, 어렵지 않느냐?"

아직 어린아이인 의에게 승경도 놀이는 벅찬 듯하여, 제 누이에게 자꾸만 지는 것이 안타까운 혼은 슬쩍 도움의 손길을 건네려 했다. 하지만.

"오라버니! 오라버니는 상관하시면 아니 됩니다. 오라버니께선 훗날 군주가 되실 분이라 이 놀이에서 누구보다도 유리한 분이 아닙니까?"

귀신같이 눈치를 채고 단칼에 끊어내는 연리 때문에 의는 번번이 울상을 지었다. 하나 '그렇지 않니? 의야, 오라버니께서 널 도와주시는 것이 옳다고 생각하니?'라며 채근하는 누이의 말에는 순순히 고개를 끄덕였다.

형님께선 훗날 군주가 되실 분이라……. 한껏 아쉬워하며 제 누이가 한 말을 따라 읊는 의가 귀여워 혼은 의의 머리를 쓰다듬으며 미소를 지었다. 그러나 자꾸 승기를 점하는 제 누이에게 심통이 나, 의는 볼을 부풀리며 돌아앉고 말았다.

"안 할 것입니다!"

결국, 제 동생을 토라지게 한 연리가 개구진 웃음을 지으며 달래려 하였지만, 의는 단단히 심술이 난 듯 인상을 펴지 않았다. 연리가 무릎걸음으로 맞은편에 앉은 동생을 꼭 안으며 어르고 달래보려 했으나, 의는 단단히 화가 났다는 것을 알리려는 속셈인지 연리의 품을 피했다. 때문에 매번 포옹으로 의를 달래는 데 성공하던 연리는 슬쩍 미끄러져 방바닥에 나동그라지고 말았다.

그런데 순간, 미끄러지던 연리의 발에 걸린 승경도 종이가 밟혀 찢어지고 말았다. 이에 의는 자신이 너무 강샘을 부렸나, 도로 돌아앉아 누님과 형님의 눈치를 보았다.

"어휴, 이게 찢어지고 말았네. 어쩐담?"

기껏 밤새 만들어온 승경도 종이가 찢어져 놀이를 계속할 수 없게 되자, 연리는 종이를 요리조리 살펴보며 한숨을 쉬었다.

"연리야, 오라비가 새로 써줄 테니 이리 건네어보거라."

혼이 지필묵을 꺼내며 연리에게 손을 뻗었다. 그러나 골똘히 생각하던 연리는 방긋 웃으며 자리에서 벌떡 일어나 말했다.

"아닙니다. 새로 쓰려면 시간이 오래 걸릴 테니, 제가 덧붙일 것을 찾아올게요!"

말을 꺼내기가 무섭게 연리는 문을 벌컥 열고 나갔고, 이를 어리둥절하게 보던 혼과 의는 황당함을 교환하며 저 누이를 어찌 말릴까- 하는 같은 생각으로 웃고 말았다.

이전까지는 동궁전에 드나들 때 구태여 동궁전 궁인들의 이목을 피하지 않아도 되었으나, 의를 데리고 다니다 보니 혹시나 새어 나갈지도 모르는 위험을 생각하여 연리는 더욱 신중을 기했다. 사전에 입을 맞춰두어 오라비가 일부러 궁인들을 물릴 때 찾아오는 것은 예삿일이었다. 심지어는 눈에 덜 띄기 위해 김 상궁을 통해 가져온 나인의 복색을 하고는 대군을 모시는 어린 궁녀로 위장하기도 했다. 공주와 대군이 동궁전에 드나드리란 것은 아무도 예상하지 못했던 일이었기에, 가는 길에 혹여 마주치는 궁녀들이 있더라도 길을 잃었다며 대충 둘러대면 되는 것이었다.

오늘도 연리는 연분홍빛 자주삼회장저고리에 군청색 치마를 갖춰 입은 아기나인의 복색이었다.

"어디 보자…… 여기서 제일 가까운 전각이 어디지?"

자신의 처소와 동궁전은 꽤 거리가 있는 터라, 아무래도 동궁전 근처의 전각에서 찢어진 승경도에 덧붙일 종이와 풀을 찾아와야 할 듯싶었다. 그러나 아무 전각에나 들어가 그것들을 구해올 수는 없는 노릇이었다. 혹여나 자신이 나인이 아니라 공주임을 들키기라도 한다면 걷잡을 수 없는 사달이 날 것임이 자명했다.

신을 꿰어 신은 연리가 동궁전 근처를 서성이며 전각들을 살펴보는 사이, 맞은편에서 여러 궁인들의 무리가 다가왔다.

'이크!'

행여나 들킬세라, 연리는 얼른 한 전각의 모퉁이로 숨어들었다.

'아이, 참. 어쩌지?'

간발의 차로 궁인들과 마주치는 것을 피한 연리는 한숨을 내쉬었다. 이상하게 오늘따라 동궁전 근처를 지나가는 궁인들의 무리가 많았다. 행여나 자신의 얼굴을 아는 궁녀라도 만난다면 꽤나 곤란한 상황에 처할 게 분명했다. 제가 입은 아기나인 옷자락을 붙잡아 살펴본 연리는 잠시 망설였다.

'그냥 내 처소에 다녀올까?'

왜란 이후 왕실이 머물고 있는 궁궐은 조선의 정궁이 아니라 정릉동행궁(貞陵洞行宮)이었다. 때문에 공주인 연리의 처소는 행궁 동쪽에 모여 있는 대전과 중궁전, 동궁전과 함께 동쪽에 있었다. 그러나 대전과 동궁전이 동쪽이면서도 바깥에 위치한 것과는 달리, 중궁전과 공주 처소는 안쪽 깊은 곳에 자리하고 있었다. 더구나 중전은 어릴 적부터 연리를 불러 곁에 두고 함께 시간을 보내는 것을 즐겼기 때문에, 공주 처소는 중궁전과 매우 가까웠다. 때문에 연리는 자신의 처소에 가려면 반드시 중궁전을 거쳐야만 했다.

연리는 차라리 승경도를 새로 쓰는 것이 나을 뻔했다며, 앞뒤 재지 않고 뛰쳐나온 자신의 성급함을 후회했다. 아니, 차라리 궁녀나 내관을 은밀히 불러 종이와 풀을 가져오라고 시켰으면 되었을 것을! 토라진 의를 보고 자신이 일을 해결하고 싶다는 욕심에 무작정 동궁전을 나왔다가 오히려 시간이 더 걸리게 된 셈이었다.

자신의 어리석음을 짧게 투덜거린 연리는 입술을 삐죽이며 몸을 숨긴 모퉁이 바깥으로 발걸음을 내디뎠다. 그러고는 지나가는 궁인들이 없음을 조심스럽게 확인한 후, 공주 처소를 향해 치맛자락을 모아 쥐고 달음박질쳤다. 최대한 빨리 처소에 다녀오겠다는 다짐에서였다.

그런데 행여나 궁인들과 마주칠세라, 가능한 최대한의 속도를 내어 뜀박질하던 연리는 불현듯 너무도 한산한 주변 광경에 발걸음을 멈추었다.

눈앞에 보이는 중궁전 앞뜰에는 평소 빈틈없이 시립해 있던 상궁나인들이 단 한 명도 없었다. 게다가 응당 있어야 할 중궁전 시위(侍衛)들조차 자리를 비운 것이 아닌가.

'뭐지?'

단 한 번도 한산한 중궁전을 본 적이 없었기에, 연리는 처소로 향하던 발길을 멈추고 슬그머니 중궁전 쪽으로 다가갔다. 연리가 조심스레 앞뜰에 발을 내디뎠음에도, 중궁전은 마치 텅 빈 듯이 고요했다.

"이상하다, 이런 적이 없었는데. 다들 어디로 간 거지?"

연리는 중얼거리며 중궁전을 이리저리 둘러보았다. 그러나 평소 같았으면 벌써 달려오고도 남았을 중궁전 지밀상궁이나 기타 다른 나인들은 자취를 감춘 채였다.

"어마마마께서 모두를 데리고 출타라도 하셨나?"

의문스런 물음을 중얼거리며 주위를 둘러보던 연리는 순간 머리에 번뜩 스치는 생각에 눈을 빛냈다. 중궁전에 아무도 없다? 하면 굳이 멀리 제 처소까지 갈 필요가 없지 않은가!

며칠 전 모후에게 들렀을 때, 나인들이 방문의 찢어진 창호지를 수리하느라 종이에 풀을 바르던 것을 보았으니 분명 종이와 풀이 남아 있을 터였다.

조심스레 좌우를 살피고는 후닥닥 중궁전 대청마루로 올라선 연리는 용의주도하게 신발까지 벗어 품에 안았다. 언제 사람들이 돌아올지 모르니, 최대한 빨리 종이와 풀을 구해 나가야 했다. 문틈 사이로 모후의 방이 빈 것을 확인한 연리는 재빨리 문을 열고 들어갔다. 그리고 소리가 나지 않게 살짝 문을 닫은 후, 지밀상궁이 종이와 풀을 꺼내던 수납장을 찾았다.

"아이참, 분명 여기다 두는 걸 봤는데. 어디 있는 거야?"

간신히 수납장을 찾아내어 종이와 풀을 찾는데, 그사이 수리를 마쳤는지 종이와 풀은 온데간데없었다. 마음이 급해진 연리는 혹시나 하여 다른 장까지 들추어 보았다.

"여기도 없고……."

한참을 찾았으나 찾는 물건들이 코빼기도 보이지 않자, 연리는 짜증이 일어 한숨을 쉬었다. 하는 수 없이 제 처소까지 가야 하나 보다. 다시 한 번 드는 후회감과 함께, 언젠가 김 상궁이 실수를 한 나인에게 꾸짖으며 하던 '머리가 나쁘면 손발이 고생한다'는 말이 생각나는 건 왜일까.

뒤지던 장을 도로 정갈하게 정리하고, 문까지 닫아 감쪽같이 마무리한 연리는 자신의 처소까지 또다시 몰래 뛰어가야 할 생각에 골치가 아파왔다. 오랜만에 뜀박질을 한 탓인지 다리도 욱신거리는 듯했다. 아직 쌀쌀한 겨울바람이 부는 날씨 탓에 손끝도 조금 발갛게 얼어 있었다. 잠시만, 아주 잠시만 따스한 바닥의 온기에 몸을 데워야겠다고 생각한 연리는 팔다리를 쭉 펴고 방바닥에 벌렁 누웠다. 정적이 흐르는 중궁전은 난생처음인지라, 조금은 오묘한 기분이 들었다.

온기에 노곤해진 연리는 몸을 뒤집어 따스함을 배로 옮기고는 두 손으로 턱을 괴며 새삼스레 모후의 방을 관찰했다. 진한 개나리빛과 진달래빛의 비단으로 꾸며진 보료와, 반짝이는 오색빛 자개로 장식한 경대. 모후를 닮았다며 부왕께서 하사하여 주신 월계화 병풍이 조화롭게 어울린 방이었다. 맵시 나고 고운 것을 좋아하는 모후의 성미답게 적당히 화려하게 꾸며진 방이다.

이 방에서 연리는 모후와 자주 시간을 보냈다. 응당 왕가의 자식들은 각자의 처소에서 독립해 살아야 하지만, 자식을 어찌 품에서 떼어 놓고 키우겠느냐 우기는 중전의 고집에 못 이겨 공주 처소 보모상궁인 김 상궁은 어린 연리를 데리고 중궁전에서 살다시피 했다.

동생 의가 태어난 후로는 중궁전의 부름이 좀 잦아들었기는 했으나 연리는 모후의 방이 참으로 다정하게 느껴졌다. 종종 예민하시어 성을 내시기는 하지만, 자식을 사랑하는 어미의 마음을 한껏 느낄 수 있었기 때문이었다.

방 구경을 하던 연리는 무심코 월계화 병풍을 가만히 바라보았다. 겹겹이 싸인 꽃잎들로 이루어진 꽃송이가 참으로 탐스러웠다. 화중왕(花中王)은 모란이라 하건만, 국모인 모후는 어린 제가 보기에도 월계화를 더 닮았다. 특히 꽃잎의 발그레한 색채야말로 모후를 똑 닮은 듯했다. 월계화의 꽃잎을 닮은 모후의 뺨은 중후하신 부왕에게는 없는 싱그러움을 품은 것 같았다.

심지어 꽃줄기에 난 조그만 가시조차, 예민한 모후의 성미를 나타내는 것 같다는 생각에 연리는 자신도 모르게 픽 웃음을 터뜨렸다. 분명 김 상궁이 이걸 들으면 화들짝 놀라면서 경을 치겠다고 잔소리를 하겠지?

제 생각에 웃음이 터진 연리가 작게 쿡쿡대며 턱을 괸 손을 풀었다. 따스한 방바닥에 엎드려 있자니 잠이 올 것만 같았다.

'아 참, 종이랑 풀…… 얼른 찾아야 하는데…….'

마음과는 달리 노곤해진 몸은 말을 듣지 않았다. 자신도 모르게 따스한 방바닥에 뺨을 댄 연리가 스르르 눈을 감으려는 찰나…… 불현듯 밖에서 인기척이 들렸다. 여러 사람의 옷자락이 스치는 소리가 들리자, 연리는 눈을 번쩍 떴다. 설마 어마마마께서 돌아오셨나? 후닥닥 자리에서 일어난 연리는 아기나인 복색을 한 자신의 옷자락을 보며 발을 동동 굴렀다.

'어쩌지? 분명 어마마마께서 이걸 보시면 눈치채실 텐데……. 게다가 의까시 동궁전에 간 걸 아시기라도 하면…….'

평소에는 너그러우나, 동궁전과 관련된 것이라면 불같이 화를 내시는 모후였다. 더구나 동궁전과 왕래하는 것을 엄금하셨기에, 연리가 조금이라도 평소와 다른 행태를 보이면 동궁전에 가려는 것이 아니냐며 의심하기 일쑤였다. 그러할진대, 공주의 신분으로 한낱 아기나인의 복색을 한 것을 들키면 사달이 나도 아주 큰 사달이 날 것이 분명했다.

점점 가까워져 오는 발소리에 바닥을 타고 미미한 진동마저 느껴지자, 연리는 어쩔 줄 모르며 뒷걸음질 쳤다. 크고 환하지만, 혹시나 있을지도 모르는 암살의 위험으로부터 중전을 보호하기에 용이하도록 지어진 이 방은 숨을 구석이라고는 단 한 군데도 없었다. 결국, 뒷걸음질 쳐 월계화 병풍에까지 밀려 등을 맞대고 선 연리는 다가오는 인영(人影)이 문을 열고자 손을 올리는 것을 보며 절망에 빠져 눈을 질끈 감고 말았다.

드르륵-

문이 열림과 동시에, 등을 맞댄 월계화 병풍 뒤에서 손이 재빨리 튀어나와 눈을 꼭 감은 연리를 병풍 뒤 그림자 속으로 낚아채 갔다. 감쪽같이 어린 공주를 데려간 병풍 뒤 그림자는 순식간에 잠잠해졌고, 방 안에는 그저 아무 일도 없었다는 양 고요한 정적만이 감돌았다. 문을 열고 들어선 인기척들이 병풍 뒤 어린 공주가 있는 줄은 꿈에도 눈치채지 못할 만큼 태연하고 잠잠한 정적이었다.

연리는 억겁과도 같은 찰나의 시간이 흐른 후 눈을 떴다. 응당 그 시간의 끝에는 방문을 열고 들어선 이의 일갈(一喝)이 존재해야 옳았다. 그러나 시야에 담기는 것은 차단된 빛의 어슴푸레함이었다. 잠시 상황을 제대로 인지하지 못한 연리의 두 눈이 멍하니 음영을 떠다닐 때, 익숙한 목소리가 적막을 깨고 귓가로 흘러들었다.

"앉으시지요, 영상."

"예, 마마."

어마마마? 이어진 낯선 이의 목소리와 함께 들려온 것은 분명 모후의 목소리였다. 그러나 그 음성들은 등 뒤 무언가에 가로막힌 것처럼 둔하게 들려 거슬렸다. 의아해진 연리는 주위를 둘러보려 무심코 한쪽 발을 앞으로 내디디려 했다. 그러나 그 순간, 연리는 허리께를 두르고 있는 팔이 단단히 몸을 묶어두고 있음을 깨달았다. 익숙해진 음영 사이로 허리께에 둘러진 녹색 당의 자락이 보였다. 흠칫 놀란 연리는 그를 따라 시선을 뒤쪽으로 옮겼다.

연리의 몸을 묶어두고 있는 갑작스러운 존재의 정체는 서른 살 안팎의 여인이었다. 녹색 당의 차림을 한 것을 보면 상궁인 듯싶었다. 등 뒤로 병풍이 보이는 걸 보니 아마 이 여인이 자신을 월계화 병풍 뒤로 숨어들게 한 것 같았다. 연리가 놀란 시선으로 그녀를 바라보자, 그녀는 검지를 들어 입술에 갖다 대며 조용히 하라는 눈빛을 보냈다.

어리둥절한 연리는 그녀의 단호한 눈빛에 자신도 모르게 고개를 끄덕였다. 대체 이게 무슨 일이람? 아마 여인은 자신이 모후의 방에 들어와 물건을 찾는 동안 병풍 뒤에 숨어 있었던 듯했다. 상궁이 어찌 여기에……. 혹시 도둑 아냐? 놀라 잠시 멈추었던 머릿속에 의혹이 스멀스멀 밀려들었다. 연리가 의심스러운 눈빛을 보내는 사이, 병풍 뒤의 은밀한 상황은 꿈에도 모를 중전의 태평한 목소리가 들려왔다.

"전하를 배알(拜謁)하셨다고요."

"그러하옵니다."

곧이어 영상이라 불린 낯선 목소리가 공손히 뒤따르며 나직한 대화가 이어졌다.

"그래, 전하께서 무슨 용무로 영상을 뵙자 하셨습니까? 대전에서 중궁전으로 한달음에 달려올 법한 일이면 꽤 중한 일인 듯한데."

"마마, 드디어 하늘이 대의(大意)를 내리신 듯하옵니다."

"그게 무슨 소립니까?"

"조금 전, 전하께옵서 소신에게 손수 그리신 죽화(竹畵) 한 점을 보이셨사옵니다. 족자에 담긴 대나무는 모두 둘이었사온데, 하나는 바위 위에 자란 늙은 것이 세월과 바람서리를 겪어 갈퀴지고 메마른 모습이었고 다른 하나는 그 곁에서 뻗어 나온 것이었습니다. 그 모습이 색깔은 생생하고 잎과 가지도 무성하며, 높이가 몇 자에 등치 또한 신이 본 것 중 단연 기골이 장대하였지요. 게다가 반석(盤石)을 온통 차지하여 구불구불 얽힌 모습이었으니 그 괴이한 형태가 어찌 이루 말로 다할 수 있겠사옵니까. 한데 신이(神異)한 바는, 늙은 원줄기를 타고 나온 여린 죽순 하나가 있었다는 것입니다. 신이 감히 생각하건대, 그가 비록 아직 성숙하지는 못하나 정기가 왕성하며 곧 하늘을 찌르고 만경창파(萬頃蒼波)를 다스릴 기상이 서렸으니 장차 하늘이 내린 대의를 능히 받들 수 있을 듯합니다."

흡!

흥미로운 대화에 쫑긋 귀를 세우며 엿듣던 연리는 갑자기 숨을 들이켜는 여인의 행태에 깜짝 놀랐다. 모후와 영상대감이 대화를 시작할 때만 해도 차분한 낯으로 귀를 기울이던 그녀는 왜인지 몹시 충격을 받은 얼굴이었다. 연리가 의아한 듯 그녀의 얼굴을 살피자, 그녀는 자그맣게 떨리는 손을 들어 제 입을 막았다. 그리고는 연리가 소리라도 내어 은거(隱居)를 들통 나게 하는 것은 아닌지 걱정이라도 된 듯, 허리께에 두르고 있던 팔을 떼고 연리의 입가도 단단히 틀어막았다.

"진정으로 그리 생각하는 것입니까?"

"소신이 어찌 다른 마음을 품을 수 있겠사옵니까. 소신은 그저 마마께옵서도 같은 의중이신지 그것을 여쭙고자 할 따름이옵니다."

"……모름지기 집의 명운은 대들보가 결정하는 법. 한데 어찌 내 의중이 어심(御心)과 하늘의 뜻에 반하겠습니까. 나는 영상만 믿겠습니다."

"예, 마마."

나직한 두 사람의 대화가 끊기고, 곧이어 옷자락을 스치는 소리가 들리더니 누군가 방문을 열고 나가는 소리가 들렸다. 쿵쿵거리며 멀어져 가는 발걸음이 들려오는 걸 보니, 아마 영상대감이란 자일 것이다. 상궁나인들이 한 명도 지키고 서지 않은 방에서, 중전은 왜인지 초조한 듯 발걸음을 선회하는 듯했다. 일각(一刻)이 지났을까. 갑자기 우뚝 멈춰 선 중전이 벌컥 방문을 열고 밖으로 나갔다.

곧이어 무거운 정적이 또다시 내려앉았다. 방 안에 있던 인기척이 모두 사라지자 연리는 곧바로 몸을 틀어 여인의 손에서 벗어났다. 그러나 연리를 저지하고 있던 여인은 아직도 제 감정을 수습하지 못한 듯 보였다. 연리가 제 손에서 벗어난 것도 알아차리지 못하고 멍하니 허공에 한 손을 들어 올린 채, 제 입을 막은 손도 치우지 않은 채였다. 그대로 두었다가는 날이 저물도록 멍하니 있을 것만 같아, 답답해진 연리가 그녀를 향해 말을 건넸다.

"이보시오."

그러자 넋을 놓은 듯 보였던 여인이 휙 고개를 돌려 연리를 노려보았다. 그리고 연리의 손목을 낚아채고는 순식간에 병풍 뒤에서 나와 방문을 열었다. 어, 어? 이보시오! 행여나 남에게 들킬까, 큰 소리를 내지 못한 연리는 주위를 살피며 잰걸음으로 뒷문을 통해 중궁전을 벗어나는 여인에게 속수무책으로 끌려갔다. 그녀는 재빨리 중궁전을 벗어나 근처의 작은 전각에 당도해서야 연리를 놓아주었다. 억센 힘에 빨갛게 부어오른 손목을 감싸 쥔 연리가 볼멘 얼굴로 흘겨보는데, 여인은 이에 아랑곳하지 않는 무서운 표정을 하고 입을 열었다.

"너, 어느 처소의 나인이냐? 왜 네 멋대로 중전마마 처소에 들어 있는 것이냐?"

그제야 자신이 아기나인 복색을 하고 있다는 것을 깨달은 연리는 곤란한 표정을 지었다. 힐끗 여인의 기세를 살펴보니, 제대로 대지 않으면 자신을 시위에게라도 끌고 가 대답을 얻어낼 성싶었다. 에라 모르겠다, 일단 둘러대고 봐야지.

"저, 저는 공주자가 처소의 아기나인이온데, 공주께서 중궁전에서 무엇을 좀 찾아오라고 하시어……."

엉겁결에 제 이름을 팔아 신분을 만든 연리가 둘러대자, 놀랍게도 여인은 조금 안심하는 듯한 표정을 지었다.

"흠, 공주자가 처소의 나인이라고. 틀림없는 사실이렷다?"

"어, 예에. 한데 마마님은 어찌 그곳에……?"

눈앞의 곤란한 상황을 모면하고 나니, 연리는 아까 전까지 의심하던 여인의 정체에 대한 것이 떠올라 미심쩍은 표정을 지었다. 연리가 그러한 시선으로 자신을 바라보는 것을 느꼈는지, 여인은 곧바로 어깨와 가슴을 펴고 한껏 당당한 기세로 대답했다.

"난 그저 중전마마 방 수리를 위해 구석구석을 살펴보고 있었을 뿐이다. 한데 네가 몰래 숨어들어 와 곤란한 처지인 것 같길래, 안타까워 널 숨겨주려 그리한 것이고."

너무도 당당하게 말하는 여인의 기세에, 연리는 고개를 갸웃하면서도 수긍할 수밖에 없었다. 실제로 요 며칠 새 모후의 방은 창호지를 새로 바르는 등 하자를 보수하고 있었다. 큰 하자는 없었지만, 국모가 거처하는 곳인 만큼 당장 머물고 있는 방을 옮겨서라도 봄이 되기 전까지 조그만 흠이라도 완벽히 수리하겠다는 말을 중궁전 지밀상궁에게서 들은 적이 있었기 때문이었다. 중궁전에서 시간을 보내고 있을 때 모후와 함께 들은 말이라, 틀림없는 사실이었다.

그렇다면 여인은 자칫 곤란해질지도 모르는 상황임에도 자신을 위해 위험을 무릅쓴 셈이었다. 아마 병풍 뒤에서 놀란 것도 감히 만날 수도 없는 귀한 분들의 말을 엿들었다는 충격에서였으리라. 아까 들은 모후와 영상대감의 말이 이해할 수 없는 묘한 것이기는 했지만, 정사는 제가 신경 쓸 것이 아니라 생각한 연리는 여인에게 괜스레 미안함이 느껴졌다.

"저, 감사하옵니다 마마님. 부러 그리하지 않으셨어도 되는데……."

"되었다. 무엇을 바라고 한 것은 아니니 아까 일은 잊거라. 만약 이 일이 발설되기라도 하여 중전마마께서 아셨다가는 너나 나나 목숨을 보전치 못할 것이니 명심하고."

연리가 얼른 고개를 끄덕이자, 여인은 반드시 함구해야 한다는 의미의 단호한 눈빛을 보내고는 빠른 걸음으로 사라졌다. 빠르게 멀어져 가는 여인의 당의 자락을 쳐다보고 섰던 연리는 그제서야 저를 기다리고 있을 오라비와 남동생이 떠올랐다. 악, 어떡해!

❖

청초한 달빛이 나리는 밤이었다.

청초함에 정결하기까지 한 달빛을 한껏 흡수한 듯한 순백 빛깔 자리옷의 혼은 남은 정무를 살펴보고 있었다. 편찮으신 아비의 환후를 하루빨리 낫게 하려면 세자인 자신이 좀 더 노력하여 정무 걱정을 덜어드려야 했다. 늦은 시간이있으나, 홀로 분주히 정무를 보던 혼은 문득 책상 한구석에 곱게 놓인 승경도 종이를 발견했다. 승경도는 찢어진 낮의 상태 그대로였다.

자신이 새로 써준다는 것을 굳이 마다하던 연리는, 붙일 것을 찾아오겠다며 나간 지 한 시진만에 돌아왔다. 연리를 기다리며 의와 함께 붓글씨 연습을 하던 혼이 무슨 일이라도 생겼나 싶어 내관을 보내려 할 때, 연리는 흐트러진 매무새로 숨을 헐떡거리며 동궁전으로 뛰어 들어 왔다. 그러고는 풀과 종이를 찾으러 주변 전각을 몽땅 뒤졌으나 찾지 못했다며 생글거리며 대답했다.

없으면 냉큼 돌아왔으면 되었을 것을. 수고스럽게 네가 직접 주변을 돌아다니며 찾았다는 말이냐? 어이가 없어 묻는 혼의 말에, 용서해 주시어요, 오라버니. 헤헤 웃으며 애교스럽게 용서를 청하는 연리였다. 결국 시간이 늦어 혼이 아비의 석수라 시선(視膳, 왕세자가 왕의 수라를 살피던 일)을 위해 대전에 들어야 하자, 연리와 의는 승경도 놀이를 마치지 못한 채 돌아가야만 했다.

어린 동생들의 아쉬움 어린 얼굴이 떠오르자 혼은 빙긋 웃으며 생각했다. 다음번에 동생들이 동궁전에 오면, 다시 승경도 놀이를 할 수 있도록 새로 하나 만들어두어야겠다고. 혼이 시간 가는 줄 모르고 정신없이 각종 상소와 문서를 살피고 있을 때였다.

"저하. 개시이옵니다."

분주하게 상소를 헤치던 혼의 손이 순간 얼어붙었다. 멈칫한 혼은 문서들이 어지럽게 흩어진 책상에서 천천히 시선을 떼었다.

"……들라."

혼의 나직한 목소리가 떨어지고, 문이 열리자 상궁 복색의 서른 살 가량의 여인이 조용히 방으로 들어왔다. 안으로 들어서던 여인은 방문을 지키고 섰던 궁인들에게 물러가라는 의미의 눈짓을 보냈다. 멈칫한 궁인들이 난처해하자, 혼은 궁인들에게 고개를 끄덕여 여인의 말대로 물러나 있으라 명했다. 혼의 명대로 방 주위에 있던 모든 궁인들이 물러나자, 여인은 조용히 방문을 닫고 혼에게 다가갔다. 여인이 말없이 혼의 앞에 정좌하자, 혼은 애써 담담한 눈빛으로 입을 열었다.

"네가 이 늦은 시간에 무슨 일이냐? 더구나 상궁의 복색까지 하고."

"짐작하시지 않습니까. 소인이 이리 은밀히 세자저하께 찾아온 이유를요."

김개시(金介屎). 천민의 신분이었으나 어려서부터 총명한 성정을 지녔던 그녀는 자신을 어여삐 여긴 한 몰락 유생의 양녀가 되었고, 그의 도움으로 동궁전 궁녀가 될 수 있었다. 나라의 녹을 받는 왕의 여인이 된 개시는 지긋지긋한 가난에서는 벗어날 수 있었으나, 천한 태생 때문에 궁에서조차 온갖 수모를 겪을 수밖에 없었다.

더구나 용모가 그리 특출 난 것도 아니었으므로, 그녀가 궁에서 살아남을 수 있었던 방법은 오로지 총명한 머리뿐이었다. 타고난 눈치를 이용해 궁중의 실세를 파악해 나갔고, 그 시류(時流)에 편승하려 노력했다. 또한, 방 동무가 잠에 곯아떨어져 있는 한밤중에도 피곤함에 찌든 몸을 이끌고 글을 익히며 서책을 읽었다.

그렇게 매일 밤을 새우며 학문을 익히던 그녀를 우연히 세자인 혼이 발견하게 되었고, 그녀의 영특함을 기특하게 여긴 그는 종종 서책과 문방사우를 내려주었다. 한낱 궁녀에게 인자함을 베풀어주는 그에게 깊이 감명받은 개시는 어느새 마음속 깊이 혼을 사모하게 되었다. 하나 영특한 그녀의 능력은 소문을 타고 대전에까지 퍼졌고, 마침 대전의 봉서(封書)나인을 구하던 대전 대령(待令)상궁에 의해 개시는 대전 나인으로 발탁되었다. 결국 이러한 개시의 총명함은 왕의 눈에도 띄었고, 그녀는 어느 날 밤 승은을 입고 정오품 특별상궁에 봉해졌다.

비록 후궁은 아니었으나, 젊은 나이에 승은을 입고 특별상궁의 지위에 오른 개시는 이전과는 비교도 되지 않는 부귀를 누리게 되었다. 더는 잡일을 하지 않아도 되었으며, 배속된 궁인들을 데리고 소일거리나 하며 지내면 되는 것이었다. 그러나 자신이 사모하는 자와 사이가 좋지 않은 아비의 여인이 되었다는 사실은 그녀를 더욱더 괴롭게 할 뿐이었다.

하나 총명한 개시는 현실을 직시했다. 한낱 말단 궁녀에서 정오품의 지위에 오른 그녀는 권력의 흐름을 더욱 쉽게 찾아냈다. 또한, 굳건한 줄로만 알았던 혼의 지위가 사실 풍전등화의 처지와 같다는 것을 알게 된 후로는 은밀히 그를 위해 미약한 힘이나마 보태왔다. 천대받고 무시받던 그녀의 삶에서 가장 중요한 것은 총명한 머리를 이용해 얻은 권력과 힘이었으나, 그 위에 오롯이 존재하고 있는 것은 바로 세자 이혼이었다.

처음에는 개시를 내치던 혼이었으나, 아비의 냉대와 질시가 심해질수록 그는 온전히 자신만을 위하여주는 그녀를 점차 받아들일 수밖에 없었다. 실로 오랜만에, 스스로의 안위보다 더 자신을 아껴주는 사람이었으니까.

이미 그녀는 아비의 여인이었으나, 아비보다 혼과 더 오래전부터 닿아 있던 인연이었고 감정을 공유한 사이였다. 감정의 공유 없이 동할 때 개시를 부르는 아비와는 달리, 혼과 개시는 간절한 삶의 끝에서 만난 동반자와 같았다.

보잘것없는 궁녀를 아껴주었던 세자와, 벼랑 끝에 매달린 저위(儲位)를 아슬아슬하게 붙들고 있는 세자를 온 힘을 다하여 지지해 주는 특별상궁. 이들의 기묘한 관계는 당사자들도 정의하기 어려운 것이었으나, 진심으로 서로를 위한다는 사실만은 굳이 말로 표현하지 않아도 느껴지는 구중궁궐의 전우애와도 같은 것이었다.

그렇기 때문에 혼은 개시가 갑자기 찾아온 이유가 그다지 달갑지 않을 것임을 직감했다. 불안한 눈빛으로 그녀를 응시하는 혼의 시선에, 개시는 당연하게도 그 기우를 부정하지 않았다.

"전하께서 영창대군을 세자로 세우시겠다는 뜻을 밝히셨습니다."

"……!"

"……대비하셔야 하옵니다, 저하."

혼이 손을 툭 떨어뜨렸다. 순백의 자리옷 자락에 놓인 손이 힘없이 떨렸다.

"아바마마께서…… 결국."

날 버리셨구나.

"……소인이 대비책을 세워두었사옵니다. 대군의 세자 책봉 교지가 내려지기 전에 전하께서 승하하셔야만 하옵니다. 이미 환후가 중해지셨으니……."

"아니, 그건 아니 된다!"

슬프도록 가련한 세자였다. 일평생과, 그리고 아비의 정과 형제의 정마저 잃어가며 바꾼 저위였다. 임진년의 전란에서 억지로 쥐어야만 했던, 원하지 않는 자리였다. 그러나 이제는 쥐지 않으면 목숨과 아끼는 사람들마저 잃는 자리였다. 한 번도 스스로 원한 적이 없었으나, 원할 수밖에 없게 된 자리.

하나 혼은 그 자리를 거두어 가겠노라 한 아비를 제거하자는 제안을 망설임 없이 거부했다. 견딜 수 없도록 밉고 또 미운 아비이나…….

그 또한 제 아비였다.

"다른 방법을 강구해 보거라. 그것만은…… 그것만은 아니 된다, 게시야."

혼이 쥐어짜는 듯한 목소리로 말했다. 그럴 수는 없다는 단호한 표정으로 다시 한 번 혼을 설득하려던 개시는, 고통스러운 옥안을 가린 혼의 강인한 손이 젖어드는 것을 발견하고는 차마 더 말을 꺼내지 못하였다. 개시는 고개를 숙이고 말없이 방을 나갔다. 그러나 방을 나서던 그녀의 눈에 결심 어린 이채(異彩)가 서린 것은, 방 안에 있던 혼도 멀찍이 물러나 있던 동궁전 궁인들 그 누구도 차마 발견하지 못한 채였다.

어렴풋이 느껴왔으나 절대 그럴 리 없다 애써 부정했던, 언젠가 아비가 자신을 인정하고 다시 마음속에 받아들여 줄 그날만을 기다려 왔던 혼의 가련한 애정이, 투명하게 방울져 떨어지며 산산이 부서졌다.

청초한 달빛이 나리는 밤이었다.

4장
삭풍(朔風)은 나무 끝에 불고

진시(辰時).

여느 때처럼 이 시간 왕의 처소에는 먹음직스런 수라상이 차려졌다. 수없이 왕의 수라 시중을 든 기미상궁조차 자신도 모르게 군침을 꿀꺽 삼킬 만큼 휘황찬란한 산해진미들이 대원반, 곁반, 책상반에 나뉘어 올려진다.

윤기가 자르르 흐르는 흰밥, 연한 팥물이 든 찹쌀밥, 참기름이 적절히 배어든 미역국, 뽀얗고 기름진 곰탕, 푸른 이파리에 새하얀 뿌리를 맑은 물에 담근 동치미, 강화에서 진상된 단맛 순무를 파·마늘·생강·밴댕이젓국 양념에 버무린 순무비늘김치, 빛깔 좋은 귀한 쇠갈비를 은행·밤·당근을 넣고 간장에 조려내어 표고버섯과 황백지단을 올린 갈비찜, 고기와 채소가 어우러져 진하고도 담백한 맛을 내는 전골, 담백한 생선과 고기를 저며 밀가루와 달걀을 묻혀 지진 전유어, 싱싱한 돼지고기를 야들야들하게 삶아내어 부추를 곁들인 편육, 각종 신선한 풍미가 배인 나물과 생채. 하나하나 세어보기에도 벅찬 푸짐한 수라상에는 수라와 탕을 비롯한 기본 찬과 찬품(饌品) 열두 가지가 차려졌다.

비록 전란 후라 나라 살림이 그리 넉넉지는 않았으나, 제조상궁은 왕께서 요즈음 옥체 미령합시옴을 들어 소주방(燒廚房)에 한 치의 모자람 없이 준비하라 일렀다. 나라가 어려울수록 옥체가 강건해야 나라도 바로 설 것이며, 백성들의 삶도 나아질 것이었다. 제조상궁의 이런 생각이 틀리지 않았다는 듯, 왕이 가까이하는 특별상궁 또한 수라상을 직접 챙겼다. 제조상궁은 후궁도 아닌 특별상궁이 수라간에 간섭하는 것이 아니꼬웠으나, 왕이 요즈음 부쩍 특별상궁을 끼고 도는 바람에 무어라 싫은 티를 내기도 어려웠다.

아니나 다를까, 특별상궁은 요즈음 수라간에 납시어 찬은 무엇을 준비하느냐, 재료는 어떤 것을 쓰느냐 쑤시고 다녔다. 처음에는 경계심에 이리저리 빼며 숨기던 수라간 궁인들은 특별상궁이 귀찮을 정도로 달라붙어 '그 찬보단 이것이 더 좋겠구나', '그 재료는 너무 상하였으니 이 재료를 쓰는 것이 어떻겠느냐?'며 이것저것 간섭하자 종국엔 그녀의 주장에 항복하고 말았다.

이 틈에 전하께 잘 보여 후궁 첩지라도 받아낼 셈인가 보지? 오랫동안 왕을 모신 제조상궁은 부름이 없었는데도 아침부터 달려와 왕의 곁을 지키고 선 특별상궁에게 곱지 않은 시선을 보냈다. 천한 태생이 암암리에 소문나 있는데도 특별상궁이랍시고 웃전에 군림하고 있는 것이 수치스럽기까지 한 참이다.

꼿꼿하신 성정이신 전하께서 어찌 저런 이에게 승은을 내리셨는지 모를 일이야. 옥체가 미령하시어 성정도 심약해진 탓이 아닌가 지레짐작하고 있는 제조상궁은 왕이 휘황찬란한 수라를 들고 하루빨리 강건해지길 바랐다. 그래야만 심약해진 성정도 다시 굳건해지시어 저런 천한 이에게 의지하시지 않을 테니까.

"전하, 오늘은 홍반(紅飯)을 젓수시지요. 색이 짙고 윤기가 나는 팥에 투명하고 입자가 고른 찹쌀로 지은 것이라 참으로 맛이 좋을 듯하옵니다."

왕이 막 들어와 대원반을 앞에 두고 앉아 백반과 홍반 중 하나를 고심할 때, 개시가 넌지시 다가가 입을 열었다. 요즘 들어 환후에 시달린 왕은 채 숨기지 못한 고단함이 묻은 시선으로 개시를 응시했다. 개시가 무릎을 꿇고 앉아 직접 곁반에 놓인 홍반을 들어 보이자, 왕은 예의 무표정한 얼굴로 짧게 고개를 끄덕였다.

왕의 허락을 받은 개시가 눈을 내리깔고 공손히 대원반에 놓인 백반과 곁반에 놓인 홍반의 위치를 바꾸어 올렸다.

"전하, 세자저하 입시옵니다."

"들라."

문밖에 선 내관이 시선을 위해 혼이 당도한 것을 알렸다. 왕은 무심한 얼굴로 입시(入侍)를 허락하고는, 얼른 제자리로 돌아가는 개시에게 손짓해 기미상궁, 수라상궁과 함께 식사 시중을 들 것을 명했다.

문이 열리고, 아비는 혼이 들어오는 쪽에는 눈길조차 주지 않았다. 평소 같았으면 익히 알고 있는 사실임에도 불구하고 다시 한 번 상처 입었을 그였다.

그러나 개시에게서 죽화에 대해 전해 들은 혼은 마침내 마지막 미련을 털어내었다. 매번 아비의 발끝에 매달려 애정을 갈구하던 것도, 어린 중전에게 투기심까지 품어가며 지키고자 했던 부자간의 정도.

무심한 세월이요, 무정한 천륜이었다.

혼은 북풍한설(北風寒雪) 한가운데 서 있었다. 살을 엘 듯한 바람을 그네 삼아 곳곳을 넘나드는 눈송이가 주변을 설원으로 변모시켰다. 생명의 온기라곤 찾아볼 수 없는 침묵의 설원이었다. 그리고 알아차리지도 못한 어느 순간, 콧속이며 속눈썹이며 온몸 구석구석에 얼어붙은 서리가 날아와 그에게 스며들었다. 그들은 어느새 심장박동을 타고 피부에서 혼의 내막까지 파고들었다. 서리의 자취가 너무도 진해, 제 숨결을 유지하려 기느다랗게니미 지항하던 붉은 박동이었으나 마침내 혼의 심장은 그 격렬한 전투에서 패배하고 말았다.

혼은 빙하와 같이 얼어버린 제 심장을 물끄러미 내려다보며 조소했다. 참으로 어리석구나. 결국 이제야.

시선을 위해 걸음을 옮기던 혼은 아비 곁에 개시가 앉아 있는 것을 보고 뜻밖이라는 듯 짧은 시선을 보냈다. 개시 또한 그의 시선을 담담히 받아쳤다. 하나 그도 잠시, 혼은 시선을 거둬들이고는 서느런 눈빛으로 좌정했다. 개시도 다시 눈을 내리깔았다.

개시는 은수저를 냉수 대접에 헹구어 닦은 후 두 손으로 공손히 왕에게 바쳤다. 왕이 그를 받아 들자, 곧이어 겯반과 책상반 옆에 앉아 있던 기미상궁이 기미를 시작했다. 기미상궁이 은입사시(銀入絲, 음식에 독이 들었는지 여부를 판별하기 위한 은수저)가 변하지 않았음을 보이자 혼이 수라상궁의 시중을 받으며 시선을 시작했다. 왕세자의 시선은 관례에 불과했기에, 혼은 뽀얀 동치미를 포함하여 두어 가지 찬만 기미하고는 수저를 내려놓았다. 이윽고 왕이 개시의 시중을 받으며 수라를 들기 시작했다.

곰탕과 함께 홍반을 한술 뜬 왕이 숟가락을 동치미 그릇으로 향했다. 최근 고뿔의 증세가 있는 터라 입안이 미적지근한 탓이었다. 깔끔하고 시원한 맛이 일품인 동치미로 미미한 열기를 씻어내려는 찰나, 개시가 조용히 왕을 저지했다.

"전하, 외람되오나 동치미는 아니 되옵니다."

왕과 혼의 시선이 동시에 개시에게로 쏠렸다. 제조상궁은 숨을 들이켰다. 아니, 저이가 어느 안전이라고! 성정대로라면 벌써 개시를 향해 일갈했을 그녀였으나, 차마 왕과 세자 앞에서 큰 소리를 낼 수는 없었기에 발만 동동 굴렀다.

"연유가 무엇이냐?"

피곤한 용안에 한 줄기 짜증을 내비친 왕이었으나, 요즈음 저를 물심양면으로 수발들어 온 개시를 총애했기에 그는 나지막이 하문했다.

"전하께 진어(進御)한 약에는 지황(地黃)이 들어갑니다. 지황은 음의 성질이고 무는 양의 성질이니 함께하면 서로의 기운이 상충돼 지황의 효과가 제대로 발휘될 수 없다 하옵니다. 소인이 알아보니 무 대신 순무는 우려가 덜하다 하오니 동치미 대신 순무를 젓수시는 것이 어떠하올는지요."

"……그러고 보니 내의원에서 그리 말을 올린 기억이 나는구나."

왕을 걱정하는 우려스러운 마음이 고스란히 녹아 나온 조언이었다. 어찌 진어된 약재의 성분까지 꿰고 있었던고. 왕은 그 정성이 갸륵하다 여기며 동치미를 향하던 숟가락을 거두어 순무비늘김치를 들었다.

"맛이 좋구나. 요즈음 네가 수라를 직접 챙긴다지?"

왕은 달고도 쌉싸름한 맛의 순무와 밴댕이젓이 조화롭게 어우러져 부드럽게 씹히는 순무비늘김치를 음미했다. 요즈음 환후의 여기(餘氣)가 남아 고단하던 차에, 개시가 제 곁을 떠나지 않고 성심껏 정성을 다하니 참으로 어여쁠 수가 없었다. 왕은 담담하지만 기특하다는 시선으로 얌전히 곁에 앉은 개시의 손을 잡았다. 개시는 살며시 웃어 보였지만 이내 조신하게 시선을 아래로 하며 수라 시중을 들었다.

이를 지켜보는 혼의 눈이 가늘어졌다. 개시의 행동이 특별히 이상

한 것은 아니었으나, 왠지 모르게 묘한 느낌이 들어 신경이 쓰였다. 아비는 개시의 손을 그대로 잡은 채 아침 수라를 마쳤다.

왕이 수저를 내려놓자 제조상궁과 수라상궁, 기미상궁과 궁녀들이 수라상을 갈무리하여 방을 나섰다. 개시도 왕에게 물러남을 고하고 이들과 함께 사라졌다. 혼은 아비에게 문안 인사를 올린 후 방을 나섰다. 물론 그는 받는 이와 올리는 이의 마음이 결여된, 그저 의례적인 체면치레에 불과했지만.

개시는 지난번 혼이 무언의 축객령을 내린 후로 다시 동궁전에 찾아오지 않았다. 더 이상 불운한 일이 생기지는 않은 것 같아 안심되었으나, 그리 가버린 후 어찌 지내고 있는지 걱정하던 차였다. 그리고 혹여 자신으로 인해 무모한 일이나 벌이지는 않을지 염려되었다. 오늘 보니 별일은 없는 것 같아 보였지만, 혼은 밤에 은밀히 개시를 불러들여 그간 근황을 물어야겠다 생각하며 동궁전으로 돌아갔다.

"전하, 김 상궁이 들었사옵니다."

"들라 해라."

아침 조회가 끝나고, 대전에서 정무를 보고 있던 왕에게 개시가 다과상과 함께 들었다.

"전하, 소인이 다과를 준비하였사옵니다. 젓수시며 정무는 조금 후에 하시지요. 옥체 미령하시올까 염려되옵나이다."

개시는 한껏 근심이 덮인 얼굴이었다. 병세가 아직 아물지 않아 정무를 보기에 몹시 피로하던 왕은 고개를 끄덕였다. 개시는 환한 낯으로 왕의 왼쪽 옆에 다가가 다과상을 내려놓았다. 작은 다과상에는 찹쌀밥에 꿀·참기름·간장으로 간을 하여 밤·대추·잣을 섞어서 쪄낸 먹음직스런 약밥과 볶은 메밀을 끓여 우려낸 구수한 메밀차가 준비되어 있었다.

“네가 직접 준비한 것이냐?”

“예, 전하.”

기특한 눈빛으로 자신을 바라보는 눈길에 개시가 얼굴을 붉혔다. 당파를 갈라 이리저리 싸워대는 대소 신료들과 보기 싫은 낯들만 오가는 작금의 궁에 신물이 나던 차였는데, 개시가 이리 자신을 살뜰히 받드니 왕은 저절로 기분이 좋아졌다.

“이리 오너라.”

왕은 개시의 허리를 잡아 제 옆으로 끌어당겼다. 순간 당황한 개시가 왕에게 올리려던 약밥을 손에서 떨어뜨리며 그대로 담쏙 안겼다. 왕은 한 손으로 개시의 허리를 잡고, 다른 한 손으로는 얼굴을 감싸고는 그대로 입을 맞추었다.

개시는 제 입술에 와 닿은 감촉에 놀란 듯 눈을 크게 떴으나 그도 잠시, 부끄러운 표정을 지으며 살며시 눈을 감았다. 이를 만족스럽게 바라본 왕도 눈을 감으며 더욱더 농밀한 입맞춤을 시작했다. 잠시 후, 왕의 입맞춤을 받아들이며 반응하던 개시가 별안간 살며시 눈을 떴다. 그러나 검질기게 그 입술을 탐하던 왕은 개시가 눈을 뜬 것을 눈치채지 못한 듯했다. 개시는 입술도 모자라 더 깊숙한 곳까지 탐하려는 왕의 행태에 욕지기가 올라오는 것을 간신히 참아내었다.

지금이다. 개시는 미리 한쪽으로 빼내어 두었던 팔의 소맷자락에서 손가락만 한 크기의 작은 호리병을 꺼냈다. 그녀가 호리병의 윗부분을 살짝 돌리자, 호리병 주둥이가 열리며 쌀알 두어 개만 한 구멍이 나타났다. 개시는 재빨리 왕의 눈치를 살피며 다과상 위로 호리병을 짧게 두 번 기울였다. 무색무취의 투명한 액체가 흘러나와 조용히 약밥과 메밀차에 스며들었다.

개시는 왕의 눈치를 힐끔 살폈다. 다행히 왕은 자신이 눈을 떴다는 사실조차 알아차리지 못한 채 집중하고 있었다. 개시는 속으로 안도의 한숨을 내쉬며 다시 호리병을 소맷자락으로 숨기고는 다시 눈을 감았다.

한참의 시간이 지난 후에야 왕은 거칠게 탐하던 개시를 놓아주었다. 입술이 부르트도록 입맞춤을 받아낸 개시는 수치심이 올라오는 것을 숨기며 약밥을 들어 올려 기미했다. 자신이 직접 은밀한 액체를 뿌린 것을 입에 넣으려니 구역질이 일었으나 애써 버티었다. 진정으로 더럽고 역겨웠던 것도 이미 참아냈는데, 어찌 고작 이런 것을 주저할까.

기어이 기미를 마친 개시가 약밥을 올리자, 아까의 은밀한 움직임을 눈치채지 못했던 왕은 개시가 내미는 약밥을 의심 없이 받아먹었다. 아무것도 모르고 기분 좋은 웃음을 흘리는 왕에게 마주 미소하던 개시의 눈에 한기가 서렸다 사라졌다.

"하면 소인은 이만 물러가겠사옵니다."

"그래. 오늘 밤은 네 처소를 찾을 것이니 차비하여라."

개시는 온몸에 벌레가 기어 다니는 것 같은 불쾌함을 꾹 눌러 참으며 진정으로 기쁘다는 듯한 낯을 하고 뒷걸음질 쳐 방을 나왔다. 손에는 텅 빈 그릇만이 올려진 다과상이 들려 있었다.

'됐다.'

방문이 닫히자마자 몸서리를 치며 대전을 나서던 개시는 아까와는 달리 텅 빈 다과상을 물끄러미 내려다보았다. 그 눈빛이 순간 불안하게 흔들렸으나, 한편으로는 무엇을 시원하게 매듭지은 듯 후련해 보였다. 그도 그럴 것이었다. 손에 들리던 묵직한 약밥과 메밀차의 무게가 사라지자, 종래 어깨를 짓누르던 압박감도 말끔히 사라졌으니까.

'흠.'

다과를 든 후, 다시 정무를 보던 왕은 상소를 집어 들던 손길을 갑자기 멈추었다. 아까 나누었던 입맞춤의 여운이 아쉽게 전신을 감돌았다. 요즈음 개시만큼 의중을 잘 헤아리는 이가 없었다. 중전은 어린 연치 탓인지 자주 경솔한 행동을 하고 자꾸만 제 눈치를 보는 것이 정이 가지 않았다. 대군을 생산하였기에 보아 넘기는 것이지, 그렇지 않았다면 꽤나 골치 아픈 인사였을 것이다. 왕은 외모가 그리 빼어나진 않지만 총명하고 눈치 빠른 개시를 좀 더 옆에 두고 싶다는 생각이 들었다. 태생이 조금 걸리긴 하지만, 종사품의 숙원(淑媛)이라면 반발이 그리 크진 않을 테지.

어차피 고운 후궁들이라면 이미 많으니, 외모가 피진 않았어도 제 마음을 꽤 잘 살피는 후궁 하나쯤 두어도 좋겠다는 생각이었다. 마침내 왕이 개시에게 후궁 첩지를 내려야겠다고 결심하는 순간이었다.

"전하, 오늘 낮것수라는 어찌하올까요?"

방문 밖에서 걱정스레 물어오는 제조상궁의 목소리가 들렸다. 요 며칠 먹는 것이 족족 얹혀 낮것수라를 숱하게 걸렀더니 제조상궁은 이를 꽤 걱정하는 듯했다. 무심코 물러라 이르려던 왕은 생각을 바꾸어 급하게 일렀다.

"물리라 하…… 아니, 들이거라. 그리고 수라상궁 대신 김 상궁더러 시중을 들라 해."

제조상궁은 또 개시를 찾는 왕의 어성에 볼멘 표정을 지었다. 아니, 또? 그러나 한낱 상궁인 자가 군주의 명을 어길 수는 없었기에, 제조상궁은 괜히 나인에게 어서 가서 개시를 데려오라 신경질을 냈다. 마른하늘에 날벼락이라더니, 이러다 진정 저이가 후궁 첩지를 받아 챙기는 날이 오게 생겼구나. 수라 찬을 간섭하는 것도 모자라 이제 손수 수발까지! 제조상궁은 정말로 제가 개시를 윗전으로 섬겨야 할까 봐 덜컥 겁이 났다. 그리돼선 아니 되지!

제조상궁은 재빨리 발걸음을 소주방으로 향했다. 개시가 또다시 수라에 간섭하기 전에, 제 집안 대대로 내려져 오는 비기(秘技)인 찹쌀쇠고기만둣국을 낮것수라로 준비할 생각이었다.

왕은 또다시 옆에 개시를 가까이 끼고 앉아 시중을 받았다. 하나 말이 좋아 시중이지, 수라를 들면서도 연신 개시의 손을 지분거리는 행태가 시립한 궁인들의 낯을 붉히게 만들었다. 혹시나 왕이 제 작품인 만둣국을 칭찬해 주지 않을까 기대했던 제조상궁은 골이 나 이글거리는 눈빛을 쏘아 보내야만 했다. 그러나 제조상궁은 안중에도 없다는 듯, 신경조차 쓰지 않은 개시는 그저 웃으며 옥체 미령한 왕의 시중을 들 뿐이었다.

그녀가 천한 태생으로 궁인들 사이에서 좋지 않은 평을 받고 있는 것을 눈치채고 있던 왕은 그러한 태도의 개시가 더욱 마음에 들었다. 제 평판이나 위신보다는 오로지 주군만 신경 쓰고 있지 않은가!

대북(大北)이니 무엇이니 하며 주군보다 세자를 내세우려는 자들에게 심기가 상한 왕은 개시로 하여금 당당한 군주로서의 위신이 제대로 서는 것 같아 묘한 쾌감마저 들었다. 왕이 다시 한 번 손을 꽉 잡자, 개시는 온화한 미소로 화답하며 제 손을 어수에 겹쳐 포갰다. 왕은 뿌듯함을 느끼며 수저를 들어 남은 만두를 마저 입속으로 넣었다. 쫀득한 만두피와 쇠고기의 풍부한 육즙이 조화롭게 어우러져 꽤 먹음직스러운 음식이라 생각하며 그를 씹는 순간.

컥-!

왕이 단말마의 경련을 일으키며 옆으로 넘어갔다.

"전하!"

경악한 궁인들이 왕의 주위로 몰려들었다.

촛대에 놓인 아롱 불빛이 겨울바람 앞에 홀로 선 나그네의 옷자락처럼 위태로이 흔들렸다. 머릿속은 당최 무엇이 담긴지 알 수도 없이 텅 비었다. 무엇이 꽉 들어찬 듯도 한데, 그 속을 헤집어보려 하면 종적을 감추고 꺼림칙한 중압감만이 발자취를 남겼다.

머리가 깨질 것 같다.

두통에 관자놀이를 누르던 혼은 홀연 몇 시진 전 대전에서의 기억을 떠올렸다.

아연실색한 낯의 상선이 엉망인 옷매무새로 허겁지겁 달려와 혼에게 아비의 훙서(薨逝)가 임박했음을 알렸다. 혼은 상선이 어서 대전으로 가셔야 한다, 옆에서 외쳐도 그저 멍할 뿐이었다. 훙서라니? 무엇을 착각하는 것이 아니오? 얼떨떨한 목소리로 되묻는 혼에게 상선은 속이 타 외쳤다. 저하, 한시가 급하옵니다! 어서 가서 주상전하의 임종을 지키셔야 하옵니다!

결국 혼은 상선과 동궁전 내관들의 손에 이끌려 대전으로 갔다. 아직도 제가 들은 말이 믿기지 않던 혼은 반신반의한 얼굴로 발걸음을 옮겼다. 문 앞에 당도하자마자, 수런거리는 의관들의 목소리와 함께 흡사 발악이라도 하는 듯한 여인의 목소리가 들려왔다.

월계화. 감히 대전에서 저렇게 목소리를 높일 수 있는 젊은 여인은 중전밖에 없었다.

혼은 자신이 당도했음을 안에 고하려는 상궁을 제지하고는, 떨리는 손을 들어 방문을 와락 열어젖혔다.

“전하! 흑흑…… 전하! 아니 되옵니다!”

방문에 가렸던 전경(前景)이 트이고, 훤의 시야에 들어온 것은 말없이 이부자리에 누워 있는 아비와 그를 움켜쥐고 울부짖는 중전이었다. 참으로 이상한 일이 아닌가. 아바마마께서 어찌 이 시간에 누워 계시느냐? 아직 미시(未時)밖에 되질 않았는데……. 훤이 중얼거리며 문가에서 아연히 바라보고만 있자, 급기야 눈물을 참지 못한 상선이 흐느끼며 어서 입시하시라 주청 올렸다.

훤은 제 앞에 놓인 것이 두려웠다. 달아나고 싶었다. 임진년의 난 때, 아비가 분조(分朝)를 명하며 함경도로 가거라 지시했을 때처럼 눈앞이 새하얘졌다.

한 발 한 발, 내딛는 발걸음이 납덩이를 달아 묶은 듯 무거웠다. 무슨 정신으로 걸음을 옮기는지, 발이 꼬여 크게 휘청거린 훤이 넘어졌다. 하나 넘어질 때 짚어 시큰거리는 손목이나 방바닥에 부딪친 무릎 따위는 안중에도 없었다. 훤은 일어날 생각도 하지 못하고 엉금엉금 무릎걸음으로 다가갔다.

아무 말도 못 한 채 다가간 훤의 앞에 크게 요동치는 유백색 당의와 남색 치마의 뒷모습이 보였다. 화려한 세 마리 금빛 봉황 외에도 무궁화가 작게 수놓인 화려한 당의에서는 꽃향기가 날 것만 같았으나 눈물 내음만 물씬 풍겼다. 언제나 깔끔한 화려함을 뽐내던 중전의 옷자락은 어지러이 구겨져 있었다. 코에 와 닿는 눈물 내음에 훤은 번뜩 정신을 차렸다. 그제야 훤의 시야에는 중전 곁의 어린 소녀가 담겨왔다.

연리는 둥지에서 내쫓긴 아기 새처럼 떨고 있었다. 자제를 잃고 울부짖는 모후가 낯설었다. 연리는 옆에서 울먹이는 의를 당겨 품에 끌어안고는 멍하니 부왕만 바라보았다. 아바마마? 작은 목소리를 내어 불러보았으나 대답 없이 눈을 감고 누워 있는 부왕은 낯설디낯선 모습이었다. 엄습해 오는 두려움에 연리는 가늘게 떨리는 팔로 힘주어 의를 안았다. 왜인지는 모르겠으나 그래야겠다는 생각이 들었다. 의에게는 너무도 무섭고 불안한 일일 것이니 자신이 지켜주어야만 할 것 같았다.

혼은 어린 제 남동생을 보호하듯 감싸 안은 연리를 멍하니 바라보았다. 겨울 칼바람에 내놓인 아기 새같이 떠는 연리가 손대면 쨍그랑 깨져 버릴 듯 너무나 연약해 보였다. 혼은 눈앞에 자신을 원수 대하듯 하는 중전, 연리의 어미가 있다는 사실조차 머릿속에서 까맣게 지워 버리고는 자신도 모르게 조심스레 손을 뻗어 연리의 어깨를 감싸 안았다.

갑자기 크고 따스한 품이 자신을 덮어오자, 연리는 화들짝 놀라 고개를 들었다. 연리에게 안겨 있던 의도 눈물 고인 눈을 동그랗게 뜨며 그 온유한 품의 주인을 바라보았다.

"오라버니!"

"흐아아앙…… 형님!"

첨예한 분위기에 짓눌려 숨쉬기조차 어려운 방 안에서, 오라비의 품은 따스한 기운을 전해주는 듯하여 숨통이 트였다. 그 품에서 언젠가 오라비가 보여준 꽃의 은은한 향이 나는 것 같았다. 오라비는 많고 많은 꽃 중에서 이 꽃이 제일 마음에 든다고 했었다. 깊은 금강산에서 홀로 외롭게 피어 금강제비꽃이라 했던가. 연리는 문득 그 조그만 꽃이 오라비와 닮은 것 같다는 생각이 들었다.

연리는 형님을 보고 마음이 놓여 기어이 울음을 터뜨리고 만 의를 달래며 오라비를 가만히 바라보았다. 자신을 든든하게 감싼 품과는 달리 오라비의 눈동자는 불안하게 흔들리고 있었다. 연리는 아무 말없이 혼의 허리를 두 팔로 감싸 안았다. 모두를 짓누르고 있는 팽팽한 긴장감이 고독한 꽃에게마저 스며들게 하기는 싫었다.

혼혼한 온기가 서서히 혼에게 전해졌다. 어린 남매의 외마디 외침에 퍼뜩 혼을 돌아본 중전의 물기 어린 눈에서 불꽃이 튀었다. 그러나 혼은 중전의 매서운 눈빛에도 연리를 감싼 팔을 풀지 않았다. 어리고 여린 이 몸에게서 얻는 온기마저 없다면, 당장 휘몰이친 눈앞의 상황을 목도할 자신이 없었다.

중전이 눈을 부릅뜨며 혼과 서로 부둥켜안은 연리와, 연리에게 안긴 터라 혼에게도 동시에 안긴 의 모두를 혼에게서 떼어내고자 달려들려 할 때였다.

"으…… 으음……."

"저, 전하!"

미동도 않고 누워만 있던 왕이 신음을 흘리며 힘없이 눈을 떴다. 끊길 듯 미약한 어성(御聲)을 귀신같이 잡아낸 중전이 어수를 잡으며 외쳤다. 애써 생명의 줄을 아슬아슬 잡고 있는 듯 보이는 눈동자는 곧 꺼질 듯 불안했다. 이를 직감한 중전은 가슴이 철렁 내려앉는 것을 느끼며 또다시 터지려는 오열을 억눌렀다.

"전하, 정신이 드시옵니까?"

어수를 힘주어 잡으며 재차 외치는 중전에게 왕이 눈짓했다. 중전은 그 눈짓의 의미를 알아채고는 멈칫하였다. 지아비는 제게 여태껏 단 한 번도 보여준 적 없었던 행동을 하고 있었다. 비록 또렷하지는 않았으나, 눈짓에서 느껴지는 군주의 위압감은 중전이 두말없이 왕이 원하는 바에 따르도록 만들었다.

중전은 치맛자락을 잡고 왕이 누운 이부자리에서 물러나 앉았다. 어리둥절한 혼이 중전과 아비를 바라보았다. 분한 듯 쏘아보는 중전의 눈빛과 제게 와 닿는 아비의 끊길 듯한 눈빛. 달갑지 않은 부자 사이였지만, 혼은 아비와 함께했던 오랜 세월이 주는 직감을 느꼈다. 혼은 연리와 의를 품었던 팔을 풀고 아비에게로 가까이 다가갔다.

"혀…… 형제 사랑하기를…… 내게 한 것처럼…… 하거라."

아비의 눈이 스러지고 있었다. 수십 년 전 어미를 데려간 어둠이 이젠 아비마저 삼키려 했다.

어린 혼의 눈에 아비 품에 안긴 어미가 담긴다. 울부짖는 아비의 품에서 어미는 멍하니 혼을 눈동자에 담는다. 곧 어미의 손이 놓친 인형처럼 힘없이 떨어진다.

"아, 아바……."

"참소하는…… 자가 있어도…… 듣지 말아야 한다…… 부디……."

어린아이처럼 더듬거리는 혼의 말 사이로 꺼져 가는 목소리가 이어졌다. 아비는 무거운 팔을 들어 올리려 애쓰고 있었다. 혼은 파들파들 떨리는 손을 아비의 용안으로 가져갔다. 아비의 온기를 확인해야 했다.

"부, 부탁…… 하……."

말을 끝내 잇지 못한 아비의 손이 놓친 인형처럼 힘없이 떨어진다.

"저…… 전, 전하!"

싸늘하게 굳은 대전. 모두가 숨을 멈춘 공기 속에 월계화의 애끊는 비명만이 대전을 가득 울렸다.

조선 제십사대 왕 이연(李昖), 향년 오십칠 세로 훙서하다.

"저하."

문 너머로 들려오는 나직한 목소리가 혼을 끄집어 올렸다. 아득히 잠겨 있던 기억에서 퍼뜩 깨어난 혼이 주위를 휘휘 둘러보았다. 낯익은 보료와 책상, 동궁전 제 방이 눈에 들어온다. 하나 손끝에 와 닿던 낯선 촉감이 아직도 선연하여 흠칫 몸이 움츠러들었다. 혼은 천천히 다시 손으로 얼굴을 가리었다.

개시는 허락을 기다리지도 않고 방문을 열었다. 어두운 방 안에서 아롱 불빛 하나에 의지한 혼이 얼굴을 묻고 있었다. 그런 혼을 흘긋 응시한 개시는 방 안으로 들어와 문을 닫은 후 그대로 무너지듯 엎드렸다.

얼마나 흘렀을까. 얼굴을 감싼 혼과 엎드린 개시 그 누구도 미동이 없는 방 안에는 침묵만이 감돌았다. 묵묵히 제 임무를 다하던 촛불이 흔적만 남은 제 둥지 위로 위태롭게 일렁이다가 마침내 자취를 감췄다. 칠흑 같은 어둠이 둘의 어깨 위로 훅 내려앉는다.

"너이냐."

"……."

"너의 짓이냐고 물었다."

혼의 벼려진 목소리가 어둠을 가르고 날아왔다. 개시는 말없이 일어나 구석에 놓인 수납장에서 초를 찾았다. 익숙한 손놀림으로 초를 꺼낸 개시는 잠시 밖으로 나가 초에 불빛을 담아 다시 방 안으로 들어왔다. 환한 빛이 순식간에 방 안을 채웠다. 개시는 빛이 담긴 초를 촛대에 꽂으러 혼의 곁에 다가가 앉았다. 세차게 타오르는 힘센 불이 안정적으로 자리 잡자 개시는 몸을 일으켜 다시 제자리로 돌아갔다. 아니, 돌아가려 했다.

짝-

날카로운 마찰음이 울렸다. 개시의 앙다문 입술이 미세하게 떨렸다. 개시는 빨갛게 부어오른 뺨을 감싸 쥐고 그 자리에 엎드렸다.

"예. 소인이 그리하였사옵니다."

"……어떻게."

담담한 개시의 말끝에 혼의 속삭이는 듯한 목소리가 달라붙었다.

"……오늘 소인이 손수 만든 약밥과 메밀차를 직접 전하께 올렸사옵니다. 같은 것을 둘로 나누어 저하의 낮것상에도 올렸으니 누구도 감히 세자저하를 의심하지는 못할 것입니다."

그래, 분명 오늘 대전으로 가기 전에 들었던 낮것상엔 약밥과 메밀차가 올랐었다. 무슨 맛인지도 기억나지 않는 음식들이었으나, 머릿속에 그것들의 모습이 선명히 떠오르는 순간 혼은 오금이 굳고 말았다. 이러한 혼의 상태를 아는 듯 모르는 듯, 개시는 엎드린 채로 혼에게 낱낱이 고해 올렸다.

"지황, 자신환, 천마, 방풍, 백지, 황련, 귤홍. 대전의 환후에 대비하여 진어된 약재들입니다. 오늘 전하께선 아침 수라로 홍반을 드시었고, 약밥과 메밀차까지 젓수시었사온데 이는 약재와 상극이 되는 음식들입니다. 전하께선 약재와 상반되는 성질의 음식을 너무 많이 젓수시어 기력이 쇠하신 것이옵니다. 이미 환후로 허약해진 노구(老軀) 아니옵니까. 하나 기력이 쇠하기만 하면 어찌 목적을 달성했다 하겠습니까. 하여 소인이 따로 마련한 액을 약밥과 메밀차에 넣었사옵니다."

"도, 독을 넣었단 말이냐?"

청산유수같이 쏟아지는 진실에 혼이 떨리는 목소리로 물었다. 긍정을 담은 침묵이 이어졌다. 혼은 깨어질 듯한 두통을 느끼며 보료를 박차고 일어났다.

"거짓 없이 바른 대로 말하라! 아바마마께 직접 올렸다 함은 네가 기미를 하였다는 것인데, 너는 독이 든 것을 먹고도 어찌 아무 탈이 없단 말이냐!"

분노인지 슬픔인지 모를 흥분을 품은 혼의 목소리가 낮게 으르렁거렸다. 혼이 엎드린 개시의 팔을 아프게 쥐어 올리며 노려보았다. 개시는 우악스러운 손길에 강제로 잡힌 채로 담담히 혼의 매서운 눈길을 받아냈다.

"소인이 대전에서 기미를 하기 전에 미리 해독제를 복용하였기 때문입니다. 하여 그것을 먹고도 무사하였던 것이구요."

강단 있는 개시의 말에 혼은 스르르 힘이 빠져 주저앉았다. 그 때문에 혼의 손길에 붙들려 있던 개시도 함께 바닥에 주저앉고 말았다.

모순된 감정이 혼의 속에서 맞붙어 들끓었다. 제 사지육신을 지어주신 어버이이자 이 나라 조선의 군주가 승하하셨다. 마땅히 땅을 치고 통곡하며 슬퍼해야 옳았다. 찢어지는 듯한 아픔이 혼의 가슴을 짓찢었다.

그러나 지난 십여 년간 자신을 멸시하고 모욕했던, 그리곤 마침내 채 열 살도 되지 않은 어린 이복동생에게 제 자리를 넘겨주려던 아비였다. 생명줄과도 같은 저위를 빼앗고 철저히 자신을 패자로 만들려 했던 냉혈한이었다. 제 목숨과 소중한 이들의 안위를 보장받았다는 안도감과 함께, 아비의 옹졸함에 상처받던 나날이 드디어 끝을 맺었다는 생각에 묘한 쾌감이 느껴졌다.

쓰라린 가슴과 함께 부정할 수 없는 묘한 감정이 그를 덮어오자, 혼은 눈을 감고 탄식했다. 아비에 대한 미련은 이미 털어내었다. 다만 허망하게 끝나 버린 부자의 인연이 너무나 처연했다.

결국 이렇게 될 것을. 무엇을 위해 그리도…….

가냘프게 떠는 눈꺼풀 아래로, 혼 자신조차 눈치채지 못한 작은 물방울이 소리 없이 눈동자를 적시고 심장을 적셨다.

"저하…… 모두 명을 어긴 소인의 죄이옵니다……. 하나 저하를 지키기 위해서는 이 방법밖에 없었사옵니다. 심기를 굳건히 하시오소서, 보위를 이을 국본은 오직 저하 한 분뿐이십니다."

아비는 당신을 벼랑 끝에서 밀쳐 내는데, 핍박에 상처 입은 당신은 도리어 그런 무자비한 아비가 다칠까 염려되어 반격조차 망설인다. 그래서, 그 여리고 정 많은 성정에 도리어 괴로워하고 죄책감을 느낄까 염려되어, 이 한 몸 희생할 각오로 거사를 계획했다. 이제 날이 밝으면 사인이 명백히 규명될 것이다. 그러면 나는 곧 의금부로 끌려가겠지. 하나 당신이 무사히 보위에 오르기만 한다면, 그 한 많고 시린 세월을 견뎌낸 보상을 받게 된다면 나는 나락으로 떨어진대도 상관없다. 이제 다시는 볼 수 없겠지, 그토록 다정한 당신을 다시는 만날 수 없겠지…….

개시는 그런 마음을 하고 마지막으로 혼을 찾았다. 하나 혼은 제 손으로 한 일이 아님에도 어김없이 괴로워하고 말았다.

'어째서!'

고귀한 왕의 아들임에도 불구하고 정궁 소생이 아니었기에 버림받았다. 왕은 매정하게 화마 속에 어린 아들을 던져 넣었다. 그리곤 내세울 것이라고는 고작 핏줄밖에 없는 적자를 위해 전쟁에서 나라를 구한 아들의 목덜미를 물어뜯었다. 왕은 줄곧 자신보다 더 왕재다운 제 아들을 증오했으며 경멸했다. 그가 정궁 소생이라도 그리했을까. 한낱 후궁의 아들이 아닌 중전의 아들이었다면 시기 대신 자랑스러워했을까.

제아무리 고귀한 왕자일지라도 어미의 신분이 족쇄가 된다는 사실이 너무나 기막혔다. 더불어 아무리 영특한 머리를 지녀도, 선비의 수양딸이 되어도 타고난 천한 피는 숨길 수 없다 비웃던 사람들의 싸늘한 눈초리가 생각났다. 떨리는 목소리로 혼에게 작별을 고하려던 개시는 복받치는 설움에 악을 쓰고 말았다.

"천지 분간도 못하는 어린아이에 불과한 대군에게 저하의 자리를 내어줄 수는 없습니다! 모든 일은 저하께서 하셨습니다, 대군이 한 일이라고는 그 잘난 중전의 태에서 난 것밖에 없단 말입니다!"

물기 어린 개시의 울부짖음에 혼은 벼락을 맞은 듯 번쩍 정신이 들었다. 방바닥에 주저앉은 자신과 개시의 옷자락이 어지러이 뒤섞여 있었다. 무어라 형용할 수 없이 얽히고설킨 제 상황 같았다. 그래, 어차피 누군가는 매듭지어야 할 문제였다. 일촉즉발의 급박한 상황에서 행동해야 할 사람은 자신이었다. 하나 너무나 나약해 차마 용기를 내지 못한 자신 대신 개시가 목숨을 걸었다.

'나란 자는 참으로 못난 사내로구나.'

혼은 괴로움에 지친 눈을 감고 어느새 서러움에 젖어 흐느끼는 개시를 안았다. 갑작스레 안긴 개시가 놀라 약하게 몸부림쳤으나, 곧 혼에게서 흐르는 한 줄기 빗물을 느끼곤 그 품을 받아들였다.

'……이비이께시 사랑해 주시거든 기뻐하며 잊지 말라. 꾸짖으시거든 반성하고 원망하지 말라. 기뻐하며 잊지 말라. 반성하고…… 원망하지…… 말라…….'

언젠가 연리와 함께 읽었던 소학의 한 구절이 불현듯 입가에 맴돌았다. 자신도 모르게 같은 구절을 되뇌며 중얼거리는 혼에게 수많은 주마등이 스쳤다.

"참으로 영특하도다!"

"네 불충불효한 낯빛이라면 더 보고 싶지도 않다!"

"네 정녕 스스로를 세자라 생각하는 것이냐?"

"부, 부탁…… 하……."

따스했던 어린 시절의 봄볕부터 무정한 북풍한설까지. 빠르게 휙휙 스쳐 가던 기억이 멈춰 선 것은 꺼져 가는 목소리로 말을 잇던 아비의 마지막이었다.

투둑-

'이젠 끝입니다, 아바마마.'

마침내 혼은 아비와의 인연을 끊어내었다. 참으로 질긴 악연이었다. 공허하게 울리던 메아리가 가슴속 깊이 파고들어 완전히 자취를 감추었다. 먼 여정을 떠난 아비에게 마지막 작별을 고한 혼이 빗장을 풀고 눈꺼풀을 천천히 들어 올렸다.

"천세(千歲), 천세, 천천세(千千歲)!"

차갑게 가라앉은 시린 눈동자가 창공에 닿았다.

그와 동시에, 수라에 약재의 성분과 상극인 찹쌀 음식을 올려 선왕 시해 혐의로 의금부 군졸에게 끌려가는 제조상궁의 비명이 울려퍼졌다. 하나 미약한 중년 여인의 음성은 서청(西廳)의 천세 소리에 아스라이, 은밀히 묻힐 뿐이었다.

"으아악! 놓지 못하겠느냐! 분명 누군가 날 모함한 게다!"

"그 입 다무시오! 전하께서 등극하시는데 어디서 부정 타게!"

몸부림치며 오라에 묶여 끌려가던 제조상궁이 군졸의 손날에 맞아 축 늘어졌다. 먼발치에서 이를 지켜보던 개시는 멀어져 가는 그녀에게 허리를 숙여 애도를 올리었다.

5장
비원(秘苑)

대전은 여느 때와 다름없이 조용했다. 하나 평범한 적막이 고요하고 평화로운 느낌을 주는 것과는 달리 대전의 적막은 살얼음을 디디는 것처럼 긴장이 흘렀다. 이는 주위를 둘러싸고 있던 대전 궁인들은 물론 오랜만에 대전을 찾은 대비전의 궁인들 또한 그러했다. 기실 온 궐 자체가 숨 막히는 적막에 겹겹이 둘러싸여 있었으나 그에 불만을 토로할 만큼 눈치 없는 자는 아무도 없었다. 모두들 숨을 죽이고 눈을 내리깔며 그저 하루를 살기 급급한 제 일상만 아무 일 없이 지속되기를 바라고 또 바랄 뿐이었다.

선왕이 붕어한 후 대비와 주상이 만나는 것은 거의 처음이라고 해도 어긋남이 없었다. 선왕이 붕어할 당시 까무러친 대비는 며칠을 앓는 바람에 주상의 등극도 반기지 못하였으며, 몸을 추스른 후에도 매일 밤 오열하며 악담을 퍼부어댔다. 주상도 이러한 대비를 구태여 만나려 들지 않았다. 궁인들은 이를 두고 어린 대군을 세자로 세우려던 대비가 뜻을 그르치게 되어 패악을 부리는 것이 아니냐 수군거리며 주상에 대한 은근한 동정심을 내비쳤다.

그 때문에 지금 대전 궁인들과 면을 맞대고 있는 김 상궁은 대비전 궁인들을 향한 따가운 시선이 면면이 내리꽂혀 죽을 맛이었다.

방 안의 공기도 이와 크게 다르지 않았다. 다른 점이 있다면 적의를 내뿜는 자와 이를 받아넘기는 자가 반대라는 것일까. 대비는 이제 더는 제 아랫사람이 아닌 주상에게 함부로 대거리하려 들 수 없어 말없이 분한 눈빛만 쏘아 보냈다. 하나 주상은 이를 눈길 하나 주지 않고 강 건너 불구경하듯 철저히 무시했다.

"정명이 많이 컸구나. 이리 와보거라."

의와 함께 대비와 주상 사이에 자리하고 있던 연리는 화들짝 놀라 시선을 들었다. 힐끔 눈치를 보니 모후의 얼굴이 순식간에 일그러지는 것이 보였다. 한껏 기대하는 눈빛을 하던 의는 어느새 울먹거리고 있었다. 오라비의 부름에 응해야 할지, 눈치껏 자리에 그대로 머물러 있어야 할지 망설이던 연리는 꾹 주먹을 말아 쥔 모후가 마지못해 고개를 끄덕인 후에야 걸음을 옮겼다.

"요즘도 책을 읽고 글씨를 쓰느냐?"

"예, 오라버…… 아, 아니 전하."

너무나 오랜만에 나누는 대화라 그런지, 연리는 자신도 모르게 옛 명칭으로 오라비를 부르고 말았다. 하지만 말을 내뱉고 보니 옛 생각이 나 반갑기도 했다. 연리는 괜스레 몽글몽글 피어오르는 그리움에 한 가닥 두근거림을 안고 오라비와 시선을 맞추었다. 그러나 오라비는 담담한 표정으로 말없이 앉으라 손짓할 뿐이었다.

"참으로 영특하고 총명하구나."

연리는 나지막한 칭찬과 함께 제 머리를 쓰다듬는 오라비의 손길에 당황했다. 분명 눈앞에 선 이는 그토록 다정했던 오라비가 분명하거늘, 맞닿은 무거운 손길은 오라비가 아닌 것 같았다. 마음을 따스히 덥혀오던 온기는 온데간데없고 서늘함만이 머리카락 새에 스며드는 듯했다.

"흑, 어, 어마마마……."

의가 잔뜩 실망한 목소리로 모후에게 울먹거렸다. 요시이 부쩍 주상을 보러 가자며 조르던 의는 아침부터 형님 전하가 보고 싶다며 대전으로 가자고 모후에게 떼를 썼다. 어르고 달래며 화도 내보았으나, 의에게 한없이 약한 성정인 대비는 끊임없는 칭얼거림에 져 대전으로 걸음하게 되었다. 물론 얼마 전 대비전으로 찾아왔던 전 영상인 유영경이 올렸던, 너무 오랫동안 대전과의 왕래를 끊으면 좋지 않다는 말도 대전 행차를 결심하는 데 한몫했을 것이었다.

"……너도 주상전하께 가보거라, 어서."

말아 쥔 주먹을 가늘게 떨던 대비가 의의 등을 떠밀었다. 의가 맑은 눈물을 잔뜩 머금은 채 주춤주춤 연리와 주상 곁으로 다가갔다.

"형님…… 전하……."

의가 망설이며 애타는 목소리로 주상을 불렀으나 주상은 오직 연리에게만 시선을 집중할 뿐 자신의 애정을 갈구하는 목소리를 묵살했다. 잔잔한 호수에 던져진 조약돌이 만들어내는 파동 따위는 무시하면 그만이라는 무심한 태도였다. 아니, 이는 분명 무심하다 못해 의도적인 외면이었다.

으아앙-

기어이 의가 소리 내어 울음을 터뜨리고 말았다. 울먹이는 의를 달래며 대비는 주상을 잡아먹을 듯이 노려보았다. 정녕 네놈이!

연리가 어쩔 줄 모르며 대비와 주상 사이에서 안절부절못하는 사이, 주상은 가볍게 자리에서 일어났다.

"피차 안부는 확인했으니 이만 돌아가시는 것이 좋겠습니다. 그리고 차후로 제가 청하지 않는 이상 대전에 발걸음 하지 마십시오."

주상은 칼바람같이 냉담한 어성을 남기고 방을 나갔다.

"영창, 울지 말아라. 어찌 사내대장부가 이만한 일에 눈물을 보이느냐!"

속상한 듯 소리치는 대비가 의의 눈물을 거친 동작으로 훔쳐 냈다. 의는 풀리지 않은 서러움에 계속해서 울음을 토해내려다 어느새 붉어진 모후의 낯을 보고는 애써 참았다. 어린 연치였으나 시국이 시국인 만큼 본능적으로 상황을 파악할 눈치는 있었다.

"흑, 어마마마…… 소자는 어찌하여 사내입니까? 소자도 형님 전하께서 쓰다듬어 주시고 귀애해 주셨으면 좋겠습니다. 소자도 누님처럼 여인이면 좋겠습니다……."

그동안 의는 자신이 형님에게 미움을 받는 이유를 얼핏 이해하게 되었다. 알고 싶지 않아도 알게 되었다. 어찌하여 누님은 귀애를 받는데, 자신만 이토록 차디찬 홀대를 받는지를. 궐 어디를 가도, 심지어 대비전에 배속된 궁녀까지도 자신과 형님에 대해 수군수군 떠들어댔다.

진심인 듯 울먹이는 의의 말에 대비는 커다란 바위가 머리 위로 떨어진 양 충격을 받아 비틀거렸다.

"어, 어찌…… 영창! 어미 앞에서 그 무슨 무도한 말이냐!"

대비는 붉게 물든 낯빛으로 당황함을 담고 분노를 표했다. 안타까운 눈빛의 연리가 다가가 의를 품에 안아 달랬다. 주인 없는 방에는 꺽꺽거리며 울음을 눌러 참는 어린 의의 서러움만이 가득 울렸다.

"공주자가! 자가!"

"……듣고 있어, 소리치지 말아."

골몰히 생각에 빠져 주위도 살피지 않고 걷는 모습에 김 상궁은 연리를 연거푸 불러댔다. 대비는 눈물로 얼룩진 얼굴의 의만 데리고 처소로 돌아갔고, 이를 못 박힌 듯 서서 멍하니 바라보던 연리는 모후의 뒤를 줄줄이 따르는 궁인들만 멀거니 쳐다보며 서 있었다. 그러다 걱정스러운 얼굴로 괜찮으냐 물이오는 김 상궁의 당의 소매를 낚아채어 어디론가 끌고 가는 중이었다.

"지금 어딜 가시는 것입니까, 공주자가? 대비전으로 얼른 쫓아가셔야지요! 대비마마와 대군마마 존안을 뵈오니 또 대전과 무슨 문제가 생긴 듯하던데요! 무슨 일인지는 모르오나 자가께 불똥이 튀기 전에 어서……."

"김 상궁, 부탁이 있어."

"예?"

"나, 나인 의복이 필요해."

인적이 드문 전각 구석에서 발걸음을 멈춘 연리가 비장하게 선언했다. 무엇이라고요? 경악한 김 상궁이 입을 딱 벌렸다.

"아무래도 내가 오라버니를 만나 뵙고 직접 말씀을 올려야겠어. 김 상궁도 알잖아? 오라버니께서 의에게 어떤 오해를 하고 계시는지를."

"자가, 아니 됩니다! 시국이 시국이온데 자가께서 나서시어 전하께서 더 진노하시면 어찌합니까?"

어릴 때야 어린아이의 장난스러운 놓이다 웃어넘기겠지만, 왕가의 관례에 따라 몇 년 안으로 길례(吉禮)를 올리고 출궁할 공주가 그런 차림을 하고 돌아다니다간 큰 경을 치를지도 몰랐다. 게다가 선왕전하께서 귀애하시던 예전과 지금은 엄연히 상황이 달랐기에 더욱 그러했다.

"하지만 오라버니께서 저리도 냉담하신데 가만히 바라보고만 있을

순 없잖아! 이러다간 영영 오라버니께서 예전처럼 의를 다정하게 대해 주시지 않을지도 몰라. 난 더 이상의 오해가 생기기 전에 막고 싶어."

연리는 하나밖에 없는 제 남동생이 어떤 아이인지를 잘 알았다. 굳세게 자라야 한다 훈육하시던 부왕과 모후였지만 정작 의의 성정은 순진하고 눈물이 많았다. 자신과 노는 것을 그 무엇보다도 좋아하고, 모후에게 야단을 맞을 때면 변명 한마디 하지 못하고 제게 안겨 눈물짓는 아이였다. 그런 아이가 보위를 탐내다니!

부왕께서 승하하시기 얼마 전, 모후의 병풍 뒤에서 우연히 듣게 되었던 영상의 말은 곧 의가 오라버니를 제치고 저위에 오를 것이라는 뜻이었다. 그 당시에는 이해하지 못했으나 부왕께서 승하하신 후 돌아가는 상황을 눈여겨본 후에야 깨달았다. 부왕과 모후의 뜻이 그러하셨으니 왕세자였던 오라버니께서 모르셨을 리가 없겠지. 연리는 자그만 입술을 꼭 깨물었다. 애틋하던 세 남매의 우애를 깨어버린 보위가 사무치도록 미웠다. 대체 그것이 얼마나 탐나는 것이기에 피가 섞인 형제들이 서로를 경계하며 살아야 한단 말인가!

연리는 의가 보위에 추호도 불순한 마음이 있지 않음을 맹세할 수 있었다. 아무리 모후께서 의를 그리 만들고자 하여도, 이제는 무슨 수를 써서라도 제가 나서 그 뜻을 막을 생각이었다. 연리는 그저 의와 함께 평화롭게 살고 싶었다. 하루에 한 번씩 얼굴을 맞대고 다정하게 웃음 지을 수 있는 시간을 가질 수만 있다면 더 이상 바라는 것이 없었다. 의 또한 예전처럼 오라비와 투호 놀이를 하고, 책을 읽고 글씨를 쓰는 도란도란함이 그리워 저리 떼를 쓰지 않는가. 오해 때문에 이유도 모른 채 믿었던 이에게 미움을 받는 의가 너무나 안타까웠기에 연리는 반드시 제가 나서 이 일을 해결하리라 다짐했다.

굳게 결심한 연리의 눈빛에, 지난 십 년이 넘는 세월 동안 연리의 보모상궁으로 일해온 김 상궁은 이는 곧 제가 말릴 수 있는 영역이 아님을 깨달았다. 한번 마음먹은 일은 끈덕지게 매달려 해내는 성정의 공주가 아니던가. 기실 어린 대군은 보위가 무엇인지조차 아직 이해하지 못하는 연치이시며 심성으로 미루어보건대 절대 역심을 품을 분은 아니었다. 하긴, 요즈음 궁의 판도를 보아하니 서둘러 주상의 어심을 달래어놓지 않는다면 대군이 보위를 탐내어 곧 역모를 일으킬 것이라는 풍문이 사실로 둔갑할지도 몰랐다.

초조한 눈빛으로 대답을 재촉하는 연리에게, 김 상궁이 비장한 표정을 지으며 고개를 끄덕였다.

❖

"영소야, 너 왜 지금 밖에 나와 있는 거니? 오늘은 네가 번이잖아."

"제조상궁 마마님께서 물러가라고 하셔서…… 따로 독대하실 말씀이 있으신가 봐."

"그래? 잘됐다! 나 야참으로 먹으려고 콩 볶은 거 뒀는데, 내 방에 같이 먹으러 가자."

"좋아! 안 그래도 출출하던 참이었는데."

"근데, 사실 나 쭉 궁금했던 건데 말야. 제조상궁 마마님께선 선왕전하 승은을 입으셨잖아. 한데 어떻게 대전에 계시는 거야?"

"너 아직도 그 소문 못 들었어?"

"무슨 소문?"

"아이참, 그거 말이야! 원래 제조상궁 마마님께서 나인 시절에 동궁전 소속이셨잖아. 그때 왕세자셨던 전하께서 선왕전하보다 먼저 제조상궁 마마님께 승은을 내리셨다는……."

"어머! 그거 정말이야? 한데 그게 가당키나 한 얘기야?"

"얘는. 속고만 살았나! 그게 아니면 어떻게 선왕전하의 승은상궁이던 마마님이 제조상궁이 되실 수 있었겠어? 너 그건 들었지? 제조상궁 마마님이 사실 반가의 규수가 아니라 천민의 딸이란 거! 어떤 선비가 양녀로 삼아서 입궁할 수 있었다나. 풉, 이름도 개시라잖아. 개똥이!"

"어머, 어머! 그럼 말이 된다, 얘. 천한 피가 어디 가겠니? 뭐야, 그럼 지금 궁인들 다 물리고 전하와 독대하는 이유가 설마……."

"그렇겠지 뭐. 중전마마는 정말 미륵보살이시라니까? 부처도 시앗을 보면 돌아앉는다는데, 나 같았으면 당장 궐 밖으로 내쫓아 버렸을 거야!"

마치 더러운 정사의 장면을 직접 목격하기라도 한 듯, 소곤대던 대전 궁녀 두 명의 눈에는 멸시가 한가득 담겼다. 하지만 그 속에는 감출 수 있는 흥미로움 또한 생생했다. 차마 닿지도 못할 드높은 지존을 사로잡은 여인이 천하디천한 태생이라는 것이 묘하게 호승심을 불러일으켰다. 킥킥, 나도 한번 도전해 봐? 풉, 아서라 아서! 그러다 네가 제조상궁한테 먼저 당할걸?

어느새 제조상궁이 제 밑이라도 된다는 양, 상궁 중 으뜸인 이에게 존칭조차 붙이지 않는 행태가 꽤나 방자했다.

개시라고? 멀어져 가는 두 궁녀 몰래 어두운 전각의 그림자에 몸을 숨겼던 연리가 고개를 갸웃했다.

'대체 이게 무슨 말이지? 오라버니께서 왜……?'

전대 제조상궁이 배후가 밝혀지지 않은 누군가의 사주를 받고 부왕을 시해하여, 오라버니가 등극한 이후 제조상궁이 새로 바뀌었다고 했다. 그 제조상궁의 연치가 이상하리만큼 젊다는 것은 들었으나…….

'소문일 거야.'

제게 보여주었던 다정한 눈빛, 자신과 의를 아껴주었던 우애를 떠올린 연리는 오라비에 대한 믿음을 한 치도 의심하지 않았다. 부왕의 여인을 탐했다니? 저들이 무언가 착각하고 있는 것이 확실했다. 연리는 날이 밝으면 저들을 몰래 불러 꾸짖으리라 다짐하며 멀어져 가는 새앙머리 둘을 흘겨보았다.

궁녀들이 시야에서 사라지자, 연리는 재빨리 주위를 살핀 후 살며시 대전 안으로 잠입했다. 제조상궁이 주위를 모두 물리라 한 것이 사실인지, 항상 시립하고 있던 궁인들과 내관들이 자리를 비우고 없었다. 이미 침소에 든 것처럼 보이게 한 것인지 희미한 촛불 하나를 켜두었을 뿐인 침전은 칠흑처럼 어두웠다. 연리는 몇 번이고 발을 헛디딜 뻔하며 어두운 가운데 조심스레 오라비의 방으로 다가갔다.

연리가 방문 가까이 바싹 다가갔을 때, 안에서는 나직하지만 급박한 목소리가 흘러나왔다. 오라비와 독대를 하고 있다는 여인, 제조상궁 개시인 듯했다. 연리는 그녀가 돌아갈 때까지 몰래 숨어 있다가 오라비를 만날 생각으로 한쪽 구석에 자리를 잡았다.

"……니다. 어찌 하오리까?"

"……정녕 사실이더냐?"

방 안의 동정을 살필 셈으로 귀를 쫑긋 세운 연리에게 심각한 목소리가 들려왔다. 그러나 개시의 어지간히 조급한 말투에도 불구하고 그에 답하는 오라비의 목소리는 믿을 수 없다는 듯 느릿했다. 이를 예상하기라도 한 양, 문틈으로 여인의 깊은 한숨 소리가 새어 나왔다.

이를 엿듣던 연리는 문득 궁금증이 일었다. 부왕께서 총애한 여인이 누구인지, 제가 아는 궁인인지, 오라비와는 무슨 관계인지. 아까 궁녀들이 떠들던 것처럼 그런 불순한 관계는 결코 아닐 테지만 제조상궁이 된 것을 보면 꽤나 깊은 사이임이 분명했다. 눈치 없이 샘솟는 궁금증과 사투를 벌이던 연리는 결국 이를 이기지 못하고 속으로 중얼거렸다. 딱 얼굴만 보자, 얼굴만.

연리는 긴장으로 땀이 비죽비죽 나는 버선발을 조심스레 떼어 자그마한 문틈 사이로 다가가 방 안을 들여다보았다.

"사실인지 아닌지는 그다음 문제입니다, 전하. 중요한 것은 그들이 그리 자백했다는 것이지요. 박응서에 이어 서양갑이란 자도 대비의 아버지인 연흥부원군이 저들의 수괴임을 밝혔습니다. 군자금을 모아 거병하여 영창대군을 옹립한 후, 대비로 하여금 수렴청정을 이루려 했다 하더군요. 이는 명백한 반역의 증좌입니다. 저들이 도적질을 하며 인명을 살상한 것만 해도 큰 죄인데 감히 역모에 가담하지 않았습니까? 더구나 그 우두머리가 부원군이라 하는데 어찌 이를 가볍게 넘길 수 있겠습니까. 설사 저들의 말이 진실이 아니더라 한들, 이 사실이 도성 전체로 퍼지는 것은 시간문제입니다. 그리되면 전하의 정통성을 트집 잡던 이들이 여세를 몰아 대군을 옹립해야 한다 떠들지도 모르는 일. 감히 군주의 위엄에 도전하려 한 자들을 용서해서는 아니 됩니다. 속히 연흥부원군을 비롯한 반역자들을 잡아들이고 영창대군에게는 사약을 내리시옵소서, 전하!"

……뭐?

마른침을 꿀꺽 삼키며 문틈으로 뒤통수만 보이는 여인의 낯을 보려 애쓰던 연리는 귀에 꽂히는 말을 듣는 순간 머릿속이 멍해졌다. 순간 사고가 정지한 것처럼 제가 들은 말이 무엇인지 잘 이해가 되지 않았다. 이리저리 어지럽게 뒤섞인 머릿속에 몇 가지 단어가 짤막하게 떠올랐다. 역모, 반역, 연흥부원군 그리고…… 사약.

하나밖에 없는 남동생의 이름이 들리는 순간, 해맑게 웃는 순수한 얼굴이 떠올랐다. 투정을 부리다가도 제가 달래면 금방 마음을 풀고 따르는 착한 심성이 떠올랐다. 오라비와 함께 놀이를 하며 지었던 환한 웃음이 떠올랐다. 형님 전하가 뵙고 싶다며, 저는 왜 사내이냐며 울먹이던 슬픔이 떠올랐다.

온몸이 사시나무처럼 떨렸다. 금방이라도 비명이 나올 것만 같아 연리는 위태로이 흔들리는 손을 들어 입을 막았다. 충격으로 커다래진 눈에는 눈물이 빗물처럼 차올랐다. 가까스로 정신을 차리려 애쓴 연리는 주저앉으려는 다리에 억지로 힘을 주었다. 어, 어마마마……어마마마께 알려야 해! 연리는 곧장 대비전으로 뛰어가려 재빨리 발을 뻗었다.

쿠당탕-

익숙지 않은 치맛자락이 발에 얽혔다. 급하게 구해 입은 궁녀 의복이 몸보다 컸던 탓이었다. 임시로 긴 치맛자락을 올려 묶었던 끈이 풀리며 한시가 급한 연리의 발걸음을 단단히 옭아맸다. 연리는 창졸간에 일어난 일에 정신을 차리지 못한 채로 성급히 둘둘 엉킨 치맛자락을 풀어내려 했다. 그러나 떨리는 손가락에는 침착이 사라졌고, 평소라면 간단히 풀어내었을 치맛자락은 스르륵 손 틈새를 빠져나가 겹겹이 섞여들었다.

"누구냐!"

넘어지며 난 요란한 소리에 여인이 날카롭게 소리쳤다. 그 소리에 연리는 치맛자락 풀기를 그만두고 재빨리 무릎걸음으로 기었다. 희미한 불빛이 닿지 않는 어두운 구석으로 몸을 숨겨 존재를 들키지 않는 것이 우선이었다. 제발! 그러나 그러한 간절한 연리의 애원에도 불구하고 방문은 급하게 열렸다.

드르륵- 탁!

"얼씬도 하지 말라 했거늘!"

"소, 송구하옵니다 마마님! 얼른 물러가겠사옵……."

재빨리 고개를 숙여 얼굴을 가린 연리는 언젠가 들었던, 잘못을 해 용서를 빌던 궁녀의 말투를 떠올리며 흉내 냈다. 어서 이곳을 벗어나 모후에게 이 일을 알리는 것이 시급했다. 허겁지겁 자리에서 일어난 연리가 달아나려 재빨리 등을 돌리자, 거친 손길이 어깨를 낚아챘다.

"낯선 얼굴이구나. 하면 지밀도 아닌 나인이 이곳에 왜 서성거리고 있던 것이냐!"

"저, 저, 저는……!"

당황한 연리가 말을 더듬으며 할 말을 찾지 못하자, 가늘게 눈을 뜬 개시의 얼굴이 험악해졌다.

"누구의 사주를 받은 것이냐! 유영경? 아니면 연흥부원군 김제남이냐?"

외조부의 함자가 귓가에 흘러들자 조금 전 들었던 무서운 단어들과 의의 얼굴이 한데 섞여 머릿속에 밀려들었다. 연리의 낯빛이 하얗게 질리자 개시는 연리가 소북(小北, 유영경을 비롯하여 영창대군을 차기 왕으로 내세우려 했던 붕당)일파의 끄나풀이리라 확신했다.

"발칙한 것, 네년이 감히 전하께 위해를 가하려 드느냐! 여봐라!"

개시가 연리의 어깨와 팔을 움켜쥐며 목청을 높였다. 개시의 목소리가 대전의 고요를 가르며 멀찍이 물러났던 궁인들을 불러모았다. 어리둥절한 표정으로 나타난 내관과 상궁나인들은 사납게 변한 개시의 눈짓에 따라 얼른 연리를 단단히 붙들었다.

"감히 대전에 스며들어 주상전하를 음해하려 한 이년을 당장 가두어라! 내 배후가 누구인지 명백히 밝혀낼 것이다!"

잔뜩 위압감이 서린 개시의 외침에 모여든 궁인들은 방 안에 자리한 주상을 힐끗 쳐다보았다. 희미한 촛불 하나만을 두고 개시와 독대하던 주상이 날카로운 눈빛으로 어두운 밖의 상황을 주시하다 짧게 고갯짓했다.

승낙의 의미임을 인지한 감찰상궁 두 명이 얼른 연리의 팔을 잡아 끌어냈다. 충격을 받아 얼이 빠진 연리는 입을 열어 자신이 공주임을 밝히지도 못한 채 속수무책으로 끌려 나갔다. 개시는 주상에게 공손히 물러감을 고하고 방문을 조심스레 닫은 후, 재빨리 그들의 뒤를 따라 나갔다.

음험한 눈빛의 감찰상궁이 연리의 손을 뒤로 돌려 묶었다. 그와 동시에 바깥의 차가운 밤공기가 얼굴에 쏟아졌다. 서늘한 기운에 그제야 간신히 정신을 차린 연리가 몸부림치며 입을 떼려 하자 곧바로 재갈이 물려졌다.

"읍, 으읍!"

이거 놔!

연리는 자신을 옭아맨 밧줄과 재갈이 의를 지옥으로 끌고 가는 사신같이 느껴졌다. 이대로 끌려가면 아무것도 모르는 의가 사약을 받게 될지도 몰라! 연리는 온 힘을 실어 양쪽에서 자신을 연행해 가는 감찰상궁들을 떠밀었다.

"어이쿠!"

"저, 저년 잡아라!"

어린아이라 무심코 경계를 늦추고 있던 감찰상궁들은 연리가 전광석화처럼 양쪽으로 자신들을 밀치고 뛰자 속절없이 넘어지고 말았다. 속박하던 손길이 순간적으로 사라지자 연리는 재빨리 대비전을 향해 뛰었다.

저 문만 통과하면, 저기만 넘어가면! 제발!

대전과 대비전을 잇는 통로의 문이 점점 가까워졌다. 두어 발만 내디디면 대비전 시위들이 있으니 저들에게서 벗어날 수 있을 것이었다.

연리가 문의 지척에 가 닿았을 때 애석하게도 순식간에 연리의 발걸음을 따라잡은 감찰상궁 하나가 뒷덜미를 낚아챘다. 어린 여자아이치고는 빠른 발놀림이었으나, 양손이 묶여 평소보다 속도가 현저히 느려졌던 탓이었다.

"잡았다, 요년! 감히 어딜!"

의기양양하게 말을 내뱉은 상궁이 연리의 목덜미를 잡고 거세게 흔들었다. 감찰의 직책에 알맞게 가공할 만한 악력을 자랑하는 상궁이었다. 고작 열한 세 소녀에 불과한 연리는 힘없이 매달려 이리저리 흔들렸다.

안 돼! 벗어나고자 팔다리를 버둥거려 보았으나 두 번 다시 놓치지 않겠다는 듯 목덜미를 잡은 손아귀는 더욱 옥죄어왔다. 어허, 죽고 싶지 않으면 가만히 있어! 연리를 데리고 대비전으로 넘어가는 문에서 멀찍이 떨어진 상궁들은 으름장을 놓으며 연리의 어깨를 퍽 내리눌렀다. 순식간에 연리의 무릎이 꺾이며 땅바닥에 꿇렸다.

생전 처음 겪는 거친 손길에 연리는 자신도 모르게 몸이 덜덜 떨렸다. 무릎이 몹시 쓰라렸다. 피가 배어 나오는 것 같았다.

"발칙한 것."

먼발치서 개시가 가소롭다는 웃음을 지으며 천천히 걸어왔다.

"대비전으로 뛰어가는 걸 보니 내 예상이 틀리지 않았구나. 감히 대비가 대전을 염탐하고 있었단 말이지?"

무릎 꿇은 연리의 눈앞까지 다가온 개시가 눈짓했다. 개시의 지시에 따라 감찰상궁들이 연리를 우악스레 일으켰다. 그 순간, 개시는 비웃음을 걸고 있던 입술을 딱딱하게 경직시키며 한쪽 손을 높이 들어 올렸다.

흡.

얼굴 앞에서 이는 칼바람이 의미하는 바를 직감한 연리는 질끈 눈을 감았다.

"고, 공주자가!"

다급한 외침이 밤공기를 가르고 날아왔다. 연리의 뺨을 내려치려던 개시의 손이 공중에서 멈칫 정지했다. 익숙한 목소리에 연리는 석상처럼 굳어 있던 고개를 가까스로 돌려 목소리의 주인을 확인했다.

"아이고, 자가!"

김 상궁이 아연실색한 표정으로 연리를 향해 뛰어왔다. 뜻밖의 상황에 당황한 감찰상궁들은 어리둥절한 표정으로 다가오는 김 상궁을 쳐다보았다.

"……그대는 대비전 소속으로 알고 있는데. 공주자가라니, 그게 무슨 말이오?"

굳은 얼굴의 개시가 김 상궁을 향해 떨떠름하게 물었다.

"소인은 대비전이 아니라 공주자가 처소의 보모상궁입니다! 공주께 이 무슨 무례입니까! 당장 이 흉측한 것을 푸시오, 얼른!"

김 상궁의 말에 경악한 감찰상궁들이 불에 덴 듯 화들짝 놀라며 손을 뗐다. 김 상궁이 급하게 달려들어 눈물과 땀으로 범벅된 연리에게서 재갈을 떼어냈다.

"콜록, 콜록……."

"자가! 다치셨사옵니까? 주상전하를 뵈러 가신다 하였는데 어찌 이런 일이!"

김 상궁이 안절부절못하며 엉망인 연리의 얼굴을 감싸 쥐고는 감찰상궁들과 개시를 노려보았다.

"어찌 공주자가께 이런 무도한 짓을 저지를 수 있단 말입니까! 내

지금 당장 대비전에 이 일을 고해바칠 것이외다!"

"……내 정명공주이신 줄은 몰랐네. 나인 복색을 하고 있기에……."

조금 당황한 기색이었으나 미심쩍음을 완전히 지우지 못한 개시가 연리를 다시 훑어보았다. 연분홍 저고리에 군청색 치마를 입은 것을 보니 아기나인이 분명한데……. 이리저리 엉망으로 구겨진 탓에 연리의 옷에는 김 상궁의 손길이 분주하게 오갔다. 그런 연리의 옷차림을 이리저리 뜯어보던 개시의 시선이 어느 한순간 얼굴로 올라갔다.

급작스레 당한 결박에 가쁜 숨을 몰아쉬는 작은 얼굴에는 불쾌하도록 익숙한 이가 있었다. 어찌 단번에 알아차리지 못했을까! 비록 선왕처럼 신경질적이지는 않았으나, 백조처럼 우아한 저 눈매는 그와 꼭 닮아 공주임을 나타내는 확실한 증좌였다.

'어찌한다? 꼼짝없이 공주를 풀어주어야 할 터인데…… 하나 공주가 대비전에 가서 이 일을 고한다면 거사를 그르칠 것이 분명하지 않은가!'

개시가 속으로 고민하는 사이, 김 상궁은 울상 지은 얼굴로 얼른 공주를 매만져 매무새를 정돈했다.

"자가, 어찌 이런 일이 있을 수 있습니까! 소인이 이 길로 당장 대비전에 들어 대비께……."

"그러지 말게!"

"자가!"

"내 전하를 놀래켜 드리려다 오해가 생겨 이리된 것일세. 아무 일도 없었으니 이만 돌아가세."

한시바삐 이 상황을 벗어나 모후께 이 일을 전하는 것이 급선무라 여긴 연리는 제 일처럼 분노하는 김 상궁을 말렸다. 그러나 이런 연리의 마음을 알 턱이 없는 김 상궁은 당최 그게 무슨 말이냐며 흥분하여 목소리를 높이려 했다. 그런 김 상궁의 팔을 잡고 연리는 재빨리 좌우로 고개를 저어 보였다.

김 상궁은 그 뜻을 정확히 이해하지는 못했으나, 출생 시부터 항상 곁을 지켜온 보모상궁답게 본능적으로 멈칫하였다. 하는 수 없이 가까스로 심정을 다스린 김 상궁은 연리를 부축하며 개시를 쏘아보았다.

"궁 안에는 이목이 있어 괜히 이 일에 대해 왈가왈부하면 번거로워지니, 자가께서는 오늘의 무례에 자비를 베풀고자 하십니다. 하면 이만 소인은 공주자가를 모시고 돌아가도록 하지요."

말을 마친 김 상궁이 연리의 손을 잡고 몸을 홱 돌렸다. 은밀히 눈빛을 교환한 둘은 재빨리 걸음을 재촉해 대비전으로 넘어가는 문으로 향했다. 연리는 혹시라도 제가 방 안의 거대한 발언을 엿들은 것이 들통날까 싶어 조바심이 났다. 주체하지 못할 정도로 두근대는 제 심장 소리에 금방이라도 주저앉을 뻔했으나 연리는 애써 차분함을 유지했다.

'떨지 말자, 이제 다 왔어. 이 문만 넘어가면 돼.'

불안한 긴장감을 다독인 연리가 드디어 눈앞의 문을 넘으려 할 때였다. 입술을 깨물고 연리의 뒷모습을 노려보던 개시의 눈빛이 번뜩였다. 별안간 감찰상궁 한 명의 등허리를 친 개시가 낮게, 그러나 재빠르게 소리쳤다.

"뭘 멍하니 보고만 있느냐. 아까 전하께서 불순한 자를 잡으라 하시지 않았더냐? 냉큼 저들을 잡아오지 못할까!"

"마, 마마님?"

"하, 하나…… 저분은 공주자가시라 하지 않았습니까?"

뜻밖의 명령에 토끼 눈을 하고 되묻는 감찰상궁들에게 개시가 코웃음 치며 말했다.

"증거 하나 없이 어찌 그 말을 믿을 수 있단 말이냐. 만일 저 나인과

상궁이 공모해 거짓을 주워섬긴 것이면? 눈앞에서 끄나풀을 놓치겠느냐!"

감찰상궁 둘은 갈팡질팡하며 짧은 갈등에 빠졌다.

잡아야 하나? 하지만 진짜 공주자가면 어떡해? 아냐, 그렇게 따지면 공주가 아닐 수도 있지! 하긴, 공주가 밤중에 왜 나인 옷을 입고 몰래 대전에 오겠어?

저들이 생각하기에도 아기나인 복색을 한 계집이 영 수상쩍었던 터라 감찰상궁들은 연리가 끄나풀이 틀림없다는 확신을 내렸다. 더구나 주상의 총애를 받아 곧 후궁이 될 것이라는 제조상궁이 등을 떠미는데, 그에 반박할 뚝심이나 강단 따윈 애초부터 없었기도 하였다.

마침내 결심한 듯 서로에게 고개를 끄덕인 감찰상궁 둘은 후닥닥 달려 나가 막 반쯤 문을 건넌 연리와 김 상궁을 붙들었다.

"아니, 이게 무슨 짓이오? 이보시오!"

"놓아라! 어찌 감히 일국의 공주에게 손을 대느냐!"

이제 다 되었다 싶어 마음을 놓으려는 찰나, 또다시 억센 손이 나타나 두 팔을 단단히 틀어잡았다. 다급해진 연리는 목소리를 높여 그들에게 위협하듯 외쳤다. 그러나 감찰상궁들은 모골이 송연해질 만한 연리의 경고를 듣고도 손아귀의 힘을 풀지 않았다.

"시끄럽다, 어느 안전이라고 거짓을 고하느냐!"

"거, 거짓이라니!"

말문이 막힌 연리가 당황하여 소리쳤으나 돌아오는 것은 불쾌한 비웃음뿐이었다.

"그런 거짓부렁 따윈 씨알도 안 먹혀, 요년아. 지어내려면 좀 더 그럴듯한 걸 생각해 보려무나."

"놓아라! 당장 공주자가를 놓지 않으면 당장 대비전에 고해 물고를 낼 것이야!"

당황한 김 상궁이 호통쳤지만 감찰상궁들은 이죽거리며 듣는 척도 하지 않았다. 결국 연리는 김 상궁과 함께 제압당하여 입이 틀어막힌 채 으슥한 곳으로 끌려갔다.

발걸음을 옮겨 대전에서 멀어질수록, 인적이 드문 통행로인지 다듬어지지 않은 풀들이 발에 밟히고 퀴퀴한 먼지 냄새가 풍겼다. 줄곧 태어나 자라온 궁궐이지만 고귀한 신분 탓에 존재조차 몰랐던, 아니 어쩌면 알 필요조차 없었던 으슥한 길들이 사방으로 스쳐 지나갔다. 그것은 지금까지 대비전과 공주 처소만 오가며 보모상궁으로 살아온 김 상궁도 마찬가지였다. 따뜻하고 밝은 곳에서만 지냈던 김 상궁은 적잖은 공포심에 휩싸여, 있는 힘껏 몸을 비틀어 속박에서 벗어나려 끊임없이 몸부림쳤다. 이에 짜증이 오른 감찰상궁은 손날을 세워 김 상궁의 뒷목을 내려치고 말았다. 결국 연리는 까무룩 정신을 잃어버린 김 상궁과 함께 낯설고 불쾌감마저 느껴지는 길을 끌려가야만 했다.

얼마나 걸었을까, 반각(半刻)정도가 지나자 눈앞에 옥사가 보였다. 그러나 시야에 가까이 들어온 그곳은 차라리 창고라고 부르는 것이 더 어울릴 법했다. 옥사라는 이름을 붙이기가 면구스러울 정도로 협소한 곳이었고, 지키는 군졸도 단 한 명뿐이었다.

"들어갓!"

거친 손길이 등을 떠밀었다. 연리는 협소한 옥사로 욱여 넣어져 안쪽에 깔린 지푸라기 더미 위로 엎어졌다. 곧이어 기절한 김 상궁도 같은 곳으로 내던져졌다. 하나 넘어지면서 부딪혔는지 김 상궁의 이마가 부풀어 오르며 빨간 핏물이 배였다. 그 와중에 다행이라면 다행일까. 타박의 충격 덕에, 정신을 잃었던 김 상궁은 가까스로 의식을 되찾았다.

"으…… 으음……."

"괜찮아?"

쓰라린 고통에 김 상궁이 앓는 소리를 내자, 연리는 얼른 무릎걸음으로 곁에 다가가 앉으며 김 상궁의 상태를 살폈다. 감찰상궁들은 옥사가 무너져라 문을 쾅 닫고 나갔다. 혹시라도 발생할지도 모르는 탈출을 방지하려 함인지, 조그만 창 너머로 옥사 안을 들여다보던 그들은 연리가 걱정스러운 눈빛을 한 것을 보고 한껏 빈정댔다.

"여기서 얌전히 기다리고 있어. 곧 날이 밝으면 제조상궁께서 네년들의 처분을 명하실 터이니."

"지금부터 어찌하면 목숨을 구할지 고민해 두는 것이 좋을 게다."

창 사이로 쏟아지는 불쾌한 시선과 말투에, 연리는 아미를 찌푸리며 그들을 쏘아보았다.

"아, 아니 저년이?"

감찰상궁들은 아기나인이라 얕잡아 보았던 연리의 발칙한 태도에 발끈했다. 아무래도 저 발칙한 것의 눈빛을 무릎 꿇게 만들어야 거슬리지 않을 듯했다. 감찰상궁들은 금방이라도 옥사 문을 열어젖히고 손찌검을 할 것처럼 발끈했다. 그러나 순간 그들은 자신들을 뚫어져라 노려보는 눈빛에서 정체 모를 위압감을 느꼈다. 분명 상대는 보잘것없는 아기나인에 지나지 않거늘, 처음엔 순한 백조처럼 우아했으나 지금은 순식간에 확 타오르는 횃불처럼 변한 눈매가 기시감을 불러일으켰다.

좁은 창을 사이에 두고 이어진 짧은 대치는 결국 씩씩대던 감찰상궁들이 먼저 꼬리를 내림으로써 일단락되었다. 꺼림칙하긴 했지만 어쨌든 보잘것없는 계집 따위에게 승복하였다는 사실이 자존심 상했는지, 그들은 분함을 감추지 못한 채 괜히 옥사를 지키던 군졸에게 엄포를 놓았다.

"단단히 지키거라! 보통 죄인들이 아니니 만약 놓쳤다가는 목을 내놓아야 할 것이다!"

"예에, 예. 걱정 마십쇼, 마마님."

군졸의 대답이 이어지고 곧 옥사에서 멀어지는 발소리가 들렸다. 그제서야 연리는 쏘아보던 시선을 거두었다. 진이 빠져 온몸이 다 욱신거리고 손 하나 까딱하기 어려웠다. 그러나 몸의 고단함보다 더 묵직하게 연리를 짓누르는 것은 엿들었던 대전의 은밀한 대화였다.

창 틈새로 달빛이 쏟아졌다. 은은한 달빛이 부드럽게 몸을 덮어왔다. 연리는 제 몸을 덮은 달빛을 따라서 시선을 위로 옮겼다. 조그만 창 너머로 더없이 평안해 보이는 달이 자신을 내려다보고 있었다. 순백의 달이 옥구슬 같은 연리의 눈동자에 오롯이 담겼다.

휘영청 떠오른 달은 그렇게 하릴없이, 하염없이 연리에게 담겨 있었다.

끼익-

"옜소, 아침이유."

옥사 문이 열리고 군졸이 안으로 들어왔다. 그는 물과 곡물로 만든 떡 몇 개가 담긴 작은 상을 바닥에 내려놓으며 안쪽을 흘끔거렸다. 낯선 인기척에, 잠들었던 김 상궁이 부스스 일어났고 뜬눈으로 밤을 새워 수척해진 얼굴의 연리가 그를 돌아보았다.

조심스러운 표정의 군졸이 걱정스러운 듯 연리의 얼굴을 살폈다.

"아니, 여태 안 잔 거유? 왜? 어유, 며칠 후에 국문을 당할지도 모르는데 그때까정 차라리 푹 자두는 게 낫지 않겠수?"

얼른 상으로 다가간 김 상궁이 들어 건넨 물그릇으로 마른 입술을 축이던 연리는 그 말을 듣고 고개를 갸웃했다. 연리는 얼른 물그릇을 밀어내고 의아한 얼굴로 물었다.

"며칠 후라니? 오늘 당장 의금부로 가는 게 아니었소?"

"아, 그것이 말이우. 원랜 그러기로 했었는데, 갑자기 궐에 더 큰 일이 생긴 듯하구만. 해서 당신들은 그 일이 마무리되기 전까지 며칠 더 이곳에 있어야 할 거유."

의!

청천벽력같이 의의 이름이 머릿속에 울렸다. 어젯밤 대전에서 들은 대화가 다시금 떠오르며 궐에서 벌어지고 있을 일이 저절로 그려졌다.

"큰일이라니! 대체 무슨 일이 났단 말이오!"

"아, 그걸 나한테 물으면 어찌하우? 낸들 알겠수, 그런 일을."

군졸의 말에 놀란 김 상궁이 버럭 소리를 지르자, 군졸은 깜짝 놀란 듯 뒤로 물러나며 도리질을 했다.

"이, 이것을 줄 테니 지금 궐에서 무슨 일이 났는지 좀 알아봐 주시오. 내 이곳에서 나가면 더 많이 드리리다."

김 상궁이 떨리는 손으로 끼고 있던 옥지환 하나를 뽑아 군졸의 손에 쥐어주었다.

"허, 참. 내 이러면 아니 되는데……."

흔들리는 눈빛으로 그가 옥지환을 요리조리 살펴보더니 품에 넣고는 머리를 긁적거리며 입을 열었다.

"에, 뭐. 나도 먹여 살릴 식솔들이 있으니…… 크흠, 흠. 내 많이는 모르나 눈동냥 귀동냥해서 알게 된 바로는 주상께서 반역자들을 처단하신다 합디다. 그, 왜, 얼마 전 잡혔던 도적 무리들 있지 않수? 그런데 그들이 고하기를 이 일에 부원군 대감과 영창대군 마마까지 연루되었다 하더이다. 그래서 지금 부원군과 대군마마까지 싹 잡아들이라는 어명이 내렸…… 어어?"

떨리는 눈빛으로 군졸의 말을 듣던 연리가 순식간에 자리를 박차고 튀어 나갔다. 옥사 문은 아까 전 군졸이 상을 들고 들어오느라 열린 상태 그대로였다. 초췌해져 창백하다시피 한 낯빛이었지만 연리는 젖 먹던 힘을 다해 문을 향해서 뛰었다.

"아, 안 돼! 당장 멈추시우!"

다급한 군졸의 목소리가 날아왔다.

어이쿠. 그러나 자리에서 일어나 연리를 잡아채려던 군졸은 뒤에서 다리 한 짝을 붙들고 늘어진 김 상궁에 의해 제자리에 나동그라질 뿐이었다.

순식간에 옥사에서 새끼 사슴처럼 튀어나온 연리는 재빨리 주위를 살폈다. 처음 온 곳이었으나 다행히 어젯밤 끌려오면서 주위를 살펴둔 덕분에 어렴풋이 길이 기억나는 듯했다. 저 멀리 반대편에서 열을 맞춰 군졸 무리가 다가오는 것이 보이자 연리는 앞뒤 잴 것 없이 옥사 뒤편 오솔길로 뛰어들었다.

'분명 이 길로 가면 어젯밤 있었던 장소로 가는 길이 나올 거야!'

연리는 풀리려 하는 다리에 애써 힘을 주어가며 달렸다. 다행히 어렴풋이 눈에 익은 주변 풍경이 휙휙 스쳐 갔다. 불안했던 마음에 그나마 안도감이 드는 것을 느끼며 연리는 마음속으로 되뇌었다.

'제발, 제발…… 아니지요? 오라버니, 아니시지요?'

이를 악물고 달리다 길에 박힌 돌부리에 걸려 넘어질 뻔하기를 여러 번, 입안이 바짝 마르고 거친 숨이 턱 끝까지 차오를 때쯤이 되어서야 낯익은 전각이 눈에 들어왔다. 다행히 제대로 찾아온 모양이었다. 드디어 끝난 오솔길은 어젯밤 개시와 승강이를 벌였던 곳까지 맞닿아 있었다. 재빨리 그곳으로 돌아온 연리는 대비전과 이어진 문을 찾으려 두리번거렸다. 이른 시간이라 다행히도 아직 번을 교대하는 시위들은 당도하지 않은 모양이었다. 잠시 멈추어 숨을 고르던 연리는 저려오는 다리에 힘을 주며 재빨리 대비전으로 연결된 문을 넘었다.

"으아아앙…… 어마마마!"

"아니 된다 영창, 영창! 이놈들! 어서 영창을 이리 데려오지 못하겠느냐!"

문을 넘어 대비전 앞마당에 들어선 연리의 눈앞에는 아수라장이 펼쳐져 있었다. 어젯밤에 연리를 포박해 가두었던 감찰상궁이 울음을 터뜨리는 의를 등에 업고 있었고, 다른 감찰상궁 한 명은 소리치며 몸부림치는 모후를 온몸으로 잡아 막고 있었다. 그리고 등 뒤로 여러 명의 상궁과 궁녀들을 거느리고 선…….

"대비마마, 고정하시지요. 자꾸 이러시면 무례를 범할 수밖에 없음이옵니다!"

개시였다. 개시는 비웃음을 걸친 채 서로 닿으려 안간힘을 쓰는 대비와 의를 바라보고 있었다. 네, 네년이 감히! 개시의 말에 잡아먹을 듯한 눈빛을 던지며 발악하는 대비였으나, 개시는 득의양양한 표정을 지으며 짧게 고갯짓했다.

궁녀 서너 명이 더 달려들어 팔다리를 붙잡자 대비는 고함을 지르며 더욱더 거세게 몸부림쳤다. 그 때문에 대비의 다홍 당의는 고름이 풀려 볼썽사납게 구겨지고 흐트러지고 말았다. 위엄 있던 남색 금박 스란치마도 흙먼지가 뒤덮이고 이리저리 밟혀 차마 왕실 최고 어른의 체통이라곤 찾아볼 수 없는 모양새였다.

항상 외양과 위엄에 신경 쓰던 대비였으나 그녀는 지금의 추태 따위는 아랑곳하지 않는 듯했다. 울부짖는 아들에게서 눈을 떼지 않는 그녀의 모습은 시립한 궁녀들이 눈치를 보며 수군거리기에 충분했다.

"정말 부원군 대감과 대비께서 역모를 꾀하신 걸까?"

"그렇겠지, 뭐! 근데 좀 안됐다. 어린 마마께서 뭘 아신다고……."

"이제 대군마마는 어찌 되시는 걸까?"

일촉즉발의 상황을 목도한 연리는 머릿속이 하얗게 증발되는 것을 느꼈다. 손발이 무섭도록 떨려오고 숨이 턱 막혔다. 아무 말도 하지 못하고 얼어붙은 연리의 눈에 노리개 하나가 바닥에 떨어지는 모습이 들어왔다. 궁녀들과 몸싸움을 벌이던 모후의 당의 고름에 달렸던 노리개가 끊어져 내린 것이었다.

자신이 태어난 후, 부왕께서 아들을 하루빨리 생산하라는 의미로 모후께 하사한 복숭아 모양 홍옥 노리개였다. 모후는 그것을 항상 소중히 매어 지니고 다녔고, 마침내 그 덕에 의를 낳았다고 입버릇처럼 말했다. 다산(多産)을 뜻하는 복숭아가 정말로 아들을 점지해 주었으니, 그에 상응하는 복도 가져다주지 않겠냐며 모후는 그 노리개를 애지중지했다.

항상 고귀한 빛을 뽐내던 노리개가 대비를 붙잡는 궁인들의 발에 짓밟혔다. 하나 연리를 제외하고는 아무도 노리개에 신경 쓰지 않는 것 같았다. 천덕꾸러기처럼 이리저리 발에 채여 흙먼지를 뒤집어쓰고 발에 밟히던 노리개는 빠르게 표표한 빛을 잃어갔다. 마침내 인상을 쓰던 감찰상궁의 우악스러운 발이 노리개를 밟는 순간.

쨍—

노리개에 달린 복숭아 모양 홍옥이 외마디 비명을 지르며 깨어졌다. 표표한 노리개가 천덕꾸러기가 되던 것을 멍하니 바라보던 연리는 그에 찬물을 뒤집어쓴 듯 오한이 들었다. 하나 머리는 그와는 반대로 뜨겁게 달아올랐다. 두 뺨에도 뜨거운 기운이 확 몰리는 것이 느껴졌다. 의를 세상에 데려다준, 아니 어쩌면 의가 세상에 존재하는 증거라고까지 느껴졌던 홍옥이 무자비하게 짓밟히고 더럽혀져 덧없는 조각으로 변해 버렸다.

깨어져 버린 홍옥이 힘없이 속박당한 의와 겹쳐 보였다. 시리도록 냉한 기운과 이글거리는 뜨거움이 격렬하게 부딪쳐 터져 버릴 것 같았다. 잔뜩 흥분을 머금은 심장이 쉴 새 없이 쿵쾅거리기 시작했다. 연리는 더는 생각지 않고 아비규환 한복판에 뛰어들었다.

"어마마마!"

왕실의 최고 어른인 대비를 감히 붙잡고 있던 궁인들, 그리고 그들과 한 덩어리로 얽혀 있던 대비, 그리고 몇 발짝 떨어져 이들을 응시하는 개시 사이로 쨍한 목소리가 날아들었다. 동작을 멈춘 것은 아니었으나 별안간 귀에 내리꽂힌 낯선 목소리에 그들은 자신도 모르게 목소리가 들려온 곳으로 시선을 돌렸다.

흙투성이에 이리저리 찢기기까지 한 아기나인 옷차림에, 간신히 매달려 있는 붉은 댕기 사이로 이리저리 삐져나온 머리칼이 흡사 정신을 놓은 것이 아닐까 의심되는 계집아이였다.

"아니, 저년이? 어떻게 빠져……."

"정명아!"

낭패구나. 얼굴을 찌푸리는 개시와 당황하여 목소리를 높이는 감찰상궁 사이를 대비의 찢어지는 듯한 목소리가 갈랐다. 이윽고 대비가 내뱉은 단어를 이해한 감찰상궁의 낯이 새하얗게 질렸다.

"그, 그럼 정말로…… 고, 공주?"

얼이 빠진 감찰상궁의 손아귀 힘이 느슨해진 틈을 타, 야차 같은 눈빛을 한 대비가 궁인들을 힘껏 뿌리쳤다. 당황한 듯, 화가 난 듯, 두려운 듯 미묘한 표정의 연리는 대비의 앞으로 재빨리 달려갔다. 여느 때 같았으면 궁녀 복색을 한 연리의 옷차림에 크게 노해 불호령을 내렸을 대비는 두 눈에 눈물을 담으며 연리의 두 팔을 꽉 붙들었다.

"정명아, 네가 주상을 좀 말려보아라!"

"어마마마!"

"이제 너밖에 없다, 너밖에! 네 아우 영창을 사지로 끌려 나가게 둘 수는 없지 않느냐! 주상은 나와 상종도 하지 않는다. 정녕 영창을 내게서 빼앗아가서 명줄을 끊어내야만 만족할 셈인가 보다! 주상은 널 귀애하지 않느냐! 청을 하든, 화를 내든 제발 가서 영창을……."

흡사 실성한 여인처럼 눈물을 흘리며 말을 쏟아내던 대비가 갑자기 붙들었던 연리의 소맷자락을 놓았다. 흐트러진 옷차림에 터질 듯한 홍조, 쉴 새 없이 흘러내리는 눈물로 엉망인 대비가 스르르 땅으로 쓰러졌다. 위엄 넘치는 왕실 최고 어른이 아닌 가련한 한 명의 어미가 되어버린 모습에, 쓰러진 모후를 가까스로 부축하려 애쓰는 연리의 눈에서도 처연한 눈물이 차올랐다.

"어마마마……!"

연리와 대비를 초조하게 바라보고 섰던 개시가 궁인들을 향해 소리를 높였다.

"뭣들 하느냐, 당장 대군을 모셔가지 않고! 나머지는 대비마마와 공주자가를 모셔라!"

개시의 외침에 퍼뜩 정신을 차린 궁인들이 재빠르게 움직였다. 어마마마! 누님! 쓰러진 모후를 향해 손을 뻗으며 울며 몸부림치는 의를 업은 감찰상궁이 순식간에 뒷문으로 사라졌다. 대군이 사라지는 것을 확인한 나머지 궁인들도 옷에 묻은 먼지를 털며 천천히, 그러나 위압적으로 대비와 연리에게 다가왔다.

"자가, 대비마마와 함께 대비전에 계시지요. 소인들이 모시겠사옵니다."

차가운 비웃음을 머금은 개시의 목소리가 들려왔다. 억세게 다가오는 감찰상궁과 궁녀들에게 섬뜩 두려움을 느끼던 연리는 그 목소리에 눈가에 불길이 확 일었다.

'못된 것!'

감히 제조상궁의 위세 따위로 대비와 대군을 위협해? 개시가 독단적으로 일을 꾸몄다 믿은 연리는 활활 타오르는 불길을 눈에 담고서 천천히 일어났다. 개시를 무섭게 노려보던 연리는 받친 손을 조심스레 빼어 혼절한 모후를 땅에 뉘인 후, 그대로 제가 왔던 문을 향해 쏜살같이 뛰어갔다.

어? 대비에게 다가가던 궁인들은 달려가는 연리를 보며 당황한 표정을 지었다. 뭣들 해? 어서 쫓아! 개시의 앙칼진 외침이 공기를 갈랐다.

헉, 헉…….

밭은 숨을 뱉으며 연리는 대전을 향해 뛰었다. 한시가 급했다. 어디로 의를 데려가는지 모를 감찰상궁이 의에게 해를 끼치기 전에 빨리 오라비를 만나야 했다. 어젯밤부터 혹사당한 발에 잡힌 물집이 쓰라렸으나 연리는 그러한 아픔조차 생각할 틈이 없었다.

정신없이 뛰던 연리의 눈에 오라비가 있는 대전이 보였다. 힐끔 뒤돌아보니 자신을 쫓던 궁인들은 아직 저를 따라잡지 못한 것 같았다. 연리는 안도가 차오르는 것을 느끼며 차츰 속도를 늦추었다. 숨을 고르며 마침내 대전 앞에 당도한 연리가 시립하고 선 대전상궁에게 말을 걸려 할 때였다.

"저기 계신다!"

"모셔라!"

시위가 아닌, 무장한 군사들이 주위에서 튀어나왔다. 궁녀들과는 비교할 수 없을 정도로 빠른 발걸음의 군사들이 다가와 순식간에 연리를 에워쌌다. 당황한 연리는 어쩔 줄 모르며 대전 문을 쳐다보았다. 혹시나 이런 소란에 놀라 오라비가 나올지도 몰랐다. 그러나 굳게 닫힌 대전은 열리지 않았고, 어느 틈에 나타난 개시가 문 앞에 서서 연리를 내려다보았다.

"자가, 어서 대비전으로 가시지요. 전하께선 정무가 다망하시온지라 뵈오실 수가 없나이다."

말을 마친 개시가 미소를 지으며 문을 열고는 대전 안으로 들어갔다. 어느새 다가온 군사들이 연리의 좌우 팔을 붙들었다.

"네 이놈! 감히 뉘에게 손을 대느냐!"

개시로 인해 다시금 눈에 불을 붙인 연리가 어린아이답지 않은 위엄으로 서슬 퍼렇게 소리쳤다. 그에 찔끔 놀란 군사 하나가 붙잡았던 팔을 슬그머니 놓았다가, 눈을 부라리는 다른 군사의 눈치에 다시 연리를 단단히 잡았다.

"오라버니!"

성정대로 꼿꼿함을 잃지 않고 눈매를 사납게 치켜세운 연리는 겉으로 지켜보기엔 더없이 당차고 강인해 보였다. 하나 공주로 태어나, 평생 귀한 대접만 받고 살았던 어린 여자아이에게 낯선 사내의 손길은 소름이 돋을 만큼 두려운 것이었다. 연리는 자신을 옥죄어오는 군졸들의 손에 두려움이 엄습했다. 그러나 그것보다 더 두렵게 느껴지는 것은, 어쩌면 오라비가 자신을 만나주지 않을 것 같다는 불길한 예감이었다.

"오라버니! 전하……! 의를 살려주십시오!"

애타는 연리의 목소리가 대전 앞뜰을 가득 채웠다. 하나 촉박한 연리의 심정은 아랑곳하지 않고 야속하게도 대전은 굳게 닫은 문을 열지 않았다. 몇 번이고 수없이 오라비를 외쳐 부르던 연리의 눈에 서서히 불길이 잦아들었다. 대신 불길이 사라진 맑은 눈에는 눈물이 가득 차올랐다. 어째서…… 어떻게 오라버니께서!

멈칫했던 군졸들은 열릴 기미가 보이지 않는 대전을 힐끔 바라보다 서로 눈짓을 주고받으며 연리를 끌고 가려는 태세를 취했다.

"전하, 어심을 굳건히 하소서. 공주자가를 위해서라도 흔들리시면 아니 되옵니다."

오라버니! 의를 살려주시옵소서!

애타게 울부짖는 연리의 목소리를 개시의 나직한 목소리가 가렸다. 어느새 낯에 침통한 표정을 한가득 두른 개시는 괴로워하는 주상의 어깨에 손을 얹으며 말했다.

"역적들을 제대로 처리하지 않으면 공주자가마저 온전하실 수 없음을 아시지 않습니까. 어서 공주를 대비전으로 데려가라 명하시지요."

"……그리하라."

위로하듯 부드러운 개시의 손길에, 비통한 심정을 담은 깊은 한숨이 무겁게 공기를 파고들었다. 고개를 떨어뜨린 주상은 어깨에 놓인 개시의 손 위에 자신의 손을 포개려 어수를 들어 올렸다. 하나 곧이어 벼려진 화살촉처럼 날카롭게 날아든 울먹임에 어수는 얼어붙을 수밖에 없었다.

"계포일낙이라 하시지 않으셨습니까!"

「초나라 사람 계포는 의협심이 매우 강한 사내였다. 그는 강직한 심성답게, 어떤 일이든 한 번 그리하겠다 승낙한 이상 그것을 끝까지 지켰다.

그는 한나라 유방과 초나라 항우가 천하를 두고 싸울 때 항우의 편에 서서 활약했다. 그러나 항우가 패하고 유방이 천하의 주인이 되자 쫓기는 몸이 되었다. 그러나 오히려 뛰어난 됨됨이로 인해 유방에게 천거된다. 그리하여 마침내 계포는 한나라의 신하가 되라는 제안을 승낙하고 만고의 충신이 된다. 의롭고 올곧은 심성으로 살 길이 열리고, 또한 약속대로 유방을 위해 충심을 다한 계포를 두고 사람들은 '황금 백 근을 얻는 것보다 계포의 하나의 승낙을 얻는 것이 낫다'고 하였다.

그는 혼란스럽고 패도가 난무하는 세상에서도 오로지 의로움을 따랐으므로 천하의 신임과 존경을 받게 된 것이다. 대저 오늘날의 계포일낙(季布一諾)은 그러한 뜻에서 온 것이다.」

언젠가 오라비가 빌려준 책, 사마천의 사기에서 계포의 이야기를 읽은 적이 있었다. 연리는 오롯이 적혀 있는 계포일낙 네 글자를 새기듯 반복해 보았다.

오라버니가 계포가 되고 내가 유방이 되었으면 좋겠어. 내가 계포가 되고 오라버니가 유방이라도 좋아.

후원에서 처음 만난 순간부터 지금에 이르기까지, 하나씩 하나씩 추억을 쌓으며 생겨난 바람이었다. 연리는 그 소중한 바람을 계포일낙에 담아 주령구에 불어넣었다.

'아무리 보잘것없어도, 어쩌면 너무나 어려운 약속이라도 반드시 지킬 수 있기를. 세월이 아득히 흘러도 언제까지나 서로를 믿고 의지할 수 있기를.'

그러나.

"흑, 오라버니…… 오라…… 버니!"

이제는 기력이 다해 꺽꺽거리는 울부짖음이 애끓게 감돌았다. 어린 누이의 외침이 수십 번은 이어졌음에도 불구하고 미동도 하지 않는 대전의 태세에 군사들이 눈짓을 주고받았다. 여러 번 뿌리쳤음에도 자신을 끌어가려 다시 슬금슬금 다가오는 움직임에 연리의 눈빛이 매섭게 날아왔다.

여전히 수그러들지 않은 드센 눈빛에 찔끔하였으나, 어서 공주를 연행해 가는 것만이 급선무다 판단하며 애써 그를 무시한 군사들이 양쪽에서 연리의 두 팔을 잡으려 달려들었다. 연리는 울컥 솟는 설움과 다급함에 그 자리에서 엎드려 읍소(泣訴)했다.

"계포일낙이라 하지 않으셨습니까!"

제발…… 제발요, 오라버니! 의를 해치려는 건 오라버니가 아니시잖아요…… 오라버니의 뜻이 아니잖아요! 이러지 마세요, 제발…… 제발 아무 말씀도 없이 계시지 마시라구요!

"제 소원을 들어주시겠다 하시었지요, 분명 어떤 것이든 들어주신다 하셨습니다! 하면 당장 의를 돌려주십시오! 의를 살려주세요, 오라버니!"

우르릉-

청명한 하늘이 삽시간에 거무죽죽하게 물들었다. 평화롭게 지저귀던 새소리도 온데간데없고 굶주린 산짐승이 내뱉은 듯한 목울림이 음울하게 천지를 뒤덮었다. 순식간에 뒤바뀐 하늘에 대전 앞뜰에 선 상궁나인들은 물론 무장한 군졸들까지 황망해하였다.

솨아-

혼신의 숨을 토해내었으나 허망히도 돌아오는 답은 없었다. 암흑 같은 간극이 발 벗고 뛰쳐나오려던 오라비를 집어삼킨 것은 아닐까. 연리는 손을 들어 빗물을 막지도 않은 채, 생채기가 나 쓰라린 얼굴을 감싸지도 않은 채 무작정 앞만을 바라보았다. 조금만, 조금만 더……

조금만 더 기다리면 오라버니께서 나오실 거야…….

추녀에 걸려 떨어지는 낙숫물처럼 속눈썹에 걸린 빗물이 자꾸만 시야를 방해했다. 연리는 굳게 닫혀 차갑게 우뚝 선 대전만 끝없이 응시하다 텅 빈 눈을 한 채 얼굴을 들어 올렸다. 백지장같이 하얀 피부 위로 물줄기가 톡톡 맞부딪쳐 내리흘렀다.

예로부터 비는 굶주린 땅을 기름지게 하는 젖줄이라 하였다. 하면 이 또한 젖줄인 것일까. 아니면 창공을 샘낸 천지신명이 부린 심술일까. 그것도 아니면 가혹한 명운을 주어 미안하다 하는 눈물일까…….

음울한 하늘을 마주했던 연리의 시선이 천천히 제자리로 돌아왔다. 디디고 선 땅이 쩍 갈라지고 천둥 번개가 내리쳐 궁궐이 무너져 내린대도 오로지 연리는 대전만을 향해 있을 것 같았다. 내리는 빗방울에 젖은 흙들이 토독토독 순식간에 옮아와 볼품없어진 옷을 물들였다. 두 손바닥으로 짚은 흙들이 끝없이 내리는 빗방울의 타격을 받아 점차 견고함을 상실해 갔다. 한순간에 흙은 뭉클해졌고, 그에 중심을 실었던 손바닥이 미끄러지며 연리의 작은 몸뚱이가 크게 휘청였다.

'오라…… 버니.'

억수같이 흐르는 빗물 사이에서 읍소하던 연리를 멍청히 바라보고만 섰던 군졸들이 불에 덴 듯 동요하며 그제야 헐레벌떡 달려왔다.

연리는 물 반, 흙 반인 진창으로 고꾸라질 뻔한 자신의 몸뚱이를 간발의 차로 겨우 붙든 군졸의 손아귀를 느꼈다. 누군가 억지로 기력을 빼내는 것처럼 몸이 축 늘어졌다.

속눈썹에 그렁그렁 달렸던 빗물이 마구 흘러들었다. 얼굴에 와 부딪치는 물방울들이 이만 잊고 편히 쉬라고 유혹하는 듯했다. 연리는 손끝과 발끝에 힘을 밀어 넣으려 애썼다. 하나 야속하게도 손가락 하나조차 움직여지지 않았다. 곧, 필사적으로 홉뜨던 눈꺼풀도 스르르 힘을 잃었다.

'안 돼, 아직……! 아직 안 돼…….'

쏟아지는 차가운 빗물 사이로 나타난 곤룡포가 흐릿하게 시선에 닿았다. 하나 연리는 그를 눈에 제대로 담지도 못한 채 까무룩 정신을 잃고 말았다.

"데려가라."

"예, 전하!"

"예!"

❖

작열하는 태양 아래, 연리는 시원한 샘은커녕 풀 한 포기 없는 허허벌판을 달리고 있었다. 동서남북 방향조차 가늠할 수 없을 정도로 드넓은 망망대해 같은 벌판을 헤매는 연리는 저도 제가 무엇을 좇는지 몰랐다.

누님!

의?

달리는 연리의 왼쪽 곁으로 서럽게 우는 의가 나타났다 사라진다. 의야! 방향을 틀어 왼쪽으로 정신없이 달려가 보지만 의는 온데간데없다.

연리야, 그리 뛰어다니면 다친다고 하지 않았니.

익숙한 음성이 귓가를 간지럽힌다. 오른쪽으로 고개를 홱 돌려보니 배씨댕기를 한 어린 자신이 오라비의 품에 안겨 방긋 웃음 짓고 있다. 짐짓 엄한 표정을 지어 보이는 오라비였지만 봄볕을 담뿍 담은 눈빛이 너무도 따스해 어린 연리는 까르르 웃음을 터뜨렸다.

오라버니! 연리는 얼른 오라비에게 달려가려 발을 떼었다. 한데 그 순간, 발을 받치고 있던 땅이 난데없이 모래 더미로 바뀌어 연리는 순식간에 깊은 구렁텅이에 빠지고 말았다. 아! 속절없이 모래 속으로 파고드는 몸이 정신없이 휘둘렸다. 모래가 목구멍까지 차오르는 것 같다. 한 줌의 자비조차 허용하지 않는 말라 비틀어진 공기가 모래 가루와 함께 메마르고 텁텁하게 목구멍을 조여왔다.

물…… 물……!

바람 새는 바싹 마른 목소리로 애타게 물을 찾자, 익숙한 감촉의 손가락이 어깨를 들어 올려 받치고 입술을 벌리는 것이 느껴졌다. 아, 다행이다. 아깐 꿈이었나 봐. 연리는 언제나처럼 아무 생각 없이 눈을 뜨려다 누군가 머리를 몽둥이질하는 듯한 찡 하는 고통에 낮게 신음했다.

윽, 잠을 너무 많이 잤나?

그대로 있으라 말하는 듯, 온기를 품은 손가락이 연리의 두 눈 위를 살짝 덮었다 사라졌다. 고분고분하게 연리가 눈을 감자 곧이어 사기그릇이 입술에 닿고 미지근한 물이 새어 들어왔다. 본능적으로 혀를 굴려 목구멍으로 넘겨보니 달콤한 꿀물이었다. 갑자기 미칠 듯한 갈증이 불붙어 연리는 누군가 입안으로 흘려주는 꿀물을 마지막 한 방울까지 급하게 들이켰다.

파- 이제야 좀 살 것 같네. 속으로 중얼거리며 연리는 물을 들이켜느라 급해진 호흡을 다듬었다. 다시 조심스레 자신을 자리에 눕히는 손길을 받으며, 연리는 눈을 다시 뜰까 말까 고민했다. 얼른 눈을 뜨고 싶은데, 아까처럼 아프면 어떡하지? 연리가 가볍게 고민하는 사이, 곁에서는 달그락거리는 소리가 들려오더니 곧이어 이마에 차가운 물에 젖은 천이 얹어졌다.

어, 늦잠 잔 것뿐인데 웬 해열(解熱)?

어리둥절한 연리는 머리를 울리는 고통에 눈을 뜰까 말까 망설이던 것은 기억도 하지 못한 채 반짝 눈을 떴다. 꿀물 덕인지 다행히 별다른 통증은 없었다. 낯선 무늬의 천장이 눈에 들어왔다. 응? 연리는 맑은 눈동자를 데구루루 굴리며 낯선 천장을 요리조리 살펴보았다.

"어머나, 공주자가! 깨어나셨습니까?"

익숙하고도 호들갑스러운 목소리가 들려왔다. 소리 나는 방향으로 누운 채 고개를 돌리자, 환한 안도의 빛을 담아 자신을 바라보는 대비전 지밀나인이 보였다. 그 뒤로 사기그릇을 얹은 쟁반을 들고 나가려 막 등을 돌린 상궁이 우뚝 발걸음을 멈추는 것도 눈에 들어왔다. 다행이라 연신 되풀이하며 갑작스레 고름으로 눈물을 훔쳐 내는 지밀나인에게, 연리는 영문을 몰랐지만 일단 걱정하지 말라는 뜻으로 고개를 끄덕여 주었다. 그리고는 도로 고개를 돌려 뒤에 선 상궁에게 시선을 주었다.

천천히 돌아선 김 상궁이 문간에 상을 내려놓았다. 역시 김 상궁이었어. 어릴 때부터 자신을 돌보아온 김 상궁의 손길을 알아차리지 못할 리가 없었다. 연리는 방긋 웃음 지으며 김 상궁이 자신이 누운 자리로 천천히 다가오는 것을 지켜보았다.

그러나 김 상궁이 자신에게로 가까이 다가와 앉는 순간, 김 상궁의 이마와 뺨의 검불그스름한 상흔을 먼저 보았다.

"김 상궁! 대체 얼굴에 그게 무……."

깜짝 놀라 말을 꺼낸 연리를, 김 상궁은 금방이라도 슬픔을 흘릴 것 같은 눈빛으로 내리 응시했다. 그에 더욱 놀라 말을 이으려던 연리의 머릿속에 파도처럼 기억이 몰려들었다.

오라버니!

겨우내 잠자던 짐승들이 깨어나 봄을 시작하는 것처럼 줄곧 머릿속, 가슴속 어딘지 모를 곳을 맴돌던 단어가 톡 튀어나왔다.

이불을 박찬 연리가 자리에서 벌떡 일어났다. 갑자기 일어난 연리를 보고 놀란 듯, 김 상궁과 지밀나인이 도로 눕히려 했으나 연리는 두 쌍의 손길을 피해 방문을 향해 잰걸음을 옮겼다.

탁-!

거칠게 문을 열어젖히자 익숙한 마루가 눈에 들어왔다. 대비전이었다.

"자가, 잠시만 다시 누워 계시지요. 소인이 간단히 요깃거리를 들여오겠사옵니다."

걱정스런 말투의 김 상궁이 연리를 달래려 어깨를 감쌌으나 연리는 그를 뿌리치고 뛰었다.

"자가!"

다급한 외침이 등 뒤에서 날아와 꽂혔으나 연리는 아랑곳하지 않았다. 다시금 흥분해 뛰기 시작한 박동 때문에 가슴이 뻐근해져 왔다.

'아냐, 아닐…… 아니야.'

연리는 자신도 무엇인지 모르는 무언가를 거세게 부정하며 도리질쳤다. 마룻바닥을 밟은 발걸음이 요란하게 그 족적을 남겼다. 이윽고 연리는 모후의 방 앞에 당도했다.

시립한 궁인들의 옷자락에서, 풀 먹인 냄새가 났다.

연리는 문 앞에서 우두커니 넋을 빼앗기고 섰다. 대비전 지밀인 최 상궁이 흘끔 연리를 바라보고는 고개를 숙이고 말없이 문을 열었다.

드르륵-

멀거니 눈동자만 움직여 간신히 들여다본 방 안은 설원(雪原)이었다. 인기척에도 돌아보지 않는 멍한 표정의 모후. 삼베를 덮어씌운 방 안 화려한 가구들. 모두가 색채 없이 무색(無色)이었다. 가까스로 발을 떼어 방 안으로 들어간 연리가 모후가 누운 자리 곁에 앉자, 짓무른 옥안이 눈에 들어왔다.

"어…… 어마……."

어마마마.

연리는 차마 말을 끝맺지 못하고 입술을 깨물었다. 말을 꺼내면 진짜가 되어버릴 것 같아서, 되돌릴 수 없을 것 같아서, 이렇게 살아 따뜻하게 뛰는 내 심장이 원망스러울 것 같아서, 말을 할 수가 없다. 해서는 안 될 것 같았다. 연리는 말없이 모후의 옥안에 떨리는 손을 가져갔다. 텅 빈 모후의 눈동자가 가슴을 찌르는 비수 같았다. 가능하다면 제 손의 자그만 온기라도 나누어주고 싶었다.

김 상궁과 지밀나인들이 따라왔는지, 등 뒤 열린 방문 틈새로 다급한 발걸음 무리가 다가와 멈추어 섰다.

등 뒤의 발소리가 가까이서 멈추고 인기척이 느껴지자, 쿵쾅대던 심장박동이 이제는 폭주하는 광인처럼 마구잡이로 뛰어올랐다.

쿵, 쿵, 쿵, 쿵-

"공주자가."

따스하고 안전한 보금자리를 두고 적에게 쫓기는 사냥감의 심정이 이러할까. 하나 금지옥엽 하나뿐인 공주인 연리에게 세상이란 그리 가혹한 사냥터가 아니었다.

조금은 신경질적이지만 자신을 믿고 아껴주는 모후, 제 말이라면 무엇이든 방글방글 웃으며 따르는 아우 의 그리고 무엇보다 자신을 제일 귀애하며 언제나 보듬어주는, 부왕보다 더욱 진한 혈육의 정을 품어주었던 자랑스럽고 사랑하는 오라버니.

그래. 사냥터가 아니라, 무언가 좀 더 부드럽고 따스한…….

"영창대군께서…… 서거(逝去)하셨습니다."

그리고, 마침내, 하여.

연리의 세상은 무너졌다.

❖

휭휭대는 바람이 얇은 옷자락 사이를 파고들었다. 쌀쌀한 가을바람이 몰려온 지도 벌써 수 밤이 지났으나, 누비옷은 커녕 걸쳐 입을 옷마저 여의치 않았다.

읏, 추워- 수 명의 궁인들로 이루어진 무리 중 맨 끝에서 걷던 어린 나인이 서늘함을 이기지 못하고 혼잣말하자, 앞에서 걷던 상궁이 나무라듯 엄한 눈빛을 보냈다. 찔끔 놀란 나인이 얼른 입을 다물고 고개를 떨어뜨렸다. 그제야 상궁은 날카로운 눈빛을 거두고 몸을 바로 돌렸다.

빼꼼 다시 고개를 든 나인은 옆에 선 동료에게 어쩜 모두들 이 추위에도 한결같니, 볼멘소리를 하며 상궁의 눈치를 보았다. 툴툴대며 앞서 걷는 무리를 한 명 한 명 이리저리 둘러보던 나인의 눈에, 무리를 이끌고 걸어가는 여인이 보였다. 시린 바람을 정통으로 맞으며 맨 앞에서 걷는 꼿꼿한 뒷모습의 주인은 다름 아닌 공주였다.

공주라 하여 궁인들과 다르게 특별히 아얌이나 남바위 같은 방한용품을 착용한 것도 아니거늘 어쩜 저리 한 치의 흐트러짐도 없는지 나인은 자신도 모르게 감탄을 흘렸다. 혹시나 두꺼운 겨울옷이라도 입었나 싶어 열심히 훔쳐보아도, 철 지난 당의에 낡은 빛이 감도는 치마를 입은 공주의 옷차림은 곧 몰려올 겨울바람을 막기엔 턱없이 부족해 보였다.

하긴, 공주는 이러한 일이 아니더라도 언제나 매사에 감정 없이 냉철하긴 했다. 역시 태생이 다르면 마음가짐도 다른 겐가? 소곤대는 나인에게 동료가 픽 비웃음을 지으며 말을 이었다. 그럼 뭐해? 어차피 이제 진짜 공주도 아닌걸.

공주도 아닌걸.

속삭이던 말끝이 바람결을 타고 연리의 귓가에 흘러들었다. 말이야 마땅히 옳은 말이었으나 어쩐지 가슴속에 응어리가 지는 것 같아 연리는 입가에 자조 섞인 웃음을 머금었다.

육 년이 흘렀다.

어린 대군이 궁에서 내쳐져 세상을 떠난 지.

육 년 전, 주상은 이복동생인 영창대군을 강화로 유배 보냈고, 고작 아홉 살이던 대군은 강화부사의 손에 증살(蒸殺, 뜨거운 증기로 쪄서 죽이는 형벌)당했다.

풍문에 의하면 대군은 단 하나 있던 작은 창문을 향해 처절하게 통곡했다고 했다. 어차피 잠기어 열리지도 않을 문이었건만, 작은 몸으로는 닿지도 않을 높이였건만 대군은 기를 쓰고 창문에 매달렸다고 했다. 악귀 같은 눈빛으로 증살을 명하는 강화부사가 무서워, 강화 주민들은 발을 동동거리며 타들어가는 초가를 망연자실 바라볼 수밖에 없었다고 하였다.

곧, 매캐한 냄새가 타오르자 악을 쓰며 울부짖던 대군의 자취는 스러졌고, 초가는 타들어간 아궁이와 구들장 그대로 며칠을 방치되었다고 했다. 그러자 그를 안타깝게 여긴 한 백성이 밤중에 몰래 대군의 시신을 수습해 갈무리했다고 전해졌다. 바스러져 버린 육체 사이로, 온전히 남은 뼈마저 새까맣게 타 강화 주민들 사이에는 대군에 대한 안타까움이 높아졌다고들 하였다. 때문에 포청에서 나온 군사들이 대군의 유골을 수습해 간 후, 강화도 전체에 이 사실의 언급을 엄금하는 방이 붙었다고 했다.

조정에서는 강화부사의 독단적인 행동을 두고 엄히 다스려야 한다는 의견과 대역 죄인을 처단한 행동이니 치죄는 당치 않다는 의견이 팽팽히 맞붙었다. 세인(世人)들은 주상이 어린 이복동생을 살해한 강화부사를 마땅히 참수형에 처할 것이라 예상했다. 하나 주상은 강화부사를 벌주지 않았고, 때문에 지금 조선엔 어린 동기(同氣)를 살해한 폭군이 왕좌에 앉았다는 흉흉한 소문이 나돌고 있는 실정이었다.

대비전에 유폐된 대비와 연리는 의가 세상을 떠난 한참 후에야 이 내막을 알았다. 대비는 그날로 쓰러졌고, 연리는 말을 잃었다. 눈물조차 말라붙어 흘릴 수가 없었다. 누구 한 명 오라비와 자신의 우애를 반기지 않았어도, 모후가 오라비를 멀리하라 하였어도, 연리는 오라비를 사랑했다. 하나 그렇게 더 하나 섞이지 않은 마음을, 순수한 애정을 주었건만 그 보답은 제 동생의 죽음이었다.

연리가 의의 부고(訃告)를 들은 지 바로 다음 날, 오라비는 거짓말처럼 궁을 떠났다. 이제 더는 행궁에 머물 수 없으며, 창덕궁으로 돌아가 정사를 돌보겠다는 이유에서였다. 환어(還御)하는 날, 연리는 신도 제대로 신지 않고 오라비에게 달려가려 했다. 대체 왜 자신을 만나주지 않는 거냐고, 어째서 어린 의가 그리 허망하게 떠나야만 했느냐고 소리쳐 묻고 싶었다. 하나 연리는 그럴 수 없었다.

오라비가 떠난 행궁의 이름은 서궁(西宮)이 되었고, 모후는 더 이상 선왕의 비이자 오라비의 계모가 아니었다. 그저 역모를 도모한 자의 딸이자 대역 죄인의 어미일 뿐. 모후가 더 이상 대비가 아니듯, 연리도 더 이상 고귀한 공주가 아니었다. 발버둥 치는 연리를 잡아 꿇리고 공주 작위가 박탈되었다 전하는 개시의 눈에는 끔찍한 쾌감이 서렸었다.

진한 검은색 눈이 전하는 오라비의 무정(無情)에, 한 조각 희망마저 삼켜졌다. 희망이 떠난 자리를 채운 것은 배신감이었다.

회한이었다.

원망이었다.

증오였다.

그렇게 연리는 죄인이 되었다.

자리를 보전하고 누운 대비의 병증은 화병이라 했다. 심각한 병세가 없음에도 자리에서 일어나지 못하는 대비는 매일 눈물을 흘리며 방향 잃은 분노를 쏟아냈다. 감금당하다시피 유폐된 서궁에는 물자마저 넉넉지 않아, 상궁나인들이 직접 작물을 키우고 실을 자아야 했기에 대비의 화를 받아낼 궁인조차 마땅치 않았다. 그 곁을 지킨 이는 오직 연리뿐이었다.

그렇게 연리는 모후의 끝없는 진노를 묵묵히 받아내었다. 방향을 상실하고 미친 듯이 연리에게로 쏟아부어진 모후의 감정들은 서서히 연리의 마음속에도 자리잡았다. 사라질까 깨어질까 조심스레 보살핌 받던 공주는 그같은 화염에 서서히 벼려지고 달구어졌다. 맑은 눈동자에 맺히던 생기도, 피어나던 명랑함도, 따스하던 애정도, 찬란하던 열두 살 소녀와 함께 화염에 불살라졌다. 남은 것은 빛을 잃어버린 차디찬 시림, 열여덟 여인이 되어버린 연리였다.

해지고 낡은 당의 자락 사이로 찬바람이 새어 들어왔다. 휭휭대는 바람에 얇아진 천 자락이 기어코 들려서 펄럭거렸다. 연리는 잠시 발걸음을 멈추고는, 당의 아래에 모았던 손을 가만히 뺐다. 감췄던 손이 정통으로 바람을 맞자 금세 발갛게 변했다. 얼어붙은 제 손을 말없이 내려다보던 연리는 곧 고개를 곧추세우고는, 다시 발걸음을 옮겼다.

"어마마마, 오늘은 좀 어떠시옵니까."

화려한 가구는커녕 간신히 구색을 갖춘 빈한(貧寒)한 방에 가까스로 온기가 돌았다. 여느 때처럼 이부자리 옆에 자리 잡고 앉은 연리가 소복 차림으로 누운 모후에게 말을 건넸다.

평소 같았으면 얼굴을 찡그리고 오늘도 창덕궁에선 소식이 없더냐 씹어뱉듯 외쳤을 터인데, 모후는 어딘가 불편한 얼굴을 할 뿐 눈을 뜨지 않았다.

"어마마마?"

연리는 몸을 일으켜 모후의 얼굴을 살폈다. 평소보다 창백한 낯빛에, 평소보다 더욱 진해진 홍조가 얼굴에 가득했다. 이마에 살짝 손을 갖다 대니 군불을 땐 것처럼 끓는 열기가 느껴졌다.

"김 상궁!"

연리는 닫힌 방문을 향해 날카롭게 소리를 높였다.

드르륵-

열린 방문 사이로 김 상궁의 의아한 얼굴이 보였다.

"어찌 그러시옵니까?"

"어마마마의 용태가 심상치 않네. 속히 내의원에 가서 의원을 불러오게."

김 상궁은 평소와 다름없는 무덤덤한 연리의 얼굴을 보고 어리둥절해하다가, 곧 식은땀을 흘리는 대비를 보고는 재빨리 고개를 끄덕였다. 치맛자락을 모아 쥐고 밖으로 뛰어 나가는 발소리가 들리자, 연리는 도로 시선을 돌리고는 작게 한숨을 내쉬며 모후의 이마에서 손을 떼어냈다.

미약하게나마 남았던 온돌 바닥의 온기가 서서히 가시는 것이 느껴졌다. 이제 곧 겨울이 다가오는데, 땔감은커녕 먹을 것마저 부족했다.

연리는 궁에서 배급해 주는 물자를 전해주던 나인이 다녀간 후 얼마나 되었는지 천천히 꼽아보았다. 얼추 달포는 되는 듯했다.

저나 궁인들은 둘째치고라도, 병자인 모후에게 필요한 약재마저 시일을 넘기다니 꽤나 간악한 짓거리가 아닌가. 비웃음을 머금은 암흑 같은 눈동자가 으레 머릿속에 떠올랐다. 그래, 당연히 네 짓이겠지.

스멀스멀 기어오르는 불쾌감에 주먹을 콱 말아 쥔 연리의 마음속 한구석에서 자그만 속삭임이 들렸다. 과연 혼자 했을까? 윗전의 묵인 없이 그녀 혼자 저지를 수 있는 일이던가?

이젠 다 끊어낸 줄로만 알았는데. 내가 주상전하에게 무엇이라도 되는 깜냥이었나? 자신도 모르게 향하는 생각이 혐오스러워, 연리는 고개를 흔들어 재빨리 상념을 털어내었다.

벌컥-

"공주자가!"

어쩔 줄 모르며 울상을 한 김 상궁이 급히 문을 열고 뛰어 들어왔다.

"왜 자네 혼자 오는가? 내의원은?"

찰나 담았던 상념을 들켰을까, 지레 언짢아진 연리가 고운 눈썹 사이를 좁히며 따져 물었다.

"자가, 군사들이 길을 열어주지 않습니다. 대비마마 환후가 심해지시었다 말했는데도 막무가내로 다시 들어가라 등만 떠밉니다! 이 일을 어찌하옵니까? 벌써 며칠째 탕약도 못 드시었는데 이러다 심히 위중해지기라도 하시면……."

"뭐?"

뜻밖의 말에 연리는 기가 막혔다. 사람 목숨이 위험하다는데도 길을 막아?

틀림없다. 상념 속에 깃들었던 불쾌한 치들이 액운을 몰고 온 것일 테다. 연리는 잠시라도 틈을 보인 자신의 어리석음을 원망하며 분기탱천하여 그 자리에서 일어났다.

"앞장서게! 내 가서 기필코 길을 열어야겠네."

"아이고, 예, 자가."

연리는 발을 내뻗사마사 그대로 뛰다시피 한 잰걸음으로 방을 나섰다. 김 상궁은 허둥대며 병자의 이불을 도로 여며주고는 헐레벌떡 연리의 뒤를 따라 부리나케 방을 나섰다. 각 처소에도 물론 그러했지만, 바깥과 통하는 서궁의 문가에는 흡사 위리안치당한 죄인을 가두듯 빽빽이 군사들이 서 있었다. 연리는 달아오른 심기를 구태여 숨기지 않았다. 해어진 당의와 치맛자락, 낡은 궁혜(宮鞋, 궁중에서 신던 부녀자의 신발)가 군사들의 윤기 나는 융복 앞에 민망해질 법도 하건만, 연리는 군사들에게 가까이 다가갈수록 턱을 치켜들며 도도한 위엄을 유지했다.

"아이참, 대비마마께 환후가 있으시다니까요! 그저 내의원에 가서 의원 하나만 데려오면 될 일인데 왜 이리 야박하게 구십니까?"

애타는 목소리의 지밀나인에게 훠이훠이 손사래 치던 군졸 하나가 피식 웃으며 말했다.

"아, 대비건 소비건 간에 조용히 있으래도! 대전에서 알아서 엄연히 챙겨주실까. 괜한 소란 떨지 말고 들어……."

자꾸만 졸라대는 나인이 귀찮다는 듯, 나인의 이마를 검지로 꾹 밀어 누르던 군졸은 자신을 쏘아보는 냉한(冷寒)한 눈빛을 발견하고는 찔끔 놀라 예를 갖추었다.

"어…… 어찌 이곳까지 나오셨습니까?"

"길을 열어라. 의원이 필요하다."

엉거주춤 숙였던 고개를 든 군졸은 갈등하는 얼굴로 옆에 선 동료에게 눈짓을 해보였다. 그러나 창을 들고 문을 지키고 섰던 동료가 고개를 절레절레 흔들자, 군졸은 어쩔 수 없다는 듯한 표정으로 입을 열었다.

"저도 그러고 싶사오나, 대전의 윤허 없이는 길을 열어드릴 수 없습니다. 기다리고 계시면 곧 대전에서……."

"그때가 언제일 줄 알고?"

길게 이어지는 변명의 말을 끊어 내치며 연리가 반문했다.

"이러다 큰일이라도 나면 네놈이 책임지겠느냐?"

여전히 쌀쌀한 기운의 눈동자가 마주 선 군졸의 얼굴을 훑다 시립한 다른 군사들도 쭈욱 훑어 나갔다.

"아니면 너냐? 네가 책임질 것이냐?"

천천히 굴러가는 연리의 눈동자에 군졸들은 왜 하필 자신들에게 이러느냐 짜증이 솟구치면서도 어쩐지 눈을 마주칠 용기는 없어 애꿎은 고개들만 푹 꺾었다. 거의 일각을 냉엄하게 쏘아보던 연리는, 장성한 군사들 여럿이 꿀 먹은 벙어리로 시선조차 마주치지 않자 분기가 치밀었다.

윤기 나는 검은 머리칼에 매인 닭은 댕기가 힘차게 펄럭였다. 서궁 바깥을 향했던 연리의 궁혜도 도로 안쪽으로 향했다. 가차 없이 몸을 홱 돌린 연리는 분기 서린 발걸음으로 다시 대비전으로 향했다.

안절부절못하며 연리의 등 뒤에 서 있던 김 상궁은, 발걸음을 돌려 멀어져 가는 연리와 안도의 한숨을 푹 내쉬는 군졸들을 뜨악하여 번갈아 바라보다 재빨리 연리를 좇았다.

"헉, 헉. 자가! 자가! 이리 가시면 어찌합니까!"

똑같은 거리를 네 번이나 반복해 달음박질한 김 상궁이 터질 듯한 숨을 몰아쉬며 연리를 불렀다. 하나 연리는 대비전으로 향하는 발을 멈추지 않았다.

'아니, 저분이 진짜!'

어렸을 때부터 자기 생각대로 밀어붙이는 능력은 정말 남다르다 생각했지만, 그나마 언질이라도 주었던 예전에 비해 요즘 들어 더욱 외골수적으로 변한 것 같다는 생각을 하는 김 상궁이었다. 지금도 외쳐 부르는 자신의 목소리는 알은체하지 않고 대비전으로 가는 연리의 뒷모습에, 김 상궁은 이마 위에 작은 힘줄이 돋아나는 것을 느꼈다.

부지런히 발을 놀려 앞서가는 연리를 가까스로 따라잡은 김 상궁이 나풀거리는 옷자락을 잡아채려는 찰나, 직선으로 이어지던 발이 갑자기 크게 호선을 그리며 방향을 홱 틀었다.

"악!"

휘청하며 발이 엉킨 김 상궁은 땅에 고꾸라지고 말았다. 아니 그리 히여도 지쳐 죽겠는데, 오늘따라 또 저리 독단적으로 행동하는 연리 때문에 김 상궁은 땅바닥에 엎어진 채로 제 처지에 설움이 북받쳤다. 갑갑해 죽겠다는 듯 눈가에 이슬까지 매달고 주먹 쥔 손으로 가슴을 팡팡 치던 김 상궁 위로, 마침내 옅은 노을을 등진 연리의 그림자가 드리워졌다.

"어흑, 자가! 어찌 또 그러십니까! 대비마마는 어찌하고요. 소인이 아주 속이 타서 죽겠사옵니다! 얼른 돌아가 군사들에게 다시 명을 내리셔야 하지 않겠습니까."

김 상궁은 제 앞에 멈춰 선 연리에게 열과 성을 다해 설움을 토로했다. 비척비척 다가가 연리의 다리춤을 끌어안고 본격적으로 신세 한탄을 늘어놓으려는 김 상궁에게, 연리는 흔들림 없는 영롱한 눈동자로 시선을 맞추며 입을 열었다.

"군사들에게는 가지 않을 거야."

"예? 아니 그럼 어떻게……."
"월담(越牆)을 할 걸세."

나인 애린은 난생처음 느끼는 긴장감에 침을 꿀꺽 삼켰다. 여느 때처럼 바쁘게 잡일을 하고 있었을 뿐이었는데, 갑자기 들이닥친 상궁 마마님의 손에 붙잡혀 눈 깜짝할 사이에 외문(外門)까지 와버린 것이었다.

무수리로 궁내를 출입하다가 얼떨결에 서궁 나인이 되어 갇힌 신세, 그저 식구들 입에 풀칠할 녹봉만 생각하며 나가고픈 간절한 마음을 달래던 터였다. 어쩐지 급하게 무수리들을 물색하더라니. 이렇게 갇힐 줄 알았나 뭐? 애린은 팔다 남은 싸구려 콩비지처럼 넘겨진 제 신세가 또다시 억울해져 툴툴거렸다.

다짜고짜 저를 끌어다 외문 근처에 데려다 놓은 상궁 마마님은 곧 올 테니 눈치껏 숨어 있으라 말하곤 사라졌다. 애린은 군졸들에게 들키면 한바탕 경을 칠 것을 알기에, 긴장한 얼굴로 치맛자락을 한데 모아 그러쥐면서도 곧 저물기 시작할 듯한 하늘을 노려보았다. 제기랄, 거참 맑기도 하네.

하지만 시간이 지날수록 애린의 표정엔 점점 진한 아쉬움이 담겼다. 아, 정말 나가고 싶다. 애린이 멍하니 하늘을 바라보고 있을 때, 누군가 종종걸음으로 다가오는 소리가 귀에 꽂혔다. 그 소리에 퍼뜩 정신을 차린 애린은 냉큼 뒤를 돌았다.

어?

그런데 눈에 들어온 이는 상궁 마마님이 아니라 공주였다. 직접 대면하고 말을 해본 적은 없으나, 저나 높으신 분들이나 너 나 할 것 없이 좁은 궁 안에서 갇혀 사는 처지라 오가며 보았던 적이 서너 번 있었더랬다.

"어…… 공주자가?"

"앞장서거라. 네 이전까지는 무수리였으니 궁 밖 상황을 잘 알겠지?"

"예?"

뜻밖의 말에 얼떨떨한 애린을 흘깃 바라본 공주는 애린의 어깨너머로 상황을 주시했다. 곧, 교대를 위해 자리를 비우는 시위들의 모습을 날카로운 눈빛으로 잡아낸 공주는 애린을 향해 재빠르게 턱짓하고는 외문을 향해 냅다 뛰어갔다.

"으악, 공주자가!"

자칫 멀어져 가는 시위들에게 들킬까, 경악한 애린은 재빨리 주위를 살피며 낮게 소리쳤다. 하나 뒤 한 번 돌아보지 않고 뛰어가는 공주였다. 에라 모르겠다! 애린은 울상을 지으며 공주의 뒤를 좇았다.

방법은 하나뿐이었다. 대전에서 모후의 병세를 살필 리는 만무하였고 기본적인 물자조차도 조달해 주지 않는 상황이었으니, 안에서 구할 수 없다면 밖에서 구해올 수밖에.

약재상에 가야겠어.

의복이나 음식 따윈 버티고 버티면 되었지만, 모후의 병세만큼은 손 놓고 있을 수 없었다. 연리는 나인 애린이 어쩔 줄 모르며 좇아오는 사이, 시위들이 자리를 비운 외문에 도착해 문을 밀어보았다.

덜커덕-

'역시나.'

문은 잠겨 있었다. 그간 대전에서 온 나인이 드나들 때를 제외하고는 절대 열리지 않는 문이었다. 연리는 이 문이 제 손발을 옭아매는 족쇄같이 느껴졌다. 이것만 열면, 공기조차 하늘조차 가로막힌 여기만 벗어나면 모든 상황이 나아질 것만 같았다. 음울한 분위기의 상궁들도, 저만 보면 측은해하며 눈물짓는 김 상궁도, 언제나 분노와 눈물만 가득 찬 모후도.

잊고 싶은데, 자꾸만 주상이 떠올랐다.

벗어나고 싶다. 밉고 또 미운 마음속에 상처 입은 쓰라림도 잊어버리고 싶었다. 연리는 원망이든 분노든 그에게로 향하는 마음이 진저리 치도록 싫었다. 어떻게든 더 이상 그를 떠올리기 싫었다.

"헉, 헉. 자가!"

곧이어 뛰어온 애린이 숨을 고르며 연리의 옆에 와 섰다. 잠긴 문 앞에 손을 대고 가만히 선 연리의 눈치를 살피며, 애린은 쭈뼛쭈뼛 말을 꺼냈다.

"저, 정말로 나가실 겁니까?"

연리는 조용히 고개를 끄덕였다.

"월담을 해서라도."

애린은 그런 연리의 말이 진심인지 긴가민가했다. 탈궁을 하시겠단 건가? 아, 혹 그럼 나도 바깥에……! 희미한 희망이 차오르는 것을 느끼며 애린은 입을 열었다.

"자가, 하면 절 따라오십시오. 소인이 보아둔 곳이 있습니다. 그곳 담장은 다른 곳보다 월등히 낮아 수월히 나갈 수 있으실 겁니다."

주위를 살피며, 애린은 허겁지겁 말을 이었다. 연리는 간절한 표정의 애린을 잠깐 응시하고선 재빨리 고개를 끄덕였다.

석양 하늘을 인 여인 둘은 구석진 담장 너머로 재빨리 다가섰다. 애린의 말대로 궁궐의 담장치고는 한미한 상태였다. 보수를 미처 하지 못한 탓인지, 다른 곳의 담장보다 허름하고 한 자 반 정도 낮아 마음만 먹으면 월담이 가능할 듯 보였다.

"자가, 소인의 등을 밟으세요."

애린이 담장 밑에 얼른 엎드렸다. 연리는 잠시 멈칫하였다가 속삭이듯 말했다.

"고맙구나."

엎드린 애린의 어깨를 잠시 감싸듯 토닥인 연리는 주위를 조심스레 살피곤 등을 밟았다. 과연, 담 너머로 그리 멀지 않은 거리에 장시가 보였다. 그런데 상인들이 분주히 가판을 정리하는 것을 보니 얼마 지나지 않아 파장(罷場)될 듯 보였다. 마음이 조급해졌다. 연리는 담장에 얹힌 기왓등을 두 손으로 꽉 잡고, 등을 밟은 다리에 힘을 주어 힘차게 굴렀다.

발아래에서 들리는 가벼운 신음과 함께, 연리의 몸이 담장 위로 올라갔다. 성공이다!

연리는 담장을 끼고 앉아 담장 안쪽으로 손을 뻗었다.

"잡아줄 테니, 너도 올라오거라."

쓰린 등을 문지르던 애린의 얼굴에 화색이 돌았다. 얼른 고개를 끄덕인 애린은 제게로 내밀어진 하얗고 부드러운 손을 덥석 잡고, 다른 한 손으로 담장을 붙잡고는 젖 먹던 힘을 다해 기어올랐다.

끙! 애린이 다리를 대롱거리며 간신히 담을 올라탔다. 연리는 재빨리 담장 바깥을 살폈다. 워낙 구석지에 있는 담장이라 다행히 시위들은 보이지 않았다. 담장 바깥쪽에도 행인은 없었다. 애린이 먼지 묻은 제 치마를 탈탈 털어내는 사이, 연리는 담 아래로 훌쩍 뛰어내렸다.

퍽-

둔탁한 소리와 함께 연리가 흙바닥 위로 떨어졌다.

공주자가! 놀란 애린이 소리쳤다. 주위를 둘러보던 애린은 마침 옆에 난 나무의 가지를 붙잡고 매달리다시피 하여 가까스로 담에서 내려왔다.

"어맛, 자가! 괜찮으시옵니까?"

풀썩 주저앉은 연리는 인상을 찡그리며 발목을 만져 보았다. 아무래도 뛰어내릴 때 균형을 잘못 잡은 탓인지 헛디딘 것 같았다. 왼쪽 발목에서 약한 통증이 퍼져 왔다.

"괜찮다."

여기서 지체했다간 해가 지기 전까지 궁으로 돌아올 수 없을지도 몰랐다. 혹여나 시위들에게 들키기 전에, 모후의 환후가 심해지기 전에 약재를 구해 돌아가야 했다.

연리는 애린의 부축을 받아 자리에서 일어났다. 살짝 땅을 디뎌보니, 못 걸을 정도는 아니었다. 연리는 살짝 매무새를 정돈하고 애린에게 말했다.

"여기서 가장 가까운 약재상이 어디지?"

"약재상이요? 지금쯤이면 이미 파장하여 장사를 접었을 것인데…… 아! 마침 소인의 백부가 약재상을 하나 운영하고 있습니다. 한데 규모가 작아 취급하는 약재가 많지 않은지라……."

"상관없다. 안내하거라."

애린의 말이 끝나기 무섭게 연리는 발걸음을 떼었다. 거의 뛰다시피 걸음을 옮기는 연리를 퍼뜩 따라나선 애린은 곧 한쪽 길로 연리를 안내했다.

조금 쌀쌀하긴 하였으나 저녁의 장시는 사람 사는 내음이 물씬 풍겼다. 고소한 엿가락을 빨아 먹는 꼬마들, 팔다 남은 콩이나 옷감 따위를 서로 나누는 아낙네들. 주막에선 장사를 마친 상인들과 보부상들이 끼리끼리 모여 국밥에 술잔을 곁들이고 있었다. 몇 년 만에 장시

구경을 하는 애린은 감개무량하여 헤벌쭉했다. 혹여나 제 얼굴을 알아보는 이가 있을까, 잔뜩 긴장하며 애린의 뒤를 따르던 연리도 처음 보는 장시의 푸근하고 신기한 풍경에 점차 경직된 마음이 풀려가고 있었다.

때문에 연리는 주위 사내들의 시선이 제게 날아와 꽂히는 것도 눈치채지 못했다. 급하게 나온 탓에 얼굴을 가릴 만한 쓰개 하나도 제대로 챙겨오지 못해, 지나가던 사람들은 흔하지 않은 연리의 외모를 사방에서 힐끔거렸다. 온갖 궂은일을 하며 삶을 일구어온 거친 용모의 상민 아낙네들과는 달리 발그레한 뺨에 하얗고 맑은 피부, 흑단 같은 머리칼을 곱게 땋아 내린 연리는 누가 보아도 귀한 댁 규수로 보였다.

화려한 옷차림은 아니었다. 아니, 오히려 귀한 댁 규수치고는 초라하다고 해야 마땅할 차림새였다. 하나 연리의 외모는 사람들로 하여금 옷차림 따위는 단박에 잊혀지게 할 정도의 위용(偉容)이었다. 가지런한 아미, 그 아래 자리 잡은 풍성한 속눈썹과 맑은 눈동자가 시선을 끌어당겼다. 기품 있는 눈매와 오뚝한 콧마루, 도톰한 붉은 입술까지 오밀조밀하게 자리 잡은 고운 얼굴. 월궁항아가 있다면 바로 이런 모습일까.

햐! 이보게, 저기 가는 여인 좀 봐. 보기 드문 절색이군그래.

예끼, 홀아비 주제에 욕심도 과하네그려. 자네 지금 처녀를 탐내는 건가?

아니 근데 이 자식이? 내가 어때서 그런가. 나 정도면 처녀장가 들어도 될 인물이지!

연리의 청아한 외모를 목도한 사내들은 괜스레 저들의 상상 속에, 때로는 대화 속에 연리를 끼워 넣어 탐내어 보았다. 개중에 아직 혼례를 치르지 못한 사내들은 다가가 농담 한번 건네어볼까 생각하는 이도 있었다. 하나 월궁항아 같은 고운 낯은 어쩐지 다가서기 어려운 칼바람을 품은 것 같아, 쭈뼛쭈뼛 다가서다가도 끝끝내 포기하고 만 사내들이 부지기수였다.

뭇 사내들의 시선을 제가 송두리째 잡아끌고 있다는 것을 까맣게 모르는 연리는 한시바삐 약재상으로 걸음을 옮길 뿐이었다. 파장 분위기의 장시를 걷고 걸어, 연리와 애린은 조그만 약재상 앞에 당도했다. 파장할 시간이라 그러한지 약재상 내엔 이제 막 사립문을 나서는 사내 한 명을 제외하곤 아무도 없었다. 비켜선 앞으로 사내가 도포 자락을 스치며 지나간 후, 연리는 애린을 따라 사립문 안쪽으로 들어섰다.

"백부님, 저 애린입니다! 나와보시어요!"

애린이 닫힌 방문을 향해 목소리를 높였다. 다행히 아직 장사를 마치지 않은 것인지, 약재상 앞마당에는 약재들이 담긴 상자가 즐비해 있었다. 곧, 안쪽에서 인기척이 들리더니 문이 벌컥 열렸다.

"누구라고?"

열린 방문 안에는 생쥐 같은 수염을 단 중년의 사내가 있었다. 그는 곰방대를 오른손으로 옮겨 쥐고는 미심쩍단 표정을 지었다. 가늘게 뜬 그의 눈이 연리의 화용월태(花容月態)를 훑었고, 감탄 어린 얼굴을 한 그는 휘유- 작게 휘파람을 불었다. 어쩐지 불쾌한 기분이 들어 연리는 눈썹을 찡그렸다. 그를 본 애린이 기겁하며 연리 앞으로 나섰다.

"아이, 참! 백부님!"

그제야 애린을 발견한 사내가 반색을 하며 마당으로 내려섰다.

"아니, 애린이 아니냐? 서궁 궁녀로 들어갔다더니, 소식도 없다가 어떻게…… 혹 궁에서 쫓겨나 다시 무수리가 된 것이냐?"

"아, 아닙니다. 전……."

"엥? 하면 어찌 밖에 나왔느냐?"

어찌 대답해야 좋을지 연리를 흘깃 바라본 애린은 그제야 연리가 왜 이곳을 찾았는지 모른다는 것을 깨달았다. 월담을 한다는 사실에, 궁을 벗어난다는 사실에 너무 들떠 연유를 물을 생각조차 못 했던 탓이었다.

애린이 연리의 눈치를 살피자, 사내도 다시 연리에게 시선을 돌렸다.

"한데 저 여인은 뉘너냐?"

"그, 그게 그러니까……."

"나인이오."

연리가 말을 받았다. 맞아요! 이분은 항아님이십니다, 백부님. 애린이 냉큼 연리의 말을 거들었다.

"궁에 필요한 약재가 있어 찾았소. 혹 이것이 지금 그대의 약재상에 있는가?"

연리는 소맷자락에서 모후의 약재를 쌌던 종잇조각을 꺼내 사내에게 내밀었다. 손을 뻗어 그를 받은 사내는 종잇조각을 코에 대어 킁킁대며 향을 맡았다.

"흠…… 귀한 약재구료. 값은 그리 비싸지 않으나 구하거나 보관하기가 원체 어렵지. 내 원래 성가셔서 이런 건 취급하지 않지만, 마침 어제 오랜만에 좋은 품질이 나왔길래 소량 들여두었소이다."

"하면 당장 주시오, 한시가 급하니."

됐다! 안도감에 긴장이 풀린 연리는 마음이 홀가분해지는 것을 느꼈다.

"한데……."

어딘가 서늘한 기운을 품었던 얼굴에 급 화색이 돌자, 사내는 한층 더 피어난 자태에 감탄하며 곰방대를 가져다 물었다.

"조금 전에 다 팔렸소."

곰방대를 빼금거리며 태연하게 말을 잇는 사내의 태도에, 연리는 일순 멍해졌다. 이자가? 한시가 촉박한데, 자신을 두고 농담이나 거는 사내에게 화기가 치밀어 올라 연리는 빽 소리를 지르고 말았다.

"지금 장난을 치자는 것이오? 내 한시가 급하다 했는데!"

얌전해 보이는 여인이라 대뜸 큰 소리를 낼 줄 몰랐던 사내는 이크, 하며 한 걸음 뒤로 물러났다. 물론 빙글빙글 웃는 표정이라 그다지 놀라는 빛으로 보이진 않았지만.

"아, 거참 성질머리하곤. 항아님께서 하도 식은 밥덩이처럼 딱딱히 굳어 있길래 내 농 좀 걸어본 것뿐인데."

예외 없이 처음 보는 연리의 모습에 화들짝 놀란 애린이 사내를 말렸다.

"백부님! 자, 아니 항아님, 항아님께서 급하다 하시지 않습니까! 그럼 얼른 같은 걸로 다시 구해다 주셔요!"

"아, 내 아까 말하지 않았느냐? 구하기가 원체 어려워 소량만 들여두었다고. 아마 근방 약재상들도 이 약재는 취급하고 있지 않을 게다."

"그럼 어찌합니까……."

잠깐의 나들이에 들떴던 애린이 연리의 눈치를 보며 울상을 지었다. 흐려진 말꼬리엔 숨길 수 없는 실망이 깃들었다. 공주께서 원하는 것을 찾지 못하여 실망하시면 다음번 궁 밖 나들이는 없을지도 몰랐다.

울상 짓는 제 조카, 애린과 급격히 어두워진 낯빛의 연리를 힐끔 쳐다본 사내는 두 여인을 지나쳐 털레털레 평상으로 걸음을 옮겼다. 다듬다 만 약재가 이리저리 널린 평상을 쓰윽 치우고 걸터앉은 사내는 물었던 곰방대를 빼내 낀 담뱃잎을 탁탁 털어내며 다시 입을 열었다.

"뭐, 정 급하면 사간 이에게 사정을 말해보시든가. 방금 나갔으니 마주쳤을 텐데?"

사내가 빼 들었던 곰방대를 처억 올리며 소리쳤다.

"옳지, 저어기 가는구먼. 바로 저자요!"

곰방대가 가리키는 곳을 따라 재빨리 고개를 돌린 연리의 눈에, 아까 사립문을 나서던 이의 도포 자락이 들어왔다. 다행히 그리 멀리 가지는 않은 듯했다. 연리는 두말하지 않고 급히 뛰어 달려갔다. 자가! 등 뒤에서 경악한 애린의 외침이 울려 퍼졌다.

앞뒤 재지 않고 달려 나간 연리는 멀어져 가는 눈앞의 도포 자락을 안간힘을 다해 쫓았다. 그리 멀지 않은 거리에, 발걸음을 재촉하지도 않는 모양새건만 어쩐지 쉽게 따라잡을 수가 없었다. 까딱하면 사라지고 나타나고, 사람들에 치여 멀어졌다 가까워졌다 하길 수 번. 턱 끝까지 차오르는 숨을 억지로 참고 인파를 헤치며 드디어 가까스로 따라붙은 연리는, 화려한 기와지붕을 인 곳으로 막 들어가려는 도포 자락을 간신히 잡아챘다.

"이보시……!"

막 폭넓은 옷자락을 잡아 돌려세우려는데, 뜻밖에 나타난 낯선 손길에 당황한 듯 도포 자락이 방향을 잃고 쏟아졌다. 연리는 그만 엉겁결에 휘청거리는 사내와 엉켜 버리고 말았다.

연리의 머릿속에는 눈앞의 사내를 놓치면 아니 된다는 사실만 가득했다. 그러니 급하게 달리다 누군가를 건드리면 상대방까지 휘청거리게 된다는 사실 따위는 유념하고 있을 리 만무했다. 연리는 눈앞의 공색(空色) 도포 자락이 손끝에 닿자마자 재지 않고 그를 잡아챘다. 왈칵한 힘에, 막 돌계단을 오르려 다리를 들어 올리던 사내는 급작스레 균형을 잃고 모로 넘어지고 말았다.

예상치 못하게 사내가 휘청거리자 연리는 정신을 차릴 틈도 없이 연

달아 함께 와락 넘어졌다. 질끈 감을 생각도 하지 못하고 크게 뜬 눈 앞에, 부드러운 공색이 사락 덮임과 동시에…….

차(茶)향이 났다.

등에 와 닿는 서늘한 땅의 생경함도, 다시 도진 발목의 시큰한 통증도 부지불식간에 잊어버리게 하는 무섭도록 익숙한 향.

오라버니, 다디단 차도 많은데 어찌 그것만 드세요? 씁쓸하기만 한데.

하니 즐기는 게지. 입이 쓰면, 그만큼 마음은 덜 쓰지 않겠느냐.

'아.'

반사적으로 떠오른 기억에 멍하니 있는데, 순간 눈앞을 가린 공색 옷자락이 사라지고 뉘엿한 하늘이 한가득 담겨왔다. 연리는 퍼뜩 정신을 차리고 시선을 내렸다.

한 자도 되지 않는 거리에서 반듯한 옥면(玉面)이 미미한 불쾌함을 담고 연리를 내려다보았다. 숨결까지 닿을 정도로 가까운 그의 눈동자와 마주친 순간 연리는 홀린듯 그에게 끌려들었다. 흑갈색 눈동자는 한 줄기 석양을 받자 담갈색으로 반짝였다. 하나 눈꺼풀이 가볍게 그를 감싸 안자, 담갈색 눈동자는 순식간에 석양을 잃고 흑갈색으로 되돌아갔다.

"저기!"

옅은 갈색이 어둠처럼 깊어진 순간, 연리는 사내가 얼크러지는 와중에도 제 머리를 손으로 감싸 받쳐 주어 그에게 안기다시피 누워 있다는 사실도 모른 채 퍼뜩 급하게 말을 이었다.

"아까 약재상에서 남은 약재를 다 사 가셨다 들었소. 급히 그것을 구해야 하는데, 근방에서는 구할 도리가 없어서…… 염치 불고하지만 혹 내게 약재를 넘기지 않겠소? 값은 충분히 치르리다."

연리의 다다다 외치듯 쏟아내는 말에, 옥면의 사내는 의문스럽다는 듯 미간을 모았다.

"어이가 없군요."

곧이어 툭 말을 내뱉은 사내는 그대로 손에 힘을 주어 연리를 일으켜 앉혔다. 그리고는 도포 자락을 갈무리한 후, 반듯한 자세로 일어나 말했다.

"염치 불고하다면서 잘도 말씀하십니다. 짐작건대 상민으로 보이진 않으니, 하면 아무리 아녀자라 하나 소학 정도는 배웠으리라 사료됩니다만."

비웃는 어조는 아니었으나, 사내는 제법 유려한 말투로 예의범절의 빈틈을 정곡으로 지적했다. 그 말에 제가 사내의 옷자락을 냅다 잡아당긴 일, 그 때문에 함께 맨바닥에 나동그라진 지금의 상태가 떠오른 연리는 뺨이 화끈 달아올랐다.

"아, 급한 마음에 도움을 청한다는 것이……."

연리는 붉어진 낯을 하고 주섬주섬 변명을 둘러댔다. 급한 마음에 몸도 급히 나갔던 탓에 일을 그르칠 위기에 봉착한 것이다. 연리는 최대한 사내의 마음을 달래려 했다.

"고의가 아니었소. 절대 당신에게 억하심정이 있어 그런 것이 아니니……."

하지만 사내는 간절한 연리의 노력에도 불구하고 짧게 웃으며 고개를 저었다.

"미안하지만, 그리는 안 되겠습니다. 나도 어렵게 구한 것이라서."

그는 지척에 나뒹구는 조그만 약재 꾸러미를 가볍게 주워 들고선 연리를 돌아보고는 불쑥 입을 열었다.

"소학에선 예가 아니면 보지 말며, 듣지 말며, 말하지 말며, 움직이지 말아야 한다고 하였지요. 어느 댁 규수인지는 모르나, 초면인 이에게 이리하는 것이 결례가 아니면 무엇이겠습니까?"

어린 아우에게 글을 가르치듯, 담담하고 친절한 목소리였으나 너무도 선연히 느껴지는 찬 서리에 연리는 말문이 막히고 말았다.

아니, 내가 무엇을 그리도 무례하였다고?

처음 겪는 난데없는 면박에 기가 찬 연리는 어이없다는 눈길로 사내의 등을 좇았다. 그러다 연리는 그의 손에 들린 꾸러미가 돌계단을 올라 기와집 안으로 멀어져 가는 것을 문득 깨닫고는 자리에서 벌떡 일어났다.

"잠시만! 잠시만 기다리시오!"

하지만 그는 연리의 외침을 그대로 흘리고는 눈길 한 번 주지 않고 발걸음을 옮겼다. 당황하기도 하고 화가 나기도 하여, 연리는 아픈 발목 따윈 아랑곳하지 않고 그를 쫓아 기와집으로 뛰어들었다.

띠링-

하하하!

더, 더 마시게! 그 정도로 어디 사내라 하겠는가!

돌계단을 지나 요려(妖麗)한 무늬의 문을 넘자마자 화려한 풍악 소리와 왁자지껄한 웃음소리가 귓가에 감겨들었다. 감정에 북받쳐 엉겁결에 냅다 향락 속에 뛰어든 연리는 눈앞에 펼쳐진 생소한 광경에 자신도 모르게 발을 멈추었다.

연리가 어리둥절하여 멈춰 선 사이, 텁텁할 정도로 진한 향내를 풍기는 여인을 하나씩 끼고 얼근히 취한 취객들의 무리가 사방에서 나타났다.

"도련님, 왜 벌써 가시어요? 소녀와 더 있지 않으시고. 섭섭하옵니다!"

“에잉, 요년 좀 보게? 내 네년이 방금 나간 김가에게도 그리 말한 것 들었느니라!”

“오호호호! 아이, 들으셨습니까? 하나 소녀 마음에는 진정 도련님밖에 없사옵니다.”

주위 광경에 어울리게 눈부시도록 화려한 맵시였으나 품행은 그리 방정치 않아 보이는 여인이 취객을 꼭 껴안으며 문으로 인도해 나갔다.

‘이게 다 뭐지?’

평생을 엄격한 궁에서 살아왔기에, 연리는 이러한 광경이 굉장히 생소하게 느껴졌다. 세상에, 단둘만 있는 곳도 아닌데 어찌 저러고 다니는 거지? 눈이 무섭지도 않나?

낯선 광경에 경계심이 서기도 하였지만, 연리는 깊은 경계심 안에서 은근히 솟아나는 흥미로움을 누르지 못하고 주위를 힐끔거리며 둘러보았다. 이리저리 매달린 등롱(燈籠)을 보니 아마 누군가 성대한 연회라도 벌인 것 같았다.

곱게 빛나는 등롱을 걸어둔 벽을 주욱 훑다가, 연리는 아까의 공색 도포가 벽을 따라 모퉁이로 돌아가는 것을 발견했다. 앗! 연리는 급하게 인파를 헤치고 그를 쫓아가려 비살치듯 뛰었다.

툭-

“어이쿠!”

“아!”

발걸음을 떼자마자, 연리는 뒤에서 훅 풍기는 술 냄새와 함께 왈칵 떠밀렸다. 다친 발목이 세차게 꺾이자 찌를 듯한 통증에 연리는 외마디 소리를 지르며 땅에 주저앉고 말았다.

“아…….”

눈물을 찔끔할 정도로 발목의 통증은 강렬했다. 연리는 부어오른 발목을 더듬어 감싸 쥐며 고통을 삼키려 애썼다.

"뭐야?"

노골적인 짜증을 담은 굵은 목소리가 머리 위로 쏟아졌다. 제가 와서 부딪쳐 놓고 웬 적반하장이야? 연리는 기가 막혀 눈을 확 치켜뜬 채 고개를 들었다.

"이 계집이 어디서……!"

"먼저 부딪친 것은 그쪽인데, 어찌 사과 한마디 없소?"

꼬인 발음으로 거드럭거리는 말을 끊고 연리가 날카롭게 외치자, 말문이 막힌 취객은 눈을 부라렸다.

"아아니, 이년이? 이 몸이 누군 줄 알고 감히 지껄이는 것이냐!"

취객은 통증으로 차마 일어나지도 못하는 연리의 앞으로 휘적휘적 다가갔다. 그 무례한 언행에 연리가 다시 한 번 분명히 잘못을 꾸짖으려 하는데, 가까이 다가온 취객이 반색하며 주저앉은 연리에게 제 얼굴을 디밀었다.

"호, 제법 미색이 수려한 계집이로구나. 동기(童妓)더냐? 오호라, 차림새를 보아하니 시비(侍婢)이겠구나. 그렇지?"

취객은 입맛을 다시며 순식간에 연리의 턱을 쥐어 올렸다. 거기에 한술 더 떠, 이리저리 연리를 돌려보며 징그러운 웃음을 지어 보이기까지 하였다.

축축한 취객의 손이 얼굴에 닿는 순간, 연리는 온몸에 벌레가 기어다니는 듯한 불쾌감을 느꼈다. 입맛까지 다시며 이리저리 저를 뜯어보는 눈길은 불쾌하다 못해 수치스럽기까지 했다. 연리는 분기탱천하여 그의 손을 세차게 걷어치웠다.

"무례하다!"

짝-

그런데 여과 없이 담긴 감정이 과했는지, 연리의 손은 취객을 떨쳐내는 데 그치지 않고 그의 벌건 면상까지 후려쳐 버린 것이었다. 별안간 얻어맞은 따귀에 얼떨떨해 있던 취객은 곧 붉으락푸르락하여 괴성을 질렀다.

"이년이!"

즐거운 악기 소리와 흥취를 찢고 솟아오르는 괴성에, 흥에 붕붕히 젖어 있던 사람들이 수군거리며 하나둘 연리와 취객에게로 모여들었다. 취객은 근방에서 꽤나 이름난 난봉꾼인지 더러는 연리를 향해 혀를 차는 이도 있었다. 하지만 대부분은 제 일이 아니니 그저 구경거리가 생겼다며 흥미로워하는 듯했다.

"내 이 자리에서 네년의 잘못을 똑똑히 깨우쳐 주마. 감히 종년 주제에!"

취객은 길길이 날뛰며 소리 질렀다. 갑작스레 벌어진 일에 당황하였으나, 눈앞의 무도하고 발칙한 치에게 굽히는 모습은 절대 보이지 않겠다 생각한 연리는 날카롭게 눈매를 치켜세웠다. 전혀 겁먹지 않은 연리의 노려보는 기세에 취객은 부들거리며 더는 분을 이기지 못하고 손을 높이 들어 올렸다. 연리는 고개를 든 채 날아오는 거친 손을 똑바로 쏘아보았다.

불손한 파공음이 순식간에 눈앞까지 날아온다. 그 갈라진 공기에, 시리도록 부릅뜬 눈가가 부르르 떨렸다.

"멈추시오!"

사내는 모처럼 애타게 찾던 천리향을 찾아내어 매우 만족스러웠다.

겨우내 추위를 이겨내고 향기를 천 리까지 퍼뜨리는 천리향은 그 매력적인 향기 덕에 하늘을 찌를 듯한 인기를 자랑하는 식물이었다. 물론 그가 얻은 것은 생 천리향이 아니라 약재로 쓰이는 뿌리와 껍질이었지만. 약재통 밑바닥까지 남김없이 천리향을 긁어온 그는 휘파람을 불며 친우와 약속해 두었던 기루로 향했다. 특유의 그윽한 향 때문에 약재상에서 기루까지 그리 멀지도 않은 거리에도 눈치 빠른 협잡꾼들이 천리향 꽃을 팔라며 달라붙자, 그는 간신히 그들을 떨쳐 내며 생각했다.

'이 귀한 것을 그저 관상용으로만 쓰다니.'

천리향이 눈요기가 아니라 어혈, 고뿔, 해독에 거담(祛痰, 가래를 없앰) 등에도 탁월한 효능을 보이는 약재라는 사실을 아는 자는 드물었다. 보통의 약재상들조차 잘 모르는 약재일 정도이니. 의원도 아닌 자가 천리향에 대해 알 수 있었던 것은 그가 문의(文懿)라는 별명답게 시서화에 능하고 다양한 학문을 즐겼기에 가능했을 터였다. 천리향의 진가를 모르는 사람들 때문에 아쉬움이 들었지만, 그는 모처럼 좋은 기분을 망치기 싫어 그윽한 향을 즐기며 기루로 향했다. 그런데.

"혹 내게 약재를 넘기지 않겠소? 값은 충분히 치르리다."

다짜고짜 옷을 잡아당겨 하마터면 계단에서 구르게 할 뻔하더니, 사과 한마디 없이 초면인 이를 상대로 어딘지 거만하게 들리는 말투까지. 그는 자신이 어렵게 구한 천리향을 내놓으라는 여인이 언짢았다.

"어이가 없군요."

말투나 기품을 보아하니 양반 댁 규수인 것 같기는 하나, 아까의 협잡꾼들처럼 천리향을 탐내는 듯했다. 천리향은 그윽한 향만큼이나 꽃도 빼어난 미색으로 유명했으니 여인네들이 탐낼 만도 하였다. 누구나 천리향을 탐내니, 이해가 아예 가지 않는 것은 아니었으나 그는 이미 협잡꾼들에게 시달린 후여서 그런지 여인의 태도가 더욱 못마땅했다.

아니, 어쩌면 불쌍하게도 천리향이 관상용으로만 쓰이는 것이 불만스러워서 그런 걸지도.

하지만 그는 세상 물정 모르는 규수이니 제가 참는 편이 낫겠다고 생각했다. 때문에 그는 소학의 예의를 들먹여 가볍게 핀잔을 준 채 걸음을 재촉했다. 뒤쪽에서 저를 외쳐 부르는 여인은 이만 가볍게 무시하고서.

'기루까지 따라오지는 않겠지.'

평소에 부드럽고 온화한 성정이라 평가받는 자신이 어찌 이리 기분이 상한 것인지 그는 잠시 혼란스러웠다.

'너무 과했나?'

언제나 절제를 미덕으로 삼는 자신답지 않은 행동에, 뒤돌아볼까 잠깐 고민하던 그는 곧 기루에 입성하자마자 여인에 대한 생각은 깨끗이 잊고 말았다. 그는 시끌벅적하게 붐비는 기루를 예리하게 훑어보았다. 듣던 대로 한양 최고의 기루라 불릴 법했다. 다른 기루보다 월등히 많은 기녀들은 물론, 이를 찾는 객들 또한 한량이나 시정잡배가 아니라 조정에 요직을 차지한 사대부들이었다. 그는 아직 조정에 나아가지는 못하였으나, 이미 관례 전 향시(鄕試)에 급제하여 진사가 된 몸이었다. 하여 몇 년 후 때가 되면 부친처럼 등청을 하게 될 터였다.

'흠.'

명문가인 집안 덕에 내로라하는 사대부들의 집안과 면식을 어느 정도 익혀둔 그였다. 그런 그의 눈에, 조정 요직을 차지한 상당수의 사대부들이 속속 들어왔다.

과연. 유희를 위해 지은 자그만 연못 옆의 정자에서 왕가의 일원인 이서(李曙)까지 찾아낸 그는 흥미로운 발견에 흑갈색 눈동자를 빛내며 친우가 기다리는 장소로 걸음을 옮겼다.

어머, 처음 보는 선비님이시네?

까르륵!

선비님, 어딜 그리 바삐 가십니까?

소녀와 함께 노세요.

얘가? 넌 아직 머리도 못 얹었잖아. 선비님, 소녀가 모시겠습니다!

가야금과 술상을 들고 지나가던 한 무리의 기녀들이 그에게 야릇한 시선을 던졌다. 청명하고 맑은 인상에, 등롱의 불빛이 비칠 때마다 담갈색으로 변하는 눈동자가 눈길을 잡아끌었다. 반듯한 콧날에 뚜렷한 이목구비, 육 척 가까이 되는 큰 키와 곧게 뻗은 팔다리는 여인이라면 누구나 설렐 만한 훤하고 사내다운 신수였다. 무예보다는 서책을 즐기는지 여인 못지않은 흰 피부와, 검지와 중지에 굳은살이 박힌 길고 유려한 손도 기루에 드나드는 뭇 사내들과는 달랐다.

기녀들과의 하룻밤을 낙점하고자 줄곧 허풍을 떨던 모리배들이 질투 어린 눈총을 보내고 기녀들이 교태를 부리며 그에게 달라붙었으나, 정작 그는 그들의 수작을 알은체도 하지 않았다. 그는 걸음을 재촉해 약속해 두었던 장소로 향했다. 시끄러운 악기 소리를 등지고 벽을 따라 모퉁이를 돌자, 평화롭게 늘어진 작은 버드나무와 그 아래 한적한 정자가 눈에 들어왔다.

"문효(文孝)!"

정자에는 술잔을 기울이던 한 명의 선비가 있었다. 반가운 얼굴을 하며 선비를 향해 소리친 그의 목소리에, 문효라 불린 선비는 들고 있던 술잔을 입안에 털어 넣고선 그를 돌아보았다. 그는 얼른 품에서 천리향 꾸러미를 꺼내 보이며 소리쳤다.

"드디어 구했네."

"오!"

선비는 감탄사를 외치며 단걸음에 정자를 내려왔다. 그도 얼른 선비에게로 다가서 자랑스레 꾸러미를 보였다.

“정말이구먼! 이 귀한 천리향을 어디서 구했나?”

“문효 자네, 일전에 걸었던 내기 잊지 말게. 내가 먼저 구했으니 닷냥일세.”

쳇! 선비는 둘둘대며 세소대에 맨 수머니를 풀어내 안을 살피더니, 곧 주머니를 통째로 그에게 넘겼다.

“여깄네! 원, 그걸 아직도 기억하고 있다니. 자네 은근 집요한 데가 있어.”

“집요라니, 당연한 것을.”

고고한 학처럼 생겨선, 웃을 때면 꼭 개구쟁이 같은 눈웃음을 지으며 냉큼 주머니를 받는 그를 보며 선비는 혀를 끌끌 찼다.

“자넨 참 그 표정이 명물일세. 평소엔 사내답다가도 웃음만 지으면 영락없이 여인 같으니. 어디 가서 함부로 웃지 말게.”

“뭐?”

문효! 내깃돈을 빼앗겨 반은 심술, 반은 진심을 섞은 선비의 말에 그는 어처구니없다는 듯 목소리를 높였다.

“아이고, 농일세 농! 뭘 또 그리 소리를 지르나. 참, 그리고 그 문효 소리 좀 그만하면 아니 되겠는가? 나한텐 엄연히 조석윤이란 이름이 있다고.”

석윤은 귀를 틀어막는 척하며 말했다.

“주원 자네, 아무리 우리가 막역하다지만 어릴 적 후일 시호가 되면 좋겠다며 서로 지어주었던 별명을 가명으로 쓰는 건 좀 낯간지럽지 않은가? 홍주원! 이 얼마나 호쾌한 이름인가. 자네 외조부께서 자네가 가명을 쓰는 걸 아시면 섭섭해하실걸세.”

주원은 석윤의 말에 짐짓 진지한 표정을 지으며 입을 열었다.

"쓸데없는 소리. 석윤 자네는 오히려 아쉬운 입장일 텐데? 본명을 썼다가 자네 부친께서 자네가 기루에 들렀단 걸 아시는 날엔 엄벌을 내리실 터인데."

"헛!"

석윤은 헛숨을 들이켜며 순간 급하게 주위를 살펴보았다. 휴.

"아, 알았네. 까짓거 뭐, 이 기루에서만 쓰면 될 터이니."

주원은 가볍게 고개를 끄덕이며 한적한 정자의 경치를 둘러보았다. 저녁의 어둠이 내리기 시작하는 풍경과 하늘하늘 늘어진 버들가지가 어울려 절경을 자아내는 듯했다.

"참. 이제 그 천리향, 반은 날 주게. 둘로 나누기로 했었잖나."

"그렇지 참."

주원은 천리향을 싼 노끈을 풀어내 두 약포 중 한 포를 석윤에게 넘겼다. 옳거니! 석윤은 천리향 한 포를 받아 들고는 콧노래를 흥얼거리며 살펴보았다.

"참, 그런데 달려드는 이는 없었나? 향이 워낙 독특해 눈치챈 날파리들이 꽤 달라붙었을 것 같은데."

석윤의 말에, 문득 여인과의 일이 기억난 주원은 미간을 좁혔다.

"그게……."

주원은 둘도 없는 친우에게 아까 일어난 일을 빠짐없이 설명했다. 역시 여인에게 너무 날카롭게 말한 것이 아닌가 마음에 걸렸기 때문이었다. 규방 여인이라 아름다운 물건이 탐나는 마음에 그랬던 것인데, 내가 너무 과했던 걸까? 진심으로 걱정하는 듯한 주원의 눈빛에 석윤은 웃음을 터뜨렸다.

"하하하! 자네답지 않게 왜 이리 소심하게 구나? 그리 걱정되면 찾아가 사과하면 되잖나."

"그 여인이 어느 댁 규수인 줄 알고? 아서게, 자네에게 조언을 구한 내가 어리석지."

처음 보는 친우의 안절부절못하는 태도에 배꼽까지 잡으며 웃음을 터뜨리는 석윤이었다. 민망해진 주원은 정자 기둥에 기대며, 석윤에게 웃음을 그치라며 변박을 수었다. 친우의 면박에도 한참을 끅끅거리며 웃다 간신히 추스른 석윤은 눈가에 맺힌 눈물방울을 닦아내며 말을 이었다.

"한데, 그 여인 참으로 총명하지 않나? 자네는 사람들이 천리향을 눈요기용으로만 쓴다고 불만스러워했었잖아. 한데 그 여인은 천리향을 약재라고 했다며? 그럼 그 여인은 천리향이 약재로 쓰인다는 걸 안다는 것 아닌가."

"뭐?"

주원은 생각지도 못한 석윤의 말에 말문이 막혔다. 과연, 분명 여인은 저에게 천리향을 약재라고 말했었다. 하면 천리향의 꽃과 향을 탐냈던 것이 아니란 말인가? 주원은 머리를 강타하는 사실에 벌떡 몸을 일으켰다. 덕분에 주원의 어깨에 팔을 두르고 함께 정자 기둥에 기대어 있던 석윤은 발이 미끄러져 고꾸라지고 말았다.

"으악! 홍주원!"

주원은 석윤의 비명은 아랑곳하지 않고 급하게 뛰어 정자를 벗어났다. 아무래도 여인을 만나 오히려 자신이 무례히 굴었던 것을 사과해야 할 듯했다. 그래, 생각해 보면 그 여인은 사정이 급박하여 채 예의를 차리지 못했을 수도 있다. 또, 천리향을 약재라고 했으니 자신보다 훨씬 급한 사용처가 있었을지도 모르는 일이었다. 주원은 괜히 들뜬 기분에 경솔히 군 것을 후회했다. 급히 모퉁이를 돌아 기루 밖으로 향하는 대문으로 뛰어가던 주원의 귀에, 향락을 찢고 울리는 고함 소리가 들렸다. 걸쭉하게 술에 취한 자가 외치는 소리였다.

"아아니, 이년이? 이 몸이 누군 줄 알고 감히 지껄이는 것이냐!"

재밌는 구경거리가 났다며 기녀들과 다른 취객들이 킥킥거리며 주원을 스쳐 지나갔다. 큰일이 났나 하여 잠시 멈칫한 주원은 다른 이들이 그다지 심각한 태도가 아니자 흔히 있는 다툼이라 여기며 다시 발걸음을 놀려 대문을 향했다. 곧, 쨍한 목소리가 들려오기 전까지.

"무례하다!"

짝–

음? 주원은 제가 찾던 여인의 목소리가 등 뒤에서 들려오자 반사적으로 휙 몸을 돌렸다.

그리 멀지 않은 거리에, 아까의 여인이 땅에 주저앉은 채로 취객과 대치하고 있었다. 벌건 얼굴의 취객이 얼굴을 감싸 쥐고 있는 걸 보니 여인에게 따귀라도 맞은 듯했다. 자세히 보니, 취객은 한양의 기루 여기저기서 꽤나 소문을 몰고 다녔던 한량인 듯했다. 성질이 난폭한 데다 술을 몇 동이나 공짜로 마셔놓고 외상값을 갚지 않는다고 했던가. 더구나 신분이 사대부 집안의 서자인 탓에 대놓고 쫓아낼 수도 없어 여러 기루들이 꽤 골치를 썩이고 있다고 했다.

그나저나 여인은 제게 사용했던 말투를 취객에게도 그대로 써 취객의 심기를 거스른 듯했다. 제 아비의 이름을 거들먹거리면서 빼기고 다니는 취객에게, 물정에 서툰 규방 여인의 말투는 아까의 자신이 그랬듯 자칫 불쾌하게 느껴졌을 수도 있었다. 더구나 취객은 상태로 보아 이미 얼근히 취했으니, 여인이 비록 소박한 차림새이나 느껴지는 기품으로 보아 분명 양반 댁 규수라는 것을 눈치채지 못했을 터였다.

"내 이 자리에서 네년의 잘못을 똑똑히 깨우쳐 주마. 감히 종년 주제에!"

아니나 다를까, 취객은 잔뜩 흥분하여 방방 뛰었다. 주원은 고개를 절레절레 저었다. 종년이라니? 낡은 옷차림이기는 하지만 양반 여인의 옷차림이고, 행동하는 양상을 보면 기품이 있어 분명 귀하게 자란 여인이었다. 더구나 아까 가까이서 보았던 얼굴을 떠올려 보면 평범하지 않은 비색은 물론이거니와 눈매에 서린 기운이 범상치 않은데 어찌 한낱 종으로 치부할 수 있는지 주원은 새삼 취객의 어리석음에 탄식했다.

주원은 마음의 빚도 덜 겸, 여인을 난처한 상황에서 구제하기 위해 사람들에게 둘러싸인 여인에게 재빨리 다가갔다. 그런데 주원이 막 인파를 헤치고 가까이 다가섰을 때, 취객이 한 손을 높이 들어 올리는 것이 보였다. 분명 여인에게 손찌검하려는 태세였다. 안 돼! 소스라치게 놀란 주원은 여인을 제 몸으로 보호하며 세게 내리꽂히는 취객의 손을 막아섰다.

"멈추시오!"

연리는 시정잡배와도 같은 행동으로 민생을 어지럽히는 치를 도저히 묵과할 수 없다 여겼다. 아무리 죄인 된 몸이라 하나 백성을 일깨우는 것 또한 공주의 책무이니. 공주인 제게도 다짜고짜 무도한 행태를 일삼는데 하물며 더욱 힘없는 백성에게는 어떠하겠는가.

하나 연리는 저를 향해 감히 시비라 하는 취객의 말에 어처구니가 없었다. 내가 어디를 보아 종으로 보인다는 말이야? 당의는 아니더라도 일부러 반가의 규수들와 비슷한 차림새를 하고 나왔거늘, 본인은 귀한 신분이라 떠벌리고 다니면서 상대방의 신분은 신중히 살펴볼 생각도 없어 보였다. 연리는 거만하고 무지한 취객의 행태에 실소했다. 하나 그것과는 별개로 날아드는 손찌검이 위협스럽지 않다면 거짓일 것이었다. 마음과는 상관없이, 신체는 자신을 향해 가해지는 위협에 본능적인 두려움을 드러내고 있었다.

탁-

검붉고 거친 손이 얼굴을 향해 날아드는 찰나, 갑작스레 시야가 맑은 공색(空色)으로 가득 찼다.

연리는 영문을 모른 채 눈을 깜빡였다. 갑자기 누군가 자신과 취객 사이로 뛰어들자 얼떨떨했다. 더구나 눈에 익은 뒷모습은……. 아까 그 사내가 아닌가. 마치 저를 비호하듯 앞을 막아선 그는 심지어 취객과 대치하고 있었다.

"그만두시오. 힘없는 여인을 상대로 이 무슨 짓입니까?"

"넌 뭐야?"

주원은 슬쩍 고개를 돌려 연리를 확인했다. 눈을 동그랗게 뜨고 어안이 벙벙한 표정을 하고 있는 걸 보니 몸이 상하지는 않은 모양이었다. 다행이군. 속으로 중얼거린 주원은 갑자기 훅 끼쳐 오는 술 냄새에 잽싸게 옆으로 비켜섰다. 물론 붙들었던 취객의 손은 놓지 않은 채로. 잡히지 않은 손으로 주원에게 주먹을 날리려던 취객은 주원이 옆으로 몸을 옮기자 방향을 잃고 우스꽝스레 휘청거렸다.

"내 듣기로 그대가 반가의 자제라 하던데, 하면 그에는 따르는 책임이 있을 터. 마땅히 반가의 자제라면 품위를 지켜야 하지 않겠소?"

언중유골(言中有骨)이라 했던가. 이 근방에 사는 사람이라면 누구나 취객이 양반의 자제로 인정받지 못하는 서자임을 모르지 않을 텐데, 그가 그리도 자랑하며 내세우던 반가 출신임을 들어 우를 지적하는 주원은 마치 나이 어린 아우를 타이르듯 자애로운 목소리였다.

그 모습이 정녕 선비의 표본 같았기에 마냥 구경만 하고 섰던 관중들은 감탄을 내뱉었다. 주위를 둘러싸고 있던 기녀들마저 선망의 눈빛을 보내며 꺄악거리자 취객은 얼굴이 화끈 달아올랐다.

"이…… 이! 그저 종년 하나를 가르치겠다는데 품위가 무슨 상관이오! 남의 일에 끼어들지 말고 썩 물러나시오!"

"그럴 수는 없지요. 양반으로서 마땅한 도리를 어지럽히는 자를 어찌 두고 보겠소?"

담담하였으나 아까의 사애로움에서 단호함이 더한 말투였다. 아무리 보아도 양반인 사대부로 보이는 주원이 옳은 말을 하자 취객은 말문이 막혔다. 잘못 건드렸나 싶어 불안감이 스멀스멀 피어올랐으나, 취객은 바락바락 기어오르는 계집을 길들여 재미나 보려던 계획이 어그러지고 기녀들이 보는 앞에서 망신당했다는 생각에 불안감보다는 분노가 먼저 차올랐다.

취객은 물불 가리지 않고 주원에게 달려들었다. 양반의 자제라 으스대며 한껏 차려입은 요란한 옷자락이 청명한 하늘빛 도포를 향해 뛰어들었다. 어, 어- 좌중의 술렁거리는 목소리가 커졌다. 연리는 취객이 주원에게 뛰어들자 깜짝 놀라 몸을 일으켜 세우려 했다. 저로 인해 남이 위험에 휘말릴까 걱정된 연리는 뛰어들어 싸움을 말려야 하는 것이 아닌가 생각했으나, 이러한 걱정이 무색하게 주원은 붙잡았던 취객의 팔을 도로 크게 밀어내며 그를 떨쳐 냈다. 취객이 뒤로 밀려 주저하는 틈을 타, 그의 다리를 순식간에 차 꺾은 주원은 그가 비틀거리며 또다시 달려들려 하자 다시 한 번 세게 그의 정강이를 걷어찼다. 마침내 균형을 잃은 취객이 신음을 흘리며 무릎을 꿇었다.

와- 겉보기에는 무예와는 거리가 먼 유생으로만 보여 덩치 큰 취객을 이기기엔 무리라고 생각하던 관중들 사이에서 감탄사가 쏟아졌다. 빠르고 유려한 최소한의 움직임으로 급소를 공격해 취객을 무릎 꿇린 몸동작은 그가 준수한 용모 못지않게 수준급의 무예 실력을 가지고 있음을 실감케 했다.

"괜찮습니까?"

걷어차인 충격으로 거꾸러져 나동그라진 취객을 흘깃 쳐다본 주원은 아직 바닥에 주저앉아 있는 연리에게 다가가 손을 내밀었다. 연리는 갑작스레 벌어진 일에 어찌할 줄을 몰라 망설였다. 왜 날 도와준 거지? 연리가 망설이며 경계하는 눈빛을 보이자 이를 눈치챈 주원이 입을 열었다.

"우연히 저자가 규수에게 난동을 부리는 것을 보고 도왔을 뿐이니, 그리 경계하지 않으셔도 됩니다."

은은한 차향과 함께 들려오는, 애써 자랑하지도 으스대지도 않고 그저 명료한 주원의 말에 연리는 마음이 놓였다. 사람은 익숙한 것에는 언제나 마음을 쉽게 연다고 했던가. 연리는 익숙하고도 그리웠던 향내에 스스로도 이상하리만치 주원에게 신뢰감을 느끼며 그의 손을 잡았다.

담담하였으나 저도 모르는 새 펀치 못했던 빛을 담았던 주원의 눈이 안도했다. 주원은 마음의 짐이 덜어지는 것을 느끼며 맞잡은 손에 힘을 주어 연리를 일으켰다. 강건하게 취객에게 맞서던 연리였으나 긴장은 어쩔 수 없었던지, 잔뜩 휘늘어진 몸이 가까스로 딸려 올라왔다.

아! 무릎을 펴고 곧추선 연리는 날카롭게 전신을 타오르는 통증에 작게 신음을 흘렸다. 아무래도 월담했을 때 다쳤던 것이 도진 듯했다. 연리가 갑작스러운 통증에 비틀거리자 주원은 엉겁결에 연리의 팔을 붙잡아 부축했다.

"어디 다치신 것 아닙니까? 걸으실 수 있겠습니까?"

연리는 낯선 이가 베푸는 친절이 부담스러웠다. 그래서 연리는 자신을 붙잡은 주원의 팔을 살짝 밀어내며 고개를 저었다.

"괜찮소."

"의원에게 보여야 할 듯한데……."

"더는 신경 쓰지 않아도 되오. 도와주어서 고맙소. 공자께서 베푼 은혜는 후일 꼭 보은하도록 하겠소."

제 말을 조심스레 끊으며 선을 긋는 연리의 태도에 주원은 제가 또 실례하였나, 아니면 아까 날카롭게 군 것에 앙금이 남아 냉담한 것인가 답답했다.

"아까 규수께 무례히 군 것은 사과드리겠습니다. 그땐 제가……."

"문의!"

부축을 마다하고 아슬하게 몸을 지탱하는 연리에게 사과를 건네려던 주원을 향해 익숙한 친우의 목소리가 날아왔다. 주원은 제 이름을 외치는 죽마고우의 부름에, 한 치의 망설임도 없이 눈앞의 연리를 냅다 감싸 안고 굴렀다.

퍽-

연리는 엉겁결에 자신을 감싸는 주원의 팔을 꽉 붙잡았다. 당최 무슨 일이 벌어진 것인지, 체면은 차치하고 상황을 분간하기에도 정신이 없었다.

"이런, 이런. 뒤에서 이리 공격하면 쓰나. 이거야말로 소인배의 행태가 아니오?"

주원이 흙먼지를 뒤집어쓴 채로 멀쩡히 일어나자, 친우의 무사함을 확인한 석윤이 건들거렸다. 여유로움이 넘치는 석윤의 맞은편에는 조금 전까지 주원이 있었던 자리에 취객이 씨근덕대며 검 한 자루를 들고 서 있었다. 다행히 발검(拔劍)하지는 않아 검집을 벗기지는 않은 상태였으나 자리를 피하지 않았더라면 분명 탈이 났을 터였다.

"네놈은 또 뭐야! 내 손에 죽고 싶지 않거들랑 썩 비켜!"

"허, 무슨 자신감이신지?"

석윤은 진심으로 어처구니없다는 듯 우스꽝스럽게 어깨를 으쓱해 보였다. 취객을 대수롭지 않은 하룻강아지로 대하는 태도라, 살벌한 대화에 일순 긴장하였던 좌중에서 박장대소가 터졌다. 와하하하-

그러자 자신을 향해 쏟아지는 웃음소리에 상기된 얼굴의 취객이 부들거렸다.

"네 이놈! 정녕 쓴맛을 보여줘야 정신을 차릴 테냐!"

"아, 쓴맛이고 단맛이고 어디 한번 보여주시게나. 내 비록 무관은 아니나 내 몸 하나 지킬 호신술은 단연 일품이거든."

석윤은 근처를 지키고 섰던 기루 기둥서방의 허리춤에서 냅다 검 한 자루를 끌러 빼냈다. 어디 사내 대 사내로 한번 붙어볼까? 석윤이 취객이 들고 있는 검처럼 발검하지 않은 검을 어깨 근처로 천천히 들어 올리자, 연리를 부축해 일으키던 주원이 외쳤다.

"문효! 지금 무엇하는 건가!"

"가만히 있게. 이자가 자넬 해치려던 것 못 봤나? 내 이자의 잘못된 정신머리를 톡톡히 고쳐……."

푸들거리는 취객을 향해 눈가를 찡그린 채로 자세를 갖추며 말을 잇던 석윤의 목소리가 방향을 잃고 수그러들었다.

"……어?"

"왜……."

의아한 주원이 석윤의 시선을 따라 고개를 돌렸다. 뻘겋게 흥분된 얼굴의 취객이 의기양양 웃고 있었다. 그리고 취객의 뒤로 검을 든 서너 명의 사병이 이쪽을 향해 달려오고 있었다.

"감히 능양군 마마의 수족인 날 우습게 봤겠다! 본때를 보여……."

"뛰엇!"

챙그랑–

석윤은 냅다 검을 버리고 달음박질쳤다. 달려가는 석윤의 손에 소매가 붙잡힌 주원이 재빨리 연리의 손을 잡아채는 바람에, 연리는 놓으란 말도 하지 못한 채 끌려가는 형세가 되어버리고 말았다. 슬쩍 돌아본 뒤에는 취객이 사병들에게 이쪽을 향해 손가락질하며 날뛰고 있었다. 연리는 어쩔 수 없이 신음을 삼키며 주원의 손길을 따라 뛸 수밖에 없었다.

앞장서서 잽싸게 기루를 벗어난 석윤은 어둠이 내리기 시작한 골목으로 숨어들었다. 마치 제집 앞마당을 누비듯 이리저리 방향을 바꾸는 석윤을 따라 뛰며 주원은 혀를 내둘렀다. 엄격한 가풍 탓에 기루는커녕 명산대천 나들이조차 쉽지 않건만, 감쪽같이 행랑아범을 속여넘기고 저를 주막으로 불러내는 석윤이 떠올라 주원은 웃음이 비어져나왔다.

한 번만 더 허락 없이 탈출하여 술을 마시면 엄벌을 받을 줄 알라는 엄포를 듣고도 매번 빠져나오는 친우에게 번번이 핀잔을 주었으나, 그 덕에 이리 몸을 피할 수 있게 되었으니 전화위복이라고 해야 하나.

주원은 춘부장(椿府丈)께 호되게 야단을 맞는 석윤의 모습이 떠올라 작게 피식거렸다. 그런데 순간, 미약한 신음 소리가 바람결을 타고 들려왔다. 스치듯 흘러가는 찰나의 소리를 잡아낸 주원이 뒤를 돌아보니 제 손에 딸려 오던 연리가 밭은 숨을 몰아쉬며 비 오듯 땀을 흘리고 있었다.

"잠깐만, 문효! 멈춰보게."

주원은 급히 걸음을 멈추었다. 주원의 손에 이끌려 뛰던 걸음을 멈추자마자 연리는 무너지듯 주저앉았다.

"왜 그래?"

저 앞으로 멀어져 갔던 석윤이 의아해하며 주원에게로 다가왔다.

"다치신 게 맞는 것 같은데요. 아까 다치셨습니까?"

주원이 걱정스러운 눈빛으로 몸을 숙여 연리를 살폈다. 연리는 무어라 말도 하지 못하고 신음성만 흘렸다.

"다리를 다친 것 같은데."

옆에 와 선 석윤이 연리를 곁눈질하며 목소리를 낮추고 말했다.

"괘, 괜찮으니 그냥 내버려 두고 가시오. 알아서 할 테니……."

주원은 한사코 도움을 거절하려는 연리의 태도에 미간을 모았다.

"선비 된 도리로 도움이 필요한 자를 어찌 그냥 보아 넘길 수 있단 말입니까. 한데 어찌 아까부터 거절만 하십니까?"

주원의 안타까운 목소리에도 연리는 입을 꾹 다문 채 고개만 저었다. 제 처지가 낯선 이들의 도움을 받기에 그리 용이한 입장도 아닐뿐더러, 자칫 이들에게 정체를 들키기라도 한다면 걷잡을 수 없는 사달이 날 게 분명했기 때문이다. 연리는 이들과 헤어져 얼른 약재상으로 돌아갈 생각이었다. 그리하면 애린과 함께 곧장 궁궐로 돌아갈 수 있겠지.

연리는 제법 어둑해지기 시작한 주위를 둘러보았다. 완전히 어둠이 깔리기 전이라야 그나마 월담하기 수월할 것이었다. 답답한 연리의 태도에 미심쩍은 표정을 지으며 석윤이 소곤거렸다. 대체 이 여인 정체가 뭔가? 꼭 들키면 안 될 죄라도 지은 것처럼 거절만 하니 원……. 주원이 내심 동의하며 복잡한 표정으로 연리를 바라보는데, 갑자기 시끌시끌한 사내들의 고함 소리가 들려왔다.

"분명 이쪽으로 갔을 것이다!"

"쫓아라!"

놀라 휘둥그레진 두 쌍의 눈이 마주쳤다. 주원과 석윤은 누가 먼저

랄 것도 없이 고개를 끄덕여 보였다. 주원은 성큼성큼 다가가 땅을 짚고 신음을 참아내는 연리를 번쩍 들어 안았다.

"이, 이게 무슨!"

놀라 당황한 연리가 놓아달라 말하려 입을 열자, 주원은 얼른 소리를 죽이라는 눈짓을 해 보였다.

"아까 기루에서 뒤쫓아 온 자들인 것 같습니다. 얼른 몸을 피해야 하니 잠시만 무례를 용서하십시오."

"약재상! 아까 그 약재상으로 가주시오!"

한껏 낮춘 목소리로 설명한 주원이 어디론가 재빨리 걸음을 옮기려 하자, 연리는 이것저것 생각할 겨를 없이 외쳤다. 집안 어른들의 눈길을 피해 자주 바깥나들이를 가던 주막으로 피신하려던 석윤이 연리의 외침을 듣고 조바심을 냈다.

"거긴 또 어니요? 여기선 미실이네 수막이 제일 가까운데!"

석윤의 말에 잠시 망설인 주원이 고개를 돌려 품에 안은 연리를 바라보았다. 주원의 눈에 맑은 눈동자가 마주쳐 왔다. 곱게 아로새겨진 눈매가 연약하다기보다는 다부진 의지를 품은 듯 보였다.

"부탁드립니다."

조그만 입술이 시를 읊듯 조심스레 속삭였다. 멈칫한 주원은 너무도 간절하게 느껴지는 그 목소리에…… 마침내 고개를 끄덕였다.

어스름한 하늘 아래, 날렵한 걸음이 이어지며 자취를 남겼다. 앞선 걸음은 날랬으나 뒤진 걸음은 무게를 얹은 양 둔한 감이 있었다. 일정한 간격을 두고 이어지는 발걸음은 불쑥 튀어나오는 소란을 맞닥뜨리기 직전, 몇 번이고 아슬아슬하게 운신(運身)을 숨겼다.

"이곳인가?"

"아니, 조금만 더."

간결하지만 또렷한 두 목소리가 빠르게 쟁북을 맞추었다. 석윤은 제가 어쩌다 이러고 있는지 모르겠다며 혀를 내둘렀다. 그저 난봉쟁이 하나 훈계하려던 것뿐인데. 중얼거리며 연신 주위를 살피는 석윤의 혼잣말에 조심스레 뒤따르던 주원은 마음 깊이 공감했다. 당연하게도 끄덕여지려던 고개를, 품에 안은 연리를 깨닫고 가까스로 바로 한 주원은 머쓱하여 헛기침했다.

'뭐, 다행히 알고자 하는 바는 얻었으니.'

주원은 예상보다 빨리, 그것도 조용히 드나들려던 애초의 계획은 어긋났지만 소기의 목적은 달성했으니 다행이라 생각했다.

'하나 다음번에 한 번 더 들러야겠군.'

잠시 상념에 잠겼던 주원은 품에서 들려오는 목소리에 퍼뜩 정신을 차렸다.

"여기, 이곳이오."

연리가 원했던, 그리고 주원이 천리향을 구했던 약재상이 지척에 있었다. 석윤은 약재상 앞 거리가 텅 빈 것을 확인하고는 재빨리 먼저 사립문 안으로 들어갔다. 주원도 재빨리 뒤를 따랐다.

"자…… 항아님!"

금방이라도 울음을 터뜨릴 것처럼 먹구름이 잔뜩 낀 울상을 하고 있던 애린이 마당으로 들어서는 연리를 보고 요란을 터뜨렸다. 평상에서 곰방대를 물고 복잡한 얼굴을 하던 애린의 백부도 주원에게 안겨 들어오는 연리를 보고는 벌떡 자리에서 일어났다. 백부와 함께 마당에서 종일 기다렸던 듯, 애린의 발밑은 약재 부스러기와 흙가루가 이리저리 섞여 뒹굴어 서성거린 발자취를 그대로 드러냈다. 애린은 후닥닥 뛰어 주원의 앞에 가 섰다.

"항아님, 대체 무슨 일입니까! 설마 아까 다치신 발목 때문에……."

연리는 어쩔 줄 모르는 애린에게 단호한 눈빛을 보냈다. 연리의 완고한 눈빛을 알아차린 애린은 안절부절못해 하면서도 입을 다물었다. 주원은 성큼성큼 평상으로 다가갔다. 애린의 백부가 재빨리 허섭스레기를 밀쳐 공간을 마련하자, 말없이 주원에게 목례를 해 보인 연리는 애린의 도움을 받아 평상에 조심스레 내려앉았다.

"아이고. 감사합니다, 선비님! 항아님께서 날이 저물어도 돌아오시지 않아 이를 어쩌나 많이 걱정하였는데……."

가슴을 쓸어내리며 주원과 석윤에게 연신 고개를 숙여대는 애린이었다. 무턱대고 계획도 없이 월담에 동조한 것은 자신이었으니, 변고라도 생겼다면 어떤 파란이 일어날지 몰랐다. 아무리 유폐된 처지라 해도 엄연히 주상의 누이이자 선왕의 공주였으니. 제 죄로 궁 밖 가족들이 연루되어 의금부에 하옥되는 상상까지 하였던 애린은 눈물을 글썽였다. 그런 애린의 어깨를 살짝 토닥여 주던 연리는 곧 시선을 떼고 주원과 석윤을 향해 몸을 돌렸다.

"초면에 실례가 많았습니다. 이렇게 도와주셨으니, 마땅히 제게 은인이십니다. 이 은혜를 어찌 갚아야 할지……."

처음부터 쭉 고수하였던 어딘가 고고한 말투가 공순(恭順)한 경어로 바뀌자 주원과 석윤은 내심 새삼스러웠다. 그에 더해 예의를 갖추어 고개까지 숙이는 연리에게 당황한 석윤이 말을 더듬거렸다.

"아니, 아닙니다."

"항아님…… 이셨습니까?"

자아내는 기품에, 취객에게 대거리하던 어엿한 기백으로 보아 틀림없이 반가의 규수라 여겼던 짐작이 어긋나자 주원은 믿기지 않는다는 듯 물었다.

“예.”

연리는 혹시라도 어색한 행동이 들통날까 조마조마하며, 새초롬히 시선을 내리깔았다.

“한데 어찌 창덕궁에서 예까지 오셨습니까? 궁인이 출궁하기는 쉽지 않았을 텐데요.”

주원의 물음에 연리는 손끝을 만지작거리며 잠시 망설이다 입을 열었다.

“저는 서궁 궁녀입니다. 서궁마마께서 편찮으시온데 대전에선 기별이 없는지라, 부득이하게 몰래 출궁하여 약재를 구하고자 하였습니다. 그러다 보니 아까 공자께 무례를 끼치게 된 것입니다. ……무례에 사과드립니다.”

이처럼 우왕좌왕하고 있는 사이 모후가 어떻게 더 악화될지 몰라 걱정이 파도처럼 밀려왔다. 말을 잇다 보니 오늘 하루 겪었던 노고가 떠올라 서서히 목이 메었다. 연리는 이런 제 모습이 스스로도 당황스러워 잠기는 목을 가다듬었으나, 서글퍼진 감정에 왈칵 눈물이 솟았다. 낯선 이 앞에서 추태를 보여선 안 된다는 생각에 매무새를 다듬는 척하며 연리는 재빨리 눈가를 훔쳤다. 어찌하여 이자 앞에선 이리도 주체가 되지 않는 것인지 자신이 원망스러웠다. 저도 모르게 순식간에 구구절절 말해 버린 사연도 다시 주워담고 싶은 마음이 간절했다. 연리의 하는 양을 보고 있던 주원과 석윤은 또다시 당황하였다. 벌써 몇 번째 이 여인 하나로 놀라는 것인지.

“저, 항아님. 이제 돌아가셔야 합니다. 더 늦어지면 궁에서…….”

짧은 사이 주변 동정을 요리조리 살펴보고 온 애린이 조심스레 말을 건넸다. 그 말에 연리는 번쩍 정신이 들었다.

‘결국 또…… 대전을.’

결코 한 걸음도 들여놓고 싶지 않은 곳이나 방도가 없었다. 하나 이제 모후를 구할 방법은 대전밖에 없었다. 어찌하여 매번 혈육을 지키기 위해서는 원수에게 고개를 숙여야 하는 것일까. 떨리는 손을 힘주어 주먹 쥔 채, 연리는 주원과 석윤에게 다시 한 번 고개를 숙여 보이고는 애린을 향해 말했다.

"기자."

"잠깐, 이것 붙이고 가시오."

애린의 백부는 방으로 들어가 작은 절구를 꺼내왔다. 그는 소쿠리에 아무렇게나 담겨 있던 약초 몇 개를 골라낸 후, 돌절구에 짓이겨 깨끗한 면포에 얹어 애린에게 건네주었다. 애린은 백부에게 감사의 말을 전하곤 얼른 연리의 발목에 면포를 동여매 약초를 붙여주었다. 약초의 화한 기운이 붓기와 통증을 가라앉혀 주는 듯했다. 애린의 부축을 받아 땅 위로 올라선 연리는 거동하기에 훨씬 수월함을 느끼고 안도의 한숨을 내쉬었다.

"……하면 이만 가보겠습니다. 다시 뵙게 된다면 그때 꼭, 이 은혜 갚겠습니다."

서궁에 갇힌 후로 연리는 남에게 신세 지는 것을 못 견뎌 했다. 상대의 도움은 결국 제게 원하는 목적이 있어서일 뿐이었다. 비참하게도.

잠시의 따스함에 일희일비하였다가 내어주어야 하는 대가가 너무도 크다는 것을 뼈저리게 경험하였다. 그래서 이제는 누군가의 도움 따윈 제 측에서 끊어냈다. 그 어떤 호의도 믿을 수 없었다. 그 누구도…… 믿을 수 없었다.

애린의 백부에게도 가볍게 고개를 숙여 보인 연리는 곧장 몸을 돌려 애린과 함께 사립문을 나서 궁으로 향했다.

"공주자가, 지금쯤이면 시위들이 더 늘어났을 터인데 어쩌지요? 소인은 자칫 월담하다 들킬까 그것이 걱정입니다."

"혹 지닌 금전이 있느냐."

"예?"

"아니면 패물이나."

"지…… 지금은 없사온데."

혹시나 주머니를 차고 나왔나 제 품 안을 뒤적이는 애린의 머리 위로 연리의 침착한 목소리가 떨어졌다.

"지금 당장 창덕궁으로 간다."

"옛?"

벌떡 치켜든 애린의 얼굴이 우스꽝스레 구겨졌다.

"가…… 갑자기 왜 그러십니까? 빨리 처소로 돌아가야……."

"돌아가 봐야 약재를 구할 방도는 없다. 어차피 이젠 대전과 결판을 지어야 서궁 전체가 살 방도가 트이지 않겠느냐."

대비마마는 물론이고 지밀 궁인들까지 음식과 의복이 모자라 쩔쩔매고 있다는 사실이 떠오른 애린은 연리의 말에 황당해하면서도 차마 말릴 수가 없었다. 이대로 겨울이라도 오면 다들 죄 얼어 죽거나 굶어 죽을 판이었으니.

"여유가 있다면 금전이라도 쥐어주어 몰래 들어갔겠지만, 방도가 없으니 어쩔 수 없구나. 곧장 돈화문 앞으로 갈 것이다."

대전이 나를 무시할 수 없도록. 오직 왕만이 드나들 수 있는 대전의 정문, 돈화문으로 가리라. 유폐된 공주의 신분이니 되도록 빠르고 신속하게 접선하는 것이 상책이었으나, 여의치 않으므로 차라리 모두의 이목을 취해 묵과할 수 없도록 상황을 선점하는 것이 유리했다.

"하지만 여기서 창덕궁까지 한 시진은 걸릴 텐데요!"

일그러진 얼굴의 애린이 앞서 걸어가는 연리의 등 뒤에 대고 소리쳤다. 하지만 연리는 아랑곳하지 않고 걸음을 재촉했다. 유폐되기 몇 년 전, 중건되던 창덕궁을 방문했던 단 한 번의 유일한 기억을 떠올리며. 가마 안에서 훔쳐보았던 기억을 어렴풋이 되짚으며 걸어가는 연리를 보면서 애린은 한숨을 푹 내쉬었다. 아이고, 이럴 줄 알았으면 그냥 나오지 말걸. 저러다 길이라도 잃으면 어쩌려고! 무수리로 잔뼈가 굵어 주변 지리에 훤한 애린은 어쩔 수 없이 터벅터벅 뒤를 따랐다.

"잠깐만!"

등 뒤에서, 잔잔한 주변 공기를 찢고 다급한 목소리가 날아들었다. 어쩐지 기시감이 느껴지는 목소리에 멈칫한 연리는 조심스레 뒤돌아보았다. 예의 맑은 하늘빛 도포가 나부끼었다. 어리둥절하던 연리는 점점 가까워져 오는 이를 미심쩍은 눈길로 바라보았다.

"받으십시오."

이윽고 가쁘게 숨을 몰아쉬며 눈앞에 다다른 주원이 연리의 손에 무언가를 쥐여주었다. 엉겁결에 그를 받은 연리가 손을 펼쳐 보자, 단단하게 노끈으로 동여맨 약포 한 뭉치가 들어 있었다.

"이건."

"저보다 항아님께 더 필요할 듯해서 말입니다. 저야 또 얻으면 되는 것이니, 사람이 우선 아니겠습니까."

흔들린 갓끈을 고쳐 매며 주원은 담담히 말했다. 물론 아쉬운 마음이 한 터럭도 들지 않았다면 거짓이겠지만, 이로써 그는 오늘 하루 불편했던 마음을 시원섭섭하게 털어내었다.

"모쪼록 도움이 되길 바랍니다."

주원은 싱긋 웃음 지어 보이곤 곧바로 발길을 돌려 멀어져 갔다.

"왜……."

어쩜! 어찌 저리 영명하신 선비님이 다 있답니까. 애린이 연신 감탄하며 호들갑을 떠는 사이로 닿지 못할 목소리만 근처를 맴돌았다. 얼떨떨한 연리는 손에 놓인 천리향을 쥐며 어느새 작은 점이 되어버린 주원의 모습을 멍하니 눈으로 좇을 뿐이었다.

"끙차!"

넓적한 돌을 구해다 발판으로 삼은 애린이 연리를 먼저 담 위로 넘기고 자신도 따라 담에 올랐다. 이번엔 제가 먼저 아래로 뛰어내린 애린은 무수리 출신의 튼튼한 신체 덕분인지 털끝 하나 상하지 않고 안전하게 착지했다. 발목 상태가 시원치 않은 연리 때문에 애린은 제 넓은 등을 발판 삼아 엎드렸고, 연리가 조심스레 제 등을 딛고 내려오자 옷매무시를 가다듬을 생각도 하지 않고 재빨리 주위를 살폈다.

"자가, 다행히 여기까지 시위들이 오지는 않은 모양입니다."

"그래, 하나 곧 날이 저무니 순찰을 돌 것이다. 그 전에 들어가야 해."

연리는 애린에게 손짓해 따라붙으라는 눈짓을 한 후, 서둘러 전각 사이로 숨어들었다. 품에 든 천리향의 은은함이 마음을 편히 진정시켜 주는 듯했다. 어쩌면 믿어도 좋은 사람일지도 몰라. 기억 속에 남은 그의 웃음이 너무도 청량하여 연리의 복잡했던 마음이 조금은 푸근해지는 듯했다.

시각이 바뀌어 교대를 하러 떠났는지, 다행히 자리를 지키는 시위들이 보이지 않았다. 재빨리 전각 사이사이를 뛰어 대비전 지척까지 다다른 찰나, 뒤를 따르던 애린이 갑자기 연리를 와락 붙들었다. 자가! 애린의 낮고 다급한 외침과 거의 동시에 발을 멈춘 연리는 재빨리 대비전 전각 모퉁이에 몸을 숨겼다.

"엥? 어찌 군사들이 이리도 많답니까?"

평소보다 배는 많은 군사들이 겹겹이 대비전을 에워싸고 있었다. 덜컥 불안감이 엄습한 연리는 정신없이 군사들을 살펴보았다. 단순한 복장의 시위와는 달리 붉은색 융복 차림인 것을 보니…….

"내금위다."

"예?"

치맛자락을 움켜잡은 손이 널널 떨렸다. 육 년……. 그래, 길다면 길고 짧다면 짧은 육 년 만이었다. 다른 누구도 아닌 오라비의 손에 버림받은 후, 계절이 수없이 바뀌고 바뀌며 쌓였던 묵은 감정들은 빛이 바래긴커녕 켜켜이 쌓여 눈덩이처럼 불어났다.

'무슨 낯짝으로 여길!'

어떻게 당신이 여길 찾아! 차마 소리 내어 외치지 못하는 절규가 가슴을 후려쳤다. 스스로도 놀랄 만큼 갑작스레 터져 나온 분노가 뺨을 타고 주룩주룩 끊임없이 흘러내렸다. 갑작스러운 연리의 변화를 눈치챈 애린이 안절부절못했다.

"자…… 자가. 내금위라면 전하께서! 예, 하면 좋은 일이 아닙니까? 혹 이제 유폐를 풀어주실……."

마구잡이로 터져 나오는 감정을 달래려 이리저리 말을 주워섬기는 애린에게 연리는 홱 몸을 돌려 다짜고짜 품에서 천리향을 꺼내 안겼다.

"넌 당장 김 상궁을 찾아 이걸 전해라. 잊지 말고, 한시바삐 달여 어마마마께 드리라 해라."

"자가께서는요!"

천리향을 억지로 받아 든 애린이 다급히 물었다. 젖은 뺨을 아무렇게나 훔친 연리의 눈빛은 그저 싸늘했다.

"쫓아낼 것이야."

감히…… 감히! 생각만 닿아도 진저리가 나는 그가 이곳에 스며들어 있다는 것이 역겨웠다. 격렬한 분노가 가슴을 채우고 머리끝까지 달아올라 부들거렸다. 상황을 냉정하게 판단할 이성 따윈 진작에 팽개쳐 버렸다. 연리는 곧장 군사들을 뚫고 대비전으로 뛰어들려 거칠게 몸을 돌렸다.

턱-

마마님! 소스라치게 놀란 애린의 목소리가 들리고, 갑작스러운 팔 하나가 연리를 붙들었다. 나머지 팔로는 단단히 입을 막은 채 모퉁이 바깥으로 나간 몸을 막무가내로 끌어당긴 이는 이윽고 억지로 연리를 주저앉혔다.

"공주자가."

옥죄었던 팔이 떨어져 나가자, 크게 뜬 연리의 눈동자에 비친 이는 숨을 헐떡이며 땀에 젖은 김 상궁이었다.

"김 상궁?"

땅바닥에 주저앉아 정제되지 않은 감정을 지우지 못한 연리가 물었다.

"그가, 주상이…… 맞지?"

"예."

"그럼 자넨 여기서 뭘 하고 있는 거야! 편찮으신 어마마마께서 그자와 단둘이 계신단 말인가!"

다시금 분노를 터뜨린 연리가 자리에서 벌떡 일어났다.

"자가, 가시면 아니 됩니다!"

"……뭐?"

급하게 따라 일어선 김 상궁이 연리의 어깨를 꽉 붙들었다. 씨근덕거리면서도 연리는 평소와 달라 보이는 김 상궁의 안광에 어딘가 불안함을 느꼈다. 되묻는 목소리가 감출 수 없게 떨려 나왔다.

"지금 당장 궁 밖으로 가십시오, 자가! 전하께서 지금 자가를 정쟁에 쓰시려 하십니다. 길례…… 길례를 치르겠다 합니다!"

길례(吉禮)! 순식간에 찬물을 쏟아부은 듯 달아올랐던 머리가 정지하고 온몸이 경직되었다. 의…… 그 아이에 이어 나까지. 허망하게 떨어진 손이 힘없이 휘청였다. 연리는 허탈한 웃음을 걸쳤다. 그래, 원래부터 왕좌란 그런 거였지. 군주에게 혈육 따위는…… 그저 잇속을 위한 도구일 뿐인 것을!

"전하께서 당장 자가를 창덕궁으로 데려가시겠다 하셨습니다. 하여 자리보전하시었던 대비께서 대노하시어 전하께 자가가 작고(作故)하였다 고하였는데, 전하께서 그를 믿지 않으시어 내금위를 풀어 서궁을 샅샅이 뒤지고 계십니다. 대비께는 소인이 말씀드릴 테니 멀리, 최대한 멀리 가십시오! 어서요!"

김 상궁이 등을 떠밀었다. 하나 연리는 밀리지 않으려 버티며 김 상궁을 붙잡았다.

"어마마마께서 여기 계신데 내가 어딜 가느냐!"

김 상궁이 연리를 떼내려 안간힘을 썼으나 연리는 그를 꽉 붙잡고 늘어졌다.

"가지 않을 것이다! 내가 주상과 담판을 지을 것이야!"

가지 않겠다 몸부림치는 연리의 목소리에 기어코 물기가 배어들었다. 울컥 솟아오르는 것이 분노보다는 처량함에 가까워, 등을 떠미는 김 상궁의 눈가도 촉촉이 젖어들었다. 하나 더는 지체해선 안 되었다. 김 상궁은 얼떨떨하여 멀거니 서 있는 애린을 향해 눈짓했다.

우두커니 서 있던 애린이 퍼뜩 김 상궁의 눈짓을 알아채고는, 연리를 곁눈질하며 망설이다 고개를 끄덕였다. 결심한 듯 마른침을 꿀꺽 삼킨 애린은 서둘러 천리향을 바닥에 내려놓은 후 뛰어들어 연리를 감싸 안았다. 이거 놔! 연리의 손톱이 거친 애린의 손등을 할퀴었다. 주욱 그어진 생채기가 부풀어 올랐으나, 애린은 꽉 붙든 팔을 풀지 않고 억지로 연리를 잡아끌었다.

"빨리, 멀리 가거라! 부디 옥체 보전하시오소서, 자가!"

떨어진 천리향을 주워 든 김 상궁이 점차 멀어져 가는 연리와 애린을 향해 숨죽여 소리쳤다. 그 다급한 외침을 들은 연리는 마침내 오열이 터졌다. 아팠다. 가슴속 응어리가 또다시 한 켠 더 쌓여 마음을 저며냈다.

또다시 혈육을 두고 나 혼자만 달아난다, 나 혼자만 도망쳤다!

마음껏 소리쳐 발악할 수도 없어 연리는 속으로 울음을 삼키었다. 무슨 정신으로 담을 넘었는지, 어떻게 통금을 순찰하는 순라군을 피했는지 하나도 기억나지 않았다. 자신을 부축하는 애린의 팔에 멍하니 이리저리 이끌려 약재상에 당도하자마자 연리는 까무룩 정신을 놓았다.

눈을 뜬다. 무념무상의 허망한 시선에 흙을 바른 허름한 천장이 담긴다. 멍하니 바라보다 스르르 다시 감는다.

찰나인지 몇 시진인지, 얼마나 시간이 흐른지도 모르게 그저 불시에 눈꺼풀을 열었다 닫았다. 시선의 배경이 까만 암흑과 누르스름한 천장으로 번갈아 가며 바뀐다. 부어오른 눈은 짓무르다 못해 쓰리기까지 했다. 수시로 누군가 물에 적신 천으로 눈꺼풀을 덮어 아픔을 덜어주었다. 하나 자꾸만 고이는 눈물을 막을 방도는 없어 수고스럽게도 천을 갈아주는 누군가의 노력은 크게 효과가 없는 것 같았다.

마침내 연리가 천장이 아닌 다른 사물을 눈에 담은 것은 수일이 흐른 후였다. 연리는 조용히 이부자리에서 몸을 일으켜 앉았다. 헤매고 헤매었으나 정작 실마리는 아무것도 찾지 못한 머리는 꽉 잠겨 물속에 가라앉은 듯했다.

방으로 들어오던 애린은 며칠 만에 깨어난 연리를 보고 대야와 천을 떨어뜨리며 엉엉 울음을 터뜨렸다.

"자가! 제가 얼마나 걱정하였는지 아십니까!"

산만 한 덩치를 들썩이며 훌쩍이는 애린이 한 말에도, 예전 같았으면 어깨라도 토닥여 주었을 연리는 아무 말 없이 텅 빈 시선만 벽을 향해 던질 뿐이었다. 자가? 조심스레 부르는 애린의 목소리에도 연리는 아무 반응이 없었다. 백부님! 질겁한 애린이 큰 목소리로 제 백부를 불렀다.

크흠흠. 예의상의 헛기침 소리를 내자마자 사내는 방문을 열고 들어왔다. 연리를 눈짓해 보인 애린은 어떻게든 해보라는 표정으로 사내를 졸랐다. 수염을 쓰다듬으며 심상치 않아 보이는 상태의 연리를 쳐다보던 사내는 곧 연리 앞에 털썩 앉아 손목을 끌어 잡았다. 아니, 어찌! 비명을 지르듯 큰 소리를 뱉은 애린이 입을 다물지 못하며 연리의 손목에서 사내의 손을 떨쳐 내려고 했다.

"공주인 거 알고 있으니 호들갑 좀 그만 떨어라."

연리의 소맷자락을 끌어 올리던 사내가 퉁명스레 대꾸했다.

"자가라 그리 외쳐 대는데 눈치 못 채는 놈이 병신이지."

"제…… 제가 언제……."

"공주가 천리향 찾겠다고 무턱대고 뛰어 나갔을 때."

툭 말을 던진 사내는 당황하여 연리의 눈치를 살피는 애린은 신경도 쓰지 않고 신중하게 맥을 짚었다.

"맥박은 정상."

외간 사내가 제 손목을 잡고 옷자락을 걷어냈음에도 연리는 아무런 저지도 하지 않았다. 불과 며칠 전이었다면 무례하다 일갈했을 법한 일임에도.

"한데 정신은 정상이 아니구먼."

"예?"

"쇠한 기력이나 회복시켜라. 내 집에서 송장 치우긴 싫으니까."

말을 마친 사내가 휙 바람을 일으키며 문을 열고 나갔다. 저기, 공주자가. 제가 일부러 말한 것은 아니온데, 급하다 보니……. 애린의 주절주절 흘러나오는 변명에도 연리는 피곤하다는 듯 도로 이불을 덮고 누울 뿐이었다. 머쓱해진 애린은 연리가 누운 이부자리를 매만져 주고 찬물 적신 천을 가져와 눈 위에 올려주고는 방을 나갔다.

그 후로 연리는 방을 나가 하염없이 마루에 앉아 있곤 했다. 하나 별다르게 갈 곳이 있다거나 하고자 하는 일이 있는 것은 아니었다. 꽉 막힌 벽이 죄어오는 듯해 갑갑증이 일어 뛰쳐나왔을 뿐. 어스름한 이른 새벽에 쫓기듯 방에서 나와 마루에 걸터앉은 연리는 별이 뜨는 한밤중까지 온종일 하늘만 멍하니 뚫어져라 응시했다.

"그러다 구멍 뚫리겠소."

이따금 찾아오는 손님들에게 약재를 팔고 돌아선 애린의 백부가 슬쩍 던지는 말에도 연리는 미동조차 없었다. 그렇게 또 며칠이 흘렀다.

요 며칠간과 다름없이 아무 생각 없이 시시각각 흘러가는 창공에만 꽂혀 있던 연리의 시선이 처음으로 미세하게 어긋났다. 으레 들려오곤 하던 부엌에서 쿠당탕대던 애린의 소란, 그를 핀잔하는 애린 백부의 잔소리, 약재를 구매하러 찾아오는 사람들의 발소리나 목소리가 아니었다. 이질적인 을씨년스러움이 바람결에 실려오자 연리는 걸터앉았던 마루에서 벌떡 일어났다.

곡(哭)소리였다. 굳어 있던 다리를 간신히 떼어 후들거리는 걸음을 옮겼다. 연리는 사립문 밖, 큰길가로 홀린듯 나가 섰다.

상복을 입은 가마꾼들이 커다란 상여를 매고 행렬하고 있었다. 낯선 광경에 모여든 인파들에게 행렬을 호위하고 섰던 군사들이 눈을 부라렸다. 그에 찔끔한 사람들이 냉큼 그 자리에 무릎을 꿇고 엎드렸다. 아이고, 아이고- 음울한 곡소리가 행렬을 따라 길게 늘어졌다. 호기심 가득히 행렬과 상여를 훔쳐보던 사람들이 목소리를 죽여 수군거렸다.

“뭔가? 누구 댁 상연가?”

“규모를 보아하니 궁궐에서 나온 것 같은데?”

“아유, 소문들도 못 들으셨남? 왜, 몇 년 전 돌아가셨던 왕자마마 손위 누이라 하지 않아요. 저잣거리에 이미 소문이 파다합디다. 임금이 눈엣가시였던 어린 왕자도 모자라 그 누이인 공주마저 없앤 거라고 말예요.”

“아니, 고것이 사실인가?”

“나도 그 소문 들었네. 다들 임금이 대비를 서궁에 가두고 그 딸인 공주도 같이 가뒀다는 사실 알지 않나. 제가 죽인 왕자의 어머니와 누이이니 눈에 거슬려도 심히 거슬렸겠지.”

“아무리 그래도 공주는 임금님 누이도 되는데 정말 그랬을까? 미치광이가 아니고서야…….”

“형제를 죽인 왕이 미치광이가 아님 뭐란 말예요? 이제 예전 임진년 왜란 때의 총명했던 임금이 아니에요. 그 김씨 상궁이란 자의 치마폭에 둘러싸여서 간신들이 백성들 고혈 빨아먹는 것도 모르는데. 게 다가 왕자도 죽였는데 공주라고 못 죽이리란 법도 없지요!"

격분에 차 주거니 받거니 하는 사람들과 믿기지 않는다는 듯 한탄을 연발하는 사람들이 한데 섞여 끝없는 설전을 벌였다. 무색(無色)의 삼베가 덮인 상여가 멀어져 가는 것을 멀거니 눈으로 좇던 연리의 내면에 흡사 성난 파도와 비슷한 것이 일렁이기 시작했다. 미약했던 파동은 점차 격렬해져 멈추어 정지했던 머리와 가슴을 두드렸다.

쿵, 쿵, 쿵-!

가마꾼과 호위군사들에게 둘러싸여 멀어져 가는 상여가 모순적이게도 지독히 고독해 보였다. 상여 위로, 무색으로 덮인 모후의 방에서 간신히 흔적을 찾을 수 있었던 의의 마지막이 겹쳤다.

세차게 휘몰던 파동이 마침내 굳건한 빗장을 열어젖혔다. 이제 눌러왔던 감정들을 더 담아낼 여유도, 마음도 남아 있지 않았다. 온몸이 파르르 떨리기 시작했다. 멀어져 가는 상여 행렬에 흥미를 잃은 인파가 서서히 흩어졌다. 수군대던 사람들도 두셋씩 짝을 지어 여전히 임금을 악담하며 사라졌다. 사람들로 빽빽이 들어찼던 거리가 한산해지는 한복판에서, 연리는 고개를 떨군 채 가만히 서 있었다.

하얗게 질린 손톱이 손바닥을 파고드는 것도 아랑곳하지 않고 꽉 눌러 쥔 주먹이 배겨왔다. 하나 어찌 통증 따위가 홍염(紅焰)과 같은 분노를 이길까.

강렬히 타오르기 시작한 홍염은, 발화의 근원을 잘라내기 전까지는 결코 사그라지지 않을 증오의 불꽃이었다.

툭-

"아, 실례."

얼마나 서 있었을까. 솟구치는 감정의 소용돌이에 감싸여 있던 연리에게, 흩어지던 인파 속 한 사내가 가볍게 부딪쳐 왔다. 호박과 옥이 달린 끈으로 장식한 갓을 쓴 귀한 차림새의 사내가 건성으로 사과를 내뱉으며 힐끗 연리를 돌아보았다.

"흠. 상민인가?"

고개를 숙여 얼굴을 제대로 보이지는 않았으나, 수려한 자태만은 가려지지 않았는지 사내가 가던 발길을 멈추고 흥미롭게 연리를 뜯어보았다. 달갑잖은 사내의 행동에 대꾸할 마음도 들지 않아 연리는 휙 뒤돌아 서둘러 자리를 떴다.

"잠깐……."

"군 마마!"

연리가 제게 조금의 관심도 주지 않고 곧장 자리를 뜨자 뒤편에서 사내가 아쉬운 듯한 어조로 시선을 돌리려 했다. 하지만 순간 급하게 날아온 목소리가 사내의 말을 가로챘다. 군 마마? 명백히 왕족을 지칭하는 단어에 약재상으로 돌아가려던 연리의 발걸음이 순간 멈칫하였다. 한데…… 어딘가 익숙한 목소리다.

이 목소린……. 급하게 달려온 목소리가 사내에게 무어라 말하는 기척이 났다. 무심코 살짝 뒤를 돌아본 연리의 눈에 예의 안하무인 취객의 얼굴이 들어왔다.

화들짝 놀란 연리가 몸을 움츠렸다. 일전 기루에서 겪었던 난리에 어지간히 놀랐던 탓이었다. 다행히 군이라 불린 사내는 달려온 취객이 하는 말에 집중하느라 더 이상 연리에게 집중하지 않고 있었다. 부산히 오가며 쓸려가는 사람들 틈에 끼어 있는 덕분에 연리가 자신들을 지켜보고 있다는 사실도 눈치채지 못하는 것 같았다. 사내와 취객은 이미 파장한 작은 상점 앞으로 자리를 옮겼다. 그들이 말을 나누는 곁에 점차 인파가 남김없이 사라져 가자, 연리는 자신도 자리를 뜨는 행인인 척 조심스레 배회하며 재빨리 근처 상점 기둥 뒤에 숨어들어 귀를 기울여 보았다.

'군이라고? 누구지?'

연리가 아는 종친들은 극히 드물었으나, 엄연히 궁에서 살던 공주인 만큼 가까운 왕족들은 몇몇 본 적이 있었다. 특히 부왕은 자식을 많이 보신 편이라 채 다 알지도 못하는 연리의 이복 형제자매들은 대부분 부모뻘의 연령이었다. 하지만 눈앞의 저 사내는 아무리 보아도 이립(而立, 서른)을 넘기지 않은 듯 보였다. 혹시나 사내가 형제일까 생각했던 연리는 제 추측이 어긋나자 의문스레 그들을 주시했다.

"서두르시지요, 마마. 벌써 월봉(月峯) 대감도 와 계신다 합니다."

"이서 말이로구나. 드디어 그자도 동참하기로 하였다더냐?"

"예, 능양군께서 오신다 하니 모두 참석 의사를 밝히었습니다. 그러니 월봉 대감도 더 이상 거절하실 수 없으셨을 겝니다. 아무렴, 하늘의 뜻을 따라야지요."

"하하하! 암, 이미 새 하늘이 정해졌는데 그 아래 살지 않으면 어쩌겠느냐. 하면 드디어 일에 진척이 있겠구나."

취객이 졸렬한 태를 내며 만족스러운 웃음을 띤 사내를 안내해 사라졌다. 향하는 길은 기이하게도 일전 그 기루였다. 이제야 겨우 해가 조금 기세를 꺾을 무렵이었으나, 저 멀리 커다란 솟을대문 양옆에는 벌써부터 빛나기 시작한 등롱이 수많은 사내들을 유혹해 끌어들이고 있었다. 취객과 사내는 서서히 기루로 모여드는 사람들 틈에 끼어 안으로 멀어졌다.

"능양군?"

멀어져 가는 사내의 등을 의아하게 바라보며 중얼거리는 연리에게 어렴풋이 취객의 말이 떠올랐다.

"감히 능양군 마마의 수족인 날 우습게 봤겠다!"

아아, 그래. 종친 밑에서 수발을 든다고 그리도 으스댔군. 취객의 안하무인 한량 짓을 지척에서 목도했던 연리는 곧 능양군이란 사내에게 가졌던 관심도 던져 버렸다. 저런 질 낮은 자를 수족으로 부리는 자의 인품은 별 볼 일 없을 게 분명했다.

'어찌 종친이란 자가 저리도 인의(仁義)가 없는지. 난봉꾼 같은 자가 추켜세워 주니 그저 좋아…… 서…….'

난생처음 궁 밖에서 만난 낯선 종친의 형편없음에 실망한 연리가 불쾌에 더해 울분까지 느끼며, 서둘러 돌아가려 발걸음을 떼자마자 벼락이라도 맞은 듯 삽시간에 충격이 울렸다.

'저자가 지금 무슨 소릴…….'

종친의 입에서 하늘이라니, 단박에 반역으로 몰려도 이상하지 않을 말이었다!

월봉 대감.

능양군.

새 하늘.

능양군과 취객의 대화에서 조각낸 단어들을 순식간에, 그러나 신중히 읊조려 보던 연리의 머릿속에 한 줄기 섬광이 번쩍였다. 설마!

연리는 미친 듯이 고개를 돌렸다. 이제 막 당초무늬가 새겨진 돌계단을 넘어 대문 문턱을 넘는 능양군이 보였다. 능양군이 기루에 입성하자마자 안쪽에서 여러 사내들이 걸어 나와 그를 반갑게 맞이해 들어갔다.

연리는 즉시 치맛자락을 움켜쥐고 약재상을 향해 달렸다. 실로 오랜만에 숨이 턱 끝까지 차오르는 달음박질이었다. 그리 멀지도 않은 거리였으나 머릿속을 가득 채운 생각은 이미 약재상에 당도해 있었기에 다급하고 또 다급했다.

"에구머니나, 자가!"

수일간 멍하니 텅 비었던 흰 얼굴이 붉은 흥분을 담고 나타나자 깜짝 놀란 애린이 당황을 감추지 못했다.

"네 백부 지금 어디 있느냐?"

"예? 백부님이요?"

"그래, 지금 당장 내가 보잔다고 전하거라!"

"어험, 무슨 일인데 이리도 야단이실까."

망건에 낡은 탕건을 쓴 애린의 백부가 곰방대를 빼금거리며 뒷짐을 지고 나타났다.

"거, 몇 시진 전까지만 해도 세상 다 잃은 천애 고아 같은 얼굴이시더니만. 무슨 바람이 불어……."

"기루에 가야겠소!"

연리가 무 자르듯 애린 백부의 말을 자르며 소리쳤다. 연리의 난데없는 발언에 애린 백부는 빨아들이던 곰방대를 캑캑거리며 뱉어내다 놓쳤고, 애린은 입을 딱 벌리며 들고 있던 약재 바구니를 마당에 떨어뜨렸다.

"뭔 소리요?"

"무슨 소리십니까!"

어안이 벙벙한 두 목소리가 합을 맞추듯 동시에 소리쳤다. 둘은 실의에 빠진 공주가 마침내 실성한 것이 아닌가 의심스러운 눈길을 보냈다.

"종친 중 하나가 기루에서 일을 꾸미고 있소. 이곳에서 가까운 그 기루요. 내 추측하건대 분명 반역죄일 것이오. 아니, 성공하면 그건 더 이상 죄가 아니겠지! 그렇지 않소? 하니 내가 그 기루로 가서 일의 진위를 파악하여 정말 그자가 일을 꾸미는 것이 맞다면 당장……!"

숨도 쉬지 않고 안광을 빛내며 정신없이 말을 쏟아내는 연리를 주의 깊게 바라보던 애린 백부가 돌연 팔을 주욱 뻗어내 연리의 말을 멈추었다.

"진정하쇼. 지금 너무 흥분했구만."

"흥분이 아니오! 그자가 기루를 떠나기 전에 얼른!"

조급함에 연리가 또다시 언성을 높이자 애린 백부는 알았다는 듯 손을 흔들어 보였다.

"내, 공주님 심정 이해 못 하진 않소. 하나 당장 기루에 가서 뭘 하겠단 소리요? 가서 내가 공주다 소리치기라도 할 작정이오? 종친이란 자가 한낱 계집아이가 하는 소릴 믿어줄 것 같소? 아니, 믿으면 더 큰 일이지! 그자가 반역을 꾀하고 있단 사실도 정확하지 않은데, 무턱대고 공주라고 밝혀서 일이 어그러져 그 자리에서 의금부에 끌려가려 그러오? 서궁을 벗어나지 말란 왕명을 어기고 궁 밖에 있단 사실이 들통나면 아무리 공주라도 무사할 수 없음을 몰라 그러는 거요?"

"하지만, 하지만 나 혼자 여기서 안일히 있을 수는 없소!"

절박함을 담은 연리의 목소리가 주위를 가득 채웠다. 심상치 않은 연리의 분위기를 살피던 애린이 연리의 말에 안타까운 시선을 보냈다. 하나 애린 백부의 눈빛은 물러섬 없이 단호했다.

"좋소, 그리 나서고 싶다면 지금 당장 궁으로 돌아가시오. 돌아가서 임금과 맞서 싸우든 반역을 일으키든 마음대로 하시오."

"뭐요?"

믿을 수 없다는 듯, 기가 막힌 표정으로 연리가 되물었다. 애린 백부는 담담하게 떨어뜨린 곰방대를 주워 들며 말했다.

"지금 공주께서 말하는 그 대책 없고 부질없는 짓에 나와 애린이 목숨까지 걸 생각은 추호도 없단 뜻이오."

말을 마친 애린 백부는 주워 든 곰방대를 소맷부리에 쓱 닦아 도로 물었다. 그 태연한 말과 행동에 연리는 목구멍에서 무언가 울컥 치미는 것을 느꼈다.

"어찌 그리 말하시오! 왜 부질없다는 거요. 하면 어떻게, 내가 어떻게 하는 게 최선이겠소! 내 몸 하나 지키자고 아우와 모후를 해치고 천륜을 저버린 자를 참아 넘겨야 한단 말이오?"

목이 잠겨 꼴사나운 소리를 낼까, 연리는 필사적으로 흐르는 눈물을 참았다.

"내 장례를 보고 왔소. 이렇게 당당히 살아 있는 내가, 내 눈으로, 내 시신이 담겼다 하는 상여를 보고 왔다 이 말이오! 어마마마께선 그 자가 혼례를 빙자해 날 해치려는 마수에서 구해주셨소. 하나 어미에게 자식의 죽음을 입에 담게 하였으니 난 이미 천하의 불효를 저질렀소! 이제 어마마마는 더욱 수모를 겪으실 거요, 한데 이런 내게 혈육의 원한을 보아 넘기란 말이오? 있어도 없는 척, 살아도 죽은 척 그냥 그리 살아가라는 것이오?"

간신히 이성을 붙잡고 있었으나 금방이라도 폭발할 것 같은 감정이 아슬아슬 담긴 목소리였다. 이미 태연하다고 하기엔 수없이 떨리는지라 일촉즉발의 상황을 방불케 했다. 그러나 애린 백부는 이토록 격분한 연리를 대수롭지 않게 여기는 듯 보였다. 물기 고인 눈이 노려보는 예사롭지 않은 시선을 정면으로 받아넘기고서도 전혀 놀라거나 당황해하는 빛이 없었다. 무심하게 곰방대를 쭈욱 빨아 넘기며 무언의 대치를 하던 그가 툭 말을 던졌다.

"왜 그러하였답니까?"

밑도 끝도 없는 질문에 연리의 미간이 찡그려졌다. 그러나 즉각 대답을 바라고 한 말은 아니었던 듯, 곧이어 애린 백부의 말이 빠르게 이어졌다.

"공주께선 임금이 아우를 살해하고 대비께도 천륜을 저버렸다 했소. 임금이란 자가 삼강오륜을 모르지도 않을 터인데 어찌 그러하였을까. 혹 공주께선 모멸이란 말을 아시오? 굴욕은? 하면 간두지세(竿頭之勢), 이건 들어보시었소?"

갑작스럽게 터져 나온 단어의 향연에 연리는 무어라 대답하여야 좋을지 일순간 멈칫했다. 모멸, 굴욕, 간두지세? 분노 어린 눈동자에 미약하게나마 복잡한 기색이 깃들자 애린 백부가 말을 이었다.

"공주께서 탄생하기도 전, 이 나라에는 임진년 왜란의 변이 크게 났었소이다. 들어 알 것이오. 그때 선왕은 현 임금에게 세자의 자리를 주고는 모든 것을 위임하고 명(明)으로 도망가려까지 했소. 나라가 스러질 위기에 백성들을 지키고 나라를 일으킨 것은 현 임금이었소. 한데 공주의 모후께서 입궐한 후 구국의 영웅이었던 세자는 전쟁보다 더 혹독하고 위험한 끝으로 떠밀리게 된 거요. 생각해 보시오. 선왕은 자신보다 뛰어난 세자를 자랑스럽게 여기지 않았소. 오히려 시기하고 질투하였고, 게다가 공주자가 아우님이신 대군까지 탄생했었지. 그 상황에서 세자였던 현 임금은 어떠했을 것 같소?"

"……."

왕실의 은밀한 불화. 주상의 세자 시절, 부왕이 그를 진저리 치게 싫어하였다는 사실을 이제는 누구보다도 잘 알고 있는 연리였다. 그러나 부왕의 시기심과 열등감에 대해 이토록 비난하는 표현을 듣는 것은 처음이라 연리는 적잖이 충격을 받았다. 그저 부자간의 충돌일 뿐이라 애써 다독여 왔던 일이 백성들까지 알 정도로 노골적이었단 말인가!

"현 임금으로선 어쩔 수 없는 선택이었을 것이오. 나라를 구렁텅이에서 끌어올린 세자가 단지 아비가 저를 반기지 않는다는 이유만으로 어린 적자 이복 아우에게 국본의 자리를 넘겨줄 수는 없는 노릇 아니겠소. 국운을 위해서도, 인정상 도리로도 안 될 말이오."

"당신이 어떻게 아시오! 한낱 약재상을 운영하는 상인이 왕실과 나라에 대해 무엇을 안다고!"

고통스러운 비극을 이만 받아들이라 하는 말처럼 들려와, 충격에 휩싸인 연리는 발버둥 치듯 항변했다. 하나 애린 백부의 씁쓸한 미소와 함께 이어진 나직한 말에 연리는 온몸의 힘이 빠져나가는 것을 느꼈다.

"내, 수년 전에 참봉으로 왕실 내의원에서 근무하였소. 하니 왕실과 나라에 대한 일은 연소하신 공주보다 더 잘 알고 있지. 혹 대비께서 임금의 생모인 공빈의 묘에 굿을 한 사실 들어보셨소? 아, 아이 때 일이라 잘 모르시려나. 하면 대비께서 공주님 아우인 대군에게 세자의 옷을 지어 입혔단 사실은 아시오?"

"뭐, 뭐라고 했소?"

난생처음 듣는 청천벽력 같은 말에 연리는 제 귀를 의심했다.

"감히…… 감히 어찌 그런 망발을! 어마마마는 그럴 분이 아니시오! 아무리 내가 당신에게 은혜를 입었다고는 하나 이토록 참담한 언행을 그냥 보아 넘길 것 같소?"

"허허허, 망발이라니. 한때 나라 녹을 먹었던 자가 어찌 공주께 거짓을 고하겠소? 앞서 한 말들은 내가 내의원 시절 모든 궐내각사 관원들 사이에서 쉬쉬했던 사실들이오. 믿기지 않으면 당장에라도 서궁으로 달려가 대비께 여쭈어보시든가."

"어, 어찌……."

연리가 기억하는 아주 어린 시절부터 모후와 오라비의 사이는 냉랭

했다. 연리는 그 사실이 몹시 안타깝다고 느꼈을 뿐, 돌이켜 보니 어찌 그러한지 근원은 깊게 생각해 본 적이 없었던 것 같았다. 그저 부왕이 오라비를 꺼리니 지어미인 모후도 부왕을 따라 그러한 것이라고만 생각했다. 그러니 어찌 오라비가 왕위에 오른 후에도 관계가 나아지지 않았는지, 왜 오히려 둘은 더 냉기 서린 태도가 되었는지도 고민해 본 적이 없었다.

그저 어린 마음에, 모두가 다정하고 다복한 가족이 되었으면 하는 바람 하나로 사이를 회복시키려 안간힘만 썼다. 가족이라는 허상에 눈이 먼 채로. 문득 뇌리에 모후가 영상과 함께 의를 세자로 만들겠다 공모하던 장면이 전광석화처럼 스치고 지나갔다.

"나는 영상만 믿겠습니다."

왕위. 처음부터, 의가 태어나기 전부터, 부왕이 돌아가시기 전부터, 그리고 오라비가 움직이기 전부터 모후는 왕위를 탐내고 있었다!

"아."

비로소 너무나 늦게, 외면하던 모든 현실을 깨달은 연리가 턱 막힌 외마디 숨을 뱉었다. 애써 참던 한 줄기 감정이 톡 떨어져 내렸다.

어리석게도, 모든 것이 허망했다. 그렇다면 난 무엇을 위해 그리도 노력했던가. 어차피 내가 좁힐 수 없는 간극이었는데. 의는…… 의는 애초부터 나 따위가 지킬 수 없었던 걸까.

젖어가는 눈가와 뺨을 닦을 생각도 하지 못하고 연리는 자리에 주저앉았다. 가슴은 아직도 박동하는데, 아직 가슴속 홍염이 사그라지지도 않았는데, 여태껏 살육을 저지른 오라비를 증오하였는데, 모든 것이 그 때문이었는데…….

비극의 근원은 오라비가 아니라 왕위를 향한 모후의 탐욕이었다. 아무 말도 하지 못하고 주저앉아 버린 연리를 내려다보던 애린 백부의 표정이 미묘해졌다.

"그래서, 이젠 포기하는 거요?"

포기라고? 날카로운 단어가 내리꽂혔다.

으아아앙- 어마마마!

궁녀들에게 강제로 끌려가던 의의 마지막 모습이 선연했다.

뭣들 하느냐, 당장 대군을 모셔가지 않고!

비릿하게 외치던 개시의 비열한 모습이 떠올랐다. 억수같이 퍼붓던 빗속에서, 한기 속에서, 오로지 오라비 하나만을 믿고 읍소하는 어린 자신이 떠올랐다. 그런 저를 보아주지 않던 오라비의 비정함도 뚜렷이 떠올랐다.

하. 연리는 자리를 박차고 일어섰다. 기력이 다해 더욱 창백해진 얼굴에 젖어든 눈가와 상기된 뺨으로 천천히, 또렷이 입을 열었다.

"어마마마께서 왕위에 탐심이 있었다는 것, 그것이 사실이라고 해서 무고한 아우를 죽이는 것이 인간의 도리요? 유배, 위리안치도 있소. 아무리 위협이 되는 존재라고는 하나, 죄 없는 어린아이를 불에 태워 그토록 잔혹히 죽이는 것이 마땅한 것이냔 말이오!"

말을 이을수록 참기 힘든 흥분이 밀려왔다. 연리는 마구 들썽대는 감정을 자제하려 애썼다.

"나는 이해할 수 없소. 아니, 이해해 주지 않을 것이오. 왕이라면, 천하의 주인인 왕이라면 마땅히 감싸 안아야 백성들의 어버이 자격이 있을 것 아니오!"

연리는 자신을 응시하는 애린 백부를 똑바로 바라보며 말했다.

"내가 아는 건 어린 아우를 잔인하게 죽이고 힘 잃은 어마마마와 나를 유폐한 주상, 그로도 모자라 나의 혼례까지 정쟁에 쓰려 한 주상이오. 그러니 난 그를 용서할 수 없소. 내 숨이 다할 때까지, 내 모든 피를 뿌려서라도 이 끔찍함을 그에게 되갚아줄 것이오!"

둘 사이에 긴장된 서슬이 서렸다. 날카롭게 대치하는 두 눈빛이 세차게 부딪쳤다. 한 치의 물러섬도 없이 강하게 부릅뜬 눈을 묘한 눈빛이 차분하게 바주했나. 평온히, 그러나 주의 깊세 분기 서린 연리의 맑은 눈을 보던 애린 백부가 돌연 고개를 끄덕였다.

"좋소."

갑작스러운 긍정에 우두커니 서 있던 애린은 물론 격렬하였던 연리도 일순 당황하였다. 주상에 반하겠단 말을 듣자 그를 두둔하더니, 또다시 그의 비난에 동조하는 것은 무슨 심산이란 말인가?

"왜란 당시, 그리고 즉위 초기 영명했던 임금은 이제 자취를 찾아볼 수 없소. 지금의 정세는 간신과 모리배들이 판을 치는 형국이오. 그 선두엔 왕이 총애하는 제조상궁이 앞장서 있고, 그녀에게 알랑대며 줄을 대는 권세가들이 문란함을 조장하고 있소이다. 임금은 그들에게 권세를 쥐여주고 무리한 증축 공사와 정적 제거에만 힘써 더 이상 민생을 돌보지 않으니 이런 군주에겐 더 이상 희망이 없다 할 것이오."

헐렁한 외양과는 다르게 제법 날카로운 분석이 열거되었다. 먼지가 붙은 바짓자락을 툭툭 털어내며 곰방대를 빼어 든 애린 백부의 결연한 목소리가 이어졌다.

"과연 공주의 뜻이 그러하다면, 그 기루에서 벌어지는 반역에 공주가 동참하는 것을 내가 도와준다면, 공주께선 민생을 돌보겠다 약조할 수 있겠소이까? 현 왕이 쫓겨나고 새 왕이 들어서 공주 또한 복권되면 간신들에게 고통받은 백성들을 굽어살펴 줄 수 있겠냐 묻는 것이오."

백성.

오로지 분노와 원망에만 휩싸여 이 문제에서 백성이란 존재는 고려해 본 적이 없었다. 생소하지만 강한 울림에 연리가 퍼뜩 주위를 살펴보았다. 약재상 바로 옆 너머로 다닥다닥 붙은 허름한 집들이 눈에 띄었다. 늦은 시간임에도 밥을 짓는 냄새가 나는 집은 단 한 곳도 없었다. 집이라고 하기엔 너무도 궁색한 오막살이 앞에 남루한 차림의 아이들이 주린 배를 부여잡고 정신없이 잠을 청하고 있었다. 터부룩한 아이를 쓰다듬는 어미 된 자의 얼굴빛이 더없이 처연하였다.

"그리할 수 있겠습니까?"

왕의 딸이라, 태어나길 처음부터 존귀하게 태어난 존재였다. 공주라 떠받들어지며 부족함 없이 살아오다 한순간에 나락으로 떨어졌다. 한데 아우를 죽인, 천륜을 저버린 왕을 향해 키우던 분노가 나 하나만의 복수를 위한 것이 아니라 한다.

공주로서 누리는 영광은 누구보다 제일 잘 알았으면서 그에 대한 책임에 무지했다는 죄책감이 왈칵 밀려왔다. 왕의 딸이라 누렸던 모든 것들을 당연하게 여겼으면서 이를 누리면서 응당 보듬어주어야 할 것들은 채 생각지도 못했다.

못 박힌 듯 한없이 허름한 집들과 남루한 아이들을 바라보던 연리는 아득하게만 느껴지는 자신의 봉호를 새삼 천천히 되뇌어보았다.

정명(貞明), 곧고 바르게 빛나는.

그 무엇도, 아무것도 장담할 수 없다. 하지만…….

"약조하겠소이다."

때론 가슴 깊은 한가운데 스스로도 미숙하게 느껴져 불안했다. 대의(大義)를 위해서, 공고한 왕권을 위해서, 모두들 그리 포장하며 덮어온 일을 과연 나 하나만의 분노로 단죄할 수 있을까. 혹시 주상에게 반하는 것이 모두를 더욱 위태롭게 만드는 일은 아닐까. 이런저런 흔들림에 자신이 없어지기도 했다. 하지만 백성이라는 그 이름이 흔들리는 결심의 지지대가 되어주었다. 아무것도 해주지 않았고 해줄 수도 없었던 공주가 뒤늦게나마 해줄 수 있는 것은…….

이제라도 잊지 않겠다, 기억하겠다는 약조였다.

❖

"아이, 매번 오는데 에누리 좀 해주시지요! 이 약재상 익모초는 거진 다 우리 기루에서 팔아주잖아요."

전모를 쓴 여인 하나가 곰살궂게 말을 건넸다. 걸친 옷가지의 생기 있는 빛깔에 비해 어쩐지 낯빛은 피곤에 지친 듯하였다.

"얼마 하지도 않는 것 사 가면서 생색은……."

애린 백부가 마뜩잖다는 듯 핀잔을 주며 곰방대를 물었다.

"나만 계속 내기에서 진단 말예요. 다 같이 먹느라 한 번에 많이도 필요한데 벌써 몇 번째 내 돈으로 이걸 사가는지…… 정작 난 먹지도 않는 걸 사가느라 아주 돈 아까워 죽겠다구요."

여인이 작게 신경질을 부렸다. 팽 토라진 얼굴을 하며 고개를 숙여 주섬주섬 돈주머니를 꺼내는데, 예리하게 눈을 빛낸 애린 백부가 입을 열었다.

"흠, 요즘 익모초가 대량 채취되어 헐값이 되었긴 하지. 자네 기루에서 거의 다 소비하니 싸게 대량으로 넘길까 생각하고 있는데……."

"어머나! 그런 좋은 소식은 진작 알려주셨어야죠!"

급 화색이 돈 여인이 전모까지 벗어 내리며 싱글벙글 웃음 지었다.

"한데, 그 대신 내 부탁할 것이 있소."

"네?"

사람 좋은 미소를 지어 보인 애린 백부가 방의 문을 열며 여인을 향해 손짓했다. 고개를 갸우뚱한 여인은 의아해하면서도 애린 백부를 따라 마루를 올랐다.

"네가 연리니?"

화려한 비단과 장신구로 한껏 멋을 낸, 고혹적인 기루의 행수가 담뱃대를 물며 연리를 그윽이 쳐다보았다. 연리는 익숙지 않은 강렬하고 극도로 화려한 차림의 여인에게 불편한 기색을 비치며 작게 고개를 끄덕였다.

"약재상 정씨의 처조카라. 그래선지 영 닮은 구석은 없구나."

요염하게 담배 연기를 뿜어내던 행수가 살풋 웃으며 의자에서 일어나 연리에게 다가왔다.

"고운 피부며 머릿결, 오뚝한 코와 수려한 눈매."

가까이 다가선 행수가 중얼거리며 아름다운 손을 뻗어 연리의 얼굴 하나하나를 쓰다듬었다. 부드럽게 관리한 손가락이 연리의 하얀 목덜미를 쓸고 내려가자, 연리는 당황하여 경직하였다. 뭐, 뭐 하는 거지? 경계하여 팽팽하게 당겨진 피부를 손가락으로 느낀 행수의 눈이 곱게 휘어지며 웃었다.

"이런 미색을 가지고 계집종이 되려 했다구? 아서라, 네가 무엇이 부족해 종년으로 쓰겠니."

행수의 말에 연리의 가지런한 눈썹이 꿈틀거렸다. 약초를 사러 들른 기루의 어린 여인 하나를 구워삶아, 애린 백부는 오갈 곳 없어진 처조카로 둘러댄 연리를 기루에서 잔심부름하는 계집종으로 써줄 것을 부탁했다. 어리둥절해하며 연리를 이리저리 살펴보던 여인은 애린 백부가 쥐여준 익모초 한 보따리를 감싸 안고는 좋아라 하며 꼭 행수께 좋은 말씀을 드려주겠다며 콧노래까지 부르며 떠났었다.

하나 좋아도 너무 좋게 말하였는지, 연리가 천하절색 빼어난 미색을 지녔다며 떠들어댄 여인의 말에 기루의 행수는 연리를 동기(童妓, 아직 머리를 얹지 않은 어린 기생)로 들이겠다는 것이었다. 어찌 공주가 기녀가 된단 말이오! 정색하며 펄펄 뛰는 연리를 뜯어말린 애린의 백부는 '절대 사내를 접대하는 하류는 시키지 않겠다, 그저 음률과 시서화만 다루는 기녀가 되게 말을 넣어두겠다'며 구슬렸다.

태연한 그의 태도에 어이가 없어진 연리는 그래도 절대 허가할 수 없다며 뻗대었다. 그러자 애린 백부는 어차피 이가 아니면 기루에 들어갈 방도도 없으며, 반역을 도모하는 사대부들의 곁에 다가가려면 계집종보다야 기녀의 위치가 훨씬 유리할 것이라 설득했다.

며칠간 완고하게 반대하던 연리였지만, 이미 기루에 파다하게 퍼진 소문에 계집종은 꿈도 꿀 수 없는 상황이란 것을 알고는 망설였다. 더구나 기녀는 사내들이 함부로 건드릴 수 없으나 계집종은 사내들이 마음대로 마수를 뻗쳐 더 위험할 것이라 쐐기를 박듯 충고하는 애린 백부의 말에 어쩔 수 없이 허락할 수밖에 없었다.

아무리 그래도 난생처음 접한 기녀라는 존재에 거부감이 없을 수는 없는지라, 연리는 진한 분을 바른 얼굴에 매혹적인 향내를 풍기는 화려한 여인의 손길이 꺼림칙할 수밖에 없었다. 더구나 제 몸을 이리도 예의 없이 만져 대는 경우라면! 연리는 저도 모르게 제 얼굴과 목덜미, 어깨까지 쓰다듬고는 허리까지 지분거리는 행수의 손을 탁 쳐내었다.

"어머, 성깔도 있네. 성품 합격."

마음에 든다는 듯 더욱 진한 미소를 지어 보인 행수가 탁자에 담뱃대를 내려놓았다.

"미색과 몸매도 합격."

행수는 연리를 향해 따라오라는 의미의 손짓을 하며 뒤돌아 방문을 열었다. 문밖 복도는 수많은 불빛이 어려 화려했으나 멀리서 들려오는 왁자지껄한 웃음소리와 술 내음에 어쩐지 두렵고 망설여졌다. 어쩐지 이곳에 발을 들여놓는 순간 절대로 빠져나올 수 없을 것 같은 불안감이 들었다. 몇 발자국 앞장서 가던 행수가 무엇하냐는 듯 살짝 뒤를 돌며 손가락을 까딱였다. 열린 방문 앞에서 머뭇거리던 연리의 눈에 불현듯 저쪽 멀리 정자에서 술을 마시며 떠드는 사내들 무리가 들어왔다. 진탕 술을 마시고 떠드는 한 사내의 얼굴 위로 능양군의 얼굴이 겹쳐 보였다.

떠오른 능양군의 얼굴에 마침내 굳건히 결심을 다잡은 연리가 심호흡을 하고 문밖으로 발을 내디뎠다. 왁자지껄한 말소리와 확 풍겨오는 술 내음이 삽시간에 연리를 에워쌌다. 연리는 도로 방으로 들어가 문을 잠그고 싶은 마음을 억지로 누르며, 스스로를 다독거리며 천천히 발걸음을 떼었다.

'반드시…… 반드시 성공하겠어.'

앞에서 연리를 기다리고 섰던 행수가 다가오는 연리에게 웃음 지어 보이며 가볍게 뺨을 토닥였다. 긴장한 터라 행수가 또 제 얼굴에 손을 댄 것을 눈치채지 못하자, 행수는 그런 연리가 귀엽다는 듯 쿡 웃음을 터뜨리며 앞장섰다.

"흔히들 여인을 꽃에 비유하지. 그런 점에서 수많은 여인이 모인 기루야말로 꽃 중의 꽃이라 할 수 있단다. 향기로운 꽃, 화려한 꽃, 약재로 쓰여 먹을 수도 있는 꽃. 아주 다양한 꽃이 있는 곳이지. 그러니 수많은 사내들이 나비처럼 제가 원하는 꽃을 골라 심중의 목적을 달성하러 모여드는 거란다. 고귀하거나 천박하거나, 그 어떤 것이든지."

느긋한 말씨와는 다르게 꽤나 빠른 보폭으로 걸음을 옮기는 행수를 따라, 긴장되어 경직된 어깨를 애써 펴며 걷던 연리는 건물 긴 복도 끝에 다다랐다.

"그래서 기루는 향락의 무릉도원뿐만이 아닌, 꽃과 나비가 모이는 비밀스러운 정원이라고들 하지."

행수가 가운데를 자지하고 섰던 몸을 비켜 연리에게 경치를 보여주었다. 기루의 경치가 한눈에 들어오도록 탁 트인 절경에 연리는 저도 모르게 작게 탄성을 뱉었다. 두둥실 뜬 밝은 달빛이 온 세상을 촉촉이 적셨고, 부드러운 음률이 바람을 타고 온유하게 몸을 매만져 주었다. 연리는 한껏 긴장된 마음이 조금이나마 편안해지는 것을 느꼈다.

부드러운 밤의 향기를 들이마시는 연리에게 비켜나 있던 행수가 어느새 가까이 다가왔다. 아름다운 경치의 나른함에 조금이나마 경계심이 풀린 연리의 얼굴을 본 행수가 국국내며 제 얼굴을 가까이 가져다 댔다. 어리둥절한 연리가 또다시 경계심을 올리려는 찰나였다. 행수는 연리의 턱을 검지로 톡 치켜들며 더욱 진한 미소를 띠었다. 쏟아질 듯한 별이 수놓인 하늘을 뒤로한 매혹적인 붉은 입술이 호선을 그렸다.

"비원(秘苑)에 온 것을 환영한다."

6장
기녀 수련

타박타박, 폴짝거리는 앞선 걸음과 다르게 따르는 발걸음 소리는 무거웠다. 들뜬 얼굴로 앞서던 이는 등 뒤에서 따르는 이의 기색이 영 달갑지 않은 것에 의아하며 도도도 뛰어 다가왔다.

"왜 그래?"

아직 성숙한 여인이라고 하기엔 조금 어려 보이는, 순진해 보이는 동그란 얼굴이 눈을 깜빡이며 물었다. 일전 약재상에서 봤을 때는 몰랐는데 분을 지운 얼굴은 꽤 평범한 소녀다웠다. 연리는 얼른 고개를 저었다.

"아, 아니오. 아무것도."

"으흥, 집을 떠나와서 그러는구나? 괜찮아, 나도 처음 왔을 때 그랬는걸 뭐. 다들 그래!"

명랑하게 말을 건넨 소녀가 방긋 웃어 보였다.

"역시 넌 여기 들어올 거라고 예상했어. 내 짐작이 틀리지 않았다니까? 너처럼 예쁜 애라면 행수님께서도 당연히 좋아하실 테니."

행수에게서 나던 알싸한 담배내와 진한 붉은 입술이 떠오르자 연리는 자신도 모르게 얼굴을 찡그렸다. 처음 접한 본격적인 기생의 모습이 그다지 편안하지는 않았던 탓이다. 물론 시종일관 귀엽다는 듯 쓰다듬는 걸로 보아 썩 호의적인 것 같긴 했지만.

'휴, 뭐하는 짓이람.'

외양이나 지위만큼 부질없는 것이 없다 지금까지 사무치게 겪어놓고선, 자연스레 행수를 부정적으로만 생각하려는 아집이 고개를 들자 한숨이 비어져 나왔다. 왕족이든 기녀든, 품위 있든 가볍든 그게 무슨 소용이야. 현실을 봐. 일국의 공주라는 지위도 부질없이 넌 지금 기루에 있잖아.

스스로에게 꾸짖듯 다짐한 연리가 재빨리 얼굴을 폈다. 먹구름이 끼었던 얼굴이 조금이나마 개자, 힐끔힐끔 눈치를 보던 소녀가 덥석 연리의 손을 잡았다.

"내 이름은 연의야! 동기고. 너는?"

"……연리라고 하오."

"아이참, 계속 그런 말투 쓸 거야? 그냥 편하게 말해!"

예의를 차린 딱딱한 연리의 말투에 연의가 장난스레 구박하는 시늉을 해 보였다.

"근데 나랑 이름이 비슷하네? 연리, 연의. 헤헤, 꼭 자매 같아."

자매라고 해보았자 배다른 손위 자매, 그것도 나이 차가 큰 옹주들이 전부라 말 한 번 제대로 섞어본 적 없었던 연리는 제 나이 또래의 소녀가 자매라 하니 얼떨떨했다. 자매……. 가슴이 간질간질해지는 단어였다. 이름에 이어 연리가 저와 동년배라는 사실까지 캐낸 연의는 방방 뛰며 좋아했다. 이름도 나이도 꼭 닮은 동무라며 다른 사람들에게 진짜 자매로 소개하면 안 되겠느냐는 말까지 할 정도였다. 당황스러웠지만, 연리는 살갑게 웃는 연의의 웃음과 맞잡은 손에서 전해져 오는 온기가 싫지 않았다. 연의는 어서 다른 동무들에게도 인사하러 가자며 냅다 뛰기 시작했다. 엉겁결에 연리도 연의의 손에 이끌려 기루 안쪽 건물을 향해 달음박질쳤다.

"얘들아, 얼른 나와 봐! 새 동무가 왔어!"

연의가 들뜬 얼굴로 목소리를 높이자, 환히 불이 켜진 채 도란도란 하던 건물의 말소리가 뚝 멈추었다. 그러더니 흡사 강당(講堂)같이 생긴 큰 방의 창문 여러 개가 동시에 활짝 열렸다.

"우와! 쟤가 새로 온다는 앤가 봐."

"연의가 그렇게 예쁘다고 했던 애?"

"어디, 어디?"

"나도 볼래!"

흰 잠옷을 똑같이 맞춰 입은 소녀 열댓 명이 빼꼼 고개를 내밀었다. 대부분 또래인 듯하였으나, 개중에는 더 연소한 이도 있었고 더 나이 많아 보이는 이도 있었다. 하나 연령에는 상관없이 다들 초롱초롱한 눈에 호기심을 가득 담은 얼굴이었다. 사실 따지자면 다들 마냥 어린 소녀는 아니었지만, 악의 없고 때 묻지 않은 순진한 표정이 담긴 얼굴들을 하고 있어서 다들 앳된 소녀들로 느껴졌다.

"연리야, 인사해! 모두 나랑 같은 동기들이야. 이제 너도 우리랑 여기서 함께 지내게 될 거야."

연의가 꼭 잡은 손을 살며시 놓고선, 소녀들이 고개를 내민 건물 쪽으로 등을 맞대어 선 후 연리와 얼굴을 마주 보고는 생긋 웃었다.

"안녕!"

"반가워! 네 얘기 연의한테서 많이 들었어."

"환영해. 안 그래도 요즘 기루에 재밌는 일이 없어서 심심했는데."

소녀들이 연리에게 반갑게 손을 흔들어 보였다. 그에 순간 어찌 인사를 해야 할지 난처했던 연리도 소녀들의 환대에 살짝 한쪽 손을 들어 인사를 해 보였다.

"꺄아, 정말 예쁘세 생겼다!"

"정말! 그리고 눈이 진짜 특이하게 생긴 것 같아."

"모란이랑 막상막하겠는데?"

소녀들이 흥분 띤 목소리로 연리를 쳐다보며 조잘댔다. 연리는 괜스레 민망해져 얼굴을 붉혔다. 조금 빠르게 뛰려는 가슴을 진정시킨 연리는, 얼른 흐뭇하게 웃고 있는 연의를 향해 이제 건물 안으로 들어가면 되느냐 물으려 입을 떼었다.

"저……."

"조용히들 해! 웬 소란이야?"

갑자기 앙칼진 음성이 소녀들의 목소리를 갈랐다. 매서운 회초리라도 날아든 양 일제히 소녀들이 찔끔하며 후닥닥 창가에서 멀어졌다. 어리둥절한 연리가 고개를 갸웃하는데, 텅 비어버린 창가에 한 소녀가 나타났다. 제법 늘씬한 키에 탐스러운 검은 머리를 땋아 내린 소녀는 놀랍게도 아까 보았던 행수와 무척이나 닮은 얼굴이었다.

그러니까, 요염해 보이는 분위기까지 말이다. 갸름한 얼굴형에 동그란 이마, 유려하게 뻗은 눈썹, 그리고 그 아래 자리 잡은 큰 눈에 오뚝한 코, 따로 치장하지 않았음에도 불구하고 선명히 붉은 입술까지. 다른 소녀들에 비해 빼어난 외모를 지닌 소녀는 왜인지 입술을 살짝 비틀며 불편한 심기를 내보이고 있었다. 도도하게 팔짱을 낀 채 연리를 쏘아보던 소녀가 연의에게로 시선을 돌리며 입을 열었다.

"너, 늦게 왔으면 조용히 들어올 것이지 왜 소란을 만들어? 내일부터 수련 시작인 거 몰라?"

"어…… 미안해, 동장! 지금 바로 들어갈게."

연의가 소녀에게 미안하다는 표정을 지어 보이며 대답했다. 연의의 말이 끝나기 무섭게 소녀는 쾅 소리가 나게 거친 동작으로 창문을 닫더니 창가에서 사라졌다.

"가자, 연리야."

또 성질 나오네. 들어가자는 눈짓을 해 보이며 연리의 손을 잡은 연의가 닫힌 창문을 향해 고개를 절레절레 저었다. 처음 보는 소녀에게서 저를 향한 적대적인 시선을 읽은 연리는 연의의 손에 이끌려 모퉁이를 돌아 신발을 벗고 작은 방으로 들어가자마자 연의에게 물었다.

"저 애 이름이 동장이니?"

"아, 아까 그 애? 걘 모란이야. 재가 동기들 중 제일 먼저 들어왔고, 또 행수님 조카이기도 해서 우리를 통솔하는 역할이라 동장(童長)이라고 불러."

장과 농에서 낑낑대며 이불과 흰 잠옷 치마저고리를 꺼내던 연의가 웅얼거리며 대답했다. 그렇구나. 잠시 생각에 잠겼던 연리는 연의가 이불 무게에 휘청거리는 것을 보고 얼른 다가가 이불을 나눠 들었다. 연의가 그런 연리에게 가볍게 웃어 보이며 말을 이었다.

"여긴 동기들 개인 방인데 두 명이 나눠 써야 해. 여태까진 인원이 딱 맞지 않아서 난 방 동무가 없었는데, 네가 왔으니까 이제 나랑 같이 쓰면 돼."

"그래?"

한 번도 타인과 함께 방을 써본 적이 없었던 연리는 찬찬히 주위를 돌아보았다. 궁궐의 제 방과는 비교도 할 수 없을 만큼 훨씬 작았지만, 애린 백부의 약재상에서 머물렀던 방보다는 큰 편이었다. 연리는 그래도 낯 한 번 보지 못한 이보다는 이미 얼굴을 익히고 사근사근한 연의와 방 동무를 하게 되어 다행이라고 생각했다. 너랑 같이 방 쓰게 돼서 좋다. 연의의 말에 연리는 연의가 동무보다는 마치 어린 동생같이 느껴져 웃음이 비어져 나왔다.

'정말 선한 이이구나.'

왠지 기루에서의 생활을 잘해낼 수 있으리란 생각이 든 연리가 밝은 목소리로 대답했다. 나도 그래. 표정과 말투 하나하나에서 순수함이 묻어 나오는 연의에게서 친근함이 느껴졌다. 사람도 장소도 모든 것이 낯선 이곳에서, 조금이나마 마음 붙일 수 있는 곳을 찾은 것 같아 안심이 되었다.

연리가 손에 든 이불을 바닥에 내려놓고 서툴게나마 자리를 깔기 시작하는데, 연의가 연리의 손을 제지했다.

"아 참참, 이걸 말해준다는 걸 잊었네! 여긴 개인 소지품을 정리해두고 옷을 갈아입거나 비는 시간에 들어와서 쉬는 방이야. 잠을 자는 곳은 아까 애들이 있던 그 강당에서 다 같이 자야 해."

"응?"

다 같이…… 잔다구? 어리둥절한 얼굴로 되묻는 연리에게 연의는 태연스레 고개를 끄덕이고는 훌훌 옷을 벗었다.

"뭐, 뭐 하는 거야?"

"뭐 하긴? 이제 가서 자야지. 너도 얼른 이걸로 갈아입어."

연의는 당황하여 어쩔 줄 모르는 연리는 아랑곳하지 않고 눈 깜짝할 사이에 잠옷으로 갈아입은 후, 농에서 똑같은 흰 치마저고리를 꺼내 건네주었다. 갈아입고 이 앞으로 쭉 걸어오면 돼. 동장이 또 싫은 소리 하면 안 되니까 난 먼저 가 있을게! 연의는 한쪽 눈을 애교스럽게 찡긋해 보인 후 이불을 들고 문을 열고 나갔다.

탁.

"……대체."

평생 겪어보지도 못한 일들이 한 번에 휘몰아치니 정신이 없었다. 세상에, 남이 보는 앞에서 옷을 벗다니! 어렸을 때부터 옷을 갈아입을 때 시중을 들어주던 김 상궁 외에는 모후 앞에서도 옷을 벗어본 적이 없었던 연리는 어안이 벙벙했다.

여염집에서는 원래 이러나? 어쨌든 연의가 말한 것처럼 아까 그 동장이란 아이가 골을 내기 전에 강당으로 가는 것이 좋을 듯했다. 연리는 방문이 잘 닫혀 있는 것을 조심스럽게 확인하고는, 재빨리 치마저고리를 풀어내고는 흰 잠옷으로 갈아입었다. 입고 보니 아까 연의나 소녀들이 입은 것과 같은 옷이었다. 동기로 들여보내 준다더니, 다 함께 공동생활을 하는 모양이었다.

어떡하지. 어릴 적부터 총명하다는 칭찬이 자자했던 연리였으나, 공주로서 여러 사람들에게 보살핌을 받는 생활이 아니라 또래들 사이에서 오로지 스스로 모든 것을 해내야 한다는 사실이 적잖이 걱정되었다. 내가 잘할 수 있을까. 연리는 아무 힘도 없는 주제에 무모한 일을 벌인 것은 아닌지 불안한 마음이 들었다. 벗은 옷가지를 잘 개어 농 속에 가지런히 넣으려던 연리의 손끝에 긴 물체가 닿았다. 노리개였다. 서궁에 유폐된 후로 한 시도 몸에서 떨어뜨려 본 적이 없던 그 노리개.

참, 잊을 뻔했네. 연리는 저고리 속 고름에 매인 노리개를 조심스럽게 풀어냈다. 창호지를 넘어 들어온 달빛 아래 보석도 없는 단작노리개가 실체를 드러냈다. 원래는 두 마디만 한 크기의 홍옥이 달려 있던, 부왕께서 모후에게 하사했던 복숭아 모양 노리개였다. 그가 모후를 가두고 자신을 내치던 날 허망하게 깨어져 버렸던.

연리는 노리개를 잠옷과 속저고리 사이 안쪽 고름에 조심스럽게 매어 달았다. 보석의 묵직한 무게감이 사라져 버린 노리개가 가볍게 느껴졌다. 연리는 흔들리는 노리개를 꾹 쥐었다. 그러자 불안하게 흔들리던 마음이 사라지고 점차 굳은 결의 같은 것이 샘솟았다.

'어차피 난 더 이상 불러날 곳도, 잃을 것도 없으니까.'

"연리야, 여기!"

불 꺼진 강당 문을 조심스레 열고 들어서자, 어두운 가운데서 소곤거리는 연의의 목소리가 들려왔다. 두리번거리던 연리의 눈에 손을 휘젓는 연의가 보였다. 연리는 조심스레 연의의 곁에 종종걸음으로 다가갔다.

"여기, 내 옆에 누워. 내가 네 자리까지 깔아놨어. 앞으로 여기서 자면 돼!"

"응. 고마워, 연의야."

나긋한 연리의 대답에 연의가 아이처럼 헤헤 웃었다.

"거기, 그만하고 누워! 내일 일찍부터 수련 시작인데 다른 사람한테 방해되잖아!"

짧은 대화에도 신경이 거슬린다는 듯 모란의 목소리가 날카롭게 날아왔다. 찔끔한 연의가 연리에게 눈짓하며 얼른 이부자리에 누웠다. 연리도 연의를 따라 옆자리에 누웠다. 좀 예민한 성격인가? 연리는 이불을 덮으며 생각했다. 아까부터 기분이 좋지 않은 것 같았는데. 연리를 마주 보고 누운 연의가 눈을 찡긋하며 속삭였다. 좀 신경질적이지? 연리가 어색하게 고개를 끄덕였다.

푭, 바람 빠지는 소리를 내며 웃은 연의가 자그맣게 속삭였다. 그래서 재 별명이 여우야, 여우. 예민하고 날카로운 게 똑 닮아서. 그러고 보니, 흘겨보던 눈빛하며 예쁘장한 외모가 과연 언젠가 보았던 귀여운 새끼 여우와 꽤 닮은 듯도 했다. 쿡, 조그만 웃음이 입가에 맺혔다. 소리가 새어 나갈까 봐 한쪽 손으로 입을 가리며 웃는 연리에게 연의가 잘 자라며 한쪽 손을 흔들어 보이고는 바로 잠에 곯아떨어졌다.

신기할 정도로 곧바로 잠든 연의를 잠시 바라보던 연리는 바르게 누워 머리맡 창문 틈새로 스며든 달빛을 바라보며 잠을 청했다. 앞으로 펼쳐질 기루에서의 생활이 생각보다는 덜 막막할 것 같다는 생각을 하며.

짹짹짹—

유쾌한 지저귐과 함께 밝은 햇살이 가득 부셨다. 연리는 잠결에 와 닿는 쾌적함에 미소를 지었다. 웬일이지, 항상 아침마다 골목이 장사 시작하는 소리로 시끌벅적했는데…….

'음…….'

턱. 잠에서 깰 듯 말듯, 무심코 몸을 뒤척이던 연리의 손에 무언가 걸렸다. 이건 뭐지? 연리는 비몽사몽 눈꺼풀을 들어 올려 단잠을 방해하는 것이 무엇인지 살폈다.

'헉!'

코앞에 누군가의 얼굴이 바짝 다가와 있었다. 뭐, 뭐야! 너무 놀라 비명이 나오다 목구멍에 걸리다시피 한 연리는 헐레벌떡 몸을 일으켰다. 그러자, 혹시 궁에서 저를 잡으러 온 이가 아닌가 크게 뜬 눈에 세상모르고 자는 연의가 들어왔다.

"……깜짝이야."

혹시나 소리라도 질렀으면 깨울 뻔했네. 벌떡거리는 심장을 짚고 진정시키던 연리는 연의의 말려 올라간 치맛자락을 정돈해 주고선 이불까지 덮어주고 조심스레 자리에서 일어났다.

강당을 둘러보니 아직은 기상 전인지 다들 잠들어 있었다. 동기라 그러한지 아직은 다들 어린 티가 나는 소녀들이었다. 기루에서 기거하고 후에 기녀가 될 아이들이기는 하지만 아직은 여염집 소녀들과 다를 바가 없어 보였다. 순수한 얼굴로 아무 걱정 없이 잠들어 있는 또래 소녀들을 보며 연리는 오랜만에 느껴보는 평화로움이 마음에 들었다.

끼익-

연리는 조심스레 강당 문을 열고 소세할 곳을 찾았다. 어릴 적부터 일찍 일어나 머리를 빗고 낯을 씻는 것이 습관이 되었기도 하지만, 기루에서의 첫 하루를 시작할 날이니만큼 부지런히 먼저 준비해 놓는 것이 좋겠다 싶었기 때문이다.

어제 연의를 따라 개인 방으로 가던 길에 소세 터가 있던 것이 기억났다. 연리는 얼른 신을 꿰어 신고 걸음을 옮겼다. 소녀들이 몰려 사는 만큼 다행히 소세 터는 멀리 있지 않았다.

'아, 저기 있다.'

연리는 얼른 소셋물을 길러 우물로 다가갔다. 아직은 이른 시간이라 한적한 우물가에는 작은 두레박과 물을 담을 적당한 통이 하나 놓여 있었다. 음, 이걸로 물을 떠야 하는 건가? 예전처럼 누군가 아침마다 소셋물을 챙겨주리라고는 생각지 않았지만, 막상 우물에서 직접 물을 길어보려니 어찌해야 할지 난감했다. 연리는 기루로 오기 전 무수리인 애린이 이것저것 이야기해 준 것을 되짚으며 일단 우물로 두레박을 떨어뜨려 보았다.

이제 끌어 올리면 되겠지? 그런데 슬쩍 두레박 줄을 잡아당겨 보니 생각보다 무게가 무거웠다. 몇 번이고 물을 길어 올리려 시도하던 연리는 손가락이 밧줄에 쓸려 약하게 피가 맺히고 난 후에야 겨우 물을 뜰 수 있었다. 어느새 이마에 작은 구슬땀이 돋아난 연리는 혀를 내두르며 두레박의 물을 통에 부었다.

손등으로 땀을 훔치며, 연리는 통에 담긴 맑은 물을 내려다보았다. 명경(明鏡)처럼 깨끗이 얼굴을 비추는 것이 참으로 상쾌해 보였다. 난생처음 해보는 노동에 힘이 들었지만, 깨끗한 물에 비친 제 땀방울이 꽤나 보람찼다. 연리는 실없이 싱긋 웃으며 낯을 씻으려 두 손을 물에 담그려 했다.

'아참!'

떠나오기 전 애린 백부가 싸주었던 약초가 생각났다. 아침저녁으로 낯을 씻을 때 물에 타 쓰면 피부가 고와진다며 손수 갈아주었던 약초였다. 행수에게 미리 언질을 주긴 하였으나, 뭐니 뭐니 해도 기루에서 제일 인정받는 것은 외모라며 내키지 않더라도 이제부터는 스스로 용모를 가꾸어야 한다는 말과 함께였다. 아예 틀린 말은 아니라, 연리는 물이 담긴 통을 잠시 치워놓고 재빨리 방으로 들어갔다.

연리는 방 한구석에 놓인 농을 열고 옷가지 사이에 끼워두었던 약첩을 꺼내 들었다. 그리고 동그랗게 굳혀놓은 약초 가루를 손톱만큼 뚝 떼어 쥔 후, 도로 옷 속에 끼워두고 방을 나왔다. 다음부터는 아예 방을 먼저 들렀다 소세 터로 가야겠구나. 연리는 머릿속에 동선을 그려보며 생활 규칙을 정했다. 낯선 곳이니 이렇게 하나둘씩 마음에 새겨놓는 것이 생활하기 수월할 듯했다.

'어?'

그런데 소세 터에 돌아온 연리의 눈에 누군가 제가 길어둔 물로 소세를 하고 있는 것이 보였다. 하나 당황한 것도 잠시, 연리는 멈칫했던 발걸음을 재촉했다. 고생고생하며 길었던 물을 또다시 뜨려니 걱정되긴 했지만. 연습한 셈 치지 뭐.

맑은 물을 아낌없이 손으로 떠 소세하던 이는 타박거리는 연리의 발걸음이 가까이 와 닿자, 소세를 마치고 수건으로 얼굴의 물기를 닦아냈다. 그리고는 얌전히 뒤에서 차례를 기다리는 연리를 향해 몸을 틀었다.

"어머, 미안해서 어쩌니. 난 또 누가 소세하는 길 잊어버리고 간 줄 알고."

모란이었다.

"아냐. 물이야 다시 길으면 되는걸."

아무 생각 없이 연리는 가볍게 고개를 흔든 후 두레박을 우물 아래로 내려보내려 모란의 곁을 지나쳤다.

"벌써 적응했나 보네?"

명백한 비웃음이 실린 목소리였다. 응. 연리는 신중하게 행동하려 일부러 짧은 말을 골랐다.

"덕분에."

"덕분이랄 것까지야."

어느새 곁으로 바짝 다가온 모란이 묘한 웃음을 지었다.

"아무리 중인이라지만 제법 위세 있던 집에서 왔다던데, 가세가 망해 기루에 들어오려니 배알이 꽤 뒤틀렸겠어?"

"뭐?"

"그렇지 않고서야, 거둬주는 것만으로도 감지덕지해야 할 처지에 웬 예기(藝妓) 타령이야? 창기든 예기든 이 비원의 기적에 올라가는 것만으로도 감사해야 할 일 아닌가? 여기 들어오려고 다른 기루의 동기들이 얼마나 눈독 들이는지 알기나 해?"

모란이 연리를 쏘아보며 적대감을 드러냈다.

"행수님께서 너 같은 앨 왜 들이셨는지 모르겠구나, 뭐가 그리 특별하다고! 그것도 예기로 들이겠다는 약조 아닌 약조까지 하고서."

미처 닦지 못한 물방울이 햇빛에 반사되어 반짝이는 사이, 모란은 빠르게 말을 내뱉고는 홱 바람을 일으키며 소세 터를 떠났다

……왜 저러는 거야?

썩 기분이 좋지 않은 적대감이었다. 어딘지 모르게 일전에 겪어본 듯한 느낌도 들었으므로 영 찝찝했다. 연리는 멀어져 가는 모란의 뒷모습을 개운치 않은 마음으로 좇았다.

탁탁-

"자, 자! 다들 앉거라!"

지난밤의 이부자리를 치우고 모두 상을 펴고 앉은 커다란 강당에, 크고 화려한 가체에 이리저리 요란한 장신구를 꽂은 늙은 퇴기(退妓)가 상석에 앉아 조잘조잘 떠드는 동기들을 진정시켰다.

"에헴, 너희들이 이번에 들어온 동기들이로구나. 한양 제일 기루인 비원에 입성한 것을 축하한다."

와아- 동기들이 기대 어린 눈을 빛내며 함성을 질렀다. 연리 옆에 앉은 연의도 상기된 얼굴로 연리에게 속삭였다.

"진짜 기대된다! 듣기로 이 근방 기루, 아니 한양에서 제일가는 곳이 바로 여기래! 동기들 받을 때도 다른 곳처럼 아무나 받지 않고 행수님께서 직접 선발에 참여하시니까 기녀들 수준도 단연 최상이라나 봐."

"어허, 조용, 조용! 기녀가 되겠다고 모인 녀석들이 이리 조심성이 없어서야. 이래서야 어찌 한양 제일 기생이 될꼬!"

한양 제일 기생이라는 단어에 소란스럽던 좌중이 물을 끼얹은 듯 조용해졌다.

"으흠, 다들 그만한 꿈은 품은 모양이지?"

퇴기가 동기들을 쭈욱 훑었다. 순식간에 긴장한 눈빛을 한 채 침을 꿀꺽 삼키는 동기들을 재미있다는 듯, 그러나 주의 깊게 바라보던 그녀는 맨 앞줄 왼쪽에 앉은 모란과, 가운뎃줄 몇몇 소녀, 그리고 마지막으로 맨 뒷줄 오른쪽 구석에 앉은 연리에게 시선을 주었다가 곧바로 거두어들였다. 고요해진 분위기가 만족스럽다는 듯 그녀는 씩 웃음 지으며 호쾌하게 입을 열었다.

"좋아, 그럼 이제부터 본격적으로 너희들의 수련을 시작하겠다."

그녀는 짝 소리가 나게 손뼉을 쳐 모두의 시선을 집중시킨 후, 본격적으로 말하기 시작했다.

"나는 일선에서 물러난 퇴기 매향이다. 앞으로 너희들의 수련을 맡아 지도할 스승이니, 나를 스승님이라 부르거라."

매향이 화려한 가락지를 낀 두 손으로 깍지를 끼고 턱을 받치며 말을 이었다.

"기녀란, 본디 예기(藝妓)와 창기(娼妓)로 나뉜다. 시, 서, 화에 능하고 노래나 춤, 악기를 다루는 기녀를 예기라 하고, 손님의 수청을 드는 기녀를 창기라 하지. 우리 기루도 이와 다르지 않다. 너희 같은 동기들을 바로 이러한 예기와 창기로 키워내는 것이지."

수청이라는 말에 소녀들이 술렁였다. 아직 사내의 손 한 번 잡아보지 못한 아이들에겐 수청을 드는 창기는 기피하고픈 대상인 듯했다.

"자, 그럼 너희들 중 예기가 되고자 하는 아이가 있느냐?"

매향의 말이 끝나기 무섭게 소녀들이 득달같이 앞다투어 손을 들었다. 맨 앞자리에 앉았던 모란이 후다닥 손을 드는 소녀들에게 가소로운 웃음을 지어 보이며 당당하게 손을 올렸다. 맨 뒷자리의 연리도 연의와 함께 손을 들었다. 거의 대부분의 소녀들이 손을 들자, 매향이 피식 웃으며 손을 내리라는 손짓을 해 보였다.

"그래, 보시다시피 모두들 예기가 되기를 꿈꾸지. 하나 모두 예기가 된다면 꿀을 찾아 날아드는 나비는 누가 달래어주겠느냐? 또한, 창기라고 하여 흔히들 생각하는 몸을 파는 것이 아니다. 욕정에 이끌려 돈 몇 푼에 하룻밤을 바치는 것은 삼류 기녀들이나 하는 짓이지, 어찌 한양 제일 기루라 불리는 우리 비원의 기녀가 그럴 수 있겠느냐. 우리 비원의 창기는 귀한 손의 지명을 받아 오직 그분과만 정을 통한다. 하여 여기선 창기를 화기(花妓)라 한다. 보통 예기와 화기 한 명씩 짝을 이루고 지명을 받은 예기 대신 그와 짝인 화기가 수청을 든다."

거부감이 완전히 사그라지지는 않았으나, 생각과는 다른 창기의 개념에 소녀들이 흥미롭다는 표정을 지었다. 보통 창기라고 하면 돈만 쥐어주면 이 사람 저 사람과 잠자리를 함께하는 문란한 기녀를 떠올리지 않던가. 아무나가 아니라 정해진 손과만 정을 통하는 것이라니, 어찌 보면 한 남편만을 섬긴다는 사대부의 일부종사(一夫從事)와 비슷하지 않은가. 어쩌면 이래서 이곳이 한양 제일 기루라 불리는 것이 아닌가 싶었다.

여전히 화기는 싫다는 듯, 얼굴을 찡그리는 소녀들과 어쩌면 나쁘지 않겠다는, 양반과의 애절한 연정을 상상하는 몽롱한 표정의 소녀들 등 반응은 제각각이었다. 또다시 소란스러워지는 분위기를 가라앉히려는 듯 매향의 목소리가 소녀들을 갈랐다. 그리하여!

"이제부터 너희들은 앞으로 기녀 수련을 통해 예기와 화기로 나뉠 것이다. 수련을 마치고 총 합산한 점수에 따라 상위자들은 예기, 나머지는 화기가 될 것이야. 수련은 세 단계로 이루어져 있으며 두 명이 한 조로 구성되어 진행된다. 자, 오늘부터 첫 수련을 시작해야 하니 당장 이 자리에서 짝을 짓도록. 끝난 아이들은 손을 들거라."

'점수에 따라 예기와 화기를 정한다고?'

아. 불현듯 든 생각에 연리가 모란을 향해 시선을 돌렸다. 그래서, 높은 점수를 얻어 정당히 되는 것이 아니라 애초에 예기로 올려주겠단 조건을 걸고 들어왔으니 날 못마땅하게 보았던 거구나. 연리는 본의 아니게 혼자서만 특혜를 받았다는 사실이 마음에 걸렸다. 삽시간에 강당이 장시 골목처럼 소란스러워졌다. 제 마음에 맞는 짝을 칮으려 다들 서로의 주위를 두리번거리며 눈빛을 교환하며 떠들었다. 제 주위 소녀들이 벌떡 일어나 이리저리 돌아다니는 것을 관망하던 연리는 제 어깨를 툭 건드리는 손길에 고개를 돌렸다.

"잘됐다. 딱 우리 둘이 하면 되겠네?"

연의가 다가와 생글생글 웃으며 팔짱을 꼈다. 멈칫했던 연리는 친근하게 다가오는 붙임성 있는 호의에 옅은 미소를 지어 보였다. 둘이 손을 들자, 다른 소녀들도 대부분 짝을 짓고 손을 들었다. 매향은 짝을 짓지 못한 몇몇 소녀들을 임의로 이어준 후 조별로 동기들을 한자리에 모여 앉게 했다.

"좋아, 하면 이제부터 수련 첫 단계를 알려주겠다. 너희가 제일 먼저 해야 할 일은……."

꿀꺽.

옹기종기 모여 앉은 소녀들에게서 바늘 떨어지는 소리까지 들릴 정도로 긴장된 분위기가 흘렀다.

"청소다!"

"에잇, 기녀 수련이라더니 청소가 뭐야?"

실망한 표정의 연의가 큰 빗자루를 든 채로 툴툴거렸다. '청결이야말로 모든 일의 으뜸'이라며 매향은 동기들을 기루 곳곳으로 배치했다. 치장하는 법, 악기 연주하는 법 등등 뭔가 근사한 것을 기대했던 소녀들은 엉겁결에 저마다 빗자루와 걸레 등을 들고 뿔뿔이 흩어져 열심히 청소를 시작해야 했다. 연리와 연의는 기루의 대문을 맡게 되었다. 흙먼지와 잡다한 허섭스레기들이 지난밤 펼쳐진 향락의 흔적을 여실히 드러내고 있었다.

"그러게. 의외긴 하다."

휙휙 빗자루를 휘두르며 대충 쓰레기들을 쓸어 모으는 연의의 볼멘 얼굴이 우스워 연리는 저절로 얼굴에 웃음이 번졌다. 어어, 넌 이게 재밌어? 그런데 돌아오는 반응이 영 시원치 않자 시선을 맞춘 연의는 연리의 표정을 보고 화난 얼굴을 했다.

"응? 난 그저……."

자박자박 걸어오는 연의가 가까워질수록 연리는 어찌해야 좋을지 몰라 입술을 깨물었다. 의도치 않게 친우의 기분을 상하게 했을 때는 어찌해야 하는지 누구도 알려준 적이 없었다.

어느 누가 공주의 친우가 되며, 또 공주에게 제 기분을 살펴달라 말할 수 있었을까! 어쨌든 내 부주의로 저 아일 불쾌하게 했으니, 사과해야 하는데……. 모처럼 마음을 터놓고 지낼 수 있으리라 생각했던 상대가 저에게 적대적인 감정을 내보이고 있으니 연리는 꿀이라도 발라놓은 것처럼 입술이 떨어지지 않았다.

마음 한편이…… 내려앉는 것 같았다. 당황한 연리의 표정이 삽시간에 굳어갔다. 연리는 어느새 한 손에 들었던 빗자루를 두 손으로 꽉 쥐었다. 마치 은장도를 쥔 여인이라도 되는 양, 어깨에 잔뜩 힘이 들어간 태세였다.

"그러니까 난……."

"속았지!"

꺅! 빗자루를 내던진 연의가 연리에게로 뛰어들어 간지럼을 태웠다. 딱딱하게 굳어버린 표정으로 어떻게 말을 꺼내야 할지 수없이 고민하고만 있던 연리는 무방비하게 공격에 당할 수밖에 없었다. 그만, 그만해! 철옹성 같던 표정이 무너지고 산들바람이 불었다. 깔깔거리며 울리는 두 소녀의 웃음소리는 거리를 가는 행인들이 뒤돌아볼 정도로 맑고 깨끗했다. 연의는 연리의 눈에 눈물이 맺힐 정도가 되어서야 사정없이 간지럼 태우던 손을 멈췄다.

“킥킥, 왜 그렇게 긴장했어? 내가 설마 그런 걸로 정말 화났다고 생각한 건 아니겠지?”

대충 청소 구색만 갖춘 대문 옆 바닥에 주저앉은 연의가 장난스레 세모꼴로 눈을 부릅떠 보였다.

“음…….”

뭐야! 진짜야? 연의는 둥글게 휘는 눈매와 꼭 맞아들게 늘어나는 말꼬리를 확 잡아챘다.

“안 되겠다, 넌 마음을 좀 넉넉히 가질 필요가 있어. 처음 봤을 때부터 느꼈지만 매사에 그렇게 바짝 진지해서야 어디 손들이 찾으시겠니?”

아직 수련 초반인 걸 다행으로 여기라구. 안 그럼 예기는커녕 너 꼴찌 했을걸? 연의는 한껏 으스대는 양을 하며 장난스레 웃었다. 이제부터 이 연의 님이 맞춤식 지도를 해줄 테니 나만 믿으시라!

풋.

웃음기를 차마 지우지 못한 얼굴에 꽃봉오리 같은 웃음보가 피어났다. 이게? 너 지금 날 못 믿겠다는 거야? 짐짓 각오하라는 표정을 지으며 또다시 양손을 들고 달려드는 연의를 피해 연리는 얼른 멀찌감치 달아났다. 거기 서!

그렇게 대문 안팎을 돌며 쫓고 쫓기던 둘의 놀이는 청소가 다 되었나 살피러 나온 한 기녀에게 맹랑한 것들이라며 꾸중을 듣고서야 겨우 막을 내렸다. 연리와 연의는 가벼운 꿀밤 한 대씩을 얻은 후 게으름을 피운 죄로 불려가 두 시진이나 넓은 마루와 기둥의 먼지를 열심히 닦아내야만 했다.

"자, 다들 맡은 청소는 잘 해냈느냐?"

청소를 마친 후 저녁을 먹으러 다시 강당에 모인 동기들에게 매향이 빙글거리며 물었다. 온종일 구슬땀을 흘리며 이리저리 청소에, 심지어는 지나가던 기녀들의 심부름까지 도맡아 한 소녀들은 시장이 반찬이라는 말처럼 흔하디흔한 찬 몇 가지에도 부지런히 수저를 놀렸다.

"어휴, 이제야 끝났네! 조금 농땡이 피웠다고 그 넓은 대청마루를 둘이서 다 닦게 시키실 게 뭐람."

배고파 죽는 줄 알았다며 허겁지겁 입에 밥을 떠 넣던 연의가 어깨를 두드렸다. 연리도 어깻죽지에 허리, 다리까지 뻐근해 그저 드러눕고만 싶은 심정이었다.

들어오면서 본 강당 앞에는 어느새 여러 나무판이 줄지어 끈에 매달려 있었다. 스무 명쯤 되는 동기들의 이름이 두 명씩 한 나무판에 함께 쓰여 있었고, 연리와 연의의 판을 제외한 다른 판에는 모두 일점씩 먹으로 쓰여 있었다.

동장, 우리 판에 점수를 쓰는 걸 빼먹은 거 같은데? 붓을 들고 마지막 판에 점수를 쓰던 모란에게 연의가 물었다. 너흰 아까 청소하면서 농땡일 피웠다며? 그래서 스승님께서 너희 판은 점수가 없다고 하셨어. 모란이 도도한 표정을 지으며 붓을 들고 휑하니 사라졌다.

옆을 스쳐 가며 삐뚜름한 웃음을 날린 모란의 얼굴이 떠오르자 육체의 피로가 더해져 오는 듯했다. 그러자 그러하지 않아도 원체 없던 입맛이 더욱 기를 펴지 못했다. 연리는 절레절레 고개를 흔들며 물 한 그릇만 입에 대고는 기둥에 비스듬히 기대앉아 눈을 감았다.

"그래도 이제 청소도 다 했고 저녁이니, 오늘 일정은 끝났을 거야."

나직한 연리의 말에 연의가 웅얼거리며 맞받아쳤다. 당연히 그래야지!

"뭐가 당연하다고?"

달게 저녁을 드는 동기들을 흐뭇하게 바라보며 이리저리 살펴보고 다니던 매향이 허리를 숙여 연의에게 고개를 들이밀었다.

"헉! 저, 그, 그러니까……."

불만스레 내뱉은 말이 설마 그녀의 귀에 흘러들어 갔으리라곤 생각지 못한 연의가 당황한 웃음을 만면에 띄웠다. 헤헤, 아무것도 아니어요. 변명을 늘어놓는 모양새가 귀엽다는 듯 다행히 눈매와 입매가 부드럽게 휘었다. 허리를 편 그녀는 곧장 도로 상석으로 걸어갔다. 휴우! 혹여나 도로 마루를 닦으라며 쫓겨날까 걱정했던 연의가 연리와 눈을 맞추며 안도의 한숨을 쉬었다.

짧게만 느껴지는 저녁 시간이 지나고 계집종들이 상을 물렸다. 소녀들이 도로 자리를 정돈하고 앉자 매향이 의미심장한 표정을 지으며 입을 열었다.

"이제 해가 지고 밤이 내려왔구나. 다들 휴식을 취하고 싶겠지?"

첫날부터 청소라는 쉽지 않은 노동에 시달린 소녀들이 휴식이란 말에 눈을 빛내며 간절하게 고개를 끄덕거렸다. 그러나 매정하게도 이어진 매향의 말은 소녀들의 기대를 무참히 산산조각 냈다.

"하나 바깥의 밤은 이 비원의 낮! 모름지기 기루의 시작은 지금부터다!"

매향이 손가락을 튕기자 밖에 시립하고 섰던 계집종이 강당 문을 활짝 열어젖혔다.

"다들 대문 밖으로 나가거라. 오늘 수련의 마지막은 손님들을 끌어들이는 것이다. 모셔온 손님의 수만큼 점수를 기입할 것이니 모두들 최선을 다하도록!"

끌어들인다고? 어느새 들어온 몇몇 기녀들이 쭈뼛거리는 소녀들의 등을 떠밀었다. 다른 소녀들과 함께 연리와 연의도 얼떨결에 떠밀려 대문 밖으로 밀려 나오고 말았다. 어느새 밤이 나린 골목은 오색찬란한 등롱의 불빛으로 수놓아져 화려하기 그지없었다. 그리고 한양 제일 기루의 명성답게 벌써 수많은 손들이 다가오고 있었다.

어머, 선비님! 문에서 나오던 기녀 한 명이 먼발치서 걸어오는 선비를 향해 아양을 떨며 다가갔다. 제가 보고 싶으셔서 오신 거여요? 애교를 떨며 선비를 모시고 기루로 들어가는 기녀를 곁눈질하던 연리가 입을 딱 벌렸다.

"저, 저런 걸 우리가 해야 한단 말이야?"

"쓰읍, 뭐 어때!"

떠밀려 나오느라 마시던 물그릇도 내려놓지 못하고 온 연의가 물그릇을 저 구석으로 치우며 입가의 물기를 닦았다.

"수청 드는 것도 아니고, 그저 들어오시라 말만 붙이는 건데 뭐. 안 그래도 우리 다른 애들보다 점수도 뒤지는데, 이번엔 꼭 잘하자!"

한 손으론 연리의 손을 붙들고, 한 손으론 불끈 주먹까지 쥐어 보인 연의가 열의를 불태웠다. 선비님! 연의는 비원을 지나쳐 다른 기루로 들어가려던 점잖아 보이는 선비 하나를 점찍고 불러 세우려 종종걸음으로 다가갔다.

"연의야!"

잰걸음으로 멀어져 가는 연의를 당황한 음성으로 부르자, 연의는 살짝 고개를 돌려 눈을 찡긋해 보이곤 입 모양으로 외쳤다. 수고해!

'어쩐담…….'

한숨이 푹 나왔다. 주위엔 오색 불빛이 휘황찬란하고 그에 어울리는 화려한 기녀들이 만발했다. 환희의 거리 사이사이에 수련을 받는 동기 소녀들도 이리저리 부산스럽게 돌아다녔다. 마치 물고기를 낚는 강태공처럼 저마다 사내 하나씩을 붙들고 기루로 끌어들이는데, 연리는 저만 혼자 목석처럼 우두커니 서 있는 것이 자못 애가 탔다.

하지만 차마 다른 아이들처럼 사내 곁에 다가가 기루로 발을 들이라 속살거릴 수가 없었다. 생각만 해도 얼굴이 화끈거렸다! 하지만 벌써 다른 아이들보다 일 점이 뒤진 상황에서 이마저도 점수를 얻지 못한다면, 아무리 예기가 되리라 약조를 하였어도 수련이 끝난 후 점수 차가 크게 나면 없던 일로 하자고 나올지도 몰랐다.

'그래, 화기가 되느니 눈 딱 감고 몇 번만 하자!'

어느새 양쪽에 선비 한 명씩을 끼고 한꺼번에 두 명이나 기루로 인도하던 모란이 곤란한 표정을 짓고 있는 연리에게 승리의 미소를 지어 보이며 스쳐 갔다. 저 눈빛은 도무지 얄밉기 그지없었다! 정말이지, 아무리 내가 잘못한 게 있다고 해도 말이야. 갈팡질팡하던 연리는 모란의 자신만만한 얼굴을 보고서는 한껏 마음을 다잡았다.

연리는 저도 모르는 호승심이 불타올라 휙 고개를 돌려 인파를 탐색했다. 마침 느릿한 걸음으로 제 앞을 지나가는 선비의 옆모습이 연리의 눈길에 걸려들었다. 향하는 발길로 보아하니, 구태여 제가 아양을 떨며 구슬릴 필요 없이 원래 기루로 향하는 손님인 것 같았다. 좋아, 저자로 하자!

"저기, 잠깐만요!"

연리는 재빨리 목소리를 높이며 선비의 앞을 막아섰다. 무엇을 그리도 골똘히 생각하는지, 저를 부르는 목소리도 듣지 못하고 갓 아래 진지한 눈동자를 숨긴 선비는 불쑥 튀어나온 연리 때문에 우뚝 걸음을 멈추었다. 연리는 차마 저를 바라보는 시선을 받아넘길 용기가 없어 질끈 눈을 감고 외쳤다.

"호, 혹시 비원에 가시는 길이라면 저와 함께 들어가시지 않겠……!"

"항아님?"

의아한 물음이 날아왔다. 연리는 얼떨결에 눈을 뜨고 앞의 사내와 시선을 맞추었다. 화려한 색을 내는 불빛이 그의 흑갈색 눈동자에 부딪혀 산화되었다. 밤을 머금은 흑갈색이 빛을 흠뻑 머금고 담갈색으로 변하는 짧은 순간. 연리는 아득히 중얼거렸다.

망했다.

연리는 마른침을 삼키며 고개를 확 숙였다.

"항아님 맞으시지요? 궁궐에 있어야 할 분이 어찌 이런 곳에……?"

제 눈이 믿기지 않는다는 듯 주원은 휘휘 주위를 둘러보았다. 왁자지껄한 소음에 거나한 술 냄새, 객들을 유혹하는 화려한 기녀들 그리고 이러한 환락의 한복판에 오롯이 존재하고 있는 여인. 주원은 아까 전까지 머릿속을 꽉 채우고 있던 생각은 어느새 말끔히 잊어버린 채 발걸음을 재촉해 여인에게 다가갔다.

주원이 가까이 다가오자 연리는 흠칫 놀라 뒷걸음질 쳤다. 송구합니다, 제가 잠시 착각을 한 것 같습니다. 얼른 사과의 말을 뱉고 나서 연리는 그대로 등을 돌려 기루로 달아나려 했다. 점수야 걱정되긴 하지만, 연의가 잘해줄 것이라 믿는 수밖에 없었다. 연리가 후다닥 몸을 빼 달음박질치려 하자 주원은 재빨리 발길을 놀려 팔을 붙잡았다.

"왜, 왜 이러십니까?"

한쪽 팔이 붙들린 채로, 얼굴을 내보이지 않으려 필사적으로 고개를 반대편으로 돌린 연리의 목소리가 떨렸다. 붙잡은 팔에서 전해지는 경직된 반응에 주원이 의문스럽게 눈썹을 치켜세웠다. 가벼운 정적이 흘렀다. 둘을 감싼 주위의 소음과 맞물려 정적은 더욱 고요했다. 연리의 긴장한 어깨를 흘깃 바라본 주원은 잠시 고민하다 붙잡은 팔을 놓았다.

"미안합니다. 내가 아는 분과 헷갈려 실례를 저지른 것 같군요."

꽉 잡혀 있던 팔이 갑자기 자유를 얻었다. 연리는 곁눈질로 가볍게 걸음을 옮기는 주원을 응시하다 가슴을 쓸어내렸다. 휴, 가는 건가?

"아."

연리를 비켜서 기루를 향해 몇 발자국 떼던 주원이 갑자기 멈추어 서더니 도로 뒤를 돌았다. 조심스레 그의 뒷모습을 지켜보던 연리는 화들짝 놀라 도로 고개를 돌리려 했으나 순간 주원과 정면으로 눈이 마주치고 말았다.

"보아하니 기루의 사람인 듯한데."

주원이 똑바로 눈을 맞춘 채 걸어왔다. 화려한 불빛에 비친 강하면서도 여린 색의 눈동자가 시선을 잡아끌어 눈을 뗄 수가 없었다.

"내가 기루를 즐겨 찾는 편이 아닌지라, 이곳에 익숙하지 못합니다. 그러니 그대가 길을 좀 안내해 주시겠소?"

왜 하필 나한테……. 당황스럽다 못해 소리라도 지르고픈 심정이었다. 그나마 불행 중 다행으로, 그는 왜인지는 몰라도 저를 완벽히 알아보지는 못한 것 같았다. 이럴 때는 한시바삐 자리를 뜨는 게 상책일 것이다. 연리는 서둘러 거절의 말을 꺼냈다.

"저도 여기 들어온 지 얼마 되지 않아서 이곳 지리를 잘 모릅니다. 하니 선비께서는 다른 이에게……."

"괜찮습니다."

다급한 거절의 말을 주원이 단칼에 가로챘다.

"한양 제일의 기루라 하던데, 이곳저곳 구경하면 더 좋겠지요. 헤매어도 상관없으니 부탁합니다."

청산유수같이 흘러나오는 말이 부드럽게 연리의 등을 떠밀었다. 이쯤 되니 주위의 시선들이 따갑게 날아와 꽂혔다. 선비 하나씩을 끼고 기루로 입성하던 동기들이 수군거렸다. 쟤 왜 저래? 몰라, 손님을 골라 받으려는 건가?

엎친 데 덮친 격으로 혼잡한 사이에서 갑자기 기녀 둘까지 나타나 주원의 옆에 달라붙었다. 어머, 저희 기루에 오시려구요? 아이, 저희가 모시겠습니다. 어서 가셔요!

하나 주원은 생글생글 웃으며 팔에 매달리는 기녀들을 부드럽지만 단호한 손길로 떼어냈다. 양옆에 꽃다운 기녀를 둘이나 세워놓고 여유롭게 뒷짐을 지며 연리만 바라보는 그의 태도에 점점 더 많은 시선들이 연리를 주목하기 시작했다.

눈빛을 반짝이며 신기하다는 듯 구경하는 동기들이 대부분이었으나 아니꼬운 시선을 보내는 이들도 적잖이 있었다. 시선을 잡아끄는 것은 결코 반길 만한 일이 못 되었기에 연리는 애타게 이러지도 저러지도 못하다 울며 겨자 먹기로 주원의 요청을 승낙했다.

연리가 시선을 푹 내린 채로 어쩔 수 없이 고개를 끄덕이자마자, 주원이 만족스럽다는 듯 미소를 지었다.

"자, 그럼 가봅시다."

여유롭게 뒷짐까지 진 채로 그가 기루 안으로 향하는 계단을 올랐다. 연리는 제 뒤통수로 날아드는 시선들을 오롯이 느끼며 그의 뒤를 따랐다. 시선을 피하려 목이 아플 정도로 고개를 푹 숙였건만, 문 안쪽에서 동기들의 점수를 셈하던 매향이 들어서던 연리를 보고 호오 감탄사를 뱉으며 연리의 이름 밑에 일 점을 기록했다.

아무래도 오늘은 운수가 영 아닌 날 같았다.

'얼른 안으로만 안내해 주고 도망가야겠어.'

연리가 울상을 지은 채 속으로 다짐했다. 이자가 지금은 자신을 기억 못 한다지만, 계속 얼굴을 맞대다 보면 알아차리게 되는 것은 그야말로 시간문제였다. 어느 정도 안으로 들어왔다는 느낌이 들자, 연리는 주원의 뒤를 따라 걸으면서도 재빨리 주위를 살폈다.

입구에서 조금 더 들어온 기루에는 양옆에 정자와 누각이 멋들어지게 세워져 있었고, 기녀들의 웃음소리와 음악 소리가 곁들여져 유쾌한 연회가 벌어지고 있었다. 주위를 스치는 사람들도 술상과 악기를 나르는 종들과 술에 취해 비틀거리는 취객들밖에 없었으므로 연리는 자신을 주목하는 시선은 없는 것 같다고 확신했다. 좋아, 그럼…….

"저어……."

이제 다 왔으니 이만 물러가겠다 고하고 자리를 뜨려던 연리가 입을 여는 순간. 주원이 지나가는 말로 물었다.

"아, 혹 그자를 보았습니까?"

"예?"

정신없이 주위를 살피던 와중 갑자기 날아온 질문에 연리가 반문했다. 그자라니? 난데없는 물음에 연리는 눈을 깜빡이며 생각했다. 누굴 말하는 거지?

"지난번 그 난봉꾼 말입니다. 술에 거나하게 취했던. 들어오면서 보니 저쪽 정자에 있던데. 이리 만난 것도 인연이니 내 가서 지난번 악연을 풀 겸 인사라도 할까 합니다."

뭐라고? 연리는 헉하고 숨을 들이쉬며 재빨리 뒤를 돌았다. 정신없이 저쪽 정자를 훑으니 과연 덩치 큰 누군가가 왁자지껄하게 술판을 벌이고 있었다. 그리 멀지 않은 거리라 그자가 자리에서 일어나 이쪽을 보기만 한다면 고스란히 제 처지가 노출될 판이었다. 예전이었다면 모를까 지금 동기로서 기루에 소속된 신분이란 것을 안다면 꼼짝없이 봉변을 당할지도 몰랐다. 안내고 뭐고 일단 벗어나는 게 우선이다! 연리는 두 번 생각할 것 없이 그대로 급히 발걸음을 뗐다.

턱-

"어딜 가십니까?"

주원이 달아나려는 연리의 팔을 잡아챘다. 무엇이 그리도 기꺼운지 얼굴에 은은한 미소가 깃들어 있었다.

"놓아주십시오, 그자가 보기 전에!"

연리가 애타는 목소리로 소리쳤다. 불안하게 눈동자를 굴리며 붙잡은 주원의 손을 떼어내려 애쓰는 연리에게 그가 느긋하게 물었다.

"누구 말입니까?"

"지난번 그자라 하시지 않았습니까, 제겐 마주쳐서 좋을 것 하나도 없는 인연입니다. 그러니……!"

조금이라도 시간을 지체했다간 눈에 뜨일지도 모른다는 생각에, 태평한 주원과는 반대로 다급한 연리의 목소리가 이어졌다. 하지만 그럼에도 불구하고 주원은 아무것도 모른다는 얼굴로 붙잡은 손을 풀지 않았다.

"지난번이라, 난 오늘 처음 그대를 만났는데. 그대는 나를 저번에도 만났던 모양이지요?"

태연하게 묻는 그의 눈빛이 은근하게 대답을 재촉했다. 그의 말에서 제 실수를 깨달은 연리의 눈이 커다래졌다. 아차!

우두커니 멈추어 버린 반응에 만족스럽다는 얼굴을 한 주원이 그제야 잡았던 팔을 풀어주었다. 점잖은 줄로만 알았던 그가 이런 얕은수를 낼 줄 몰랐던 연리는 허탈함에 달아날 생각도 하지 못하고 어처구니없는 표정으로 그를 빤히 응시했다.

"그럼……."

"미안합니다, 항아님께서 저를 모른 척하시기에. 다행히 그자는 지금 여기 없으니 안심하셔도 됩니다."

도대체 무슨 속셈으로 이러는시 모르겠다. 저를 농락하는 것인지 무엇인지 모호한 그의 태도에 연리는 날카롭게 응수했다.

"지난번 제게 큰 도움을 주신 것은 진심으로 감사드립니다. 하지만 제가 왜 이곳에 있는지 그것까지 공자께서 아실 이유는 없는 것 같군요."

지난번과는 사뭇 다르게 쌀쌀맞은 음성이 귓가를 파고들었다. 천리향을 받아 들고 궁으로 돌아간 그녀가 어찌 되었나 궁금하던 차였는데, 우연히 마주치게 되니 순수한 궁금증에서 알은체를 했을 뿐인데 돌아오는 반응이 뜻밖에도 싸늘하다. 역시 그 일 때문인가.

"저번에 제게 말씀하시길, 서궁마마께서 편찮으시다 하여 천리향이 필요하다 하셨지요. 설마 말씀하신 서궁마마가 대비마마가 아니라 공주자가셨습니까?"

콱 박혀드는 단어들이 아프게 가슴을 찔렀다. 엉겁결에 예상치 못한 공격을 받은 연리가 입술을 꾹 다물었다. 당최 제가 이자와 왜 여기서 이런 이야기를 나누어야 하는지 모를 일이다. 거사를 알아내 범궐(犯闕)에 동참하리라 기회만 엿보던 연리는 잊고 있었던 모후에 대한 걱정이 둑을 무너뜨리듯 흘러나오는 것을 느꼈다.

시시각각 변해가는 침울한 표정을 고스란히 목도한 주원은 그에 제 예상이 맞았다 판단 내렸다. 이 여인은 공주를 모시던 궁인이고, 서궁에 감금되어 건강이 악화된 공주가 유명을 달리하자 출궁된 것이라고. 궁에서 나온 상여가 대로를 가로질러 장지(葬地)로 향했던 것을 삼척동자부터 나이 지긋한 노인까지 모두 목격하였으니 이 외에 다른 이유가 또 있으랴. 형용할 수 없는 눈빛이 무겁게 가라앉았다.

"가겠습니다."

지난번보다 생기로웠던 낯이 거멓게 사그라졌다. 그제야 혹시 제가 방종하였습니까, 조심스러운 음성으로 주원이 물었지만 연리는 다가오는 그를 외면하며 몸을 돌려 달음질해 사라졌다.

밤의 장막이 빠짐없이 하늘을 덮고 휘영청 달이 깊어간 후에야 수련 첫날이 마무리되었다. 다들 잠옷을 갈아입고 강당에 모여 오늘 하루 얻은 점수를 동장 모란이 모두에게 보고한 후에야 불이 꺼지고 마침내 동기들에게도 밤이 찾아들었다.

모란 혼자서 육 점이나 올려, 총 십 점을 올린 모란의 조와 팔 점, 칠 점, 육 점 등 그를 바짝 뒤쫓는 다른 조, 도합 열 개 조의 순위가 정립되었고 연리와 연의의 조는 사 점을 차지해 팔 위였다. 덩그러니 일 점만 차지한 연리보다 세 배나 많은 삼 점을 얻은 연의 덕에 간신히 꼴찌는 면했다.

연리의 어두운 표정이 순위가 낮아 실망한 줄로만 안 연의가 씩씩하게 연리를 위로하며 어깨를 토닥였다. 연리가 애써 웃어 보이며 고개를 끄덕이자 헤헤 명랑하게 웃어 보인 연의는 곧 단잠에 빠져들었다.

피곤한 몸을 누이고 눈을 감았으나 잠이 쉬이 오지 않았다. 의식의 저편에서 앞으로 칠 일간 똑같이 반복해야 하는 첫 번째 수련이 고단하게만 느껴져 머리가 무거웠다. 단단히 조인 의식을 애써 풀어놓으며 연리는 마음을 달랬다.

'지나갈 거야.'

자꾸만 되뇌고 나니 짓누르는 무거운 현실과 결코 달갑지 않았던 오늘의 만남도 잊혀져 갔다. 정갈해 보이는 자였으니, 여기서 다시 만날 일은 없겠지. 제 입으로 기루를 자주 찾지 않는다고도 했으니까. 연리는 그대로 수마의 손길을 받아들였다.

다음 날 눈을 뜨고 똑같은 하루를 맞이하였을 때도 해소되지 않은 피로감이 어깨를 내리눌렀으나 되뇌는 말이 주문처럼 버틸 힘을 주었다. 또다시 어둠이 내리고, 자연스레 기루에 들어서는 황옥(黄玉)과 같은 눈을 마주하기 전까진.

"또 뵙습니다."

순 난봉꾼 아냐, 저자.

어둠 탓인가. 연리는 저를 향해 다가오는 이의 속내가 마뜩잖았다. 스스로 기루를 즐기지 않는다 호언할 때는 언제고, 하루 만에 천연스레 발을 들여놓는 양이란. 겉모습만 그럴듯하지 도무지 주색을 멀리하는 올곧은 선비는 아닌 것 같았다.

"또 뵙습니다."

주원이 잔잔한 얼굴로 알은체를 건넸다. 왁자지껄 혼잡한 거리의 사람들과는 다르게 제법 글 읽는 자의 면모가 풍기는 맵시다. 하나 이미 외양만 번드르르한 한량으로 낙인찍힌 터라 건네는 말이 달갑게 먹힐 리 없었다. 떨떠름한 얼굴로 시선을 피하며 대강 고개를 숙여 보인 연리가 주위의 시선이 집중되기 전에 얼른 방향을 틀었다.

괜히 또 엮여 말을 섞게 되는 것을 피하려, 연리는 주위의 아무 사내나 골라 기루 입장을 유도하려 했다. 막 눈앞 사내에게 말을 붙이려는 찰나 갑작스레 나타난 합죽선이 사이에 끼어들었다.

뭐요? 어깨가 부딪치자 얼근히 취한 사내가 반쯤 눈을 홉뜨고 돌아보았다. 실례하였습니다, 나리. 주원이 좌르륵 펴든 새하얀 합죽선으로 자연스레 연리를 가리며 사내에게 사과를 해 보였다.

조심하라고! 혹시나 어여쁜 기녀일까 한껏 어깨에 힘을 주었다가 힐끔 주원을 훑은 사내가 눈알을 부라리며 비틀비틀 멀어졌다. 살랑살랑, 여름도 아니건만 순전히 멋으로 들고 다니는 것인지 날씨에 맞지 않게 합죽선이 부드럽게 곡선을 그렸다.

"또 뵙습니다."

반복되는 말.

"달갑지 않습니다. 그만하시지요."

"무엇을요. 낯선 곳에 와, 면을 익힌 이에게 인사했을 뿐입니다."

"저는 지금 수련을 하는 중입니다. 하니 자꾸 이러시면 방해가 됩니다. 공자께서 이곳에 유흥을 즐기러 오셨다 하여 저까지 그럴 것이라 생각하지 마십시오."

수련? 말끝이 의아함을 품었다. 하나 연리는 친절하게 의문을 해소해 줄 의중 따위는 없었으므로 가볍게 목례 후 쌩 스쳐 지나갔다.

"잠시만!"

짧게 외치는 목소리가 거침없는 발걸음을 부여잡았다. 하지만 연리는 아랑곳하지 않고 그대로 인파 사이에 섞여들었다. 연리는 주원이 또 끼어들까 싶어 이번에는 재어볼 틈도 없이 지나가는 아무 사내에게나 말을 걸었다.

"선비님, 혹 비원에 가시는 길이십니까?"

다급한 말투로 말을 붙이자 이미 어디선가 술 한잔을 걸친 듯한 붉은 대추 얼굴의 사내가 돌아보았다. 으응, 그러하다만? 귀여운 어린 딸을 보는 듯, 불혹(不惑, 마흔) 즈음 되어 보이는 자가 만면에 웃음을 띠운 채 성심껏 대답을 한다. 그의 태도에 안심한 연리가 미리 보아뒀던 다른 동기들의 태도를 흉내 내며 어색하게 말을 꺼냈다.

"하면 제가 안으로 모셔도 되겠습니까?"

"오오, 그래. 모름지기 술과 여인은 죽마고우와 같으니, 바늘 가는 데 어찌 실이 아니 가겠느냐. 허허허. 엇참! 이것도 있었지. 용 가는 데 구름 가고, 봉 가는 데 황 가고, 바람 간 데 범 가고……."

사내는 끊임없이 주절주절 술주정을 쏟아냈다. 이 정도면 사람이 술을 먹은 게 아니라 술이 사람을 먹은 거다. 곤란하였으나 지금 이자를 데리고 가지 않으면 오늘 점수는 공치게 생긴 터였다. 이미 모란이나 다른 아이들은 여러 점을 땄고 연의도 아까 두 점이나 얻었다. 염치가 있지, 연의는 혼자 저리 고군분투하는데 아무것도 못 하는 짐덩이가 될 수는 없었다.

연리는 하는 수 없이 사내의 한쪽 팔을 슬쩍 잡고 슬슬 기루 입구로 사내를 안내했다. 얼마나 술을 퍼먹었는지 자꾸만 콧노래를 흥얼거리며 비척거리는 것이 취해도 여간 취한 게 아니었다.

'이래도 되나?'

사내가 워낙 술이 된 터라, 이자를 다시 기루에 들여 넣는 게 잘하는 일인지 양심이 찔린 연리는 슬쩍 고민에 빠졌다. 정작 본인은 술을 더 내놓으라며 기루에 들어서기도 전에 주정을 부리기 시작했지만.

"수울, 술을 가져오너라아! 내 말이 아니 들리느냐?"

"조금만 더 가시면 기루입니다. 어서 들어가시지요."

얌전히 끌려가던 사내가 갑자기 우뚝 멈추어 서더니 흐릿한 눈으로 곁에 선 연리를 물끄러미 올려다보았다.

"넌 누구냐?"

"예?"

이 눈빛……. 너그러워 보이던 눈빛이 혼탁하게 바뀌자 연리는 잡았던 사내의 소매를 놓고 주춤 한 발 뒤로 물러섰다. 일전에 이미 겪어본 시선이다. 까딱 잘못하다가는 난동이 터질지도 모른다. 연리는 재빨리 입을 열었다.

"소녀는 기루 비원의 동기이옵니다. 선비께서 비원에 듭신다고 하여 제가 아까……."

만취한 자에게 상황을 명확히 설명해 인지시키려는 노력에도 무색하게 사내가 불쑥 몸을 들이밀어 연리의 손목을 덥석 잡았다.

"햐, 고년 참 곱게도 생겼다."

무뢰배의 축축한 눈길이 게슴츠레 얼굴 곳곳을 더듬었다. 예고 없는 무례에 화기가 치밀어 올라 그 자리에서 손을 뿌리치려 하였지만, 지난날 취객의 위협이 자신도 모르게 심중에 큰 충격으로 남았는지 도무지 힘이 들어가지 않았다. 점점 가늘게 떨리는 손목은 여전히 사내에게 꽉 잡혀 풀려날 기미가 보이지 않았다.

설상가상 사내는 보이는 것이 없는지 제 손을 좌우로 크게 휙휙 젓혔고, 그의 손에 묶인 연리는 속절없이 그에 따라 휘청거릴 수밖에 없었다. 노, 놓아주십시오! 입술이 덜덜 떨려 마음과는 다르게 자꾸만 목소리가 안으로 먹혔다. 문자깨나 쓰는 자인지 앞뒤 맞지 않는 시구들을 나불대던 사내가 갑자기 바들대는 연리를 확 끌어안았다.

"꺅!"

"용모도 화용월태(花容月態)일진대 자태 또한 흡족하구나. 이년, 오늘 밤 내 수청을 들거라!"

불쾌한 냄새와 감촉이 연리의 온몸을 속박했다. 선, 선비님! 놓아주십시오! 가까스로 힘을 짜내어 아무리 외쳐도 사내는 가둔 팔을 풀지 않았다. 아니, 한술 더 떠 그는 기루 계단에 올라서 연리를 기루로 억지로 끌어들이려 했다.

"웬 잔말이 이리도 많아! 영광으로 알아야지, 이 박 진사의 애첩은 호의호식한다는 소문도 듣지 못했느냐?"

애첩? 순식간에 머리가 하얗게 비었다. 싫어! 끔찍하게만 들리는 단어에 연리가 세차게 고개를 저었다. 소녀는 화기가 아니라 동기이옵니다! 악을 쓰려 해도 주위는 풍악 소리와 들뜬 잡담 소리로 가득 찬 터라 연리의 목소리가 이를 뚫고 나올 리는 만무했다. 부득부득 억지로 연리를 품에 가두어 계단 위 대문까지 끌어 올린 사내가 솟을대문 안쪽으로 연리를 냅다 밀어 넣었다.

"방 준비해라!"

어머! 문 안쪽에서 동기들의 점수를 셈하고 있던 매향이 급히 다가왔다.

"아유, 나리. 무엇을 착각하셨나 봅니다. 그 아인 아직 기녀가 아니라 동기여요. 수청을 들 아일 찾으신다면 더 예쁘고 귀여운 아이들이 많이 있사오니, 이 아이는 이만 풀어주시지요."

능수능란하게 비위를 맞추며 매향이 사내를 살살 어르고 달랬다. 그에 헤벌쭉하며 그래애? 답하던 사내는 매향이 슬그머니 사내에게서 연리를 떼어놓으려 하자 버럭 소리를 질렀다.

"에잇, 시끄럽다. 동기고 뭐고 수청을 들라면 들어야지! 아예 내가 머리를 올려주면 될 것이 아니냐!"

"아이고, 나으리!"

사내가 진정할 기미를 보이지 않자 매향이 애원하는 말투로 바꾸어 만류했으나, 사내는 막무가내로 연리를 끌어당겼다.

"아니 되긴 뭐가 아니 돼! 내 이 아이와 기필코 운우지정을 맛볼 것이니 얼른 방을 내와라!"

어느새 지나가던 이들의 시선이 사내와 그에게 붙잡힌 연리에게로 집중되었다. 그 옆에서 동기들의 수련을 담당하는 매향이 진땀을 빼고 있자 동기들도 수군거리며 모여들기 시작했다.

"어찌해? 행수님께 말씀드려야 하는 거 아니야?"

"뭘 동기 하나 일 가지고 행수님 귀에까지 고해바치니? 어차피 기녀가 될 몸, 수청 먼저 들면 어때서 그래."

어느새 달려와 상황을 관망하던 모란이 다급하게 수군거리는 동기들에게 팩 쏘아붙였다. 별 대수롭지 않단 기세에 동기들이 원망스런 눈길을 보내면서도 발만 동동 굴렀다. 동장인 모란도 저리 태평히 있고, 스승님도 말리느라 진땀을 빼고 있으니 정말 행수님께 고해바쳐야 할 일인지 아닌지 갈피를 잡을 수가 없었다. 괜히 일이 커지면 어떡하나, 점점 좌중에 혼란이 가중되었다.

억센 손길이 자꾸만 잡아끌고, 반대편에서는 애를 쓰며 저를 빼내려 하는데 정작 본인인 연리는 핏기가 싹 가셔 주저앉을 지경이었다. 악을 쓰고 대차게 따져야 할 상황인데 자꾸만 손이 덜덜 떨렸다. 머릿속이 핑 돌았다. 높고 높은 공주에서 대역 죄인이 되고 기루에 들어와 기녀가 되었다. 한데 이제는 잡배의 노리개라니!

차분히 생각해 보면 술 취한 선비 하나가 술 난동을 피우는 것에 불과하여 어찌어찌 막지 못할 리도 없거늘, 생각조차 해본 적이 없던 나락으로 떨어져 버린 현실이 공포를 불어넣고 영민한 이성을 흐렸다. 옥신각신 고성이 오가며 흔들리는 상황 가운데, 연리의 눈에 왈칵 이슬이 고였다.

'누가 날 좀, 제발!'

수신(受信)하는 이는 없을 것을 알지만 연리는 그저 무작정 간절히 저를 건져내 줄 구원자를 찾았다. 그리고 다행스럽게도 그 간절함은 기적처럼 연리에게 자비를 베풀어 주었다. 그러니까, '기적'처럼, 생각지도 못한 방법으로.

쿵!

“아야야야!”

사내가 앓아 빠지는 목소리로 비명을 질렀다. 어머머! 주위를 둘러싼 구경꾼들과 기녀, 동기들의 새된 비명이 맞물려 순식간에 장내는 아수라장이 되었다.

“무엇이냐!”

사내는 나동그라져 엉덩방아를 호되게 찧었고, 붙잡혀 있던 연리는 그와 뒤섞여 내팽개쳐지려는 찰나 굳센 손길에 이끌려 누군가의 품속으로 확 안겨들었다.

다짜고짜 연리를 인형처럼 낚아채 품에 안은 손길은 한쪽 손으로는 뒷머리를 잡고, 다른 한 손으로는 제 가슴에 끌어안아 연리는 손길의 주인을 올려다볼 수 없었다. 하지만 소름 끼치는 불지옥에서 벗어났다는 사실이 너무나 안도되는지라, 연리는 저도 모르게 품에 그대로 안겨 손에 잡히는 옷자락을 꼭 쥐었다. 믿음직하게 저를 보호하듯 감싸는 가슴에 이마를 기대며 연리는 이슬 고인 눈을 감고 씨근거리는 숨을 진정시키려 노력했다.

“이 자식아! 네놈 뭐야!”

뒤통수에서 분노한 사내의 일갈이 터져 나왔다. 크게 엉덩방아를 찧고 나니 아픔에 술기운이라도 깨었는지, 아까와는 달리 제법 힘이 들어간 거센 어조다.

“왜 다짜고짜 날 밀어! 새파랗게 어린 놈이, 어디 한번 포청에 가볼테냐?”

사내가 투레질하며 우악스레 악을 썼다. 위협적인 고성에 연리가 움찔했다. 그러자 연리를 감싼 손길이 마치 걱정하지 말라는 듯 더욱 힘주어 등을 감쌌다.

"아이고 나리, 제발 그만하시어요! 젊은 선비께서 술에 취해 무엇을 착각하셨나 봅니다!"

재빨리 달려들어 둘을 중재하는 목소리가 들렸다. 하지만 그런 매향의 노력이 무색하게 사내는 여전히 분한 목소리로 소리쳤다.

"내 이대로 넘어가진 않을 것이야. 감히 겁도 없이 이 박 진사를 떠다 밀어?"

제 분을 못 이겨 씩씩대던 사내의 한층 더 열 오른 목소리가 이어졌다.

"오호라, 내 계집까지 빼앗아가시겠다? 네놈 뭐하는 놈이냐! 대관절 뭐하는 놈이길래……!"

'내 계집'이라는 오만불손한 말이 튀어나오자, 연리를 보호하고 있던 가슴이 분노한 듯 갑작스레 숨을 들이켜더니 힘 있게 깔리는 음성으로 고래고래 지르던 사내의 음성을 압도해 제압하였다.

"기부(妓夫)요!"

얼마나 당당하고 든든한 음성인지. 주군을 지키는 호위무사의 그것과 같은 믿음직한 비호였다. 이에 설쳐 대던 사내는 물론이고 좌중의 소란까지 언제 그랬냐는 듯 조용한 절간처럼 종식되었다. 물론, 장내에 이토록 철저한 침묵이 감돌게 된 이유는 어조뿐만 아니라 내용이 크게 한몫했단 사실은 말할 나위가 없을 것이다.

잠깐.

저를 비호한 믿음직한 이의 품에 안겨 있던 연리가 옷자락을 쥔 손을 풀며 몸을 뒤로 젖혔다. 설마. 얼떨떨한 연리가 서서히 등을 뒤로 밀자, 제 등을 지탱하고 감싼 손이 더욱 선명하게 느껴졌다. 도포 가슴자락에 둘러 고정시킨 소박한 세조대가 보이고, 작은 황옥 하나를 매단 갓끈이 보였다. 설마. 제가 같은 생각을 반복하는지도 모르고,

연리의 시선이 늘어뜨린 긴 갓끈을 따라 천천히 위를 향했다.

"내가 이 여인, 기둥서방이란 말이오."

주원이었다.

기적이란, 언제나 생각지도 못한 방식으로 일어나는 법이다.

사아악- 얼굴의 핏기가 사라지는 소리가 들리는 듯하다. 청천벽력, 아니 천지가 개벽하기라도 한 듯이 사람들의 얼굴에는 놀람이 번져 갔다. 보려 하지 않아도 곁눈으로 보이는 반응들은 지금 제 표정과 크게 다르지 않을 것이란 사실에 연리는 그저 입을 떡 벌리는 일밖에 할 수 없었다. 물론, 저들의 놀람과 연리의 놀람은 그 차원부터가 다른 것이었지만.

뭐야, 저 선비가 저 계집애 기둥서방이래. 어쩜, 그럼 저럴 만도 하네! 정인을 채가려는데 누가 가만히 있어? 호호호, 영웅호걸도 미인에겐 못 당한다더니.

허겁지겁 모여들어 사태를 관망하던 기녀들과 동기들이 수군댔다. 주원의 돌발 행동을 두고 사내답다느니, 역시 사랑싸움엔 귀천이 없다느니 하는 말들이 들불처럼 빠르게 번져 나갔다. 무슨 일인가 하고 슬쩍 발을 들인 손들도 앞뒤 상황을 파악하고는 쯧쯧 혀를 찼다. 그에 자연히 박 진사는 남이 일찌감치 점찍어둔 여인을 제 계집이라 우격다짐하며 추태를 보인 파렴치한이 되어가고 있었다.

"이…… 이……!"

박 진사 자신도 짧지 않은 유흥 생활을 즐기며 경험한 바가 있었기에, 인정하고 싶지는 않았으나 눈앞에 벌어진 상황에 대해 한껏 당황한 빛이 가득했다. 이 상황이야말로 양반들이 제일 좋아하는 구경거리인 동시에 기녀 따위에 목매다 사랑싸움을 낸, 그야말로 한양 기루 내에서 술안주로 올려지기 십상인 사건이었기 때문이다.

기실, 기녀 하나를 가운데 두고 연적이 된 사내들이 작게는 주먹 다툼부터 크게는 칼부림까지 벌이는 일이 한양에선 그다지 특별한 화젯거리는 아니었다. 난다 긴다 하는 기녀들이 제 인기를 뽐내기 위해 입버릇처럼 올리는 주제가 바로 그것이었으며, 기루를 찾는 양반들이 하루가 멀다 하고 잡담하는 주제이기도 했으니까.

그도 다른 양반들과 다르지 않았다. 그가 기루에서 술잔을 기울이며 구경하기 제일 좋아하는 것은, 바로 여인을 빼앗은 자와 빼앗긴 자가 신분이며 체통이며 내던지고 상투가 풀어질 정도로 엎치락뒤치락하는 싸움이었다. 누군가 먼저 점찍은 계집은 특별한 이유가 없는 한, 빼앗겠다고 들이대지 않는 것이 기루를 드나드는 사내들이 암묵적으로 지키는 불문율이었다. 그러기에 이를 깨는 것은 더욱 채신없는 행동으로 여겨졌다. 게다가 당사자가 양반인 경우에야.

얼마 전까지만 해도 남들과 함께 껄껄대며 그깟 계집 하나에 양반의 체통을 내던지느냐며 비웃었던 기억이 떠오르자 그는 불덩이를 얼굴에 얹은 듯 만면이 화끈거렸다. 반반하고 때 타지 않아 보여 탐나긴 했지만, 그렇다고 새파랗게 어린 이와 이놈 저놈 하며 싸우며 양반의 위신을 포기할 정도는 못 되었다. 주저하다 신상을 아는 이가 나타나 더 망신을 당하기 전에 이곳을 뜨는 게 상책이었다. 그는 술기운보다 더한 수치심에 얼굴이 빨개진 채로 욕지거리를 내뱉으며 벌떡 일어섰다.

"에잇, 재수가 없으려니까!"

와하하하! 호호호호! 억지로 짜낸 분노를 가까스로 던져 놓자마자 허겁지겁 꽁지 빠지게 달아나는 박 진사의 뒤에 대고 와그르르 웃음보가 터졌다. 아, 재밌었다. 여운이 남는 구경거리에 관중들이 입맛을 다시며 뿔뿔이 흩어졌다. 손들도 기녀들을 한둘씩 끼고 사라졌고, 모여들었던 동기들도 매향의 손짓에 호기심 반, 아쉬움 반 섞인 얼굴로 연리와 주원을 주시하며 각자의 위치로 흩어졌다.

주변을 정리한 매향도 힐긋 둘을 돌아보았다. 들어온 지 얼마 되지도 않는 아이가 언제 사내를 만났나 하는 의문이 떠올랐으나, 곧이어 혹 이전부터 알던 사이인가 하는 그럴듯한 추측도 따라왔다. 산전수전 다 겪은 퇴기인 자신에게도 결코 흔치 않은 상황을 접한 매향은 아까의 한량과는 사뭇 다르게 말끔하고 발라 보이는 사내를 뜯어보며 속으로 중얼거렸다.

'기둥서방이라……. 이른 감이 있기는 한데.'

하기야 어차피 만들 것이긴 하다. 보아하니 아까처럼 강제로 수청을 드니 마니 하는 소동도 없을 것 같고. 빠르게 이것저것 따져 보다, 일찍 생긴 기둥서방에게 지나치게 편중되지만 않는다면 구태여 막을 필요는 없겠다고 결론 내린 매향은 나중에 연리를 따로 불러 이에 관해 주의를 줘야겠다 생각하며 자리를 떴다. 마지막으로 입술을 앙다문 채 미묘한 눈빛을 보내고 섰던 모란이 팩 몸을 돌려 사라졌다. 얼굴에는 왠지 모를 혼란스러움과 분기가 뒤섞인 채였다. 하지만 그야말로 마른하늘에 날벼락을 정통으로 내려맞은 연리는 이런 사소한 사실은 알아챌 겨를이 없었다.

"이…… 이게 대체 뭐하는 짓입니까!"

주위가 모두 사라진 즈음에야 가까스로 충격을 수습한 연리는 진중한 표정으로 걱정스레 저를 살피는 주원의 가슴을 확 밀치며 소리쳤다.

"더는 제 일에 상관하지 말아달라 이른 지 하루도 지나지 않았습니다. 한데 어찌!"

"송구합니다. 그자가 항아님을 욕보일까 걱정이 되어 앞뒤 생각지 못하고 경거망동하였습니다."

화를 제대로 풀어놓기도 전에 상대가 깔끔하게 잘못을 승복하고 나오면 당황하게 마련이다. 연리는 순간 말문이 막혔으나 저에게 모욕 아닌 모욕을 주었다는 사실은 변함이 없는지라 말을 잇는 목소리가 가늘게 떨려 나왔다.

"전…… 저는 이제 이곳에 마음을 붙이고 살아가야 합니다. 한데 이리 일을 쳤으니 무슨 낯으로 생활하겠습니까?"

망했다, 이젠 정말. 자그맣게 생겨나던 희망마저 방금 전 일로 송두리째 날아가 버렸다. 수련 이틀 만에 사고도 이런 대형 사고를 치다니.

"기둥서방이라뇨!"

연리는 부들거리는 주먹을 꾹 쥐고 소리쳤다. 듣기만 해도 얼굴이 화끈거리는 단어다. 아무리 궁궐 밖 물정에 무지하다고 해도 그 정도 눈치는 있었다. 기둥서방이 정확히 무슨 일을 하는지 속속들이 모르기는 해도, 어감이 풍기는 퇴폐적인 의미가 기분을 참담하게 만들었다. 습관인지, 주원은 고민하는 듯한 표정으로 예의 그 합죽선을 빼든 후 좌르륵 펼치는 대신 가장자리 면을 손바닥에 대고 일정한 간격으로 친다. 탁, 탁, 탁, 탁.

"차라리 잘되었습니다. 그렇잖아도 항아님께 드릴 말씀이……."

짝!

살이 맞부딪치는 마찰음이 경쾌하게 울렸다. 때린 이나 맞은 이나 얼얼한 통각이 피부를 자극했다. 주원의 눈동자가 갑작스러운 충격에 잠시 흔들리다 천천히 시선을 옮겨 연리를 향했다. 생전 처음 경험하는 느낌이다.

이건…… 뭐라고 해야 하나.

궁녀는 높아보았자 중인의 신분이다. 눈앞의 여인도 그에 지나지 않을 터였다. 더구나 출궁한 궁녀라면 그 신분은 빛 좋은 개살구나 다름없다. 신분 고하가 분명한 조선에서 양반 아닌 자가 양반의 신체에 손을 대고도 처벌받지 않은 경우는 없었다. 사농공상(士農工商)과 양천(良賤, 양인과 천민) 신분제에 예민한 양반들이었기에, 심한 경우에는 하극상을 저지른 자는 포도청에 끌려가기 전에 그 자리에서 흠씬 두들겨 맞는 경우까지 있었다. 엄격한 유학의 도리에 따라 철저하게 교육받은 주원도 특별히 양반적 사고에서 예외는 아니었다. 하여, 처음에는 아픔이, 다음에는 놀라움이, 그다음에는…….

"흑……."

불쾌함이어야 하는데.

투명한 물빛이 얼굴을 적신다. 입술을 꾹 다물고 흐느낌을 억지로 참아내는 모습이 애처롭다. 다시 만난 후 그토록 견고하던 얼굴이 마치 어린아이처럼 서서히 젖어든다.

'이러려던 게 아닌데.'

눈치 없이 화끈거리는 뺨을 우두커니 인 채로, 주원은 당황함이 민연한 중에도 서둘러 합죽선을 펼쳤다.

분명…… 내게는 보이고 싶지 않을 테니까.

연리는 울고 또 울었다. 요사이 하늘은 제게 무슨 억하심정이라도 있는 모양이었다. 최근 몇 년간 잘 해내겠다고 마음먹은 일 중 제대로 된 일이 거의 없었다. 발버둥 치고 다 놓아버리고픈 마음을 누르며 노력해도 괄목할 만한 성과는 보이지 않았다.

여기는 제게 체통을 지키라며 꾸짖을 누군가도 없을뿐더러, 어차피 더 이상 나빠질 상황도 없겠다 싶어 연리는 감정을 숨기지 않고 그대로 쏟아냈다. 어린아이가 군것질거리 따위를 사달라며 부리는 생떼 같은 울음은 아니었다. 하나 굳이 큰 목청으로 나타내지 않아도 억울함과 진 빠지는 감정이 짙게 배어 나오는 울음이었다.

흡, 흑. 흐윽!

이만하게 울어본 것이 얼마 만일까. 한참 동안 실컷 울고 난 연리는 흘러나오는 마지막 슬픔을 닦아내면서 번쩍 정신이 들었다. 소매로 얼굴을 닦아내며 연리는 재빨리 힐끗 곁눈질하여 옆 주변을 탐색했다. 다행히 아까 볼만한 구경거리가 파하자 관중들이 모두 자리를 뜬 것 같았다. 평소와 같이, 주변 건물과 정자에서 웃음과 악기 소리가 한데 섞여 어렴풋하게 들려왔다.

휴우. 조심스레 내쉰 한숨에는 이제서야 한시름 놓았다는 안도감이 묻어났다. 혹시나 호기심 섞인 동기들 두셋이 남아 있을까 뒤늦게 걱정되었던 탓이었다. 연리는 서둘러 자리를 뜨기 위해 주위를 살피던 시선을 앞으로 돌리고 눈물 닦던 손을 내렸다.

하얀 부채 면이 시선을 가득 채웠다. 그 바람에 한껏 놀람을 들이켠 바람 소리가 새어 나왔다. 그러자 소리를 들었는지 펼쳐진 합죽선이 조심스레 움직이더니, 연리가 서둘러 줄행랑칠 틈도 없이 착 경쾌한 소리를 내며 접히더니 등 뒤로 치워졌다.

"……당신 정말."

화들짝 놀란 얼굴이 점차 불쾌하게 흐려졌다. 상황을 이렇게 만든 장본인이 무슨 득을 더 보겠다고 이 자리에 남아 있느냔 말이다. 이거야말로 저를 제대로 모욕하는 꼴이 아니고 무엇인가. 지난번 도움을 줄 때는 진중한 사내인 줄로만 알았는데. 역시 맨 처음 제 요청을 거절했던 모습이 본성임이 틀림없었다. 더 말을 섞고 싶지도 않다는 듯한 얼굴로 연리가 뒤를 돌았다. 누가 뭐래도 지금 당장 방으로 가서 틀어박혀야겠다는 생각뿐이었다.

분노, 창피함, 피로가 한데 섞인 얼굴로 몇 걸음 떼는데 뒤따르는 소리가 들리는 듯하더니 어깨가 붙들렸다. 또! 솟아오르는 갑갑함에 연리가 뒤도 돌아보지 않고 억지로 손길을 뿌리치려 했다. 하지만 나타난 손길은 속박을 풀지 않고 그대로 한 걸음 성큼 나아가더니, 부드럽게 연리의 어깨를 반 바퀴 돌리고선 이어진 손으로 감싸 자연스레 걸음을 이끌었다.

한바탕 우느라 진이 다 빠진 연리는 포기하는 심정으로 주원을 따라갔다. 무슨 말이 더 남아 그러는지 들어나 보자는 심정이었다. 당연히, 아직까지 연리의 기분은 이루 말할 수 없이 저조했다.

주원은 불빛이 아롱거리는 연회장을 비켜 자그만 연못에 다다라서야 걸음을 멈추었다. 화려한 연꽃 대신 이름 모를 물풀이 돋아난 소박한 연못이었다. 워낙에 화려하고 큰 기루인지라 사방에 보이는 누각과 정자에 비교되어, 소박하다 못해 초라하게까지 느껴지는 곳이다. 주원은 못 가장자리에 놓인 넓고 평평한 큰 바위에 다가갔다. 언뜻 보아도 두세 사람이 앉을 수 있을 정도의 크기다. 아마도 누군가 휴식을 취할 용도로 마련해 두었던 바위인 듯했다.

주원은 가볍게 바위 위를 손으로 쓸어보더니, 놓여 있던 물풀 이파리를 털어내고선 연리를 그 위에 앉혔다. 엉망이 된 얼굴로 풀썩 앉은 연리는 줄곧 시선을 땅에 고정시켰다. 이젠 팔다리에 힘이 빠져 무턱대고 달아날 힘도 없었다. 가벼운 적막이 흘렀다. 잠시 연리를 물끄러미 바라보던 주원이 입을 열었다.

"항아님을 모욕하려 그리한 것이 아닙니다. 제 딴에는 막아야겠단 생각이 들어, 생각나는 대로 입을 열었는데 무도한 언사를 하고 말았습니다."

"……알았습니다."

대답이 없으리라 예상하고 말을 이으려던 주원이 멈칫했다.

"예?"

"설마하니 일부러 제게 수치를 주시려 그 단어를 택하셨겠습니까. 그저 너무나 익숙하다 보니 겨를도 없이 튀어나온 말이었겠지요. 기분이 상한 것은 사실이나 이해하겠습니다."

"익숙, 이라니요?"

주원이 황당하다는 얼굴을 하고 의문을 제기했다. 하지만 더 이상의 언쟁은 하고 싶지 않다는 듯, 연리는 내렸던 시선을 끌어 올려 주원과 마주했다.

"공자께서 어려운 이를 두고 보지 못하는 심성이란 것은 잘 알겠습니다. 저번에 제게 천리향을 내어주셨고, 이번에도 구태여 다툼에 휘말릴 위험을 무릅쓰고 저를 빼내어주셨으니 말입니다."

"그야."

"감사드립니다."

난데없는 인사치레에 의문만 더해갔다. 다시 한 번 말을 꺼내려던 주원이 어리둥절하며 연리를 주시했다.

"공자께서 도와주신 덕분에 위기를 두 번씩이나 모면했습니다. 진심으로 감사하게 생각합니다. 이 은혜는 평생 갚을 길을 찾아 보답하겠습니다."

연리는 잠깐 말을 멈추고 차분하게 단어를 골랐다.

"하지만 여긴 이제 제 일터이고 집입니다. 공자께서 매번 이곳에서 주지육림을 즐기시는 건 알지만, 앞으로 자꾸 마주치면 오늘과 같은 소란이 일어나지 않으리란 보장이 없지 않습니까. 저는 다른 사람의 시선을 끄는 것도 싫고, 혹여 그렇게 저를 알게 된 이들이 저를 쉬이 생각하는 것도 싫습니다. 그리 생각할까 걱정됩니다. 그러니 앞으로 다시는 이곳에 걸음하지 않으셨으면 합니다. 염치없으나 부탁드립니다. 한양에 기루가 비원만 있는 건 아니니 다른 기루에 걸음하시면 아니 되겠습니까?"

숨도 쉬지 않고 길게 말을 쏟아내고선 연리가 입을 꾹 다물었다. 제가 생각해도 발칙하기 짝이 없는 말이다. 동기 따위가 뭐라고 선비에게 오라, 오지 말라 따위의 말을 한단 말인가. 아무리 너그러운 그라도 이번엔 벌컥 역정을 낸다 해도 납득할 수위다. 역정이 무언가, 아까의 박 진사였다면 뺨이라노 올려붙였을 것이다.

하지만 지금의 연리는 자포자기라도 한 듯한 심정이었다. 이젠 몰라. 모른다고! 그가 들어주든 들어주지 않든, 이렇게라도 앓던 마음을 속 시원히 내뱉어야 오늘 밤 잠들 수 있을 것 같았다.

의외로 주원은 뜻밖이라는 듯한 내색이었다. 손에 든 합죽선을 만지작거리던 그가 뒷짐을 지고 생각에 잠긴 듯 천천히 연못가를 돌았다. 그의 태도에 도리어 어리둥절한 연리가 연못을 따라 원을 그리는 주원의 뒷모습을 눈으로 좇았다. 여름이나 가을이라면 풀벌레라도 울었으련만. 이미 가을을 훌쩍 지나 엄동설한에 들어서려는 날씨엔 어림도 없었다.

멀찍이서 들려오는 연회 소리가 고요 속에 배경처럼 깔렸다. 작은 연못이라 원을 완성시키는 데는 오랜 시간이 걸리지 않았다. 원점으로 돌아온 주원이 여전히 바위에 앉은 연리의 앞에 와 섰다. 언제 꺾었는지, 손에는 연못 주위를 두른 가는 물풀이 들려 있었다. 주원이 손안의 꺾은 풀을 내밀어 연리에게 보였다.

"이 풀은 등심초(燈心草)라 합니다. 등잔 심지를 만드는 데 쓴다 하여 그런 이름을 얻은 게지요. 방석이나 돗자리를 만드는 데 쓰이고, 미투리를 삼는 재료이기도 합니다. 특히 왜국에서는 돗자리를 만들기 위해 꽤 많이 심는 풀이라더군요. 이 풀이 등잔, 방석, 돗자리, 미투리를 만들기 위해서는 필수인 재료입니다."

갑자기 무슨 뚱딴지같은 소리야. 연리는 그 와중에도 주원이 화를 내거나 단박에 거절하지 않는 것이 의외라 생각하며 담담한 얼굴을 힐끔 쳐다보았다.

"보기엔 그저 하찮아 보이지요. 화려한 꽃도 없고 색도 평범한 녹색이지 않습니까. 하여 이 풀의 이름을 아는 사람은 그리 많지 않습니다."

"예."

다짜고짜 무례한 부탁을 하였으니 이 정도 성의는 보여주어야 도리겠지. 연리가 순순히 대답하자 주원이 담담한 얼굴에 부드러움을 띠웠다.

"하지만 등잔을 모르는 사람은 없습니다. 방석이나 돗자리도요. 미투리야 말해 무엇하겠습니까."

"그렇지요."

"그대도 이와 같습니다."

연리는 주원이 읊조리듯 하는 말에 이번에도 순순히 맞장구쳐 주려다 멈칫하였다. 의도를 알 수 없는 말에 혼란스러운 눈으로 쳐다보는 연리에게 주원이 눈동자를 맞추었다.

"기녀라 하여 그저 그런 노류장화(路柳牆花)가 아닙니다. 그 어떤 미물이라 하더라도, 그가 아니면 해낼 수 없는 일이 있는 법입니다. 기녀가 없다면 지친 자들이 어디서 낙을 얻을 것이며 어떻게 풍류를 즐겨 삶을 위로할까요. 기녀의 이름을 다 아는 자는 없겠지만, 그들의 풍류와 음률을 모르는 자는 어디에도 없습니다."

말을 마친 주원이 연리에게 꺾어온 물풀을 쥐여주었다.

"하니 스스로를 아쉽다 여기지 마십시오. 무릇 사람의 가치는 마음으로 결정되는 것입니다. 그대가 그대의 가치를 어떻게 생각하느냐에 따라 상대도 그대를 그리 대할 것입니다."

"왜, 그런 말씀을 하십니까."

손을 오므려 안에 쥐어진 물풀을 느끼며 연리가 물었다. 가치…… 가치라고.

"항아님께서 상심하신 듯 보여서요."

수원이 넛썩은 투로 말하였다.

"궁인이실 때와 여기서의 낯빛이 다릅니다. 꼭…… 지치신 것처럼."

"지쳤다구요."

여전히 물풀에 시선을 고정시킨 채로 연리가 주원의 말을 되풀이했다. 주원이 살짝 고개를 끄덕였다.

"어느 모로 보나 기녀보다는 궁인의 신분이 더 낫겠지요. 오늘 같은 일도 없을 테고요. 하지만 항아님께선 목표한 바가 있으니 여기 오신 것이 아닙니까."

그렇지요? 대답을 원하는 부드러운 물음에 연리는 저도 모르게 작게 고개를 끄덕였다.

"그러니 너무 의기소침해하지 마십시오. 항아님의 가치는 기루에만 있는 것이 아니라 그 목표에도 있으니까요."

왜인지 모르겠으나 갑작스레 눈이 시큰거렸다.

"주제넘을지 모르나 말씀드리고 싶었습니다."

이건 연못에 비친 달빛이 눈에 반사된 탓일 거다. 연리는 얼른 눈에 힘을 주고 버텼다.

"잠시만, 쉬어가시라고."

"시간이 꽤 흐른 것 같습니다."

아른거리는 등롱 불빛이 달빛과 섞여 은은하게 연못에 녹아들었다.

은은한 향까지 나는 등심초와 함께한 두 식경(食頃)의 짧다면 짧고 길다면 긴 시간.

연리는 지금까지 자신을 둘러싸고 있던 눅진한 어떠한 막을 말끔하게 벗겨낸 것 같아 상쾌함마저 느끼고 있었다. 가능하다면 동이 트고 아침이 올 때까지 이대로 앉아 있고 싶었다.

"이제 들어가 보셔야 하지 않겠습니까."

날도 점점 추워지고요. 어느새 연리에게서 조금 떨어진 곁에 앉은 주원이 사려 깊은 어조로 말을 건넸다. 연리는 참으로 오랜만에 느끼는 싱그러움을 더 즐기지 못함에 아쉬워하며 살며시 눈을 감고 크게 숨을 들이쉬었다. 그런 연리의 모습을 옆에서 바라보며 주원이 입가에 잔잔한 웃음을 머금었다.

"감사합니다."

연리가 눈을 감은 자세 그대로 입을 열었다.

"제게 그렇게 말씀해 주신 분은 공자님이 처음이십니다. 아무도 그런 말은 해주지 않았어요."

"누구든 위로는 필요하니까요. 제가 특별히 선해서 그리한 것이 아닙니다. 지친 이를 보면 그 짐을 덜어주고 싶어 하는 마음은 모두가 같을 겁니다."

와 닿는 말 한 마디 한 마디가 불씨처럼 따스하다.

물씬 다가오는 고마움에 반짝 눈을 뜨자 주원이 바위에서 일어나 옷자락을 정돈하는 모습이 보였다. 이만 가려나 보구나. 생뚱맞게 그와의 헤어짐이 아쉬웠다. 근심 걱정 없이 푹 쉴 수 있는 보금자리가 사라지는 느낌이었다.

아쉬운 눈길로 바라보고 있자니 주원이 불현듯 아, 소리를 내며 빙글 몸을 돌려 연리를 마주 보았다. 연리는 왠지 모르게 뜨끔하여 얼른 아쉬움을 거두고 말끄러미 쳐다보았다.

"항아님께 부탁이 있습니다."

"제게요?"

무엇을……. 의아함에 눈을 동그랗게 뜨자 주원이 팔짱을 끼더니 대뜸 단호한 표정을 지어 보였다.

"아까 저더러 기루에 익숙하다느니, 주지육림을 즐긴다느니 하셨지 않습니까. 저를 그런 난봉꾼으로 보셨으니 억울함을 풀 만한 부탁은 들어주셔야지요."

기억이라도 나지 않으면 모르련만. 생생하게 기억나는 제 입으로 내뱉은 말을 잡아뗄 수도 없어, 겸연쩍은 연리는 발로 애꿎은 땅만 툭툭 찼다. 그건…….

"기루를 즐겨 찾지 않는다고 하셔놓고, 자꾸 보이시니 그렇지요. 이틀이나 연속으로 그리 자연스레 나타나시니까……."

스스로 잘못을 인정하기는 민망하여 애써 변명을 둘러대는 연리의 목소리가 점차 기어들어 갔다. 분명 이틀 연속으로 자연스럽게 나타나는 것을 보니 기루를 즐기지 않는다는 말은 거짓인 것 같은데, 이야기를 나누어보니 반듯한 품성이 주색을 즐기는 한량은 아닌 듯하다. 연리의 말에 주원이 아차, 하는 표정을 지었다가 재빨리 헛기침하며 천연덕스럽게 낯빛을 가다듬었다.

"오해십니다. 기루라곤 여기 비원이 처음인 것을요."

끄덕끄덕. 여전히 긴가민가한 눈빛이었지만 진중한 그의 품성을 믿기로 한 연리가 그의 말에 고개를 주억거렸다. 그에 주원이 합죽선을 펼쳐 바람을 일으키며 입을 열었다. 이 날씨에 웬 부채질? 연리의 의문스러운 눈빛이 따라붙는 것을 느낀 주원은 도중에 부채질을 멈추려다 우스울 것 같아 그만두었다.

"실은, 이곳이 한양의 내로라하는 사대부들과 뛰어난 기녀들의 최대 집결지라 들었습니다. 삼 년 후 열리는 과거에 응시하려 이번에 지방에서 한양으로 올라왔는데, 학업도 학업이지만 머리를 식힐 틈은 주어야 하지 않겠습니까. 하여 한양 사대부들과도 교류하고 풍류도 접할 겸, 앞으로 종종 이곳에 들를까 하였는데 어디 아는 이가 있어야 말이지요. 마침 항아님께서 이곳에서 수련을 받는다 하시니 제가 비원에 들를 때 저를 살펴주시면 아니 되겠습니까?"

"살펴…… 달라니요?"

결국 앞으로 기루에서 자주 놀겠단 말을 무에 그리 빙빙 돌려 말하는지. 거창한 부탁일까 한껏 긴장하던 연리는 피식 웃음을 흘리다가, 예상치 못한 마지막 말에 의문을 표시했다.

"아. 특별한 건 아니고, 그저 유명한 인사들이 많이 모인 술자리 근처로 자리만 잡아주시면 됩니다. 가까이서 술을 마시다 보면 한양 사대부들과 접할 기회가 늘어나겠지 하는 생각에서 드리는 부탁입니다. 누가 알겠습니까, 재상 댁 자제와 친분이라도 맺게 될지."

양반들은 평생의 원이 과거 급제라더니. 평생을 학문에 힘써도 과거에 낙방하는 사람이 양반의 과반수를 족히 넘는다는 사실은 익히 들어 안다. 게다가 약관(弱冠, 스무 살) 즈음의 나이에 합격하는 것은 그야말로 하늘의 별 따기. 그 두 배는 되는 나이여야 급제할까 말까다. 요즘 쓸 만한 젊은 자가 하나도 없다며 투덜대는 소리를 부왕께서도 하셨었다.

연리는 어린 시절의 짧은 기억을 떠올리며, 주원 또한 과거 급제를 꿈꾸는 순진한 선비라 여겼다. 그냥 학문에 정진하여 하루빨리 급제하시는 것이 재상 댁 자제를 만나기 더 쉽지 않겠습니까. 장난스럽게 질책하는 연리의 목소리에 주원의 눈이 부드럽게 웃었다. 그도 그렇긴

하겠습니다. 능청스레 받아친 주원이 여전히 부채를 살랑거리며 대답을 기다렸다. 그에 그저 실없는 농담이 아니란 것을 알아차린 연리가 골똘히 생각에 잠겼다.

"한데 아직 정식 기녀도 아닌 제가 무얼 할 수 있겠습니까. 저는 동기이며 그저 손님 맞는 일만 할 뿐인데……."

"어렵지 않을 것입니다. 중요한 손들은 동기가 아니라 노련한 기녀들이나 행수가 직접 맞을 것이니, 그런 자리가 생기면 저를 거기로 인도해 주시기만 하면 됩니다."

미리 생각이라도 해온 듯 답변이 또박또박 매끄럽게 이어졌다. 비록 며칠밖에 안 되긴 했으나, 연리는 기루에서 온종일 사는 자신보다 기루의 생리를 더 잘 아는 주원이 생소하기도 하고 그럴듯한 통찰력이 대단하게 느껴지기도 했다.

"그치만……."

연리가 선뜻 승낙의 말을 꺼내지 못하자 주원이 짐짓 서글픈 표정을 지으며 한쪽 뺨을 손바닥으로 감싸는 척해 보였다.

"서글픕니다. 오해에 이리 뺨까지 혼을 내시고는 부탁도 거절하시렵니까."

주원이 감싸는 쪽이 아까 제가 때린 뺨이라는 것을 알아차린 연리의 얼굴이 붉게 물들었다. 송구합니다. 아까는 정말 제가 오해를…… 다치진 않으셨어요? 한껏 당황하며 얼굴에 생채기가 나지는 않았나 연리의 시선이 허겁지겁 얼굴을 더듬자 주원은 생각보다 격한 반응에 도리어 제가 더 당황하고 말았다.

"괘, 괜찮습니다. 무탈하니 염려하지 마십시오."

주원이 얼른 감싼 손을 떼자, 매끄러운 피부가 눈에 들어왔다. 천지분간 못 하고 은혜를 배신으로 갚을 뻔했다며 진심으로 걱정했던 연리는 마음을 놓으면서도 연신 주원의 얼굴을 살폈다. 제가 때려서 그러한지 날씨가 추워 그러한지 뺨에 엷은 홍조가 보였다. 미안함을 핑계로 수월히 승낙을 얻어내려 꾀를 부렸던 주원은 되로 주고 말로 받은 게 아닌가 하며 자신의 얕은수를 책망했다. 눈앞의 여인은 부탁엔 관심도 없고 애먼 제 얼굴에만 관심을 두지 않는가.

"저, 그래서 어찌……."

두둥실 떠오른 보름달이 머리 쪽을 향해 위치를 바꾸었다. 이젠 정말 돌아가야 할 시간이다. 주원은 안타까움에 다시 한 번 대답을 재촉했다.

"들어드려야지요."

그리 말씀하시니 거절할 방도가 없지 않습니까. 말투는 유쾌하고 가벼웠으나 얼굴은 여전히 개운치 아니한 표정으로 연리가 대답했다. 그다지 내키는 내용의 부탁은 아니었지만 어쩌겠는가. 지은 죄가 있는 것을. 연리는 여전히 뺨의 안위를 걱정하느라 제 승낙에 주원이 환하게 웃는 것도 눈치채지 못하였다.

"고맙습니다. 항아님 덕분에 출세 가도를 달리게 되는 것이 아닌지 모르겠습니다."

주원이 갓을 고쳐 쓰며 농을 던졌다. 기분이 좋아진 그의 말투에서 유쾌함과 신남마저 느껴지자 연리는 그제야 줄곧 살피던 시선을 떼어 내고 그의 온전한 모습을 눈에 담았다.

"출세는요. 아무리 그래도 학문이 먼저입니다."

정말 자신을 과거 준비하는 선비로 굳게 믿어버린 것인지, 진지한 눈빛으로 충고를 건네는 연리의 모습이 고맙기도 하고 재밌기도 하여 주원은 갓끈을 다시 매는 척하며 웃음을 흘렸다. 사실은 이미 삼 년 전 향시(鄕試, 지방에서 실시하던 과거의 일차 시험)에 합격했는데. 다시

크흠 목소리를 가다듬은 주원이 갓을 바로 했다.

"예. 그 말씀 명심하도록 하겠습니다."

"이제 댁으로 가십니까?"

처음 보았을 때보다 훨씬 활기찬 모습이다. 무겁게 가라앉았던 눈동자가 생기를 머금으니 참으로 눈길을 잡아끌었다. 눈이라. 눈이라면 나도 꽤 운치 있다며 칭찬받았던 몸인데. 세 눈을 마주칠 때마다 탄성을 내질렀던 기녀들의 감탄사를 무심코 떠올리며, 주원은 대답하면서 저도 모르게 연리의 눈을 계속 응시하고 있었다. 예. 그럼 내일 저녁에 다시 오도록 하겠습니다.

물끄러미 저를 쳐다보다 가까스로 눈인사를 보내곤 떠나가는 주원을 보며 연리가 의아한 표정을 지었다. 갑자기 왜 저러지. 바쁜 듯 서둘러 점이 되어 사라지는 주원을 끝까지 배웅한 연리는 홀가분한 기분이 되었다. 아, 기분 좋아. 한껏 기지개를 켜고 두둥실 떠오른 보름달을 보니 이루 말할 수 없이 상쾌했다.

"앗, 이제 돌아가야겠다."

연리는 등롱이 꺼지고 인적이 드물어가는 것을 보며 퍼뜩 정신을 차리고 서둘러 동기 처소를 향해 뛰었다.

"연리야!"

안절부절못하며 강당 앞을 서성이던 연의가 연리를 향해 뛰어왔다. 덥석 손을 잡은 연의는 여기저기 살피더니 수심이 가득한 얼굴로 미안하다며 연신 사과의 말을 건넸다.

"미안해! 하필 내가 그때 뒷간에 가는 바람에…… 아직 기루에 익숙하지도 않은 널 혼자 두고 가는 게 아니었는데."

"아냐, 네가 뭐가 미안해."

연리는 제 손을 꼭 붙들고서 울상을 짓고 있는 연의의 손등을 토닥여 주었다. 수련을 시작하기 전부터 기루에서 지내 웬만한 일에는 이골이 났다며 평소에 자부하던 그녀였으나, 오늘 있었던 소란은 그런 연의에게도 꽤 충격인 듯했다.

"훌쩍, 근데 어디 갔다가 이제 왔어? 다른 애들 말로는 한참 전에 다 정리되었다던…… 아!"

걱정스레 말을 잇던 연의가 꼭 새끼 고양이처럼 눈을 반짝이며 감탄사를 뱉었다.

"요거 요거…… 언제 그렇게 정분이 났어?"

"응?"

연리가 순진한 눈망울로 반문하자, 실실거리는 웃음을 눈에 걸친 연의는 무얼 그러냐는 듯 가볍게 옆구리를 쿡 찔렀다.

"네 기둥서방님 말이야! 나한텐 말도 안 하고! 도대체 언제 만난 거야?"

기둥서방! 또다시 곤란한 단어를 만난 연리가 떨떠름한 표정을 지었다. 왠지 앞으로도 계속해서 해명하고 다녀야 할 것 같은 불길한 예감이 들었다.

"아냐, 그런 거."

"아니라니?"

"오, 오늘 처음 뵌 분이야. 그냥 좀 도움을 받았을 뿐이구. 날 도와주신 고마운 분이야."

"쿡쿡, 처음 본 사람이 그렇게 널 발 벗고 나서서 도와줬다고? 그것도 기둥서방이라 제 입으로 말하기까지 하구?"

차라리 귀신의 눈을 속이지, 날 속이려고. 짧은 시간 동안 열심히 머리를 굴려 그럴싸하게 거짓을 둘러댔음에도 안타깝게 연의는 속아 넘어가지 않았다. 물론 잘못 짚어도 한참 잘못 짚었지만. 아, 좋겠다. 누구는 벌써 정인까지 생기고! 혹여나 다친 곳이라도 있느냐며 전전긍긍하던 처음의 태도와는 달리, 장난기가 가득 담긴 표정을 지은 연의가 얼레리꼴레리 외치며 강당 안으로 달려 들어갔다.

아니래도! 한껏 당황한 얼굴로 외친 연리가 재빨리 따라 들어갔다. 곧, 오늘의 점수 정산을 하느라 시끌시끌한 강당 안의 징거운 소린에 두 소녀가 섞여들었다.

그로부터 매일 저녁, 땅거미가 지고 기루들이 불을 밝히기 시작하는 때에 주원은 연리를 찾아왔다. 수많은 기루가 즐비한 거리에서 술에 절어 비틀거리는 사내들 사이의 주원은 단연 기녀들의 눈길을 사로잡았다. 주색을 즐길 것 같아 보이지 않는 반듯한 얼굴에 행동거지마저 점잖으니, 호객 행위를 하러 나온 기녀들이 사방에서 눈독을 들였다.

"선비님, 오늘 밤은 소녀가 모시겠습니다!"

"아이, 이년이 몸담은 기루에 최고급 술이 들어왔으니 한잔하러 가시와요."

근방에서 꽤 이름깨나 들어봄 직한 기녀들이 눈웃음을 치며 걸어가던 주원의 옷자락을 붙들었다. 더러는 대담하게 몸을 밀착하며 요염한 눈빛으로 주원을 유혹하려 들었다. 보나 마나 글공부하다 지친 백면서생이 멋모르고 환락의 거리에 발을 들인 게 뻔했다. 낯도 말끔할 뿐만 아니라 은근히 귀티도 나는 것이 꽤 있음 직한 집안의 자제임이 분명하니 기녀들은 잘만 구슬리면 오늘 밤 제대로 횡재하겠다며 입맛을 다셨다.

"아, 선약이 있어서 말이오."

하나 겉만 보아선 본질을 알 수 없는 것이 세상의 이치. 술에 전 푸석한 피부와 탁한 눈빛 대신, 매끈하고 흰 피부에 맑은 눈빛을 한 선비 중의 선비 주원은 본인이 유흥을 즐기지는 않으나 이미 밤의 유흥에 대해서는 훤히 꿰뚫고 있었다. '노는 것이 남는 것'이라며 관례를 치르자마자 뻔질나게 기루에 드나들던 친우 덕분이었다.

매일같이 좀이 쑤신다며 기루로 나들이를 가 정신을 잃을 때까지 술을 퍼마시니, 어쩔 수 없이 주원은 친우가 제 아버지에게 한바탕 야단을 맞기 전에 그를 기루에서 주워다 집으로 되돌려 보내길 수십 번이었다. 그 덕에 주원은 기루에서 어찌 쾌락을 즐기는지 눈동냥 귀동냥으로 꽤 아는 바가 많았다. 그나마 계집질은 아니 하니 다행이라 해야 하나. 엄하신 아버지가 어머니를 귀히 대하는 것을 보고 자라서인지 친우는 술고래인 주제에 기녀를 가까이하지는 않았다. 미래의 제 부인에게 미안할 일은 하고 싶지 않다나. 주원은 아무리 취해도 기녀를 끼고 있었던 적이 없던 친우를 떠올리며 피식 웃었다. 그리고 달라붙는 기녀들을 부드럽지만 단호하게 거절하며 생각했다. 얼른 이놈이 정신을 차려야 할 텐데. 관례 전 이미 과거에 합격한 주원과 달리 친우는 아직 과거에 합격하지 못하고 있었다.

'부디 이번 과거에는 반드시 합격하면 좋으련만.'

잠깐 다른 생각을 하는 사이, 어느새 익숙한 대문이 눈에 들어왔다. 어머! 주원이 다가가자마자 대문 앞에서 호객 행위를 하던 동기 무리가 수군거리기 시작했다. 저 선비님 또 오셨어. 어쩜! 아니 그런 척하면서 흘깃흘깃 흘끔흘끔 모여드는 시선에 주원은 애써 난처한 표정을 숨겼다. 오늘로 벌써 닷새째인데도 올 때마다 저리들 야단법석이니 아무리 담담한 척하려 해도 민망하기 이를 데 없었다. 재빨리 주위를 둘러보니 잠시 자리를 비웠는지 연리는 보이지 않았다. 얼굴에 날아와 꽂히는 호기심 가득한 시선들을 모른 척하며, 주원은 마음속으로 빨리 연리가 돌아오길 바랐다.

"이거 놓으십시오!"

쨍!

갑자기 동기들 무리에서 큰 소란이 일었다. 뭔가를 깨뜨린 것에서 발생한 파공음이 날카롭게 신경을 건드렸다. 가까운 곳에 서 있던 주원은 반사적으로 시선을 옮겼다.

"어허, 한잔 해보라는데도! 감히 기생년 주제에 내 말을 무시하는 것이야?"

수염까지 술에 젖어 뚝뚝 술 방울을 흘릴 정도로 얼근하게 취한 자가 씩씩거리며 손에 든 술병을 내려쳤다.

쨍그랑-! 꺄아악!

주위에 몰려 있던 동기들과 기녀들이 일제히 비명을 지르며 물러섰다.

'어찌 된 기루가 하루가 멀다 하고 난동인가.'

주원은 눈으로는 소란을 일으킨 자를 주시하면서도 절레절레 고개를 흔들었다. 아무래도 오늘은 행수를 만나 치안에 주의하라 일러주기라도 할 참이었다.

"말도 많다. 내 끈 떨어진 뒤웅박 신세라 하여 한낱 기생년한테까지 무시를 당하다니! 오늘날 양반의 권위가 땅에 떨어졌구나!"

"말은 바로 하십시오. 기루에 오시면 연회나 즐기다 가실 것이지 이 무슨 추태랍니까!"

술 냄새가 짙게 배어든 목소리에 카랑카랑한 목소리가 지지 않고 세차게 대들었다. 어린 동기치고는 대찬 듯하여 주원은 그 목소리의 주인에게 눈길을 주었다. 쏘아보는 눈빛 하며 눈매가 고양이처럼 치켜올라간 것이 꽤 성질 있어 보였다. 그나저나 저러면 화를 더 돋우는 꼴일 텐데.

슬며시 걱정이 된 주원이 몸을 틀었다. 말려야 하나.

하지만 이미 자신은 지금도 충분히 많은 이목이 쏠린 상태다. 여기서 더 시선을 끌어보았자 하등 좋을 것이 없다. 원래 계획대로 조용히 기루를 드나드는 평범한 선비로 보이면 족했다. 몇 차례 더 옥신각신하는 동기와 술 취한 자를 보던 주원은 별다른 큰일이 생기지 않자 안심하며 도로 시선을 거두려 했다.

짝-!

열이 오를 대로 오른 자가 동기의 뺨을 세차게 내리친 순간, 주원은 저도 모르게 아수라장 한복판으로 뛰어들었다. 의기양양한 자가 땅바닥에 힘없이 주저앉은 동기에게 다시 한 번 뺨을 올려붙이려 번쩍 팔을 내리꽂는 순간.

"넌 뭐야."

"이만하시지요, 나리. 사람들이 보고 있질 않습니까."

절친한 친우 석윤은 이런 자신을 볼 때마다 혀를 차며 '너 그거 병이야, 병. 네가 무슨 정의의 사도라도 되냐?'라며 못마땅해했다. 그럴 때마다 석윤에게 되레 화를 내곤 했는데, 오늘에서야 주원은 깨달았다. 아무래도 이건 병이었다. 암, 확실히 병이다.

'그런데 왜 하필 또 이자인 건가.'

내리치려는 한쪽 팔을 꽉 붙잡은 채로, 주원은 익숙한 낯을 못마땅하게 눈에 담았다. 일전의 그 취객이었다. 두 번째로 마주치는데도 누구냐고 묻다니. 어지간히 기억력도 나쁘다. 뭐 볼 때마다 취해 있으니 기억력이 나쁠 만도 하겠지만.

"이제 한낱 애송이마저 날 만만하게 보는구나! 이 김경징이 그리 우습더냐!"

푸들거리는 수염 끝에서 술 방울이 날아와 뺨에 안착했다. 한데 주원은 불쾌한 오물을 닦아낼 생각보다는 번쩍 벼락이 먼저 들었다. 김경징? 그 김경징이라고? 주원의 눈이 놀라움을 담자 이를 목격한 자가 화를 분출하려다 의외라는 표정을 지었다.

"호오. 왜, 이 몸을 알아보기라도 하겠느냐?"

"……혹, 관옥(冠玉) 김류 대감의 자제가 아니십니까."

주원이 한 번에 저를 알아보자 눈에 띄게 밝아진 표정으로 그가 너털웃음을 터뜨렸다.

"으하하핫, 그래. 내가 바로 관옥 대감의 장자니라! 암, 내 아버님이 그리 쉽게 나가떨어질 분이 아니시라 이 말이야! 크하하핫!"

사레들릴 정도로 큰 웃음을 토해내던 그가 별안간 잡혀 있던 팔을 빼 주원의 어깨를 툭툭 쳤다.

"기특한 자식. 내 한잔 살 테니 따라 들어오너라!"

놀라움과 떨떠름함이 반씩 섞여 오묘한 표정을 짓는 주원에게, 경징이 한껏 너그러운 표정을 지으며 뒷짐을 지고 앞장서 비원으로 들어갔다. 정녕 이자를 따라가야 하나. 이곳에 드나드는 이유를 생각하면 마땅히 경징을 따라야 함이 백번 옳았다. 아니, 따르다 못해 비위라도 맞추어야 할 판이었다. 하지만 벌써 여러 번 무뢰배 같은 행태를 보인 이자를 정녕 믿을 수 있을지 의심이 갔다. 잠시 갈등하던 주원은 일단 정보라도 캐내어 볼 심산으로 경징을 따라 비원으로 발걸음을 옮기려 했다.

"저."

누군가 도포 자락을 꾹 잡고 잡아당겼다. 어느새 주위 시선은 까마득하게 잊고 경징의 뒷모습만을 뚫어져라 쳐다보던 터라 주원은 잠에서 깬 어린아이처럼 놀라며 제 옷자락을 잡은 이를 마주 보았다.

"아."

"도와주셔서 감사드립니다. 참으로 위험한 상황이었사온데…… 소녀가 은인께 보은의 의미로 술상을 대접해도 되겠사옵니까?"

아까 경징에게 대들던 동기였다. 제법 세차게 대거리하던 성미처럼 야무진 눈빛이다. 입매며 눈매가 날카로운 것이 제가 나서지 않았다면 큰 경을 쳤을지도 모를 성미다. 주원은 결국 이번에도 나서길 잘했다는 생각을 하며 은은하게 웃어 보였다.

"그저 도움이 필요한 사람에게 도움을 주었을 뿐인 것을요. 대수롭지 않으니 괜찮습니다."

"아닙니다, 어떻게 은혜를 입고 그냥 넘어갈 수 있겠습니까?"

주원은 그래도 보은하게 해달라는 요청을 거듭 괜찮다며 만류한 후 서둘러 경징을 쫓아 기루 안으로 들어갔다. 덕분에 간절할 정도로 주원을 잡던 동기의 곁엔 순식간에 허전함만이 남았다.

"모란아, 괜찮아?"

상황이 정리된 후 그제야 슬금슬금 동료 동기들이 모란에게 다가왔다.

"어디 다친 덴 없어?"

하지만 '이제 와서 뭘 물어!'라며 앙칼지게 외쳤을 평소의 성질은 오늘따라 온데간데없었다.

모란아? 조심스레 눈치를 보며 말을 거는 동기들은 거들떠보지도 않은 채, 모란의 꿈꾸는 듯한 시선은 줄곧 멀어져 가는 주원의 뒷모습에 꽂혀 있었다. 그러다 순간 모란의 눈빛에 예의 그 날카로운 기운이 돌았다. 주원이 걸음을 잠시 멈추고 기루 안쪽에서 나오던 연리와 말을 나누는 모습이, 마치 코앞에서 보는 것처럼 모란의 눈에는 크게 확대되어 보였다.

미동도 없이 한 곳만 바라보던 모란의 표정이 딱딱하게 굳자, 개중에 모란과 같은 조이던 동기 소녀가 모란의 시선을 따라 주원과 연리를 발견했다.

"아, 아까 모란이 널 구해주신 선비님이 쟤 기둥서방님이었지?"

쟨 대체 무슨 복이야. 우리처럼 허드렛일하다가 수련을 시작한 것도 아니고, 들어오자마자 바로 동기 자격으로 수련에, 다들 눈독 들이던 멋진 선비님도 냉큼 꿰차 버리고. 소녀는 모란의 심기를 맞추려 투덜대다 종국엔 본심이 섞인 불만을 쏟아냈다. 안 그래?

동의를 구하는 소녀의 물음에도 못 들은 척 한 곳만 뚫어져라 보던 모란이 팩 몸을 돌렸다. 야아, 모란아 같이 가! 팔짱을 끼고 연리를 쏘아보던 소녀가 헐레벌떡 모란의 뒤를 좇았다.

누가 시키지 않았음에도 자연스레 웃음을 걸고 여느 때처럼 사내 낚아채기를 시도하며 모란은 생각했다. 내가 먼저였어. 그리고 붉은 입술을 앙다물며 생각했다. 두고 봐, 누가 이기나!

"어디 갔다 이제 오십니까? 계속 밖에서 기다렸는데요."

"송구합니다, 곧 두 번째 수련이 시작하는 날이라 잠시 스승님께서 부르시어…… 그런데 지금 어디 가십니까?"

연리는 다급해 보이는 주원의 모습에 궁금한 표정을 지었다. 나흘간 저와 함께가 아니면 기루 안으로 발도 들여 넣지 않던 분이었는데.

"해가 서쪽에서 뜨려나 봅니다. 설마 이제 와 공자께서 기루에 재미를 붙이신 건 아니겠지요?"

방긋 웃으며 농을 던지는 연리의 말에 주원 또한 피식 웃음을 지었다.

"아니라는데도요. 참. 들어오면서 향아…… 아니, 연리 그대 이름으로 점수는 매겨놓았으니 걱정하지 마십시오."

자꾸 항아님이라 칭하는 그의 호칭이 염려되어 연리는 이름을 불러 달라 주원에게 부탁했다. 어차피 동기들은 모두 본명이나 스스로 지은 가명을 사용했으니까, 연리 또한 제 본명을 사용하기로 했다.

부모님께서 지어주신 이름을 함부로 내보이기 저어되긴 했으나, 그렇다고 봉호인 정명을 사용하자니 제 정체를 알아볼 자가 있을까 염려되었다. 게다가 왕자라면 모를까 공주인 제 본명을 굳이 아는 자는 없을 것 같기도 했고, 새로 이름을 짓자니 안 그래도 익힐 것이 많은 생활에 도리어 짐만 될 것만 같았다.

이제 더는 궁녀가 아니니 굳이 말을 높일 것 없다 하였지만 주원은 마음씨 좋은 신선처럼 웃으며 '저는 이게 더 편하니 신경 쓰지 마십시오' 하였다. 사소한 마음 씀씀이 하나에서도 저를 위로해 주려는 배려가 묻어나 연리는 굳이 만류하지 않았다. 하여튼, 사서 고생이라니까. 쑥스러움에 본심과는 반대로 마음속으로 주원을 구박한 연리는 밝은 얼굴로 그와 마주 보았다.

"그럼 이왕 들어오신 김에 제가 안내해 드리겠습니다. 그렇잖아도 가장 경치 좋은 정자가……."

"아니요, 괜찮습니다."

"예?"

다급히 말을 딱 잘라 거절하는 주원이 어딘가 평소답지 않게 화난 듯했다. 아니, 흥분한 건가?

"제가 지금 급히 가볼 곳이 있어서…… 아! 그리고 일전에 보셨던 제 친우 아시지요? 석, 아니 문효 말입니다. 오늘 비원 앞에서 만나기로 하였는데 그대가 좀 데려다주셨으면 합니다. 이곳에서 기다리라 하십시오!"

외치듯 말을 전한 주원이 다짐을 받으려는 듯 다급한 얼굴로 고개를 끄덕여 보였다. 얼떨결에 연리가 고개를 마주 끄덕이자마자 주원은 몸을 돌려 사라졌다.

'뭐야, 정말 어디 정인이라도 숨겨둔 거야?'

처음 보는 주원의 허둥지둥하는 모습을 멀거니 바라보고 섰던 연리가 스스로 농을 던지며 대문 쪽으로 걸음을 옮겼다. 남들이 세세 요 며칠간 끊임없이 던지던 농과 똑같은 내용이었다. 연리는 소스라치게 놀라며 부인하던 제 처음 모습이 떠올라 풋 웃음이 나왔다. 당황스럽고 얼떨떨하고 마음 한편에는 불쾌감마저 일었으나, 그새 며칠이나 되었다고 지금은 적응되어 듣더라도 못 들은 척 넘기는 경지에까지 올랐다. 거기에다 은근히 다른 동기들이 부러워하는 눈길을 받고 있자니 이제는 뻔뻔스럽게 즐겨지기까지 하는 것이었다.

미쳤지, 미쳤어! 연리는 기둥서방이라 외치던 주원의 모습과 저를 부럽게 바라보는 동기들을 떠올리며 슬며시 웃음 짓다 화들짝 놀라 제 뺨을 가볍게 탁 내려쳤다. 그러고선 쓸데없는 생각 말자고 중얼거리며, 고개를 절레절레 흔들면서 석윤을 만나기 위해 부지런히 자리를 옮겼다. 멀찌감치 떨어진 곳에서 줄곧 따라붙던 모란의 시선은 눈치채지 못한 채.

세상은 신념을 지키기 상당히 어려운 곳이다. 어릴 적에는 숙면 중의 기상이, 소년 시절에는 학문 중의 유흥이 그러하듯, 성년이 된 후에도 개인의 철칙에 위배되는 달콤한 유혹이 언제나 도사리고 있다.

하지만 선비들은 천자문을 떼기 전부터 굶어 죽거나 가족이 고초를 겪어도 신념을 지키는 성현(聖賢)들의 이야기를 귀에 못이 박히도록 듣고 선망하며 자랐다. 목숨보다 가족보다 중요한 것이 바로 신념이라고.

그렇기에 선비들은 자의든 타의든 언젠가 한 번쯤은 고뇌에 빠지게 된다. 무슨 일이 있어도 반드시 신념을 지킬 것인가, 아니면 대의(大義)를 위해 한 번쯤은 눈감을 것인가. 세상사란 마음대로 되는 것이 아니듯 누구나 비켜갈 수 없는 난제였다. 그리고 주원도 예외는 아니었다.

주원의 신념은 근묵자흑(近墨者黑)이었다. 먹을 가까이하는 자는 검어진다. 이 간단한 성어를 신념으로 삼은 주원은 방탕하거나 오만한 자는 결코 제 곁에 두지 않았다. 물론 석윤은 제외였다. 하나밖에 없는 제 죽마고우는 정말로 술을 좋아할 뿐이었지 주색에 빠져 허우적거리는 방탕한 인물은 아니었으니까.

그리고 정의(正義). 인생의 목표는 정의를 위한 것이어야 하며, 무슨 일을 하든 간에 그 바탕에는 반드시 정의가 깔려야 한다. 석윤이 세상을 모르는 순진해 빠진 녀석이라 구박해도 주원은 결코 이 두 신념을 어긴 적이 없었다.

그런 만큼 지금 이 순간 그는 고뇌하지 않을 수 없었다. 마음에 품은 신념을 지킬 것인가, 아니면 한 걸음 나아가기 위해 한 걸음 물러날 것인가.

"자, 자! 여기 잔."

억지로 손에 쥐어지는 잔의 촉감이 차가웠다. 곧 따끈한 술이 쪼르르 따라지자 냉기 서렸던 잔이 훈훈한 온기를 품었다. 근묵자흑이냐, 정의냐. 잔을 감싼 손에 온기가 퍼질수록 생각이 꼬인 실타래처럼 복잡해졌다.

"쭉 들이켜거라."

경징이 그릇이라 불러도 좋을 큰 잔에 넘치도록 술을 붓고는 물 마시듯 꿀떡 삼켰다. 파아! 단숨에 제 몫을 비운 경징이 손에 쥔 잔만 노려보고 있는 주원에게 뭘 하냐는 듯 채근했다. 그리고 마침내 주원은 마음을 정했다. 정의.

찡그려지는 미간을 애써 감춘 그는 마지못해 눈을 질끈 감고 잔을 들었다. 그에 푸흐흐 경망스러운 웃음을 터뜨린 경징이 또 제 잔에 술을 부었다. 그 순간 술을 마시는 척하던 주원은 재빨리 손을 상 아래로 뻗어 잔을 비워냈다.

온기만큼이나 독한 술이었던지 단숨에 경징의 얼굴이 타오르듯 붉어졌다. 그런 모습을 살피며 주원은 독한 술을 한 번에 넘긴 것처럼 밭은 숨을 토해내는 척해 보였다. 그러자 주원이 저처럼 단숨에 술을 들이켠 줄로만 여긴 경징이 만족스럽다는 듯 껄껄 호탕한 웃음을 터뜨렸다.

"크크크, 꽤 배포가 있구나. 모처럼 마음에 드는 놈을 만났어."

관옥 김류의 아들이기는 하지만 경징은 서자였다. 그러나 김류의 정실부인이 무자식으로 세상을 떠났기 때문에 그는 불과 얼마 전 유일한 아들임을 인정받아 장자로 입적되었다. 때문에 주원은 경징이 이전에 연리에게 무도한 짓을 하려 했을 때 그의 존재를 알아채지 못했었다. 최근 우연히 김류 일파를 은밀히 조사하다 알게 된 것이 경징이었다. 게다가 알고 보니 경징은 오히려 제 아비인 김류보다 주원의 목표에 더 가까이 접근해 있는 자였다.

하나 이자는 역시 아니다. 이전에 목격한 일과 오늘 난동을 부린 일, 그리고 제가 누구인지도 모르는데 다짜고짜 아랫사람 다루듯 하는 것이 제 아비의 위세만 믿고 횡포를 부리는 한량의 표본이었다. 정말로 가까이하고 싶지 않은 부류였다.

정말, 정말 이 일만 아니면. 부정한 것은 결벽에 가까울 정도로 진저리를 치는 주원은 어금니를 꽉 물며 당장에라도 자리를 박차고 싶은 충동을 삼켰다.

"그래, 너는 어찌 내 아버님과 나를 알고 있느냐?"

경징이 또다시 술병을 들어 취한 손을 달달 떨면서 잔이 넘치도록 부으며 흥미롭게 물었다.

"……그저, 관옥 대감의 고견을 평소에 흠모해 왔을 뿐입니다."

주원이 애써 담담한 목소리로 답했다. 그에 경징이 만족해하며 덥석 주원의 어깨를 잡았다.

"호오, 기특한지고. 이리 아버님을 존경하는 젊은 선비가 있는 줄은 내 미처 몰랐구먼! 으하하하!"

마셔, 마셔! 몹시 기분이 고조된 경징이 다짜고짜 주원의 옆자리로 옮겨 앉더니 지나가던 계집종에게 술을 더 가져오라 이르고는 주원의 잔에 술을 쏟아부었다. 평소에 술을 그리 즐기지 않는 성미라 후덥지근한 기운이 확 밀려옴과 동시에 주원은 얼굴을 찌푸렸다. 하나 지척에서 냉큼 술을 들이켜길 기다리는 경징의 시선이 느껴지자 주원은 하는 수 없이 술잔을 들었다.

"어? 아까 서방님 들어가시지 않았어?"

손님을 맞다가 잠시 짬을 내어 쉬고 있던 연의가 대문 밖으로 나온 연리를 보고 말을 걸었다.

"이제는 기둥서방님이 아니라 서방님이네. 네 덕분에 이제 혼삿길 다 막히는 거 아닌지 몰라."

짐짓 허무한 척 표정을 지으며 말하자 연의가 웃으며 달려와 담쏙 매달렸다.

"기녀에겐 정인이 낭군이니, 기둥서방이 서방님이지 뭘! 혼사야 우리 팔자에 가당키나 하니."

"아…… 그렇지 참."

장난 좀 쳤다가 되로 주고 말로 받은 기분이었다. 너무도 당연히 혼사를 입에 올리다니, 아직 완벽히 적응하려면 멀었구나. 연의의 말에 재빨리 수긍한 연리는 은근히 등장하는 말실수들을 더욱 조심해야겠다고 생각했다. 그러하지 않아도 대화 도중 궁중 용어가 불쑥불쑥 튀어나오는 터라, 신중에 신중을 기해야겠다고 생각한 지가 불과 몇 시진 전이었다.

"근데, 진짜 왜 나온 거야? 원래 서방님 오시면 너는 이각 정도는 안에 있었잖아."

궁금하다는 표정으로 연의가 장난스레 눈을 굴렸다. 수상한데? 빙글빙글 웃으며 예의 그 간지럼을 태우려는 기세를 취하자 연리는 새어 나오는 웃음을 막으며 재빨리 외쳤다.

"점수가 낮아서! 오늘이면 첫 번째 수련이 끝인데 난 지금까지 육 점밖에 못 받았잖아. 마지막 날이니 하는 데까진 해봐야지."

에잇, 아깝다. 아쉽다는 듯 입맛을 다시며 번쩍 들었던 두 손을 내린 연의가 고개를 끄덕였다.

"하긴, 아무리 서방님이 내내 오셨대두 한 사람당 일 점밖에 안 되니까. 좋아, 그럼 막판 뒤집기 도전!"

불끈 주먹을 쥐어 보인 연의가 투지를 불태우며 전광석화처럼 재빠르게 달려갔다. 앗, 선비니임! 연의가 제 앞을 스쳐 가는 선비를 우렁차게 부르자 선비가 화들짝 놀라는 모습이 보였다. 왠지 모르게 익살스러운 연의의 촌극에 연리는 꽃망울을 터뜨리듯 웃음 지었다. 언제나 연의는 생기가 넘치는 좋은 벗이었다.

그나저나. 연리는 휘휘 주변을 살펴보았다.

'공자님께서 말씀하신 친우분은 어디 계신 거지?'

늦지 말아야 할 텐데. 중얼거리며 꼼꼼히 행인들을 살피던 연리의 시선에 낯익은 사내가 눈에 띄었다. 저분이다! 주원을 찾는 듯 석윤이 두리번거리며 이쪽으로 걸어오고 있었다. 연리는 그에게 주원의 말을 전하기 위해 가까이 다가갔다.

"야."

갑자기 동기 소녀 하나가 연리의 앞을 가로막았다. 저 앤…… 모란이랑 같은 조인데. 갑작스럽게 길을 막아선 소녀 때문에 석윤을 놓칠까, 연리가 지금도 움직이는 석윤을 눈으로 짚으며 빠르게 물었다.

"무슨 일이야?"

"무슨 일이냐고?"

픗. 썩 유쾌하지 않은 웃음을 날린 소녀가 발에 걸리는 돌멩이를 툭 걷어찼다. 불량스러워 보이는 행태에 딱히 엮여들고 싶지 않다는 생각이 절로 들었다.

"너 맨날 니 기둥서방만 낙점하더니 오늘은 왜 나왔어? 왜, 그분은 다 잡은 물고기다 싶으니 딴 분도 욕심나?"

"난 네가 무슨 소리를 하는 건지 모르겠어. 그리고 내가 다시 밖에 나오는 게 문제가 되니?"

기루에 와서 얻은 것이 있다면 생존력이라고 해야 할까. 궁궐에서 보살핌만 받고 자라온 연리는, 이제 오로지 눈치와 행동력으로 먹고 사는 기루에서 스스로 살아남는 방법을 배웠다. 예컨대 연의나 다른 동기들이 기루에서 사내를 대하는 법이나 손님의 비위를 맞추는 비결을 익혔다면, 연리는 신분에서 기인한 권위가 아니라 상황을 면밀히 파악하고 행동해서 문제에 대처하는 법을 익혔다. 칠 일간의 첫 수련을 겪으며 연리는 그저 힘없고 어린 공주의 껍데기에서 차츰 벗어나고 있었다.

"사람이 염치가 있어야지."

어이가 없는 것은 자신인데, 도리어 어처구니없다는 표정으로 씹어

뻗듯 말한 소녀가 팔짱을 끼며 말했다.

"솔직히 너 행수님 덕으로 우리 기루에 들어온 거잖아. 우린 동기 자격 얻으려고 최소 일 년씩은 허드렛일을 했었거든. 그렇게 연줄 타고 들어왔으면 다른 애들한테 미안해서라도 눈치 좀 봐야 하는 거 아니니? 근데 처음부터 기녀 언니들도 탐내는 선비님을 동기 주제에 낚아채질 않나. 이젠 점수 얻어서 예기까지 되게? 너 정말 그거 노리는 거야?"

네가 그렇게 뻔뻔한 애인 줄 미처 몰랐다, 얘. 업신여기듯 조소하는 소녀의 표정을 마주하니, 왜인지는 몰라도 그저 피식 웃음이 나왔다.

"응, 나 그럴 거야."

뭐? 일그러진 표정을 기대하기라도 한 듯 예상이 보기 좋게 어긋나자 도리어 소녀의 얼굴이 당황한 듯 굳었다.

"스승님께신 연줄 타고 들어온 사람은 예기가 될 수 없다고 말씀하신 적 없어."

"너, 넌 그걸 꼭 말해줘야……."

"스승님께선 점수에 따라서 예기를 선발한다고 하셨어. 그걸 따르는 게 잘못된 거니?"

말이야 바른 말이니 딱히 대꾸할 거리가 없을 만도 하였다. 분한 듯이 입술을 꾹 깨무는 모습이 제가 억지 쓰는 것을 익히 아는 모양이었다.

이전까지는 행수의 권한으로 동기가 되었다는 사실이 동료들에게 조금 미안하기도 했으나, 따지고 보면 부당한 것도 아니었다. 엄연히 상호 간의 약속이었으니.

'나도 당하고만 있지는 않을 거야.'

반드시 무슨 일이 있어도 예기가 되는 거, 그게 내 목표니까. 연리는 마음속으로 중얼거렸다.

"내 기둥서방님이 부러우면 너도 만드는 게 어때? 너네 조, 지금 점수 일 등이잖아."

마지막으로 충고하듯 넌지시 말을 건넨 연리는 제 앞을 막아선 소녀를 가볍게 비켜 지나갔다. 아, 저기 있다. 다행히 석윤은 연리가 소녀와 실랑이를 하는 사이 대문 앞에 멈추어 서서 두리번거리고 있었다. 연리는 재빨리 석윤을 향해 뛰어갔다.

"저…… 저게!"

말문이 막힌 소녀가 억눌린 말을 잇새로 뱉으며 뛰어가는 연리의 뒷모습을 노려보았다. 사나운 눈빛에 붉게 달아오른 귓불이며 목덜미가 적잖이 볼썽사나웠다.

"어떻게 됐어?"

소녀가 제 분에 못 이겨 부르르 떠는데, 뒤에서 나타난 모란이 불쑥 소녀를 돌려세웠다.

"아, 모란아. 아니, 저 계집애가 자긴 잘못한 게 없다고 뻗대잖아! 선비님 채어간 것도 모자라 예기까지 탐내냐고 했더니, 부러우면 우리도 기둥서방 만들라나 뭐라나!"

소녀는 못마땅한 표정을 짓는 모란에게 토로하듯 아까 있었던 일을 미주알고주알 떠들었다. 주절주절 쏟아지는 하소연까지 들어 넘기다, 모란은 그런 소녀를 한심한 눈빛으로 바라보다 말을 끊었다.

"기다려 봐. 그 기둥서방, 제 것인지 아닌지 보여줄 테니까."

"저, 조(趙) 공자 맞으시지요?"

사내다운 외모의 선비가 홀로 기루 대문 앞에 서 있으니, 가까이 있던 동기들을 멀찌감치 내쫓고 부나방처럼 달라붙는 기녀들이 적잖았다. 그러다 교태를 받아줄 듯 말 듯 애태우다 종국엔 딱 잘라 거절하는 석윤 때문에 아쉬워하던 기녀들의 눈이 다가온 연리를 발견하고는 새치름하게 변했다.

뭐야, 또 재야?

연리는 불만 가득한 기녀들과 동기들의 눈초리를 애써 못 본 척하며 석윤에게 시선을 맞추었다.

"저기, 친우 되시는 홍(洪) 공자께서 공자님을 모셔오라 하셔서요."

아까 주원을 만난 지도 벌써 시간이 꽤 되었음을 깨달은 연리가 서둘러 말을 꺼냈다.

"저를 따라오시면……."

"아니! 항아님 아니십니까?"

말을 걸어오는 연리를 대수롭지 않게 아까 기녀들을 응대하던 눈빛으로 보던 석윤이, 연리의 얼굴을 보더니 어찌할 틈도 없이 갑작스레 외쳤다. 으악!

"아, 아닙니다. 제 이름은 항아가 아니라 연리예요!"

"당최 무슨 말씀을 하시는 건지. 그건 이름이 아니……."

"연리라니까요!"

그보다 친우분께서 아까부터 기다리고 계신대도요. 어서 따라오시지요! 연리는 화들짝 놀란 석윤의 태도에 어리둥절한 기녀들을 곁눈질하며 재빨리 석윤의 옷자락을 잡고 냅다 대문 안쪽으로 밀어 넣었다.

"오, 연리 이 점!"

대문 안쪽에서 점수를 매기던 기녀 한 명이 휘파람을 불며 붓을 들어 점수를 추가했다. 그녀에게 대충 웃어 보인 연리는 아까 주원을 만났던 곳으로 뛰다시피 석윤을 끌고 갔다.

아니, 분명 맞는 것 같은데……. 석윤은 연리를 대하는 자연스러운 기루 사람들의 태도에 정녕 자신이 헷갈린 것인지 긴가민가하며 엉겁결에 끌려갔다.

드디어 시끌벅적한 대문가와 정자로부터 멀어지고, 아직 주원이 없는 비교적 한적한 건물 앞에 당도했다. 헤어진 지 반 시진이 넘지 않았으니 곧 주원이 이곳으로 올 터였다. 연리는 그제서야 안심하며 석윤의 옷자락을 놓아주었다.

"아니, 이게……."

혼란스러운 표정에 수상쩍다는 낌새로 석윤이 연신 연리의 얼굴을 살폈다. 연리는 주원이 미리 석윤에게 언질을 주었으리라 생각하고 조심하지 않았던 제 경솔함을 후회했다. 하마터면 또 사고 칠 뻔했잖아.

"……다시 뵙습니다."

"역시!"

내 안목은 틀리지 않았다니까. 뿌듯하게 웃던 석윤이 갑자기 돌연 의아한 어조로 질문을 쏟아냈다.

"그런데 항아님께서 왜 기루에 계시는지…… 혹 궐에서 보내셔서 오셨습니까?"

궐이라는 말에 연리가 후닥닥 검지를 입술에 갖다 붙였다. 그 모습에 석윤이 어리둥절해하면서도 입을 다물었다. 주위에 지나가는 자가 없는 것을 확인하고는 연리가 푹 한숨을 내쉬니 석윤이 더욱 이상하다는 내색을 해 보였다.

"저는 이제 궁녀가 아닙니다. 사정이 있어 궁을 나온 지 오래이고, 이제는 기루에서 수련하는 동기입니다. 조 공자께서도 절 이름으로 불러주세요."

연리? 동기라는 말에 눈을 크게 떠 보였던 석윤이 아까 들었던 이름을 떠올리며 발음해 보였다. 네. 정확한 제 이름에 연리가 고개를 끄덕였다. 뭐, 그러하시다면야. 여전히 의문이 가시지 않은 석윤이었지만 단호한 연리의 눈빛에 일단 수긍하는 자세였다.

"한데 주…… 아니, 아니. 그러니까 문의, 제 친우가 항아님더러 저를 여기로 데려오라 했단 말입니까?"

"예. 하온데……."

연리라 불러주시면 감사하겠습니다. 왠지 익숙해지려면 한참 걸릴 듯하였다. 연리는 주원에게 석윤을 단단히 당부해 달라 해야겠다고 생각했다. 석윤이 머쓱하게 고개를 끄덕였다.

"알겠습니다. 하면 여기서 기다리지요. 이놈은 꼭 제가 청해놓고 이렇게 사람을 기다리게 한다니까."

"저도 함께 기다려 드리겠습니다."

"그래주시겠습니까?"

생각만 해도 지루하다는 듯 볼멘소리를 하던 석윤이 연리의 말에 눈을 빛내며 되물었다. 마치 재미있는 놀잇감을 찾은 개구쟁이의 눈빛이라 연리는 웃음이 나왔다. 고개를 끄덕이자 아니나 다를까 석윤의 눈이 더욱 신나 보였다.

"그럼……."

석윤이 막 입을 열어 무언가 말하려는 참에, 석윤과 마주한 연리는 석윤의 어깨 너머로 걸어오는 주원을 보았다.

"항아……."

저기 오십니다. 연리는 또다시 저를 궁인으로 부르려는 석윤의 말을 대충 흘려듣고는 얼른 주원을 향해 뛰어갔다. 헛, 참. 잔뜩 기대하고 무엇을 물을까 신이 났던 석윤의 얼굴이 한순간에 잠잠해졌다. 픽 허탈한 웃음을 지어 보인 석윤도 몸을 돌려 연리를 따라 걸음을 옮겼다.

"공자님!"

"아니, 자네 무슨 술을 이리 많이 마셨어?"

몸도 제대로 가누지 못하고 주원이 비틀거렸다. 눈도 제대로 뜨지 못하는 모양새를 보니 여기까지 제 발로 걸어온 것이 용할 정도였다. 더구나 지척에 풍기는 알싸한 내음으로 보건대 보통 독한 술이 아닌 것 같았다. 석윤이 얼굴을 찡그리며 흔들리는 주원의 팔을 들쳐 멨다.

"평소에 술도 한 방울 안 마시는 놈이……."

석윤이 어쩔 수 없이 돌아가야겠다며 연리에게 짧은 인사말을 건넸다. 그럼 이만 가보겠습니다.

"저기, 많이 취하신 것 같은데 꿀물이라도……."

"괜찮습니다. 지금 마셔봤자 깨지도 않을걸요. 그저 한잠 재우는 게 더 나을 겁니다."

"……알겠습니다."

연리는 석윤의 어깨에 둘러업힌 주원을 근심 가득한 얼굴로 살피며 하는 수 없이 인사말을 마주 건네었다.

"살펴 가세요."

아직 달이 높이 뜨지도 않았는데. 평소에는 휘영청 밝은 달이 머리 바로 위에 뜰 때가 되어서야 돌아갔었다. 그리고 항상 홀로 술상을 앞에 두고 있었어도 술에 취하기는커녕 거의 입에 대지도 않았었다. 평소와 달리, 축 늘어진 품으로 친우에게 들려 기루를 나서는 주원의 모습에 이유 모를 걱정이 스르르 밀려들었다.

정말, 왜인지 모르게.

7장
태동

싱그럽게 지저귀는 새소리와 함께, 여느 때와 같이 선연한 햇살이 맑게 창호지를 투과하여 들어왔다. 안채나 사랑채도 아닌 방이 꽤 널찍했다. 하나 넓은 공간에 인기척이라곤 아직도 한밤중인 두 숨소리뿐이었다.

그러다 번쩍, 평화로이 숨을 고르던 눈꺼풀 아래로 담갈색 눈동자가 나타났다. 얼굴로 쏟아진 햇살에 눈가를 찡그리며 정신을 차린 눈은, 곧 기척도 없이 멍하니 천장을 담으며 한순간 초점을 찾지 못하고 찬찬히 주변을 탐색하기 시작했다.

주름 없이 단정히 걸어둔 옷자락과 갓, 오동나무 책상, 가지런히 정리된 서책들, 손때 묻은 벼루와 붓들. 정처 없이 떠도는 시선에 연이어 익숙한 물건들이 비춰지자 부유하던 초점이 서서히 자리를 잡았다. 수년간 기거해 온 제 방이라는 것을 알아차린 눈동자는 그제야 주변을 더듬던 시선을 거두어들이곤 잠깐 눈꺼풀을 닫았다가 도로 떴다.

"윽."

여상스럽지 않게 어지럽던 느낌을 가벼이 무시하고 벌떡 몸을 일으키자 흡사 고문이라도 받는 듯 거세게 강타하는 고통이 머리를 옥죄었다. 난생처음 겪는 낯선 고통에 주원은 참을 틈도 없이 짧은 격음을 내뱉었다.

"으으음……."

친우의 앓는 소리에 고요하던 방 안 공기가 출렁이는 것을 느꼈는지, 나름 예민한 성정의 석윤이 설핏 정신을 차렸다. 억눌린 하품 소리를 내며 부스스 일어난 석윤은 제 발치에서 머리를 감싸 쥐고 있는 주원을 발견하곤 댓바람부터 박장대소를 터뜨렸다.

"푸하하하!"

항상 입던 흰 자리옷 대신 흐트러진 장포 차림으로 이부자리에서 일어난 주원은 잔뜩 얼굴을 찡그렸다. 그리하지 않아도 울리던 머리가 석윤의 웃음소리로 더욱 왕왕대어 슬며시 짜증이 솟았다. 그만하라는 뜻으로 손을 지었음에도 킥킥대며 어디가 아픈가? 얼마나 아파? 라며 제게 달려들어 감싼 손을 떼어내려는 석윤이었다. 결국, 석윤은 주원의 손에 멱살이 잡히고서야 깐족대는 것을 멈추었다.

당최 나아지지 않는 두통에, 석윤이 지나가던 계집종에게 일러 부엌에서 받아온 따뜻한 꿀물을 넘긴 후에야 주원은 간신히 기력을 차렸다. 구겨진 장포를 벗고 걸어두었던 단정한 옷으로 갈아입자 석윤도 자연스럽게 농에서 옷 한 벌을 꺼내 입었다. 자그만 소동이 지나고 말끔히 정돈한 두 사내는 곧 자리를 옮겨 조반상을 받았다.

꿀물을 가져온 계집종이 부엌에 말을 넣었는지, 속병 난 이들이 으레 그러하듯 조반은 미음과 부드럽고 소화하기 쉬운 찬들로만 차려져 있었다. 수저를 들다 그를 알아차린 석윤이 또다시 파안대소를 터뜨렸음은 두말할 나위 없으리라. 이로써 족히 삼 일은 우려먹을 책이 잡혔다 여긴 주원은 장난기 많은 친우를 자제시키는 것을 포기하고 수저를 들었다. 얄껏 웃어젖힌 석윤은 주원이 미음 한 그릇을 다 뜨자 그제야 조반을 들기 시작했다.

"그나저나."

웃음기를 완전히 지우지 못한 석윤이 빙글거리며 말을 꺼냈다.

"웬일인가? 자네가 술병도 다 나고."

진심으로 궁금하다는 어조에 주원이 어이없다는 듯 석윤을 응시했다.

"병이라니? 그저 과음을……."

"에헤이, 과음은 무슨. 어쩐지 평소에 안 하던 짓을 하더라니. 기녀는커녕 술 한 방울 가까이 안 하던 놈이 기루로 날 불러내질 않나, 혼자 어디서 술을 그리 진탕 마시고 와서 정신까지 잃는단 말인가."

생각만 해도 웃음이 비어져 나온다는 듯 석윤이 주원에게는 기억 없는 어젯밤 일을 속속들이 읊었다. 가만있자, 내가 차마 자넬 버리고 올 수 없어 부축하여 오는데 말일세. 자네가 죽은 듯이 업혀 있다가 갑자기 지나가던 기녀의 옷자락을 붙잡고 놓아주지 않는 게 아닌가!

"……뭐?"

믿기지 않거든 자네 입었던 장포나 확인해 보게. 틀림없이 입술연지 자국이 남아 있을 테니. 진지한 석윤의 어조에 주원은 그럴 리 없다 여기면서도 기실 어젯밤 기억이 까마득한 것은 사실이었으므로 충격으로 흔들리는 눈빛을 막을 재간이 없었다.

성년이 되어 부친 앞에서 처음 술을 마셨을 때 이후로 생긴 일을 잘 알았기에, 이후 술은 입에 대어본 적도 없는 그였다. 한데 하필 어제 그 사달이 났단 말인가!

술만 마시면 그대로 기절하듯 인사불성이 되어 의식을 잃는 제 술버릇을 익히 아는 주원은 어젯밤 기억이 한 톨도 남아 있지 않아, 절친한 친우의 말을 곧이곧대로 믿을 수밖에 없었다. 하나 주원이 몹시 자책하는 표정으로 벌떡 자리에서 일어나 마루 밑으로 내려가자마자 석윤은 기다렸다는 듯 포복절도하며 쓰러졌다. 이에 당장 방으로 달려가려 신을 꿰어신던 주원은 석윤의 능청스러운 거짓말을 눈치채고는 안도의 한숨을 내쉬는 동시에 그에게 달려들었다.

"아이고, 되련님들!"

투닥거리는 소리에 놀라 달려온 늙은 유모의 외침이 쟁쟁히 울려 퍼지며 하루를 열었다.

"사실 아무 일도 없었어."

결국 어린 시절처럼 엎치락뒤치락 몸싸움을 벌인 후에야 항복을 선언한 석윤이 쥐어박힌 머리를 쓰다듬으며 불퉁하게 말했다.

"자넨 그냥 진탕 술에 취해서 말도 못 하고 그대로 쓰러졌다고. 내가 자넬 그대로 끌고 오느라 오밤중에 고생만 잔뜩 했지. 그 때문에 먼 자네 집까지 이리 온 게 아닌가. 우리 집으로 갔다간 아버님께 둘 다 호되게 야단만 맞을 터이니."

책상에 앉아 습관처럼 아무 말 없이 차를 한 모금 넘기는 주원은 아까의 몸싸움을 벌였다고는 믿기지 않을 만큼 반듯했다. 투덜거리며 제 앞에 놓인 잔을 들어 차를 마신 석윤이 눈가를 찌푸렸다. 으, 써.

"뭐야, 고맙다는 말도 안 해?"

"그리하려 했으나, 자네가 나를 놀려먹었으니 없던 일로 하겠네."

당연하다는 듯 고개를 끄덕이며 눈을 감고 고요히 차를 음미하는 주원이 얄미워 석윤은 중얼거렸다. 어휴, 저 간장 종지만 한 마음보

같으니. 은근슬쩍 장난을 걸어오는 석윤에게 이번엔 주원이 여지를 주지 않고 태연히 차만 마시자, 결국 후루룩 차를 들이마신 석윤이 말을 걸었다.

"한데 어젯밤 기루에는 왜 갔나? 나더러 오라 해서 무슨 말을 하려 했기에."

궁금증이 잔뜩 묻어난 목소리에 주원이 흘끔 석윤을 응시했다. 찻잔을 아무렇게나 내려놓고 저를 바라보는 눈빛이 나름 진지했다. 주원은 댓바람부터 저를 놀려먹은 친우에게 말을 해주어야 하나, 잠시 고민하였으나 다행히 아까보다는 상태가 조금 나아진 터라 복수는 훗날로 미루기로 하고 입을 열었다.

"예상대로일세."

"예상이라면."

"비원, 그 기루가 반정 세력의 근거지였네. 근자에 능양군이 수족처럼 부린다는 관옥 김류의 자제를 어제 직접 만났으니 틀림없어. 대작하며 말을 섞어보니 근근이 거사를 회의하러 요주의 인물들이 모인다는 것 같더군."

능양군이라는 단어에, 익히 추측해 왔던 내용이기는 했으나 충격이 적잖았던지 석윤이 놀란 표정을 지었다.

"관옥 김류, 그자 얼마 전 반역을 도모한 죄로 실각하지 않았어? 한데 또다시 반정을 도모한다는 건가?"

믿을 수 없다는 어조에 주원이 무겁게 고개를 끄덕였다.

"그러할 밖에. 간신 모리배들에게 이리저리 휘둘리는 왕이 아닌가. 게다가 민생은 돌보지도 않고 궁궐 중건에만 힘을 쏟으니 차마 눈을 뜨고 볼 수 없는 까닭이겠지."

폐모살제(廢母殺弟). 어미를 폐하고 아우를 죽인 죄라며 저잣거리에

선 종종 주상을 규탄하는 벽서가 나붙었다. 등극 초부터 구구절절 주상의 태생을 들먹여 등극의 부적절함을 꼬집던 글은 드디어 주상이 저지른 패륜의 죄를 고발하기에까지 이르렀다. 덧붙여 등극한 후 새로 세운 궁궐만 해도 벌써 셋을 넘어가고 있다는 사실도 죄를 가중시켰다.

선왕 시절부터 지었던 창덕궁이나 보수를 위한 궁들은 제외하고라도, 일천오백 칸이나 되는 경덕궁(慶德宮) 중건도 모자라 인경궁(仁慶宮)에 또 다른 궁마저 착공하고 있는 비참한 현실이 민심을 더욱더 돌아서게 했다. 형제의 피를 뿌린 잔혹한 왕이 후궁도 아닌 한낱 상궁에게 빠져 뇌물 수수를 방관한다는 풍문도 심상찮게 떠돌았다.

아니나 다를까, 주상의 총신(寵臣)인 이이첨이나 정인홍의 집에는 전국 팔도에서 몰려든 탐관오리들이 득시글했다. 왜란 때의 총명했던 세자 시절을 기억하는 이들은 주상이 대비와 공주를 유폐시키고 대군을 살해했다 알려졌을 때, 애써 그를 믿으려 노력했다. 태초부터 왕자들 간의 골육상쟁이야 왕가의 숙명과도 같았으니까.

그러나 한낱 상궁과 간신배들의 손에 휘둘려 백성들이 굶어 죽고 얼어 죽는 것을 모른 체하는 작금의 현실에 마침내 주상을 옹호하는 자들은 한 톨도 남지 않았다. 지금 한양 거리에는 부모를 잃고 떠도는 고아들이나, 피골이 상접해 억지로 궁궐 공사에 끌려다니는 상민들이 흔하디흔했다. 하나 이름난 사대부들은 혹시나 주상과 그 총신들의 눈 밖에 날까 억지로 눈을 감고 비참한 세태를 모른 척하는 것이 부지기수였다.

주원과 석윤은 누가 먼저랄 것도 없이 목불인견의 참상을 떠올렸다. 또한 동시에 남몰래 뜻을 모았던 결의도 생생히 떠올렸다. 대국명을 섬기지 않고 오랑캐와 접선한다 비난이 솟구치던 지난날의 정사는 차치하고라도 민생을 돌보지 않는 왕은 왕이 될 자격이 없었다.

"어찌하겠는가."

고요를 깨고 석윤이 물었다. 한없이 진지해진 친우의 표정에 주원이 쥐고 있던 찻잔을 탁, 명료하게 내려놓았다.

"어찌하긴."

못 박힌 듯 고뇌하는 표정의 친우의 어깨를 두드리며 가볍게 자리에서 일어난 주원이 방문을 열었다. 어느새 산뜻하던 아침 바람 대신, 날카롭게 벼려진 바람이 순식간에 품을 파고들어 몸이 움츠러들었다. 하지만 주원은 와 닿는 바람을 피하지 않았다. 휘날리는 옷자락을 정돈하며 가슴을 반듯이 편 주원은 망설임 없이 문을 넘었다.

"가세."

"모란 이십구 점, 소희 십일 점."

우와아– 감탄 섞인 부러움이 좌중에서 배어 나왔다. 칠 일간 도합 사십 점이라니. 그것도 모란은 거의 남들의 두세 배에 육박하는 점수로 당당히 일 위를 차지했다.

"타고났네, 재는 예기 자리 따 놓은 당상이겠다."

점수가 적힌 종이를 받고 돌아서는 모란의 얼굴에 의기양양함이 가득했다. 애써 흥분을 감추려 눈을 내리깔고 스읍 동기들을 훑던 시선이 연리에게로 와 멈추었다. 연리는 눈이 마주치자 피식 입꼬리를 올리는 모란을 담담한 얼굴로 마주했다. 누가 먼저랄 것도 없이, 모란이 자리로 돌아가 앉을 때까지 시선이 끝나지 않던 미묘한 신경전은 곧 시끌시끌한 강당의 소란에 묻히고 말았다.

"그래도 우리 칠 등이나 했어!"

옆에서 연리에게 와 닿던 시선을 눈치채고 있던 연의가 기운차게 외쳤다.

"이 정도면 다음 수련, 다음다음 수련에서 잘하면 충분히 만회할 수 있는 점수야."

얻은 순위에 만족하여 뛸 듯이 기뻐하는 동기, 등수를 보고 실망하여 같은 조 아이와 크게 말다툼하는 동기 등 각양각색의 반응이 나타났다. 응당 열 개의 조 중 칠 위는 그다지 높은 순위가 아니었지만, 애초에 활달하고 밝은 성격이라 그런지 연의는 크게 개의치 않는 듯했다.

"고마워, 연의야."

어찌 실망하지 않았을까 싶은데 먼저 나서서 저리 말을 해주니 새록새록 고마움이 솟았다. 에이, 진짜 잘했다니까 그러네? 숨길 수 없는 미안함에 말을 건네니 오히려 연의는 연리의 어깨를 토닥이며 불끈 주먹을 쥐어 보였다. 이리저리 재지 않은 순수한 반응에 연리는 활짝 마주 웃어주었다. 정말, 다음 수련은 꼭 잘해야지.

"자, 자. 이제 다들 첫 수련 순위는 기억하고 있겠지?"

동기들의 수련을 총괄하는 스승 매향의 목소리가 사방을 정돈했다. 피우던 담뱃대로 탁탁 책상을 내리치자, 들떠서 마구 떠들던 동기들과 화가 나 말다툼을 하던 동기들 모두 안정을 찾았다.

"이번 순위가 낮다고 해서 지레 창피해할 것 없다. 두 관문이나 남았으니 하위권 조는 더욱 노력하면 될 일이야. 고작 몇 점 더 낮다고 동료와 다투거나 수련을 포기하는 짓이야말로 부끄러워해야 할 일이다."

모두에게 훈계하는 듯한 말투로 너그럽게 뱉은 말이었지만, 조금 전까지 너 때문이라느니 창피해서 그만두는 게 낫겠다느니 대거리하던 동기들은 민망해져 시선을 아래로 깔았다. 슬쩍 그들의 반응을 엿본 매향이 만족스러운 표정으로 비스듬히 기댔던 몸을 일으켜 앉았다.

"기녀는 필히 사내와 함께하는 업(業)이다. 하니 사내의 기분, 성격, 행동거지를 미리 파악하고 그에 맞게 대처할 수 있어야 해. 단순히 외모로 사내를 홀려 정만 통하는 것이 대수가 아냐. 화무십일홍(花無十日紅)이라 하지 않더냐."

툭 튀어나온 문자에 동기들의 얼굴에 난처함이 서렸다. 대부분 상민이나 천한 출신인 탓에 문자는커녕 글도 깨우치지 못한 소녀들이 부지기수였기 때문이다. 매년 겪어왔던 일인 듯 매향은 그다지 실망한 표정이 아니었다. 동기들을 훑어보던 매향은 혹여 제게 질문이라도 할까 이리저리 시선을 피하는 다른 소녀들과 다르게 저를 똑바로 바라보는 몇몇 소녀들을 주의 깊게 바라보았다. 손가락으로 책상을 톡톡대던 그녀는 제게 물어보아 달라는 듯, 금방이라도 입을 벌릴 듯한 모란을 스치고 옆에 앉은 연리에게 시선을 주었다. 아무렇지 않다는 듯 조용히 앉아 있던 연리와 눈이 마주치자, 매향은 네가 말해보라는 듯 고개를 끄덕였다.

"……화무십일홍, 열흘 붉은 꽃은 없다는 뜻이며 한 번 성한 것은 반드시 쇠한다는 의미로 쓰입니다."

"그래."

갑작스레 지목당한 당황스러움을 미뤄두고 천천히 뜻을 풀이하자 만족스럽게 매향이 고개를 끄덕였다. 그러자 설마 했던 소녀들의 시선이 삽시간에 모여들었다. 약재상 정씨 처조카라더니, 글깨나 읽었나 봐. 그동안 모란의 텃세에 못 이겨 슬슬 연리를 피하던 소녀들이 새삼 호기심 어린 눈빛으로 연리를 주시했다.

그까짓 게 뭐 대단하다고. 차마 스승 앞이라 대놓고 성질을 부릴 수 없어 모란은 애써 모난 마음을 감추었다.

"사람은 늙는다. 꽃처럼 곱고 가냘픈 기녀도 그러해. 하니 외양만 믿고 사내를 홀릴 수 있다 생각하는 건 오만이다. 기녀는 흥미만 끄는 존재가 되어선 안 돼. 그래선 늙고 추해지면 버림받기에 십상이지. 고운 외모와 몸매, 상황을 파악하고 행동하는 지성 그리고 예악(禮樂)에 통달해야만 완벽히 사내를 사로잡을 수 있다."

무에 익혀야 할 것이 그리도 많은지. 흥미롭게 매향의 말에 귀를 기울이던 동기들이 혀를 내둘렀다.

"그리하여야만 사내가 원하는 것을 줄 수 있고, 내가 원하는 것을 사내에게서 얻어낼 수 있는 것이다. 훗날 외모가 쇠할 때 버림받고 버림받지 않는 기녀가 나뉘는 것은 대저 이러한 까닭이야."

나름대로 복잡한 철학이었다. 단순히 술 시중만 들고 웃음만 파는 일이 아닌 것이다. 사내의 애정만 갈구하는 기녀가 아니라, 스스로 이용 가치를 갖추어 사내와 이해타산을 맞춘다라. 단지 기루에만 해당하는 이야기가 아닐 듯도 하여 제가 비원에 들어온 목적과도 얼추 맞는 부분이 있었다. 반드시 신분을 알리지 않고 능양군에게 접근해 반정에 대해 알아야 했으니, 그리하기 위해서는 사내를 대하여 목적을 캐내는 법을 익혀야 했다.

'그 전에 능양군이 정확히 누군지도 알아내야겠고.'

아직 가까운 종친인지, 그저 왕족인지조차도 파악하지 못한 상태이니 갈 길이 멀었다. 연리는 고개를 끄덕이며 입술을 물었다. 다음 수련에서는 필히 선두를 달리리라.

"모든 수련은 너희들이 향후 기녀가 되었을 때 피가 되고 살이 될 것이다. 하니 수련은 수련만으로 끝이 아니란 걸 명심하도록."

"예, 스승님!"

종달새 같은 동기들의 목소리가 강당을 가득 채웠다. 다음 수련은 어떤 것일까 호기심 어린 눈빛들이 쏟아지자 매향은 일부러 후후 웃음을 띠며 시간을 끌었다. 담뱃잎을 채우려다 면경을 꺼내고, 천천히 화장을 덧칠하는 매향의 미적거림에 동기들은 괜히 조바심이 났으나 참을성 없다 꾸중을 들을까 싶어 눈만 굴리며 매향의 움직임을 좇았다. 마침내 만족스럽게 입술연지를 덧바른 매향이 면경을 덮으며 입을 열었다.

"첫 번째 수련에서는 사내를 끌어들이는 법을 배웠다. 어떤 사내들이 기루를 찾는지, 또 그런 사내들을 기루로 입성시키기 위해서는 어떻게 해야 하는지 다들 조금씩이나마 느꼈을 거다."

특별히 말로 표현할 수는 없지만 그동안 객들을 접하면서 무언가 느낀 것도 같았다. 동기들은 알쏭달쏭하였으나 일단 고개를 끄덕였다.

"두 번째 수련에서는 끌어들인 사내를 붙들어볼 것이다. 일단 끌어들였으면, 외양이든 말솜씨든 감질난 무언가가 있어야 사내가 엉덩일 붙이고 앉을 게 아니냐. 하지만 어느 하나가 뛰어나다 하여 안심하는 일은 없어야 한다. 방심하면 다른 꽃을 찾아 떠나는 것이 밥 먹듯 자연스러운 게 사내이니."

자만하지 말라는 듯 단호한 어조였다. 잠시 말을 끊은 매향은 마루 아래서 기다리고 섰던 계집종을 손짓해 불렀다. 올라온 계집종의 손에는 작지만 묵직해 보이는 궤짝 하나가 들려 있었다. 계집종이 매향의 방석 옆에 궤짝을 내려놓고 사라지자, 모든 시선이 궤짝을 여는 매향의 손으로 집중되었다.

'엽전?'

앞줄에 앉은 동기들이 술렁였다. 가까이는 아니나 분명 엽전 몇 꾸러미가 담긴 것을 본 연리도 고개를 갸웃했다. 매향은 천천히 궤짝 안 엽전을 세어보더니, 그중 한 꾸러미를 꺼내 책상 위에 올려놓았다.

"모란, 소희."

"네."

"예!"

"이리 나와 받아가거라."

매향은 모란과 소희에게 꺼낸 엽전 꾸러미를 쥐여주고는 연이어 다른 소녀들을 호명했다. 어리둥절한 소녀들이 두 명씩 짝지어 나갔고, 두어 번 반복되고 나니 동기들은 첫 수련 결과의 순서대로 엽전을 나누어주고 있다는 것을 눈치챘다. 일곱 번째로 연리와 연의가 나가고, 잠시 후 마지막 열 번째 조가 엽전을 받아 들고 제자리에 돌아와 앉았다.

"방금 받은 돈은 너희가 두 번째 수련에 쓸 비용이다. 자, 재주껏 사내들을 상대해 보아라. 옷을 사든 장신구를 사든, 그도 아니면 선생을 사 악기나 그림을 배우든 너희들 자유다. 기루에 들어온 사내들이 너희를 지목해 술자리를 함께할 때마다 점수를 줄 것이야."

자유롭게 돈을 써도 된다는 말에 소녀들이 각자 받은 엽전을 세어보았다. 한데 이상하게도 손에 들린 꾸러미의 양이 눈에 띄게 달랐다. 연리는 제게 주어진 엽전을 세어보았다. 넉 냥이었다. 힐끗 옆자리를 보니 모란과 소희는 열 냥을 받은 듯했다. 얼마 지나지 않아 소녀들은 순위대로 주어진 금액이 다르다는 것을 눈치챘다.

이게 뭐야. 울상을 짓는 소녀들과 화색이 도는 소녀들이 극명하게 갈렸다. 확실히 오 위까지는 질이 다르기는 하겠으나 어쨌든 값나가는 옷과 장신구를 사들일 수 있는 금액이었다. 하지만 육 위부터 십 위까지는 빠듯한 감이 없잖아 있었다. 한 냥을 받은 십 위 조는 실망하다 못해 서로 너 때문에 이리되었다며 씩씩거렸다.

"열 냥이라니!"

"그 돈이면 갓 지은 비단옷도 살 수 있겠어."

수군거리는 소녀들의 부러움을 한 몸에 받게 된 동장 모란은 기분 좋은 웃음을 애써 참으며 다가가 소녀들을 달랬다. 얘들아, 돈이 그리 대수니. 기왕 같은 조니 함께 열심히 하는 게 중하지.

"참."

그런 동기들의 모습을 흥미롭게 관망하던 매향이 빈 궤짝을 들고 일어서다 불현듯 손가락을 퉁겼다.

"이번에는 첫 수련과 점수 받는 방식이 좀 나를 것이다. 사내가 지목한다 하여 다 같은 점수를 받는 게 아니야. 어떤 신분의, 어떤 직위의 사내가 지목하느냐에 따라 점수에 차등을 둘 것이야. 더 귀하고 높은 신분의 객이 찾을 때마다 높은 점수를 줄 것이다."

말을 마친 매향이 휭하니 강당을 벗어나 멀어졌다. 잠시 어리둥절하던 동기들은 높은 사내들이라고 무에 그리 다르겠냐며, 한시바삐 비싼 옷가지와 장신구 따위를 사들일 생각을 하며 바쁘게 자리를 털고 일어났다. 옥신각신하던 십 위 소녀들도 불퉁한 얼굴로 마지못해 자리를 떴다.

"연리야, 우리도 가자."

"응."

멀어져 가는 매향의 뒷모습을 골똘히 바라보던 연리도 곧, 우르르 썰물처럼 빠져나가는 소녀들의 물결에 섞여들었다.

"자, 싸요 싸!"

"거기 가는 처자! 요 연지 좀 보고 가시구려, 바르기만 하면 남정네 마음 홀랑 넘어가는 색 고운 연지라오!"

길거리를 가득 메운 상인들이 서로 질세라 목소리를 높였다. 며칠 만에 열리는 장이라 그러한지 평소보다 배는 많은 인파가 몰린 것 같았다. 사람 구경을 하는지 물건 구경을 하는지 모를 정도로 시끌벅적했으나 그건 또 그것대로 구경하는 맛이 있었다.

투지 넘치는 눈빛으로 장시에 나온 두 소녀는 분명 반짝이는 장신구를 구경하고 있었으나 정신없는 인파에 떠밀려 어느새 포목점에서 치맛감을 보고, 맘에 드는 옷감을 골라 이건 얼마냐 물으려는 찰나 제 물건을 보아달라 소매를 잡아끄는 여타 상인들에게 끌려가기를 반복했다. 결국, 둘은 달곰한 군것을 하나씩 사든 후 반 시진이나 이리저리 쓸려 다니다 겨우 국밥집 평상에 앉아 숨을 돌릴 수 있었다.

"푸후, 웬 사람이 저리도 많아?"

가까스로 인파에서 빠져나온 연의가 막혔던 숨을 뱉으며 중얼거렸다. 손부채질을 하며 어느새 이마에 맺힌 땀방울을 닦아낸 연리도 조금 전까지 제가 발을 붙이고 섰던 인파를 향해 놀라운 시선을 던졌다. 이전에도 종종 장이 열리는 것을 보긴 했으나 이처럼 북적거리는 것은 처음이었다. 둘은 낮밥으로 국밥 두 그릇을 주문하고는 찬물을 들이켜며 때아닌 열기를 식혔다.

"그나저나, 어떤 걸 사는 게 좋을까?"

지닌 주머니를 열어 엽전을 세어보던 연의가 고민하는 기색으로 중얼거렸다. 이리저리 다니다 힐끗 보니 다른 아이들은 제각기 마음에 드는 분이며 가락지며 퍽 예쁜 물건들을 벌써 구매하고 있는 것 같았다.

"역시 안료(顔料)나 장신구가 낫겠지? 일단 객들이 제일 좋아하는 기녀는 뭐니 뭐니 해도 고운 기녀니까."

사람을 외모로 평하는 것은 천한 행동이라 비난하는 양반들이었으나, 어디 현실의 진실도 그러한가. 입으로는 탐탁지 않아 하면서도 눈앞에 미색 고운 여인을 들이밀면 끝내 넘어가고야 마는 것이 사내들이었다. 하니 짧은 시간 안에 지명을 제일 많이 받는 방법은 단기간에 미모를 최대치로 끌어내는 수밖에 없을 테다.

“의복이나 연지를 사자. 비녀나 가락지보다 싸면서도 눈에 제일 잘 띄는 물건들이니까.”

연리는 오가며 유심히 보아뒀던 포목점과 방물점을 떠올리며 말했다. 명나라 산은 아니었지만, 상점 한쪽에 걸려 있던 청람색과 연노랑 옷감이 고상하고 우아하여 눈길을 끌었다. 그 옆 방물점에 놓여 있던 다홍빛 연지도 과하지 않아 옷에 잘 어울릴 듯했다. 짝, 좋아! 연리의 제안에 연의가 손뼉을 짝 치며 들뜬 함성을 질렀다. 기실 두 소녀의 수중에는 넉 냥밖에 없었으므로, 연리의 제안대로 눈에 잘 띄지도 않는 값비싼 가락지 따위를 사기보다는 한눈에 들어오는 의복이나 화장품을 사는 것이 여러모로 현명한 선택이었다.

왕실의 일원, 그것도 귀하디귀한 공주였던 연리는 수저부터 의복, 장신구에 이르기까지 항상 최상품만 사용하고 지니어왔으므로 확실히 이러한 면에서는 뭇 여인들보다 안목이 있었다. 단순히 재물만 많다고 해서는 얻을 수 없는, 본디 태생부터가 귀했던 신분이었기에 자연스레 길러진 안목이.

아무리 한양 번화가의 성대한 장시라 해도 품질은 왕실에서 쓰던 것보다 한참 하등품이었다. 하지만 자유롭게 장터를 구경하며 직접 물건을 고르고 값을 치르는 경험은 난생처음이라 연리는 겉으로 태를 내지는 않았으나 무척이나 들뜬 상태였다. 평범한 여염집 소녀처럼 연리와 연의는 서로 어떤 것을 사겠다 재잘대며 대화를 나누었다.

잠시 후 국밥이 나오고, 둘은 미리 점찍어둔 물건이 혹시나 그사이 팔리기라도 할까 먹는 둥 마는 둥 재빨리 식사를 마쳤다.

“이쪽이야!”

평범하게 동무와 놀러 나온 기분에 연리가 밝은 목소리로 외쳤다. 아, 응! 복잡한 인파에 다른 길을 기웃거리던 연의가 고개를 끄덕이며 얼른 달음질해 왔다.

퍽-

"아얏!"

연의가 이쪽으로 달려오는 것을 확인하고 상점을 향해 몸을 돌리자마자, 둔탁한 소리와 함께 짧은 비명이 곁을 울렸다.

의아하여 얼른 고개를 돌리자 인파의 시선이 모인 한가운데 한 소녀와 맞부딪쳐 넘어진 연의가 보였다. 어머! 연리는 깜짝 놀라 옷가지 여기저기 흙이 묻은 연의에게로 달려갔다.

"연의야!"

괜찮아? 걱정스러운 얼굴로 얼른 다가가 일으키니, 치맛자락을 툭툭 털며 일어난 연의가 울상을 지었다.

"괜찮아, 다른 사람이랑 부딪……."

"이년이!"

철썩! 등 뒤에서 날카로운 마찰음이 터졌다. 그와 동시에 옷차림을 매만지며 말을 하던 연의의 눈이 휘둥그레졌다. 그에 연리는 대체 무슨 일인지 경황이 없었다. 엉겁결에 뒤를 돌아보니 한 소녀가 얼굴을 감싸 쥐고 나동그라진 광경이 눈에 들어왔다.

"빨리빨리 따라오라니까 왜 멍청하게 그러고 있어!"

대갓댁 하인 같아 보이는 사내가 험악한 얼굴로 엎어져 바들바들 떠는 소녀의 팔을 아프게 쥐어 올렸다.

"따, 따라가고 있었는데 갑자기 부딪쳐서……."

아마도 연의와 부딪쳐 넘어진 모양이었다. 하지만 소녀는 아무렇게나 질끈 맨 머리칼에 묻은 흙먼지도 털어내지 못하고 사내를 향해 싹싹 빌 뿐이었다.

"이 계집이? 어디서 말대꾸를 해!"

연리가 보기에도 연의가 복잡하고 번라한 와중 갑자기 뛰어온 바람에 소녀가 그를 보지 못하고 부딪힌 것이 분명했다. 하지만 짜증이 한가득 담긴 사내의 표정을 보니 사내는 소녀의 말을 귀담아들을 생각이 없는 듯했다.

"팔려 나가는 주제면 빠릿빠릿하기라도 하던가. 무얼 잘했다고 변명질이야!"

보통 사람들이라면 족히 불쌍하다 여겼을 만큼 소녀의 얼굴엔 눈물이 그득 고였다. 그러나 사내는 오히려 더 화가 난다는 듯 윽박질렀다. 결국 바들바들 떨며 빌던 소녀는 사내가 멱살을 틀어쥐자 기어이 눈물을 흘리고 말았다.

"흐윽, 자, 잘못……."

쯧쯧, 노비인 모양인데 주인댁 하인들이 적잖이 거친 모양이구먼. 지나가다 한둘씩 관심을 보이는 사람들은 있었으나, 다들 쯧쯧 혀를 차며 한마디씩 하고 지나갈 뿐이었다.

"연리야, 우리도 이만 가자."

끼어들어 보았자 험한 꼴만 보리란 사실은 자명했다. 광경을 힐끔거리던 연의도 시선을 거두며 본래 가려 했던 방향으로 연리를 잡아끌었다.

안타깝기 그지없었으나 끼어들 방도가 없었다. 상민도 아닌 노비를 가르친다는데 연고도 없는 이가 무어라 훈수를 둘 수는 없는 노릇이었다. 연리는 소녀에게서 눈을 떼지 못한 채 겁먹은 표정으로 저를 꼭 잡고 걸음을 옮기는 연의에게 끌려 하는 수 없이 자리에서 벗어났다.

"너같이 멍청한 것을 임금에게 디밀어보았자 나만 경을 치겠다! 안 되겠다, 도로 무를 테니 다시 네 집으로 가자!"

'임금?'

일개 하인이 입에 담을 수 없는 한 단어가 너무나 분명히 들려오자 연리는 우뚝 제자리에 멈췄다. 아이, 그냥 가자니까! 연리가 휙 몸을 돌려 질질 끌려가는 소녀를 향해 다가가려 하자 연의가 조바심을 내며 채근했다.

"미안해, 잠깐만."

사내는 다시 한 번 손찌검을 하려다 버럭 소리를 지르며 울먹이는 소녀를 그대로 끌고 오던 길로 방향을 틀었다. 그에 화들짝 놀란 소녀가 엉엉 울음을 터뜨리며 사내에게 매달렸다.

"아, 안 됩니다! 잘못했어요! 제발, 그 돈은 제 남동생의 약값입니다……."

"당장 그 입 다물어라. 너같이 쓸모없는 계집앨 사느니 그 돈으로 다른…… 뭐요?"

사내는 제 앞길을 가로막고 선 연리를 향해 달갑잖게 눈을 부릅떴다.

"방금, 뭐라고 했소?"

미심쩍은 얼굴로 연리가 묻자 사내는 아차 하는 눈빛으로 목을 가다듬었다.

"크흠, 흠. 뭘 말이오."

"시치미 떼지 마시오. 내 방금 그 아일 임금에게 들인다 하는 말을 들었는데!"

연리가 단호한 태도로 낮게 외치자, 재빨리 연리를 훑어 내린 사내는 짧은 고민에 빠졌다. 기품이나 말본새를 보니 행세깨나 하는 집안의 여식 같은데. 아니면 돈 많은 중인이거나. 한데 묘하게도 입은 것은 지극히 평범한 차림이라 신분이 쉬이 짐작이 가지 않았다. 행색을 믿을 것인지 사람의 기운을 믿을 것인지 갈팡질팡하던 그는 결국 조심해서 나쁠 것 없다는 판단을 내렸다.

“아, 신경 쓰지 말고 가시오. 이 계집은 정당한 값을 치르고 산 년이니까. 주위 사람들한테도 마구잡이로 상민 계집까지 잡아간다는 건 헛소문이니 믿지 말라 하시오.”

임금이라 한 것을 물었더니 무슨 소리야? 주상을 입에 담는 것을 보니 혹시 능양군과 관련된 일인가 싶어 연리는 미련을 버리지 못했다. 한데 처음엔 시치미를 떼더니 이제는 동문서답이라? 그러나 선심 쓴다는 듯 몇 마디 던진 사내는 다시 소녀를 끌어가려 발걸음을 떼었다. 그러자 연리는 두 팔을 벌리고 냅다 사내의 걸음을 막았다.

‘함구하겠다, 이거지.’

곧 사내의 얼굴이 험상궂게 일그러지며 거친 어조가 튀어나왔다.

“왜 이러오? 당장 비키시오!”

사내는 소녀를 잡았던 오른손 대신 왼손을 들어 연리를 홱 잡아 옆으로 팽개치려 했다. 억세게 다가오는 팔을 보자, 연리는 생각할 겨를 없이 반쯤 충동적으로 외쳤다.

“내게 파시오!”

“뭐?”

이해하지 못했다는 듯 사내가 눈썹을 꿈틀거리며 되물었다.

“그 아이, 도로 무른다 하지 않았소? 내가 값을 치를 테니 그 아일 넘기라는 거요.”

연리는 뜻밖이라는 얼굴을 한 사내 앞에 품에서 돈주머니를 꺼내었다. 얼마요? 돈주머니를 본 사내는 귀티 나게 생긴 고운 얼굴을 힐끔 살피고선 재빨리 머릿속으로 셈했다. 반반한 계집이 모자라다고 하여 급히 구한 계집이긴 한데.

찢어지게 가난한 집에서 헐값에 사온 계집치고는 얼굴이 꽤 쓸 만한 듯하여 넘기기 전에 제가 한번 쓰러뜨려 볼 생각이었다. 한데 주인이 원하는 계집들은 얼굴뿐만 아니라 눈치도 빠르고 날랜 성품이어야 했다. 그에 비해 이 계집은 어리바리하고 맹한 것이 잘못했다간 승은을 입다가도 사고를 치겠다 생각될 정도로 못 미더웠다.

불안불안한 계집을 그대로 끌고 가 바칠 것인지, 시간이 좀 더 걸리더라도 확실한 계집을 다시 구해올 것인지 재어보던 사내는 훌쩍훌쩍 울고 있는 흙투성이 소녀를 힐끗 본 후 마음을 정했다.

"석 냥."

냉큼 손바닥을 펼치는 사내에게, 연리는 망설임 없이 주머니에서 엽전을 꺼내 건넸다. 돈을 받아 들자마자 그는 소녀에게 눈을 부라리며 카악 침을 뱉고선 자리를 떴다. 석 냥이라고? 뉘에겐 고작 가락지 한두 개 사면 사라질 돈으로 사람을 사고 판단 말인가. 사치품을 사려 챙겼던 주머니 무게가 눈에 띄게 가벼워졌으나 연리는 씁쓸한 기분을 애써 삼키며 소녀에게 손을 건넸다.

"일어나렴."

"가, 감사……."

울먹이며 떨리는 손으로 연리의 손을 잡고 일어난 소녀는 낯선 이가 베푼 행운을 믿지 못하겠다는 듯 다시 눈물을 글썽였다. 그러자 어느새 곁으로 다가온 연의가 어깨를 감싸며 소녀를 달랬다.

"집이 어디니?"

개운치 않은 표정을 애써 감추며 연리는 소녀에게 집을 물었다. 마음이 놓였는지 연의에게 안겨 울음을 터뜨리던 소녀가 가까스로 고개를 들어 골목 저편을 가리켰다.

"가자, 우리가 데려다줄게."

나서지 못해 미안했던 듯, 연의가 소녀의 손을 잡으며 발을 내디뎠다. 연리는 재빨리 그런 연의를 제지했다.

"아냐, 내가 데려다주고 올게. 너는 옷감이랑 연지 사야지."

소녀의 반대쪽 손을 잡자 연의의 눈이 다시 한 번 크게 뜨이며 다급히 물음이 날아왔다.

"그럼 너는? 넌 안 사게?"

"……하는 수 없지."

돈은 이미 써버렸는걸. 뒷말은 삼켰으나 방금의 상황을 겪은 세 사람 중 발화되지 못한 말을 모르는 이는 아무도 없었다. 마냥 속 편하게 울고 있을 처지가 아니란 것을 안 소녀가 끅끅거리며 울음을 삼켰다. 난 괜찮아. 얼른, 늦기 전에 너라도 다녀와. 연리는 발걸음을 떼며 다시 한 번 권했다. 동무를 두고 저 혼자만 갈 수는 없어 갈등하던 연의는 두어 번 재촉한 후에야 하는 수 없이 포목점으로 향했다.

멀어지는 연의를 눈으로 좇으며, 연리는 재빨리 소녀가 가리킨 방향을 향해 종종걸음 했다. 미안한 눈빛으로 눈치만 보고 있던 소녀도 엉겁결에 발걸음을 맞춰 걸었다. 북적이는 거리를 벗어나고 허름한 골목으로 들어서자, 연리는 서둘러 입을 열었다.

"아까 그게 무슨 말이야?"

"네?"

젖은 눈가로 소녀가 멍하니 되물었다. 연리는 걸음을 멈추고 마주한 소녀의 어깨를 움켜잡았다.

"널 임금에게 들인다고 했잖아! 그게 무슨 뜻이냐 묻는 거야. 네가 어떻게?"

다급하게 물어오는 어조와 맞물려 소녀에게 연리의 눈빛이 강하게 다가갔다. 갑자기 나타나 제 인생을 구해준 고운 아가씨. 아까까지만 해도 상냥했던 분이 급하게 대답을 종용하자, 소녀는 얼떨떨하였으나 은인을 위해 저를 산 사내가 설명이랍시고 주절거리던 것을 떠올리며 우물쭈물 입을 열었다.

"요…… 요즘 이이첨 대감 댁에서 반반한 계집아이를 뽑아다 궁에 보내요. 궁궐에서 그리하라 일렀대요. 대감 댁에 계집아이들을 모아두면 곧 상궁 마마님이 나와서 한 번에 두세 명 정도를 뽑아가요. 그리고 입궐하면 임금님께 바쳐져 승은을 입는 거래요. 그래서……."

"승은이라니! 하면 사대부가의 여식도 아닌 여인들이 후궁이 된다는 말이냐?"

연리는 감췄던 궁중 말투가 튀어나오는 것도 알아채지 못할 정도로 충격에 빠졌다. 상궁, 보지 않아도 단연 개시일 것이었다. 하나 그녀의 위세가 그리도 대단하였던가? 아무리 주상이 총애한다 하여도 제조상궁일 뿐이다. 왕의 자식을 낳을 후궁을 배경도 따지지 않고 한 신료의 사가에서 마구잡이로 들여 넣는 방자함까지 조정이 묵과할 리 없을 터였다.

"그런 게 아니라, 임금님께 바쳐지는 것뿐이에요."

"그게…… 무슨."

귓가로 들려온 말을 차마 해석해 내지 못하는 사이 무덤덤한 한 마디가 더 얹힌다.

"그저 하룻밤만요."

차마 내지르지 못한 경악이 목구멍까지 걸렸다.

지금 조선은, 제정신이 아니었다.

칠흑 같은 밤. 별 하나 빛나지 않는 하늘이 고요하고 스산한 기운이 감도는 깊은 밤이었다. 화려한 전각을 둘러싼 군사들조차 숨소리 하

나 없이 소임을 다할 뿐이라, 내금위에 상궁나인들까지 적잖이 늘어선 인원에 비해 인기척은 거의 없다시피 했다. 아찔한 술 냄새와 일정하게 울리는 코골이가 방 안을 농후하게 채웠다. 바깥과 크게 다르지 않은 어둠이 내린 방, 금침 위의 두 인영(人影)은 그림자처럼 누워 있을 따름이었다.

"전하."

늦은 밤, 갑자기 문을 박차고 들어온 주상이 잠든 지 이미 오래되었지만 습관처럼 그를 불러보았다. 예상처럼 늘 그렇듯 대답 없는 코골이만 이어졌다. 개시는 몸을 일으켜 자리옷도 제대로 입지 못하고 아무렇게나 쓰러져 누운 주상의 용포를 벗겼다.

이번에도 그는 새 아이를 품고는 곧바로 이곳을 찾은 것 같았다. 제 동생을 잃은 후로 술독에 빠져 정신도 차리지 못하던 그는 공주 또래 궁녀들을 보면 추억이 떠오르는지 잠시나마 생기를 찾곤 했다. 그래서 개시는 닥치는 대로 공주와 연치 비슷한 궁녀들을 그에게 들여보내고, 그도 모자라면 궁 밖에서라도 구해왔다.

그는 왕이니까. 행복해야 하니까. 그럴 자격이 있었으니까. 생기발랄했던 공주가 그립다면 비슷한 또래 수십 아니 수백이라도 데려와 그리움을 채워주면 될 일이었다. 한데 그는 계집아이들을 품은 후에는 언제나 제 처소로 쳐들어왔다.

처음에는 침전에 들인 아이를 단박에 쫓아내며 분노한 얼굴로 어성을 높이었으나, 두세 번 반복하자 마침내 그는 제 정성을 받아들였다. 하나 의무처럼 침전에서의 일을 끝내면, 깊은 밤 그림자처럼 빠져나와 이렇게 제 처소에서 혼절하듯 잠에 빠지는 것이었다. 독한 주향(酒香)과 함께.

"……차향이 났었는데."

속삭이듯 중얼거린 개시는 자리옷으로 갈아입힌 주상에게 이불을 덮어주었다. 함께 잠자리에 드는 것을 거부한 것은 다름 아닌 자신이었다. 세간이나 조정에서 수군거리는 소문과는 달리 후궁 첩지를 받을 마음이 없었기 때문이었다. 그를 돕기 위해서는, 말단 후궁 첩지 나부랭이보다는 제조상궁의 지위가 훨씬 유리했다. 외로움에 몸부림치는 그를 위로할 이는 자신밖에 없음을 누구보다 잘 알고 있었지만, 그녀는 결국 입술을 깨물며 그의 마음을 외면했다. 아직 멀었다. 아직은 안 된다.

개시는 그를 깨우지 않으려 조심스레 일어나 밖으로 나왔다.

"마마님."

전각 주위를 지키고 섰던 내금위가 다가왔다. 개시는 손가락을 까딱인 후 왕의 침전인 대조전으로 향했다. 그 뒤를 군사 서넛과 대전 상궁나인들이 줄줄이 따랐다. 그는 제가 하룻밤 취한 아이들을 다시는 찾지 않았다.

하지만 개시가 뒷말을 막기 위해, 혹시라도 잉태하였을 시 생길 분란을 막기 위해 그녀들의 목숨을 앗으려 하자 그는 그녀들 모두에게 승은상궁의 지위를 내렸다. 그리고 낮에는 항상 대전에 틀어박혀 술을 마시거나 신료들과 의미 없는 공론을 계속하며 개시를 만나주지 않았다. 그러다 밤이 되어 계집아이들을 품은 후에야 술에 젖어 찾아오는 것이다. 그렇기에 개시는 주상에게 어찌 그러하느냐고 묻지 못했다.

아무리 허울뿐인 지위라 하나, 그러다 누구 하나가 왕자라도 낳으면 꼼짝없이 후궁 자리를 내어주어야 할 텐데. 개시는 제 발로 걷어찬 자리임에도 고작 한 번 품은 계집이 그 자릴 꿰차는 건 배알이 틀렸다. 그는 분명 의도적으로 저와의 대화를 피하고 있었다. 제가 공주를 위해서라도 그녀를 멀리하여야 한다 충고한 대로 따랐다가, 결국엔 그

선택 때문에 가엾은 여동생을 잃은 것이라 여겨 책망하고 있는 것이다. 분명 죽어 궁궐 담 밑 어딘가에 묻었다 했거늘, 그는 시신을 발견하지 못했다며 공주가 살아 있을 거라 믿었다.

개시는 침전 문을 왈칵 열어젖히며 생각했다. 분명 공주를 생각하고서 이 계집들을 살려두는 것이리라. 아직 그는 여전히 그의 태생을 얕보며, 어명에 반발하는 신하들과 유생들 위에 완벽히 군림하지 못했다. 좀 더 강력히 짓밟아 다시는 그 발칙한 눈을 홉뜨고 거친 고성을 내지르지 못하게 만들어야 했다. 아무래도 내일 도승지에게 인경궁 공사에 더욱 박차를 가하라는 교지를 내리라 말을 전해야 할 듯싶었다.

'번듯한 궁궐만 완성되면, 감히 권위에 도전할 자는 아무도 없을 것이야.'

개시는 수십 번 다짐한 말을 다시 한 번 중얼거리며, 뒤따른 궁녀들에게 턱짓했다. 졸지에 자다 깬 계집아이가 제대로 걸치지도 못한 속곳 차림으로 벌벌 떨며 궁녀들 손에 이끌려 침전에서 쫓겨났다. 끌려가는 계집아이를 쏘아본 후, 제 손으로 침전 안 엉망이 된 주안상을 정리하며 개시는 생각했다.

이것만 보아 넘겨주겠다. 이리하여 그의 마음 한 자락이라도 달랠 수 있다면야. 하나 아직 멀었다. 아직 부족했다. 행복하다, 승리하였다 말하기에는 부족한 것이 너무나 많았다. 빛나는 옥좌에서 행복으로 빛나는 그, 그리고 그 뒤에서 환히 빛나는 자신을 그리며 개시는 텅 빈 침전을 닫았다.

"제조상궁 마마님, 저 아이 좀 보십시오."

"무엇이냐?"

이이첨의 가택에 들러 새로 들일 아이를 택하고, 으레 보따리 가득 챙겨주곤 하는 재물과 자금, 새로이 벼슬을 내릴 이들의 목록을 받아 들고 환궁하는 길에 동행한 나인이 개시에게 속삭였다. 급한 손짓을 따라 시선을 옮기니, 방물점에서 가락지를 들어 살피고 있는 소녀가 눈에 들어왔다.

"흠."

열일고여덟 즈음 되었을까. 탐스러운 이마에 큰 눈, 곧게 뻗은 코, 도톰한 입술이 꽤 뛰어난 미색이었다. 낭창낭창한 몸매도 꽤 보기 좋았다. 그러고 보니 아까 대감 댁에서 본 아이들 중 마음에 드는 반반한 얼굴이 없어 탐탁지 않았었다. 요즈음 주상이 계집보다 술을 찾는 횟수가 부쩍 늘었다 하니, 조금 더 자색이 뛰어난 아이들로 골라야겠다고 생각한 참이었는데.

행색을 보아하니 의복이 남루하지는 않으나 귀한 차림도 아닌 것을 보니 다행히 양갓집 규수는 아닌 모양이었다. 요즈음 상민들도 배를 곯아 적당한 돈만 주면 딸을 내어준다 하니, 저 아일 데려가야겠다 마음먹은 개시가 성큼성큼 다가갔다.

"이보오."

지척에 다가서자 대동한 나인이 얼른 소녀를 불렀다. 그러자 옆에 와 선 낯선 이들을 흘깃 쳐다본 소녀가 말했다.

"무슨 일이세요?"

가까이서 보니 인상이 날카로운 것이 성정이 고분고분하지는 않을 것 같다. 아무래도 침전에 들이기 전에 잠깐 교육을 시키는 것이 낫겠다. 네 이름이 무어냐? 다짜고짜 이름을 묻자 와락 불쾌하다는 표정을 지은 소녀였으나, 궁녀 복색을 한 나인과 고운 비단옷을 입은 개시의 차림을 발견하고는 마지못해 이름을 댔다.

"조 가(家) 모란이요."

모란이라. 고개를 끄덕인 개시가 빤히 얼굴을 훑자 얼결에 시선을 받아낸 모란의 표정이 구겨졌다.

"네 집이 어디냐?"

"뭐라구요?"

무슨 난데없는 말이냐는 듯 개시의 질문에 모란이 되물었다. 개시는 생각대로 순하지 않은 소녀의 말투에 반드시 감찰상궁을 시켜 제대로 기를 죽여놓아야겠다고 마음먹었다. 개시가 모란을 이곳저곳 뜯어보며 고개를 끄덕이자 나인이 냉큼 말을 받았다.

"요즈음 새 궁궐에서 일할 궁인을 차출하느라 주상전하를 모실 일손이 부족해 새 나인을 선발하는 중인데, 여기 우리 마마님께서 처자를 마음에 들어 하시오. 처자가 궁인이 되면 식구들은 배 곯지 않고 넉넉히 살 터이니 입궁하는 것이 어떻겠소?"

"입궁…… 이라뇨?"

생각지도 못했다는 듯 모란이 눈을 크게 떴다. 혼란스러운 내색이었으나 호락호락하지 않은 성정대로 눈빛에 호기심이 가득했다. 종종 이런 아이들이 있었더랬다, 주제도 모르고 후궁 자릴 꿈꾸던 계집들이. 개시는 마음속으로 냉소지었으나 겉으로는 인자한 미소를 지어 보였다.

"네 집으로 가자꾸나, 양친께는 내가 직접 말씀드릴 터이니."

"하지만 저희 집은……."

"허름해도 상관없느니. 앞장서거라."

한시가 급하거늘 자꾸만 토를 다는 모란이 마뜩잖았다. 개시는 싸늘하게 윽박지르려던 것을 참고 모란을 재촉했다. 왜인지 머뭇거리며 고민하던 모란은 거듭된 재촉에 아까부터 살펴보던 가락지를 얼른 구매하고는, 드디어 결심한 표정으로 길을 안내했다. 그에 개시는 만족스럽게 모란을 따라갔다.

긴가민가한 표정으로 가는 도중 힐끔힐끔 눈치를 보던 모란은 조심스럽게 개시 뒤에 선 나인에게 이것저것을 물었다. 궁에 들어가면 어떤 일을 하느냐, 정말로 주상전하를 곁에서 모시는 궁녀가 되느냐 하는 것들이었다. 한가득 짐을 든 나인은 개시의 눈짓에 따라 뇌물로 받은 패물을 하나둘 꺼내어 보여주며 온갖 미사여구로 모란을 홀렸다.

보따리에서 귀한 옥가락지와 금비녀가 나오자 모란의 입에서 감탄이 새어 나왔다.

“정말 고와요. 정말 저도 입궁만 하면 이런 걸 가질 수 있단 말예요?”

“그럼. 일손이 급한 만큼 처자가 들어와 주기만 한다면 톡톡히 사례할 것이오.”

주거니 받거니 듣기 좋은 말이 오가고 허황된 꿈이 오가는 사이 어느새 솟을대문이 늘어선 거리에 당도하자 모란은 발걸음을 멈추었다.

“……어찌 여길.”

초가집이 늘어선 골목을 예상했던 개시는 뉘엿뉘엿 지는 해와 함께 영롱하게 빛나는 등롱이 걸린 솟을대문을 보며 눈살을 찌푸렸다.

“음…… 저기, 오기 전에 말씀드리지 못해 죄송해요.”

“무엇을?”

“사실 전 어려서 부모님을 여의고 지금은 기루 행수이신 고모님 밑에 들어가 살고 있어요.”

뭐라고? 뜻밖의 말에 개시가 맹랑하다는 듯 모란을 쏘아보았다. 기루라니? 기녀라면 헛수고가 아닌가!

“하지만 기녀는 아니니 안심하세요. 기녀 수련을 받고 있을 뿐, 아직 기녀 일을 하지는 않은 동기이니 고모님께 말씀드리면 절 보내주실 거예요."

샐샐 눈웃음을 치며 말하는 것이 보통내기가 아니었다. 개시는 예상했던 것보다 훨씬 녹록지 않은 상황에 잠시 생각에 잠겼다. 동기라, 하면 문제는 없는데. 하지만 아무래도 저 성질이 감찰상궁 몇에게 교육받는다 하여 잡힐 것 같지가 않았다. 그사이 모란은 늘어선 거리 안쪽으로 종종걸음 했다.

"절 따라오세요! 제 고모님이 행수로 계신 기루로 안내해 드릴게요."

어찌하올까요? 나인이 곤란한 표정으로 개시에게 물었다. 잠시 고민하던 개시는 결국 행수에게 가보는 것이 좋겠다 판단 내리고선 발걸음을 옮겼다. 저 소녀로 아니 되면, 다른 동기들도 반반할 터이니 그중에서 골라잡으면 되겠지. 신이 나서 달음박질하던 모란이 한 솟을대문 앞에서 멈추자, 뒤따르던 개시와 나인도 발걸음을 멈추었다.

무심코 고개를 들고 기루를 확인하자마자, 개시는 실색(失色)하였다.

"여깁니다. 어서 들어오셔요."

어느새 거리는 저녁이 된 만큼 소란스러워졌다. 초저녁부터 기루를 찾는 사내들과 등롱을 내걸며 이리저리 손님 맞을 채비를 하는 기루 사람들로 북적거리는 대문 앞에서, 어느새 경계를 완전히 풀어버린 모란이 방긋 웃으며 손짓했다. 한데 곧, 반색하며 솟을대문으로 향하는 계단에 오르는 나인을 제지하는 개시가 보였다.

"왜…… 왜 그러세요?"

"안타깝게도 네 입궁은 성사되지 못할 듯하구나."

당황하여 묻는 모란에게 개시는 딱 잘라 거절의 말을 뱉고는 걸군은 얼굴로 돌아섰다.

"마마님!"

시끌시끌한 거리의 소음을 족히 뚫고 울리는 날카로운 모란의 목소리에도, 개시는 어안이 벙벙하여 따르는 나인을 앞서서 왔던 길을 되돌아갔다. 오래간 잊고 있었더니 이리도 방심할 줄이야. 언짢은 기분에 개시는 입술을 짓씹으며 거칠게 발을 놀렸다.

"어찌 그러시옵니까 마마님? 저 아이, 오늘 대감 댁에서 본 계집들보다 훨씬 예쁘……."

그런 개시를 허겁지겁 따르던 나인은 아무리 생각해도 모란이 아까웠던 터라, 조심스레 말을 꺼내었으나 끝맺기도 전에 날아오는 살벌한 눈빛에 꿀떡 하던 말을 삼켰다.

내가 미쳤지, 어쩌자고 제조상궁에게 토를 달았을까! 그러하지 않아도 심기가 불편했던 터인데, 감히 작금 주상이 제일 총애하는 여인에게 발칙스레 기어오른 나인을 향해 쏘아지는 개시의 눈빛은 날카롭다 못해 곧 찌를 듯했다. 나인은 방자했던 제 입을 틀어막아 버리고 싶었다. 곧이어 이어질 분노를 생각하니 결국 등 뒤로 식은땀까지 흘러내리기 시작했다.

"그 입 닥쳐라!"

예상했던 분노가 터져 나왔다. 나인은 사시나무 떨듯 떨며 두 눈을 꽉 감았다. 제기랄, 이제까지 잘 보이려 아양 떨었던 게 말짱 도루묵이 되었구나.

"네년이 감히……!"

짜증이 끝까지 오른 차가운 목소리가 나인을 후려쳤다. 개시가 오늘 기어이 궁인들의 기강을 바로 세워야겠다는 생각으로 안광을 빛내며 성큼 다가서는 순간이었다. 벌벌 떠는 나인의 뒤로 어쩐지 익숙한 용모가 불현듯 눈에 띄었다.

댕기로 묶은 머리칼이 휘날릴 정도로 빠르게 복잡한 거리를 지나,

계단을 올라 가장 크고 화려한 솟을대문의 안으로 사라지는…….

'……공주?'

❖

"이리 오너라!"

석윤의 호쾌한 목청이 길게 대문을 넘어갔다. 기실 일면식도 없는 타인의 집에 처음 방문하는 것치고는 무례할 정도로 당당했다. 하나 그도 그럴 것이, 석윤은 집주인 김류가 조반상을 마친 후 지금까지 출타 중이라는 것을 확인하고 목청을 뽑아낸 것이라 조금도 거침이 없었다.

끼이익-

"뉘쇼?"

또 웬 한량들이야. 느지막하게 늘어지는 부름을 듣고 행랑아범이 문 사이로 떨떠름한 얼굴을 내밀었다. 어랍쇼? 한데 매번 찾아오던 갓 찌그러진 불한당들 대신 말끔한 낯의 두 선비가 있으니 행랑아범의 눈이 휘둥그레졌다.

"이 댁 자제께 이르시오, 전일의 술벗이 왔다고."

소맷자락에서 꺼낸 합죽선으로 면을 가린 주원이 나직하게 일렀다. 얼레, 뭔 일이래? 술이란 말에 또 경징이 만취해 망나니짓을 하였나 찔끔했던 행랑아범은, 으레 터져 나오곤 했던 고성이 없자 갸우뚱하면서도 일단 휘적휘적 사랑채로 향했다.

이윽고 잠시 뒤 행랑아범이 헐레벌떡하며 달려왔다. 들어오라십니다! 연신 굽실거리는 그를 힐끗 곁눈질하며, 주원과 석윤은 더없이 활짝 열린 대문을 조심스레 넘었다.

"크크크, 왜 이제야 오느냐! 내 기다렸다고."

이윽고 버선발로 대청마루 아래로 내려온 경징이 몹시도 주원을 반겼다. 아직도 퀴퀴한 눈가와 반듯하지 않은 옷차림을 보아하니 과음을 넘어 폭음이라도 한 모양새다. 동시에 눈가를 찌푸린 주원과 석윤은 저들도 모르게 서로의 얼굴을 마주 보았다가, 거울에라도 비춘 듯 똑 닮은 오만상에 재빨리 표정을 풀어 갈무리했다.

"전일 오라 하신 말씀에 무례를 무릅쓰고 방문하였습니다."

차마 공손한 낯을 하지 못한 주원은 차라리 담담히 눈을 내리까는 것을 택했다. 혼자 기분이 솟아올라 너털웃음을 터뜨리며 다가선 경징은 그런 주원의 어깨를 거세게 움켜잡으며 얼른 사랑채로 오를 것을 종용했다.

"한데 이자는 누구냐?"

뒤에서 멀뚱히 서 있는 석윤을 발견한 경징이 사뭇 경계하는 티를 내며 돌아보았다. 제 아비가 이름 모를 고발에 당해 파직당한지라 낯선 이에 대한 경계심이 꽤 높은 듯했다. 그에 석윤이 재빨리 낯에 가면을 덧씌우고는 입을 열었다.

"전 문효라 합니다. 어제 공자께서 이 친구 문의와 주연을 함께하셨다지요? 저와 막역한 사이인 놈인데, 그런 놈이 얼마나 공자의 칭찬을 하던지요. 해서 저도 어떤 분인가 싶어 따라와 보았습니다. 어떻게, 저도 함께해도 되겠습니까?"

싱글벙글하며 순식간에 튀어나오는 임기응변이 한두 번 갈고닦은 솜씨가 아니다. 하라는 과거 공부는 아니 하고 술만 마시러 다니더니 저런 잔머리만 무성해진 게 아닌가. 작게 혀를 차며 고개를 설레설레 흔들자, 그런 주원을 쳐다본 석윤은 짐짓 못 본 체하며 넉살 좋게 경징에게 다가가 감언(甘言)을 늘어놓았다. 마침내 청산유수 같은 석윤의 말발에 홀려, 미심쩍게 그를 대하던 경징은 마침내 일각도 지나지 않아 어느새 둘을 사랑채에 앉혀놓고 있었다.

그렇게 다시는 마주치지 않았으면 했던 난봉꾼을 마주하고 앉은 주원과 석윤은 해가 중천인 대낮인데도 술상을 들이라 소리치는 경징을 간신히 뜯어말렸다. 그들이 이곳까지 걸음한 목적은 경징과의 친분을 쌓아 그의 부친인 김류와 접선하는 것이었다. 그리고 그를 시작으로 거사(巨事)의 구체적인 그림을 알아내는 것이 지금까지 의논한 둘의 목표였다.

아무리 한시가 급한 거사라 한들, 합당한 뿌리와 지반이 없다면 사상누각에 불과하다. 선두에 선 자가 누구인지, 그자를 보필하는 신하들은 누구인지 빠짐없이 알아내어 거사가 가납될 것인지 승부를 따져보아야 했다.

능수능란한 말솜씨를 뽐내며 석윤은 그의 비위를 맞추어 끊임없이 대화를 만들어냈다. 의미 없는 자랑과 한담 사이, 시기적절하게 던져지는 주원의 물음으로 결정적인 정보를 캐내던 그들은 마침내 해가 뉘엿 지기 시작해서야 걸음한 보람을 얻었다.

어서들 일어나거라, 이참에 너희에게 내 친우들을 몽땅 소개해 주마! 몹시 기분이 좋아진 경징이 들입다 내려가 신발을 꿰어신으며 큰 목청으로 소리쳤다. 그 순간 아무도 눈치채지 못하게 은밀한 눈짓을 주고받은 주원과 석윤은 재빨리 그를 따라 일어설 채비를 하였다.

"진정이십니까?"

"그리해도 될는지 모르겠습니다. 공자께선 참으로 후덕하신 분이시군요."

잠재한 긴장감을, 인정받아 정말로 기꺼워하는 들뜸으로 둔갑시킨 두 죽마고우는 앞서 나가는 경징의 뒤를 조심스레 따랐다. 어느새 붉게 물든 저녁 하늘 아래, 살며시 생겨난 두 그림자는 마침내 그들이 택한 운명처럼 뻗어나고 있었다.

❖

"연리야, 어딜 그렇게 급히 가?"

"혹시 손님들 오셨어?"

"얘는, 이제 등롱 걸기 시작했는데. 이제 오는 길이야?"

넌 뭐 샀……. 궁금증 가득한 소녀의 말이 끊어지기도 전에 연리는 경직된 얼굴로 사라졌다. 얼떨결에 말을 삼킨 소녀는 울 듯도 하고 화난 듯도 했던 동료의 표정을 떠올리며 고개를 갸우뚱했다. 뭐야, 돈이라도 잃어버렸나?

여느 때처럼, 기루 비원은 오늘도 휘황한 밤을 열기 위해 준비하는 사람들의 움직임으로 분주했다. 청소는 물론이요, 주연에 쓰일 술동이를 나르는 종들과 온갖 음식을 하느라 바쁜 찬모(饌母)들이 장마당처럼 북적였다. 그 틈바구니를 헤집고 다니던 연의는 마침내 사람들 한복판에서 정신없이 두리번거리고 있는 연리를 발견했다. 재빨리 뛰어가 사라지려는 소맷자락을 간신히 낚아채니 돌아보는 묘한 얼굴이 눈에 띈다.

"연리야! 왜 이제야 와?"

아까 장터에서 헤어진 후, 연의는 한 시진이 지나도록 나타나지 않는 연리를 기다리며 동동 발만 굴렀다. 그리 먼 거리도 아니건만 도대체 올 기미는 보이지 않아 어쩔 수 없이 먼저 귀가한 터였다. 두 번째 수련이 공식적으로 시작하는 오늘, 다른 아이들은 장신구니 의복이니 잔뜩 꾸미는데 아무것도 사지 못한 것이 명백한 연리가 걱정되어 연의는 줄곧 안절부절못했다.
"표정은 왜 또……. 무슨 일 있었어?"
걱정스레 묻는 친우의 어조에, 제가 어떤 얼굴인지 그제야 깨달은 연리는 거칠게 뛰는 호흡을 간신히 눌러 잡았다.
"아니, 아니야."
이상한데……. 억지로 표정을 펴 보이자 연의가 뚫어져라 시선을 보내며 중얼거렸다. 뭐, 어쨌든.
"빨리 가자! 다른 아이들은 벌써 꽃단장한다고 난리야, 우리도 얼른 치장해야지."
"잠깐만! 혹시 오늘 손님들 오신대? 그냥 손님 말고, 높은 가문 자제분이라거나 조, 종친이라거나."
종친을 발음하는 목소리가 아슬하게 떨려 나왔다. 제발! 우물쭈물하다가는 기회를 놓친다. 인륜을 어기는 주상의 악폐(惡弊)를 듣고도 천천히 상황을 보아가며 나서고 싶지는 않았다. 더구나 궁으로 들어간 아이들은 하나같이 소식이 끊긴다고도 하지 않았는가. 아무도 모르게 단명한 것이 틀림없다 단정 짓는 것은 결코 자신만의 억측이 아니리라.
기루에 들어가기 이전에 보았던 것보다 더욱 추루해진 거리의 모습에, 연리는 혼비백산하여 다 죽어가는 사람들을 붙잡고 물었다. 그러자 사내라면 장정은 물론이요, 예순 넘은 노인과 갓 이팔 된 소년까지 새로 짓는 인경궁 공사에 죄다 노역하고 있다는 건조한 대답이 돌아왔다. 나라에서는 보수를 준다 하고서 끌어가는 것이지만 응당 걸맞은 보수가 주어진다면 이리도 배곯는 이들이 넘쳐 흐를 리 없었다.
연리는 지금 당장 능양군을 찾아가 정체를 밝힐 심산이었다. 그가 가까운 혈족인지, 아니면 먼 종친인지조차도 모르나 지금 아무것도 없는 자신이 희망을 걸 유일한 방도였다. 가서 공주임을 밝히고, 어떻게

든 반정에 참여하게 해달라 청해야지. 궐의 구조부터 선왕과 모후의 측근 궁인들, 그리고 내가 아는 주상의 일거수일투족 하나라도 다 털어놓아서 내가 공주 정명임을 증명할 거야. 그러니 제발.

"종친? 아, 왕족을 말하는 거야? 그야 높으신 양반들께서 많이들 오시기야 하지. 근데 오늘도 오시는지는……. 아! 아까 스승님이 그러셨는데, 오늘은 원화루에 다들 모이라고 하셨어. 장차 비원을 이끌게 될 터이니, 특별히 귀하신 손님들께 모두를 선보인다구. 그러니 아마 거기 가면 뵐 수 있지 않을까?"

그나저나 너도 들었구나? 요사이 종친들께서도 종종 오신다는 거. 덧붙은 연의의 말에, 숨까지 멈춘 채 이어지는 말을 듣던 연리는 막힌 둑이 트이듯 숨을 터뜨렸다. 됐다!

원화루란, 비원의 가장 깊은 곳에 위치한 누각이었다. 가장 큰 연회가 열릴 때만 쓰이는 곳이었으며 출입하는 객들 또한 여염집 사내들이 아니었다. 반드시 사전에 초대받은 이들만 드나들 수 있었고, 불청객이 들이닥치는 것을 막기 위해 누각 주위에 큰 해자(垓子, 성 주위에 둘러 판 못)까지 둘러 있었다.

그러한 까닭에, 원화루는 당연히 조정에서 한가락 한다는 사대부들이나 은밀히 기루를 찾는 종친들을 위한 장소였다. 지금까지 보아왔던 취객들 대신 지체 높고 기품 있는 객들을 맞을 수 있다는 생각에 연의는 기대감에 가슴이 뛰었다. 어쩌면 저도 연리처럼 다정한 기둥서방을 얻을 수 있을지도 몰랐다. 급기야 연의는 흘러가는 시간이 아까워 복잡한 사람들 틈에서 친우의 손을 잡고 냅다 방으로 달렸다. 얼른 가자!

이에 이끌리다시피 따라 뛰던 연리도, 드디어 능양군과의 만남이 성사될지도 모른다 생각하니 온몸에 전율이 일었다. 연리는 닿아오는 온기를 잡으며 생각했다. 정말로, 이번엔 잘될지도 몰라.

같은 곳을 향하는 발걸음, 그리고 맞잡은 손으로 전해지는 두근거림이 두 소녀에게 기분 좋은 안정감을 주었다. 그러니 이 순간만큼은 그 뛰는 박동(搏動) 속에 서로가 사뭇 다른 상념을 품었다는 사실, 알았다 한들 아무래도 좋았으리라.

강당에 모여 재잘대는 동기들의 음성이 하나같이 들떠 있었다. 이제야 기루에 알맞은 외양을 갖춘 것 같아 만족스럽게 제 차림을 자랑하는 소녀들로 일대는 온통 소란이었다. 오색찬란한 빛깔과 화려한 무늬를 담은 비단 치마, 사방의 불빛을 받아 수없이 반짝거리는 보석 가락지, 귓가에 살짝 꽂은 우아한 머리 장식, 정성 들여 칠한 뽀얀 피부와 탐스러운 입술까지. 비원은 동기마저 보통 기루의 기녀들보다 외모가 빼어나다는 소문이 결코 헛된 것만은 아닌 듯했다.

꽃처럼 꾸민 동기들이 제 차림을 경쟁적으로 뽐내는 가운데, 깨끗하고 단정한 옷가지를 꺼내 입고 장신구라고는 단 하나 있는 모후의 노리개를 단 연리는 어쩔 수 없이 초라해 보였다. 화장이라곤 그 흔한 분도 바르지 않고 연의에게 빌린 붉은 연지 하나만 바른 연리를 보고 동기들은 수군거리며 흉을 보았다.

"연리 쟤, 왜 저러고 나왔어?"

"설마 제 얼굴만 믿고 저러는 건 아니겠지? 좀 예쁘장하긴 하지만 그렇다고 경국지색도 아닌데 말야."

"그럼 뭐해, 아무리 외모가 뛰어나도 손님들 기분 맞춰줄 줄 모르니 칠 위밖에 못 하지. 기녀가 어디 얼굴로만 벌어먹고 사니?"

모란이 대놓고 연리에게 강샘을 부리는 탓에 그동안 기분을 맞추며 눈치를 보아왔던 것이, 이제는 특별히 나서서 주도하지 않아도 동기들 사이에 깔린 분위기가 그러하였다. 모두들 모른 체하며 맞서기를 참아왔던 불의가 어느새 머릿속으로 침투하여 근거 없는 비방과 오해를 불러왔다. 은근히 연모하던 선비를 기둥서방으로 꿰찬 연리 때문에 남몰래 실연을 삼켜야 했던 소녀들까지 가세해, 어느새 연리는 반반한 외양 빼고는 잘난 것 없는 계집애로 깎아내려지고 있었다.

그러나 한편으로는 그 덕에 연리의 결 좋은 흰 피부, 칠흑처럼 검은 머리, 빚은 듯한 이마와 가지런한 눈썹 아래 오밀조밀 균형 있는 이목구비가 더욱 도드라졌다. 오히려 과도히 화려하게 꾸며 특색 없어 보이는 대부분의 소녀들보다 연리의 청초함이 더욱 눈에 띄었다. 바삐 움직이는 사내종들이 하나둘 힐끔거리며 연리를 돌아보는 것을 저들을 향하는 눈길로 착각하고선, 동기들은 우쭐하여 더욱 제 차림새를 뽐내느라 여념이 없었다.

"조용!"

어느새 강당 앞에 당도한 스승 매향이 소리쳤다.

"다들 준비 마쳤으면 따라오거라! 손님들이 기다리고 계신다."

상기한 얼굴로 일어선 동기들이 재빨리 뛰어 내려가 줄을 섰다. 이윽고 열 조가 두 줄로 길게 늘어서자, 맨 앞의 모란을 선두로 동기들은 원화루로 향했다.

"잘할 수 있을 거야. 힘내자!"

저 혼자 꾸며서 미안하다며, 연신 걱정하던 연의가 옆에서 속삭였다.

"당연하지. 이번엔 자신 있어!"

준비하는 내내 능양군 생각만 가득 차 동기들이 무어라 수군대든 한 톨도 끄떡하지 않던 연리가 기운찬 목소리로 방긋 웃어 보였다. 이번 일만 잘된다면 예기가 무어 대수랴! 불끈 주먹까지 쥐어 보이자 연의도 한결 마음이 놓인다는 듯 환히 마주 웃어주었다. 생각보다 일이 잘 풀리는 느낌이다. 이제 능양군만 만나면, 일은 반쯤 성사된 것이나 다름없었다. 연리는 제가 공주임을 증명하지 못할 리가 없다 단언했다.

'아니, 애초에 내가 날 증명한다는 것 자체가 농이 아닐까? 살아온 것, 기억하는 것 하나하나가 다 나인데.'

한편 그리 생각하면서도, 연리는 살며시 번져 오는 긴장감에 손안에 땀이 배어오는 것을 느꼈다. 바쁘게 걸음을 옮기며 애써 손을 털어 땀을 식히는데, 문득 주원이 떠올랐다. 공자님은 오늘도 오셨으려나? 그러고 보니 그렇게 가신 후로 못 뵈었는데.

몸도 가누지 못하고 친우에게 업혀 가던 뒷모습을 떠올리니, 걱정이 밀려오면서도 한편으로는 아쉬움이 들었다. 만약 공자님이 사대부가의 자제셨다면 오늘 이 자리에도 오실 수 있을 텐데.

온통 모르는 얼굴투성이에 낯익은 얼굴 하나쯤 있으면 큰 위안이 될 터인데.

고작 이틀 함께하지 못했을 뿐인데 이리도 태연자약하게 그를 떠올리는 걸 보니, 연리는 제가 생각보다 많이 그에게 의지하고 있음을 얼핏 느꼈다. 그간 기둥서방이라 하며 함께 다녔더니 정말로 정인이라도 된 듯 착각하였나 보다. 이래선 안 되지, 안 되고말고. 중대사를 목전에 두고 딴생각을 한 자신을 책망하며 연리는 실없는 웃음을 지으며 중얼거렸다.

그사이 동기들은 드디어 원화루에 당도했다. 꽤 너른 해자를 두른 커다란 누각. 다섯 명씩 나뉘어 작은 조각배를 타고 해자를 건넌 동기들은 스승을 따라 차례로 누각으로 올라갔다. 대낮이라 불러도 손색없을 만큼 환히 불이 켜지고 웃음소리가 들려오는 걸 보니 객들은 이미 도착하여 주연을 벌이고 있는 모양이었다. 성큼성큼 계단을 올라간 매향이 손을 들어 연주되던 음악을 중지시켰다.

"오래 기다리셨습니다. 이제 저희 아이들이 막 당도했는데, 인사를 올려도 되올지요?"

요령 있는 매향의 말 맵시에, 동기들은 언제 오느냐 불평하던 사내들이 환호성을 지르며 술상을 두드렸다. 어서 하게, 어서! 예이-

능란하게 받아친 매향이 선두에 서 있던 모란을 끌어다 놓으며 뒤로 빠졌다. 얼떨떨하게 끌려 나온 모란은 이윽고 애교 있게 눈웃음치며 사내들이 앉은 술상 쪽으로 다가갔다. 과연, 소싯적 명기였던 행수를 똑 닮은 빼어난 미모에 곡선을 그리는 눈매와 입매가 관능적이라 사내들은 서로 먼저 모란과 한 마디 나누어보려고 성화였다. 뒤에서 각자 제 차례를 기다리며 이리저리 신기하게 눈을 굴리는 동기들 틈에서, 연리는 전번에 보았던 능양군을 찾으러 정신없이 사내들을 훑었다. 이자는 처음 보는 얼굴이고, 이자도 아니…….

"잠깐, 잠깐. 아무리 절세 미녀라 하여도 이래서야 쓰나."

여유로우나 날카롭게 박히는 목소리가 소란스러운 좌중을 뚫고 나왔다. 삽시간에 사내들의 목소리가 잦아들었고, 웃으며 사내들 하나하나에게 인사를 올리려던 모란이 어리둥절한 표정으로 목소리의 주인을 찾았다. 가로로 길게 늘어선 술상의 정 가운데로 시선이 모여들었고, 언뜻 보아도 몹시 화려한 의복을 갖추고 앉은 사내가 시선을 한몸에 받으며 마시던 술을 털어 삼킨 후 술잔을 내려놓았다.

"질서, 지켜야지. 이 사람부터 시작해야 옳은 게 아닐지?"

능양군이었다. 아이고, 당연히 그리하셔야지요, 군 나으리. 어느새 주위에서 아부하는 반응들이 날아오자 능양군은 만족스레 웃으며 모란을 향해 이리 오라는 듯 한쪽 손을 들어 보였다. 멈칫했던 모란은 본능적으로 그가 제일 귀한 객이라는 것을 깨닫고 날듯이 달려갔다.

그토록 찾던 이가, 내 눈앞에 있다. 연리는 시원스레 웃고 있는 능양군에게서 눈을 떼지 못했다. 가까스로 진정시켰던 가슴이 방망이질하듯 몹시 두근두근하였다. 틀림없어, 저자가 능양군이다!

'어떡하지? 언제 말을 꺼내야…….'

은밀히 말을 나누어야 했다. 연리는 가까스로 능양군에게 향한 시선을 떼고 황급히 단둘이 말을 나눌 만한 장소를 물색했다. 하지만 동기들에게 정신이 팔려 이리저리 자리를 이탈하는 사내들 때문에 누각의 구조가 쉽사리 눈에 들어오지 않았다. 모란과 웃으며 이야기를 나누는데 정신이 팔린 능양군도 이번엔 그들을 저지하지 않았다. 조급해지는 마음에 연리는 정신없이 시선을 이리저리 돌렸다. 그러다 문득.

'……어?'

능양군의 왼쪽 옆, 거기엔 일전의 그 불쾌했던 취객이 자리를 차지하고 있었다. 하나 일전에 그리 말했던 기억이 있으니 그다지 놀랄 일도 아니었다. 하지만 그 옆은?

'공자님?'

주원이었다. 취객의 왼쪽에 앉은 채로 무어라 지껄이는 취객의 말에 대응해 주고 있던 그는 무언가를 살피는 듯 주위를 두리번거리고 있었다. 연리가 충격에 빠져 무어라 할 말도 찾지 못하고 그를 멀거니 바라보고 있자, 잠시 후 주위를 훑던 그의 시선이 와 마주쳤다. 그도 적잖이 놀란 표정이었다.

곧장 벌떡 일어나려던 주원은 곧 옆에서 잡아 앉히는 석윤의 손길에 제자리에 앉았다. 하는 수 없이, 주원은 석윤이 재빨리 경징을 상대하는 사이 연리를 향해 입 모양으로 말을 전했다. 나중에, 나중에 설명하겠습니다.

하지만 연리의 눈에 주원의 입 모양 따위는 들어오지 않았다. 어째서? 공자님이 어떻게? 줄곧 같은 물음이 머릿속에서 경고처럼 울릴 뿐이었다.

툭.

연리야, 네 차례야! 뒤에서 연의가 소곤댔다. 그에 퍼뜩 정신이 든 연리는 더듬거리며 말했다. 고, 고마워. 연리는 주원과 취객, 그리고 능양군을 반복해 짚던 눈을 거두며 심호흡했다. 일단, 일단은 중요한 일 먼저 끝내자. 가까스로 혼란스러운 마음을 다잡은 연리가 주춤거리며 앞으로 발을 내디딜 때였다.

멈추어라!

맹호 같은 외침을 필두로 뒤따르는 저벅저벅 무거운 발소리가 공기에 실려 올라왔고, 들려오는 병장기 소리에 모두의 오금이 얼어붙었다.

"구, 군 나리! 이게 대체 무슨 일……."

"무슨 일이냐!"

능양군이 술잔을 팽개치며 자리를 박차고 일어났다. 그에 너 나 할 것 없이 모두의 시선이 누각 아래로 향했다. 얼마 지나지 않아, 해자 앞에 당도한 장수의 서슬 퍼런 외침이 원화루 전체를 뒤흔들었다.

"모두 멈추시오!"

갑작스레 들이닥친 군사들에 일대는 온통 아수라장이었다. 누각 주위로 물이 가득 찬 해자가 있어 당장 들이닥치지는 못하였으나, 말을 타고 먼저 당도한 장수를 필두로 족히 서른은 되는 군사들이 종대(縱隊)로 늘어서자 분위기는 더욱 흉흉해졌다.

"나리, 어찌합니까? 저들이 갑자기 왜……."

장수가 어귀에 놓인 조각배 하나를 끌어다 오르는 사이, 재빨리 형세를 살피던 선비 하나가 급박하게 말을 꺼냈다. 하나 능양군 또한 영문을 모르기는 마찬가지인지 긴장한 얼굴이었다. 그러나 잠시 후 누각 바로 아래 당도한 장수가 조각배에서 내리자, 능양군은 재빨리 아래로 향했던 시선을 거두고 자리로 돌아가 앉았다.

"다들 앉게. 우린 오늘 아무것도 한 게 없으니 지레 겁먹을 것 없어."

순식간에 표정을 갈무리한 능양군은 한복판에 우두커니 서 있던 모란을 손짓해 불렀다. 그러고선 엉겁결에 모란이 쭈뼛쭈뼛 다가서니, 능청스레 잔까지 들어 보이며 술을 따르라 하는 것이었다. 그렇게 채워진 술잔을 입에 대자마자, 묵직한 발소리와 함께 무장한 장수와 병사 넷이 누각 위로 올라왔다.

"무슨 일이오? 이 늦은 시각 어찌 관군이!"

애써 당황함을 누른 선비가 장수에게 따져 물었다. 하지만 장수는 한쪽 손을 들어 그의 말을 중단시킨 후 좌중을 훑었다.

"오늘 이곳에 주상전하께 반하는 불순한 자가 있다는 투서를 받았소이다. 결코 묵과할 사안이 아니니, 지금부터 한 명도 빠짐없이 수색이 있을 것이오."

'불순한 자?'

반사적으로 연리의 고개가 능양군을 향했다. 하나 능양군은 태연히 술잔만 기울일 뿐, 조금도 당황한 모습을 보이지 않았다. 장수의 말이 떨어지자마자 병사들이 동서남북으로 흩어졌다. 한데 예상과는 달리, 병사들은 반으로 나뉘어 수색을 시작했다. 두 명은 차례차례 선비들에게 다가가 몸수색이나 호패를 보일 것을 요구했으며, 나머지 두 명은 동기들에게 다가와 거친 눈초리로 훑기 시작했다.

'왜 우리까지 수색하는 거지?'

혹……. 설마. 저들은 내가 누군지 몰라. 점점 험상궂은 인상의 병사들이 다가올수록, 연리는 주먹을 꾹 쥐며 침착하려 애썼다. 상상하는 최악의 사태가 제발 벌어지지 않기를 간절히 바라며. 그러다 한 병사가 연의의 앞에 멈춰 서고, 나머지 병사가 연리의 앞까지 멈춰 서려 할 때였다. 선비들을 수색하던 병사 중 한 명이 홀로 술상에 앉아 있는 능양군에게 가까이 다가갔다.

"호패를 보여주십시오."

군센 어조로 병사는 한 손을 내밀었다. 상대의 신분이 무엇이든 반드시 맡은 바 직무를 다하겠다는 꽤 바람직한 태도였다. 충분히 동료들에게 귀감이 될 만한.

물론 그 상대가 마땅한 상대였다면 말이었다.

탁.

병사의 말에 능양군이 태연한 낯빛을 지우고 불쾌함을 담은 채 술잔을 내려놓았다.

"무엇하십니까? 당장 호패를 보여주시지 않으면 수상한……."

우당탕-

순식간에 자리를 박차고 일어난 능양군이 눈앞의 술상을 발로 차 뒤엎었다. 상 위에 그리 많은 집기가 올려져 있던 것은 아니라 크게 요란하지는 않았으나, 상황을 첨예하게 살피고 있던 장수의 시선을 끌기에는 충분했다. 장수는 순식간에 걸음을 옮겨와 능양군을 마주하고 섰다.

"무슨 짓이오!"

곧 원화루 전체에 금방이라도 무기를 빼어들 듯한 일촉즉발의 긴장감이 감돌았다. 하지만 능양군은 오히려 비웃음을 입가에 걸고 오만하기 그지없는 어조로 입을 열었다.

"그래, 내 호패가 필요하다고?"

챙그랑!

뒷짐을 지고 일어나 걸음을 옮기던 능양군이 발에 걸리는 술잔을 휙 걷어차며 조소를 머금었다.

“하면 알려주어야겠구나.”

내가 누구인지. 도리어 당당한 그의 태도에 무언가 잘못되었다는 것을 느낀 듯, 당황한 장수의 눈썹이 꿈틀거렸다.

“선왕의 손(孫), 정원군의 장남.”

시라도 읊듯 잔잔하고 느지막한 목소리였으나 그 파장은 동심원을 이루는 잔물결처럼 빠르게 주위로 퍼졌다.

“능양군이다.”

더 설명이 필요한가? 해사하게 웃는 그의 안면이 서느렇게 식었다.

죽을죄를 지었습니다, 마마! 쩍 벌어지는 입도 수습치 못하고 급히 일동 무릎을 꿇어 죄를 청하는 군사들의 외침이 쩌렁쩌렁하게 울렸다. 세상에, 종친이잖아! 그저 그를 으리으리한 사대부가 자제인 줄로만 여겼던 동기들에게서 선망의 탄성이 새어 나왔다.

‘손?’

아바마마의 손이라고? 정원군 오라버니의 장남? 연리는 방금 제가 들은 사실을 믿을 수 없어 넋을 잃을 지경이었다. 정원군은 부왕이 총애하던 후궁 인빈(仁嬪)의 소생이었고, 또한 인빈은 모후와도 가까웠으므로 종종 그의 이야길 들은 적이 있었다. 얼마 전 세상을 떠났다는 소식을 들어 각별한 사이는 아니었어도 마음이 좋지 않았었는데.

‘내 조카잖아.’

헛웃음이 나온다. 그리도 간절했던 이가 사실은 조카였다니, 그것도 나보다 여덟 살이나 많은! 새삼 부왕이 참으로 연로한 나이에 저를 낳았다는 사실이 느껴졌다. 연리는 능양군에게 제 정체를 밝혔을 때에 그가 저를 온전히 받아들일 수 있을까 하는 근심이 들었다.

삽시간에 상황이 정리되었다. 무언가 착오가 있었던 모양이라며, 장수는 능양군에게 무례를 용서하시라 사죄하였다. 단순히 향락에 취한 오만한 자라 생각했던 능양군은 소름 끼칠 정도로 능수능란하게 표정을 바꾸고선 도리어 장수를 다독였고, 그에 감격한 장수는 재빨리 병사들에게 손짓해 철수를 명했다.

"돌아간다!"

그에 동기들에게 다가와서 수색을 하던 병사 둘도 황급히 상관을 따라 누각을 내려갔다. 이미 연의를 비롯한 다른 동기들은 흉기를 가졌는지, 누군가 수상한 행동을 하지는 않았는지 수색에 심문까지 당한 터라 연리는 제 옆에 바짝 다가왔던 병사가 멀어지자 안도의 한숨을 내쉬었다. 특별히 의심을 살 만한 물건도 없었고 수상한 행동도 하지는 않았지만, 공연히 관군이라는 존재만으로도 긴장할 수밖에 없었다. 그럴 리는 희박하였지만, 제 용모를 아는 이가 없어서 천만다행이었다. 혹시라도 서궁 경비를 서던 군사가 있어 저를 알아보았다면 정말 큰일이었을 테니까.

그나저나. 연리는 긴장감이 풀려 도로 소란스러워진 누각을 돌아보았다. 어질러진 술상과 잔해를 치우고 다시 연회 준비를 하느라 동기들 모두가 부산스럽게 움직이고 있었다. 복작한 분위기 속에서 자연스레 능양군을 찾아 헤매는데, 이윽고 한쪽 구석에서 스스로를 소개하려 다가온 동기들을 끼고서 웃어젖히는 그가 눈에 들어왔다.

아까는 소름이 돋을 정도로 고압적이더니, 지금은 영락없는 한량이다. 무엇이 본모습인지. 연리는 종잡을 수 없는 제 조카를 심란한 눈길로 바라보았다. 일단 지금 정체를 밝힐 수야 없으니 가서 말이라도 붙여봐야지. 그렇게 안면을 익히고 친분을 쌓은 후에 기회를 엿보아 털어놓아야겠다는 계획을 세운 연리는 곧 망설임 없이 능양군에게로 걸음을 향했다.

"소녀, 인사드립니다."

단숨에 다가서서 가볍게 인사 올리는 연리를 동기들은 떨떠름하고 아니꼬운 눈빛으로 쳐다보았다. 넌 기둥서방도 있으면서 군 나리는 왜 건드리는 건데! 능양군이 보지 않는 틈을 타 입 모양으로 쏘아붙이는 소희의 기세가 날카로웠다. 숙였던 허리를 펴니 자연스레 능양군의 술 시중을 들던 모란이 애써 도도한 표정을 지으며 연리의 시선을 외면했다.

"호오."

그저 그런 동기들 중 하나려니, 하고 심드렁하게 바라보던 능양군이 교태스런 움직임 대신 깔끔하고 담담한 연리의 태도에 관심을 보였다.

"곱게도 생겼구나."

얌전히 손을 모으고 눈을 내리깐 연리를 요모조모 뜯어보던 능양군이 단아한 용모에 감탄사를 흘렸다. 과연, 모름지기 미녀란 삼백, 삼흑, 삼홍에 삼단, 삼세, 삼광, 삼박, 삼후, 삼장이라 하였지. 능양군이 연리를 칭찬하자 눈을 흘기던 소희가 그에 얼른 장단을 맞추려 콧소리를 내며 물었다.

"어머 나으리. 삼백, 삼흑, 삼홍은 알겠사온데 나머지는 무엇입니까?"

삼백(三百), 피부와 이와 손이 눈처럼 희어야 한다. 삼흑(三黑), 눈과 머리카락과 눈썹이 칠흑처럼 검어야 한다. 삼홍(三紅), 입술과 뺨과 손톱이 발그레하게 붉어야 한다. 종알종알 자신 있게 읊는 목소리가 울려 나온다.

능양군이 기특하다는 듯 고개를 끄덕이자, 신이 난 소희가 가벼운 앙탈을 부렸다. 알려주셔요! 그러자 어느새 모란이 올린 술 한 잔을 쭉 들이켠 능양군이 적당히 취기 오른 얼굴로 선심 쓴다는듯 입을 열었다.

"삼단(三短)이란 귀, 이, 턱이 아담하니 짧아야 함을 이르는 말이다. 허고 삼세(三細)는 손가락, 허리, 발이 보드랍고 가늘어야 한다는 뜻이고."

처억 손가락을 뻗어 하나하나 연리의 귀, 턱, 허리 등을 가리키는 기세가 익살스럽기도 하고 은근히 희롱하는 듯도 하였다. 보통의 사내가 그러하였다면 화가 나거나 수치심이 들었을지도 몰랐으나, 조카라는 사실을 알고 나니 탐탁지 않기는 해도 치욕스럽지는 않았다. 나이는 더 어려도 손윗사람은 손윗사람이니까. 연리는 참을 인 자를 그리며 손윗사람답게 잠자코 그가 주정 끝내기를 기다리기로 했다.

"삼광(三廣)은 세 가지가 적당히 넓어야 한다는 뜻인데, 보거라. 이마, 눈과 눈 사이, 그리고……."

능양군은 히죽 웃는 얼굴로 연리의 이마와 미간을 가리켰다. 그리고 삼광의 마지막 부위를 가리키려던 손가락을 아래로 내리다, 그는 무언가 번뜩한 애매함에 말끝을 흐렸다.

"눈과 눈…… 사이."

했던 말을 다시금 중얼거리는 능양군의 목소리에, 연리는 내리깔았던 시선을 조금 들어 그를 흘깃 쳐다보았다. 뭐지?

"뭔가 낯이 익은데, 저 아이."

갸웃하며 고개를 들라 손짓한 능양군은 순순히 얼굴을 마주한 연리를 유심히 관찰했다. 버들잎을 닮은 수려한 눈썹 아래, 유려하게 빛나는 눈동자와 우아한 눈매. 이상하다, 분명 처음 보는 얼굴인데. 능양군은 어쩐지 익숙하게 느껴지는 연리의 얼굴에서 눈을 떼지 못했다.

"우리 어디서 본 적 있……."

"송구합니다, 군 나리."

소란 속에서 서글서글한 목소리가 홀연 부드럽게 끼어들었다.

"음?"

닿을 듯 말 듯, 잡힐 듯 잡히지 않을 듯 부유스름한 안개처럼 개운하지 않은 느낌에 몰두하고 있던 능양군은 짜증이 인 표정으로 시선을 돌렸다.

"홍문의라 합니다."

주원이 가볍게 앞으로 나서며 연리를 제 뒤로 가렸다. 그에 자연스럽게 연리는 능양군의 시야에서 벗어나게 되었으며, 동시에 시샘으로 눈에 불을 켠 동기들로부터 해방되었다. 하나 그를 알 리 없었던 연리는 갑자기 나타나 능양군과 접촉할 기회를 뺏은 주원의 행동에 당황스러울 뿐이었다.

어안이 벙벙하였지만, 일단 연리는 제 앞을 막아선 주원의 옆으로 슬쩍 비켜서려 발을 내디뎠다. 한데 다시 몸을 틀어 나가려는 순간, 앞의 능양군과 동기들에겐 보이지 않게 뒤로 팔을 뻗은 주원이 재빨리 연리의 팔을 잡고선 도로 제자리에 붙들어놓았다.

"이게 무슨……."

"관옥 대감의 자제분과 연을 맺어 이번 자리에 함께 참석하게 되었습니다. 오늘 귀한 분을 모시고 드릴 말씀이 있사온데, 함께해 주시겠습니까?"

하, 대체 왜 이러는 거야? 자꾸만 저를 막아서는 주원의 행동이 이해가 가지 않아 연리는 답답해 죽을 지경이었다. 그렇다고 여기서 큰 소리를 칠 수도 없고! 주원의 저지에 제자리로 돌아온 연리는 하릴없이 그가 제 앞에서 비켜나기만을 기다렸다.

"무슨 말인데 그러느냐? 지금은 다른 생각을 하기 귀찮으니, 다음에 다시 찾아오도록 하라."

예의 바른 주원의 말에도 능양군은 심드렁한 얼굴을 하며 동기들을 껴안고서는 축객령을 내렸다.

"자아, 하면 너희 이름이나 익혀보자꾸나. 너는 소희, 너는 모란. 참, 저 뒤에 있는 아까 그 아인……."

"듣기로 나리께서 범에 대해서는 한양 최고의 일가견이 있으시다 하더군요. 마침 제게 좋은 호피가 생겨 나리의 고견을 구하고 싶은데, 어떠하십니까?"

노골적으로 무시하는 태도에도 굴하지 않고, 정중한 말투로 다시 한 번 청하는 주원의 모습에 주위에 있던 동기들의 눈빛이 아련해졌다. 어쩜! 선비님은 말씀도 멋있으셔. 곁에 있던 모란과 소희마저 주원을 향해 선망의 눈길을 떼지 못하자, 능양군은 하는 수 없이 심기 불편한 얼굴로 자리에서 일어났다.

"뭐, 그리 간절히 원한다면야."

흥이 다 깨진 얼굴을 하고 곁을 스쳐 가는 능양군으로부터, 끝까지 몸을 틀어 슬며시 연리를 가린 주원은 휘적휘적 누각을 내려가는 그를 재빨리 따라갔다. 자신이 무슨 보루라도 되는 양, 온몸으로 저를 막는 주원의 행동이 당최 이해가 가지 않아 연리는 멀어져 가는 주원의 뒷모습을 눈으로 좇으며 중얼거렸다.

"대체……."

허망하게 바라보는 사이, 놓칠세라 주원의 뒤를 따라 달려가는 석윤도 눈에 띄었다. 미처 이곳에 있는지 알지도 못했던 그가 제게 한쪽 눈을 찡긋하고서 사라지자, 마침내 연리는 이 사내들이 서로 짜고 저를 놀리는 것이 아닌가 심각하게 고민할 수밖에 없었다.

연리는 대문 안쪽을 서성이고 있었다. 한 시진 전, 능양군을 불러낸 주원은 누각 아래서 무언가 얘기를 나누더니 곧 조각배를 타고 나가 다른 곳으로 자리를 옮겼다. 그러고선 동기들의 소개가 끝나고 연회가 마무리될 때까지 돌아오지 않는 것이었다.

가장 주요한 인물인 능양군이 없으니 연회에 집중할 수 있을 리가 만무했다. 이번에는 반드시 잘하겠다 마음먹은 만큼, 꽤 수월하게 많은 사내들과 안면을 트고 담소를 나눌 수 있기는 했지만 마음은 온통 다른 쪽에 쏠려 있었다. 그렇게 연리는 연회가 끝나자마자 누구보다 빠르게 누각에서 내려와 대문으로 달려온 것이었다. 어느 건물로 갔는지 모르니, 대문 앞에서 기다리고 있으면 가기 전에는 만날 수 있겠지 하는 판단에서였다.

얼마나 기다렸을까. 점점 기루를 떠나는 사내들이 많아지는데 찾는 이는 코빼기도 보이지 않아 조바심만 더해갈 무렵이었다. 초조함에 애꿎은 치맛자락만 구겨 쥐는데, 저 멀리서 낯익은 얼굴이 다가왔다.

"공……."

석윤과 함께 걸어오는 주원을 외쳐 부르려던 연리는 그 옆에 자리한 능양군을 발견하고는 말을 꿀떡 삼켰다. 재빨리 옷차림을 정돈하고 음전하게 서는데, 연리를 발견한 주원의 눈이 놀란 듯 크게 확장되었다가 순식간에 담담하게 돌아왔다.

그런 주원의 변화를 눈치챈 연리는 어안이 벙벙했다. 아니, 정말 왜 저래? 영문도 모르고 당하자니 영 답답해 죽을 지경이다. 연리는 능양군의 일을 해결하고 나면 주원에게 오늘 일을 캐내 물으리라 다짐했다. 이윽고 대문에 가까워진 주원은 석윤을 끌고 모른 척 스쳐 가려다, 연리를 발견하고 걸음을 멈춘 능양군 때문에 하는 수 없이 멎어섰다.

"아아, 아까 연회장에서 봤던 아이로구나."

"예."

됐다! 좋은 징조다. 짧은 만남으로도 기억하는 걸 보니 제게 관심이 생겼다는 뜻이었다. 그럼 지금 털어놓아도 되지 않을까? 살짝 시선을 맞추자 호기심 어린 표정으로 저를 살피는 능양군이 보였다.

"흠, 아무리 봐도 시선이 간단 말이야. 용모야 수려하긴 하지만, 고운 계집이 한둘도 아니고."

"저……."

"하면 나리, 살펴 가십시오. 곧 다시 뵙겠습니다."

조심스레 능양군에게 말을 걸려는 찰나, 냅다 말을 가로채 인사를 건네는 주원의 방해에 연리의 목소리는 묻히고 말았다. 때문에 능양군의 시선은 주원에게 옮겨갔고, 자연히 그를 은밀히 불러내려는 시도는 다음을 기약하는 수밖에 없었다.

"그래."

정중히 고개를 숙이는 주원을 유심히 바라본 능양군이 고개를 주억이고는 걸음을 재개했다. 하는 수 없이 능양군의 뒷모습만 좇던 연리는 그가 점점 멀어지는 것을 보며 발을 동동 굴렀다. 망설이는 사이 능양군은 곧바로 대문을 넘어 나가고 있었다. 어쩌지, 지금이라도 쫓아가야 하나? 급한 마음에 갈팡질팡하는데 문득 옆에 선 도포 자락이 눈에 들어왔다.

고개를 돌려, 제 옆에서 뒷짐을 지고 아무 일도 없다는 듯 평온한 표정을 짓고 있는 주원을 보자니 연리는 도무지 이해할 수가 없어 주원을 빤히 응시했다. 그러자 시선을 눈치챈 주원은, 옆에 선 석윤에게 능양군을 따라가 보라 손짓하였다. 고개를 끄덕인 석윤이 재빨리 능양군을 따라 사라지자, 주원은 슬쩍 고개를 돌려 저를 쳐다보는 연리를 보며 태연히 말을 걸었다.

"어이하여 그리 보십니까?"

왜 그리 보느냐고? 연리는 기가 막혀 따질 듯한 기세로 미간을 모았다.

"오늘 왜 그러셨어요?"

"무엇을요?"

"아니……. 제가 능양군께 말을 걸려 하니 저를 계속 막으셨잖아요. 그리고 방금도 그러셨고요."

대체 왜 그랬는지 이유나 들어야지. 이미 놓친 기회, 되돌릴 수도 없는 노릇이니 연리는 다음번에도 주원이 훼방을 놓기 전에 확실히 못 박아두어야겠다고 생각하고 단단히 따져 물었다. 시선을 뗄 수 없게 눈을 맞추고 콕 집어 대놓고 물어오자, 연리가 이리도 단도직입적으로 물을 줄은 미처 몰랐던 주원의 눈에 명백한 당황이 서렸다.

"느…… 능양군이라 하지 않습니까. 선왕전하의 손이라 하고요."

"네. 그런데 그게 무슨 문제라도?"

부왕의 손자이면 종친 중에서도 꽤 귀한 왕족이긴 하지. 그런데 그게 그리 놀랄 일인가? 도무지 그것만으로는 의문이 해소되지 않아, 연리는 고개를 갸웃하며 왕족에 대해 자신이 모르는 다른 중요한 사항이라도 있는 것인지 고민했다. 그런 연리의 반응에 주원은 얼른 말을 이었다.

"그대가 지난날 서궁의 나인이었으니, 혹시 능양군이 알아보지는 않을까 신경이 쓰여 그리한 것입니다. 신분, 들키면 아니 되지 않습니까?"

아. 그제야 연리는 어쩐지 어색했던 주원의 태도를 납득하고는 의아하게 바라보던 시선을 풀었다. 어차피 정원군 오라버니는 내가 태어

나기도 전 궁궐 밖 사가에서 살았으니, 능양군과는 한 번도 만난 적이 없었는데. ……한데 이런 내가 공주라 하면 믿어줄까?

슬며시 걱정이 된 연리는 제게 관심을 보이던 능양군을 떠올리며 곰곰이 생각해 보았다. 부왕의 손, 정원군 오라버니의 장남……. 부왕의 손이라 하니 분명 부왕의 용안을 뵌 적이 있을 텐데. 어릴 때부터 주위 사람들이 제게 부왕의 눈매를 똑 닮았다고 하던 말을 종종 들어왔으니, 부왕을 뵌 적이 있다면 제가 왕가의 핏줄임을 알아볼 가능성이 높았다. 어쩌면 그래서 아까부터 계속 관심을 보였던 걸 수도 있고!

그래, 분명 그래서다. 능양군 앞에 나서면서도 그가 자신의 말을 믿지 않으면 어쩌나 끊임없이 고민하던 연리는 한 가닥 희망이 잡히는 듯하여 한결 기분이 좋아졌다. 다시 만나면 반드시 그에게 사실을 밝혀야지! 연리는 한시바삐 다시 능양군을 만나면 좋겠다고 생각했다. 물론 날이 갈수록 극심해지는 주상의 악행을 들으니 얼른 함께 거사를 도모하고 싶은 마음이 굴뚝같긴 하였으나, 중요한 것은 능양군에게 제가 누구인지 확실히 알리는 것이므로 좀 더 신중에 신중을 기한 셈 치기로 마음먹었다. 방금 공자께서 곧 다시 뵙자 하였으니, 빠른 시일 내에 다시 오겠지.

"감사합니다. 공자님께서 이리도 저를 생각해 주신 줄을 모르고."

결과적으로 목적 달성이 조금 미루어지긴 했지만, 어쨌든 자신을 위하여 그리하였다는 데에는 고마운 마음이 들지 않을 수 없었다. 하여 연리는 미소를 담아 웃어 보였다. 연리의 반응을 살피던 주원은 안심한 듯 안온한 웃음을 마주 지어 보이다, 문득 생각났다는 듯 말을 꺼냈다.

"참, 한데 오늘부터는 다른 수련을 하시나 봅니다. 아까 보니 이제 동기들도 모두 연회에 참석하는 것 같던데요."

"아, 네."

주원의 말에 잊고 있었던 걱정이 떠오른 연리는 자연 무거운 표정이 되었다. 맞아, 내일부턴 지명받아야 했었지. 동료들의 화려한 차림에 비해 수수하다 못해 초라해 보이기까지 한 제 차림을 살피니 천근만근 무거운 짐이 얹히는 느낌이었다.

"어찌……. 무슨 일 있으십니까?"

주원은 근심 어린 표정으로 옷자락을 들어 살피는 연리를 의문스레 바라보았다. 갑자기 왜 저러는 거지? 순식간에 어두워진 얼굴의 연리를 살피던 주원의 머릿속에 순간 원화루에서 보았던 다른 동기들이 떠올랐다. 반짝반짝 빛나는 비단옷에 장신구, 온갖 화려한 것들로 꾸민 동기들에 비해 연리는 평소와 다름없이 수수했다.

진한 분과 연지를 바르고 지나치게 화려한 장신구를 달아 맞지 않은 옷을 입은 듯 보이는 동기들보다야 오히려 단아하게 갖춰 입은 연리가 훨씬 청초해 보였다. 그 예로 모두들 그녀가 앞으로 나와 인사 올릴 때 순식간에 눈빛이 변하지 않았는가. 온갖 고운 여인들을 품어보았을 종친 능양군도 예외는 아니었고. 군사들이 들이닥치지 않았거나 때맞춰 제가 나서지 않았더라면 틀림없이 누군가 그녀를 취하려 했을 터였다.

"차림 때문에 그러십니까?"

주원의 예리한 지적에 연리는 치부를 들킨 것처럼 움찔하였다. 아무리 도움을 많이 받은 처지라 한들, 차마 사내에게 치장할 돈이 없어 근심이다 밝히기가 어디 쉽겠는가. 그런 연리의 반응을 잡아낸 주원이 빙그레 웃었다.

뭐, 꾸미지 않아도 고우니 그리 걱정할 바는 아닌 것 같은데. 하지만 화려한 차림들 속에서 홀로 수수하게 차리고 있기엔 확실히 민망스러울 것도 같았다. 그렇다고 돈을 줄 수도 없는 노릇이고. 어두운 연리의 얼굴을 살피며 골똘히 생각하던 주원은 마침내 번뜩 무언가를 떠올렸다.

"혹, 이번 수련의 내용이 어떻게 됩니까?"

"네?"

갑작스러운 질문에 연리는 눈을 동그랗게 뜨고 되물었다. 언제나처럼 힘내라는 위로 대신 묘한 물음이었다. 어서요. 달래는 듯한 어조의 재촉이 이어지자 연리는 하는 수 없이 하소연하는 심정으로 수련 내용을 털어놓았다. 손님들의 지명을 받아 연회에 나갈수록 점수를 얻으며, 귀한 손님이 부를 때마다 높은 점수를 얻게 된다는 것을. 아직 과거에 합격하지도 못한 일개 선비인 그가 해줄 수 있는 일은 딱히 없을 테지만, 그래도 힘들 때마다 저를 다독여 주었던 사람인 만큼 의지하고 싶은 마음도 있었다.

"들어주셔서 감사합니다. 공자님께 털어놓으니 한결 머릿속이 정리되는 것 같아요."

과연 암울하게만 느껴졌던 마음이 한결 풀어졌다. 어린애처럼 투정부린 것 같긴 하지만 확실히 걱정을 털어놓고 나니 혼자 생각했던 것보다는 그리 심각한 일이 아닌 것도 같았다. 연리는 제 보따리 안에서 팔 만한 것들을 골라내 돈을 마련하여야겠다는 생각을 하며 상냥하게 말했다.

"그럼 시간이 많이 늦었으니 들어가 보겠습니다. 살펴 가세요, 공자님."

선선히 작별 인사를 건네고 돌아서려는데, 무언가 생각에 잠긴 듯하던 주원이 연리를 불러 세웠다.

"잠깐만요."

"예?"

어리둥절하게 돌아보자, 주원이 상냥한 목소리로 말했다.

"차림을 꾸밀 금전이 필요하다면, 직접 벌어보시는 것은 어떻습니까?"

"돈을…… 제가 직접이요?"

장사꾼도 아닌데 어떻게……. 친시되는 상인의 일을 권해서가 아니라, 근본적으로 장사할 물건이 없는데 어떻게 돈을 번다는 말일까. 그렇다고 사내들처럼 잡일을 할 수도 없는 처지인데. 의아하게 바라보자 주원이 사내답지 않게 곱게 눈매를 접으며 웃었다.

"꼭, 물건만 팔라는 법은 없지요."

"그럼 무엇을……."

수수께끼 놀이라도 하려는 건가? 온종일 이해 못 할 행동투성이에 알쏭달쏭한 말을 던진 주원은 정작 만족스러운 웃음만 짓고 있을 뿐이었다.

"내일 다시 오겠습니다. 하니 내일은 꼭 시간을 비워주십시오."

서둘러 말을 마친 주원은 한쪽 손을 흔들며 이제 어서 들어가 보라며 자리를 떴다. 마침 안쪽에서 어서 들어오라는 연의의 외침이 들려와 연리는 하는 수 없이 그를 붙잡지 못하고 보내었다. 아무리 생각해도 이해가 가지 않는 그의 말을 곱씹으며 강당으로 돌아가는데, 순간 깜박 잊고 묻지 못한 것이 떠올랐다.

"아, 맞다."

공자님이 왜 능양군을 데리고 나갔지? 능양군이 날 알아차리지 못하게 하려 했대도 굳이 원화루를 떠나지는 않아도 되었을 텐데……. 한낱 유생에 불과한 그가 종친을 따라나서게 할 수 있을 만한 이유가 뭘까.

곰곰이 생각해 보니, 원화루에서 능양군과 주원의 옆에 취객이 앉아 있던 것이 떠올랐다. 동행했던 걸까? 그러고 보니 주원이 관옥 대감의 자제와 동행했다 한 말이 떠올랐다. 겉보기엔 한량인데, 대감의 자제라니. 조정이 잘못되어도 한참 잘못되어 가는 것 같다. 탐탁지 않은 마음으로 연리는 설레설레 고개를 저었다.

지난번 주원이 제게 부탁하기로, 귀한 객들과 자리를 함께할 수 있게 해달라 하였으니 아마도 관옥 대감은 꽤나 높은 벼슬아치임이 틀림없었다. 하지만 아무리 봐도 공자님은 출세를 위해 그런 난봉꾼과 어울릴 성품은 아닌 것 같았는데.

'능양군 때문인가?'

그자가 능양군의 수족이라 하였으니까. 아까 보았던 자리에서도 능양군과 꽤 가까이 앉아 있었지. 능양군이라면 종친인 만큼 가까워지고 싶어 하는 자들이 많을 것이었다. 출세에 직접적인 도움은 되지 않지만, 만약 출사하여 조정에 나선다면 종친이라는 든든한 뒷배를 지니게 되는 셈이니까.

아무래도 조정의 일이나 벼슬살이를 해본 경험이 없어 온전히 이해할 수는 없는 일이었다. 솔직히 연리는 주원이 아니라 다른 자가 그러하였다면 실력보다는 기회를 엿보아 출세하려 한다며 단번에 못마땅하게 생각했을지도 몰랐다. 하지만 주원의 성품으로 보건대 종친과 친분을 쌓는다 하더라도 사리사욕을 채우려 그것을 이용할 인물은 아니었다. 이리도 혼란스러운 세상에 정의나 고결함이 어디 통하겠는가. 아부하는 모리배들이 조정을 장악하는 지금의 현실이라면 아무리 청렴결백한 재상이라도 홀로는 뜻을 펼치기가 쉽지 않을 터였다.

'아마 따로 뜻한 바가 있어서겠지.'

개운치는 않았지만 그동안 그가 보여주었던 됨됨이를 떠올리며 연리는 고민을 그만두었다. 어쩌면, 순리대로 바르게 살기가 더 어려운 세상이었으니.

❖

“나를 따로이 보자 한 연유가 무어냐? 내가 사냥을 즐기지 않는다는 사실을 알 테니, 범이니 호피니 하는 것들은 핑계일 테고.”

“군 나리께서 준비하시는 일, 알고 있습니다.”

“뭐라?”

“소생들도 뜻을 함께하게 해주십시오.”

정좌한 능양군은 정중히 고개 숙인 주원과 석윤에게 물었다.

“……그래서 경징에게 접근한 건가? 겉으로 보자니 경징처럼 주당도 아닌데 주연에 어울렸다기에 이상하다 생각은 했건만.”

과연 눈치가 빠른 자다. 반정으로 추대될 인물이면서도 암암리에 기루와 벼슬아치들의 가택을 드나들며 직접 세력을 규합하는 자다웠다. 대화는 잘 통하겠는걸.

“그래, 현 주상이 가망이 없다는 것은 삼척동자도 알 것이고. 하면 거사에 자네들을 끼워주면 무엇을 할 수 있나? 보아하니 경징처럼 권세가의 자제도 아닌 듯한데.”

서안(書案)을 두들기며 주원과 석윤을 찬찬히 뜯어보던 능양군이 어서 숨은 패를 꺼내라 압박했다.

“제 부친께서는 김포의 현령이십니다.”

흠, 완전히 쭉정이는 아니었구먼. 중얼거린 그가 더 말해보라는 듯 눈짓했다.

“제 부친께서도 저와 같은 의중이십니다. 나리께서 거사를 준비하시면 그에 맞추어 지원해 달라 부친께 청하겠습니다. 방대하지는 않으나, 기름진 고을인 만큼 물자나 군사는 요긴하게 쓰실 수 있을 것입니다."

"그럭저럭 괜찮은 제안이군."

물자나 군사는 많을수록 좋으니까. 주원의 말에 고개를 끄덕인 능양군이 석윤에게 물었다. 자네는?

"제 아버님께서는 성균관 전적(成均館典籍)이셨습니다만, 지금은 편찮으셔서 관직에서 물러나 계십니다. 하나 아버님을 따르는 유생들이 적잖으니 그들을 움직여 거사에 적합한 여론과 권당(捲堂)을 주도할 수 있습니다."

명확한 석윤의 대답에 능양군은 만족스레 고개를 끄덕였다.

"좋아. 유학자들의 여론은 어차피 내게 쏠릴 것이나, 젊은 혈기에 그래도 임금이랍시고 군주에 대한 충성을 들먹여 반대하는 유생들이 생길 수도 있겠지."

서안을 명쾌하게 탕 치고 일어선 능양군이 둘에게 일어나라 손짓하며 오른손을 내밀었다.

"나는 반드시 성공할 것이다. 하니 자네들이 충심으로 날 따른다면, 마땅히 그에 걸맞는 권세를 약속하지."

집으로 향하는 길을 걸으며, 주원은 나지막이 아까의 회동을 떠올렸다. 능양군을 비롯한 오늘 하루의 일을 되짚어보던 주원은 문득 연리를 떠올렸다. 무모한 짓이었다. 능양군이 그녀를 알아챌까 걱정이 되었던 것은 사실이지만, 그렇다고 그렇게 가로막고 나섰다간 자칫 능양군의 눈 밖에 날 위험이 있었다. 주원은 대체 제가 왜 그리 성급히 나섰는지 이해가 되지 않았다. 다만……. 그 순간 다른 사내들이 그녀를 불순하게 탐을 내는 것이 보기 싫었을 뿐이었다.

그래. 아마 그녀가 도망친 궁녀이고, 기루에 은신한다는 사연을 알고 있으니 그런 거다. 연고도 없는 궁 밖에서 기댈 곳 없는 그녀를 지켜줄 사람은 나밖에 없으니까. 서궁 궁녀였을 때부터 동기인 지금까지, 그녀가 얼마나 고단한 사람인지 충분히 안다면 누구라도 저와 같이 행동했으리라. 인지상정이니, 아무리 여인에 관심 없는 석윤이라도 마땅히 이리하였을 것이다.

단 한 번도 제 의중을 스스로 파악하지 못한 적이 없던 주원이었다. 주원은 평소답지 않은 자신의 무모한 감정과 행동이 혼란스러웠으나, 마땅히 안타까운 사연을 지닌 사람에 대한 인정이라 판단하여 넘겼다.

큰 산을 넘었고 길은 정해졌다. 이제 방향을 잃지 않고 앞으로 나아가기만 하면 되리라. 광활한 지평선을 마주하며, 앞으로의 여정을 그리는 주원의 심중에 불씨와 같은 결의가 서서히 차오르기 시작했다.

8장
햇살처럼 그대 물들어 (上)

담 하나를 사이에 두고 극명한 명암이 갈렸다. 환하고 온기가 도는 안쪽은 밝고 시끄러웠으나 바깥쪽은 차마 빛이 닿지 않아 별세상처럼 어둑하고 정적이 흘렀다. 자박자박. 엄숙한 어둠을 깨고 방문자의 희미한 발소리가 공기를 울리자, 담을 등지고 어둠에 스며들어 있던 한 인영(人影)은 다가오는 이를 향해 몸을 틀었다. 곧, 그를 발견한 방문자가 걸음을 늦추어 섰다.

"무슨 짓이에요?"

"무슨……."

"왜 내게 언질도 주지 않고 일을 저질렀느냐고요. 일방적으로 연락도 끊더니, 이젠 내가 완전히 필요 없는 모양이죠?"

싸늘하게 내뱉어진 어조에, 방문자는 몇 번이고 입을 벙긋하다 결국 입술을 깨물며 허리를 숙였다.

"송구합니다. 그간 처리할 일이 많아 통 연락을 드릴 여유가 없었습니다."

명백히 정중한 사죄였지만 그뿐이었다. 매번 제가 아쉬울 때만 연락을 해왔다가 일이 해결되면 꼬리를 자르고 달아나기 여러 번. 같지도 않은 변명에 예상했던 대로 기분이 저조해졌다. 하나 동시에 일단은 굽히고 들어오는 방문자의 태도에 마음이 놓였다. 무어, 허울만 세워진 사과 따위 받아 무엇하겠느냐마는. 하기야 이마저도 챙기지 않을 때와 비교하면 그래도 낫다. 아직은 이용 가치가 있다는 뜻이니까. 뻔히 알면서 매번 이용당하고야 마는 처지가 지독히도 모순적이다.

"그래, 그 바쁘고 잘나신 분이 뭐래요? 연락 못 해 미안하다고 전해달라 하던가요?"

매번 가시 돋친 말을 뱉으면서도 어쩔 수 없이 품게 되는 희망이 있다. 그래서 뻔히 알면서 어김없이 이용당해 주는 것이다.

"……아닙니다."

이렇게 곧바로 부정될 것을 알면서도.

"앞으로의 동향을 모두 알려달라고 하셨습니다. 큰 것은 물론이고, 사소한 것들마저 빠짐없이."

"사소한……. 그건 왜요."

미심쩍은 표정으로 퉁명스레 뱉자, 방문자가 바짝 다가와 귀를 대어달라 손짓했다. 어쩐지 이전보다 배는 조심스러운 태도였다.

"따로이 기루에 신경 쓰이는 이가 있으신가 봅니다. 하나 아직 확실하지 않아 지금 알려주실 수는 없다 하였습니다. 또한 앞으로 기루에 평소와 다른 일이 생긴다거나, 불순한 일을 도모하는 이들이 있으면 기탄없이 연락하라 하시었습니다."

"알았어요."

그간 쭉 해왔던 일이니 그다지 특별할 것도 없는 전언이다. 대충 고개를 끄덕이고선 휙 방향을 틀어 몇 발자국 옮기려는데, 오랜만이라 그런지 아쉬움이 남아 걸음을 멈춘다.

'사소한…….'

요즘 나는 어찌 지내고 있다 입을 뗄까 말까 머뭇거리다, 차마 뜻을 이루지 못하고 결국 도로 다리를 움직인다.

"살펴 가십시오, 아가씨."

따라오는 공손한 배웅을 뒤로하고, 뱉지 못한 말을 중얼거리며 으슥한 담의 터진 구멍으로 몸을 욱여 넣는다. 정말로 사소한 건 관심도 없으면서. 이윽고 조심스레 주위를 살핀 방문자도 재빨리 자리를 뜨고, 흑막(黑幕)만 덩그러니 남아 흔적을 삼켰다.

슥, 슥-

"이렇게요?"

"예. 한데……."

갑자기 끝을 흐리는 주원의 말에 연리는 한창 놀리던 붓을 우뚝 멈추었다.

"왜 그러세요?"

뭐라도 잘못했나? 분명 공자님이 알려주신 대로 했는데. 무엇이 흐트러지기라도 하였나 하고 채 마르지 않은 먹선을 유심히 쳐다보는데, 주원이 다시 입을 떼었다.

"너무…… 잘하셔서. 혹시 궁녀들도 그림을 배우는 겁니까?"

순수한 감탄이 쏟아졌다. 진심으로 놀란 듯, 주원은 제가 쥐고 있던 붓까지 내려놓고 질문했다. 말끄러미 주원을 올려다보던 연리는 무심코 경의를 담은 담갈색 눈동자와 시선이 마주치자, 괜스레 민망해져 고개를 돌렸다.

"아, 아닙니다. 공자님께 지금 처음 배우는 거예요."

"그렇군요."

가볍게 고개를 끄덕인 주원이 다시 해보라는 듯 부드럽게 손짓했다. 뜻밖의 칭찬이지만 확실히 기분은 좋았다. 연리는 자신도 모르게 달아오른 뺨을 살짝 매만지며 앞의 종이로 시선을 되돌렸다. 확실히 며칠 뒤면 한파가 찾아올 법한 날씨긴 하지만, 불을 세게 때도 너무 세게 땐 것 같다. 아직 한밤중도 아닌데. 연리는 이 그림만 완성하고 나서 삼월이를 불러 불을 좀 약하게 때어달라 부탁해야겠다고 생각했다.

얕은 심호흡을 하고, 다시 붓을 쥐었다. 그리고선 작지만 탄탄한 벼루에 담긴 먹물을 묻히고 아주 조심스레 옥판선지(玉板宣紙)에 갖다 댄다. 하나 흑색을 가득 머금은 붓이 희고 고운 종이와 만난 순간, 붓을 쥔 가냘픈 손은 들판 위의 준마처럼 망설임 없이 내달렸다.

확실히, 본인 말대로 그림을 배운 적은 없는 듯하다. 이건 배워서 나오는 화법이 아니니까. 주원은 마치 종이 속으로 빨려 들어갈 듯한 눈빛으로 그림을 그리는 연리를 응시했다. 진지한 눈빛으로 오직 그림에만 몰두하는 모습이 퍽 기특하다. 주원은 잔잔한 웃음을 머금고 하나씩 형체를 갖추어가는 그림으로 시선을 옮겼다.

이렇게 독특한 그림은 처음이다. 구름이 넘실대는 듯한 부드러운 땅과 그 위로 솟아난 웅장한 산. 서책의 고사에서 들었을 법한 장소가 아닐까 생각되는 경치다. 더하여 비록 외곽선을 그리는 데는 언뜻 서투름이 보이나, 대담하게 그려낸 자연물들의 오묘한 조화는 도무지 초심자의 솜씨라고는 믿을 수 없을 정도였다.

그림을 그릴 때 필요한 준법(遵法) 몇 가지만 간단히 설명해 주었을 뿐인데, 한창 붓을 놀리다가도 고개를 갸웃하며 스스로 농담(濃淡)까지 조절해 표현하는 재주가 주원은 적잖이 놀라웠다. 구름을 닮은 땅과 드높은 산이 어우러져 포근한 분위기를 자아내는 경치와, 그 아래 자리 잡은 작은 연못과 고즈넉한 정자까지 집중해 그린 연리는 마침내 고개를 들었다.

"어떤가요?"

빠근해진 손가락을 살짝 주무르며 말을 걸자 주원이 채 마르지도 않은 그림을 끌어당겨 이리저리 뜯어보았다.

"정말 믿을 수가 없습니다. 정말로 단 한 번도 그림을 그려보신 적이 없단 말입니까?"

"아. 그림을 그린…… 것은 이번이 처음 맞습니다."

감탄에 감탄을 잇는 주원의 반응에 연리는 어쩐지 민망해져 뺨을 긁적였다. 물론 직접 붓을 들어 그린 것은 처음이지만, 부왕과 모후를 통하여 그림을 접한 기회는 많았다. 부왕께서 모으신 명화들을 종종 감상하기도 했고.

그림보다는 서예를 더 좋아하여 직접 배우지 않았을 뿐, 그림과 붓 자체가 어색하지는 않았던 터라 처음이었지만 수월하게 그릴 수 있었던 것 같다. 하지만 이런 사연을 털어놓을 수야 없는 일이었다. 말이야 거짓말은 아니었지만 어쨌든 완전히 진실은 아니었으므로, 연리는 약간의 양심의 가책을 느끼며 화제를 전환했다.

"그런데 정말 이런 그림을 팔 수 있을까요? 전 이름 있는 화가도 아니온데……."

"걱정 마십시오."

그림을 끌어 한쪽에 조심스레 펼쳐 둔 주원이 선뜻 대답했다.

"제가 보기엔, 분명 좋은 반응이 있을 것 같습니다."

어젯밤 주원은 연리에게 돈을 벌 방법을 알려주겠다 하고서 사라졌다. 연리는 대체 물건을 팔지 않고 돈을 버는 장사는 무엇일까 의문이 들었다. 하지만 주원이 허튼 말을 할 사람이 아님을 잘 알았기에 잠자코 그의 말을 따랐다.

다른 동기들은 하루 종일 치장을 하고 꾸밀 물건을 사러 다니는 데 정신이 없었고, 연의 또한 가만히 방에만 있는 연리에게 충고를 건넸다. 하지만 불안하다고 해도 치장을 할 돈이 없는 지경에야 따로 방도가 없지 않은가. 그러다 늦은 오후, 신시(申時)가 되어 기루를 찾은 주원은 문방사우와 함께였다.

연리를 데리고 기루의 작은 방을 빌려 들어가는 주원의 등 뒤에서 기녀들이 장난스레 키득댔다. 평소 같았으면 장난기 가득한 놀림에 민망해했겠으나 왠지 오늘 그는 그런 반응들 따위는 보이지도 않는 듯했다. 이걸 왜……. 얼떨결에 건네받은 꾸러미를 풀어 내용물을 확인하고는 어리둥절하게 묻는 연리에게 주원은 명쾌하게 말했다.

"그림을 그려 판매할 겁니다."

기녀도 예인(藝人)이라 합니다. 특히나 한양 제일 기루인 비원의 기녀라면 모두가 관심을 가지겠지요. 그러니 비원에서 나온 그림이라면 아무리 동기의 작품이라도 적잖은 파장이 일 것입니다. 가져온 벼루와 종이를 꺼내고 어느새 먹을 갈기 시작한 주원이 상세한 설명을 풀어놓았다.

"본래 양반들은 풍류를 좋아하고, 더욱이 이런 흉흉한 시기에는 더한 풍류를 찾게 마련입니다. 하여 요즘 기루에 드나드는 양반의 수가 많이 늘기도 했으니, 새로운 그림을 보면 반드시 얻고자 하는 이들이 생길 겁니다."

정말 그럴까? 일리 있는 그의 말에 설득당해 일단 그림을 그리기는 했지만, 정말로 양반들이 제 그림을 사려 할까 하는 의문이 들었다. 공자님은 칭찬해 주셨지만…… 솔직히 잘 그린 건지는 잘 모르겠는걸. 연리는 어느새 먹물이 마른 제 첫 작품을 집어 들어 눈썹을 모으고선 요리조리 뜯어보았다. 그러는 사이, 어느새 깔끔하게 자리를 정리하고 일어선 주원의 목소리가 듣기 좋게 방 안을 울렸다.

"그럼, 시작해 볼까요."

"오늘부터 동기들이 새로이 주연에 참석한다지?"

"껄껄껄, 얼마나 반반한 아이들일지 기대되는구먼그래."

고급스러운 도포 차림의 양반 두셋이 수염을 쓰다듬으며 비원으로 걸음을 옮겼다. 나는 얌전한 계집이 좋던데. 예끼, 계집이란 자고로 앙탈을 부리는 맛이 있어야지. 각자 탐내는 계집을 떠들며 대문을 넘어가려던 양반들은 이윽고 이전과는 다른 낯섦을 느끼고 동시에 걸음을 멈추어 섰다.

"어?"

커다랗고 반질거리는 대문에는 낯선 종이 한 장이 붙어 있었다. 으레 운수나 건강을 뜻하는 글이라 여겼으나, 예상과는 달리 유유자적한 풍경화였다. 누가 그림을 여기 붙여놨지? 호기심에 수군거리며 그림을 살펴본 양반들은 조금 후 서로의 눈치를 보더니 헛기침을 해댔다. 한양 최고 기루라는 비원의 그림인 데다가, 보아하니 땅이며 산이며 자그마한 연못, 견고하지만 단단하게 그려낸 정자를 그린 독특한 화법이 눈을 사로잡아 자꾸만 들여다보고 싶은 매력이 있었다.

"어험, 큼. 요즘 내 딸아이가 새 그림이 갖고 싶다고 그리 난리를 쳐서 말이야."

"어이구, 자네도? 우리 아이도 그러더라고. 원 참."

차마 기루 대문에 붙은 그림이 마음에 든다는 말을 하기엔 자존심이 상하였던지, 핑계를 대며 그림에 슬금슬금 손을 대려던 두 양반이었다. 빤히 그들이 하는 양을 쳐다보고 있던 옆의 다른 양반이 혀를 쯧쯧 차며 말했다. 아서게, 이 그림은 내가 먼저 맡아두었으니. 내 당장 행수에게 이 그림을 팔라고 해야겠네. 뭐라고? 자네 그러는 법이 어디 있는가, 내가 먼저 말했네!

그에 질세라 딸 핑계를 댔던 양반이 재빨리 손을 뻗자, 곧 대문 앞에서는 그림을 차지하기 위한 세 사내의 다툼이 벌어졌다. 그 진귀한 광경에 주위를 지나던 행인들부터 주연을 준비하던 동기들까지 무언가 하고 하나둘 구경꾼이 몰려들었다. 그리고 마침내 시간이 지날수록 인파는 구름처럼 뭉게뭉게 늘어나기 시작했다.

쿵쾅쿵쾅 마룻바닥을 구르는 발소리가 요란했다. 지나가던 기녀들과 계집종들이 쳐다보는 것도 아랑곳하지 않고, 정신없이 멀리서부터 뛰어온 연의는 거세어지려는 숨을 고를 새도 없이 단숨에 마루를 가로지르고는 벌컥 방문을 열었다.

"연리야, 한 장!"

방 안에는 산발적으로 흩어진 종이 더미와, 시커먼 먹이 얼룩덜룩 묻어 그림을 그리는 연리가 있었다.

"고마워, 그럼 오늘은 이걸로 끝이지?"

온 정신을 집중해 붓을 쥐고 그림만 응시하던 연리가 고개를 들 겨를도 없이 물었다. 응! 바빠 보이는 친우의 모습에, 얼른 대답하고선 조심성 없이 쾅 문을 닫은 연의가 바닥의 종이를 치우고 앉았다. 그에 알았다는 듯 고개를 한 번 끄덕여 보인 연리는 연의의 방문 이전과 같이 고요하게 그림에 집중했다. 연의는 헤 입을 벌리고 움직이는 붓끝을 보며 생각했다. 꼭 도화서 화원 같아.

그려진 사물에 색을 입히고 나니 거진 완성된 것 같았다. 마지막으로 강물의 작은 물결을 추가한 후 연리는 붓을 내려놓았다. 그러자 그림을 완성하는 동안 숨죽이고 구경하고 있던 연의가 얼른 질문을 던졌다.

"너 원래 그림 잘 그렸던 거야? 아버님이 화원이셨어?"

"음, 아니."

"그럼 어떻게 이렇게 쓱쓱 잘 그려? 어머님이 잘 그리셨나? 아니, 그보다! 대체 어떻게 그림을 팔 생각을 한 거야?"

"공자님께서 알려주셨어. 양반들은 그림이나 시를 좋아하니까, 그림을 그려 팔아보면 어떻겠냐고."

"우와."

마지막 점검에 나선 연리는 그림을 요목조목 살피면서도 하나뿐인 벗의 대답에 착실히 응해주었다. 흠, 여기는 진하게 칠하는 게 더 나으려나?

"됐다."

덧칠하는 게 나을까 잠깐 고민하였으나 그림이란 욕심낼수록 군더더기가 붙게 마련이라, 연리는 깔끔하게 이대로 작품을 손에서 떠나보내기로 했다. 줘! 내가 바로 지금 전해주고 올게. 연의가 피곤해 보이는 연리에게 손을 내밀며 방긋 웃었다. 그래줄래? 미안한 미소를 지어 보인 연리가 그림을 곱게 갈무리해 건넸다.

"헤헤, 난 어차피 오늘 지명도 못 받았는걸. 전해 드리는 김에 오늘은 어떤 손님이신지 구경이나 하고 올게!"

물밀듯이 밀려오는 요청에 정신없이 그림만 열심히 그리느라, 연리는 저를 지목한 손님이 누군지 얼굴도 보지 못한 상태였다. 그림을 그리기 시작한 지 사 일째, 주원이 장담하였듯 반응은 폭발적이었다. 운 좋게도 요사이 비원은 늘어난 객들로 인해 문전성시를 이루던 터였다. 그리고 그보다 더 행운이었던 것은, 그들이 고관대작들에게 재물을 바치고 공명첩(空名帖)으로 말단 관직을 얻어 새로운 양반이 된 중인들이었다는 것이다. 재물은 넉넉하나 풍류에는 소양이 부족한 그들은 새로운 신분에 걸맞은 풍류를 채우고 싶어 안달이 나 있었다. 하지만 그렇다고 양반들이 즐기는 명화를 무턱대고 수집하려니, 당장 그림에 대해 아는 지식도 없고 벼락감투라 저렇다 뒷말이 나오기에 딱 좋은 상황이라 머뭇거리는 이들이 대부분이었다. 그런 와중 접하기에 부담 없고 겉으로 보기에도 꽤 문예적으로 보이는 연리의 그림은 그야말로 구매욕을 자극하는 물건이었던 것이다.

그들이 폭발적인 반응으로 그림을 구매하는 데 반해, 이름 있는 사대부들은 뛰어난 명화를 접했던 안목이 있어 입소문을 타고 장안의 화제가 된 연리의 그림에 적당한 흥미를 보이는 정도였다. 물론 신선하고 독특한 화풍에 사로잡힌 자들도 적잖았으나, 아무리 한양 최고의 기루인 비원이라 해도 근엄한 양반의 체면으로 어찌 동기의 그림을 칭찬하겠는가. 그저 볼만하다 평을 내린 사대부들은 슬그머니 한두 점 챙겨 넣고 싶은 욕심을 숨기며, 앞다투어 그림을 사는 이들을 보며 입맛만 다셨다.

어찌 값을 매겨야 할지도 몰라, 그저 원하는 대로 내어놓고 가져가라 하니 객들은 꽤 후한 값을 내놓았다. 공명첩을 살 만큼 재물이 넘쳐 나는 이들이 대부분이었기에 그랬기도 하지만, 그림이 양반이 되었으니 교양을 쌓아야 한다 생각하는 이들의 만족감을 넉넉히 채워주었기에 그러했다. 그들은 값을 치르며 그림의 가치를 추켜세우는 한편 자신들의 넉넉한 인품도 경쟁적으로 뽐냈다. 그렇게, 상황이 절묘하게 맞물려 모두에게 이득인 만족스러운 결과가 탄생한 것이었다.

연리는 뻐근한 손목을 주무르며, 끙차 몸을 일으켜 농 위에 얹어둔 상자를 꺼내 나흘 동안 벌어들인 돈을 세어보았다. 한 냥 두 냥……. 그렇게 차곡차곡 모인 돈이 꽤나 빼곡하여, 장터에서 파는 웬만한 장식품이나 의복들은 여유롭게 구매할 수 있게 되었다.

연리는 뿌듯한 마음으로 상자를 정리해 도로 올려두고 준비해 둔 물수건으로 먹이 묻은 손을 닦았다. 말끔히 손을 정리하고 나니 이대로 이불을 펴고 누워 쉬고 싶은 마음이 간절했다. 하지만 그림을 그리느라 물밀듯이 밀려들어 오는 지명에 응하지 못한 지가 벌써 나흘째이므로 그럴 수야 없는 일이었다.

혹시나 능양군이 소문을 듣고 저를 부르지는 않을까 기대를 걸어보았으나, 능양군은 그날 이후로 비원을 다시 찾지 않은 모양이었다. 하는 수 없이 며칠간 정신없이 그림을 그리다 비로소 여유가 생기니, 연리는 한편으로 능양군이 오늘 방문했을지도 모른다는 생각이 들었다. 마침 이제는 돈도 꽤 모았으니 더는 지명을 미뤄선 안 되었다. 연리는 포근한 이불이 부르는 유혹을 애써 외면하고 새로 마련한 옷을 꺼내 갈아입었다.

어린 시절 입었던 화려한 공주 의복에는 비할 것이 못 되었지만, 그래도 고운 빛깔의 비단으로 만든 치마와 저고리, 따뜻하게 누빈 배자를 입으니 훨씬 차려입은 태가 났다. 비록 추위보다는 시선을 고려하여 다소 얇고 하늘하늘한 옷을 입은 기녀들과 대조되어, 동기라기보다는 오히려 양갓집 규수 같은 모습이었지만.

하지만 그런 사실을 미처 알 리 없는 연리는 경대를 꺼내 만족스레 이리저리 모습을 비추어 보았다. 따뜻한 방 안에서 며칠간 그림만 그려서인지, 첫 번째 수련을 할 때와는 달리 고생하지 않아 하얀 얼굴에서 반짝반짝 생기가 돌았다. 점점 추워지는 바깥바람 대신 훈훈한 공기에 복숭앗빛 홍조가 발그레하게 빛나 도톰한 입술과 퍽 잘 어울렸다. 연리는 제 얼굴을 들여다보며 모란처럼 화장을 해야 하나 고민했다. 다른 아이들은 분과 연지로 화려하게 꾸몄던 것이 생각났다. 나도 그래야 고와 보일 텐데.

하지만 통 화장을 해본 적 없는 연리는 산 분과 연지를 꺼내놓고는 어찌해야 할 지 망설이기만 했다. 아, 모르겠다. 그렇게 일각쯤 고민하던 연리는 한숨을 쉬며 화장품들을 도로 정리했다. 대충 무턱대고 분을 발랐다가는, 그 허연 얼굴을 보고 처녀 귀신인 줄로만 착각하여 동기들 몇몇이 혼절하는 사태까지 생겼던 옆 방 채희의 일이 또다시 반복될지도 몰랐다.

'이럴 줄 알았으면 궁에 있을 때 조금이라도 배워둘걸.'

실없는 생각을 하며 분을 넣고 열었던 연지의 자기 뚜껑을 닫은 연리는, 곧이어 연지를 서랍에 넣으려다 멈칫하였다. 연지는…… 발라야 하나? 원래 얼굴이 흰 편이었으므로 분은 바르지 않아도 괜찮을 듯했지만, 화장을 곱게 한 여인들 틈에 저 혼자 연지마저 바르지 않으면 자칫 초라해 보일 수도 있을 듯했다. 다시 조심스레 뚜껑을 열어 화장용 붓으로 연지를 쿡 찍은 연리는 조심스레 거울을 보며 입술에 펴 발랐다. 다행히도 새빨간 색이 아닌 부드러운 붉은빛이 입술에 자연스레 입혀졌다.

'쿡, 꼭 그림 같잖아.'

이렇게 하면 되는 건가? 붓으로 하니 꼭 얼굴 위에 그림을 그리는 것만 같았다. 성공적인 첫 화장에 연리는 만족스러운 얼굴로 거울을 보았다. 좋아, 이제 준비됐어.

그동안 그린 그림 전부에, 이름 앞 글자를 따 연(蓮)으로 수결을 적어 넣었던 터라 객들은 그림의 주인이 자신이라는 것을 알고 있었다. 원래는 주원이나 석윤에게 그랬던 것처럼 본명을 사용하려 했으나, 혹시나 그랬다가 제 정체를 아는 사대부들이 나타날 수도 있다는 생각에 연리는 제 기명을 '연'으로 지어 알려둔 상태였다.

연리는 돈도 충분히 모았으니, 당분간 그림 주문은 받지 않고 지명에만 몰두하기로 마음먹었다. 옷차림과 얼굴을 점검하고 일어선 연리는 며칠 전의 우울한 상황이 이토록 뿌듯하게 변했다는 사실이 견딜 수 없을 만큼 좋았다.

모든 것이 주원의 공이었다. 생각지도 못한 방법을 일러주고 직접 그림 그리는 법까지 알려주었으니. 하지만 과거 공부에 바쁜지, 통 보이지 않기는 마찬가지여서 연리는 주원에게 제대로 된 감사조차 전하지 못해 아쉬웠다.

'아. 선물이라도 사드릴까?'

그저 말로만 감사하다 전하는 건 염치가 없으니. 연리는 마침 내일 장이 열리니 그때 주원을 위한 선물을 사는 것이 좋겠다 결론 내리고는 서둘러 방을 나섰다.

기루 안쪽을 나와 대문 쪽으로 걸으니, 이제 완연한 겨울 날씨라 그러한지 바깥 누각에는 객들이 거의 없었다. 다들 건물 안에서 주연을 즐기는 듯싶었다. 물밀듯이 밀려들어 오는 객들의 행렬을 보며 연리는 연의를 찾았다. 연의가 그림을 주문한 손님에게 갔으니, 그자에게 찾아가 인사를 올리면 다른 손님들도 알아서 지명해 올 것이었다.

"어디로 갔으려나."

설마 넓은 이 기루를 다 뒤지고 다녀야 하나 고민하며 중얼거리는데, 낯익은 뒷모습이 눈에 띄었다. 어?

"공자님!"

멀지 않은 앞에 주원이 걸어가고 있었다. 반가움에 주원을 불렀으나, 시끌벅적한 소음에 묻혀 그는 연리의 목소리를 듣지 못한 듯했다.

"아이참."

모처럼 만났는데 그대로 보내기는 아쉬워, 연리는 우선 말이라도 먼저 감사하다 전하기 위해 발걸음을 조금 빠르게 하여 주원에게로 다가가 소맷자락을 붙들었다.

"공자님!"

그리 크게 외친 것도 아닌데, 놀란 얼굴로 돌아보는 얼굴이 전혀 예상치 못한 기색이었다.

"아."

저를 잡아 세운 이가 연리라는 것을 알아차리자, 주원은 언제나 그러했듯 잔잔한 미소를 띄웠다.

"오랜만입니다."

"네, 격조하였어요."

연리는 잡았던 소맷자락을 놓으며 생긋 웃어 보였다.

"그동안 뜸하신 걸 보니, 학업에 정진하신 모양이에요."

"예, 그러하였지요. 이제 과거가 얼마 남지 않았으니까요."

예상대로 대답이 들려오자 연리는 주원이 괜히 관옥 대감의 자제나 능양군과 어울리기보다는 착실하게 공부에 집중하는 것 같아 마음이 놓였으나, 여느 때와 다름없는 그의 표정에 살짝 섭섭함이 들었다. 나는, 그림은 어떻게 됐는지 안 궁금했나?

아냐, 뭐 이런 걸 가지고 그래. 배은망덕하게도 주원에게 섭섭함이 일려 하자, 연리는 재빨리 그런 마음을 털어버리고는 환한 얼굴로 입을 열었다.

"이제 비원에서 제 그림을 모르는 사람이 없게 되었어요. 벌써 그림도 수십 장 그렸고, 그 덕분에 자금도 꽤 많이 모았습니다."

"그렇습니까?"

자랑스러움을 한 움큼 담아 전하자 주원의 만면에 화색이 돌았다.

"정말 잘되었습니다. 그렇잖아도 그동안 소식을 듣지 못하여 어찌 되었나 궁금하였는데."

그의 말에 연리는 섭섭했던 조금 전의 마음이 남김없이 씻기는 것이 느껴졌다. 진심으로 기쁜 듯 부드럽게 호선을 그린 입매뿐만 아니라 잔잔한 눈마저 웃고 있었다. 연리는 그의 웃음에 저절로 기분이 좋아지는 것을 느끼며 꾸밈없이 그에게 말갛게 웃어 보였다.

"모든 것이 공자님 덕분입니다. 공자님께서 도와주시지 않았다면 제게 이런 재주가 있다는 것도 미처 몰랐을 거고, 이렇듯 번듯하게 차리지도 못했을 거예요."

"제가 무엇을 하였다고요. 그대의 재주고, 그대가 그림을 판매해 명성을 얻은 것인데요."

정말 한 것이 없다며 공을 제게로 돌리는 말에 연리는 더할 수 없이 그가 고마워졌다. 그리고 동시에, 돈을 얼마나 쓰든지 간에 정말 좋은 무언가를 그에게 선물해야겠다고 마음먹었다. 한데 어떤 걸 사야 할지. 사내의 물건이라곤 도통 아는 바가 없으니. 연리는 순간 주원에게 어떤 것을 좋아하느냐 물으려다, 선물이란 것을 자각하고는 급히 질문을 선회하여 물었다.

"참. 공자님께 여쭈고 싶은 것이 있는데, 그리해도 될까요?"

"예. 제가 아는 것이라면 무엇이든지."

기특한 어린 동생 내지는 제자를 보는 듯한 눈빛으로 주원이 답하였다. 자랑스럽다는 듯 따스하게 바라보는 눈빛이었으나 순간 연리는 자신도 눈치채지 못한 사이 마음 한구석이 어긋나는 느낌이 들었다. 뭐지? 슬픈 감정인지 기쁜 감정인지 통 가늠할 수 없는 이질감에 연리는 묘한 기분이었으나, 제 질문을 기다리는 주원이 눈에 들어와 서둘러 입을 열었다.

"제가 그동안 은혜를 입은 분이 계셔서요. 약소하지만 감사의 마음을 표현하고 싶은데, 어떤 것을 선물하면 좋을지 공자님께서 추천해 주실 수 있을까요?"

말을 꺼내놓고 나니 너무 노골적으로 말한 것 같았다. 연리는 콩닥콩닥 뛰는 가슴을 애써 진정시키며 주원의 눈치를 살폈다. 그러나 다행히도 주원은 제 말에 정말 진지한 표정을 짓고 있었다. 휴, 다행이다.

"어떤 분인지 알아야 그분께 적합한 것을 추천해 드릴 수 있을 텐데요. 취미라든지, 좋아하는 것이라든지……."

고민하는 투로 말을 잇던 주원이 눈짓으로 답을 물었다. 그에 연리는 한껏 당황하고 말았다.

"아, 그게."

당황한 연리가 의외라는 듯, 주원이 작은 웃음을 터뜨렸다.

"왜 그러십니까?"

제가 실언이라도. 아뇨, 아니에요! 서둘러 부인한 연리가 열심히 머리를 굴렸다. 여기서 잘 모른다고 하면 수상해 보일 텐데. 뭐라고 말해야 하지? 연리는 주원에 대한 기억을 열심히 더듬었다. 하지만 아쉽게도, 아무리 궁리해 보았자 연리는 그에 대해 아는 바가 거의 없었다. 이렇게나 많이 도움받아 놓고선 제대로 아는 게 하나도 없다니.

"그분은 여인이 아니시라서…… 무엇을 좋아하시는지 잘 모르겠어요."

이제 내가 누굴 말하는지 알아차리셨겠지. 침울한 기분으로 연리는 주원의 시선을 마주할 수 없어 슬쩍 고개를 아래로 숙였다. 아, 정말 형편없는 변명이야. 창피해.

"사내라……. 하면 단산오옥(丹山烏玉)은 어떻습니까?"

"단산오옥이요?"

변함없이 주제에 충실한 대답이 들려오자 연리는 번쩍 고개를 들어 올리고 기쁘게 물었다. 다행이다, 눈치 못 채셨나 봐! 고개를 숙인 사이 주원의 눈이 살짝 가늘어졌다가 원래대로 돌아온 것을 보지 못한 연리는, 그의 눈치가 느린 편이었나 보다 하고 생각하며 홀가분한 표정을 지었다.

"옛 고려 때부터 단산의 먹을 으뜸으로 쳤지요. 고을 이름이 단산에서 단양이 된 지금도 여전히 그 품질이 뛰어나 명성이 자자하니, 사내라면 누구든 탐낼 만한 물건입니다."

"그런가요?"

엉겁결에 한 말실수에도 들키지 않았고, 선물할 만한 물건도 알아냈으니 일거양득이었다. 연리는 뛸 듯이 기뻤다.

"정말 감사합니다. 덕분에 은인께 보은할 수 있게 되었어요."

"잘되었습니다."

단산오옥. 단양에서 나는 먹이라 했겠다. 잊지 않으려 속으로 되뇌며 연리는 주원에게 다시 말을 걸었다.

"한데 오늘은 어인 일로 오셨어요?"

"아, 오늘은 따로 만날 사람이 있습니다."

"친우분이신가 보지요? 그럼 제가 좋은 방으로 안내를……."

하나 말을 잇는 도중, 갑자기 주원의 뒤에서 칼을 찬 무사 하나가 불쑥 나타났다. 비원에 칼을 찬 자가 아예 없는 것은 아니나 명확히 이쪽을 바라보며 바짝 다가온 그의 모습에 놀란 연리가 말을 멈추었다. 그러자 갑작스레 말을 멈춘 연리를 의아하게 바라본 주원이 연리의 시선을 따라 등 뒤를 돌아보았다.

능양군께서 보자 하신다.

주원을 슬쩍 뒤로 밀치고 건조한 목소리로 남이 듣지 못하게 연리에게 작게 말을 건넨 무사가 까닥 턱짓하였다.

'능양군?'

잘됐다. 오늘 왔나 봐! 연리는 재빨리 주원에게 고개를 숙여 인사했다.

"손께서 절 찾으셔서 먼저 가보아야 할 듯합니다. 살펴 가시고, 언제든지 제 도움이 필요하시면 꼭 불러주세요! 무엇이든 도와드리겠습니다."

어찌 이리 좋은 기회가. 종친이라 동기 따위는 절대 안 부를 줄 알았는데! 기회를 놓칠세라, 연리는 주원이 무어라 말하려는 것도 채 보지 못하고 무사를 따라나섰다. 재빨리 뒤도 돌아보지 않고 순식간에 종종걸음으로 멀어져 가는 연리의 뒷모습을 좇은 주원은 어쩔 수 없이 등을 지고 돌았다. 석윤이 기다리고 있다 했으니 얼른 가보아야 했다. 그런데.

두어 걸음 떼던 주원에게 아까 저를 돌려세우던 연리의 모습이 불현듯 떠올랐다. 그림이 잘 팔려 그러한지 만면에 화색이 가득했다. 사람 전체에서 밝은 기색이 뿜어져 나오니 보는 사람까지 기분이 좋아졌다. 마치 열심히 공부를 가르친 자식의 성과를 보는 아비의 마음이 이러할까. 주원은 환히 웃는 연리의 얼굴을 생각하다가, 오늘따라 더욱 고

왔던 입술을 떠올렸다. 주원은 왠지 모르게 피식 웃음을 터뜨렸다. 원래 발그레했던 입술이나 오늘은 그 빛이 더욱 선명하여 웃는 입매가 더욱 고와 보였다.

그러다가 문득, 주원은 제 생각에 놀라 곡선을 그렸던 입매를 재빨리 끌어 내렸다.

'어찌.'

어찌 그런 생각이……. 그러니까, 어찌하여 그녀의 웃는 얼굴이 생각났는지 모를 일이다. 어안이 벙벙하여 주원은 혼란스러운 얼굴을 했다. 그러다 갑자기 든 생각에 주원은 벌떡 뒤를 돌았다. 이미 멀리 멀어져 간 연리의 치맛자락만 간신히 시선에 닿았다.

지명을 받는다 하였으니 저 무사를 보낸 자에게로 가는 것일 테다. 한데 왜 저렇게 기쁜 내색에 망설이지도 않고 따라나서는지 도통 모를 일이었다. 아는 자인가?

'혹시 그, 사내란 자인가.'

은혜를 많이 입었다던. 주원은 이윽고 사라져 보이지 않는 연리의 말을 떠올리며 왜인지 제자리에 서 있었다. 궁 밖에……. 아는 사내라곤 특별히 없을 터인데.

처조카로 받아준 약재상 정씨인가 하는 생각도 들었으나, 아까 단산오옥을 말하니 수긍하였던 것으로 보아 양반 사내임이 틀림없었다. 얼마 지나지 않아 지나가던 사내들과 기녀들이 힐끔힐끔 훔쳐보자 이윽고 주원은 정신을 차리고 서둘러 걸음을 옮겼다. 하지만 주원의 머릿속을 채운 생각은 곧 만날 친우 석윤도, 품 안에 든 중요한 종이도 아닌, 그저 자신도 왜 고민하는지 모를 한 가지 물음뿐이었다.

도대체 그자가 누구이기에.

빛나는 등롱과 흥겨운 풍악 소리, 그리고 사내와 여인의 기분 좋은 웃음소리가 두드러졌다. 걸음을 옮길수록 주변의 연회 향기가 제게도 스며 오는 것 같았다. 처음에는 어색하기 그지없었으나, 이제는 너무나 익숙해진 풍경 안에서 연리는 성큼성큼 앞서가는 무사를 따랐다.

능양군, 역천(逆天)의 중심에 선 자. 부왕의 손자이며 제 조카이기도 한 그에게 연리는 당연히도 기대를 걸었다. 부르는 이유가 무엇인지는 모르겠지만, 자꾸 관심을 보였던 것이나 이상하게도 눈에 뜨인다고 하였던 말을 생각해 보면…….

'내가 누군지 알아차린 걸까.'

갑자기 손이 잘게 떨려왔다. 흡 숨을 들이켜 호흡을 진정시킨 연리는 주먹을 꽉 쥐었다.

'후, 침착하자.'

이날을 위해 그동안 준비해 왔던 발들을 하나하나 떠올리자, 괴언 그의 반응은 어떠할지 여러 상황이 머릿속에서 그려지기 시작했다. 어찌 살아 있느냐고 놀랄까? 살아 있어 고맙다고 할까? 혹, 반정에 동참하는 것은 위험하니 물러나 있으라 만류하는 것은 아닐까? 침착하기 위해 나름대로 머리를 쓴 행동이었으나, 부질없게도 그럴수록 가슴은 더욱 거세게 뛰어 긴장감에 질식할 지경이었다.

"들어가거라."

머리 위로 건조한 목소리가 뱉어지자 연리는 퍼뜩 정신을 차렸다. 주위를 둘러보니 어느새 폐쇄적인 구조의 큰 건물 앞에 당도해 있었다. 연리는 꼭 쥐었던 주먹을 펴고 치맛자락을 쥐었다. 그리고 여타의 것보다 배는 큰 대청마루에 오르자마자, 방문 밖에서 시립하고 섰던 호위가 힐끔 시선을 주고선 서둘러 입을 열었다.

"나리, 동기 들었사옵니다."

왁자지껄한 소음이 문틈으로 흘러나왔다. 각종 악기 소리와 시끄러운 목소리들이 요란하게 섞여 문 너머의 상황을 익히 짐작케 했다. 자연히 호위의 목소리는 어수선함에 속절없이 묻혔고, 연리는 눈가를 찡그렸다. 분명 능양군이 불렀다 하였는데 어찌?

그때, 문 너머의 대답을 기다리지 않고 호위가 활짝 문을 열어젖혔다. 그에 연리는 마음의 준비도 하지 못한 채로 엉겁결에 주연의 현장을 한눈에 담았다.

눈앞에는 주지육림이라 불러도 좋을 정도로 호화로운 술잔치가 펼쳐지고 있었다. 방 안을 한가득 가로지른 술상의 상석에 앉은 능양군을 필두로, 이미 고주망태가 된 이를 비롯한 여러 사내들이 줄줄이 자리를 차지하고 앉은 것이 보였다. 그리고 그들의 양쪽 어깨엔 기녀들이 달라붙어 술이며 안주를 집어주느라 부산을 떨고 있었다.

생각했던 것과는 너무도 다른 광경에 연리는 잠시 할 말을 잃고 제자리에 서 있었다. 그러자 떨떠름한 표정으로 우두커니 선 연리를 발견한 방 안의 한 사내가 얼근히 취한 채, 갓끈을 목에 매어 갓을 달랑거리며 다가왔다.

"엇, 기녀가 하나 더 왔구나!"

햐, 곱기도 곱다. 히죽히죽 웃으며 손을 잡아끌려는 사내를 슬쩍 피하며, 연리는 애써 웃고선 나긋나긋하게 말했다.

"소녀, 능양군 나리께서 부르셨다 하여 왔습니다."

군 나리? 게슴츠레하게 눈을 떠 보인 사내가 되물었다. 연리가 공손하게 그렇다 대답하자 사내는 아쉽다는 듯 입맛을 다시며 다른 기녀에게로 방향을 틀었다. 도대체 이건 무슨 조화일까. 어이가 없고 기가 막혔지만, 일단 능양군이 눈앞에 보이는 것이 그나마 다행이었다.

연리는 재빨리 문지방을 넘어 주연 한가운데로 섞여들었다. 이미 술과 기녀에 거나하게 취한 사내들은 다행히도 연리에게 큰 관심을 주지 않았고, 덕분에 연리는 저 반대쪽 상석에 자리 잡고 앉은 능양군에게 수월히 다가갈 수 있었다. 가까이 다가가며 보니, 능양군은 대여섯 명의 사내들과 함께 호기롭게 웃고 있었다. 의아하여 그들의 시선을 따라가 보니, 그들의 앞에서 춤을 추기도 하고, 악기를 연주하기도 하며 재주를 뽐내는 듯한 동기들 몇이 눈에 들어왔다.

소희가 가야금을 타며 부드러운 곡조로 가락을 뽑아냈다. 나이에 비해 키가 작아, 손까지 앙증맞은 그녀는 나비가 날아다니는 듯한 유려한 동작으로 현을 넘나들었다. 자그마하고 하얀 손이 농익은 기녀보다는 미숙한 소녀의 그것 같았으나, 역설적이게도 사내들은 희끗희끗하게 움직이는 손이 어린 소녀처럼 작다 느끼면서도 한시도 눈을 떼지 못하며 군침을 삼켰다.

유쾌하면서도 흥겨운 가락이 흘러나오는 가운데, 모란이 붉은 비단 쥘부채를 들고 나가 열린 창을 등진 채 섰다. 쏟아질 듯한 별무리를 인 하늘은 그렇잖아도 아름다운 모란을 더욱 돋보이게 하였다. 잔잔하면서 흥겹게 흘러가던 가야금 가락이 점점 감정을 타고 고조되어 갔다. 서서히 현을 퉁기는 간격이 빨라지는 가운데, 모란이 부채를 확 펼치고선 날렵하게 손끝을 들어 올렸다.

부드럽고도 거센 물결을 타는 가락에 맞추어 도도하게 한쪽 팔을 수평으로 뻗고, 부채를 잡은 손으로는 얼굴을 가린 모란은 곧이어 우아하게 부채를 이용해 세련된 동작으로 좌중을 압도했다. 한쪽 손이 유영하듯 보드랍게 오가며 유려한 자태를 뽐냈다. 강렬한 붉은 비단 부채는 보일 듯 말듯 얼굴을 가렸다 드러내며 사내들의 애간장을 태웠다. 부채와 혼연일체가 된 듯한 모란은 자못 매혹적이었다.

빨려 들어갈 듯한 곡조가 흘러나오고 그에 맞추어 점점 빨리 몸을 움직이는 모란의 치맛자락이 남실거렸다. 사람에 더해 치맛자락마저 춤을 추니 고혹적이다 못해 아찔하기까지 하였다.

그렇게 얼마간 숨도 쉬지 못하고 몰두하던 사내들은 서서히 가락이 느려지며 곡조가 정돈되자 정신을 차렸다. 큼큼 멋쩍게 헛기침하면서도 어느새 얌전하게 팔을 거두어들이고 부채를 접은 모란에게 사내들이 너 나 할 것 없이 열망의 눈길을 보냈다. 하지만 어느 누가 나서기도 전에, 한쪽에서 큰 박수 소리가 들려왔다.

짝, 짝, 짝.

"과연 돋보이는구나."

능양군이었다. 감탄한 눈으로 크게 박수를 친 그를 향해 모란이 생긋 웃고는 사뿐 걸음을 옮겨 곁으로 자리했다. 자연스럽게 술잔을 들어 보인 능양군은 모란이 얼른 술병을 들어 잔을 채우자, 단번에 술을 들이켜고는 호쾌하게 잔을 내려놓았다. 그러고는 얌전하게 앉은 모란의 손목을 끌어당겨 품에 안자, 모란은 부끄럽다는 듯 안기면서도 만족스러운 웃음기를 띤 채 저를 부럽게 쳐다보는 동기들을 훑어보았다.

가장 가까운 동무이자 같은 조인 소희마저 자신을 선망의 눈빛으로 바라보는 것에 만족한 모란은 눈길을 거두어들였다. 이제 동기들 중 제일 돋보이는 이는 명실공히 자신일 터였다. 아무렴, 종친이 마음에 들어 하는데! 그렇게 으스대는 눈빛을 하고 능양군에게 다시 술을 따르려던 모란은, 술병을 집어 들다가 사내들의 도포 자락 사이로 보이는 낯선 치맛자락에 의아해하며 시선을 위로 올렸다.

아하.

"나리, 제가 아까 말씀드린 아이입니다. 저희 아이들 중 요 근래 제일 뛰어나다 정평이 난 아이지요. 한번 보시겠어요?"

애교 있게 속눈썹을 깜빡이며 말하는 모란은 동장으로서 나무랄

데 없이 훌륭했다. 조금 전까지 사내들의 집중을 한 몸에 받던 터라 새 인물을 소개하면 아무래도 제 입지가 줄어들 것이 분명한데, 모란은 아랑곳하지 않는다는 듯 능양군에게 연리를 청했다.

그에 사내들의 시선은 물론 기분 좋게 술을 들이켜던 능양군의 시선까지 온전히 연리를 향했다. 갑자기 제게로 집중된 시선에 연리는 잠깐 당황하였으나, 표정과 옷매무시를 가다듬고 능양군에게 다가가 인사를 올렸다.

"연이라 하옵니다."

"오호라. 넌 지난번 그 아이가 아니냐?"

연리를 알아본 듯 능양군이 호기심 어린 낯을 하였다.

"연이라. 미색과 어울리는 이름자구나. 그래, 어찌 이 아이가 동기 중 가장 뛰어나단 평가를 받는 것이냐?"

흥미롭다는 듯 능양군이 품에 안긴 모란의 턱을 살짝 쓰다듬으며 물었다. 그에 모란은 수줍은 티를 내면서도 은근히 옷자락을 잡고선 품에 밀착하여 안기며 입을 열었다.

"저리 자태가 고우니, 저희 아이들 중에서 제일 먼저 기둥서방을 얻었답니다. 하나 동기로 객들께 선보인 지 얼마 되지 않았는데 그리 빨리 기부를 얻은 것을 보면 다른 재주도 분명 있을 테지요. 정확히는 잘 모르오나 아마도 저보다 훨씬 뛰어난 춤사위나 가야금 실력을 갖춘 것이 분명하옵니다."

모란의 마지막 말에 좌중이 감탄을 흘리며 연리를 뜯어보았다. 과연, 저 반반한 얼굴을 보니 사내 여럿 홀리게 생겼소이다. 순진하게 생겨 먹은 계집인데 제법 사내 홀리는 재주가 뛰어난 모양이지요? 수군대며 품평하는 목소리들이 귓가에 불쾌하게 달라붙었다.

저게 정말. 연리는 저를 힐끔거리며 무도한 언사를 해대는 사내들보다도, 능양군의 품에 안겨 순진하게 눈을 깜빡거리는 모란이 더 못마땅했다. 돌아가는 사태를 보아하니 능양군은 모란의 말에 부르는 상대가 누구인지도 모른 채 그저 데려오라는 명령만 내린 듯했다.

굳이 공자님 이야기까지 꺼내며 기둥서방 운운할 것은 무어람. 보는 눈이 많아 대놓고 따져 물을 수는 없어 연리는 눈빛으로만 떨떠름을 전달했다. 대체 왜 이러는 거야?

"연이라 하였지. 네 재주가 무엇이냐? 내 한번 보자꾸나."

춤? 가야금? 뭐든 마음껏 펼쳐 보아라. 흡족할 만한 재주면 앞으로 내가 네 기둥서방이 되어주마! 한껏 기대에 찬 능양군이 호탕하게 소리쳤다. 그에 사내들이 환호성을 지르며 분위기를 돋웠다. 그 말에 순진함을 가장하던 모란의 표정이 한순간 허물어졌으나, 재빨리 다시 표정을 갈무리한 모란은 연리에게 진한 미소를 지어 보냈다.

'어차피 넌, 못할 테니까.'

연리가 저처럼 사내에게 교태를 부리는 것을 영 어색해하며 잘하지 못한다는 사실을 익히 아는 모란이었다. 춤도 악기도, 심지어 노래도 마찬가지였다. 동기들 대부분이 강당에서 틈틈이 본인들의 재주를 연습하는데, 연리는 지금까지 한 번도 그러한 재주를 연습하는 모습을 보인 적이 없었다.

'미색 하나만 믿고 연줄로 들어온 주제에, 당연히 특출 난 게 없겠지.'

그러게 누가 내 것에 손대래? 연리를 뚫어져라 응시하며 마음속으로 조소를 보낸 모란은 날아갈 듯 통쾌한 기분이었다. 시선을 놓치지 않은 채 자세를 바꾸어 좀 더 편안하게 안기며, 주원을 떠올린 모란은 생각했다. 어디 톡톡히 망신 한번 당해보라지.

모란의 시선을 피하지 않으며, 기대감 어린 눈빛들 속에서 연리는 차분한 표정으로 입을 열었다.

"소녀는 그림을 그릴 줄 아옵니다."

뭐, 그림? 그림이라고? 삽시간에 들불처럼 좌중에 목소리가 퍼져 나갔다. 놀랍다는 기색 반, 가소롭다는 기색 반이었다. 개중에는 아, 하는 탄성과 함께 알음 직한 반응도 드문드문 있었지만, 연리가 듣기에도 그들의 목소리에는 못 미덥다는 의중이 완연히 배어 있었다.

"아, 그러고 보니 근자에 비원에서 그림을 그려 파는 동기가 있다는 소문을 들었습니다. 듣기에 꽤나 신선한 화풍이라 구매한 이들이 적잖다 하였사옵니다."

능양군의 곁에 앉은 한 사내가 일어나 저 멀리 술에 곯아떨어진 이의 품을 뒤져 종이 한 장을 꺼내왔다. 처음에는 반듯하였을 것이나, 지금은 얼마나 굴리고 다녔는지 구겨지고 주름이 가 볼썽사나운 그 종이를 받아 든 능양군의 얼굴에 실망감이 피었다.

"뭐, 확실히 신선하기는 하구나. 요즘 유행하는 화법과는 다른 방식이기도 하고."

가볍게 연리의 그림을 평가 내린 능양군은 흥미가 감한 얼굴로 사내에게 종이를 도로 넘겨주었다.

"하나 그다지 특별한 게 없기도 해. 그저 자연물일 뿐이지 않으냐. 겉모습만 즐기고 남는 것이 하나 없으니 내게는 쓸모없다."

능양군은 다른 재주를 꺼내어보라는 듯 연리에게 눈짓했다. 그러나 다른 재주가 있을 리 만무하였다. 연리가 담담하게 아까의 표정을 유지하자, 능양군은 잔뜩 기대했던 것처럼 생각만큼 특출 난 아이가 아니란 것을 알아차리고선 모란을 팔로 안으며 연리에게 가보라 손짓했다. 그러자 모란은 능양군의 행동에 반응하여 자세를 바꾸어 돌아앉았다.

그 짧은 사이, 모란의 입가에 맺힌 승리의 미소가 저를 향한 것임은 자명했다. 연리는 앞으로 모은 두 손에 힘이 들어가는 것을 느꼈다. 제 그림에 대한 평가는 차치하고서라도…….

'이대로, 이대로는 안 돼.'

연리는 어여쁘게 칠한 입술을 앙다물었다. 어느새 저를 등지고 다시 주연을 이어가려는 능양군과, 그의 품에 안겨 의뭉스러운 미소를 짓는 모란의 모습이 거세게 가슴에 박혀왔다. 지금 이렇게 그를 놓쳤다가는 두 번 다시 기회가 없을지도 몰랐다. 연리는 얌전히 모아 잡은 손을 풀어버리고는, 치맛자락을 잡고 사붓 걸음을 내디뎠다.

"자연물이 겉모습뿐이라 하신 말씀은 지당하오나."

혼탁함에 젖어 의미 없는 농담을 주고받던 사내들의 머리 위로, 문자 그대로 은쟁반에 옥구슬이 구르는 말간 음성이 들려왔다. 저를 돌아보는 사내들의 놀라운 시선과, 의아함으로 가득한 능양군의 시선을 받으며 연리는 산해진미가 차려진 술상으로 다가갔다. 아까 걸어오면서 보았던 상 위를 다시 빠르게 훑어보니, 과연 북풍한설이 다가오는 계절까지도 이기는 세도가 담겨 있었다. 연리는 갖가지 싱싱한 빛깔을 내는 과채에 눈길을 주었다.

"상(上, 왕)이 상답지 아니한 것처럼, 상(床, 상차림) 또한 그러하지 않사옵니까."

연리가 걸어가자, 가까이 다가온 미인에 사내들이 홀린 듯 갈라져 자리를 내어주었다. 살며시 웃음 지어 그들에게 화답한 연리는 곧 기품 있는 맵시로 상에서 복숭아 하나를 꺼내 들었다.

"헉."

마침 음식을 나르고 막 나가려던 계집종 하나가 격하게 숨을 들이켰다. 아이고, 죽을죄를 지었습니다요! 납작 부복하여 엎드린 계집종을 흘긋 응시한 능양군이 연리의 손에 들린 복숭아에 깊이 시선을 주었다. 겨울 날씨에도 불구하고, 안동 장씨 가문에서 전수받은 비법으로 생생하게 복숭아를 보존해 온 비원의 명성이 안타깝게도 그것에만큼은 무너져 있었다.

멀쩡한 겉모습을 지닌 복숭아가, 자세히 보니 안쪽에서부터 갈변되어 갈라져 있었다. 연리가 가볍게 힘을 주자 복숭아는 윤기 있던 겉모습과는 달리 파삭 힘없이 부서졌고, 상해 말라 버린 안쪽 과육이 속절없이 내보여졌다.

"이처럼……."

어쩔 줄 모르는 계집종에게 부서진 복숭아를 건네며 연리는 말을 끝맺었다.

"그저 겉모습뿐이라도, 때론 살펴볼 필요가 있는 법이지요."

의미심장한 말뜻과는 달리 연리는 해사하게 웃었다. 아름답지만 강렬한 미소에, 뭐라 형용할 수 없는 분위기를 느낀 사내들은 말을 잇지 못하고 멀거니 연리만 응시했다. 연리의 말을 개운하게 다 이해할 수는 없었던 모란은 어쩐지 불쾌한 느낌에 괜히 굽실거리며 물러나는 계집종에게 세차게 눈을 부라렸다.

미묘하게 바뀐 흐름에, 능양군은 제법이라는 듯 미소를 걸치며 연리를 뚫어지게 응시했다.

"그래. 신중해서…… 나쁠 것은 없지."

한 걸음 늦춘 어조로 능양군이 연리에게 답했다.

"하면 네 그림, 어디 한번 그려보아라."

능양군이 모란을 떼어놓으며 자세를 고쳐 앉고 말했다. 그리고 주변에 앉은 이들에게 손짓해 상을 치우고 자리를 마련하라 눈짓했다. 갑자기 돌변한 그의 태도에 득달같이 눈에 쌍심지를 켜 연리를 노려본 모란이 입술을 깨물었다. 저게 또 수작을!

'됐다.'

눈앞의 제각각인 반응을 지켜보며 연리는 마지막 말, 운명을 결정지을 말 한마디를 발음하였다.

"주위를 물려주십시오."

그와 동시에, 모두가 동작을 멈추고 정적이 흘렀다.

"왜."

돌연히 예기 서린 눈빛을 쏘아 보내며 능양군이 짧게 물었다.

"예로부터 그림은 드러내 그리는 것이 아니라 하였습니다."

눈빛을 피하지 않으며 연리가 마주 답했다. 강렬한 두 눈빛이 격돌하여 부딪쳤다. 그러나 어느 한쪽도 탐색하려는 서로의 눈빛을 거부하지도 피하지도 않았다. 길지 않았으나 짧지도 않은 잠깐의 대치 후, 마침내 능양군이 가볍게 고개를 끄덕였다.

"좋다."

경쾌하고 가볍던 한량은 사라지고, 어느새 종친의 신분으로 돌아온 사내가 권위적으로 모두에게 물러가라 명령했다.

네 심중에 무엇이 있는지 알아보자꾸나.

한 식경 전까지만 해도 그득했던 잔칫상이 말끔히 치워졌다. 온갖 산해진미로 가득했던 상이 순식간에 휑뎅그렁해졌고, 곧 문방사우가 빈자리를 채웠다. 벼루와 먹, 종이와 붓을 가져와 가지런히 올려놓던 계집종은 너른 상에 자리 잡고 앉은 단 두 사람을 곁눈질했다. 예사롭지 않은 분위기를 풍기는 사내와 동기는 미동도 없이 서로를 응시하고만 있었다.

마음에 들면 방이나 하나 잡아 함께 들면 될 것을, 무에 이리 복잡하게 일을 시키는지. 그렇잖아도 일이 많아 온종일 발이 부르트도록 뛰어다닌 계집종은 속으로 투덜거렸다. 뭐, 그래도 덕분에 남아도는 먹을거리가 생겼으니 오랜만에 푸짐하긴 하겠네. 바구니에 담겨 나가는 남은 음식들을 보며 계집종은 슬슬 입꼬리를 올렸다.

"다 가져왔으면 이만 물러가라."

동작이 지체되자 문을 지키고 섰던 무사가 다가와 싸늘하게 말했다. 종종 범상치 않은 취미를 가진 객들이 있다 들었는데, 이자도 그런가? 고개를 갸웃하며 자신도 모르게 동기와 마주 앉은 사내를 빤히 쳐다보던 계집종이 찔끔하여 자리를 떴다. 곧, 기녀들과 사내들, 그리고 계집종이 문지방을 나서고 마지막으로 무사가 방문을 닫자 무거운 긴장이 방 안에 감돌았다.

"그럼."

점점 팽팽하게 당겨오던 긴장을 깨는 목소리가 울렸다.

"그려보아라."

느긋한 말씨였으나 압박이 느껴지는 권위적인 어조다. 연리는 천천히 능양군과 연결된 시선을 끊고 앞에 놓인 문방사우를 응시했다. 이제 곧 이것들에 제 운명이 결정될 터였다. 제게 와 닿는 따가운 시선을 느끼며, 연리는 먹을 들었다.

조심스레 간 먹물이 벼루에 우러나올 즈음, 연리는 옅은 담묵(淡墨)을 붓에 적시고 종이를 펼쳤다. 아무것도 그려지지 않은 하얀 종이가 가득 눈에 들어오자, 모든 것이 결정될 미래가 오롯이 제 손에 달렸다는 사실이 비로소 와 닿았다. 그동안 몇 번이고 지우고 그려 완성했던 그림을 머릿속으로 떠올리며 연리는 깊게 심호흡했다. 그리고 붓을 들었다.

옅은 먹물을 품은 붓이 시원스레 종이를 가로질렀다. 느긋한 산등성이가 여유롭게 죽 펼쳐진다. 진한 먹물로 그렸으면 강렬했을 것이, 옅은 먹물로 그리니 천상의 산처럼 몽롱하게 나타났다. 부드럽게 산 하나를 저 멀리 정면에 완성한 후, 연리는 산 오른쪽 아래로 뻗은 오솔길과 길 위의 사슴 하나를 그려 넣었다. 아련하게만 보이는 먼 산에서 근경(近景)으로 뻗은 길과 머리를 먼 산으로 향한 사슴이 금방이라도 그림 밖으로 튀어나올 듯했다.

잠시도 시선을 떼지 않고 붓끝을 응시하던 능양군의 의아한 시선이 얼굴에 와 꽂히는 것이 느껴졌다. 하지만 연리는 답을 요구하는 노골적인 시선에 모른 체하며 혼연히 붓을 내려놓고는 다시 먹을 들었다. 하얀 손에 잡힌 검은 먹이 몇 번 벼루를 오가자, 먹물은 어느새 진한 농묵(濃墨)으로 변했다.

잠깐 옆에 내려놓았던 붓을 들어 농묵을 흠뻑 적신 연리는 정면의 산 왼쪽 아래에 큰 산을 그렸다. 담묵으로 그려 신비한 기운을 담은 원경(遠景)의 산과는 달리, 암흑처럼 새카만 농묵으로 그린 근경의 산은 괴이하기 그지없어 보였다. 울퉁불퉁한 바윗덩어리와 얼기설기 굽은 나무들이 얽힌 산등성이의 이질감은 그림에 문외한인 자가 보아도 눈살을 찌푸릴 정도였다. 원경의 산과 오솔길, 사슴만 그렸더라면 그럭저럭 보기 좋은 그림이 되었을 것을, 굳이 야릇한 경치의 산을 끼워 넣으니 영 풍경이 난삽하였다.

능양군은 슬며시 양미간을 찌푸렸다. 사대부나 화원들은 물론, 취미 삼아 소일거리로 그림을 그린다 하는 아녀자들 또한 이런 경치를 그린다는 소리는 들어보지 못했다. 아까 본 그림은 제법 무난하였거늘. 그러나 어찌 이런 괴상한 것을 그리느냐 묻기도 전에 연리는 어느새 붓과 문진(文鎭)을 치웠다.

"완성되었사옵니다."

연리는 채 먹물도 마르지 않은 그림을 들어 능양군에게 건네었다. 얼떨결에 그림을 받으며 능양군은 미심쩍은 눈초리로 연리를 훑었다. 하지만 백옥 같은 얼굴은 동요도 없이 그저 자신만 응시하고 있을 뿐이었다. 그에 능양군은 하는 수 없이 그림을 앞에 펼치며 다시 도로 시선을 주었다.

아무리 보아도 괴상한 그림이다. 왕가의 사손으로, 조신의 명화는 물론 명나라 사신이 가져오는 귀한 그림까지 숱하게 보아왔지만 한낱 동기가 그린 이 그림은 도무지 의미를 가늠할 수가 없었다. 하나 체면이 있어 차마 이게 무슨 뜻이냐 물을 수 없는지라 그는 지그시 뜻을 풀어내려 애썼다.

'겉모습이라.'

멀리 우뚝 선 신이한 산, 아래의 오솔길, 길을 따라 걷는 사슴 그리고 가까이의 괴이한 산 하나.

'속에 품은 것.'

산. 사슴.

그러고 보니 명의 그림 중에서도 이와 비슷한 것을 본 적이 있었던 듯하다. 한데 그게 무엇을 그린 그림이었더라? 오래전이라 기억이 떠오를 듯 말 듯 가물가물했다. 능양군은 슬슬 치밀어 오르는 짜증에 이맛살을 찌푸렸다.

'이거야 원, 계집 하나가 장난하듯 그려낸 그림에 놀아나는 꼴이 아닌가.'

아무리 보아도 기괴한 그림에 지나지 않은데 뜻이 담겼을 리가! 언짢음에 능양군은 와락 그림을 구겼다. 주먹만하게 구겨진 종이를 상 옆으로 던져 버리고 그는 자리에서 일어났다. 오랜만에 여색이나 즐겨보려 했다가 입맛만 버렸다. 애초에 이 짓을 하는 게 시간 낭비였음이니. 속으로 홀가분하게 결론 내리는데 저를 바라보고 있던 동기가 동요하는 것이 느껴졌다. 그럼 그렇지, 그저 특별한 척 비싸게 굴어 종친 하나 구워삶으려는 속셈이렷다.

당황하는 연리의 모습에 능양군은 피식 조소를 흘리며 걸음을 옮기었다. 이미 이 방은 분위기가 파했으니 다른 방을 잡아 기녀로 하여금 긴긴밤이나 녹여볼 생각이었다. 아까 제법 간드러지게 춤추던 계집, 냉큼 안겨오던 것이 꽤 마음에 들었는데. 모란을 떠올리며 능양군은 어느새 방을 가로질러 닫힌 문 앞까지 당도했다. 그런데.

툭.

손을 뻗어 문을 열려는데, 계집종이 치우다 흘렸는지 쪼개진 복숭아 조각이 발에 걸렸다. 거멓게 썩은 안을 보아하니 아까 저 동기 계집이 들어 올렸던 것임이 분명했다. 무심코 발을 들어 걸리적거리는 복숭아 조각을 차 치워내려는 찰나…….

잠깐.

"상(上)이 상답지 아니한 것처럼, 상(床) 또한 그러하지 않사옵니까."

조금 전 들은 말이 청천벽력처럼 머릿속을 후려쳤다. 한낱 동기 계집이, 임금을 입에 담아?

능양군은 문을 열고 나가려던 발걸음을 급하게 돌렸다. 동기는 미동도 없이 처음 그대로 자리하고 앉아 있었다. 능양군은 성큼성큼 제자리로 걸어갔다. 인기척에 자리로 돌아온 저를 응시하는 선연한 눈매가 음험하게 느껴졌다. 그는 더 이상 지체하지 않고 품에 숨겼던 단도를 뽑아 연리에게 겨누었다.

스릉-

날카롭게 벼려진 예기가 전해져 왔다. 단단히 마음은 먹었으나, 제목을 노린 서느런 칼날에 의지와는 상관없이 흠칫 몸이 반응하였다.

"바른대로 대라, 누구의 첩자냐?"

첨예한 경계심이 목줄기를 겨냥했다. 서늘한 칼끝은 조금의 술수라도 용납하지 않겠다는 듯 여린 피부를 압박했다. 그러다 찰나의 순간, 미세하게 더해진 힘에 위협하늣 겨누어신 날붙이는 기어이 고운 살결에 생채기를 내고야 말았다. 점차 쓰림이 밀려오는 환부를 느끼며 연리는 저를 노려보는 자와 눈을 맞췄다.

"당장 이실직고해. 그렇지 않으면 네년의 숨통을 이 자리에서 끊어줄 것이다."

능양군의 으르렁거리는 음성이 뚜렷한 경고를 전해왔다. 조금 전 모란을 껴안고 기녀들 틈에서 채신없던 품새와는 경천동지할 정도로 다른 모습이다. 솔직히 연리는 아직 그가 운명을 걸 만한 인물인지 확신할 수 없었다. 한량 같던 모습과 지금의 맹수 같은 모습, 둘의 간극이 너무나 컸던 까닭이었다. 하지만, 어쩌면. 이토록 거센 경계가, 역천에 대한 의지라 믿어도 될까.

연리는 아래로 팔을 뻗었다. 주위를 조심스레 더듬으니 다행히 손끝에 구겨진 종이가 닿았다. 날붙이에 피부가 스치는 것도 아랑곳하지 않고, 연리는 꼿꼿하게 시선을 마주하며 종이를 집어 올렸다.

바스락-

낭랑한 목소리가 흘러나왔다.

世人徒識愛看花 세인도식애간화

不識看花所以花 불식간화소이화

須於花上看生理 수어화상간생리

然後方爲看得花 연후방위간득화

사람들은 꽃의 모습 보기를 사랑하나
정작 어찌 꽃이 되었는가는 보지 못하네.
마땅히 꽃에 깃든 이치를 보아야 하니
그런 후에야 꽃을 제대로 본다 하리.

불쑥 흘러나온 시조에 능양군의 눈썹이 꿈틀거렸다. 여전히 전말을 모두 파악한 것은 아니었지만, 그는 시조가 뜻하는 바를 알아차리지 못할 정도로 어리석지는 않았다. 흔들림 없는 얼굴을 응시하며 능양군은 천천히 칼날을 거두었다.

쨍그랑 소리가 나게 단도를 상 위로 던진 능양군이 풀썩 제자리에 앉았다. 매섭게 빛나는 안광이 칼날 대신 따갑게 살갗을 찔렀다. 연리는 지체하지 않고 구겨진 제 그림을 바르게 펴 올려놓았다.

"무엇을 잘하느냐 물었더니, 그림이라 하였다. 네 분명 내게 외면이 아니라 내면을 보라 했었지. 한데 임금을 입에 담고 괴이한 그림을 그리기에 뉘의 첩자냐 쾌쳤더니, 나더러 네년의 곡절을 헤아리라?"

어쭙잖다는 듯 능양군이 조소하며 연리의 행적을 읊었다. 네년이 스스로 연유가 있다 청하니 들어주마. 하나 허튼 수를 쓰면 이 자리에서 직접 요절을 낼 것이다. 비아냥거리는 말투가 냉혹하게 와 닿았으나 연리는 초연한 태도로 펼친 그림을 가리켰다.

"산은 모여든 많은 생명을 품으니, 자연에서 산은 하늘이 내린 부모와 같습니다."

고운 손이 가까이 자리한 괴이한 산을 짚었다.

"하나 근래의 산은…… 이미 부모의 역할을 다하지 못하옵니다."

실마리를 풀어가듯 연리는 그림에 담긴 의미를 꺼내놓았다. 가녀린 검지가 괴이한 산 가장자리를 한 바퀴 그린 후, 사이에 놓인 오솔길을 따라 짚었다.

"하오니 산의 생명들은 새 부모를 찾아야겠지요."

연리는 호흡을 가다듬었다. 눈 깜빡할 새, 손가락은 오솔길을 따라 뒤편의 신이한 산에 당도해 있었다. 연리는 아까 그랬던 것처럼 신이한 산을 한 바퀴 빙 둘러 맴돌다, 도로 오솔길을 타고 내려와 명백히 그림 뒤쪽으로 머리를 향한 사슴에 멈추며 마지막 말을 속삭였다.

"하늘이 내린 부모 자식의 연은 끊을 수 없지만, 그 하늘이 바뀐다면 말이 달라지지 않겠습니까."

갑자기 안개가 확 갠 듯 잡히지 않던 가닥이 잡혔다. 능양군은 부친이 저를 무릎에 앉혀놓고 자상하게 일러주던 기억을 주마등처럼 떠올렸다. 종아, 명에선 그림에 뜻을 담고 싶을 때 같은 발음의 사물을 그린단다. 여기 사슴이 보이느냐? 명나라 말로 하늘과 첨록(黇鹿, 황색 사슴)은 같은 발음이니, 종종 화가들은 하늘과 다름없는 군주를 표현할 때 이 사슴을 그려 나타내곤 한단다.

"너! 대관절 누구인데!"

마침내 은밀한 의미를 알아차린 능양군이 대경(大驚)하며 사납게 일갈했다. 그의 손에 멱살이 잡혀 추켜올려짐과 동시에, 연리는 귓가에 터질 듯한 박동이 울리는 것을 느꼈다. 전율에 몸이 떨려왔다.

"저는 당신의……."

"나리!"

쾅-

"나리! 김선이 죽었습니다!"

닫힌 문을 걷어차 열고 경징이 헐레벌떡 소리치며 뛰어들어 왔다.

갑작스러운 소란에 연리의 목소리는 묻혀 스러졌고, 이글거리는 안광으로 노려보던 능양군의 시선도 일순 경징을 향하였다.

"뭐라?"

"헉, 헉. 기, 김선 말입니다. 대비의 아우요! 그자가 드디어 옥사했습니다!"

갑자기 들려온 낯익은 이름이 주는 충격에 연리는 돌연 숨을 멈추었다.

'……외숙께서?'

홀로 남아 옥에 갇혀 계신 외숙의 소식이 들려오지 않을수록 연리는 안심했었다. 옥을 나올 수 없는 이의 무소식은 곧 부고(訃告)가 없다는 뜻이었으므로. 꺼내기 싫어 기억 저편에 묻어두었던 사실이기는 했지만, 몰살당한 외가에 살아남은 혈육이 있다는 사실은 외롭고 거친 생활을 견디는 버팀목이었다.

'조금만, 조금만 더 버티셨으면…….'

이제 거의 다 왔는데. 애탄 마음에 감정이 울컥하며 목이 메었다. 연리는 필사적으로 눈물짓지 않으려 세게 입술을 깨물었다. 그러자 틀어쥔 손안에서 일어난 미묘한 변화를 눈치챈 능양군이 고개를 돌려 연리를 쳐다보았다. 결코 호의적이지 않은 눈길이 의아함을 품자 연리는 들썽거리려는 감정을 애써 내리눌렀다. 그렇잖아도 나이 어린 손윗사람인데 품위를 잃는 것은 아무래도 좋지 않을 것이었다. 뜻밖의 비보에 능양군 또한 크게 상심하였을 테니 연리는 그에게 마음을 가다듬고 거사에 집중하라 이르려 했다.

"잘되었구나."

……뭐?

지금 뭐라고……. 귓가에 들려온 음성은 더할 나위 없이 홀가분한 어조였다. 연리는 하얗게 질린 얼굴로 제 앞섶을 틀어쥔 능양군을 주시했다. 예기 서린 눈동자는 첩자에게 자신이 아무런 타격도 받지 않았다는 것을 증명하기라도 하는 듯 호방함까지 갖춘 채였다. 연리는 온몸의 힘이 빠져나가는 것을 느꼈다.

무언가 어긋나고 있었다.

"필요한 선왕의 혈족은 나 하나로 족하다. 아니, 있어선 안 돼."

너무나 잔인한 말에서 비릿함이 느껴졌다. 연리는 멍하니 그의 눈을 쳐다보았다. 그리고 깨달았다. 절망적이게도, 저 말은 진심이었다.

조각난 희망이 예리한 파편처럼 귓가에 박혔다. 분명 이제 현재를 끝맺고 새로운 시작을 맞이할 차례라 믿어 의심치 않았다. 그러나 얄궂게도 하늘은 기어코 제게 안온한 여정을 허락지 않을 모양이었다. 연리는 매번 이리 저를 굴레로 묶어 내리누르는 운명이 원망스러웠다. 가진 것 없이 겨우겨우 간신히 절벽 밑에서 기어 올라왔더니, 누군가 도로 떠밀어 진창으로 떨어진 기분이었다.

결국 천행(天幸)은 없었다. 하지만 연리는 버티었다. 맥이 풀려 축 늘어지려는 사지에 억지로 힘을 주고 고개가 떨어지지 않도록 꼿꼿하게 곧추세웠다.

분명 충격을 받은 듯하였는데 냉정히 평정을 회복하는 모습에, 지척에서 멱살을 틀어쥐고 있던 능양군은 미심쩍은 눈길을 거두지 않았다.

'틀림없는 주상의 일파라 생각했거늘, 대비의 아우가 죽었다는 말에 흔들려?'

주상의 끄나풀이라면 이 소식에 내가 타격받길 바랐을 터인데, 도리어 제가 놀라다니……. 예상과 현실이 대치되는 묘한 상황에 능양군은 미간을 모았다. 상황을 분석하며 생각해 낸 여러 가정이 머릿속에서 휙휙 떠올랐다 사라진다. 의심으로 점철된 능양군의 집요한 눈길이 입술을 깨물고서 어느새 스스로를 다잡은 연리를 끈질기게 탐색했다.

연리가 그동안 궁을 나와 살아가면서 깨달은 것이 하나 있다면, 아무리 큰 절망으로 물들었다 해도 그 진창에서 일어나야만 한다는 사실이었다. 비록 단숨에 다시 절벽을 뛰어넘지는 못해도, 적어도 나약하게 주저앉아 있으면 아니 되었다. 어그러진 뜻과 조각난 희망을 다시 꿰어 맞추기 위해서는 어찌 되든 일어나야 했다. 하늘이 무너지고 아무것도 할 수 없었던 무력감이 온몸을 잠식하였을 때, 한바탕 홍역을 치르듯 느낀 바가 그것이었다. 그렇게도 아팠던 나날들도 누르고 일어나니 새 뜻을 세울 날이 생기지 않았는가.

하여 연리는, 예전 같았으면 하염없이 무너졌을 충격에도 버티어 서서 까무룩 소멸하려는 희망을 붙잡았다.

"소녀는 첩자가 아닙니다."

연리는 차분하게 입을 열었다. 결연한 눈빛으로 마주하니 능양군이 여전히 의심을 거두지 못한 낯으로 불편한 심기를 드러냈다.

"재밌구나."

여전히 틀어쥔 손을 풀지 않은 능양군은 비틀린 표정을 지었다.

"동기도 아니요 첩자도 아니다. 하면 어찌 내 비밀을 알지? 대체 네년 정체가 무엇이기에?"

"소녀는……."

날카롭게 원론을 파고드는 질문에 목이 바짝 탔다. 연리는 아무도 모르게 마른침을 삼켰다. 먹혀들지 장담할 수는 없으나 방법은 하나뿐이었다. 이제부터, 무서우리만치 모질고 의뭉스러운 이자에게 일생일대의 도박을 건다.

"서궁의 나인이었습니다."

사방에서 옥죄는 긴장감이 끈덕지게 음성을 뒤흔들려 하여, 연리는 조금의 틈도 주지 않고 말을 이었다.

"공주자가의 장례 이후 대비께서 지밀나인이던 제게 말씀하시기를, 지금의 주상은 혈육과 백성을 저버리고 스스로 광인의 행태를 일삼으니 용상의 주인 자격이 없다 하셨습니다."

예상치 못한 대답이었던 듯 노려보던 눈빛이 한순간 크게 동요했다. 짙은 눈썹이 휙 치켜 올라간 얼굴에서 불신 어린 눈초리가 느껴졌다.

"마침 나리께서 새로운 하늘을 준비하신다는 밀보(密報)를 상달받은 바, 마마께서는 경비가 삼엄하여 나리를 직접 대면할 수 없으니 제게 출궁을 명하시며 어떻게든 역천을 힘껏 도우라 하셨습니다."

도울 수 있는 일은 무엇이든 돕겠으니, 성사될 수 있도록 전력을 다하라 전하셨습니다. 덧붙이는 말에 긴가민가 주장의 진위를 따져 보는 능양군의 눈이 가늘어졌다. 그러나 이내 다행스럽게도 능양군은 쥐었던 연리의 옷깃을 풀어주었다. 붙들린 멱이 자유롭게 해방되자, 풀썩 주저앉은 연리는 도박이 성사될 수 있음을 직감했다. 깨어져 소멸하려던 희망이 천천히 되살아나는 것이 느껴졌다. 하나 천성이 집요하고 의심이 많은 자니 이 자리에서 쐐기를 박아야 했다.

연리는 능양군이 또다시 의심을 들이대기 전에 서둘러 제 저고리 안쪽을 헤쳤다. 화려한 저고리 안쪽에 덧입은 속저고리 고름에 손가락이 닿자, 연리는 아무도 몰래 은밀히 매어둔 노리개를 풀어 내렸다.

"이것이 그 증표입니다."

품에서 보석도 없는 분홍빛 단작노리개가 모습을 드러냈다. 출궁 뒤 한날한시도 곁에서 떼어낸 적 없던 모후의 물건. 하지만 결의를 위해서는 하나 남은 인연의 상징에도 작별을 고해야만 했다.

"대비마마께서 지니셨던 노리개이옵니다. 지밀인 제게 주시며 혹여 나리께서 믿지 못하거든 보이라 하셨습니다."

연리는 노리개의 분홍빛 술을 가지런히 정돈하여 바쳤다. 단숨에 손 위의 노리개를 낚아채 가져간 능양군은 자칫 초라해 보이나 분명 사가의 것과는 확연히 다른 품질의 물건을 신중하게 살폈다. 뚫어져라 노리개를 살피는 그의 눈길에, 연리는 마치 제 몸이 수색당하는 것처럼 긴장을 놓을 수가 없었다. 부디 이 수가 유효하기를 바라는 염원이 너무나 간절하여, 찰나의 시간이 헤아릴 수도 없을 정도로 길게 느껴졌다.

“자네.”

연리가 초조하게 능양군이 하는 양을 주시하는데, 순간 뜻밖의 호칭이 호명되었다. 그러자 의도치 않게 일촉즉발의 상황에 뛰어들어 강제로 묵언을 수행하던 경징이 다급하게 곁으로 다가왔다.

“예, 나리.”

“날이 밝으면 당장 서궁으로 사람을 보내. 대비의 아우가 세상을 떴으니, 손자인 내가 대비에게 혈육의 도리로 조의를 표한다 하면 출입이 가능할 것이야. 혹여 대전에서 저지할 수도 있으니, 되는 대로 빨리 경비를 뚫고 들어가야 할 것이네.”

빠르게 명령을 내리는 능양군은 과연 공으로 역천의 주인이 된 것이 아닌 듯 명석해 보였다.

“가서, 이것이 정녕 대비의 물건이 맞는지 알아오게.”

손을 까딱여 경징을 다가서게 한 능양군이 그에게 노리개를 넘겨주었다. 그러자 분부 받잡겠습니다, 허리를 굽히며 즉각 대답을 올리는 경징의 태도가 흡사 임금을 대하듯 극진하였다. 이만 물러나도 좋아. 그 태도가 마음에 든다는 듯 만족한 표정을 한 능양군이 축객령을 내리자, 노리개를 받아 넣은 경징이 고개를 주억이며 재빨리 뒷걸음질로 방을 나갔다. 탁 하는 문 닫히는 소리와 함께 능양군은 마주한 연리와 다시 시선을 맞추었다.

"대비가 역천에 관심이 있는 줄은 몰랐군. 유폐된 처지에 하늘에 대고 주상만 저주하고 있을 줄 알았더니, 외려 정사를 통해 돌파구를 찾을 줄이야."

믿는…… 건가? 사그라진 불씨가 되살아나듯, 희망이 지펴지는 것을 느낀 연리의 안색이 트였다.

"대비의 지밀나인이라……. 하면 이 일에 식견이 있는 것이 설명되기는 하지."

중얼대며 연리를 훑은 능양군이 입가에 진한 웃음을 피워냈다. 무어, 잘되었구나. 왕실 어른의 뜻이 내게 있으니, 이제 용상이 내 것임은 자명할 테지.

결코 순수한 호의의 웃음은 아니었으나, 일단 적대적인 경계가 거두어졌다는 것에는 확실한 진일보라 평할 만했다. 기실 노리개를 항시 품고 다녔던 것은 천우신조였다. 모후든 김 상궁이든, 저 노리개를 알아보지 못할 리가 없으니 이제 머잖아 자신은 능양군과 같은 배를 타게 될 터였다.

뛰는 가슴을 진정시키며 조그만 환희에 안도하는데, 능양군이 상저편에 덩그러니 있던 술잔과 주자(注子)를 끌어왔다. 그가 조그만 술잔을 들어 올리며 눈짓하여, 연리는 재빨리 일어나 주자를 잡고 잔을 채웠다. 조심스레 한 잔을 가득 채운 후 물러나자 그는 호쾌히 술을 들이켰다. 단숨에 잔을 비워낸 능양군은 한결 나아진 표정으로 술잔을 빙글빙글 돌리며 여유로운 투로 말했다.

"내일이면 경징이 서궁에 다녀올 테니, 네 말이 진실인지 거짓인지 알 수 있겠지. 만약 거짓을 주워섬겼다면 넌 그 자리에서 목이 베일 것이다. 자신이 있느냐?"

삐뚜름하게 몸을 기울이고 한 손으로 술잔을 희롱하는 모습은 그저 그런 취객의 모습이었으나, 느긋한 어조 속에 배어 있는 날카로움이 결코 마음을 놓을 수 없게 경직시켰다.

"예."

연리는 힘 있는 어조로 명료하게 대답했다. 작지만 단호한 대답에, 이제 저를 믿는 쪽으로 결론 내린 것인지 능양군이 비교적 긍정적인 표정으로 고개를 끄덕였다. 그에 공손하게 고개를 숙이고 시선을 내리깔아 자세를 바로 한 연리는 생각했다. 쉽게 볼 작자가 아니야.

확실히 행동에 강단이 있고 사리를 분별하는 판단력도 뛰어나다. 하지만 겉과 속이 몹시 이질적이어 의뭉스러운 작자이니, 뜻을 같이한다 하여도 만약 틈이 보이면 반드시 물려들 것 같았다. 연리는 앞으로도 결코 능양군에 대한 경계를 늦추지 않아야겠다 다짐했다.

"뭐야 이게!"

"저 계집애, 순 여우잖아?"

다른 연회를 찾아 자리를 옮기는 기녀들을 따라 걸으며, 모란과 소희는 분통을 터뜨렸다. 정말 대어(大漁) 하나 낚나 싶었는데!

"군께서 왜 쟤 말을 들어주시는 거야? 노래나 춤도 하나 할 줄 모르는 계집인데!"

"그러게. 하여간 종친도 다 소용없다니까? 주위를 물려달라는 게 다 여우 짓 하려는 속셈인지도 모르고 그림 타령에 속아 넘어가다니."

텄다, 텄어! 소희가 고개를 저으며 혀를 끌끌댔다.

"쟨 무슨 복이 저리 많아 사내들이 저리 달라붙는 거야? 얼굴이야 모란이 네가 더 어여쁜데."

심상찮게 일그러진 모란의 얼굴에 애써 기분을 달래려 소희가 달콤한 말을 건넸다. 하지만 그 말에 모란의 기분은 더욱 아래로 곤두박질 치고 말았다. 그럼 용모까지 더 뛰어난 내가 뒤지는 이유가 대체 뭐란 말이야?

분명 객들을 맞이하는 수완이나 사내를 사로잡는 매력은 제가 더 출중했다. 타인에게 물을 것도 없이 하나둘 빠르게 늘어나는 점수가 그것을 명백히 증명했다. 하지만 우월하게 달리는 순위에도 불구하고 유혹하려 제대로 마음먹은 대어들은 죄 그 계집의 손에 잡혀 있기 일쑤였다. 모란은 그 사실이 참을 수 없이 분했다. 행수님 덕에 공으로 굴러들어 온 것도 아니꼽기 그지없거늘. 처음엔 말끔한 선비님, 그리고 이제는 종친까지 제가 점찍은 사내들은 몽땅 그 계집의 손에 넘어가 있었다!

차마 보는 눈이 많아 직접 표출할 수는 없어도, 머리끝까지 차오른 화기를 삭히며 감내하기는 어려웠던 터라 모란은 고운 아랫입술을 짓씹었다.

'어떻게 하지? 어떻게 하면 그년에게서 내 걸 되찾아 올 수 있느냔 말야!'

강샘이 담긴 발걸음이 아리따운 외양과는 다르게 사납도록 바닥을 굴렀다. 지나가던 기녀와 동기들이 흘끔대며 또 저 성질머리가 도졌다 수군거렸지만, 간섭할 시 일어날 여파를 모두가 익히 알고 있었기에 그를 드러내 놓고 논하는 자는 아무도 없었다. 같은 배를 탄 소희만이 어쩔 수 없이 가시방석에 앉은 기분으로 모란의 눈치를 살필 따름이었다. 함께 있으면 떨어지는 이득이 적잖았지만 이럴 때마다 곤란하기 이를 데 없었다. 소희는 모란의 마음을 달랠 방도를 찾으려 얼른 눈을 굴렸다.

열심히 주위를 살피던 시선에 전방의 인영이 들어왔다. 아! 소희는 작은 탄성을 지르며 재빨리 소곤거렸다.

"모란아, 저기 봐!"

온몸으로 심기 불편함을 내보이며 걷던 모란은 갑작스레 소희가 팔을 붙잡자 신경질적으로 팩 고개를 돌렸다.

"뭐야, 왜?"

저기, 저기! 호들갑을 떠는 소희가 성가셔 모란은 한가득 짜증으로 얼굴을 찌푸렸다. 하나 어딘가를 향한 손짓이 끈질기게 이어지자 모란은 어쩔 수 없이 손가락이 가리키는 방향으로 시선을 주었다.

준수한 귀공자의 풍모가 단연 눈에 띄었다. 벗인지 퍽 가까워 보이는 사내와 걸으며 제법 심각한 표정으로 몇 마디 나누던 그는, 곧 곁의 사내와 작별의 인사를 나누고는 헤어져 혼자가 되었다.

모란은 자신도 모르게 멀찍이 멈추어 서 그의 모습을 탐닉했다. 아무리 보아도 탐이 난다. 사내답게 잘 생겼으면서도, 빚은 듯한 턱선과 콧대가 유려한 느낌을 주어 단단하고도 부드러웠다. 큰 키에 적당히 벌어진 어깨는 계집 한둘쯤은 능히 품어 보호해 줄 듯 든든하게 느껴졌다. 무엇보다 행동거지와 눈빛에서는 탐욕에 번들거리는 음심(淫心)이 아닌 반듯하고 정갈한 성정이 느껴져, 이전까지는 단 한 번도 접해보지 못했던 두근거리는 감정을 갖게 만들었다.

미소와 하룻밤을 얻기 위해선 언제든지 달콤한 말을 속삭이는 양반들은 기본적으로 기녀를 사람으로 대접하지 않는 족속이다. 간이라도 빼줄 듯 어르고 달래다가도 조금이라도 수틀리면 냉정히 내버리는 모습을 모란은 어릴 적부터 숱하게 보아왔다. 하지만 저 사내는 달랐다. 매일같이 기루를 드나들며 밑 빠진 독에 물 붓는 것처럼 권력자들에게 아첨하는 자들과는 달리, 그는 특별히 출세를 탐하지도 아리따운 여인을 취하지도 않는 것 같았다. 게다가 오히려 객들과의 난동에 휘말려 난처한 상황에 처한 자신을 구해주기까지 하지 않았던가.

모란은 아직도 저를 위해 나서던 그의 늠름함이 잊히지 않았다. 무릇 기둥서방은 뒤를 받쳐 줄 든든한 연줄이어야 바람직하나, 재물이나 권력을 가진 사내는 있어도 그처럼 곧고 때 묻지 않은 사내는 앞으로 찾아내기 쉽지 않을 것이었다. 까짓 이 비원에는 내로라하는 양반들이 차고 넘치고도 많으니, 모란은 흔하게 널린 보석보다야 홀로 고고히 빛나는 옥을 택했다.

단지 걸리는 건 이미 그에게 붙은 계집이 있다는 것인데. 하나 연리 그 계집이 그를 기둥서방이라고는 하지만, 분명 둘은 특별한 연고가 없는 사이가 분명했다. 다른 사람은 몰라도 동장인 모란 자신은 확언할 수 있었다.

연리는 혈혈단신으로 기루에 들어왔고 그전이나 후에 특별히 이렇다 할 행동을 하지도 않았다. 또한, 동기 중 제일 먼저 기둥서방을 얻은 계집치고는 저처럼 사내 다루기에 익숙하지도 않으며, 기둥서방과의 사이에서 당연히 흘러야 할 정인(情人)의 느낌도 없었다. 마땅히 몸도 마음도 나누는 관계에서 있을 수 없는 분위기였다. 가까이서 본 것은 아니나, 사내와 계집 사이의 일이라면 노련한 기녀의 그것만큼 눈치가 빠른 모란은 둘이 정인 이상의 예의를 차리는 관계라는 사실을 간파했다.

사실 따지고 보면 저는 그가 비원에 드나들기 시작할 적부터 그를 마음에 두었었다. 분명히, 연리보다 먼저다. 한데 무슨 조화인지 연리 그 계집은 그를 제게서 낚아채 빼돌렸다. 양반들이 점찍은 기녀를 빼앗는 것도 체면이 서지 않는 일이지만, 기녀들 사이에서 남의 사내를 빼앗는 일도 그다지 떳떳한 일은 못 되었다. 비록 그런 경우에는 기녀들보다는 갈대 같은 사내들의 마음이 더 큰 원인을 차지하긴 했지만.

무엇이든 원하는 것은 손안에 넣어야만 하는 직성과, 공고하리라 여겼던 드높은 지위에 금이 가는 불안감이 더해져 모란은 연리에게 막연한 적개심을 품었다. 그리고 마침내 그림 같은 주원이 홀로 제 곁을 스쳐 가자, 시나브로 고인 경쟁심과 질투심은 잘 마른 장작 위의 불길처럼 화르륵 타올라 뒤틀린 독점욕을 촉발시켰다.

소희에게 잠깐 먼저 가 있으라 이른 후, 눈앞을 스쳐 가는 주원을 쫓아 재게 발을 놀리며 모란은 생각했다. 비겁하게 내 것을 채간 건 너야. 난 그걸 되찾는 것뿐이고.

"왔어?"

먼저 와 홀로 방에서 기다리고 있던 석윤이 반갑게 손을 흔들었다. 고개를 끄덕인 후, 재빨리 문밖 동정을 살핀 주원은 서둘러 방문을 닫고 안으로 다가와 앉았다.

"어떻게 됐나?"

"잘되었어."

짤막이 대답한 주원이 품속에서 종이 한 장을 꺼내어 상 위에 올려놓았다.

"이미 물밑 작업을 해놓았더군. 딱히 더 할 것도 없었네."

조심스레 펼친 종이에는 정갈한 필체로 이름들이 씌어 있었다. 이서 **李曙**, 김류 **金瑬**, 신경진 **申景禛**, 구굉 **具宏**, 구인후 **具仁垕**, 이귀 **李貴**. 석윤은 감탄하며 몸을 앞으로 기울여 종이에 집중했다.

"이서, 김류, 신경진은 이미 합류하였고."

석윤이 몇몇 이름을 거론하자, 주원이 항상 지니고 다니는 합죽선을 꺼내 다른 이름들을 하나하나 짚으며 말했다.

"구굉, 구인후도 며칠 전 뜻을 밝혔다 하더군."

미끄러지듯 이름을 훑어 내린 합죽선이 마지막 두 글자에서 멈추었다.

"하면."

우뚝 정지한 동작에서 시선을 뗀 석윤이 주원을 응시했다. 눈도 한 번 깜빡이지 않고 남은 이름을 주시하던 주원은 진중한 목소리로 입을 열었다.

"이귀, 이자만 동참하면 되네."

이귀. 선왕 시절부터 당시 세자의 당이었던 대북(大北)의 적으로 평가되었던 인물이다. 뜻이 맞지 않거나 적인 세력은 눈치 볼 것 없이 거칠게 물어뜯고, 속으로는 철천지원수라 여길지언정 겉으로는 점잔을 차리는 다른 이들과는 달리 상대를 가리지 않는 불같고 직선적인 성미는 같은 세력 내에서조차 껄끄럽게 여겼다. 하지만 동시에, 제 생각과 주장을 거침없이 추진하는 결단력과 행동력은 타의 추종을 불허하는 재주였다. 그렇기에 능양군도 그를 반드시 포섭하라 일렀을 것이다.

소개장을 써 건네며 이귀가 반드시 거사에서 없어서는 안 될 인물이라 당부하던 능양군은 주원에게 이번 일로 실력을 증명해 보이라 했다. 일찌감치 뜻을 밝히기에 역천의 일원으로 받아들이긴 하였으나, 본인보다는 아비의 쓰임새로 인해 수용한 것이었기에 능양군은 주원을 완전히 믿지 못하는 눈치였다.

"이대로 거사가 성공하여 공신 책봉이라도 한다면 자넨 어부지리가 아닌가. 내가 주상 일파를 쓸어내 용상을 차지한다 해도, 그때 내게 지원을 하는 것은 자네 부친이지 자네가 아니니까. 아무리 벼슬 하나 없는 유생의 위치라 한들 아무 노력도 하지 않는 건 불공평하지. 나도 이리 거사를 위해 동분서주하는데, 아비의 후광만으로 영광된 자리에 앉겠다는 건 오만이라 생각하지 않나?"

말이야 바른말이었으나, 이미 아비를 잘 만난 덕으로 능양군의 오른팔을 차지한 경징을 생각한다면 꽤나 편파적인 언사였다. 하나 주원은 불평 없이 압력 어린 권유를 받아들였다.

"제가 무엇을 하면 되겠습니까?"

말이 끝나자마자 능양군은 기다렸다는 듯 지필묵을 꺼내어 일필휘지로 소개장을 써 내려갔다.

"중도파에 선 권신들을 포섭해. 이미 우리 파의 신료들이 접선한 적이 있으니 아직 동참하지는 않았어도 다들 짐작은 하고 있을 게야. 하나 무에 그리 고민할 것이 많은지, 결단을 내리지 못한 자들이 종종 있더군. 자네가 가서 그들을 설득해 거사에 참여하겠다는 확답을 받아와."

팔랑-

소개장이 좌정한 주원의 앞으로 날아와 떨어졌다.

……세를 얻은 것만으로는 만족하지 않겠다는 거군. 주원은 보료에 앉아 읽어보라 손짓하는 능양군을 힐끗 응시한 후, 소개장을 주워 들었다. 석윤의 것과 함께 적힌 제 가명과, 신분을 증명하는 능양군 명의의 간단한 서신이 소개장의 내용이었다.

가능한 범위까지 뽑아내 원하는 것을 손에 쥐겠다……. 놀랄 정도로 철저한 인물이다. 그 성정이 모두에게 공정하게 적용되는 것은 아니지만 어쨌든 목표 달성에는 꽤 유효하게 먹힐 것 같기는 했다. 그 철저함이 앞으로 어떻게 적용되는지는 지켜보아야겠으나, 그의 말처럼 거사에 어느 정도 발을 들여놓는 게 정세를 의논하거나 후일 결과를 논할 때 명분이 설 것이었다.

"그리하겠습니다."

"기대하지. 내 자네들이 큰 힘이 되리라 믿겠네."

"이귀라. 그자라면 최근 아들들과 함께 최명길, 김자점, 심기원 등과 자주 회합을 가진다 들었는데."

석윤이 팔짱을 끼며 복잡한 표정을 지었다.

"뭔가 심상찮은 움직임을 보이기는 한데, 그게 무슨 의도일지 모르겠군."

"서인 내에서 꽤 명망 있는 자니, 잘 회유해 끌어들이면 지금 합류를 망설이는 자들 모두 동참을 표명할 걸세. 하여 능양군께서 언질하여 오늘 김경징과 함께 그자 아비 김류, 그리고 신경진을 만나 이귀 및 주변 세력에 대한 정보를 듣고 왔네."

머릿속으로 이귀, 최명길, 김자점, 심기원 등 암암리에 세력을 움직이는 이들의 신상 명세를 떠올린 주원이 강단 있게 말했다. 뒤집어 생각하면 회유에 실패할 시 능양군에게도 이귀에게도 동시에 표적이 될 상황이었으나 주원은 부정적인 생각은 하지 않기로 했다. 일에 뛰어든 이상, 어떻게든 성공해야 했으니.

드르륵-

"술상 들이겠습니다, 선비님!"

무슨……. 분명 인기척 없던 바깥이었는데 갑작스레 방문이 열리자, 진중한 생각에 잠겼던 주원이 화들짝 놀라며 문 쪽을 돌아보았다. 흠칫 놀란 석윤은 술상을 든 연의가 생글 웃으며 들어오자 상 위의 종이를 얼른 집어 품속에 구겨 넣었다.

"아, 왔느냐?"

어, 서방님도 계셨네요? 주원에게 알은체를 한 연의가 더욱 신나 하며 가까이 다가왔다. 자네가 불렀어? 연의에게 들리지 않게 주원이 재빨리 속삭이자, 빙그레 웃음을 건 석윤이 태연하게 말했다.

"기루에 왔으면 술 한잔 해야지, 이 친구야. 원래는 항아님께 부탁하려 했는데 어딜 갔는지 찾을 수가 없더라고. 마침 항아님과 벗이라는 아이가 있길래 부탁했어. 아, 걱정 말게. 자네 몫은 연한 것으로 따로 준비했으니까."

그 호칭, 주의하라니까! 혹시나 들릴까 노심초사하며 주원이 핀잔을 주었다. 아차. 그러자 한쪽 눈을 찡긋해 보인 석윤은 연의가 다가오자 언제 그랬냐는 듯 자세를 바로 하고 술상을 받았다.

"고맙다. 혼자 들고 오기 무거웠을 텐데."

친절하게 상을 받아 내려놓자, 상을 내려놓으려다 얼떨결에 빈손이 된 연의가 멈칫하다가 활짝 웃으며 대답했다.

"아니어요, 제 일인걸요."

석윤은 얼른 연의가 들고 온 술병 두 개 중 작은 것을 집어 들고선 주원에게 잔을 쥐여주었다.

"우리 결의를 위해 한잔하자고."

자넬 위해서 아주 특별히 연한 것으로 부탁했다니까? 이 술은 여인들도 수월히 마시는 거야. 놀리듯 석윤이 빙글거리며 말했다. 원체 술에 약한 터라 주원은 아무리 연한 종류라 해도 쉬이 술잔을 들 수가 없었다. 그러나 아무도 없다면 모를까, 항아님과 벗이라는 아이가 지켜보는데 계속 빼는 것도 체면이 깎일 것 같았다. 사내라고 하여 무조건 술을 잘하라는 법은 없지만, 아예 하지 못하는 것도 우스우니.

"그래, 날이 날이니까."

처음 들었다는 듯 호기심 가득한 연의의 눈빛을 못 본 척하며, 주원은 담담하게 잔을 들어 술을 받았다. 그리고 만족스럽게 술잔을 들어 보이는 석윤에게 다른 병을 들어 잔을 채워주었다. 앞날의 여정이 탄탄대로이길 기원하며, 둘은 가볍게 잔을 부딪쳐 만사형통을 빌었다.

"내 말이 맞지? 별로 안 독하잖아."

"한 잔만 마셨으니 그렇지."

"에이, 명색이 기둥서방이라며. 한데 이깟 술을 못해서 되겠어?"

이러다 기둥서방 아니란 거 조만간 들키겠다, 이놈아. 장난스럽게 옆구리를 쿡 찌르며 건네는 말에 주원은 피식 웃었다. 장난기 가득한 말과 행동에서 긴장한 자신의 부담을 덜어주려는 친우의 노력을 알아차렸기에.

"걱정 말게, 안 들켜. 술 따윈 트집도 못 잡을 만큼 아주 잘해내고 있으니까."

"어쭈. 자신만만하구먼? 뭘 어떻게 했기에 이리 당당하신가."

그나저나 오며 가며 들으니 요즘 꽤 명성이 자자하던데. 그분한테 그림 가르쳐 준 거 너지? 귀신같이 상황을 꿰뚫어 보는 친우였다. 주원은 숨길 생각 없이 명쾌히 고개를 끄덕였다.

"흥미롭네. 여인 중에서도 그림 잘 그리는 이는 있다 들었지만, 궁녀가 그런 재주를 지녔을 줄은."

나도 기둥서방으로 제자 한번 길러봐? 석윤이 반은 장난스럽고 반은 진지한 표정을 지으며, 술상을 정리해 들고 저 앞에서 몇 걸음 앞서 걸어가는 연의의 등 뒤에 시선을 주었다.

"아서게, 자네 성정에 애꿎은 동기 하나 앉혀두고 하루가 멀다 하고 술이나 안 들이켜면 다행이지."

아, 나도 자신 있단 말일세! 아직 취하지도 않았으면서 익살스러운 목소리를 내는 친우의 모습에 주원은 웃음이 비어져 나왔다. 앞으로가 염려되는 것은 저도 마찬가지일 텐데. 굳이 말로 하지 않아도 석윤의 마음이 전해져 오는 것 같아 든든했다. 주원은 새삼, 이토록 사려 깊은 죽마고우와 같은 길을 간다는 사실에 감사했다.

"하면, 내일 이귀의 가택에 갈 텐가?"

어느 정도 긴장이 풀린 듯 분위기가 가벼워지자, 석윤은 앞으로의 계획을 세우려 질문을 던졌다.

"아니. 일단 상황을 좀 보고. 들으니 그자도 종종 이 비원을 방문한다 하더군. 아무래도 여기서 접선하면 이목을 피하기 더 수월할 듯하네. 며칠 동향을 지켜보고, 여의치 않으면 가택으로 가세."

낮에 김류와 신경진을 만나 필요한 정보를 습득하였다 하더니, 금세 진중한 얼굴이 된 주원은 어느새 구체적인 접선 방법까지 생각해 둔 모양이었다. 석윤은 오늘 집에 돌아가자마자 저도 정보를 좀 수집해 두어야겠다 생각하고선 진지하게 고개를 끄덕였다.

"그러지. 자네 이제 집에 갈 거지? 같이 갈 텐가?"

"아, 나는 볼일이 있어서. 먼저 가, 내일 보세."

"그래, 그럼."

석윤이 손을 흔들며 멀어졌다. 주원은 고개를 끄덕여 친우와 작별인사를 나눈 후, 주위를 살피며 걸음을 옮겼다. 아무래도 마음에 걸려, 귀택하기 전 연리를 보고 가야 할 것 같았다. 무엇이 그리도 맘에 걸리느냐 묻는다면…….

글쎄. 주원은 저도 이해 못 할 제 감정이 싱숭생숭했다. 특별히 마땅한 이유가 없는데도, 누군가를 만나기 위해 제 눈앞에서 사라진 연리가 마음이 쓰여 발걸음이 저절로 움직였다. 주원은 그저 그림을 알려준 스승으로서, 연락하지 못했던 사이 실력은 늘었는지, 혹여 그림 그리는 데 어려운 점은 없는지 궁금해 묻고 싶은 것뿐이라고 생각했다.

더구나 그 특별한 상황을 알고, 궁 밖에는 특별한 연고도 없는 처지란 걸 아는 것은 자신밖에 없으니까. 자신은 원래 의지할 곳 없는 약자를 도와준 적이 많았고, 또 그런 사연을 그냥 지나치지 않는 것에 익숙했다.

대체 어딜 간 거지. 꽤 여러 곳을 돌았건만 도무지 연리는 머리카락 한 올도 보이지 않았다. 시간이 지날수록 초조함이 더해갔다. 그래. 앞으로 거사를 도모하면 만날 기회가 줄어들 테니, 여러 가지 조언해 줄 겸 만나려는 것뿐이야. 주원은 그리 어수선한 마음을 다독이며, 방향을 꺾어 다른 건물로 향했다.

"선비님!"

주원의 지척까지 바짝 쫓아온 모란이 가녀린 목소리로 불렀다. 뒤를 돌아본 주원은 낯선 이의 알은체에 어리둥절하였으나, 곧 친절하게 응답해 주었다.

"무슨 일이십니까?"

모란은 저번과 같은 유순한 목소리에 봄날처럼 마음이 설레었다. 한낱 동기인 이에게도 정중한 말투를 하는 걸 보니, 역시 제 안목은 틀리지 않았다. 모란은 생긋 웃음 짓고 말문을 열었다.

"일전에 선비님께서 곤경에 처한 저를 도와주셨었지요. 그 후로 인연이 닿질 않았는데, 오늘 이렇게 우연히 만나니 정말 다행이에요."

"아."

주원은 모호한 기억을 더듬었다. 간신히 기억이 날 듯도 한데, 하도 이런 적이 많았던 터라 사실 명확히 생각이 나지는 않았다. 하지만 모른다 하면 겸연쩍을 테지. 주원은 눈앞의 여인에게 누구냐 묻는 대신 사려 깊게 긍정하는 편을 택했다.

"그러고 보니 그 후로 혹여 무슨 일이 생겼을까 걱정하였는데, 다행히 무탈하였던 모양입니다."

저는 기억하지도 못하는 일에 감사를 표하다니, 오히려 주원은 아무것도 한 일 없이 감사를 받는 것 같아 민망해졌다. 다소곳하게 고개를 숙인 모란 앞에서 주원은 뺨을 긁적이며 난처해했다.

"이만 돌아가시는 길이세요? 괜찮으시다면, 늦었지만 오늘이라도 작은 보답을 하고 싶어서……."

살짝 고개를 숙여 감사의 뜻을 표한 모란이 수줍게 볼을 붉히며 말했다.

"아, 어쩌지요?"

그제야 주원은 우연히 모란을 도왔던 일을 기억해 냈다. 그때도 감사를 표하겠다 하였지만 일이 바빠 거절했었지. 한데 오늘도 그때와 같이 거절해야 할 판이다. 주원은 은혜를 잊지 않고 보답하려는 호의를 연거푸 거부하게 되어 진심으로 미안해졌다.

"지금 만나야 할 사람이 있어서 말입니다. 그리 큰일도 아니었으니, 그 일은 이만 보답받은 것으로 하겠습니다."

"어, 어떤 분을 만나시는데요? 그럼 제가 안내해 드리겠습니다. 이만한 보답은 하게 해주세요!"

주원이 말을 마치고 바람처럼 사라져 버리려 하자 다급해진 모란이 길까지 가로막으며 외쳤다. 주원은 갑작스러운 상황에 당황하였으나, 응하지 않으면 결코 물러나지 않을 것 같은 모란의 태세에 하는 수 없이 순순히 입을 열었다.

"이 기루에 연리라는 이름을 가진 동기를 찾습니다만. 아, 혹 아는 사이라면 안내해 줄 수 있겠습니까?"

그러고 보니 저번 원화루에서 동기들을 소개하는 자리에서 연리와 함께 서 있던 것을 보았던 기억이 났다. 하여 주원은 이로써 서로 간편한 방법으로 보은을 마무리하려 하였으나, 연리가 능양군에게 가 있는 사이 홀로 있는 주원을 녹여내려던 모란은 속이 뒤틀렸다.

"그 아인……."

일그러지려는 입매를 겨우 펴며 모란은 고운 표정을 얼굴에 둘렀다.

"지금 귀한 객을 맞고 있어서요. 아마 지금은 만나기 어려울 거예요."

"그렇…… 습니까."

두드러지지는 않았으나, 순간 물밑에 감추어진 실망스러운 표정이 떠올랐다 사라졌다. 용하게도 그를 잡아낸 모란은 더욱 기분이 하락하는 것을 느꼈다.

"참, 연리가 요즘 비원에서 인기가 치솟고 있다는 건 아시지요? 아무리 선비님께서 그 아이 첫 기둥서방이라지만 이제 슬슬 긴장하셔야 할 것 같아요."

연리와 둘도 없는 동무인 척하며 은근슬쩍 장난을 건넨 모란은 주원과 연리가 서로에 대한 특별한 애정이나 신뢰가 없다 여겼다. 그리하여 조금이라도 주원에게 연리에 대해 좋지 않은 인식을 심으려 재빨리 말을 주워섬겼다.

"그 아이가 어디서 배웠는지 요즘 그림을 그리지 뭐예요. 신기하게도 손님들이 앞다퉈 그 애 그림을 사고, 손 한번 잡아보려 난리랍니다."

조만간 기녀 수련에서 일 위라도 할 태세예요, 부러워라. 질투 따윈 하지 않는다는 듯 순수하게 부러워하는 표정을 지어낸 모란이 눈매를 접으며 은근히 말을 흘렸다. 한데 어디서 그림을 배웠을까요? 그것도 사내의 입맛에 딱 맞는 그런 그림을.

연리가 그린 그림은 한 번도 들여다본 적 없는 모란이었기에, 지레

짐작으로 질이 낮거나 음란하리라 여겼다. 하여 주원에게 연리에 대한 일말의 미심쩍음을 심어주려는 의도였지만, 모란의 의도는 이어지는 주원의 말에 보기 좋게 일그러졌다.

“내가 알려주었습니다. 그림을 그리는 기녀 하나쯤 있어도, 결코 흠이 되진 않을 것 같아서.”

모란이 제게 연리에 대한 부정적인 감정을 심으려 함을 눈치채지는 못했지만, 주원은 본능적으로 연리에 대한 방어기제를 펼쳤다.

“그, 그러셨어요?”

뜨악한 모란이 재빨리 말을 받았다.

“몰랐어요. 어쩐지, 그래서 양반님들께서 좋아하셨군요. 연리가 선비의 기개가 고스란히 묻어난 그림을 배웠나 봐요.”

주원의 심기가 어딘지 모르게 불편한 듯 보이자 모란은 얼른 유순한 표정과 말투로 공격을 거두어들였다. 모란이 은근히 동료에 대한 자랑스러움을 내보이자, 주원은 제가 초조한 마음에 예민하게 대응하였단 생각이 들어 표정을 바로잡았다.

“과찬입니다.”

주원이 문득 다시 연리를 찾기 위해 고개를 돌리며 대답했다. 모란은 그러다 주원이 정말로 연리를 찾으러 떠날까 싶어, 슬쩍 움직여 주원의 시야를 가리며 시선을 도로 잡아끌었다.

“그러고 보니 선비님 솜씨가 대단하신가 봐요. 저도 어릴 적부터 쭉 그림을 배우고 싶었는데, 연리를 가르쳐 주셨다니 혹 저도 가르침을 받을 수 있을까요?”

진정으로 그림이 배우고 싶다는 듯 모란이 눈빛을 반짝이며 시선을 맞추었다. 뜻밖의 말에 주원이 의외라는 얼굴을 하였다.

“그림을……?”

"예. 춤과 악기도 좋지만, 가끔은 그림도 그리고 싶어질 때가 있답니다. 한데 주위에 배울 만한 이가 없어서 배우지 못했어요."

모란이 간절한 어조로 부탁했다. 물론 그림을 배우고 싶다는 말은 명백한 핑계였다. 주원과 함께 있을 기회를 만들기 위해 얼렁뚱땅 지어낸 말일 뿐, 모란은 붓조차 쥐어본 적 없었고 앞으로 쥘 생각조차 없었다. 주원은 앞으로 거사를 도모하려면 몸이 두 개여도 모자릴 판국이라, 미안하지만 거절하는 것이 낫겠다 생각했다.

하여 완곡한 거절의 말을 꺼내려는 찰나, 저를 막아선 모란의 등 뒤로 저 멀리 걸어오는 연리가 보였다. 우연히 문득 연리를 발견한 순간, 주원은 연리와 눈이 마주쳤다. 연리는 뜻밖이라는 표정으로 걸음을 재촉해 다가왔다. 주원은 조금 전 혹여 만나지 못하고 돌아갈까 전전긍긍하였던 것이 무색하게 만면에 밝은 미소를 띠웠다.

"선비님?"

갑자기 떠오른 웃음을 보고 모란이 주원을 불렀다. 새끼 고양이 같이 추켜진 눈매가 살짝 위로 올라가며 의문을 나타냈다.

"알겠습니다. 부족한 재주지만 모쪼록 도움이 되도록 힘써보지요."

"정말요?"

이게 웬 횡재야! 말하면서도 받아들여 주려나 긴가민가하였는데. 모란은 화려한 웃음을 지으며 신이 나 말했다.

"저기, 그럼 내일은 어떠세요? 시간은 언제쯤……."

"다음에 다시 오면 연락 전하겠습니다. 그럼."

하나 말이 채 끝나기도 전에 주원은 가볍게 인사를 건네고는 자리를 떴다.

"잠깐만……!"

이대로 끝내기는 아쉬워 말을 더 붙이려던 모란이 빙글 뒤를 돌았다. 아. 싱글벙글 유쾌했던 모란의 얼굴이 삽시간에 흙빛으로 거무죽죽해졌다. 한 바퀴 바뀐 시선에 담긴 것은 언제 나타났는지 모를 연리에게 주원이 다가가는 모습이었다.

'여기서 더 끼어들면 내 체면만 상하겠지.'

끝마무리가 영 마음에 들지는 않았으나 모란은 오늘은 일단 여기서 물러나기로 했다. 천 리 길도 한 걸음부터랬으니까.

가까운 근처에 멈춰 선 연리가 주원과 함께 있던 모란을 보고 눈을 동그랗게 떴다. 모란은 여유롭게 입꼬리를 올리고서, 주원에겐 보이지 않게 날카로운 웃음을 보내곤 이내 자리를 떴다.

"이제 끝나셨습니까."

"예, 손님께서 잠깐 제 그림을 보자 하셔서 시간이 지체되었어요. 그런데……."

결코 달갑지 않은 낌새에 연리가 살짝 미간을 좁혔다. 등을 돌려 멀어져 가는 모란을 잠깐 바라보자, 연리의 불편한 듯한 표정에 의아한 주원이 연리를 따라 시선을 옮겼다.

"모란이랑 아는 사이셨어요?"

"아닙니다. 이 앞에서 우연히 만나 몇 마디 나눈 것뿐입니다."

연리는 둘이 함께 있었다는 사실이 신경 쓰였다. 시종일관 저를 아니꼬워하는 모란이 제 기둥서방인 주원과 무슨 이야기를 나누었다는 걸까. 더구나 저런 찜찜한 표정까지 보았으니, 우연히 만났다 하여도 개운하게 넘길 수 있을 리 만무했다. 주원의 태도를 보아하니 그는 별 생각이 없는 것 같았으나, 모란의 만만찮은 그간의 행적을 보았을 때 자칫 또 무언가로 심기를 건드릴 것만 같았다. 반사적으로 경계심이 슬금슬금 벽을 세우고 올라오자, 능양군과의 일에 더하여 피곤함이 배가되어 연리는 자연 낯빛이 흐려졌다.

"표정이 좋지 않은데…… 혹 무슨 일이 있었습니까?"

주원이 걱정스러워하며 성큼 다가섰다. 갑자기 훅 가까워진 거리에 연리는 퍼뜩 정신이 들었다.

"일은요. 그냥 좀 피곤해서……."

"잠깐만요."

다가온 주원이 돌연 한 손으로 제 어깨를 잡았다. 연리는 흠칫 놀라 눈을 동그랗게 떴다. 주원이 반듯한 이마를 눈에 띄게 찡그리고 있었다.

"상처가……."

"아."

아마도 아까 능양군의 단도에 생긴, 목 쪽의 환부일 것이다. 연리는 별것 아니니 신경 쓰지 말라 이르려 얼른 입술을 떼었다.

"아까 옷을 입다가 잘못……."

말을 끝맺기도 전에 생경한 온기가 와 닿았다. 여인의 가녀린 섬섬옥수는 아니지만 늠름하면서도 균형 잡힌 아름다운 손이었다. 여린 피부에 와 닿은 사내의 손길에, 순식간에 몸의 모든 감각이 몰려들어 낯선 자극을 분석해 냈다.

따스하면서도 포근한 손이다. 부드러운 손가락 사이에 무인의 그것처럼 얇게 박힌 굳은살이 느껴졌다. 차가운 공기가 감싼 피부에, 제 것이 아닌 따스한 체온이 접촉하자 쓰리던 환부에 갑작스러운 신열(身熱)이 올랐다. 피가 나지도 않은 것 같아 까맣게 잊어버렸거늘, 상처는 이 순간 갑작스레 제 존재감을 강렬히 내뿜었다. 연리는 멍하니 주원을 올려다보았다.

다정한 눈동자가 한가득 근심을 담고 있다. 연리는 천천히 눈을 깜빡였다. 몇 번이고 깜빡여도, 그토록 사려 깊은 마음은 사라지지 않고 오롯이 전해져 왔다.

그러는 사이, 타오른 열기는 목줄기를 타고 아래로 아래로 내려오다 어느 순간 왈칵 부어졌다. 마침내 신열이 가슴을 가득 채우고, 온난한 기운이 몸을 뭉근히 감싸는 것을 느끼며 연리는 말끄러미 주원을 바라보았다. 동시에 시를 낭송하듯 조곤조곤한 제 목소리가 마음에 울렸다.

너, 그를 연모하는구나.

쿵, 쿵, 쿵.

연모(戀慕). 여태 단 한 번도 느낀 적 없었던 생면부지의 감정을 자각하자 걷잡을 수 없이 박동이 뛰어오른다. 동시에 서늘한 공기에 고스란히 맞닿아 있는 얼굴이며 목덜미가 모두 홧홧하게 달아올랐다. 연리는 갑작스러운 제 변화에 적잖이 당황했다.

부왕은 정비인 모후 외에도 수많은 후궁을 거느리셨다. 중전이신 모후는 당연히 부왕을 연모하셨고, 자신에게도 부왕에 대한 연모를 종종 말씀하시곤 하셨다. 후궁들 중 중궁전을 가장 많이 찾던 인빈도 종종 모후와 함께 부왕에 대한 연모를 이야기했다. 중전과 후궁의 대화치고는 신기하다 할 것이나 모후보다 훨씬 연배가 높은 인빈은 결코 그런 주제를 꺼리지 않았다. 그도 그럴 것이, 연소하셨던 모후가 인빈을 의지하는 것이 자식인 자신도 느낄 수 있을 정도였으니 말이었다.

결론적으로 인빈 소생 왕자와 옹주의 수가 단연 으뜸이었으니, 연모의 깊이가 모후보다 결코 덜하지는 않았을 것이었다. 체면상 드러내놓고 말씀하지는 않았어도, 그분들 모두 지아비에 대한 애정을 숨기지 않았다. 오히려 아주 당연한 것으로 여겼으며 또한 그렇게 하는 것이 여인으로서의 마땅한 덕목으로 여겨졌다.

어린 마음에 그토록 간절한 연모가 무척이나 신기하게 느껴지긴 하였으나, 연리는 저도 언젠가 부마(駙馬)를 맞으면 그처럼 숨기지 않고 지아비를 연모하리라 다짐했다. 그리고 반드시 지아비에게도 제가 하는 만큼 저를 연모해 달라 원할 생각이었다. 그리하는 것이 마땅히 옳기도 하거니와, 어쩐지 수많은 연모를 받는 아비는 그만큼의 보답을 하지 않는 것처럼 보여 섭섭하였기 때문이었다.

하지만……. 숨겨야 했다. 그러나 생경한 상황에 허둥지둥 당황한 연리는 도무지 제 감정을 숨길 수 있을 것 같지 않았다. 그 사실을 깨달은 순간 본능적으로 떠오른 경고가 어서 자리를 피하라 신호했다. 그러나 이미 단단히 얽매인 시선은 도저히 눈을 뗄 수 없게 만들었다. 연리는 숨도 제대로 쉬지 못하고 잔잔한 눈을 멍하니 바라보았다. 그러다 결국 맞닿은 살가운 눈동자에 한가득 비친 제 모습과 마주치고 말았다. 거세게 뛰는 가슴과 점점 달아오르는 낯을 억누르던 연리는, 그제야 숨결조차 닿을 거리를 자각하고선 불에 덴 듯 화들짝 놀라 주원에게서 떨어졌다.

"아."

손에 닿았던 미세한 온기가 사라지자 주원은 퍼뜩 정신을 차렸다. 정면에 멀찍이 떨어진 연리가 눈에 들어왔다. 뒷걸음질하며 조금씩 멀어지는 연리는 당황과 충격이 뒤섞인 표정이었다. 청천벽력같이 조금 전의 제 행동을 자각한 주원은 소스라치게 놀랐으나, 태평히 놀랄 틈도 없이 서둘러 사과를 꺼냈다.

"미, 미안합니다. 저는 그저 환부가 보여 염려가……."

"송구합니다, 시급한 일이 있어 먼저 가보겠습니다."

하지만 주원의 변명 어린 사과가 끝나기도 전에 연리는 말을 끊어냈다.

사실, 선비로서 사내로서 무례를 저질렀다 판단하여 제 행동에 놀란 주원만큼이나 연리도 그러했다. 더한 무례도 숱하게 보아온 터라, 은인인 주원이 손길 한 번 뻗었다 하여 수치스럽다거나 화가 나지는 않았다. 그 행동이 저를 희롱하려는 불순한 마음이 아니었다는 것은 누구보다도 제가 잘 알았으니까. 중요한 것은 다른 문제였다.

주원은 명목상인 기둥서방이니 그가 저를 찾아오지 않아도, 제가 아닌 다른 여인과 만나도 당연히 아무렇지 않아야 했다. 이처럼 다정한 말과 행동도 남녀의 애정에서 비롯된 것이 아니니 지금처럼 세차게 가슴이 뛰는 일 따위는 없어야 마땅했다.

부정할 수 없는 감정을 깨달은 순간, 절망이 잉태되었다. 미래의 지아비를 위해 준비해 왔던 감정, 그리고 어느 순간부터는 기대조차 하지 않았던 감정이 뜻밖의 상황, 뜻밖의 상대에게 둥지를 틀었다. 연리는 눈치 없이 새어 나오려는 눈물을 참으며 입술을 깨물었다. 제 신분 하나, 상황 하나 제대로 설명할 수 없는 처지에서 결코 가져서는 안 될 마음이었다.

"향아님!"

홱 몸을 돌려 도망치듯 자리를 벗어나자 등 뒤에서 주원의 목소리가 다급히 들려왔다. 갑작스러운 상황에 한동안 숨겼던 호칭까지 불쑥 튀어나왔으나, 연리는 혹시라도 주원에게 제 심정을 들킬까 다급한 마음뿐이었다. 하여 연리는 뒤도 돌아보지 않고 달음박질쳐 그에게서 멀어졌다. 주원은 얼떨떨해하며 어찌할 바를 몰랐다. 방금 자신은 정말로, 엄청난 무례를 저질렀음이 틀림없다.

갈 곳 잃은 손이 멍하니 허공에 떠 있는 것도 잊고 주원은 이미 사라진 연리가 갔던 방향만 우두망찰했다. 오늘따라 더욱 지쳐 보였던 얼굴에 시선이 가, 위로의 말이라도 건네려던 순간 보인 환부가 걱정되었을 뿐이었다. 가끔 취객이 난동을 부리긴 하였지만 그런 상처가 날 정도로 심각한 상황은 없는 것 같았는데…….

자상(刺傷)까지는 아니었으나 분명 날카로운 것에 의한 상처였다. 평소라면 하지 않을, 아니 전에도 없었고 앞으로도 하지 않을 행동이었다. 하지만 흰 피부에 붉은 선이 너무도 선명히 나타나 있으니 저도 모르게 걱정이 앞서 손을 대고 말았다.

주원은 환부에 닿았던 손을 천천히 내렸다. 손끝에 닿았던 감촉이 우습게도 아직도 선연하여, 주원은 잠시 손을 몇 번 쥐었다 폈다.

"대체 왜……."

내가 그런 짓을. 주변에 누구도 없이, 오직 홀로 서 있을 따름이었으나 주원은 차마 다음 말을 뱉을 수가 없어 속으로 삼켰다. 그렇잖아도 힘들게 살아와 이제 겨우 안정을 찾아가는 여인이었다. 한데 도와준답시고 인연을 맺어놓고, 이제 와 그 노력을 비웃기라도 하듯 희롱한 것 같아 마음이 무거웠다. 절대, 맹세코 자신은 그녀를 희롱할 생각이 없었다. 신념을 걸고, 제 이름을 걸고 맹세할 수도 있었다. 하지만 우습게도 손끝에 남은 감촉에 자꾸만 신경이 쏠려 주원은 느껴지는 모순적인 감정을 금할 수가 없었다.

'이건, 이건 그저.'

결례에 대한 자책일 뿐이다. 주원은 혼란스러운 마음을 밀어두고 연리를 찾으려 서둘러 걸음을 옮겼다. 그러나 그 순간, 기루의 공식적인 하루를 종료하는 타종(打鐘) 소리가 울렸다. 밤새워 주연을 벌이거나 기녀들과 하룻밤을 보내는 객들을 제외하고 모두에게 축객령을 뜻하는 알림이었다. 한시바삐 연리를 찾아 오해를 풀고 결례를 사죄하고 싶었으나, 이 시간이 되면 동기들은 모두 숙소로 돌아가는 것을 알기에 주원은 하는 수 없이 내일을 기약할 수밖에 없었다.

연의는 뒷정리를 하고 오는 모양인지 아직 방은 텅 비어 있었다. 재잘재잘 떠들며 옷을 갈아입고 강당으로 향하는 아이들의 목소리가 들려왔다. 연리는 문을 닫고 불도 켜지 않은 어두운 방에 들어와 웅송그리고 주저앉았다. 무릎을 세워 끌어안고는 무거운 고개를 떨어뜨려 깊숙이 파묻었다. 머리가 꽉 막혀 터져 버릴 것 같았다. 차마 흘리지 못했던 눈물 한 자락이 떨어져 옷이 젖어드는 것이 느껴졌다. 어쩌자고, 대체 어쩌자고!

연리는 희생된 혈육들, 홀로 궁에서 버티실 모후를 두고 팔자 좋게 사내를 마음에 담은 자신이 너무도 원망스러웠다. 그저 자비로운 은인일 뿐인 사내였다. 물론 지칠 때 누구보다 큰 위로가 되었던 사람이었지만, 견뎌낼 수 있게 힘을 준 사람이었지만, 단지 그뿐이어야만 했다.

'알아, 아는데…….'

연리는 고개를 들어 흐르는 눈물을 닦으며 어둠이 내린 방 안을 절망스럽게 응시했다. 모든 걸 다 아는 것처럼 현명한 것처럼 떠들어놓고서 처신도 제대로 하지 못하는 자신이 원망스러웠다. 지금은 목표에만, 능양군을 도와 역천에만 집중해야 했다. 금지옥엽 공주가 아닌, 궁에서 도망친 궁녀 또는 약재상 정씨의 처조카로 알려진 자신에게 연모 따위는 과분했다. ……그럼에도 불구하고.

의식하지 못하는 사이, 언제나 따스한 그는 제게 버팀목이 되어 있었다. 연리는 엄동설한, 북풍설한 속에 버려진 자신에게 손길을 뻗어주었던 주원에게 물든 마음을 차마 끊어낼 수가 없었다. 연리는 그제야 너무도 그를 의지하고 있음을 깨달았다. 그러자 주체할 수 없이 흐르던 자책과, 원망과, 동시에 끊어낼 수 없는 연정에 마구 들썩거리던 가슴이 점차 가라앉았다.

누군가, 그토록 믿고 의지했던 누군가와 관련된 기억의 편린이 떠올랐다. 동시에 여리게만 보이는 창백한 손이 떨려왔다. 연리는 옷자락을 틀어쥐고 경련을 막기 위해 버텼다. 깨문 입술이 아리게 짓눌렸으나 고통은 생각에 잠식되어 조금의 완화도 이루어지지 못하였다.

의지. 세상천지 누군가를 온전히 의지하는 것만큼 어리석고 부질없는 일은 없다. 따라서 연정도……. 언젠가는 스러질 감정이었다.

❖

금일부로 나 천윤天胤은 동기 연蓮의 입회를 허락하노라.

바스락.

손에 들린 서신이 가냘픈 소리를 내며 구겨졌다. 맡은 바 임무를 마치고 몸을 옮기던 심부름꾼은 수신인이 뜻밖에도 앳된 동기라는 사실에 적잖이 호기심이 동하는 듯했다. 무심코 뒤를 힐끔거린 심부름꾼은 고운 얼굴에 시린 표정이 만연하자 흠칫 혀를 내두르며 재게 발걸음을 놀렸다. 어이구 깜짝이야. 높은 양반님네 상대하는 기녀들은 죄다 저리 성깔이 만만찮나 보지?

곧 심부름꾼이 모퉁이를 돌아 자취를 감추자, 연리는 긴 숨을 뱉으며 기둥에 기대었다. 차가운 나뭇결이 등에 배겼지만 그런 것쯤 신경도 쓰이지 않았다. 가슴 깊은 곳에서 차오르는 희열을 감추려 연리는 억지로 냉랭한 표정을 둘렀다. 하지만 구겨진 서신을 도로 꺼내어 펼치는 손길에는 차마 잠재울 수 없는 떨림이 배어 나왔다.

모월 모일.

이귀, 이시백, 최명길, 김자점, 심기원……. 진경(進慶)하라.

서신 맨 위쪽에는 천윤, 능양군의 자(字)와 함께 허락이 적혀 있었다. 드디어 노리개가 모후의 물건이 맞다는 것을 서궁으로부터 확인하였나 보다. 아마 편찮으신 모후보다는 김 상궁이 노리개를 건네받았을 터였다. 비록 내가 기녀가 되어 역천에 동참한다는 사실까지는 몰라도, 능양군 측에 있다는 사실은 알았겠지. 최소한 김 상궁은. 억지로 출궁한 후 소식 한 자락 전하지 못해 무거웠던 마음이 그나마 한결 가벼워지는 듯하였다.

그리고 그다음. 날짜와 이름들이 나열되어 있고, 간단한 신상 명세와 함께 짤막한 지시가 적혀 있었다. 진경, 경사스러운 일을 끌어들이라. 연리는 직감적으로 이들이 역천에 필요한 인물들임을 알아차렸다.

아마 능양군은 제 쓰임새를 이런 용도로 잡은 모양이었다. 끌어들이라는 것을 보니 아직 완전히 포섭되지 않은 자들일 터였다. 기녀를 이용해 반정군을 모집할 생각이 어찌 보면 옹졸하기도 하였으나, 하긴 어찌 보면 기녀가 쓰일 곳은 이런 것밖에 없기도 했다.

모월 모일이라. 그다지 멀지 않은 날이었다. 하지만 왜 아직 그들이 역천에 완전히 참여하지 않는지 이유를 모르니 포섭할 방도가 쉬이 떠오르지 않았다. 연리는 서신을 주의 깊게 들여다보며 글자를 되풀이해 읽었다. 나이, 관직, 성격…….

"연리야!"

등 뒤에서 명랑한 목소리가 날아왔다. 서신에 적힌 자들의 정보를 대입해 가며, 옛날 서책에서 읽었던 고사까지 떠올리며 골똘히 생각하던 연리는 화들짝 놀라 서신을 와그작 구겼다. 경쾌한 발소리가 점점 가까워지자 연리는 서둘러 서신을 품속에 숨겼다.

"여깄었구나?"

"응."

연의였다. 마루에서 뭐 해? 연리는 고개를 갸웃하며 묻는 연의에게 애써 태연한 표정을 지었다.

"자, 잠깐 답답해서 나와 있었어. 들어가자."

"응!"

연의는 생글거리는 낯으로 방문을 열고 먼저 들어선 연리를 따라 들어왔다.

"어휴, 이제 완전히 겨울인가 봐. 밖에 있으면 추워서 잠시도 견디질 못하겠지 뭐야. 네 심부름도 이제 못 하겠어!"

온기가 감도는 방바닥에 드러누우며 연의가 장난스레 불퉁거렸다. 자리라도 깔고 누워야지. 연리는 태연히 모른 체하며 장에서 까는 이불을 꺼내 펼쳤다. 장난스레 웃으며 이불 위로 데굴데굴 굴러온 연의는 어미 품에 안긴 새끼 고양이처럼 몸을 말았다.

"오늘도 그림 주문이 엄청 많이 들어왔어. 열 장은 더 그려야 할 것 같은데?"

"그래? 열 장이라……. 얼른 시작해야겠네."

종이가 몇 장 남았더라? 연리는 머릿속으로 남은 종이를 떠올리며 셈했다. 아, 먹도 많이 닳았었는데. 몸을 돌려 지필묵을 넣어두었던 소쿠리를 뒤적이는 사이, 어느새 배를 바닥에 깔고 두 손으로 턱을 받친 연의가 문득 생각났다는 듯이 물어왔다.

"참, 조 공자께서 네가 요즘 통 보이질 않는다고 그러시던데? 서방님 오셨는데도 안 나와보구. 그림 때문에 많이 바쁜 거야?"

"응?"

두어 장밖에 남지 않은 종이와 너무 닳아 쥐기에 손이 아플 정도인 먹을 보며, 지금 당장 상점엘 가야 하나 고민하던 연리는 뜻밖의 말에 어리벙벙한 소리를 내고 말았다.

"조 공자님?"

부산하게 소쿠리를 뒤지던 손이 우뚝 멈췄다. 조 공자라면, 그 조 공자?

"응, 조 공자님 말야. 네 서방님 친우 되시는."

너무도 해맑고 직접적인 연의의 말에 연리는 애써 당황스러움을 감추며 담담한 척 말을 이었다.

"아. 음. 요즘 그림 그리기도 바쁘고, 또 그림 말고 다른 것도 익히려다 보니까……. 너한테 요즘 악기도 배우잖아, 나. 그래서 통 뵐 틈이 없네."

"아하."

급하게 둘러댄 변명이 혹시라도 엉성할까, 연리는 몸을 돌려 연의에게 난처하다는 듯 웃어 보였다. 그에 연의는 입으로는 이해했다는 반응을 보이면서도 장난기 담긴 눈짓을 해 보였다. 그에 조바심이 난 연리는 얼른 화제를 돌리려 나오는 대로 아무 말이나 하고 보았다.

"어, 근데 연의 너 조 공자님이랑 아는 사이였니?"

대충 떠오른 대로 한 말이었지만 꺼내놓고 보니 의아했다. 둘이 따로 만난 적이 있었나? 갑자기 돌려진 화제에 연의는 언뜻 당황한 기색을 보이다 멋쩍게 웃어 보였다.

"그게……. 며칠 전부터 종종 술 시중을 들었어. 혼자 오실 때도 있으시고, 네 서방님이나 다른 손님들이랑 함께 자리하실 때도 있구. 아 참. 너 오해하진 마, 네 서방님 곁엔 가까이 안 갔어! 그리고 조 공자님이랑도 술상 차려드리는 거랑 잠깐 말동무 해드리는 것 말고는 다른 일은 없었고!"

쭈뼛쭈뼛 사실을 털어놓다 갑자기 오해라도 할까 걱정된다는 듯, 연의가 목소리를 높이며 변명 아닌 변명을 늘어놓았다.

"……나 아무 말도 안 했는데."

"헙."

다급한 표정의 연의가 우스워, 연리는 말이 끝나자마자 태연히 대답했다. 그러자 그와 동시에 입을 막으며 당황한 기색이 역력한 연의의 낯이 옅게 물들었다. 피식 웃으며 연리는 연의가 하는 양을 살폈다. 어떻게 만났는지는 모르겠으나 둘의 관계가 나쁘지 않아 보였다. 뭐, 어찌 되었든 기녀에겐 기둥서방이 필요했으니. 무뢰배나 한량보다는 번듯하고 점잖아 보이는 조 공자와 잘되는 것도 나쁘진 않겠다.

"어, 그건 그러니까……."

난처한 듯 눈동자만 굴리는 모습이 귀여워 보였다. 연리는 쿡쿡 웃으며 이만 장난을 거두어들였다.

"안 바쁘면, 나랑 같이 상점에 갔다 올래? 나 종이랑 먹이 다 떨어져서 새로 사야 할 것 같거든."

"그래!"

선심 쓰듯 건넨 제안에 답싹 응하는 걸 보니 어지간히 당황했던 모양이다. 재빨리 농으로 다가가 외출복을 꺼내는 친우를 보며, 연리는 새어 나오는 웃음을 눌러 참았다.

"어, 연리야 잠깐만! 나 전낭(錢囊)을 두고 나왔어."

방을 나와 몇 걸음 걷자마자 연의가 전낭을 가지러 돌아갔다. 얼른 갔다 와! 급히 뛰어가는 등 뒤로 소리쳐 전한 연리는 담벼락에 기대어 잠시 생각에 잠겼다. 조 공자께서 내 안부를 물었다고?

그 일이 있은 후 연리는 며칠간 주원을 피했다. 무슨 일인지는 모르지만, 그가 거의 매일같이 비원을 찾는다는 사실을 알고 있었으나 일부러 모른 척했다. 그가 계집종을 통해 저를 청하여도 지금은 바빠서 만날 수 없다 거절하기 일쑤였다. 그렇게 며칠을 피하자 주원도 마침내 더는 연리를 찾지 않았다. 먼저 연이어 거절한 것은 자신일진대 뚝 연락이 끊기니 모순되게도 섭섭한 마음이 들었다. 그러던 차에 조 공자가 제 소식을 물었다니, 혹시나 주원이 친우에게 시킨 것은 아닐까 추측해 보던 연리는 제 생각에 화들짝 놀라 고개를 세차게 저었다.

아냐, 이러면 안 돼! 부질없는 마음은 접어야 했다. 연리는 흔들려 약해지려는 마음을 다잡았다. 다른 일에 신경 쓰지 말자. 곧 전낭을 찾아온 연의가 반갑게 뛰어왔고, 연리는 복잡한 마음을 미뤄둔 채 친우와 함께 상점으로 향했다.

"연선지랑 옥당지, 순지로 주세요."

이만큼 드리면 되오? 지필묵을 모아 파는 상점에서 종이를 고르니 주인이 한 움큼 들어 양을 물었다. 어느 정도가 적당할까 고민하던 연리는 그보다 한 묶음 더 달라 청하고는, 고개를 끄덕인 주인이 잠깐 기다리라 말하고 가게 안으로 사라진 틈에 다른 물건들을 구경했다.

"참, 먹도 사야 하는데."

종이를 쌓아둔 판매대 옆에는 여러 먹이 진열되어 있었다. 연리는 반질반질한 윤이 나는 새 먹들을 유심히 바라보며 고민했다. 옆에 선 연의도 먹을 사 가는 옆 사람들을 흘낏 곁눈질해가며 열심히 추천해 주었다. 연리야, 이걸로 할까? 어때? 음, 그건 좀 무른 것 같은데…….

주인이 돌아와 포장한 종이를 안겨준 후에도 연리는 쉽사리 먹을 고르지 못했다. 이각쯤 고민하고 있자, 먹에 흥미를 잃은 연의는 분이 떨어졌다며 방물점에 가 있겠노라 말하고 사라졌다. 진열된 수많은 종류의 먹에 홀린 듯 연리는 쳐다보지도 않고 고개만 끄덕였다. 하지만 연리는 연의가 사라진 지 또다시 이각이 흐른 후에도 결정을 내리지 못했다.

이 먹이 견고해 보여 집어 들면 너무 딱딱하거나 깨진 틈이 보이고, 흠 없는 반질반질한 것을 찾아 집어 드니 색깔이 곱지 못하다. 대여섯 가지가 넘는 먹을 꼼꼼히 바라보며 살폈지만 통 마음에 드는 것이 나타나지 않아 마침내 지칠 즈음이었다.

다른 먹들과는 달리 고급스러운 상자에 담겨 판매대 맨 위쪽에 놓인 먹 두 개가 시선을 끌었다. 손을 뻗어 가까이 집어 들어 보니 역시 상등품 중의 상등품이 틀림없었다. 둘이 같은 종류인 듯한데, 결이 곱고 그윽한 광택에 색깔도 진하여 척 보기에도 단연 품질이 뛰어난 것 같았다. 부드러운 운학(雲鶴)이 양각된 무늬도 꽤 우아해 보였다. 좋아, 이걸로 해야지.

"그걸로 사시려오?"

"네. 이것도 같이 싸주세요."

고개를 끄덕인 상점 주인은 어려 보이는 여인이 제법 보는 눈이 있다 칭찬을 건네었다. 지필묵은 워낙 가격이 비싼 터라 양반들이 아니면 매출 올리기가 쉽지 않은데, 이렇듯 많은 양의 종이와 비싼 먹을 한 번에 사니 저절로 입이 벙싯거렸다. 콧노래를 부르며 먹 두 개 중 하나를 상자에 넣고 얇은 종이로 포장하던 주인이 선심 쓰듯 말했다.

"이것이 마침 어제 새로 들어온 단산오옥이오. 이게 양반님네들이 사족을 못 쓴다는 그 먹인데 어찌 그리 딱 알아보셨소? 보아하니 양반댁 규수는 아닌 듯한데, 참으로 안목이 좋소이다."

"아, 감사……."

웃으며 호의에 답하던 연리는 낯익은 단어에 멈칫했다. 그건…….

"옛 고려 때부터 단산의 먹을 으뜸으로 쳤지요. 고을 이름이 단산에서 단양이 된 지금도 여전히 그 품질이 뛰어나 명성이 자자하니, 사내라 면 누구든 탐낼 만한 물건입니다."

어김없이 다정한 주원의 목소리가 떠올라 설명을 덧붙였다.

'선물하려 했는데.'

다망하여 그동안 산다는 것을 까맣게 잊고 있었다. 한데 지금은 산다 해도 전해줄 수도 없는 상황이 되었다. 옜소. 주인이 곱게 포장한 단산오옥을 건넸다. 품에 한아름 종이와 먹을 든 연리는 멍한 표정으로 값을 치렀다. 의아하게 바라보는 주인의 시선이 느껴졌지만 연리는 홀린 듯한 정신으로 터벅거리며 걸음을 옮겼다.

아무리 그래도 은혜는 은혜인데 보답은 해야 하지 않을까. 아냐, 어차피 만나봤자 좋을 것도 없는데……. 다시 안 만나기로 다짐했잖아. 수십 번씩 왔다 갔다 하는 생각에 연리는 애써 마음을 붙들었다. 주원이 베푼 배려에 보답하지 못하는 것이 죄스럽기 이를 데 없었지만, 선물을 핑계로 한 번 만나면 마음이 또 요동칠 것이 뻔했다. 끝이 좋지 않을 관계는 이쯤에서 끊어내는 것이 현명했다.

'정신 차리자. 난 비원의 연이기도 하지만, 동시에 연리이기도 해. 정명이라고. 지금은 크고 중요한 일에만 집중하자.'

거사에 집중하는 것이 우선이었다. 하달받은 능양군의 명을 떠올리며 연리는 흔들리는 마음을 잠재웠다. 이윽고 방물점에 도착한 연리는 분을 산 연의와 만나 다시 비원으로 향했다. 재잘재잘 떠드는 연의의 말에 대답하며 걷자니 다행히도 정신이 다른 곳으로 쏠려 한결 나았다. 하지만 공교롭게도 돌아가는 길은 아까의 상점을 지나쳐야만 했다. 상점을 끼고 모퉁이를 돌아야만 길을 갈 수 있으니, 연리는 차라리 고개를 숙여 상점은 쳐다보지도 않는 편을 택했다.

"갑자기 고개는 왜 숙여?"
"으응, 목이 좀 아파서 그래."
의아한 연의의 말에 연리는 여상스레 대꾸했다. 짐을 가득 들고 고개를 숙이니 모양새가 우스운지 연의가 킥킥거리며 웃었다. 하지만 연리는 웃음거리가 되더라도 빨리 걸음을 놀려 모퉁이를 벗어나고픈 마음뿐이었다. 그렇게 둘이 막 상점을 끼고 모퉁이로 꺾어드는 참이있다.
"어이, 주인장. 우리 나리께서 단산오옥이 들어왔는지 좀 보고 오라셨는데. 들어왔수?"
"아니, 근데 이놈이! 종놈 주제에 저 말투 좀 보게?"
"아, 들어왔는지 말하기나 하슈! 우리 나리가 어떤 분인데 계속 말대꾸야, 말대꾸는."
"난 모른다! 기억이 오락가락해 들어왔는지 아닌지 기억이 안 나니, 네놈이 직접 보고 사 가든지 말든지 하거라."
"뭐요?"
상점 주인이 화를 억누르며 사내종과 벌이는 말싸움이 귓가를 파고들었다. 아니, 정확히는 단어 하나가.
'단산오옥?'
연리는 자신도 모르게 번쩍 고개를 들고 상점을 훽 쳐다보았다. 골이 난 표정으로 더벅머리 종 하나가 먹들을 샅샅이 훑고 있었다. 그러다, 판매대에 주르륵 깔린 먹을 유심히 쳐다보던 종의 시선이 점차 위로 올라갔다.
"주인장! 이거지?"
"아, 나는 모른다니까!"
"흠. 이게 맞나?"
마침내 종이 머리를 긁적이며 단산오옥으로 손을 뻗는 순간이었다.

뭐라 생각할 틈도 없이, 연리는 연의를 자리에 두고 급히 달음박질쳐 상점으로 뛰어들었다.

"헉, 헉. 저 이거, 똑같은 것으로 하나 더 주세요!"

"아이고, 아까 사갔던 처자구먼?"

아무리 양반의 심부름이라도 어지간히 버릇없는 종놈에게 넘겨주기는 싫었는지, 주인은 반색하며 단숨에 단산오옥을 포장해 넘겨주었다. 그렇게 잠시 후, 정신을 차린 연리의 품에는 종이 묶음과 함께 먹 두 개가 얌전히 안겨져 있었다.

"흐음."

"……."

"흐으음."

"저기……."

뜻 모를 시선과 교묘하게 늘어지는 말꼬리가 끈덕지게 달라붙었다. 아까의 여상스럽지 않은 제 행동에, 캐내어 묻기는커녕 의아한 반응만 뒤따르니 연리는 도리어 제 발이 저렸다.

"왜, 왜 그래?"

묵직이 품에 자리 잡은 먹들을 종이로 슬쩍 가리며, 연리는 태연하게 물었다. 하지만 돌아오는 대답은 없고, 하나뿐인 친우는 가느스름하게 뜬 눈으로 의미심장한 표정을 지을 뿐이었다. 그에 괜히 본전도 못 찾을까 염려된 연리는 추우니 이만 가자는 말로 얼버무리며 뒤둣이 걸음을 재촉할 수밖에 없었다.

'아, 정말! 그 상황에서 이건 왜 샀담…….'

직접 쓸 먹은 이미 산 상태였으니, 부족할 것 같아 더 샀다는 말은 얼토당토않은 변명이었다. 아무리 글을 쓸 줄 모르는 사람이라 해도 먹이 일회용은 아니란 사실은 알 테니까. 오히려 크기도 보통 먹보다 좀 더 큰 축에 속했으니 더욱 변명의 여지가 없었다. 쓸 것도, 선물할 것도 아니었지만 생각할 틈도 없이 몸이 먼저 움직였다. 모르겠다. 남이 사려던 것을 낚아채듯 사온 이유를. 연리는 애써 시선을 피하며 비원으로 향했다.

뜬금없는 침묵이 얼마간 감돈 채, 어느새 둘은 기루 대문을 넘어 동기 숙소로 향했다. 냉한 추위 덕에 다른 동기들은 방 안에 있는 듯했다. 몇 시진 후면 또 새로운 밤이 시작될 테니, 연리는 당연한 수순으로 일정을 정리해 보았다. 앞으로 열 장은 더 그려야 한댔지. 하생원은 금강산, 최진사는 난초……. 가야금은 저번에 어디까지 배웠더라?

"너, 서방님이랑 다퉜지?"

"뭐?"

톡 쏘아진 목소리가 단숨에 머릿속을 흩뜨렸다. 일순 당황한 연리는 엉뚱한 물음에 흐리멍덩하게 되물었다. 하지만 그런 모습에 더욱 확신하는 듯한 표정을 지은 연의는 여봐란듯이 척척 앞서 걸었다. 그러고선, 무슨 영문인지 몰라 멈춰 선 연리를 지나쳐 마루에 올라 방문을 열어젖히고 냉큼 안으로 들어갔다.

"안 들어오고 뭐해?"

"어……. 응."

정확히 맞는 말은 아니었지만, 귀신같은 눈치가 발동했는지 연의는 무언가 심상찮은 낌새였다. 글쎄, 따지고 보면 다툰 것은 아니었지만 요사이 쭉 주원을 피했던 것이 다른 사람들에겐 그렇게 보일 수도 있겠다 싶었다. 뭐라고 둘러대야 하지? 다툰 게 아니라고? 근데 굳이 그래야 할 필요가 있나? 혼란스러운 마음에 갈팡질팡하며 연리는 방에 들어갔다.

방문을 닫자 곧 훈훈한 공기가 얼은 몸을 사르르 녹였다. 힐끗 곁눈질하니 연의는 아까 펴두었던 이불에 도로 누워 자신을 빤히 쳐다보고 있었다. 호기심 가득한 눈빛과 정면으로 마주친 연리는 흠흠 헛기침하며 모른 척 바닥에 사온 종이와 먹을 내려놓았다. 곧바로 소쿠리에 정리해 넣고 그림 그릴 채비를 할 요량이었다.

"어쩐지 이상하다 했어. 왜 갑자기 서방님을 멀리하나 했더니, 애정싸움이었구만?"

"아, 아니야!"

듣기만 해도 낯뜨거운 단어에 화르륵 얼굴이 달아올랐다. 강한 부정이었지만 도리어 강한 긍정으로 보였음은 더할 나위 없었다. 연리는 다툼을 부정할까 그대로 내버려 둘까 고민했던 것도 잊고 필사적으로 항변했다.

"그런 게 아니라! 그냥 요즘 너무 바빠서, 공자님도 요사이 바쁘시고 나도 할 일이 많아서 딱히 만날 시간을 낼 수가 없었던 것뿐이야!"

음성의 고조가 들쑥날쑥한 것도 눈치채지 못하고 연리는 허겁지겁 변명을 늘어놓았다. 물론 그래도 설득력 없기는 매한가지였지만. 정리하려던 종이와 먹도 팽개친 채 열심히 부정을 나열하는 연리를, 실수한 어린 동생의 수습쯤으로 보며 연의는 여유롭게 웃었다. 얼마 지나지 않아 차츰 변명할 거리가 줄어들자 연리는 난처하기 이를 데 없었다. 점점 잦아드는 목소리를 흐리던 연리가 흘긋 쳐다보자, 저 하는 양을 관망하고 있던 연의가 쓱 손을 뻗어 바닥에 있던 단산오옥 하나를 집어 들었다.

"이거, 서방님 드리려고 산 거 맞지?"

"……아냐. 내가 쓰려고 산 거야."

"그럼 이미 하나 샀는데 왜 또 똑같은 걸 샀어?"

"한 번에 많이 사두려고……."

"너 원래 물건 두 개씩 안 사잖아. 그것도 똑같은 건."

정확했다. 나중에 어떻게 필요할지 모르니 연리는 벌어들인 돈을 함부로 쓰는 법이 없었다. 일부러 아끼느라 물건은 딱 하나씩만 샀고, 방금처럼 충동적으로 무언가를 구매하는 일은 절대로 없었다. 도무지 빠져나갈 구멍이 없자 연리는 말문이 막혔다. 난처한 얼굴로 눈동자만 굴리는 연리를 빤히 보던 연의는 어느새 누웠던 자리에서 일어나 나미지 단산오옥도 집어 올렸다.

"……나는 어머니가 원하던 자식이 아니었어."

두 먹을 각각 손에 쥐고 짝을 맞추듯 나란히 붙여보던 연의가 문득 입을 열었다. 갑작스러운 고백에 연리는 눈을 크게 떴으나, 곧 친우에게 어린 진한 쓸쓸함을 발견하고는 조용히 귀를 기울였다.

"우리 아버진 내가 태어났는지도 몰라. 어머닌 첩이었거든. 아니, 사실 첩도 아닌 그냥 여종이었어."

내용으로 치면 충분히 억울함이나 답답함이 스며들 법도 하였건만, 연의는 그저 남의 이야기를 하듯 덤덤하게 말을 이었다.

"어머니는 아버지의 자식을 가졌다는 사실이 정말 싫었나 봐. 그래서 날 낳자마자 아무한테도 알리지 않고 다른 곳에 맡겼어. 그래서 어릴 때는 날 키워주신 분이 친어머니인 줄 알았지 뭐야. 근데 내가 제법 말귀를 알아들을 정도로 크니까, 갑자기 내 앞에 나타난 어머니는 날 기루로 보내 버렸어."

바로 여기. 자조적인 웃음을 애써 감추며 연의가 마룻바닥을 가리켜 보였다. 그랬구나. 연리는 큰 바위가 떨어져 내린 듯한 심경을 감추고 위로하듯 고개를 끄덕일 수밖에 없었다.

"처음엔 친어머니가 나타나서 정말 기뻤어. 날 키워주신 분은 나이가 너무 많고 날 아껴주지도 않아서, 어느 정도 큰 후론 그분이 친어머니가 아닌 게 어렴풋이 느껴졌거든. 아버지도 없었고. 그래서 난 친어머니가 날 아버지가 있는 진짜 집으로 데려가 주기를 바랐어. 하지만 어머닌 날 기루로 끌고 가면서, 당신이 어떤 사람이고 원하지도 않던 날 어떻게 낳았는지 낱낱이 다 말하더라. 그러면서 그 끔찍한 아버지가 어머닐 수렁에 빠뜨렸으니, 그 피를 받아 태어나 어머니 인생을 망친 내가 당신을 위해 살아야 한다고 했어."

"어떻게 그런……."

한없이 명랑하기만 하던 친우의 어두운 비화에 연리는 충격을 금할 수가 없었다. 본인이 원하여 그리된 것도 아닌데, 어떻게 그 짐을 자식에게 지운단 말인가. 참담해하는 연리에게 연의는 그저 어깨를 으쓱해 보였다.

"그렇게 나는 비원에 들어왔고……. 어머니는 모든 걸 믿지 못하던 내게 딱 잘라 말했어. 여기가 평생 내가 살아야 할 곳이고 우리가 같은 집에서 살 일은 없을 거라고. 어머니는 나한테 여기서 반드시 한양 최고의 기녀가 되라고 했어. 그래서 당신한테 도움이 될 수 있어야, 그것만이 잘못 태어나 어머니 인생을 망친 내가 사죄할 수 있는 유일한 방법일 거라고."

"아니, 아냐. 네 잘못이 아니야."

부모가 자식을 선택할 수 없듯 자식도 탄생을 선택할 수 없다. 사람은 살아가면서 정해지는 존재이지 탄생부터 부정될 수는 없다. 연리는 입술을 꼭 깨물었다. 혈연은 그 무엇에도 비할 수 없이 진하거늘, 하면 그로 인한 상처도 어김없이 짙을 수밖에 없는 것일까. 어쩔 수 없다고 외치는 듯한 결론이 괴롭게 뇌리를 파고들었다. 아냐, 그런 건 없어. 그렇게 되어야만 하는 것도, 그럴 수밖에 없었던 것도 없다고!

떠오르는 잔상에 연리는 소스라치듯 강하게 부정했다. 그러자 그와 동시에 스멀스멀 좀먹던 음울한 생각들이 사고의 바깥으로 밀려 나갔다. 연리는 퍼뜩 고개를 들어 연의를 살폈다. 흔들리는 시선이 차분한 시선과 마주치자, 연의는 예의 밝은 웃음을 지어 보였다.

"처음에는 나도 어머니를 원망했어. 하지만 일 년이 지나고, 이 년이 지나고……. 그렇게 조금씩 시간이 흐르니까 어머니를 이해하게 되더라. 기루란 곳이 그래. 수많은 사내들을 보고 그 사내들과 연인이 되는 여인들을 보면서, 얼마나 많은 사람들이 연모에 죽고 사는지 알게 돼. 그러니까 어머니도, 원하지 않았던 아버지 때문에 죽을 만큼 고통스러우셨을 거야. 거기다 나까지 낳아야 했으니까……. 나라도 원하지 않는 사내의 아이를 가졌다면, 그 아일 아껴줄 수 있을 거란 장담은 못 하겠거든."

가슴을 베어내는 말일 텐데도 연의는 기죽거나 의기소침해하지 않았다. 오히려 홀가분하다는 듯, 입꼬리를 당겨 환하게 웃어 보인 연의는 손에 쥐었던 단산오옥 두 개를 연리에게 쥐어주었다.

"그러니까, 연모할 수 있는 분은 마음껏 연모해."

연리는 손안에 들어온 똑같은 먹 두 개를 멍하니 바라보았다. 차갑지만 견고한 물체가 오롯이 손을 채우는 느낌이 새삼 편안했다.

"세상은 원하는 사람과 마음을 나누기 쉽지 않아. 근데 진짜 서방님은 아니어도 그분은 널 누구보다 아껴주시잖아. 틀림없이 너랑 서방님은 같은 마음이고, 그 마음을 확인하고 나누기에도 시간은 부족할 걸. 그러니 다른 건 아무것도 생각하지 마. 그분을 위한 연모만 생각하고, 그것만 전해 드려."

아. 참을 수 없을 만큼의 격정이 와락 밀려들었다. 그렇게 해도 될까. 언제 어떻게 끝날지 모르는 소용돌이 속에서 그만을 위한 마음을 품어도 되는 걸까. 저를 위해 아픈 기억을 들춰낸 연의가 한없이 고마

워, 왈칵 물기가 어리었다.

연리는 자상하고도 속 깊은 친우를, 차마 말로는 못다 한 사연과 위로를 담아 꼭 안아주었다. 기쁘게 화답하는 따스한 품은 꼭꼭 숨겨두었던 마음을 꺼내도 된다 속삭이는 듯했다. 그에 연리는 주술에라도 홀린 것처럼, 조심스레 한 발짝 용기를 냈다.

❖

그동안 익숙해진 화장과 화려한 옷차림이 경대에 비쳤다. 보랏빛 저고리에 부드러운 잿빛의 풍성한 치마가 썩 잘 어울렸다. 조금 과한 게 아닌가 걱정도 되었지만, 다른 아이들도 죄 이 정도는 입는다는 큰소리를 친 연의의 말대로 밖에서 본 옷차림들은 휘황찬란했다. 하지만 어쩐지 자꾸 신경이 쓰였다.

색깔이 안 어울리나? 옷맵시가 별로인 걸까. 이리저리 거울에 비춰 보던 연리는 마침내 한숨을 내쉬었다. 아, 나 긴장한 건가 봐.

경대를 접어버리고 자리에서 일어나려 치맛단을 잡은 연리는 물끄러미 무릎을 내려다보았다. 곱게 싼 비단 뭉치가 얌전히 놓여 있었다. 연리는 그것을 집어 들고 일어났다. 손가락으로 느껴지는 부드러운 표면 너머의 견고함과 묵직함이, 들썽이는 마음을 차분히 진정시켜 주는 듯했다.

"삼월아, 홍 공자님 어디 계신지 아니? 아까 오셨다고 하던데."

"아, 저기 저 건물에 아까 들어가셨어요. 두 번째 방에."

"고마워. 혼자 계시니?"

"음, 그럴 걸요? 손님은 그분 혼자예요."

지나가던 계집종에게서 주원이 있음을 확인한 연리는 눈앞의 건물로 걸음을 재촉했다. 행여나 누가 볼세라, 얼른 신을 벗고 댓돌에 올라서 복도를 걸으며 연리는 제가 하려는 행동이 옳은 것인지 또다시 갈팡질팡했다.

지금 그분을 뵈면 어쩔 건데? 나중에 다시 제대로 마음먹고 오는 게 낫지 않겠어? 하지만 이미 되돌아가기에는 발걸음이 방문 앞에 당도해 있었다. 두근대는 박동을 지그시 누르며, 연리는 방문을 마주 보고 섰다.

'아냐, 앞으로 더 바빠지면 만나고 싶어도 만날 수 없을지도 모르잖아. 어차피 하기로 마음먹었으면 지금 하는 게 훨씬 나아.'

후. 여닫이문의 정교한 빗살에 손을 올린 채로 연리는 깊게 심호흡했다. 그리고 서늘한 공기가 비강을 채웠다가 빠져나가자마자, 단숨에 목을 가다듬고 입을 열었다.

"공자님, 소녀 연리입니다. 들어가도 될까요?"

평소와 다름없이 고작 두어 마디 꺼냈을 뿐인데도 박동이 세차게 뛰기 시작했다. 아, 정말 어떡해! 자칫 잘못하다간 마주하자마자 달아오를 것 같아, 연리는 필사적으로 손부채질로 얼굴의 열기를 식혔다. 한편 무엇을 하는지 인기척이 들리던 방 안은 뚝 소란이 잦아들더니, 곧 익숙한 목소리가 반갑다는 듯 전해져 왔다.

"물론입니다. 어서 들어오십시오."

그렇게나 듣고 싶었던 목소리다. 어김없이 두근거리는 박동을 누르며 연리는 왼손에 들린 비단 뭉치를 다시 한 번 꼭 쥐었다. 그리고는 마침내, 떨리는 손길로 힘주어 방문을 열었다. 가렸던 시야가 트이고, 그토록 애달팠던 얼굴이 담겼다.

"오랜만입니다. 어찌 그동안 뜸하였습니까?"

그리고,

"연리?"

매혹적이고 초름한 얼굴도 함께.

꿈을 꾸었다. 둘러싼 암울을 걷어내고, 따스한 온기 속에 안겨 아무 걱정 없이 웃음 짓는 모습을. 가라앉은 심해를 벗어나 주체할 수 없는 격정에 뛰는 가슴을. 부드러운 담갈색의 시선이 오롯이 내게만 와주는 너무도 생생한 꿈을 꾸었다. 너무도 안락한 그 꿈에 취해 혹시나 현실이 아닐까 하는 생각마저 들었다. 그러면서 불현듯 정말로 현실이 아닐까 봐 애가 탔다. 그래서 용기를 냈다. 가지 말라고, 언젠가는 깨어버릴 꿈이 아니게 해 달라고.

그저 사라져 버릴 백일몽인지도 모르고.

"들어오십시오."

문가에 서서 멈칫한 연리에게, 의아한 얼굴을 한 주원이 말을 건넸다. 무엇을 하던 상태였는지 손엔 먹을 묻힌 붓을 쥔 채였다. 그가 붓을 드는 것은 여상스러움을 넘어 당연하다시피 했지만, 뜻밖에 곁에 앉은 이의 이질감이 무척이나 의문스러웠다.

연리는 뻣뻣이 굳어버린 고개를 간신히 한 번 끄덕인 후, 떨어지지 않는 발을 억지로 떼었다. 자박자박 가까워질수록 단정한 얼굴이 담백하게 웃어 보였다. 연리는 제 간절함이 들킬까 싶어 불안했으나, 목말랐던 그리움을 채우는 달콤함에 차마 시선을 피하지 못하고 마주 보았다. 그동안 몇 번이나 무시하다시피 거절하였는데도 화를 내기는커녕 여느 때처럼 맞아주는 주원의 모습에 흔들렸던 마음이 도로 안정을 찾아갔다.

마침내 가까이 다가가자, 주원이 제 맞은편을 가리켜 보이며 손짓했다. 연리는 치맛자락을 정돈해 쥐며 그가 권한 자리에 앉았고, 그렇게 자연히 주원 곁에 앉은 이와도 면을 맞대게 되었다.

"오랜만에 보네? 요즘은 통 네 얼굴도 못 본 거 같아."

답지 않은 상냥한 목소리가 얕은 웃음과 함께 성큼 다가왔다. 연리는 주원처럼 붓 한 자루를 쥔 모란의 손에 잠깐 시선을 주었다가 모란의 입꼬리가 더욱 깊어진 것을 느끼곤 시선을 거두었다. 천진한 의문을 가장한 모란의 말에 주원은 무언가 입을 열려다 잠깐 고민하는 표정을 짓더니, 종내에는 말을 아꼈다. 그 모습을 목격한 연리는 무언가가 가슴에 쿡 박히는 느낌을 받았다.

"……요즘 일이 바빠, 부르신 것을 알면서도 뵙지 못했어요. 사죄드립니다."

정신없이 마구 밀려드는 억측을 애써 누르며 연리는 중얼거렸다. 그러자 눈에 띄게 어두워진 품새에 주원이 놀란 얼굴로 사양했다.

"사죄라니요. 그대 사정을 제가 제일 잘 아는데 어찌 그러십니까."

손사래 치듯 부드럽게 주원은 아무것도 아니라는 듯이 연리의 사과를 감쌌다. 그에 연리는 울컥 눈물이 고일 것 같아 시선을 떨구고 치맛자락을 구겨쥐었다. 정말 이 사내는, 어떻게 이렇게도 자상한 걸까. 그러니까 놓을 수가 없잖아.

평소대로 표정을 풀고 농담을 건네리라 생각했던 주원은 의외의 반응이 돌아오자 걱정스러운 얼굴로 연리를 살폈다.

"왜……. 혹 무슨 일이 있으십니까?"

걱정하는 말에도 연리가 고개를 들지 않자, 자못 심각해진 주원은 연리에게 다가가려 자리에서 일어났다. 아니, 일어나려 했다. 홀연 제 소매를 붙잡은 손길만 없었더라면 틀림없이 그러했을 것이다.

"요즘 연리가 피곤해서 자주 저래요. 오늘도 온종일 방에만 있더니 쉬지도 않고 그림을 그렸나 봐요. 그러니 선비님께서 특별히 걱정하지 않으셔도 될 거예요."

모란은 주원의 옷자락을 당기며 채근하듯이 자리로 끌었다. 어리둥절한 주원은 긴가민가하며 연리의 표정을 살폈다. 먹먹한 마음으로 감정을 잠재우려 노력하던 연리는 기가 막혔다. 덕분에 들썽이던 감정이 일격에 쑥 내려앉았다. 얼굴을 마주하기도 싫어하면서 대체 무슨 속셈으로 주원에게 저런 말을 하는지 떠보기라도 할 요량으로 연리는 고개를 들었다.

'저건…….'

엉거주춤하게 모란에게 붙잡힌 주원이 진정한 듯 보이는 연리의 얼굴을 보고 안심한 표정을 지으며 도로 자리에 앉았다. 어쨌든 결과적으로 저에게 잡혔으니 모란은 만족한 듯 반색하며 수줍게 소매를 놓았다. 하지만 연리의 시선은 약삭빠른 모란의 꾀를 알아채지 못한 주원이나, 시치미를 뚝 떼고 친우를 걱정하는 양 천진함을 가장한 모란보다 서안에 놓인 두 자루의 붓에 못 박혔다. 한 자루는 주원에게, 한 자루는 모란에게 놓인 꼭 같은 모양의 붓. 그리고 그 밑에는 작은 꽃 그림과 함께 언문 시 한 수가 적힌 종이가 깔려 있었다. 묘하게도 몹시 익숙하게 보이는.

저건 틀림없는 주원의 것이었다. 당황함이 어린 연리의 눈빛과 모란의 눈이 마주쳤다. 상대에게서 잘게 떨리는 기색을 읽어낸 모란이 주원에게는 보이지 않게 짙은 웃음을 지어 보였다. 붉게 칠한 입꼬리가 아찔한 호선을 그리며 휘어졌다. 혼란스러워진 연리는 자신도 모르게 대체 어찌 된 일이냐 눈빛으로 물었다. 눈치로는 산전수전 겪은 기녀들보다도 한 수 위인 모란은 틀림없이 자신의 의중을 알아차렸을 테지만, 그녀는 모른 척 홱 고개를 돌리고선 여전히 순진함을 가장한 표정으로 주원에게 말을 건넸다.

"감사합니다, 선비님. 이 마음, 깊이깊이 간직하겠어요."

"대단한 것도 아니니 괘념치 마십시오."

"아이, 그래도……. 선비님은 어쩜 이렇게 명필이실까요?"

앙탈 섞인 애교가 은근슬쩍 묻어 나왔다. 하지만 주원은 내치기는 커녕, 아무 말 없이 자연스럽게 그런 모란의 찬사를 받아주는 것이었다. 분명 기녀들과 쉬이 어울릴 사람이 아닌데. 어찌 된 영문인지 모란과 다정하게 말을 주고받는 것이, 본시 사려 깊은 그의 본성을 고려한다손 쳐도 어쩐지 사이가 깊어 보였다. 혼란스러운 연리가 차마 끼어들지도 못하며 충격을 다스릴 때, 몇 차례 가볍게 더 말을 주고받던 모란이 불쑥 앞에 놓였던 종이를 집어 들고선 여봐란 듯 적힌 시를 읽었다.

"구름은 모였다 흐트러지고 달은 차올랐다 이지러지나, 붉은 제 마음은 변하지 않습니다. 그에 감히 마음을 열어 애틋한 한마디 말을 더 합니다. 세상에서 제일 큰 괴로움은 바로……. 상사(想思)라고."

느직하게 굴리는 발음에 뻔한 의도가 엿보였다. 둘러 둘러 전하는 앞 구절은 제쳐 놓고 굳이 마지막 한 마디에 강세를 둔, 노골적이기까지 한 의도. 모란이 제 기둥서방인 주원을 탐내어 호시탐탐 기회만 누리고 있다는 것은 일찍이 알고 있었다. 그래서 이 방에 들었을 때 홀로 있다던 주원 곁에 모란이 있다는 걸 발견했어도 조금 놀랐을 뿐, 특별히 별다른 생각은 들지 않았던 것이었다. 하지만, 연시(戀詩)라니?

연리는 얇은 종이에 비치는 먹의 자국을 믿을 수 없다는 듯 응시했다. 그러나 또박또박 적힌 글자는 몇 번이고 보아왔던 익숙한 글씨였다. 수십 번 눈앞에서 그려지던 필체는 네 생각이 맞다 외치고 있었다.

사내가 기녀와 연시를 주고받는 이유가, 상황이, 지금 너무도 선명히 떠오르는 것 외에 또 다른 경우가 있을까. 차마 생각조차 하지 못한 비극에 연리의 얼굴이 애처로울 정도로 하얗게 질렸다. 할 말을 잃은 연리의 얼굴을 의기양양하게 바라보던 모란이 곧 종이를 척척 접어 들고 자리에서 일어났다.

"하면 소녀는 이만 물러가 보겠습니다. 마침 오랜만에 연리와 만나셨으니 저는 자리를 피해드려야겠어요."

방긋 꽃 같은 웃음을 띤 모란이 물러갈 채비를 했다.

"그래주겠습니까? 좀 더 머물러도 괜찮습니다만."

"아이, 정말요?"

연리는 귀를 의심했다. 방금 들은 게 정말로…… 공자님이 한 말인가?

하나 편히 웃음을 주고받는 둘의 모습을 지켜보는 눈은 야속하게도 틀림없이 주원의 말임을 확인시켜 주었다. 충격과 배신감에 연리가 망연히 자리를 지키고 있는 사이, 모란은 즐겁게 지내시란 말만을 남기고 순순히 물러갔다. 주원도 두 번은 더 붙잡지 않고 모란을 내보냈다.

방문이 닫히고 비로소 단둘만이 남자, 주원이 연리에게 시선을 돌리며 여전한 목소리로 대화를 청해왔다.

"별고 없으셨습니까? 아까 피곤하시다는 말을 듣기는 했지만……."

세심한 눈빛이 얼굴 곳곳에 와 닿았다. 하지만 아무렇지 않게 웃으며 걱정하지 말라 안심시켜 주기엔 연리의 마음은 이미 충분히 혼란스럽고 아득했다.

"아무 일도, 정말 아무 일도 없습니다."

절망적인 생각이 옥죄어오는 가운데 간신히 떨리는 음성을 가다듬어 내뱉었다. 차오르는 절망과 왠지 모를 배신감에 차마 얼굴을 마주보지는 못할 것 같아 시선을 내리는데, 홀연 모란이 남기고 간 붓이 끈질기게 자취를 남기며 눈에 밟혔다.

"괜찮으시다니 안심이 됩니다. 수련은 잘되고 있습니까? 요즈음 그림이 더 인기가 많아졌다 들었는데 점수가 꽤…….”

“송구합니다. 갑자기 급한 일이 생각나서, 먼저 일어나 보겠습니다.”

주원의 이어지는 말에도 불구하고 끝없이 붓의 잔상만이 뇌리에 꽂혔다. 결국 흔들리는 마음을 다잡지 못하고 연리는 주원의 말을 급하게 끊어내고선 자리를 박차고 일어났다.

“잠깐만, 멈춰보십시오!”

지난번과 같이 급박히 자리를 뜨는 연리의 모습에 주원이 더는 이해하지 못하겠다는 듯 다급하게 따라 일어섰다. 하지만 연리는 대답하지 않고 급히 몸을 돌려 방을 벗어났다. 때문에 보이지 않게 치마폭에 놓여 있던 단산오옥 꾸러미는 주인의 품을 벗어나 데구루루 처량하게 방바닥을 굴렀다.

“항아님!”

신기루처럼 쏜살같이 사라진 연리를 따라 주원은 뒤를 쫓았다. 필시 무언가 사달이 났음이 분명하였다. 급하게 발걸음을 옮기는데, 무언가 부드럽지만 단단한 것이 발에 걸렸다. 무심코 발치를 내려다본 주원은 곱게 비단에 싸인 꾸러미를 발견했다.

아까까지만 해도 없던 물건인데. 순간 고개를 갸웃한 주원은 곧 이것이 연리의 물건임을 짐작했다. 급하게 뛰어나가느라 놓치고 간 모양이다. 주원은 얼른 꾸러미를 주워 들고 방을 나섰다.

“조모란!”

날랜 발걸음이 뒤따르며 앞을 향해 급하게 소리쳤다. 하지만 앞서 걷는 여인은 듣지 못했다는 듯 조금의 알은체도 없이 흑단 같은 머리를 늘어뜨리며 제 갈 길을 걸었다. 노골적으로 무시하는 모습에 속이 답답하여 화가 차올랐으나, 연리는 입술을 꾹 깨물며 머리를 꽉 채운 의문의 해답을 찾는 것이 먼저라 스스로를 달랬다. 뜀박질하기엔 적절치 않은 옷자락이 불편하게 엉켰다. 풍성한 치맛자락이 자꾸만 발에 밟히자 몽땅 그러모아 한쪽으로 바짝 걷어버린 연리는 막 모퉁이를 돌아 다른 건물로 들어가려는 모란을 가까스로 붙들었다.

"잠깐, 잠깐만 나 좀 봐."

"어머."

마치 아무것도 몰랐다는 듯 과장되게 눈을 동그랗게 뜬 모란은 곧 자신의 한쪽 팔을 쥔 연리의 손을 빤히 쳐다보았다. 모란이 완전히 걸음을 멈춘 것을 확인한 연리가 손을 놓으려는 찰나, 비뚜름하게 입꼬리를 올린 모란이 거칠게 연리의 손을 떼어냈다.

탁.

"무슨 일인데? 나 바빠."

갑작스러운 내침에 휘청거리는 연리를 내려다보며 모란은 냉소적으로 말했다. 가쁜 숨을 몰아쉬며, 연리는 비소가 담긴 검은색 눈동자를 마주 보았다. 결코 호의라곤 담긴 적 없는 눈빛이 오늘따라 더욱 멀게 느껴졌다. 항상 제게 호의적인 사람만 있으리라 생각한 적은 없었지만 그래도 역시 면전에서 노골적인 적대를 읽는 것이 아무렇지 않을 리는 없었다. 연리는 모란의 손에 들린 종이에 잠깐 시선을 주었다가 떼며 입을 열었다.

"……아까 그 시, 공자님께서 쓰신 거 맞지?"

"그렇다면?"

불안한 질문에 흔쾌히 답이 튀어나왔다. 의기양양한 표정으로 팔짱을 끼는 모란을 보며 연리는 불안한 가슴을 진정시키려 노력했다.

"공자님이 왜 그런 시를 너한테……. 아, 그러니까 내 말은."

두근거리는 박동이 목구멍을 타고 튀어나올 듯해 긴장한 연리는 따지듯 묻고 말았다. 입장상 충분히 제 기둥서방과 함께 있었던 모란에게 물을 수 있는 말이기는 했지만, 흡사 기둥서방을 채어가기라도 한 것처럼 뾰족한 의미가 담겨 자칫 잘못하면 불쾌하다 할 만한 발언이었다. 당연히도 모란은 그와 같은 생각이었는지 둘렀던 얄팍한 미소를 걷고 사나운 표정으로 바뀌었다.

"뭐라고? 그러니까 지금, 내가 네 기둥서방한테 꼬리라도 쳤다는 거니?"

"미안해, 그런 의도는 아니었어."

"진짜 어이가 없어서."

코웃음을 친 모란이 연리를 쏘아보며 신경질적으로 종이를 펼치고는 던지듯 연리에게 건네주었다. 엉겁결에 그를 받아 든 연리의 눈에는 아까 모란이 읽었던 시가 한눈에 담겼다.

구름은 모였다 흐트러지고 달은 차올랐다 이지러지나, 붉은 제 마음은 변하지 않습니다. 그에 감히 마음을 열어 애틋한 한마디 말을 더합니다. 세상에서 제일 큰 괴로움은 바로 상사라고.

틀림없는 주원의 글이다. 작게 그려진 꽃송이마저 주원의 그림임이 명백했다. 연리는 사근사근한 그의 목소리로 들려오는 시구가 귓가에 쟁쟁하여 또다시 아득해졌다. 그러니까 왜 그가 이걸 모란에게 손수 써주었단 말인가. 종이를 쥔 손이 어찌할 바를 모르고 약하게 떨렸다.

"그건 선비님이 나한테 직접 써주신 거야. 왜, 너만 그런 걸 가져야 한다는 법 있어? 선비님이 네 거니?"

"……아냐, 난 단지."

"너랑 선비님이 진짜 정인이 아니란 거 알고 있어. 사실 정말 기둥서방도 아니지?"

"뭐?"

갑작스레 정곡을 파고든 말에 연리는 말을 잇지 못했다. 숨이 턱 막혀 저도 모르게 불안한 눈빛으로 쳐다보자, 모란이 회심의 미소를 지으며 손가락질했다. 어머, 진짠가 보네?

"역시 내 예상이 맞았어. 다른 기둥서방들처럼 같이 밤을 보내지도 않고, 술 시중보단 그림이니 뭐니 하면서 시간 보내는 게 심상치 않다 싶었지. 아무리 화초를 안 올린 동기라고 해도 그건 정인 사이에서 하는 행동이 전혀 아니잖아? 아무렴 정말로 연모한다면 손 하나 안 잡는다는 게 말이 돼?"

하나하나 꼬집어 할퀴는 말들이 세게 가슴을 후려쳤다. 우습게도 틀린 것 하나 없는 모란의 말이 파편처럼 박혀 아리고 쓰렸다. 연리는 시린 바람에 차가워진, 단 한 번도 주원과 맞잡은 적 없던 손을 가만히 움켜쥐었다. 기둥서방. 그 관계는 엄연히 주원이 먼저 건넨 것이었고 자신은 그를 통해 도움을 받았을 뿐이었다. 당연히 연모에서 비롯된 관계가 아니었고 오로지 가엾음을 두고 보지 못하는 심성에서 건넨 동정에 불과했다.

그런데 어째서, 나는 그가 정말로 내 기둥서방인 것처럼 생각했던 걸까. 왜 그가 다른 여인에게 연시를 쓴다고 해서 슬퍼하고 아파하는 걸까. 나는 그럴 자격이 없는데. 나 혼자 연모하는 것뿐인데.

일방적인, 들켜서도 강요해서도 아니 되는 감정이었다. 유난히도 친절한 그의 심성이 베푼 지나친 호의에 바보처럼 혼자 설레고 끝내는 마음에 담았다. 심지어 더는 진행돼서는 아니 되는 감정을, 주체하지 못하고 이렇게 추태를 부리고 말았다. 그는, 내가 단지 은인일 뿐인 그에게 이런 마음을 품었다는 걸 알면 얼마나 당황스러울까. 그가 연모하는 여인이 있다면 진심으로 축하하고, 그가 했던 것처럼 도움을 주어야 마땅했다.

"난 처음부터 네가 싫었어."

독을 품은 목소리가 쏟아져 내렸다. 연리는 멍한 얼굴을 들어 야멸찬 모란의 눈빛을 마주했다.

"다른 아이들과 다르게 갑자기 동기로 끼어든 것부터 불공평하다고 생각했어. 난 뭐 행수님 조카라서 공으로 동기 된 줄 알아? 나도 여기서 허드렛일한 후에 된 거라고. 그리고 예기 자리를 보장받아야 할 사람, 선비님을 기둥서방으로 가져야 할 사람은 네가 아니라 나였어! 내가 마땅히 그랬어야 했다고! 그런데 왜 갑자기 나타나서 내 걸 다 빼앗아가는 건데? 대체 네가 뭔데!"

씹어뱉듯 외치며 모란이 연리에게 다가섰다. 이글거리는 눈빛이 금방이라도 상대를 태워 버릴 듯 불탔다. 진심으로 억울해하는, 질투와 분노가 한데 섞인 눈빛이었다. 하지만 평소 같았으면 네가 행수님의 조카라고 해서, 동장이라고 해서, 예쁘고 실력이 뛰어나다고 해서 모두를 다 가져야만 하는 이유가 될 수는 없다고 반박했을 연리는, 길 잃은 연모의 감정으로 흐려져 멍한 상태가 되어 모란의 말을 받아들이고 말았다.

"내가 먼저 연모했어, 너보다 먼저!"

끊임없이 들려오는 모란의 말은, 부드럽게 웃던 아까의 주원을 떠오르게 하여 더욱 마음을 후벼 팠다. 천천히 멍울져 오는 가슴을 움켜쥐며 연리는 괴롭게 입을 뗐다.

"……때로는 원치 않아도 가져야만 하는, 가질 수밖에 없는 게 있어."

"그래서 지금 그게 당연하다는!"

흥분한 모란이 말을 끊고 달려들려 했다. 하지만 그 순간 모란은 마주한 눈과 시선이 얽혔다. 무겁게 가라앉은 눈에는 그림자가 진 것처럼 어두운 애수가 서려 있었다. 괴로움과 비통함, 애통함이 어지럽게 뒤섞인 눈빛이 가슴 철렁할 정도로 전해졌다. 지긋지긋한 질투심에 마구잡이로 적대감을 퍼부으려던 모란은, 저와 같은 분노나 질투보다 훨씬 무겁게 배인 감정을 인지한 순간 자신도 모르게 멈칫했다.

"사람들의 관심이나 행수님께서 약속하신 예기 자리, 결코 네게서 억지로 뺏으려고 한 적 없어. 하지만 그것들 모두 내게 꼭 필요해서, 어쩌면 공평하지 않다는 거 알면서도 어쩔 수 없이 가져야만 했어. ……미안해."

지난번처럼 반박하리라 생각했던 연리가 예상외로 순순히 사과하자 모란은 믿을 수 없다는 듯 눈썹을 치켜떴다. 억지로 뺏으려 한 적 없다는 부분이 영 개운치 않기는 했지만, 어쨌든 제 잘못을 처음으로 시인한 것이었으니 말이다.

"그리고……."

이어지는 말에 또 무슨 말로 반박해 올지 몰라 눈을 찡그리던 모란에게 연리는 속삭이듯 말했다.

"네가 공자님과 그런 사이인 줄 알았다면, 공자님을 기둥서방으로 삼지 않았을 거야. 나는 정말…… 몰랐어."

떨리긴 하였으나, 분명 확실히 알아들을 수 있을 만한 또렷한 목소리였다. 드디어 목적을 달성한 모란은 벅참이 솟아올라 위로 솟구치는 입꼬리를 숨기려 애썼다. 정말 둘이 정인 사이가 아니었던 거야?

이제 연리 저 계집은 저와 선비님이 틀림없는 정인인 줄로 아는 게 분명했다. 정말로 선비님을 연모했는지는 모르겠지만, 풀이 죽은 꼴을 보니 제가 정인들 사이에 끼어든 훼방꾼인 줄 아는 모양이었다.

"갈게."

연리는 눈을 질끈 감고 빙글 뒤를 돌았다. 어느새 차올라 젖어오는 눈가를 보이기는 죽기보다 싫었다. 연리는 제가 어디로 향하는지 살피지도 않고 발을 뗐다.

"항아님."

뒤에서 누군가 낮게 저를 부르며 팔을 꽉 붙들었다. 얼굴이 보이지는 않았지만 익숙한 목소리와 호칭과 손길이었다. 연리는 입술을 깨물었다.

"놓아주세요."

물기 어린 낯을 들키지 않으려, 연리는 목소리를 다듬고 말했다. 들었는지 못 들었는지 주원은 팔을 놓지 않았지만, 연리가 등을 돌리지 않고 그대로 가만히 서 있자 그는 서서히 손을 놓았다. 연리는 뒤를 돌아보지 않은 채 그대로 그에게서 멀어졌다.

"선비님?"

모란은 계획대로 속아 넘어간 연리를 보며 회심의 미소를 짓다, 예상치 못하게 나타난 주원에 당황했다. 그러나 얼른 표정을 수습하고 유순한 목소리를 꾸며 곁에 다가갔다. 질투에 못 이긴 연리가 저를 윽박질렀다 말을 꾸밀 작정이었다. 하지만 눈에 담긴 주원의 모습은 아까와는 달리 차갑게 얼어붙어 있었고, 모란은 화들짝 놀라 숨을 집어삼켰다.

"무슨 짓입니까?"

"……네?"

말문이 막힌 모란이 한 박자 늦게 응수했다. 항상 서글서글하고 부드럽던 목소리가 딱딱하기 그지없었다. 갑자기 바뀐 온도에 적응하지 못한 모란은 그 자리에서 살짝 입을 벌린 채 굳고 말았다. 뭐, 뭐야? 왜 저러지?

불안하게 곁눈질하던 모란은 몸을 돌려 제게 성큼성큼 다가오는 주원의 얼굴을 정면으로 맞이하고는 꿀꺽 침을 삼켰다. 무언가 심기가 불편한 듯, 눈썹이 찌푸려져 있었다.

"내게 했던 말, 모두 거짓이었습니까?"

아차! 모란은 아랫입술을 깨물며 낭패감을 느꼈다. 성공했다는 기분에 너무 붕 떠서 방심했다. 선비님이 들으리라곤 생각도 못 했는데! 하필이면 목소리를 높여도 너무 높였던 게 퍼뜩 생각났다.

'제기랄, 완벽했었는데! 대체 어디부터 들은 거야?'

불안하게 입술을 잘근잘근 씹으며 모란은 주원의 눈치를 보았다. 충격과 분노가 얽힌 착잡한 표정으로, 처마 끝의 등롱 빛에 반사된 담갈색 눈이 이글거리며 대답을 재촉했다. 눈썹을 내리며 애처로운 표정으로 둔갑한 모란은 서둘러 입술을 뗐다.

"무, 무슨 말씀을 하시는 건지는 모르겠지만 오해세요! 연리랑은 수련 얘기를 하다가 잠시!"

"오해라고요?"

"예, 예?"

당황하게 되묻는 목소리에서 불안함이 선명하게 묻어났다. 흔들리는 시선으로 재빨리 저를 살피는 눈동자를 놓치지 않은 주원은 얽혀 버린 상황에 짜증이 솟았다. 거칠게 지끈거리는 이마를 짚자 겨울바람과는 어울리지 않는 화끈한 열기가 손바닥에 닿았다.

일전에 그림을 가르쳐 주겠다 승낙한 것을 두고 며칠 전부터 끈질기게 졸라대기에, 은근히 귀찮기도 했으나 얼마나 그림이 배우고 싶으면 저럴까 신기한 마음도 들었다. 그러다 마침 오늘 시간이 났기에 자리를 마련한 것이었다. 얼핏 듣기로는 기녀 수련에서 선두를 두고 연리와 자웅을 다투는 여인이라 하던데, 연리처럼 그림에 흥미를 보이니 어쩌면 이 여인도 그림에 실력이 있지 않을까 기대가 되었다.

물론 주원은 못내 연리가 일 위를 차지하길 바라던 차였지만, 이제 제가 없어도 스스로 척척 멋진 그림을 그려내고 객들에게도 호평을 받아 착실히 지명을 쌓아가는 걸 보니 이 여인에게도 그림을 알려준다 해서 나쁠 것은 없겠다 생각했다. 제가 보기에 연리의 솜씨는 주위의 웬만한 선비들보다도 일품이었고, 누구든 쉽게 따라잡을 수 있는 솜씨가 아니었기 때문이었다.

하지만 웬걸, 모란은 그림은커녕 붓을 잘 잡지도 못했다. 한자를 읽고 쓸 줄도 몰랐고 간신히 언문이나마 쓰는 데 그쳤다. 물론 보통 기녀들이 대부분 이렇기는 했지만, 유독 그림에 관심을 보이며 조르기에 모란이 연리처럼 서화에 재능이 있나 생각했던 주원은 고개를 갸웃했다. 게다가 붓과 종이보다는 제 얼굴만 빤히 쳐다보는 통에, 점차 불편해진 주원은 애써 시선을 피하며 생각했다. 아무래도 불공엔 정성이 없고 잿밥에만 마음을 둔 모양이니 대충 알려주는 구색만 맞추고 자리를 파해야겠다고. 그렇게 휘날리듯 종이 몇 장에 그림을 그리는데 문득 주원은 연리가 어찌 지내는지 궁금해졌다. 어찌나 바쁜지 얼굴 한 번 보지 못한 지가 며칠째인지. 주원은 붓을 놀리며 모란에게 연리의 소식을 물었다.

그림 한 번, 제 얼굴 한 번 번갈아 정신없이 시선을 돌리던 모란은 주원에게 연리가 눈코 뜰 새 없이 바쁘다는 말을 전했다. 워낙 그림 솜씨가 뛰어나 여기저기 주문이 물밀듯이 들어오고, 그림을 마음에 들어 한 선비들이 자주 지명을 하는 터라 저도 얼굴 보기가 어렵다고.

요즈음은 악기도 배우는 모양이라고 했다. 주원은 은근히 신경이 쓰이던 차에 희소식을 들으니, 그동안 소식이 없던 것이 조금 섭섭하기는 했지만 대견하고 뿌듯한 마음에 잔잔한 미소를 띠웠다.

그러던 차에 모란이 재잘재잘 이야기를 늘어놓았다. 대부분 저는 무엇을 좋아하고, 무엇을 잘한다는 자랑거리들이었다. 아, 그렇습니까? 고운 얼굴이긴 했으나 여인에게 그다지 감흥이 없는 성격이라, 한 귀로 듣고 한 귀로 흘리며 묵묵히 그림을 완성해 가던 주원의 귀에 불현듯 한 마디가 꽂혀왔다. 저와 연리가 선두를 두고 다투는 사이이기는 하지만, 그만큼 서로를 잘 이해하고 둘도 없는 동무라는 이야기였다.

'절친한 사이라고?'

연리의 동무라고는 연의 하나밖에 몰랐던 주원은 새로운 사실에 반색했다. 주원은 반쯤 무시하듯 돌리고 있던 고개를 마주하며 얼른 성의 있게 미소를 지어 보였다. 절친한 동무 사이라면 틀림없이 자주 만나 이것저것 이야기를 나누겠지. 그러니 이왕이면 좋은 인상을 남기는 것이 좋을 것이었다.

시선을 마주해 주니 더욱 신난 듯 모란이 함박웃음을 지으며 조잘조잘 떠들었다. 연리와 절친하다는 말에 아까보다 배는 적극적인 태도로 고개까지 끄덕여 가며 동조해 주던 주원은 몇 각 동안 지속되는 수다에 정신이 어수선해지기 시작했다. 점점 다른 곳으로 향하는 생각을 다잡으며, 주원은 슬쩍 시선을 아래로 내려 완성된 그림 몇 장을 살폈다.

'이만하면 됐겠지.'

어차피 본인도 더는 그림에 관심이 없어 보이니, 이 정도 해주었으면 성의 표시는 된 것 같았다. 주원은 완성한 그림을 건네며 이만 가보아야 할 것 같다 부드럽게 말을 꺼냈다. 좋은 시간이었다 인사를 건네며 자리를 정리하는 주원의 손을 갑자기 멈춘 것은, 부탁이 있다는 모란의 다급한 요청이었다.

"연리에게 들었는데, 선비님께서 그림뿐만 아니라 시 솜씨도 뛰어나시다 하더라구요. 그래서 말인데 혹 제게 연시를 하나 써주실 수 있을까요?"

"연시를 말입니까?"

의외라는 반응을 보이는 주원에게 모란은 간곡하게 부탁했다. 사실은 오래전부터 남몰래 연모하는 사내가 있는데, 조만간 그 사내에게 마음을 표현하려 하는데 딱히 방법이 없다고 했다. 그러니 제가 연모의 마음을 담아 시 한 수를 써주면, 그것으로 마음을 대신하여 전하고 싶다는 것이었다. 만만치 않은 당찬 성격인 것 같았는데 속은 여리고 순진한 듯했다.

수줍게 볼을 붉히는 모란을 보며 주원은 생각했다. 예상치 못했던 요청이기는 했지만 연리와 절친한 사이라는데 그까짓 부탁쯤 들어주지 못할 것도 없었다. 제가 연리에게 작시(作詩)를 보여준 적이 있나 아리송했으나, 연리가 동료에게 제 칭찬을 했다는 사실에 기분이 좋아진 주원은 흔쾌히 붓을 도로 쥐었었다.

"절친한 사이라는 것도, 연모하는 사내가 따로 있다는 것도 진실이 아니었군요."

낮게 깔리는 목소리가 마치 성난 맹수의 그것처럼 울렸다. 공포까지는 아니라도 명백히 사람을 굳게 만드는 기세였다. 모란은 당혹한 기색으로 눈도 마주치지 못하고 열심히 머리만 굴렸다.

'다 들었잖아! 어떡하지? 뭐라도 둘러대야……!'

주원은 아무 대꾸도 하지 못하는 모란을 말없이 주시하다 차가운 어조로 말했다.

"앞으로 더 이상 내게 접근하지 마십시오."

"선비님!"

주원은 놀란 듯 크게 눈을 뜨며 외치는 모란을 저지하고 변치 않는 냉정함으로 말을 이었다.

"나는 떳떳하지 못한 것을 제일 싫어합니다. 무슨 목적이었는지는 모르겠으나, 주변 사람들을 이용해 이렇게 거짓을 일삼는 것은 전혀 옳은 일이라고 생각되지 않습니다."

주원은 잠시 말을 끊었다가, 놀란 모란을 똑바로 주시하며 말했다. 담갈색 눈동자가 더할 나위 없이 강경하게 빛났다.

"제대로 대답도 하지 못하는 걸 보니 역시 부정한 목적이 맞았나 봅니다."

"오해, 오해예요! 잠깐만 제 말 좀……."

모란은 냉담하게 돌아서는 주원의 옷소매를 부여잡았다. 뭐가 어떻게 돌아가는지는 모르겠으나 일단 뭐라도 꾸며내 둘러댈 참이었다. 하지만 돌아선 주원은 손을 들어 제 옷자락을 꽉 움켜잡은 모란의 손을 천천히, 그러나 매정하게 떼어냈다.

"마지막으로 말합니다. 다시는 내게 접근하지 마십시오."

망연자실하게 쳐다보는 모란의 눈에 물기가 차올랐다. 평소 같았으면 여인의 눈물에 당황했겠지만, 자신의 철칙이나 신념에 상충하는 것이라면 인정사정없는 성정이라 주원은 냉철한 태도를 고수했다.

"그분 동료라 하여 이만 끝내는 것입니다. 앞으로, 더는 그분을 흉계에 끌어들이지 마십시오."

주원은 획 몸을 돌려 곧장 휘영청 뜬 달이 비추는 밤길로 사라졌다. 온통 붉어진 얼굴로, 분기 섞인 눈물이 고인 채 씨근덕거리는 모란을 뒤로한 채였다.
제 실수였다. 죄다 새빨간 거짓인 줄도 모르고 그 앞에서 사이좋게 웃고 말을 나눴다니. 믿었던 자가 악연인 자와 연시를 주고받는 것을 보면서 얼마나 충격이었을까. 얼마나 배신감이 들었을까. 모란과 자신이 정인 사이가 아니라는 사실을 한시바삐 바로잡아야 했다. 주원은 바짝바짝 타는 속을 이고 다급하게 기루를 헤집고 다녔다.

"네가 공자님과 그런 사이인 줄 알았다면, 공자님을 기둥서방으로 삼지 않았을 거야. 나는 정말…… 몰랐어."

쓸쓸하고 외롭던 연리의 목소리가 머릿속에서 떠나지 않고 맴돌았다. 주원은 은은한 빛을 뿌리던 달이 점점 고즈넉한 어둠의 장막으로 넘어가 몸을 감출 때까지, 사라져 버린 그의 달을 찾아 헤맸다.

비단 실을 닮은 가는 현이 가볍게 퉁겨졌다. 현이 전하는 떨림을 그대로 담아낸 공기는 부드럽게 물결치며 좌중에 온화함을 전했다. 방 안을 채우는 맑은 음률에, 술에 취한 것인지 음악에 취한 것인지 모를 사내들은 끼고 앉은 기녀들을 뒤로하고 오직 가야금을 타는 한 여인에게 정신없이 빠져들었다.
서정적으로 부드럽게 연주되던 음률은 이윽고 조금씩 속도를 더했다. 잔잔하고 밝던 음이 자연스레 빠르고 낮은 음으로 변해갔고, 가녀린 손끝에는 숨 가쁜 애절이 피어나기 시작했다.
팅-

절정을 향해 치닫던 연주에 순간 날카로운 잡음이 섞였다. 그와 동시에, 바쁘게 현을 오가며 연주하던 손은 음역을 이탈한 소리를 알아채고서 움직임을 멈추었다. 잔뜩 팽팽해졌던 현 하나가 끝내 힘을 견디지 못하고 끊어져 볼썽사납게 늘어졌다.

"무슨 일이냐?"

잠시도 눈을 떼지 못하던 선비 하나가 그제야 헤 벌어졌던 입을 다물며 핀잔을 주었다. 채신없이 멍하니 가야금 연주에 빠져들었던 제 모습을 수습하려는 듯, 그가 얼른 잔을 들어 술을 벌컥이자 옆에 앉았던 기녀가 안주 한 점을 집어 그의 입에 넣어주었다.

"송구하옵니다, 힘을 너무 주었는지 줄이 끊어진 모양입니다. 얼른 새것으로 갈아오겠습니다."

"얼른 다녀오너라! 한창 감흥이 일던 참이었거늘."

"예."

선비는 아쉬움이 뚝뚝 묻어나는 눈길과는 다르게 애써 아무렇지 않은 척 목소리를 가다듬었다. 하나 여전히 그는 살포시 고개를 숙이며 방을 나서는 여인에게서 눈을 떼지 못했다. 그의 양옆에 앉은 서너 명의 사내들도 멀어지는 뒷모습을 향해 넋을 놓고 있기는 매한가지였기에, 방 안 기녀들은 홀린 듯한 그들의 작태에 기어이 입을 삐죽이고 말았다.

탁.

긴 적막한 복도를 옆으로 두고 늘어선 방들에서 흥겨운 악기 소리와 웃음소리가 왁자지껄 들려왔다. 세워둔 등불 몇 개로는 몰아내기 역부족인, 다소 어두침침한 어둠이 깔린 복도에서 연리는 크게 심호흡했다. 몇 시진 동안 바짝 정신을 곤두세우고 있었더니 이루 말할 수 없이 피곤했다. 그래도 잔뜩 긴장했던 방 안을 벗어나니 숨통이 트여 한결 나았다. 등 뒤의 닫힌 방문을 향해 힐끗 시선을 던진 연리는, 곧 줄 끊어진 가야금을 다시 고쳐 들고 복도를 걷기 시작했다.

'스무아흐레…….'

분명 스무아흐렛날, 사직단의 제사를 신궁에서 지내게 되어 거둥(擧動)이 있을 것이라 했다. 이례적으로 밤에 이루어지는 거둥이라 사직단 외에도 창덕궁, 창경궁, 경덕궁의 호위를 엄밀히 강화한다고 하였다. 연리는 흥청망청하며 기밀 사안을 흘린 병조 낭청(郎廳)의 태만함에 실소를 머금었다.

정보를 빼내었으니, 술자리로 돌아가기 전 얼른 심부름꾼을 불러 연통을 넣어야겠다는 생각을 하며 연리는 오른쪽으로 꺾여진 복도를 돌았다. 한데 모퉁이로 막 들어서는 순간, 갑자기 눈앞 어둠에서 튀어나온 그림자가 팔을 낚아채 벽으로 몰아붙였다.

그림자는 손에서 놓쳐 바닥으로 내동댕이쳐지려는 가야금을 한쪽 팔로 낚아채 잡고서, 제 몸으로 여전히 연리를 내리누른 채 여유로운 움직임으로 가야금을 옆 벽에 기대두었다.

"누구……!"

"쉬."

단단하게 붙잡힌 한쪽 팔목을 빼내려 애쓰며 잔뜩 경계심 서린 눈빛으로 쏘아보자, 흐린 등불 아래로 웃음을 머금은 목소리와 함께 입술에 맞댄 검지가 보였다.

"나다."

"……군 나리?"

의심스러운 투로 되묻자 능양군은 속박했던 팔목을 풀어주고는 한 걸음 뒤로 물러났다. 어찌나 세게 쥐었는지 잠깐이었음에도 불구하고 저릿저릿했다. 연리는 다른 손으로 팔목을 감싸며 어둠을 틈타 능양군을 매섭게 쏘아보았다.

"오셨습니까?"

다짜고짜 튀어나와 무도한 짓을 하였으니 자연히 말이 곱게 나갈 리가 없었다. 말은 공손하였지만 말투에는 숨기지 못한 가시가 돋쳤다. 지난 십수 일간 꾸준히 보내던 연통에 한 치의 어긋남 없이 착실히 따랐거늘, 그렇잖아도 피곤에 지친 몸을 혹사시키니 언짢은 마음이 왈칵 솟아올랐다.

"오냐. 한데 어째 피곤해 보이는구나. 일을 완수하지 못한 것이냐?"

"아닙니다."

연리는 짜증 섞인 목소리를 감추며 애써 차분히 답했다. 대답에 만족한 듯 고개를 끄덕인 능양군이 팔짱을 끼며 다시 한 걸음 앞으로 바짝 다가섰다. 선연히 서린 만족감과 함께 호선을 그린 입매의 얼굴이 눈에 들어왔다. 능양군과 눈이 마주친 순간 연리는 슬쩍 시선을 바닥으로 떨어뜨렸다. 돌이킬 수 없는 같은 배를 탄 처지이기는 하지만, 능양군과 단둘이 있는 것은 여전히 불편했다.

겉으로는 모후에 대한 효를 칭하나 그는 제 왕권이 분산되는 것을 경계해 속으로는 선왕의 혈족을 완강히 거부하고 있었다. 그것이 그의 본심이었다. 그러니 능양군은 자연히 선왕의 여식인 공주 정명을 반기지 않을 것이었다. 자칫 숨긴 정체를 들킬까 우려스러운 마음이 너무도 컸기 때문에 연리는 심부름꾼을 통한 연통 외에는 능양군과 접촉하는 일을 최대한 자제해 왔었다. 그리고…….

"한데 어찌 낯빛이 이리 어두워. 몸이 안 좋은 것은 아니고?"

큼지막한 손이 뺨을 덮어왔다. 흠칫 놀란 연리의 움직임을 느낀 능양군이 진하게 미소 지으며 더욱 가까이 다가서려 하자, 연리는 고개를 돌려 그의 손을 떨쳐 내고는 재빨리 몇 걸음 옆으로 자리를 피했다.

"소녀는 무탈하오니 신경 쓰지 않으셔도 됩니다."

서궁에서 온 대비의 지밀나인이라는 신분이 확인되자, 능양군은 꽤 적극적으로 연리를 이용했다. 그는 주로 심부름꾼을 통한 연통으로 지시를 내렸는데, 가장 많이 내린 지시는 내로라하는 벼슬아치들의 주연에 들어가 눈도장을 찍으라는 것이었다. 하나 그러한 연회는 원한다고 해서 마음대로 참가할 수는 없었기에, 능양군은 우선 수하들과 함께하는 연회에 빠지지 않고 꼭 연리를 지명했다.

처음에는 흔한 관심으로 여겼던 지명이 그렇게 하루 이틀을 지나 고정적으로 이어지자, 이미 그림으로 입소문을 탄 연리의 명성은 왕족마저도 푹 빠진 동기라는 유명세를 업고 천정부지로 치솟았다. 처음에 연리는 능양군이 왜 저를 연회에 투입하려 하는지 의아했다. 하나 드높은 명성의 동기를 탐낸 그들의 부름을 받고 연회에 나가면서, 연리는 곧 그 이유를 알아차릴 수 있었다. 그들 스스로 부른 만큼 그들은 연리가 능양군의 사람이란 것을 전혀 몰랐고, 경계하는 낌새 없이 무심코 정보를 흘렸다. 능양군이 연리에게 참석하라는 지시를 내린 연회에는 조정의 요직을 차지한 인물들이 대거 참석했다. 따라서 연회에서 새어 나오는 정보는 때로는 그들의 약점이 되기도 했고, 때로는 역천의 방향을 결정하는 중요한 단서가 되기도 했다.

연리는 능양군의 의도에 따라 그의 눈과 귀가 되었다. 연리가 그들이 연회 도중 입 밖에 낸 기밀을 은밀히 전달하면, 능양군은 수하들과 의논해 그들을 옭아맬 기막힐 계책을 짜냈다. 그러면 역천에 동참하지 않았던 자라도, 귀신같이 약점과 단서를 틀어쥔 능양군에게 감쪽같이 속박되어 종국에는 능히 포섭되어 갔던 것이었다.

다른 동기들과는 달리, 연회에서 매력을 뽐내는 것뿐만 아니라 그들의 말 하나하나를 놓치지 않아야 했으니 연리는 지명되는 것 자체가 엄청난 기력 소모였다. 하지만 그 덕에 역천에 동참하는 이가 누군지 알 수 있었고, 역천과 관련해 돌아가는 상황을 차근차근 파악할 수 있기도 했다.

날이 갈수록 연리는 비원에서 유명 인사가 되었고, 아직 머리를 올리지도 않은 동기임에도 웬만한 기녀들보다 대단한 명성을 자랑했다. 저녁마다 하는 점호에서 이미 연리의 점수는 다른 동기들을 훨씬 웃돌았고, 단연 선두를 달리던 모란을 능가하는 정도에까지 올랐다.

연리는 거의 하루도 거르지 않고 이어지는 연회로 피곤에 지친 몸을 누이며 밤마다 생각에 잠겼다. 뒤를 돌아볼 틈도 없이 바쁘게 달려오다 보니 이만큼이나 온 것이 신기했다. 기녀 수련에서 점수가 낮아 혹 화기가 되는 것은 아닌가 걱정했던 것이 무색하게, 자신은 한양 최고라는 기루 비원에서 이름 높은 기녀가 되어 있었다. 그리고 계획대로 역천에도 녹아들었다. 그것도 단순한 지지 세력이 아니라, 역천의 최전선에 선 하나의 인물로. 연리는 공주가 아니라 여전히 기녀로 남아야 한다는 사실이 안타까웠으나 어찌 보면 직접 발로 뛰어 역천에 참여할 수 있다는 사실이 뿌듯하기도 했다.

비교적 좋은 쪽으로 풀려가는 상황을 되짚다 보면 능양군에까지 생각이 닿았다. 입소문을 타기는 했지만 한낱 동기였던 자신에게 월등한 명성을 안기고, 그것을 역천에 이용하는 계책은 혀를 내두를 정도로 교묘하고 철두철미했다. 아는 입이 많으면 소문이 새어 나간다는 이유로 연리가 능양군을 도와 정보를 빼낸다는 사실을 아는 이도 오직 능양군과 그의 수족 김경징뿐이었다. 가끔 연리는 능양군의 지시에 따라, 능양군이 없을 때 그의 수하들의 연회에 참석하여 수하들이 혹 다른 마음을 품고 있지는 않은지 감시하기도 했다.

과연 역천의 주인다웠다. 왕위에 대한 욕망인지 아니면 썩은 세상을 뒤집겠다는 야망인지는 모르나, 물밑에서 일을 진두지휘하며 인사들을 포섭해 나가는 추진력과 자칫 흩어지기 쉬운 반정 세력을 감시하고 결집하는 능력은 보통 배포로 이룰 수 있는 것이 아니었다. 연리는 지난날 그저 한량이라 생각했던 능양군에 대한 평가를 달리했다. 이대로라면 그가 무너져 가는 조정을 장악하고 용상을 차지할 날도 멀지 않아 보였다.

한데 순탄할 것만 같았던 탄탄대로에 의외의 복병이 있었으니…….

"힘들면 언제든 말하거라. 며칠 쉬게 해줄 테니."

"……아닙니다. 괜찮사옵니다."

능양군은 열심히 굴려대는 데도 군말 없이 따르는 제게 관심을 가지는 듯하더니, 유용한 정보를 여러 번 빼내어오자 마침내 노골적으로 호감을 표시했다. 이미 특별한 마음이 없다는 것을 넌지시 알렸음에도 능양군은 아랑곳하지 않고 이렇게 마주칠 때마다 거침없이 밀고 들어왔다.

제 조카 되는 이의 구애에 연리는 당황스럽고 거북할 수밖에 없었으나, 드러내 놓고 거절하면 곤란해질 것을 알기에 최대한 완곡하게 에둘러 피하기를 반복했다. 다행히 쓰임새가 많은 저를 버리기는 아까운 탓인지, 아니면 마음 없는 자를 억지로 취하려는 성정은 아닌 것인지 능양군은 수작을 걸면서도 간접적인 거절에 넘어가 주곤 했다. 이번에도 연리는 진하게 웃으며 다가오는 능양군의 관심을 돌리려 서둘러 입을 열었다.

"오늘 병조 참판 박정길의 장남, 병조 낭청 박순우로부터 기밀을 입수했습니다."

"기밀?"

금방이라도 다시 수작을 걸 듯 보이던 능양군이 바뀐 화제에 눈을 빛냈다. 연리는 거북하기만 했던 눈빛이 사라진 것에 안도하며 얼른 말을 이었다.

"스무아흐렛날, 주상이 사직단에 제사를 지내러 거둥한다고 합니다. 한데 특이하게도 금번에는 전과 달리 밤에 거둥한다고 하여 곧 경덕궁과 사직단, 창경궁, 창덕궁에 군사를 배치하고 궐내 또한 숙직을 강화한다고 하였습니다."

"그래? 스무아흐렛날…… 밤이란 말이지."

밤이라. 눈을 길게 늘이며 턱을 쓰다듬는 능양군은 갑작스레 접한 기밀에 자못 진지한 표정이었다. 밤에 거둥하는 것이 아예 없는 일은 아니었으나 엄중해야만 하는 왕의 호위를 이유로 대부분 거둥은 낮에 이루어지게 마련이었다. 특히 요즘과 같은 뒤숭숭한 시기에는.

"그리고 이전처럼 각궁에 입직한 군사를 빼어 쓰면 도적을 맞는 일이 많다고 상소가 올라와, 이번 거둥에 쓰일 군사는 수원과 강화에서 징발한다고 합니다."

"궁이 아니라 외부에서 징발한다는 말이냐?"

"예. 거둥의 호위를 맡은 낭청이 직접 말하였으니 틀림없을 것입니다."

"흠."

날카롭게 변한 눈빛이 깊이 생각에 빠진 듯했다. 조심스레 그의 눈치를 살핀 연리는 그가 이 일을 어떻게 다룰지 궁금했다. 밤에 거둥한다는 것이나, 외부에서 군사를 데려온다는 것이나 분명 예외적인 경우인데……. 역천에 조금의 빈틈도 허용하지 않는 그라면 분명 좌시하지 않을 사안이었다.

"알았다."

능양군은 복잡한 생각을 갈무리한 듯 간단한 말로 경직되었던 분위기를 정리했다. 멈칫한 연리는 능양군이 이에 대해 제게 어떤 지시를 내릴지 내심 기대했던 터라 아쉬운 마음이 들었다.

"오늘도 여전히 귀중한 정보를 물어왔구나. 들키지 않고 조정의 벼슬아치들에게서 기밀을 빼내는 일이 쉽지 않을 터인데."

진중했던 그가 어느새 또다시 천연스레 변했다. 연리는 퍼뜩 상념에서 벗어나 능양군을 똑바로 응시했다. 순간 놀란 눈망울을 한 연리를 능양군은 기특하다는 눈빛으로 바라보고 있었다.

"궁녀라고는 믿기지 않을 만큼 영특하고 사랑스럽구나. 웬만한 사내보다도 담이 크고 유용해. 궁녀로만 남기엔 아깝구나."

"과찬이시옵니다. 소녀는 다만 대비마마의 명을 받들어."

"어떠하냐, 내 용상에 오르면 너를 후궁으로 삼고 싶은데?"

후궁이란 단어를 발음하는 능양군의 눈빛에 이글거림이 서렸다. 자신을 진심으로 유용한 인재로 인정하고 있음과 동시에, 사내로서 여인을 탐하는 욕망이 뒤섞여 있었다. 연리는 말문이 막힘과 동시에 어지러움이 돌았다. 지금 이자는 방금의 말로 자신이 인륜을 어기고 있다는 사실을 알기나 할까. 기둥서방이 있다는 사실을 털어놓아도 먹혀들지 않을 것을 알기에, 연리는 빨리 자리를 피하는 것만이 상책이라 여겼다.

"소녀, 역천을 도우라는 대비마마의 명만을 따를 뿐이옵니다."

"하면 내 널 달라고 대비마마께 여쭈어야겠구나."

"……한시바삐 돌아가야 합니다. 악기의 줄을 갈고 온다고 하였으니 더 지체하면 수상하게 여길 것입니다."

얼굴을 굳힌 연리가 딱딱하게 대답하자 능양군은 넘어가 주겠다는 듯이 어깨를 으쓱하고는 뒤로 물러났다. 들리지 않게 안도의 한숨을 내쉰 연리가 허리를 굽혀 옆에 세운 가야금을 집어 들려 하자, 간발의 차로 능양군이 먼저 손을 뻗어 가야금을 들어 올리고선 품에 안겨주었다.

의문스럽게 그의 행동을 살핀 연리가 경계를 늦추지 않으며 가야금을 받아 들자, 입꼬리를 올린 능양군은 밀어라도 말하듯 몸을 숙여 연리의 귓가에 속삭였다.

"며칠 내로 다시 연통하마. 그때까지 쉬고 있거라."

말을 마친 능양군은 다시 바람처럼 어둠 속으로 사라졌다. 불쑥 나타나 심란함만 가득 남기고 떠난 조카 탓에, 연리는 지끈거리기 시작한 이마를 짚으며 한숨을 내쉬었다.

해시(亥時), 이귀.

몹시도 간단히 적힌 글자들이 손안에서 바스락거렸다. 무릇 글자에는 쓴 이의 성정이 드러난다고 하건만, 이 글자들은 아무리 들여다보아도 그저 글자일 뿐이었다. 조금 전 심부름꾼이 전해주고 간 말이, 부왕을 어렴풋이 닮은 것도 같은 서체 사이에서 능양군의 목소리로 바뀌어 들려왔다.

> "이귀는 반드시 필요한 자이니 무슨 일이 있어도 끌어들여야 한다. 오늘 밤 그자를 설득하러 내 수하들이 갈 것이니, 너도 그 자리에 참석하거라. 나는 몸이 좋지 않아 참석치 못하니 잘 들은 후 오늘 밤 오간 말을 빠짐없이 내게 전하라."

명령하는 목소리가 곁에서 건조하게 들려오는 듯했다. 연리의 화장기 없는 얼굴이 미미하게 찌푸려졌다.

'수하들이 가는 자리라면서 왜 내게 참석하라는 거지? 굳이 그리하지 않아도 수하들이 말을 전해줄 텐데.'

능양군과 마지막으로 만났을 때, 그가 당분간 쉬고 있으라 한 덕분에 연리는 며칠간 객들의 요청에도 불구하고 두문불출하고 있는 상태였다.

기분 탓인지 요즈음 들어 더욱 비원을 자주 찾는 듯한 주원과 석윤을 마주칠까 싶어, 연리는 이왕 이리된 김에 그동안 시나브로 쌓였던 피로나 풀 겸 방 안에서 도통 나가지 않았다. 잠도 실컷 자고, 일정이 없는 연의나 다른 아이들과 담소도 나누고, 그러다가 혼자서 무료할 때면 그림 연습이나 할까 했지만 먹과 붓만 보면 숨이 턱 막히는 기억이 떠올라 문방사우를 꽁꽁 싸매 농 속에 숨겨 버린 지 오래였다.

톡, 톡, 톡.

정성 들여 손질한 손톱이 일정한 간격을 두고 서안에 부딪쳤다. 가벼운 타격음이 조용한 방 안에 수십 번 울려 퍼졌을 때, 연리는 복잡해지려는 생각을 흩트리려는 듯 세차게 머리를 휘저었다. 알 게 뭐람, 본래 심성을 알 수 없는 자이니 저만 아는 생각이 있나 보지. 하지만 아무리 그래도 목적도 모른 채로 이리저리 끌려다니는 것이 결코 유쾌하지는 않았다.

불퉁한 표정으로 건네받은 쪽지를 노려보고 있는데, 갑자기 방문이 벌컥 열리며 훈훈한 방 안에 찬바람이 쏟아져 들어왔다. 그에 연리는 화들짝 놀라 엉겁결에 쪽지를 엉덩이 밑으로 깔고 앉았다.

"아, 진짜 춥다! 이제 곧 있으면 눈도 오겠어."

과장되게 벌벌 떠는 흉내를 내며 연의가 냉큼 방 안으로 뛰어들어왔다. 양손으로 팔을 문지르던 연의는 어딘지 어색한 연리의 얼굴을 보며 의심스레 눈을 길게 늘였다.

"왜 그래? 뭐 나쁜 짓 하다 들킨 사람처럼."

"내가 뭘."

재빨리 표정을 고친 연리는 태연히 면경을 꺼내며 따라오는 시선을 피했다. 괜히 무심한 척 면경 속 얼굴만 여기저기 열심히 살피자, 빤히 쳐다보던 연의는 곧 관심을 끈 듯 훌훌 옷을 벗어 내리곤 농에서 편한 옷을 꺼내 갈아입기 시작했다. 그 틈을 타 후다닥 엉덩이 밑에서 쪽지를 꺼낸 연리는 얼른 서랍 안쪽으로 쪽지를 깊숙이 밀어 넣었다. 힐끔 눈치를 보니 다행히 연의는 아무것도 눈치채지 못한 듯했다. 속으로 안도의 한숨을 내쉰 연리는 곧 서랍에서 화장품들을 꺼내 서안에 늘어놓았다. 화장품들끼리 부딪치는 달각거리는 소리를 들은 연의가 옷고름을 짓다 궁금한 표정으로 물었다.

"뭐하게? 화장?"

"응, 오늘 해시에 참석할 주연이 하나 있어서."

"힘들다고 며칠간 쉬겠다면서? 아침에는 오늘도 일정 없다고 나랑 같이 논댔잖아."

"아, 맞다. 미안, 미리 예정되어 있던 건데 깜빡 잊고 있다가 방금 생각이 났지 뭐야."

미안한 표정을 지으면서도 분을 바르는 손을 멈추지 않자, 연의는 입을 삐죽이다가 별안간 환한 얼굴이 되어 바짝 다가앉았다.

"서방님 만나러 가?"

"응?"

순간 굳어버린 표정을 눈치채지 못한 듯, 연의는 반짝반짝 눈을 빛내며 캐물었다.

"참, 먹은 전해 드렸어? 그 먹 받고 서방님이 뭐라 그러셨어? 너 진짜, 내가 그렇게 열심히 조언해 줬는데 어떻게 됐는지 입 딱 다물고서는!"

다다다 질문을 쏟아내던 연의의 목소리가 흥분한 듯 높게 올라가자 연리는 서둘러 손을 뻗어 연의의 입을 막았다. 갑작스레 입이 막힌 연의는 읍읍거리며 손을 떼내려 했다. 하지만 지나치게 차분한, 그러나 어딘지 우울한 연리의 낯빛에 연의는 벗어나려는 움직임을 멈추고 의문에 가득 찬 눈길을 보냈다. 연의가 얌전해지자, 연리는 손을 치우고는 아무 말 없이 면경을 보며 화장을 계속했다.

"야아……. 너 좀 이상하다? 서방님한테 못 전해 드린 거야? 요즘 서방님 만나지도 않는 것 같던데, 혹시 무슨 일 있었어?"

핵심을 찌르는 말과 면경에 비친 걱정 어린 눈빛을 본 연리는 눈썹을 그리려 집어 들던 눈썹용 먹을 내려놓을 수밖에 없었다.

"그때 만나기는 했는데, 그건…… 못 전해 드렸어."

손에 없는 걸 보니 그 방에 두고 온 모양이지. 차라리 잘됐어. 연리는 뒷말을 속으로 삼켰다.

"왜? 왜 못 전해 드렸는데?"

크게 뜨인 눈을 보니 어쩐지 연의에게는 말해야만 할 것 같은 생각이 들었다. 어쨌든 공자님께 말할 수 있도록 비밀까지 털어놓으며 용기를 북돋아주었던 고마운 친우니까.

"드려봤자…… 소용없었을 거야. 공자님께선 이미 모란이를 연모하고 계셨으니까."

"뭐?"

연리의 말이 떨어지자마자 연의는 빽 소리를 질렀다. 예상보다 훨씬 격렬한 반응에 귀가 얼얼했지만, 그만큼 누구도 예상치 못했던 일이란 뜻이기에 더욱 씁쓸해졌다.

"말도 안 돼! 그런 게 어딨어? 네가 잘못 안 거 아냐?"

당장에라도 자리를 박차고 일어나려는 연의에게 연리는 그날 있었던 이야기를 들려주었다. 주원이 손수 모란에게 써준 연시와, 그날 둘이 묘한 분위기를 풍겼던 것과, 모란이 제게 했던 말까지. 입을 떡 벌리고 말을 듣던 연의는 분기탱천하여 목소리를 높였다.

"모란이 그 계집애가 전부터 서방님을 탐내더니, 분명 무슨 수작을 부린 게 분명해. 내가 당장 가서……!"

"아니야, 그러지 마."

저를 위해 편을 드는 친우가 고마웠지만, 도리어 그랬다간 주원이 제게 이상한 생각만 갖게 될지도 모른다. 연리는 속상하지도 않냐며 저보다 더 화를 내는 연의를 진정시켜 앉히며 고개를 저어 보였다. 어찌 속상하지 않으랴. 며칠간 아무것도 하지 않고 쉴 때, 잠시도 머릿속을 떠나지 않았던 것이 그의 얼굴이고 그의 목소리였다.

짧다면 짧은 시간이었지만, 그동안 그가 제게 건넸던 온기는 쓸쓸했던 자신의 유일한 버팀목이었다. 낯섦투성이인 기루에서 이만큼 성공하고 목표였던 역천에 참여하게 된 것조차 전적으로 주원 덕분이었다고 해도 과장이 아니었다.

그만큼 애틋하고 소중하지만……. 그래서 그를 탐내어서는 안 되었다. 그가 정말로 모란을 마음에 담았다면 마땅히 응원하고 지지해야 은혜에 보답하는 길일 것이다. 더구나, 가까스로 긍정적으로만 생각해 왔기는 했지만 현재 제 상태는 풍전등화나 다름없었다. 까딱하면 역천이 반역으로 몰려 삼대가 모두 멸족될 수도 있음이다. 그와 이 이상 더 가까워진다면 일이 잘못될 시에는 그가 억울하게 휘말릴 수도 있다. 그래, 어쩌면 이대로 그와 멀어지는 것이 진정으로 그를 위하는 길일지도 모른다.

"그치만 공자님은 분명 너한테 마음이 있으셨는데!"

"공자님은 모란이를 마음에 두셨어. 모란이도 공자님을 많이 연모하고……. 만약에, 정말 만약에 한때 내게 마음이 있으셨다 해도, 어차피 기녀에게 변치 않는 마음을 주는 사내들은 없잖아. 나만 그런 사람을 만날 수 있다고 생각했던 게 헛되었던 걸지도 몰라."

"연리야!"

"그러니까 나 이제부터 수련에만 집중하고 싶어, 연의야."

꿋꿋한 연리의 목소리에 안타까운 표정으로 만류하려던 연의는 하려던 말을 잇지 못하고 머뭇거렸다. 쓸쓸함과 슬픈 빛이 감도는, 하지만 동시에 의지가 서린 눈동자가 호소하듯 매달리자 마침내 연의는 한숨을 내쉬었다.

"그래……. 네가 원하는 대로 해. 나는 네가 무얼 하든 항상 네 편이니까."

환히 불이 비치는 문 너머로 대여섯의 인영이 비쳤다. 보통 주연이 아니라더니 기녀들을 따로 부르지 않았는지 으레 들리곤 하는 웃음소리나 음악 소리 하나 없이 조용했다. 간간히 오가는 말소리만이 방 안에 사람이 있음을 증명했다. 연리는 곱게 단장한 차림새를 다시 매만지며 바짝 서린 긴장을 풀려 심호흡했다. 그간 정보를 빼내려 여러 벼슬아치들의 시중을 들기는 했지만, 이렇게 거물급 인사를 만나는 것은 처음이 아닌가. 또한 역천에 참여하라는 권유를 능양군의 수하들이 어찌 제안할지 몹시 궁금하기도 했다.

오늘의 임무는 단지 시중을 들면서 오간 말을 능양군에게 전하는 것뿐이었지만, 능양군만큼이나 역천에 명운을 건 만큼 연리는 역천의 주축들이 어떤 생각으로 어떻게 거사를 진행해 나가는지 알 필요가 있었다. 마침 능양군도 없겠다, 한결 마음이 가벼운 것을 느끼며 연리는 그의 수하들이 어떻게 이귀를 설득할지 기대에 부푼 마음을 안고 목소리를 가다듬었다.

"나리, 소녀 연 들었사옵니다."

"들거라."

안에서 허락의 말이 떨어지자마자 연리는 재빨리 세워둔 가야금을 품에 안고 문을 열었다. 순식간에 펼쳐진 방의 전경에는 기녀만 없다 뿐이지 온갖 산해진미가 그득한 술상이 화려하게 차려져 있었다. 빠르게 술상을 훑으며 제일 상석에 앉은 괴팍하고 강파리해 보이는 이의 얼굴까지 눈에 담은 연리는 시선이 마주치기 전 서둘러 고개를 숙였다.

"무언가, 어찌 은밀한 자리에 기녀를 들여?"

인상처럼 강퍅한 목소리가 머리 위로 날아들었다. 능양군이 보냈다 말해야 하나 잠깐 고민하던 연리는, 곧 제 대신 변명 아닌 변명을 덧붙이는 사내의 말에 얌전히 입을 다물었다.

"염려 마십시오, 이 아인 능양군께서 아끼는 아이로 이곳에 심어둔 정탐꾼입니다. 겉으로 보기엔 그저 기녀일 뿐이니 주상 쪽으로부터 정보를 캐내는 데 요긴하게 쓰이지요. 철저한 우리 측 아이니 걱정하지 않으셔도 됩니다."

무얼 하느냐? 당장 와서 술 따르지 않고. 능양군에게 미리 언질을 받은 듯한 사내가 핀잔하듯 재촉했다.

예, 나리. 순순히 대답한 연리는 잠깐 눈을 감았다 뜨고는, 입꼬리를 끌어당겨 환한 웃음을 만면에 띄웠다. 제 환심을 사려 아부하던 사내들은 물론 정보를 캐내려 직접 접근했던 사내들까지 모두 절세가인이라 침이 마르게 칭찬했던 웃음이다. 본디 마음에서 우러나온 것이 아니기에 자세히 들여다보면 쌀쌀함이 묻어나는 눈빛이었지만, 모두들 환히 웃는 입꼬리와 오목조목 고운 얼굴에 홀려 눈빛에 담긴 진의를 알아채는 자는 없었다.

살짝 눈을 내리깐 채 고개를 들자, 아까까지만 해도 영 못마땅해했던 이귀가 한층 누그러진 표정으로 저를 뚫어져라 바라보는 것이 눈에 들어왔다.

"그러하다면야."

상석에 앉은 이귀는 흠흠 헛기침하며 점잖은 척 손에 들었던 술잔을 비웠다. 그러자 문가에 가장 가까이 앉은, 아까 설명을 늘어놓았던 사내가 이귀 곁에 가 앉으라며 손짓했다. 연리는 가야금을 고쳐 들고 상석으로 걸음을 옮기려 숙였던 고개를 완전히 들었다.

하나같이 시선이 죄다 제게 쏠려 있다. 연리는 모두에게 인사를 올리는 척하며 재빨리 방 안의 사람들을 훑었다. 저자가 이귀. 좁은 삼각으로 모난 얼굴이 비위 맞추기 꽤 성가실 것 같다.

'하나.'

그리고 그의 옆에 앉은 사내 하나. 이귀에게는 뜻을 함께하는 아들 둘이 있다더니 그들 중 하나인 모양이다. 아비를 닮아 꼬장꼬장해 보인다.

'둘.'

그리고 그 옆에 앉은…….

"뭣 하느냐? 어서 가 시중들지 않고."

"소, 송구합니다. 귀하신 분을 뵈니 긴장이 되어."

무슨…… 저분이 왜 여기에?

재촉에 못 이겨 이귀의 옆자리로 가면서 연리는 흔들리는 시선을 떼지 못했다. 끊긴 분위기가 다시 살아나며 사내들이 이야기를 지속하는 사이, 가야금을 등 뒤에 내려놓고 자리에 앉은 연리는 주자를 들어 이귀에게 술을 따랐다. 혼란스러운 머리를 정리하지도 못한 채 억지웃음을 지은 채로 술잔을 채우면서도 연리의 시선은 줄곧 옆을 향했다.

혼란스러운 것은 주원도 마찬가지인 듯했다. 차마 대놓고 어찌 된 일이냐 물을 수는 없으나 커다래진 눈이 당황에 물든 그의 생각을 여실히 보여주고 있었다. 서로 영문을 몰라 당혹스러운 시선이 부딪쳐 얽혀들었다.

'설마.'

불길한 생각에 연리는 얽힌 시선을 떼고 휘휘 주위를 둘러보았다. 아니나 다를까, 눈여겨보지 못한 맞은편에 태연히 자리하고 앉은 석윤이 능청스레 이귀의 아들과 만담을 나누고 있었다. 연리는 서둘러 방 안의 인원을 다시 세어보았다. 하나, 이귀. 둘, 이귀의 아들. 셋, 공자님. 넷, 조 공자님. 다섯, 이름 모를 능양군 수하의 사내.

"이귀는 반드시 필요한 자이니 무슨 일이 있어도 끌어들여야 한다. 오늘 밤 그자를 설득하러 내 수하들이 갈 것이니……."

분명 '수하들'이라고 했는데. 그럼 설마 공자님이……. 온몸에서 핏기가 빠져나가는 기분이었다. 하얗게 질린 얼굴로 연리가 주원을 주시하자, 주원이 착잡한 표정으로 작게 고개를 끄덕였다.

탁!

"이만하면 됐소. 오늘 이 사람을 부른 목적은 이렇듯 농담 따먹기나 하자는 것이 아닐 터인데, 피차 복잡하게 하지 말고 본론으로 들어가지."

석윤이 늘어놓는 만담을 듣는 듯 마는 듯 술만 들이켜던 이귀가 술잔을 세게 내려놓으며 대화의 흐름을 끊었다. 태연히 연리에게 놀람 반, 호의 반을 섞어 알은체했던 석윤은 머쓱한 표정을 지으며 입을 다물고 주원에게로 시선을 돌렸다.

석윤이 주원에게로 시선을 돌리자, 자연히 이귀와 그의 아들의 시선 또한 주원에게로 모여들었다. 그에, 뜻밖의 상황에 혼란스럽게 연리를 바라보고 있던 주원은 퍼뜩 정신을 차리고 자연스레 고개를 틀었다.

"다시 한 번 말하지만, 나는 자네 주군을 따를 생각이 없어. 하니 지난번과 같은 소리를 하려거든 이만 파하는 것이 좋을걸세."

미간에 주름을 드리운 이귀는 달갑잖은 음성으로 말하며 주원을 매섭게 노려보았다. 어느새 평연함을 되찾은 주원은 숙정한 태도로 매서운 시선을 받아내고 있었다. 어안이 벙벙했던 연리는 차분한 주원을 보며 산란한 마음을 가까스로 진정시켰다. 한데…… 눈치를 보니 생각보다 일이 잘 진전되지 않은 모양이었다. 연리는 초조함에 눈을 굴렸다. 어쩌지, 꼭 이자를 포섭해야 한다고 했는데.

"지난번처럼 허황된 말로 날 설득하려다 체면을 상하고 싶지는 않겠지. 혹여 그런 생각을 갖고 있다면 괜한 헛수고 말고 차라리 금은보화를 주겠다 말하게. 나는 세상물정 모르는 유생 나부랭이가 주장하는 진리니 정의니 하는 것에는 관심이 없으니."

연리는 모욕적일 정도로 거침없는 태도에 미미하게 미간을 모았다. 영문을 모르는 제가 들어도 잔뜩 깔보는 듯한 말투며 내용이 편치 않았다. 하나 젊은 치기에 욱성이 돋을 만도 하건만 주원은 아무렇지 않다는 듯 잔잔했다.

"제 말이 나리께 허황되게 들렸다면, 제 말재주가 미숙했던 모양입니다."

"하면, 허황되지 않다 이 말인가?"
코웃음 치며 이귀는 주원의 말을 따라 읊조렸다.
"내가 자네들을 도와 능양군을 옹립하는 것이 정의라고? 어찌 그게 옳다는 말이야?"
술잔을 놓고 팔짱을 낀 이귀가 빈정거리며 재차 물었다.
"솔직히 말해서, 옳다느니 정의라느니 하는 것들은 집어치우고 말일세. 자네들이 진실로 원하는 바는 새 왕을 업고 부귀영화를 누리고자 함이 아닌가? 아니면 아니라고 말해보게!"
쾅!
벽력같이 일갈한 이귀가 내리친 주안상이 어지럽게 뒤섞여 쏟아졌다. 연리의 앞쪽으로 떨어진 주자 때문에 치맛자락이 흠뻑 술로 젖어 들었다. 혹시나 이귀에게 젖은 치맛자락이 닿을까 싶어 연리는 고개를 숙이고 무릎걸음으로 뒤로 물러났다. 한 걸음 뒤에서 고개를 들어 보니, 이귀가 홀시함이 뚜렷한 눈빛으로 주원을 노려보고 있었다. 거물이라는 인사가 어찌 저리 궤궤하질 못할까.
연리는 이귀를 못마땅하게 바라보면서도 초조함에 아랫입술을 물었다. 정의라니. 공자님이 이귀에게, 능양군을 옹립하는 것이 정의라고 했다는 건가? 물론 어찌 되었든 사람들을 포섭하려면 어떻게든 능양군을 왕재로 만들어야 하긴 했지만, 잘못하면 지나친 무리수가 될 수도 있는 말이었다. 연리는 조마조마한 마음으로 걱정스레 주원에게 시선을 주었다.
뜻밖에도, 언제나 호수처럼 잔잔했던 그의 눈에는 홍염이 타고 있었다.
깊고 잔잔한 암갈색 호수. 적요한 색채가 평소와 다를 바 없는 평온을 짐작케 한다. 하나 이윽고 빛이 그 너머를 비추자 호수는 영묘한 담갈색을 품는다. 순식간에 밝아져 언뜻 들여다보이는 동공 너머로 연리는 서물거리는 홍염을 본 착각을 하였다. 보는 이를 매료시키는 힘이라도 있는 듯, 연리는 잠시 동안 헤어 나오지 못하고 불꽃에 사로잡혔다.

"그리 생각하셨다니 유감입니다."

부지불식간에 불꽃이 사그라지고, 담담하지만 단단한 목소리와 함께 암갈색이 내려앉았다. 퍼뜩 현실로 되돌아온 연리는 주위를 살폈다. 날카로운 눈빛의 이귀와 온유한 주원이 서로에게 눈을 떼지 않은 채 대치하고 있었다.

"제가 말씀드린 것은 대의였습니다. 도탄에 빠져 신음하는 민생을 구하고 나라를 바로 세우고자 할 뿐인데 어찌 이로 일신의 영화를 구하겠습니까?"

"대의? 용상을 갈아 치우고 새 임금을 앉힌들 무엇이 달라지겠는가? 새 임금이 현 주상의 전철을 밟지 않으리라는 보장이 있나?"

예상했던 대응이었던 듯, 픽 비웃음을 터뜨린 이귀는 쉬지 않고 곧장 말을 이었다.

"나는 승산 없는 일에는 운명을 걸지 않아. 서인과 남인이 계축옥사로 쓸려 나가고 대북파 간신들만이 들끓는 썩은 세상에, 굳이 위험을 뒤집어쓰고 새 임금을 세워야 하는 이유가 있나? 임금을 바꾸면 세상이 바뀌어? 현 주상을 갈아 치우고 대북파들을 쓸어내도, 새 임금을 세운 새 당파가 조정을 차지할걸세. 껍데기만 바뀔 뿐 알맹이가 바뀌지는 않는다 이 말이야. 그러니 알량한 대의를 변명 삼아 나를 설득하려 들지 말게. 차라리 새 임금을 세워 부귀를 누리고 싶다 그리 진심을 밝히지 그러나? 하면 내 잠시나마 부귀에 현혹되어 갈등이라도 해주지."

숨이 막히게 경직된 분위기에도 불구하고 주원은 평소와 다를 바 없이 온화했다. 연리는 아무 변화도 없는 주원의 낯빛에, 이귀가 또다시 역정을 내고 금방이라도 자리를 뜰까 봐 조심스레 그의 기색을 살폈다. 그런데 자꾸만 어딘지 모르게 편치 않은 느낌이 신경 쓰였다.

무심코 주원에게로 고개를 돌린 연리는 마침내 원인 모를 이질감을 알아챘다. 거의 언제나 부드러운 호감을 담던 눈이 딱딱하게 얼어붙어 있었다. 호선을 그린 입매와는 확연히 대조되는 서늘한 눈매가, 잠식해 오는 기세를 마주하고 한 치의 물러섬 없이 대립하고 있었다.

짧은 침묵이 흐르는 사이, 마음껏 신랄함을 쏟아낸 이귀는 머리를 굴리며 승산을 따졌다. 엉망이 된 용상과 조정, 그리고 스멀스멀 움직이는 수면 아래 세력들. 승패를 장담할 수는 없으나 평생 초야에 묻혀 살 것이 아니라면 어느 쪽을 택하는 것이 더 유리할지는 명백했다. 하지만 그렇다고 하여 덥석 동참하기엔 자존심이 상했다.

요청을 받아들인다면 자연스레 자신은 다른 자들과 다를 바 없이 능양군에게 굴종할 수밖에 없다. 이귀는 엄연한 정계의 거두인 자신이 어중이떠중이들과 한데 섞이는 것을 용납할 수 없었다. 같은 공신이라도 엄연히 고하(高下)와 경중(輕重)이 있는 법이거늘. 하여 이귀는 역천이 성공한다면 임금으로 등극할 능양군에게 제 필요성을 깊이 각인시키려 하는 중이었다. 안달 내면 안달 낼수록, 잡힐 듯 잡히지 않는 결코 놓쳐서는 안 되는 인물로.

능양군이 그러모은 세력이 어떠한지도 파악해야 했다. 그저 재물과 권세를 탐내어 동참한 것인지, 아니면 특별한 또 다른 이유가 있는 것인지. 전자라면 한심하긴 하겠으나 휘두르기는 쉬울 것이고, 후자라면 휘어잡기 꽤 골치 아플 것이 분명하였다. 사실 은밀한 본심이 부귀영화가 아니라고 부정할 수 없었던 이귀는, 뿌리 깊은 선비다움을 자랑스레 여기는 자존심을 위해 내심 타당한 다른 이유를 발견할 수 있기를 바랐다.

이귀는 눈앞의 혈기 넘치는 젊은이를 살폈다. 방금 전 입 밖에 낸 말과는 달리 이자가 권력이나 재물을 탐할 인사가 아니란 것쯤은 이미 파악하고 있었다. 하나 정말로 이자에게 특별한 이유가 있을지는 알 수 없었다. 아니, 어쩌면 멀쩡한 겉모습과는 달리 정말로 부귀영화를 탐내고 있을지도.

이귀는 물러섬 없이 마주 선 눈빛을 뚫어져라 응시하며 미미하게 눈썹을 일그러뜨렸다. 이자도 마땅치 않으면 어떡한다? 이대로 능양군 세력과 척을 지는 것은 달갑지 않지만 마땅치 않은 말에 넘어가 주기도 내키지 않는다. 설득한답시고 능양군의 찬양이나 열거하지 않았으면 좋겠는데.

"나리께선 능양군을 어찌 생각하십니까?"

"뭐라 했나?"

이귀는 눈을 휘둥그레 떴다. 그에 못지않게, 불쑥 튀어나온 뜻밖의 말을 들은 방 안 모두도 심히 취한 탕아를 본 것처럼 깜짝 놀랐다. 하나 정작 본인은 아무 일도 없다는 듯 변화가 없었다. 이귀는 젊은 유생이 저를 상대로 객기를 부린다 생각했다. 성정대로 버럭 소리치며 자리를 박차고 싶은 것을 간신히 눌러 참으며, 그는 매몰차게 주원을 노려보았다. 대답을 듣고자 한 말은 아니었던 듯, 주원은 이귀의 시선을 고스란히 받아낸 채로 입을 열었다.

"제게 능양군을 옹립한들 바뀌는 것은 없을 것이라 하셨습니다. 바꾼들 현 주상 대신 새 임금이, 대북 대신 새로운 당이 나타날 뿐이라 그리 말씀하셨지요."

"한데?"

"나리의 말씀이 옳습니다. 능양군께서 세종대왕과 같은 성군이 되실지, 아니면 입에 담기조차 민망한 폭군이 되실지는 저조차 장담할 수 없습니다. 하니 능양군을 선택하는 것이 최선이 아닐지도 모르지요."

"무슨……."

이귀의 낯에는 어처구니없다는 기색이 만연했다. 이자가 대체 무슨 말을?

옆에서 똑똑히 그의 말을 들은 연리는 낯이 하얗게 질리는 것을 느꼈다. 위험하다. 언제 어디에서 능양군의 눈과 귀가 지켜볼지 모르는데! 이를 듣는다면 역천에 관해서 만큼은 가차없는 능양군은 분명 주원을 가만두지 않을 것이었다.

"하지만 나라를 좀먹는 거악(巨惡)과 그를 갈음할 수 있는 차악(次惡)이 있다면, 소인은 마땅히 차악을 택할 것입니다."

능양군을 차악이라 말하는 주원의 눈빛은 더없이 확고했다. 그의 의지가, 소신이 결연히 빛나고 있었다.

"이 일은 거악과 차악 둘 중 어떤 것을 고르느냐의 문제입니다. 하니 소인은 이미 선택하였습니다. 소인은 난세에 불세출의 영웅이나 충신이 될 마음은 없습니다. 하나 신음하는 백성을 도탄에서 건지고 타락한 윤리와 나라를 바로 세우는 것이, 반가에 태어나 귀하고 안락하게 산 삶의 의무가 아니겠습니까?"

"지금 내게 그 의무를 치러야 한다 말하는 것인가? 그러니 차악인 능양군을 세워 기울어가는 조선을 구원하라?"

"그것이 옳은 일입니다."

아. 손에 땀을 쥐고 초조하게 주원의 말만 기다리던 연리는 탁 맥이 풀렸다. 비원에 들어오면서부터 생각했던, 복수심에 차 역천에 나서고 싶다 외치던 제가 보았던 비참한 백성들의 옛 기억이 물밀듯이 밀려들

었다. 힘없는 얼굴로 아이에게 빈 젖을 물리던 어미, 거리를 가득 채운 해진 옷의 구걸하는 사람들.

"난세에 홀로 편안하고 부귀하게 산들 위태로운 낙엽에 지나지 않습니다. 모든 안락과 부귀의 기반이 어디에서 나왔겠습니까? 백성이 있어 양반이 있고, 백성이 있어 나라가 있는 것입니다. 한데 모두들 눈앞의 편안만을 따지고 정작 근본을 살피지 못한다면 종국에는 파멸만이 남을 것입니다. 부디 옳은 길을 따르소서."

"옳은 길이라."

생각지도 못한 말에 이귀는 주원의 마지막 말을 되짚으며 미묘한 표정을 띠웠다. 조금 전보다는 확실히 나았지만, 여전히 팽팽한 경계를 풀지는 않은 상태였다.

"소인은 새로 세운 하늘이 대지를 끌어안고 새로운 열매를 온전히 맺게 하는지 지켜볼 것입니다. 하나 이 또한 차악이기에, 만일 새 하늘이 능히 그러하지 못한다면 기꺼이 또 다른 차악을 세울 결심 또한 하였나이다. 그리하여 기필코 소인은 이 땅에 정의가 바로 서도록 할 것입니다."

정의. 연리는 차오르는 벅찬 마음에 눈물이 핑 돌았다. 그 얼마나 듣고 싶었던 말이었던가. 왕위를 원하는 능양군, 그에게서 하사받는 부귀영화를 원하는 그의 세력들. 연리는 다른 선택지가 없어 그들의 편에 서면서도 마음이 답답했다. 그들이 원하는 것은 자신의 목표와 같으면서도 달랐다.

능양군이 즉위하면, 그다음은 어떻게 되는 걸까? 선왕의 혈육을 반기지 않는 그가 나를 순순히 공주로 복권시켜 줄까? 왕이 된 그가 선정을 베푼다는 보장은 있나? 과연 내가 백성들을 살피겠다는 약조를 지킬 수 있을까?

하나 주원이 말한 것은 그저 알량한 호기가 아닌 진심에서 우러나온 믿음이자 신념이었다. 백성을 구하고, 윤리를 바로잡고, 나라를 세운다. 주원의 분명한 의지 안에 자신의 모든 근심 걱정에 대한 답이 담겨 있었다.

그래, 공자님은 그냥 두고 보지 않을 거야. 옳은 일을 위해 언제까지나 싸우실 거야.

"다만 옳기 때문에 따를 뿐이옵니다. 하니 나리께서도 함께해 주시옵소서."

기를 겨루던 주원이 시선을 아래로 내리며 뒤로 물러나 허리를 숙였다. 정중한 예에 이귀가 짧게 고개를 끄덕이며 눈을 감았다. 그에 초조하게 지켜보던 석윤의 낯빛이 밝아졌다. 연리는 한결 마음을 놓으면서도 긴장을 놓지 않고 이귀에게서 눈을 떼지 않았다.

"……고개를 들게, 내 자네의 뜻은 잘 알았네. 사과하지, 자네가 부귀영화를 탐해 역천에 동참한다 했던 것 말이야."

"소인의 뜻을 너그럽게 이해하여 주시니, 그저 감읍할 따름입니다."

예의 바르게 답한 주원이 다시 한 번 허리를 숙여 감사를 표한 후 고개를 들었다.

"하지만 말일세."

물러섬 없이 대치하던 분위기가 사라지자 한결 가벼워졌던 공기에 이귀가 또다시 긴장을 끼얹었다.

"자네의 훌륭한 뜻은 이해하네만, 그건 단지 이상이 아닌가? 세상은 이상으로 사는 게 아닐세."

"저, 나리. 소인이 한 말씀 드려도 되겠습니까?"

지켜보던 석윤이 안 되겠다 싶었는지 조바심을 숨기며 조심스레 끼어들었다. 오해를 푼 이귀는 야차 같던 표정을 지우고는 너그럽게 고개를 끄덕였다.

“현재 조정에서는 바른말을 하는 관리들을 마구잡이로 파직시키고, 후궁이었던 주상의 친모를 왕후로 추숭하여 그 집안이 외척으로 성장하려는 낌새가 포착되고 있습니다. 판단력을 잃은 주상을 부추기는 내명부의 방자함도 도를 넘은 상태이구요. 주상뿐만 아니라 온갖 곳에 문제가 산재해 있는데 나리께서 이를 두고 보신다면 장차 이 조선이 어찌 되겠습니까? 외람되오나, 이대로 두고 보는 것은 나리께도 전혀 이롭지 않으리라 사료됩니다.”

“자네 말도 맞네. 하나 그런 것쯤은 역천에 뜻을 담지 않더라도 당론을 주도하면 맞설 수 있음이야.”

석윤의 정확한 지적에도 이귀는 여전히 완고한 입장을 고수했다. 뜻과 현실은 이해하고 인정하면서도 본격적으로 같은 배를 타기에는 아직 내키지 않는다는 태도였다. 낭패감 짙은 얼굴의 석윤과 마주 보며 주원은 곤란함에 입술을 짓씹었다. 어떻게 하면, 어떤 말을 들려주면 이자가 결심하게 만들 수 있단 말인가?

그때, 청아한 음색이 그들 사이를 파고들었다.

“나리, 혹 창조리(倉助利)가 되고 싶지 않으십니까?”

갑작스레 나타난 여인의 목소리는 뜻밖이었으나, 덕분에 사내들이 빚어내던 첨예한 분위기는 한결 가셨다. 연리는 없는 듯 있던 제가 입을 열자 하나같이 깜짝 놀란 사내들의 모습을 천천히 둘러보았다. 입을 떡 벌린 석윤과 휘둥그레 눈을 뜨고 자신을 뚫어져라 바라보는 주원이 보였다.

“이 계집이…… 뉘 안전이라고 입을 함부로 놀리느냐!”

이귀의 아들이 잔뜩 얼굴을 찡그리며 소리를 쳤다. 당사자인 이귀는 가타부타 하지도 않건만 되레 아들이 먼저 나서는 꼴이 조금 우스웠다. 아무래도 큰 그릇은 못 되는 모양이지. 연리는 묻어나는 비소를 숨기며 짐짓 한 발 뒤로 물러섰다.

"소녀가 방자하였사옵니다. 부디 노여움 푸시지요."

으레 이러한 상황에서 그러하듯 고개를 숙이고 매무새를 정돈하여 자리에서 물러나려는 태도를 보이자, 중후한 음성이 물러감을 저지했다.

"창조리라 했느냐?"

아비가 흥미를 보이는데 아들이 반대할 수야 없는 노릇. 이귀의 아들이 인상을 쓰며 그대로 있으라 손짓했다.

"예."

얌전히 눈을 내리깔고 도로 다가앉는데 따가운 시선이 와 닿았다. 이귀는 연리에게서 시선을 떼지 않은 채로 능양군 예하의 사내에게 물었다.

"정탐꾼이라 하지 않았는가?"

"예. 총명하여 쓸 만한 아이이온데 어찌 경솔하게……."

불안한 목소리로 변명이 이어졌다. 긴장하여 입술이라도 깨물고 있는지 무릎 위에 올린 손이 작게 떨리는 것이 보였다. 연리는 속으로 혀를 찼다. 사내가 저리 담이 작아서야. 하나 혹여 역정이라도 내어 일이 틀어질까 안절부절못하는 사내의 걱정과는 달리 이귀는 흥미롭다는 반응이었다. 시선을 내린 연리에게 제 얼굴을 마주 보라 손짓한 이귀는 날카로운 안광을 보냈다.

"무슨 연유에서 그리하였느냐? 가감 없이 말해보아라."

연리는 맑은 미소를 머금고 이귀를 마주 보았다.

"나리께서도 아시듯, 고구려의 국상(國相) 창조리는 모용외(慕容廆)의 침략을 막은 뛰어난 능력을 지닌 자이지요. 하나 그가 역사에 길이 충신으로 남을 수 있었던 사연은 따로 있습니다."

연리는 알 수 없는 눈빛의 이귀를 보며 한층 진하게 미소 지었다. 휘어지는 눈매와 입꼬리를 본 이귀의 눈이 가늘어졌다. 연리는 그의 눈을 피하지 않은 채로 입을 열었다.

"하늘의 재앙과 환난이 거듭되어 젊은이들은 사방으로 떠돌며, 늙은이와 어린이들은 구덩이와 도랑에 황량히 뒹굴고 있습니다. 이는 실로 하늘을 경외하고 백성을 걱정하여 한껏 조심하고 스스로 몸가짐을 단정히 하여 성찰해야 할 때이옵니다. 한데 왕께서는 한 번도 이를 지키지 않으시고 피폐한 백성들을 내몰아 토목과 부역에 시달리게 하시니, 만백성의 어버이로서 으레 그릇된 것입니다. 하물며 가까이에 강한 적이 있는 터에, 그들이 만약 우리의 쇠진함을 틈타 쳐들어온다면 어찌하오리까? 바라옵건대 대왕께서는 이 점을 깊이 헤아리소서."

뜬금없이 죽 이어지는 말에 어리둥절한 면이 속속들이 포착되었다. 이귀의 아들은 물론 능양군 예하의 사내는 무슨 소리냐는 듯 인상을 찌푸린 채로 질책하는 눈빛을 보냈다. 곁눈질로 이들의 반응을 눈치챈 연리는 약간의 실망감을 느끼며 도로 말을 이었다.

"임금이란 백성이 우러러보는 자리이다."

아니, 이으려 했다. 깨끗한 목소리가 분명하게 자신이 할 말을 대신 이었다. 이귀가 고개를 돌린 사이 놀란 기색을 가까스로 감춘 연리는 이귀와 같은 쪽으로 시선을 돌렸다.

"무릇 궁궐이 웅장하고 화려하지 않으면 위엄의 중함을 나타내 보일 방법이 없도다. 지금 국상은 아마 과인을 모략해 백성들의 칭송을 구하려는 것이 아닌가?"

다그치는 어조로 말을 끝맺은 주원이 연리를 향해 눈짓했다. 깊은 그의 눈에서 형용할 수 없는 신뢰가 전해졌다. 말로 하지 않아도 뚜렷이 전해져 오는 주원의 마음에 연리는 언젠가 느꼈던 온기가 또다시 가슴에 차오르는 것을 느꼈다. 화답하듯 눈을 맞춘 연리는 주원을 향해 살짝 고개를 끄덕여 보이곤, 이귀가 돌아보기 전 재빨리 자세를 되돌렸다.

"군주가 백성을 살피지 않는다면 어질지 못한 것이고, 신하가 군주께 간언하지 않는다면 충성을 다하지 않는 것입니다. 신이 과분한 국상의 자리에 있으니 차마 말씀드리지 않을 수가 없어서이지, 어찌 감히 칭송을 탐하오리까."

연극이라도 하듯 주원과 연리가 말을 주고받자 당황했던 석윤의 얼굴에 차츰 화색이 피었다.

"국상은 백성을 위해 죽고 싶은가? 다시는 그같이 말하지 말라."

주원의 입에서 폐주(廢主)의 마지막 말이 떨어짐과 동시에 눈앞의 굳게 다물린 입가에 미세한 경련이 일었다. 생각지도 못한 충격에서일까, 자신을 농락한다 여겨 화가 나서일까. 알 수 없었다. 하나 이미 판은 벌어졌고 자신은 판 위에 놓인 말이었다. 방 안의 시선들이 날아와 꽂히는 것을 느끼며, 그리고 그중 유독 예민하게 느껴지는 시선이 방패라도 되는 양 의지하며 연리는 마주한 승패의 기로를 똑바로 보았다.

"바로 지금, 봉상왕을 폐하고 미천왕을 옹립할 기회가 나리께 주어졌사옵니다."

"……맹랑하구나."

입매를 비틀어 올린 이귀는 가득 채운 술잔을 들어 올려 단숨에 들이켰다.

"혈육을 죽이고 계속된 흉년에도 토목공사를 일으켜 결국엔 폐주가 된 봉상왕이 지금의 주상이요, 그를 폐하고 즉위하여 나라의 안정을 되찾고 대륙으로 영토를 넓힌 미천왕이 능양군이라 이 말이렷다?"

"창조리가 본인의 안위를 먼저 생각하였더라면 미천왕을 옹립하는데 일조했다 하더라도 그저 반정의 공신에 불과했겠지요. 하나 나라를 걱정하는 마음으로 목숨을 내놓고 최전선에 서 주역이 되었으니 만고의 충신이자 혁명가가 되지 않았습니까?"

"혁명가라고."

"예."

지독히도 검어 속내도 짐작할 수 없는 눈동자에 이채가 돌기 시작했다. 이귀는 무릎 위의 손을 들어 수염을 쓰다듬기 시작했다.

"내 휘하의 자들과 당론을 움직이는 것만으로는 부족하느냐? 이 또한 능양군께 힘을 실어드리는 일인데도?"

"물론 그러하신다면 나리께서는 역사를 바꾼 신하로 길이 남을 것이옵니다."

연리는 나긋한 말투를 공손하게 올리고 옅게 웃었다.

"하나 창조리가 아니라 그와 뜻을 함께한 많은 신하 중 하나가 될 것입니다. 또한, 나리께서 행하신 일들은 그저 당론(黨論)과 당사(黨事)로 기록되겠지요."

마침내, 멈추었다. 분명하고도 차분한 음성에 이귀는 느릿느릿 움직이던 손을 치웠다.

"하나 역천에 뜻을 담으신다면 나리께서는 기울어가는 세상, 눈앞의 이익만 탐하는 세상, 질서와 윤리가 무너진 세상에서 옳은 것을 받들고 정의를 수호한 혁명가로 평가될 것입니다."

스치는 옷깃에 이는 작은 바람을 느끼며, 연리는 그 자리에 부복하였다. 예상치 못한 돌발 행동에 놀란 듯 누군가 급하게 숨을 들이켰다. 그리고 곧이어, 바스락거리는 소리와 함께 두어 명이 함께 부복하는 인기척이 들렸다.

"부디 용단을 내려주십시오."

"주역이 되어주소서."

"함께해 주십시오!"

연리를 선두로 주원, 석윤의 목소리가 부복한 바닥에 부딪쳐 동굴에 울리는 짐승의 포효처럼 웅장하게 깔렸다. 사생결단이라도 하는 것처럼 비장한 태세로 고개 숙인 세 명의 어깨 위로, 곧이어 숨 쉴 틈 없는 침묵이 내려앉았다.

"하하하!"

침묵에 더해 쏘아지던, 살갗을 에는 듯한 눈길을 버티던 중 별안간 호쾌한 너털웃음이 터져 나왔다. 그와 동시에 숨 막히던 공기는 순식간에 사라져 연리는 그제야 막힌 호흡을 간신히 터놓을 수 있었다.

"이 나이에 고루한 내가 젊은이에게 정론(正論)을 강의받을 줄이야! 흔치 않은 사상이군, 흥미롭네."

말을 마침과 동시에 이귀는 도포 자락을 휘날리며 자리에서 일어났다. 그의 아들이 허둥대며 일어나는 소리가 들렸고, 능양군 예하의 사내는 그를 배웅하기 위해 따라 일어서는 듯했다.

"젊은 유생들에, 기녀까지."

금방이라도 자리를 뜰 듯하던 이귀가 부복한 연리의 머리맡에서 중얼거렸다. 이제 되었다! 연리는 목소리를 높여 크게 외쳤다.

"감읍, 또 감읍하옵나이다!"

피식, 흥미롭다는 웃음소리가 들렸다.

"독특한 아이를 두셨군, 능양군은. 이토록 인재가 많으니 내 기대해 보아도 되겠지?"

능양군 예하의 사내가 무어라 대답할 새도 없이 이귀는 바람 소리를 내며 방을 나갔다. 아들이 허둥대며 아비를 따라 방을 나섰고, 사내도 재빨리 그들을 따라 나가 마침내 방에는 부복한 셋만 남아 자리를 지켰다.

"끙."

신음인지 무엇인지 모를 소리를 뱉으며 석윤이 몸을 일으켰다. 아이고, 허리야. 그와 동시에 자세를 바로 하던 연리와 주원의 시선이 마주쳤다.

"아니, 그런데 항아님께서 어떻게 이 일에 동참하고 계셨습니까? 우린 까맣게 몰랐는데. 아, 설마 자넨 알고 있었나?"

흥미롭다는 듯 연리를 향해 눈을 반짝인 석윤이 흥분한 투로 물었다. 주원은 살래살래 고개를 흔들었다. 그러자 석윤이 더욱 눈을 빛내며 흥미롭다는 표정을 짙게 나타냈다. 말은 없었지만 주원도 뜻밖이라는 표정과 함께 한편으로는 감탄과 의문스러운 기색이었다. 연리는 그제야 오늘 이 자리에서 이들을 만난 것이 생각지 못한 변수였음을 상기하며 재빨리 머리를 굴렸다.

"저는 대비를 모시던 궁녀가 아닙니까. 어머니와도 같은 분에게 닥친 어려움을 어찌 두고 보겠어요."

"아하, 그랬군요. 그래도 여인의 몸으로 이런 위험한 일을 결심하기는 쉽지 않았을 텐데, 놀랍습니다."

둘의 표정에 이해의 빛과 함께 근심의 기미가 떠올랐다. 석윤의 말에 걱정하지 말라는 의미로 작게 웃음 지은 연리는 곧 자신을 뚫어져라 바라보는 주원과 마주 보았다.

"후! 어쨌든 능양군께서 주신 과업은 이로써 성공적으로 달성했구먼그래. 이걸 위해 얼마나 애를 태웠던지…… 이제야 두 발 뻗고 잠들 수 있겠어."

결린 어깨를 풀며 석윤이 자리에서 일어났다. 끊어지지 않는 눈길에 약간 민망해진 연리가 그를 따라 자리에서 일어나자, 마침내 주원도 옷자락을 정리하고 일어났다. 방을 나서며 그동안 공들였던 일이며 상황을 우스갯소리를 섞어 들려주는 석윤의 말에, 연리는 어색함과 긴장을 털어버리며 웃음을 터뜨렸다.

유쾌한 분위기와 홀가분한 웃음이 셋 사이를 가득 채웠고, 긴장했던 몸과 마음이 한결 풀어진 그들은 기루 대문에 가까워질 때까지 가벼운 이야기들로 웃음꽃을 피웠다. 은연중에 주원을 대하기 껄끄러웠던 연리는 아무 일도 없다는 듯 변함없는 따뜻한 그의 태도에 어느새 마음을 놓고 즐겁게 말을 주고받았다.

"자아, 그러면 이만 가보겠습니다. 내일 아침 일찍 연통을 넣을 것이니 아마 저녁이나 늦어도 모레쯤에는 능양군께서 비원에 오실 겁니다. 저희가 항아님의 활약을 군 나리께 하나도 빠짐없이 전해 드리지요!"

뻐기는 흉내를 내며 석윤이 활기 있게 말했다. 익살스러운 석윤의 모습에 픕 웃음을 터뜨린 연리는 크게 터지려는 웃음을 가까스로 눌러 참았다.

"그러실 필요 없습니다. 저도 마땅히 해야 할 일을 했을 뿐인걸요."

활기찬 즐거움에 물들기라도 한 듯, 환함을 담아 부드럽게 눈매를 휜 연리가 대답했다. 어찌 됐든 기쁜 마음을 숨기지 않던 석윤은 어깨를 들썩이며 대문 문지방을 넘으며 손을 흔들어 보였다. 연리가 그런 석윤과 주원 둘을 향해 작별 인사를 고하는데, 이미 기루를 나선 석윤과는 달리 주원이 문지방을 넘지 않은 채로 석윤에게 말했다.

"자네 먼저 가게. 나는 잠시 볼일이 있어 늦어질 것 같으니."

"그래? 알았네. 그럼 내일 보자고!"

콧노래를 흥얼거리며 석윤이 불빛 너머로 멀리 사라졌다. 연리는 제 앞에 등지고 선 주원을 보며 얼어붙었다. 아까는 조 공자 덕분에 어색함을 면했다지만, 단둘이 있기에는 아직 마음이 준비되지 않았다. 연리는 이대로 저번처럼 재빨리 도망쳐 버릴까 하는 생각이 불쑥 들었다.

'아냐, 내가 죄를 지은 것도 아닌데 왜 도망가? ……그치만 어색하잖아!'

갈팡질팡 갈피를 잡지 못하던 연리는 제게로 돌아선 주원을 정면으로 마주하자 하얗게 머리가 비었다. 보지 않고 있을 때라면 모를까 마주하고 있는데 자리를 피하는 것은 뜬금없다 못해 우습게 보일 것이었으므로, 연리는 울며 겨자 먹기로 어쩔 수 없이 입을 뗐다.

"어, 어찌 가시지 않고요? 밤이 많이 늦었는데……."

당황한 기색이 어린 연리에게 주원이 다가와 시치미를 뗀 표정으로 짐짓 딱딱하게 말했다.

"그동안 저를 피하시더니, 이런 일을 몰래 하고 계셨습니까? 제게 한마디도 없이."

"예?"

"전 그대가 제게 숨기는 것이 있을 줄 몰랐습니다. 그것도 이렇게 큰 일을요. 어찌 그러실 수가 있습니까?"

연리는 처음 접하는 그의 책망에 제가 정말 큰 죄를 지은 듯 당황하였다. 살짝 입을 벌린 채로 무어라 변명을 해야 할지 열심히 생각하는데, 불현듯 억울한 생각이 들었다. 아니, 자기도 말 안 해줬으면서!

"공자님도 제게 알려주지 않으셨잖아요. 피차 서로 비밀로 한 것은 매한가지인데 왜 제게만 그러십니까?"

연리는 주원과의 사이에 흘렀던 껄끄러움도 잊고는 억울하다는 투로 항변했다. 그러자 주원은 금세 한겨울 같던 표정을 풀고는 따스한 봄볕같이 빙긋 미소를 띠었다.

"이제야 길게 말씀하십니다."

"그건……."

부드럽게 쓰다듬는 듯한 목소리가 다가왔다. 지난 며칠간 있었던 일이 주마등처럼 휙휙 스쳐 지나가 무어라 말해야 좋을지 할 말이 없어 손가락을 꼼지락거렸다. 공자님이 모란이와 연모하는 사이니까, 나는 그 사이에 끼어들 수 없었노라고 어떻게 말할 수 있을까.

"저는 그대가 저로 인해 무언가 마음 상하는 일이 있었나 싶었는데, 그렇습니까? 혹여 그렇다면 말씀해 주세요. 제 잘못이라면 마땅히 용서를 구하겠습니다."

"아니, 아닙니다. 제가 무례를 저질렀습니다. 용서라니요, 제가 오히려 사과드려야 할 일인걸요."

자신을 바라보는 말간 눈과 마주하자, 연리는 홧홧한 기운이 몰려와 다급히 사과의 말을 꺼냈다. 사실대로 털어놓을 수는 없어도 어쨌든 공자님은 제대로 된 정황도 모르고 봉변을 당했으니까. 어쩌면 불쾌하였을 법도 한데 담담히 먼저 용서를 구하는 주원의 배려는 너무나 사려 깊었다.

주원은 손사래 치며 미안한 눈빛을 보내는 연리의 모습에 마음이 놓였다. 혹여나 자꾸만 저를 피하면 어쩌나 싶었던 탓이었다. 무슨 일인지 궁금하긴 하였으나 본인이 사연을 털어놓지 않는 데야 왜 그랬는지 알 도리가 없었다. 주원은 연리가 사실을 털어놓기 꺼리는 것을 눈치채고, 이전처럼 돌아온 태도에 만족하기로 했다.

"참, 그리고."

네? 갑자기 내밀어진 비단 꾸러미에 어리둥절한 연리는 꾸러미를 받아 풀어보고선 자신의 어리석음에 쥐구멍에라도 숨고 싶은 심정이었다. 이걸 왜 잊고 있었을까!

"저번에 방에 두고 가신 것 같아서요. 단산오옥."

뻣뻣이 굳은 얼굴로 연리는 주원의 기색을 살폈다. 이게 누굴 위한 거였는지 알아차렸을까? 아냐, 어쩌면 그냥 소지품인 줄로만 알…… 리가 없지. 연리는 반달처럼 곱게 휘어진 눈매에 설레면서도 좌절했다. 으악!

"일전에 말씀하신 바로는, 은인께 드릴 선물이라며 제게 물어보셨던 걸로 기억하는데요. 그 은인이 혹 저였습니까?"

"……네."

여기서 더 변명해 보았자 씨알도 먹히지 않을 것이 분명했다. 연리는 거짓을 둘러대는 것을 포기하고 풀 죽은 목소리로 대답했다. 뭐, 처음에 생각했던 대로 고백과 함께는 아니지만 어찌 되었든 전해주었으니 잘된 걸지도 몰랐다. 연리는 슬쩍 고개를 들어 주원의 표정을 살폈다.

제 대답을 들은 주원이 더할 나위 없는 함박웃음을 짓고 있었다. 휘어진 눈매에 더해 부드러운 곡선을 그린 입매가 은은한 달빛에 비쳐 가히 절경이었다. 인적 드문 밤과 아득히 들려오는 악기 소리, 그리고 누구라도 매료시킬 수 있을 것 같은 저 얼굴. 나라를 망칠 정도로 매혹적인 여인을 경국지색이라고 했던가. 그럼 그런 사내는 뭐라고 부르지?

연리가 말을 잇지 못하는 사이 주원이 웃음을 머금은 채 한 발짝 가까이 다가왔다. 좁혀진 시야에 퍼뜩 정신을 차리는 사이, 주원은 연리의 손에 들린 단산오옥을 도로 가져갔다.

"감사히 받겠습니다."

"벼, 별말씀을요……. 그동안 누구보다도 절 많이 도와주셨잖아요."

그리고 오늘도요. 연리는 조심스럽게 진심을 덧붙였다. 과연 사내라면 누구나 탐낸다는 말이 거짓이 아니었던지, 주원은 받아 든 것을 소중하게 손으로 쓸어보고 있었다. 눈에서 떨어지는 애정을 보아하니 어지간히도 마음에 든 것 같았다. 그를 바라보고 있자니 들뜬 마음이 차츰 가라앉아 차분함을 되찾을 수 있었다. 선홍색 입꼬리가 아주 조금씩 위로 올라갔다. 잠시만, 아주 잠시만 이대로 있었으면.

"한데 놀랐습니다."

"무엇을요?"

먹을 만지던 긴 손가락이 멈추고 주원이 시선을 맞부딪쳐 왔다. 연리는 평화로운 광경이 끝난 것에 아쉬움을 느끼며 되물었다.

"그대가 오늘 나리께 올린 조언 말입니다. 제가 말한 것과 꼭 같은 뜻이라."

"아."

어쩐지 민망하기도 했지만, 주원이 본인과 자신이 같음을 상기시켜 주니 기분이 좋아졌다. 저도 오늘 처음 알았다. 역천에 동참하는 것부터, 결심하게 된 이유와 신념까지 닮았다는 것을.

"처음입니다. 다들 제게 허황된 신념이라, 가망 없고 뜬구름 잡는 서책의 이론이라고만 하였지요. 하지만 오늘 그대로 인해 가치를 찾았고 마침내 인정받아 제 생각이 틀리지 않았다는 걸 알았습니다."

주원이 한쪽 손을 내밀었다.

"뜻이 맞는 사이를 벗이라 하는데, 남녀 사이에도 가능한 것인지는 모르겠으나 이 상황에서 더 이상 적합한 말이 생각나지 않는군요."

"벗이요?"

연리는 잘못 들은 것이 아닌가 싶어 동그랗게 눈을 떴다. 놀란 기색에 주원이 가볍게 고개를 끄덕이며 내민 손을 작게 흔들어 보였다. 엉겁결에 연리가 조심스레 한쪽 손을 내어놓자, 주원이 시원스럽게 다가가 손을 맞잡았다. 강고하고 큼직한, 그러면서도 따스한 손이었다.

"그대와 함께 거사를 도모하는 것이 몹시 기대됩니다. 좀 외로웠거

든요. 같은 뜻을 지닌 동료가 없다는 것이 보기보다 꽤 고달픈지라."

"……잘 부탁드립니다. 저 또한 공자님과 같은 뜻이라 의지가 되어요."

유려한 눈썹과 눈꼬리, 코끝, 입술이 찡긋하여 사랑스러웠다. 주원은 순간 제가 청하여놓고는 일순간 혼이라도 빼앗긴 듯하다가 맞잡아오는 보드레한 손에 정신을 차렸다. 주원은 제 손에 잡힌 여린 손을 좀 더 자세히 들여다보고 싶은 충동을 꾹 누르며 마주 웃어 보였다. 그렇게 신뢰로 포개진 두 손은 천천히 온기를 나누다 서너 번 가볍게 흔들고서는 아쉽게 떨어졌다.

"한데 저만 선물을 받으려니 불공평하단 생각이 듭니다. 혹 갖고 싶은 게 있으십니까?"

"저요? 아뇨, 그러실 필요 없어요. 그건 제가 공자님께 드리는 감사의 마음인데……."

"음, 그렇다면 벗이 된 기념이라 해두지요."

놀라 사양하는데도 주원은 물러서지 않았다. 능청스레 이유까지 만들어 덧붙이며, 주원은 팔짱을 끼고 이래도 거절하겠느냐는 듯한 뻔뻔한 표정으로 가볍게 으쓱해 보였다. 진지했던 아까와는 달리 어린 아이처럼 장난기 넘치는 그의 모습에 웃음을 터뜨린 연리는 못 이기는 척 고개를 끄덕였다.

"어쩔 수 없네요. 공자님께서 그리도 제게 무언가를 주고 싶으시다는데, 벗으로서 어찌 거절할까요."

연리가 주원에게 맞추어 명랑하게 대답하자 주원이 소리 내어 웃었다. 처음 듣는 그의 웃음소리는 큰 종의 소리같이 늠름하면서도 새의 지저귐같이 유쾌했다.

"그럼…… 스무여드렛날 신시(申時)에 괜찮으십니까? 그날 운종가에 큰 장이 선다고 하던데.”

“스무여드렛날이요?”

연리는 재빨리 머릿속으로 계획들을 살펴보았다. 그 전에 몇몇 접대할 자리가 있기는 한데 그날엔 특별히 약속된 바는 없는 것 같았다. 오늘이 스무날. 내일 병조에서 주관하는 연회가 하나 있고, 모레쯤엔 능양군이 온다고 했고. 그리고…….

“괜찮을 것 같, 아! 스무아흐렛날이 거둥인데 괜찮을까요? 아직 구체적인 계획은 전해 듣지 못했으나, 거둥이 있는 날이니 아마 그날 계획이 있을 것이라 얘기를 들었습니다. 자중하셔야 할 것 같은데…….”

그럴 필요 없다고 하였으면서도 단둘이 장시를 거닐 생각에 은근히 설레는 와중, 불현듯 떠오른 생각에 연리가 걱정스러운 낯빛을 했다. 은근히 기대하며 대답을 기다리던 주원은 원했던 것과는 영 딴판인 대답에 실망한 빛으로 입을 열었다.

“듣기로 거둥은 밤에 이루어진다 하니, 소집도 이른 오전이나 되어서야 있을 겁니다. 전날이야 위험한 행동만 아니면 무엇을 하든 자유지요.”

혹시나 거절의 답이 돌아올까 주원은 슬쩍 연리의 눈치를 살폈다. 소집이 당일 오전에 있을 거라는 주원의 말에 동의한 연리는 승낙을 말하려다, 전전긍긍해하는 듯한 주원의 반응을 알아차리고는 터지려는 웃음을 가까스로 삼켰다. 차마 소리 내어 웃지 못한 연리는 알았다며 고개를 끄덕였다.

그제야 주원은 눈을 빛내며 만족스럽게 웃었다. 다정하고 진중한 줄로만 알았더니, 이제 보니 어린아이 같은 면도 있구나. 연리는 주원과 한층, 아니 무척이나 더 가까워진 것 같아 날아갈 것 같은 기분이었다.

"하면 스무여드렛날로 약조한 것으로 알겠습니다. 앞으로 슬슬 더 바빠질 것 같군요. 그래도 앞으로는 더 자주 볼 듯합니다."

"네. 내일은 병조에서 주관하는 연회가 있어 뵙지 못하겠지만요."

연리가 일부러 장난스레 생색을 내자 화답하듯 미간을 좁히며 잔뜩 실망한 표정을 지어 보인 주원은, 곧 밝음을 담뿍 담고는 다시 손을 내밀었다.

"이제 가보겠습니다."

"네, 살펴 가세요."

자연스레 내민 손을 보고 망설인 연리는 괜히 혼자 불순한 마음을 품는 것 같아 자책하며 그의 손을 맞잡았다. 작별의 의미로 두어 번 흔들고는 놓으려는데, 주원이 힘주어 떨어지려는 손을 붙잡았다.

"어떤 말로 능양군을 설득하였는지는 모르나, 이는 성공할지 장담할 수 없는 일이며 능양군 또한 반반찮은 인물입니다. 위험하지 않겠습니까?"

황옥을 닮은 눈이 염려스럽게 애수를 띠고 있었다. 양귀비에 홀린 당나라 현종의 심정을 느끼며, 연리는 빨려 들어갈 듯한 눈을 향해 천천히 속삭였다.

"저를 믿지 못하시나요?"

"걱정이 됩니다."

가만히 들려오는 나지막한 음성이 몹시 포근했다. 뭉클해지는 마음을 다독이며 연리는 활짝, 오늘 하루 중 가장 환하게 웃었다.

"혼자가 아니니, 무엇도 두렵지 않습니다."

❖

끼익-

"마마."

"왔느냐."

어두운 방 안, 초롱불 하나만 켠 채 어둠에 묻혀 눈을 감고 있던 능양군 앞으로 한 사내가 조심스럽게 다가와 앉았다. 번쩍 눈을 뜬 능양군 앞에 사내는 품속에서 꺼낸 두루마리 두 개를 서안에 올려놓았다.

능양군이 선뜻 손을 뻗어 두루마리들을 펼치자, 돌돌 말린 종이가 펼쳐지며 빼곡한 글자가 흐릿한 빛 아래 드러났다. 그가 하나를 집어 먼저 빠르게 눈으로 훑는 사이, 사내가 낮은 목소리로 전했다.

"잘 끝났습니다. 아마도 내일 일찍 이귀에게서 연통이 올 것입니다."

"수고했다. 나머지 자들은 어떠했느냐?"

"적힌 그대로입니다. 모두 군 마마께서 주신 과업을 위해 필사적으로 노력하였습니다."

집중해 글자를 읽던 능양군이 알았다는 손짓을 보이자 사내는 이어지던 말을 멈추고 기다렸다. 한데 곧, 다른 두루마리를 집어 들어 빠르게 읽어내리던 능양군의 눈썹이 요동쳤다.

탁.

묘한 표정의 능양군이 소리 나게 두루마리를 내려놓았다.

"다르구나."

"예?"

사내는 영문을 모르는 얼굴로 잔뜩 이마를 찌푸린 능양군을 바라보았다. 능양군은 무언가 깊은 근심이라도 생긴 듯 신경질적으로 서안을 손가락으로 두드리고 있었다. 사내는 능양군이 눈을 떼지 않는 두루마리의 한 부분을 조심스레 흘깃 훔쳐보았다.

'음?'

제가 써온 기록에는 아까 이귀와 있었던 일이 토씨 하나, 단어 하나 빠지지 않고 자세히 적혀 있는 반면, 동기 연이 주었던 기록에는 대화 중 한 부분이 통째로 빠져 있었다. 눈을 가느스름히 뜨며 빠진 내용이 무엇인지 알아차리려 애쓰던 그는, 마침내 그것이 홍문의라는 자가 감히 능양군에 대해 운운하였던 부분이라는 것을 알아냈다.

호오……. 그렇잖아도 흥미롭던 차였는데. 슬쩍 능양군의 눈치를 본 사내는 조심스레 그자가 동기 연의 기둥서방이라는 사실을 전했다. 지나가던 기녀들과 잡담을 주고받다 얻어걸린 정보였지만 이렇게 요긴하게 쓰일 줄은 채 몰랐다. 아마 그 계집은 제 기둥서방을 감싸려 몰래 그 부분을 뺀 모양이지. 속으로 히쭉거린 사내는 능양군의 반응을 기대했다.

"역시, 사람을 완전히 믿는 건 어리석은 자들이나 하는 짓이지."

뭐야, 그 계집을 맘에 들어 하던 게 아니었어? 눈앞에서 모든 반응을 지켜보면서도 맹수의 음험함을 알아차리지 못한 어리석은 사내는, 불같이 화를 내지 않는 능양군에 시시하다는 표정을 짓고는 곧 잡다한 생각으로 머리를 채우기 시작했다.

"흥미롭구나. 아주 흥미로워……."

어쩌면 저 자신도, 맹수의 덫에 걸릴 수 있다는 사실은 간과한 채.

〈2권에 계속〉